U0001859

美國眾神

AMERICAN GODS

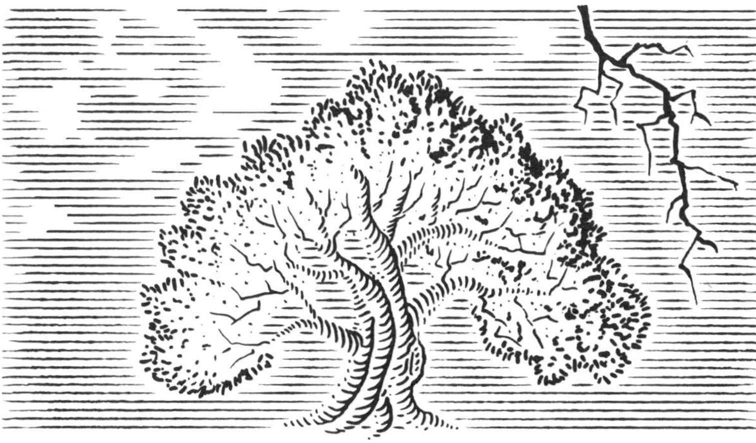

尼爾 蓋曼

陳澄如、陳敬旻 譯

Neil Gaiman

謹告旅客

這是一部虛構作品，而非旅遊指南。故事裡的美國地景並不完全是編出來的：書中提到的多處地標皆可供人參觀，你真的可以循著書中提到的路徑走，地圖上也會標出這些方位，然而我仍逕自編造了某些場所——這些例外或許少得出乎各位的意料，但仍屬杜撰。

我不曾徵求任何人的同意，好讓這些真實的地點出現在這故事裡。我猜想，岩石城的居民、岩上之屋的所有權人，或是那些在美國中部經營汽車旅館的獵人們，在書裡看到相關情節，應該會感到困惑不解吧？

不過，我還是略過了某些地點的正確位置，例如湖畔鎮，或是位於黑堡鎮（Blacksburg）南方一小時車程的梣樹農莊。你盡可隨意自行探尋，說不定真能找到呢。再者，不用說，書中所有的生者、死者或其他人事物，皆為虛構。只有神祇是真實的。

獻給缺席的友人——
凱蒂·艾克（Kathy Acker）與羅傑·哲拉茲尼（Roger Zelazny）
以及之間所有的點

當人們離鄉背井、移居他處，那些擁有魔力的精靈又去了哪裡呢？對於這個問題，我總是興致勃勃。愛爾蘭裔美國人還記得妖精、挪威裔美國人記得戴著紅尖帽的小矮人尼瑟（nisser）、希臘裔美國人記得吸血鬼（Vrykolakas），但這些記憶只與發生在舊大陸的事件有關。我曾問，為什麼在美國見不到這些精靈？回答我的人只是困惑地笑了笑，說「他們不敢渡海啊，太遠了嘛」——這話點出了耶穌基督與祂的十二門徒其實從未踏足美國。

——理查·道森（Richard Dorson），〈美國民間傳說之淺見〉《美國民間傳說與歷史學者》（芝加哥大學出版社，一九七一年）

本書中的引文授權聲明如下：

Excerpt from “The Witch of Coos” from Two Witches from *The Poetry of Robert Frost*, edited by Edward Connery Lathem, © 1951 by Robert Frost, copyright 1923, 1969 by Henry Holt and Co. Reprinted by permission of Henry Holt and Company, LLC; “Tango Till They’re Sore” by Tom Waites. Copyright © 1985 by JALMA Music. Used by permission. All rights reserved; “Old Friends,” music and lyrics by Stephen Sondheim. Copyright © 1981 Rilting Music, Inc. All Rights Reserved. Used by permission. Warner Bros. Publications U.S. Inc., Miami, FL 33014; “In the Dark with You” by Greg Brown. Copyright © 1985 by Hacklebarney Music/ASCAP. Used by permission. All rights reserved. The lines from “in just –.” Copyright 1923, 1951, © 1991 by the Trustees for the E.E. Cummings Trust. Copyright © 1976 by George James Firmage, from *Complete Poems 1904-1962* by E.E. Cummings, edited by George J. Firmage. Used by permission of Liveright Publishing Corporation; “Don’t Let Me Be Misunderstood,” by Bennie Benjamin, Sol Marcus and Gloria Caldwell. © 1964 Bennie Benjamin Music Inc. © renewed, assigned to WB Music Corp., Bennie Benjamin Music, Inc. and Chris-N-Jen Music. All rights o/b/o Bennie Benjamin Music Inc. administered by Chappel & Co. All rights reserved. Used by permission. Warner Bros. Publications U.S.Inc., Miami, FL 33014; Excerpt from “The Second Coming” reprinted with the permission of Scribner, a Division of Simon & Schuster, Inc., from *The Poems of W.B. Yeats: A New Edition*, edited by Richard J. Finneran. Copyright © 1924 by Macmillan Publishing Company; copyright renewed © 1952 by Bertha Georgie Yeats.

Contents

美國眾神

American Gods

by Neil Gaiman

第一部　陰影

第一章

這國家的邊界嗎，先生？很簡單，北方邊界是極光，東方盡頭是旭日升起之處，往南是春秋分交替線，歸西則是審判日啊。

——《美國人喬米勒笑話集》（The American Joe Miller's Jest Book）

影子在牢裡已待了三年。他身材壯碩，練得一身「少來煩你老子」的架勢，最大的煩惱也不過就是如何殺時間罷了。因此，他鍛鍊體格，學學耍銅板的小把戲，腦子想的淨是自己有多愛老婆。

影子認為，坐牢最棒的事——或許也是唯一的好事，便是一種解脫感：一種墮落至最深處、墮落到底的感受。他不必擔心被捕，因為警察已經抓到他了；他也不必再害怕明天會發生什麼事，因為昨日已經都發生了。

影子認定，不管是否真的因為犯罪而被捕，已不再重要，因為在他的經驗裡，他在牢裡遇見的每個人都有理由滿腹怨言，例如：都是當局搞錯，認定你幹了某件你根本沒幹的勾當，或是認為你用了某種手段，而其實你用的是另一種。總之重點是，他們抓了你。

他剛進來頭幾天，還在適應黑話和難吃的牢飯時，就注意到這件事。雖然身陷囹圄，難免慘澹恐懼，但他的確呼吸著解脫的空氣。

影子盡量少說話。第二年，他向牢友「低調」李史密斯提起自己這番道理。

李史密斯是個來自明尼蘇達的老千。他咧開帶疤的嘴微笑，說：「是啊，沒錯。要是被判死刑就更棒了。到時你就會記得那個笑話：有些傢伙在繩子圈上脖子那一刻會踢掉靴子，因為朋友老是告訴他們，穿著靴子就會死！」

「這是個笑話嗎？」影子問。

「錯不了。絞刑笑話，最棒的。」

「這州最後一次吊死人是什麼時候？」影子問。

「去他的，我哪知道？」李史密斯那頭橙金色頭髮剃得相當短，短到甚至可見顱骨的輪廓。「告訴你吧，要是這國家不繼續吊死人，全國就要下地獄去了。沒有絞刑的骯髒，就沒有絞刑的公平嘍。」

影子聳聳肩，看不出死刑有什麼浪漫。

他認為，如果沒被判死刑，坐牢最多不過是讓人暫離原本的人生。他這麼想有兩個理由：第一，在牢裡還是得面對人生這檔子事。總有更慘的地方；人生總要繼續。第二，如果撐得住，總有一天會被釋放。

一開始，這想法還太遙遠，影子根本留意不到。後來，這事漸漸成了一線希望。他學會在牢裡的狗屎一如往常沾身時告訴自己，「這些都會過去」。總有一天，魔法門會開啟，而他會走過那道門。因此，他在「北美鳴鳥」月曆（監獄商店只賣這種月曆）上劃掉一天又一天。太陽下山，他看不到；太陽升起，他也看不到。他從藏書稀少的監獄圖書館借了本教硬幣戲法的書，照著練習，成績不錯；不然就在腦裡列舉出獄後要做的事。

影子越列越少。兩年後，他刪減到只剩三件事。

第一，他要洗澡。真正的泡澡，花上長長的時間，認真地泡澡。在充滿泡泡的浴缸裡，或許一邊讀報紙，或許不讀。有些日子，他會想像某種泡澡方法，有時又想著別種。

第二，他要用毛巾擦乾身體，穿上浴袍，或許套上拖鞋。他覺得穿拖鞋這個點子不錯。如果要抽菸，他或許會抽菸斗，可是他不抽菸。他會把老婆抱起來，（「小狗狗，」她會假裝怕得尖叫，但其實樂得很，「你要做什麼？」）他會帶她進臥室，關上房門。要是餓了，就叫披薩外送。

第三，等他和蘿拉出了臥室——或許是幾天後吧——他這輩子會離麻煩遠遠的。

「這樣你就開心了？」李史密斯問。這天他們在監獄商店工作，組合餵鳥器，這只比踩扁車牌有趣一些。

「沒有人是真的快樂，除非死了。」影子說。

「希羅多德。」李史密斯說，「嘿，你還真學到了。」

「希羅多德是哪個死傢伙？」冰男問。他把餵鳥器兩側塞入夾縫，傳給影子鎖上螺絲拴緊。

「死掉的希臘人。」影子說。

「我前一個馬子是希臘人，她一家人全吃屎。你們不相信吧，他們把米飯包在葉子裡，吃那種鬼東西。」冰男說。

冰男的身形就像可樂販賣機一樣。他有一雙藍眼，頭髮金得發白。他的女友在酒吧跳舞，某個傢伙對她上下其手。他氣得半死，把那傢伙揍得不成人形。那傢伙的朋友報了警，警方逮捕冰男，還查出他十八個月前中斷監外就業。

「不然要我怎麼做？」冰男問。他忿忿不平地將整件事說給影子聽：「我已經跟他說那是我馬子了，難道我活該讓他看扁我嗎？應該嗎？他把我馬子全身上下都摸遍了欸！」

影子只說「去跟他們講吧」，便結束了話題。有件事他學得快：自己的牢飯自己吃，別人的牢飯由他們自個兒吃。

別惹麻煩，吃自己的牢飯。

幾個月前，李史密斯借影子一本希羅多德寫的破爛平裝本《歷史》。影子拒絕了，說自己不看書。李史密斯卻說：「這本書一點也不無聊，酷斃了。先讀讀看，你會覺得它很酷。」

影子一臉不以為然，卻開始讀起來，甚至不禁迷上了。

冰男倒是一臉不屑地說：「哼，希臘人。那些關於他們的說法也都不能信。我想搞搞我馬子的屁眼，結果她幾乎把我眼珠摳出來。」

某天，李史密斯毫無預警地被移監了，留下這本希羅多德。書中夾著一枚五分錢銅板。銅板是違禁品，因為犯人可以用石頭磨利銅板邊緣，然後在打架時劃人臉。影子並不想要什麼武器，他只是想讓手有點事做。

影子從不迷信，他不相信任何看不見的東西。然而，牢裡最後那幾週，他感覺有股災難氣氛旋繞在監獄上方，如同他在搶案發生前幾天的感覺一樣。他覺得胃部一陣虛空。他對自己說，這只是因為害怕回到外面的世界罷了。可是他不確定。他比往常偏執，但在牢裡必須維持平常心才能生存。他變得更加沉默、陰鬱。他發覺自己盯著警衛或其他牢友的動作，尋找不祥的線索，彷彿將會發生什麼壞事。

假釋前一個月，影子坐在寒冷的辦公室，眼前的矮小男人額上有個酒紅胎記。兩人隔桌相對，男人面前攤著影子的檔案，他手上握著原子筆，筆尾幾乎快咬爛了。

「會冷嗎，影子？」

「是有一點。」

男人聳聳肩，說：「空調就是這樣，不到十二月一日，不會開暖氣。一到三月一日，又關了。規矩不是我定的。」他的食指往下劃過釘在檔案夾內左側的紙面。「三十二歲？」

「是，長官。」

「看起來比較年輕啊。」

「安分守己的關係。」

「資料說你是個模範獄囚。」

「我學到教訓了，長官。」

「真的？」男人蹙眉，仔細注視影子，額上的胎記往下動了動。影子想著是不是要把自己那套坐牢理論告訴他，但終究還是不發一語，只是點點頭，極力表現出懊悔的樣子。

「資料說你有老婆。」

「她叫做蘿拉。」

「一切都還好吧？」

「非常好。雖然住得遠，但她只要有空就會來看我。我們會寫信，我方便時就打電話給她。」

「你太太是做什麼的？」

「旅行社業務。把人送到世界各地。」

「你和她怎麼認識的？」

影子不懂這人為何這麼問，他想回答這不干他的事，卻還是說：「她是我死黨太太最好的朋友，他們替我們安排了相親。我們一見鍾情。」

「你出去有工作？」

「是，長官。我死黨羅比，就是我剛剛提到的那位，他經營一家健身房，我以前都在那健身。他說還幫我留著我先前的工作。」

那人揚起一邊眉毛，說：「真的？」

「他覺得我是個招牌，可以拉一些老主顧回鍋，也招徠一些想變得更強壯的客人。」

男人似乎頗為滿意。他咬著筆尾，翻閱資料夾。

「你對自己犯的過錯有什麼想法？」

影子聳聳肩說：「是我太笨。」他是真心這樣想。

有胎記的男人嘆了口氣，在單子上打了一些勾。他一邊瀏覽影子的資料夾，一邊問道：「你要怎麼回家？搭灰狗巴士？」

「搭飛機。老婆在旅行社當業務，就是有這點好處。」

男人蹙眉，胎記皺了起來。「她寄了機票給你？」

「不需要，只要寄給我一個確認號碼。用電子機票。我只要一個月後到機場，亮出身分證明就可以了。」

男人點點頭，記下最後一筆，闔上資料夾，放下原子筆。蒼白的雙手放在灰色桌面上，像粉紅色的動物。他闔攏手，食指指尖互頂，溼潤的褐色眼珠盯著影子。

「你很幸運，可以回到某個人身邊，也有工作等著，可以將現在這一切拋在身後，有從頭來過的機會。好好把握吧。」

男人起身離開的時候，似乎無意與影子握手，影子也不期待他會這麼做。

最後一週感覺最糟。甚至可以說，比過去三年加起來還糟糕。影子猜想，或許是因為天氣：壓抑、凝滯、寒冷，彷彿暴風雨即將來臨。但是根本沒有暴風雨。他戰戰兢兢，神經緊張，打從體內深處感到完全不對勁。運動場上颳著強風，他彷彿聞到空氣中帶著雪的氣息。

他打了對方付費電話給蘿拉。他知道電話公司會對每通從監獄打出的電話收取三美元手續費。難怪接線生對監獄內發話者總是特別禮貌，影子認定接線生只是不想得罪大客戶。

「我覺得怪怪的。」他對蘿拉說。這不是他跟蘿拉說的第一句話，第一句是「我愛妳」。因為說出真心話是好事。影子是真心的。

「哈囉，」蘿拉說，「我也愛你。什麼事怪怪的？」

「我不知道，也許是天氣吧。感覺就像要是能來場暴風雨，一切就平安了。」

「這裡的天氣很好，葉子還沒掉光呢。要是沒有暴風雨，你回家後就看得見了。」

「只剩五天。」他說。

「一百二十個小時，然後你就回家了。」

「一切還好吧？沒問題吧？」

「一切都很好。我今天要跟羅比見面。我們正在準備幫你辦個『歡迎回家』驚喜派對。」

「驚喜派對？」

「是啊！你一點也不知道，對吧？」

「完全沒聽說。」

「這才是我老公。」蘿拉說。影子笑了，他坐了三年牢，但蘿拉依然能令他微笑。

「愛妳喔，寶貝。」影子說。

「愛你喔，狗狗。」蘿拉說。

影子放下話筒。

婚後，蘿拉跟影子說想養小狗。可是房東說，根據租屋合約，他們不能養狗。影子便說：「嘿，我當妳的小狗，妳希望我做什麼？咬拖鞋？在廚房地板上尿尿？舔妳鼻子？聞妳褲襠？只要是小狗會做的我就一定會做！」他輕而易舉抱起蘿拉，舔著蘿拉的鼻子，蘿拉咯咯發笑尖叫。他抱著蘿拉上床。

餐廳裡，山姆．費提薛微笑著悄悄走到影子身邊，露出滿嘴牙。他在影子旁邊坐下，吃起乳酪與通心粉。

「我們得談談。」山姆說。

山姆是影子見過膚色最黑的人，可能六十歲，也可能八十歲。不過他也見過某些嗑藥的人，才三十歲，看起來卻比山姆還老。

「啊？」影子說。

「暴風雨要來了。」山姆說。

「可能吧，或許快下雪了。」

「不是那種暴風雨，是更強的。我跟你說，年輕人，這暴風雨來的時候，待在這裡比待在外頭好。」

「沒我的分了，星期五我就走了。」

山姆盯著影子，問：「你是哪裡來的？」

「印地安那州的鷹角。」

「你這渾小子。我是問你哪裡出生的？」

「芝加哥。」影子說。他母親少女時期住在芝加哥，也在那兒過世，已經是好多年前的事了。

「我說過，狂風暴雨就要來了。別惹麻煩啊，影子。就像是……那個會讓大陸漂來漂去的東西叫什麼？什麼板啊？」

「板塊？」影子亂猜。

「對，就是板塊。就像大陸要漂移，北美洲要滑向南美洲的時候，你可不想擠在中間吧？你懂嗎？」

「完全不懂。」

老人一隻褐眼緩緩眨了眨，說：「該死，別說我沒警告過你。」他顫抖著將橘色果凍用湯匙送進嘴裡。

「我知道了。」

夜裡，影子半睡半醒。新來的室友在下鋪打鼾。外面某間牢房，有人像動物般哀嚎啜泣，偶爾傳來別人要他閉嘴的吼叫。影子試著不去聽，任空白的時間寂寞而緩慢地流逝。

只剩兩天了。四十八小時。影子喝著燕麥和咖啡，名叫威爾森的警衛大力拍他的肩膀，說：「影子嗎？這邊走。」

影子摸摸良心，一片寧靜。他了解，在監獄裡，這並不表示他不會大難臨頭。兩人並肩走著，腳步聲迴盪在金屬與水泥間。

影子喉嚨深處嘗到恐懼，猶如苦咖啡。壞事終於發生了……

腦海裡有個聲音說，他們要多加他一年刑期，把他單獨關起來，剁掉他的手和腦袋。他告訴自己別傻了，可是心臟怦怦跳，彷彿要跳出胸口。

「影子，我真搞不懂。」兩人走著，威爾森開口。

「不懂什麼，長官？」

「就你啊。你他媽太安靜了，太有禮貌了。你像個老傢伙一樣等著，可是你才幾歲？二十五？二十八？」

「三十二了，長官。」

「你是哪裡人？西班牙佬？吉普賽人？」

「我應該不是，長官，但也有可能。」

「也許你混了黑人血統。是吧，影子？」

「也許吧，長官。」影子站得挺直，直視前方，努力不讓自己被激怒。

「是嗎？我只知道，你他媽嚇到我了。」威爾森一頭黃棕色的髮，黃棕色的臉，黃棕色的微笑。

「你快可以離開了。」

「希望如此，長官。」

兩人走過兩個檢查哨，威爾森一一出示識別卡。走上一段階梯，兩人到達典獄長辦公室外頭。典獄長的名牌掛在門上，黑字寫著「派特森」。門旁是小小的燈號。最上頭是盞火紅的燈。

威爾森按了燈底下的按鍵。

兩人安靜等了幾分鐘。影子努力跟自己說，一切都沒事。他告訴自己，星期五一到，就能搭上飛機回鷹角。但他無法說服自己。

紅燈熄滅，綠燈亮起。威爾森開門，兩人走進房內。

過去這三年，影子見過典獄長的次數寥寥可數。其中一次是他接待某個官員巡視。有一次，獄中集合時，犯人被分成百人一組，典獄長對他們說，這個監獄的確太擠了，但這情形會一直持續，大家最好試著習慣。

從近處看，派特森的臉色更糟。橢圓形的臉，灰色的平頭，身上帶有止汗劑的味道。他身後都是書，每本書的書名都有「監獄」兩個字。書桌近乎一塵不染，桌面上只有一具電話機和日曆。他右耳掛著助聽器。

「請坐。」

影子坐下，威爾森站在他身後。

典獄長拉開抽屜，拿出檔案夾，放在桌上。

「檔案上說，你因為重傷害罪，判六年徒刑。你已經坐了三年牢，應該在這星期五假釋出獄。」

應該？影子感覺自己的胃一縮，腦裡盤算自己還要再待多久。一年？兩年？整整三年？但他只回答：「是的，長官。」

典獄長舔了舔脣，說：「你說什麼？」

「我說『是的，長官』。」

「影子，我們今天下午就會釋放你，你會早幾天出獄。」影子點點頭，等著聽另一件壞消息。典獄長低頭看了看桌上的資料。「鷹角的強森紀念醫院來了消息……跟你太太有關。她今天凌晨在醫院過世了。出了車禍。很遺憾。」

影子再度點點頭。

威爾森陪他走回牢房，一語不發，然後打開牢房的門，讓他進去。「這就像那種『好消息和壞消息』的笑話，對吧？好消息是，我們要提早放你出去；壞消息是，你老婆死了。」威爾森笑了，彷彿這真是個笑話。

影子什麼話也沒說。

影子麻木地打包行李，送掉大部分東西。他留下李史密斯送的希羅多德，留下硬幣戲法的書，隨著短暫的心痛，丟下從工作坊偷渡出來充作銅板的金屬片。外面的世界會有很多真正的銅板。他刮了鬍子，換回普通衣服，穿過一道又一道門。他絕不再重回舊地，但心裡一片空虛。

灰濛濛的天空突然下起雨，非常冷。冰雹打在他臉上，雨水滲透外套。一行人走向由舊車改裝的黃色巴士，巴士將載他們到最近的城市。

還沒上車，每個人就都淋溼了。離開的一共八人，留在裡頭的還有一千五百個。影子坐在巴士上發抖，拚命想著自己究竟在做什麼、現在要去哪裡，直到車上的暖氣發動。

幻影在他腦中流竄，揮之不去。他想像自己正要離開許久以前待過的另一處監牢。

他在昏暗的斗室關了太久，滿臉鬍髭，頭髮糾結雜亂。警衛跟著他走下灰色石階，來到充滿明亮色彩的廣場，到處都是人與商品。這天恰好有市集，聲音與色彩令他眩惑，灑滿廣場的陽光使他瞇上眼。他聞著帶鹹味的溼潤空氣，聞著市集上各樣貨品。他左方是水面瀲灩的陽光……

巴士在紅燈前倏地煞車。

風呼嘯而過，雨刷在擋風玻璃上沉重地來回擺盪，將城市抹成溼漉漉的紅黃斑斕。剛過中午，透過玻璃看，卻像夜晚。

「老天！」坐在影子後方的男人用手抹去窗上的水氣，瞪著朝騎樓跑去的淋溼人影。「是個小妞。」

影子嚥了嚥口水，意識到自己還沒哭過。其實根本沒有感覺，不想哭，不覺得難過。什麼感覺都沒有。

他想起了名叫強尼的男人，那是他剛進牢時跟他同一間房的男人。強尼說他曾蹲了五年大牢，出獄之後帶著一百塊和一張機票去妹妹居住的西雅圖。

強尼到了機場，將機票遞給櫃臺小姐，櫃臺小姐要求看他的駕照。

他將駕照遞給她，駕照恰好過期兩年。櫃臺小姐說：「這不是有效的身分證明。」強尼則說，這或許不是有效的駕照，但真的可以證明他的身分。而且，該死，他要不是強尼，那她以為他是誰？

櫃臺小姐希望強尼小聲一點。

強尼說，要是妳他媽不給登機證，妳就會後悔。而且他不會讓人瞧不起。在牢裡不能讓人瞧不起。

櫃臺小姐按下一個鈕。過了一會兒，機場警衛就出現了，勸強尼安靜地離開機場。強尼不願意離開機場，雙方便爭吵起來。

結果強尼根本去不成西雅圖，只好在鎮上的酒吧耗了幾天。他花光身上的一百塊之後，為了買酒，便拿著玩具槍去搶加油站。最後，他因為在街上隨地便溺而遭到逮捕。很快地，他又回到牢裡，繼續服滿未完的刑期，還因為搶加油站而多加了一些時間。

這整件事情的教訓呢，據強尼所說，就是千萬別惹毛在機場工作的人。

「這事情難道不是表示，『在監獄有效的行為，換了個地方就不一定有效』？」強尼講完後，影子這麼問。

「不，聽著，我是要跟你說，『千萬別惹毛那些在機場工作的婊子』！」強尼說。

想起這件事，影子微笑了。他的駕照還有好幾個月才過期。

「到站了！全部下車！」

車站淨是尿味與發酸的酒臭味。影子爬進一輛計程車，要司機載他到最近的機場，並告訴司機，要是司機能一聲不吭，就能多賺五塊錢。車程花了二十分鐘，司機果然一聲不吭。

影子蹣跚走在燈火通明的航站內，擔心起電子機票。他有星期五的機票，但不確定這張票能不能今天用。任何跟電子扯上關係的事情，對影子來說都像魔術一樣，可能隨時就會消失。

不過他還有個皮夾，這三年來首次回到他手中的皮夾，裡頭有幾張過期的信用卡。令他驚奇的是，其中一張威士卡竟然要到一月底才過期。他有一個訂位號碼。他甚至覺得，只要自己回到家，一切都會一如往昔。蘿拉會好好的。整件事可能只不過是為了讓他早幾天回家的騙術，或許只是弄錯了，發生車禍的是另一個同名同姓的蘿拉。

透過落地玻璃牆，影子看到閃電在航站外閃爍。他發現自己屏著氣，彷彿等待什麼事情發生。遠處響起一聲雷，他鬆了口氣。

一名疲倦的白人女性從櫃臺後看著他。

「嗨，」影子說，心想妳是我這三年來第一個對話的女人，「我有一張電子機票。我原本應該在星期五飛，但是我想改成今天。我的家人過世了。」

「嗯，真遺憾。」女子敲著鍵盤，瞪著螢幕，又敲了幾下。「沒問題，三點半還有空位。因為暴風雨的緣故，有可能延遲，請注意螢幕的告示。有托運行李嗎？」

影子舉起背袋。「這個應該不需要托運吧？」

「不用。這沒問題。你有貼了相片的身分證明嗎？」

影子將駕照遞給她。

這不是個大機場，但是人來人往，影子深感驚訝。他看著人們隨意放下行李、將皮夾塞進口袋、毫無戒心地將皮包放在椅子下。他這才意識到自己已經不在牢中了。

離登機還有三十分鐘。影子買了一片披薩，乳酪燙到嘴。他換了零錢，找到公用電話。他打去健身房找羅比，只聽到答錄機。

「嗨，羅比，他們說蘿拉過世了。他們提早放我出來，我要回家了。」

因為人們總是會犯錯，而他也見過這種事，所以他也打電話回家，聽聽蘿拉的聲音。

「嗨，我現在不在家或不方便接電話。請留言，我會回電。祝愉快。」

影子無法留下任何話語。

他坐在登機門旁邊的塑膠椅，緊抓著行李袋，抓得手都痛了。

他想起第一次見到蘿拉的情景，那時候他甚至不知道蘿拉的名字，只知道她是奧黛莉·伯頓的朋友。他那時正和羅比坐在奇奇酒吧，蘿拉走在奧黛莉身後幾步，他盯著她瞧。蘿拉一頭栗色長髮，眼珠子藍得讓影子以為是染色隱形眼鏡。蘿拉點了一杯草莓黛克瑞調酒，堅持要影子嘗嘗，影子照辦。蘿拉開心極了。

蘿拉喜歡請別人嘗她吃的東西。

那晚告別時，他吻了蘿拉。她的脣就像是草莓黛克瑞。從此，他就再也不想吻別人了。

播音器中傳出女聲，宣布他的航班開始登機。他正好是最先登機的一排。他的座位在最後面，旁邊是個空位。雨滴啪搭啪搭打著機身，彷彿一群孩童從天空灑下滿手乾豆子。

飛機一起飛，他便睡著了。

影子四周一片黑暗。有個全身長毛、發出臭味，長著水牛頭的傢伙，睜著又大又溼的眼睛瞪著他。這傢伙的身體跟人一樣，全身塗滿滑溜溜的油。

「要生變了，」牛頭人發出聲音，但嘴巴沒動，「該做些決定了。」

火光在潮溼的洞穴中閃爍。

「這是什麼地方？」影子問。

「大地之中，大地之下。」牛頭人說，「這是被遺忘者等待之處。」他的眼是黑色大理石，聲音是發自地心的低吟，聞起來就像一頭溼漉漉的牛。「相信吧，」低吟的聲音說，「如果你想活下來，就要相信。」

「相信什麼？」影子問，「我該相信什麼？」

牛頭人盯著影子，氣勢凶猛，眼裡噴火，唾液四濺的嘴大張。他身體內燃燒著地心火焰，嘴中火紅無比。

「一切！」牛頭人大吼。

四周晃了一下，影子又回到飛機上。但搖晃並未停止。機艙前半部，有個女人尖叫起來。眩目的閃電打在機身四周。機長透過艙內廣播，說要試著拉高機身，避開暴風雨。

飛機不停晃動，影子冷靜而茫然地想著自己是不是就要死了。不過他覺得，雖然有這種可能，但機率不大。他看著窗外，看著閃電照亮地平線。

接著，他又打起瞌睡，夢見自己又回到牢裡。李史密斯在餐廳排隊，悄悄對他說有人在他的老命下注，但影子不會知道是誰，也不會知道原因。等他醒過來，飛機正準備降落。

他踉蹌走出機艙，用力眨眼想讓自己清醒。

他心想，不論在哪，機場都是一個樣子，你身在何處無關緊要，你就是在機場：一樣的地磚、走道、休息室、登機門、報紙販售機、日光燈。這個機場看起來的確像個機場。問題是，這不是他要去的機場。這個機場太大了，人和登機門都太多了。

「請問一下……」

女子從螢幕後抬頭看他，「有什麼事嗎？」

「這是什麼機場？」

女子一臉疑惑地看著他，思索他是不是在開玩笑，然後說：「聖路易機場。」

「我還以為這班飛機是要去鷹角。」

「是啊。但因為暴風雨，所以改降在這裡。他們沒廣播嗎？」

「也許有吧，我睡著了。」

「你得去找那邊那個人，穿著紅外套那位。」

男子幾乎跟影子一樣高，看起來像是七〇年代喜劇裡的牧師一樣。他敲了敲鍵盤，要影子趕快跑。**跑！**跑到最遠那端的登機門。

影子跑過整個機場，可是在他到達登機門之前，門已經關上了。他透過一大片玻璃，看著飛機離開。

旅客服務中心的女服務員（矮小、褐膚，鼻旁有顆痣）詢問另一位女性，打了通電話（「那班已經取消了」），印出另一張登機證。「這能讓你上飛機。」女子告訴影子，「我們會通知登機門說你過去了。」

影子覺得自己就像是杯子裡彈來彈去的豆子，或是桌面上不斷被移東移西的撲克牌。他再次跑過整個機場，回到他原來離開的地方。

登機門旁的矮小男人接過他的登機證，說：「我們正在等你。」他撕下證上印有座位號碼17D的那端。影子衝進機艙，機門立刻關上。

他走過頭等艙，裡面只有四個座位，其中三個座位都有人。第一排空位旁，坐著一位穿淺色西裝留著鬍子的男人，看到影子上飛機，就露出牙齒對著他笑。影子經過他的時候，男人舉起手，敲敲手錶。

好啦，好啦，我拖到你的時間了。影子心想，希望你只需要煩惱這種事情。

他走向機艙後方，飛機似乎客滿了。的確是客滿。有個中年女子正坐在17D的座位上。影子將登機證拿給那位女士看，那女士也將自己的證件拿給影子看。兩張是一樣的。

「麻煩您坐下好嗎？」空服員說。

「我恐怕沒辦法。」

空服員嘖了一聲，看看兩人的登機證。接著她領影子到機艙前半段，指著頭等艙的空位說：「您今天很幸運啊。需要喝些什麼嗎？在起飛前還有一些時間。您應該口渴了吧。」

「請給我啤酒，謝謝。什麼牌子都好。」

空服員離開。

影子旁邊穿著淺色西裝的男人用指甲敲了敲手錶，那是黑色的勞力士。「你遲了。」男人張著大嘴，冷冷地笑。

「什麼？」

「我說，你遲了。」

空服員將一杯啤酒遞給影子。

影子本以為這男人瘋了，接著才想到，他指的應該是飛機為了等最後一名乘客而延遲。「如果我延誤你的時間，很抱歉。」影子禮貌地說，「你趕時間嗎？」

飛機開始移動。空服員回來取走影子的杯子。淺色西裝男人對空服員笑笑說：「別擔心，我會緊抓住它。」於是空服員讓他繼續拿著傑克丹尼爾威士忌酒杯，走之前略帶警告地說明，這樣做有違空安條例。（「親愛的，這就讓我來決定吧。」）

「時間的確很重要。」男人說，「不過我不趕時間，純粹是擔心你趕不上這班飛機。」

「感謝好意。」

飛機似乎不安於停在地面，引擎轟隆響著，急著起飛。

「好意個頭。」淺色西裝男人說，「我有個工作要給你，影子。」

引擎轟隆隆，小飛機搖著往前衝，影子沉向椅背。下一刻，他們已在空中，機場燈光遠逝。影子盯著坐在旁邊的男人。

男人的灰髮帶著紅色，稍長的鬍碴也是灰中帶紅。方臉上坑坑疤疤，眼珠是灰色。西裝看起來價值不菲，顏色像是融化的香草冰淇淋。深灰色的絲質領帶，銀雕的樹形領帶夾，樹幹、樹枝、樹根都是銀製的。

起飛時，男人抓著裝有威士忌的酒杯，一滴酒都沒潑出來。

「你不問是什麼工作嗎？」男人說。

「你怎麼知道我是誰？」

男人輕輕笑道：「唉呀，知道別人的名字，是這世上最簡單的事情。只要動動腦，加上點運氣和記憶力。你應該問我，是什麼樣的工作啊。」

「不。」影子說。空服員拿了另一杯酒給他，他啜著酒。

「為什麼不？」

「我要回家了，有工作等著我。我不需要別的工作。」

男人的笑容依舊明顯，只不過似乎真的被逗笑了，「沒有工作等著你。沒有任何東西等著你。而且，我提供的是完全合法的工作，報酬不錯，雖然有一點危險，但是有額外福利。如果你活得夠久，我甚至可以提供退休金。這些條件總有一個你會中意吧？」

影子說：「你一定是在我的袋子上看到了我的名字。」

男人沒回答。

「不管你是誰，你不可能預知我要搭這班飛機。連我都不知道我會搭上這班飛機，如果不是我的飛機改降在聖路易，我不可能搭上來。我猜，你只是惡作劇吧，或是想兜售什麼東西？我想話題就到此為止，我們也許會處得比較好。」

男人聳聳肩。

影子拿起機上的雜誌。小飛機在空中搖晃前進，令人難以專注。紙上的字句就像肥皂泡泡一樣飄過他眼前，剛看完就消失無蹤。

男人靜靜坐著，闔上眼，啜著威士忌。

影子讀著班機的音樂頻道清單，接著又讀起以紅線標示航線的世界地圖。讀完後，他不情願地闔上雜誌，塞回座位置物袋中。

男人睜開眼。影子覺得這男人的眼睛有點怪，一隻眼珠的顏色較另一隻深。男人看著影子說：「關於你太太的事還真遺憾。」

影子聽到這句話，差點出拳揍這男人。然而他只是深呼吸，(「就像我說的，別惹毛那些在機場工作的婊子，」強尼在他腦袋裡說，「否則你還沒來得及吐口水，他們就把你拖回這裡。」) 默數到五。

「我也很遺憾。」他說。

男人搖了搖頭，「要是能換個方式就好了。」男人嘆了口氣。

「她是因為車禍。」影子說，「別的方式更糟。」

男人緩緩搖頭。影子差點以為這男人是個幻覺，彷彿只要這男人變得更像幻覺，飛機就會變得更真實。

「影子，這不是惡作劇，也不是什麼詐術。我付給你的報酬，將比你能找到的任何工作還多。你有前科在身，不會有一堆人爭相雇用你。」

「先生，不管你他媽是誰，」影子的聲音恰好蓋過引擎聲，「這世上的錢永遠不夠。」

男人的嘴咧得更大了。影子想起公共電視上的黑猩猩，節目中說，猿猴或猩猩的微笑，其實是露出牙齒，表示仇恨、攻擊或恐懼。猩猩咧嘴微笑的時候，其實是在發出威脅。

「為我工作吧。當然，會有一點點風險，不過一旦你成功，就會得到一切你想要的東西。你甚至可以成為下一任美國的主人。喏，還有誰能給你這麼好的報酬呢？」男人說。

「你是誰？」影子問。

「咳，是啊，資訊爆炸的時代。女士，可以再給我一杯威士忌嗎？加些冰塊。當然，不是時代的問題。資訊與知識，這兩件事情從來不退潮流。」

「我是在問，你是誰？」

「我們來看看。好吧，看來今天真是我的幸運日。你何不叫我星期三？星期三先生。雖然從這天氣看來，也可能是星期四，嗯？」

「我是問你的真實姓名？」

「只要為我工作得夠久夠好，」淺色西裝男人說，「我可能願意告訴你。吶，關於工作，考慮看看吧。我不期待你馬上回應，畢竟你不知道是會跳進食人魚水槽還是熊洞。慢慢考慮吧。」男人又闔上眼，靠在椅背上休息。

「我看你不太順眼，我不想跟你一起工作。」

「我說過，」男人仍閉著眼說，「別急著下定論，慢慢考慮。」

飛機隨著一陣顛簸降落，一些旅客下了飛機。影子看著窗外，這是一座偏僻的小機場，到達鷹角之前，還要經過兩個機場。影子轉頭看看淺色西裝男人。星期三先生？他似乎睡著了。

影子連忙起身，抓起袋子下機。他踩著滑溜的柏油路，穩穩跨步朝航站燈光走去，雨絲輕拍他的臉。

走進航站大廈前，他停下步伐，轉身查看，後面沒有其他人下飛機。地勤人員將階梯推走，關上艙門，飛機又起飛了。影子走進機場，隨便租了一輛車。到了停車場，看到他租的紅色豐田轎車。

影子將租車公司給的地圖在前座上攤開。離鷹角還有二百五十哩左右。

要是這兒真有過暴風雨，也已經停了。天氣寒冷晴朗，薄雲飄在月亮前，影子一時無法確定移動的究竟是雲還是月亮。

他往北開了約一個半小時。

天色暗下來，他感到飢餓。因此他駛向下一個出口，進入人口只有一千三百人的諾他孟鎮。他在加油站加滿油，詢問收銀臺旁的無聊女人，哪裡可以找到東西吃。

「傑克的鱷魚酒吧。」女人告訴他。「在N縣道西方。」

「鱷魚酒吧？」

「是啊，傑克說這樣比較有特色。」她拿出為了幫某個年輕女孩換腎而義賣的淺紫色烤雞傳單，在背面畫了地圖給影子。「他養了幾條鱷魚、一條蛇，還有一隻像是大蜥蜴的東西。」

「是鬣蜥？」

「沒錯。」

穿過小鎮，渡過一座橋，開了幾哩路，他在一棟矩形矮建築旁停車。建築上立著發光的啤酒招牌。停車場有一半是空的。

酒吧裡都是菸味，點唱機正播放鄉村歌曲〈午夜漫步〉。影子環顧四周，卻看不到任何鱷魚。他猜想加油站的女人是在跟他開玩笑。

「要喝什麼？」酒保問。

「啤酒，一個漢堡，加上所有配料，還要薯條。」

「要不要來碗辣豆湯？本州最棒的。」

「聽起來不錯。」影子說，「廁所在哪裡？」

男人指了指酒吧角落的一扇門。門上有個短吻鱷的頭。影子走進那扇門。

洗手間明亮又乾淨。他環顧室內一周，習慣動作（「記住，影子，上廁所時是無力反擊的。」李史密斯說。總是李史密斯在他腦袋裡說話）。他選了左邊的便器，拉開拉鏈，慢慢排解，感覺一陣輕鬆。他盯著眼前泛黃的剪報，上面登著傑克和兩頭短吻鱷的照片。

他聽到右邊有人客氣地咕噥一聲。他沒注意那人進來。

穿著淺色西裝的男人站著，看起來似乎比坐在飛機上時還要高。他幾乎與影子一樣高，而影子算得上高大。男人瞪著前方，排解完了，晃下最後幾滴，拉上拉鏈。

男人又笑了，笑得像在鐵絲網上吃屎的狐狸。「既然想了這麼久，」星期三先生說，「影子，你想要這份工作嗎？」

美國某處

洛杉磯　晚上十一點二十六分

猩紅色的房間內（牆壁的顏色如同血淋淋的肝臟），一名高大的女子穿得像漫畫人物：下身是極緊身絲質短褲，上身是黃色襯衫，繫帶恰好在胸下，將胸部集中托高，黑髮堆高成髻。一個矮小男人站在她旁邊，身穿橄欖色T恤、昂貴的藍色牛仔褲，右手握著紅白藍三色面板的諾基亞手機。

紅色房間裡有張床，鋪著緞質白色床單和暗紅色床罩。床腳有張小木桌，桌上有個臀部很大的女人石雕，還有一座燭臺。

女子將一根小小的紅色蠟燭遞給男人，「喏，點起來。」

「我嗎？」

「沒錯。」女子說，「如果你想占有我的話。」

「我應該要妳在車上用嘴搞一搞就好。」

「或許吧。難道你不想占有我嗎？」她的手由大腿游移至胸部，擺出誘惑的姿態，彷彿在介紹新產品。

房間角落的檯燈罩著紅色絲巾，把光線都染紅了。

男人飢渴地看著她，從她手中接過蠟燭，插在燭臺上，「有沒有打火機？」

女子遞給他一排火柴，他拔下其中一根，點燃燭芯。燭芯一閃，燃起穩定的火焰，使旁邊那尊無表情的雕像看似起了動靜，臀胸搖曳。

「把錢放在雕像底下。」

「五十塊。」

「是的。」女子說，「來吧，來愛我。」

男人解開藍色牛仔褲，脫掉橄欖色T恤。女子用褐色的手指在男人白色的肩膀上按摩，接著將他轉過身，開始運用雙手、手指與舌頭。

男人覺得房內的光線似乎慢慢變暗，唯一的亮光來自熊熊燃燒的蠟燭。

「妳叫什麼名字？」他問女子。

「碧奎絲。」女子告訴他，抬起頭，「奎寧的奎。」

「奎什麼？」

「算了，無所謂。」

男人開始喘息。「讓我上妳，我一定要上妳。」

「沒問題，親愛的。一定會的。可是你可以順便為我做件事嗎？」

「嘿！」男人突然不悅起來，「我可是付了錢，記得吧？」

女子流暢移動，跨坐在男人身上，喃喃低語：「我知道呀，親愛的。我知道你付了錢。我的意思是，瞧瞧你這樣子，應該是我付你錢呀，我太幸運了……」

男人抿著嘴，想表示女子的甜言蜜語對他起不了作用，他不會買帳。老天爺，她只是個妓女，而他可是個貨真價實的製片家啊，他對詐術騙局可是一清二楚。但女子要的不是錢。她說：「親愛的，你上我的時候，當你用又大又堅挺的傢伙深入我的時候，你會崇拜我嗎？」

「什麼？」

女子在他身上前後擺動，他勃起的陰莖磨蹭著女子溼潤的下體。

「你會叫我女神嗎？你會對我祈禱嗎？你會用你的身體崇拜我嗎？」

男人笑了。這就是她想要的嗎？人可真會在晚上胡思亂想啊。「當然會啊。」男人說。女子將雙手伸進兩腿之間，將男子推向自己體內。

「很爽吧，女神？」男人喘息著問。

「崇拜我，親愛的……」名叫碧奎絲的妓女說。

「好，我崇拜妳的胸部、妳的頭髮、妳的下體。我崇拜妳的大腿、妳的眼睛、妳櫻桃般的嘴脣……」

「好棒……」女子輕哼，在男人身上動著。

「我崇拜妳的乳頭，因為生命的乳香從那兒淌出。妳的吻是蜂蜜，妳的撫觸就像火焰，我都崇拜。」男子的話語漸漸帶著韻律，與軀體的交纏節奏一致。「早晨帶來妳的欲望，夜間帶來妳的釋放與祝福。讓我行在幽暗之地，不受傷害，讓我一次一次到妳身邊，與妳共枕歡愛。我以擁有的一切崇拜妳，以我心裡的一切、以我踏過的每寸土地、以我的夢、我的……」他突然中斷，喘一口氣，「妳在做什麼？感覺好棒，真是太棒了……」他往下看自己的臀部，看著兩人軀體交合之處，但女子伸出食指，托著他的下巴，使他的頭往後仰，他只能看著女子的臉和天花板。

「繼續說啊，親愛的。」女子說，「別停。感覺很棒吧？」

「從來沒有過這種感覺！」男人真心地對她說，「妳的眼睛是星星，在穹……喔……穹蒼中閃耀。妳的脣是輕舐沙灘的浪花，我都崇拜。」男子越來越深入女子體內，他感到陣陣電流通過，彷彿下半身滿溢著情欲，雄赳赳氣昂昂，直抵極樂。

「給我妳的恩賜。」男人咕噥，已經不知道自己在說些什麼，「妳唯一的恩賜，讓我永遠如此……永遠這麼……我祈禱……我……」

此時到達愉悅高潮，他的心靈化成一片空白，心神與腦袋完全空無，他不斷向女子體內挺入……他闔眼顫動，頓時感到前所未有的豐盈。接著他感到一陣踉蹌，彷彿自己倒掛起來，而愉悅仍持續湧上。

他睜開雙眼。

他攫取飄移的思慮與理性，想著誕生與奇蹟，一無所懼。做愛結束後的片刻清明裡，思索眼前所見一切是不是幻覺。

他所看到的是：

自己胸部以下都在女子體內。他驚訝地看著，無法置信。女子正將雙手放在他肩上，輕輕在他身上施力。

他朝女子體內又滑入一些。

「妳怎麼辦到的？」男人問。或許是他在腦海裡問自己。

「是你做的啊，親愛的。」女子低語。男子感覺她的下體纏住自己的上半胸部和後背，緊緊包裹。他不禁想，這一幕在他人眼中會是什麼樣子。他思索為何自己不感覺害怕，接著他便明白了。

「我用我的身體崇拜妳。」男人低語，女子仍繼續將他推入體內。陰脣滑過他的臉，他的眼睛滑入黑暗。

女子在床上舒展身體，像一隻大貓，呻吟了一聲：「是的，你的確如此。」

諾基亞手機響起電子音樂版〈快樂頌〉。她拿起手機，按了個鍵，將手機拿到耳邊。

她的腹部平坦，小小的陰脣闔攏，額前與上脣閃爍一層薄汗。

「喂？不，親愛的，他不在這裡，他已經走了。」

她關掉手機，啪的一聲丟在猩紅色房間的床上，接著又伸了一次懶腰，闔上眼，沉入夢鄉。

第二章

他們帶她去公墓
坐又大又舊的凱迪拉克
他們帶她去公墓
但是沒帶她回來

——老歌

「不好意思，我已經點了我的餐，而且會送到你那桌去。」星期三先生在「傑克的鱷魚酒吧」的洗手間裡邊說邊洗手，「我們有很多事要討論。」

「我沒興趣。」影子拿紙巾擦乾雙手，揉一揉丟進垃圾桶。

「你需要工作，」星期三先生說，「一般人不會雇用有前科的人。他們不喜歡這樣的人。」

「我已經找到工作了。很好的工作。」

「你是說那個健身房的工作？」

「也許吧。」影子說。

「不，那工作已經沒了。羅比．伯頓死了。少了他，健身房也要關門大吉。」

「你是個騙子。」

「沒錯，而且技術高明，肯定是你遇過最厲害的騙子。不過關於這件事，我可沒騙你。」他手伸進口袋，掏出摺好的報紙，遞給影子。「看看第七版。回酒吧去，你可以坐著讀。」

影子推開門，回到酒吧內。裡頭煙霧瀰漫，點唱機傳來「狄西杯」❶唱的〈喲嘿喲嘿〉。影子微微笑了，認出這群老頑童的歌。

酒保指著角落一張桌子，桌子一側放著一碗辣豆湯、一個漢堡，對側放著三分熟的牛排和一盤薯條。

看國王穿著一身紅衣
整天喲嘿喲嘿
我賭五塊，他會斃了你
嘿呀咿喲嘿

影子坐下，放下報紙。「這是我自由之後的第一餐，我要先吃飽，再看你說的第七版。」

影子吃著漢堡，味道比牢裡的好。辣豆湯也不錯，不過吃了幾口之後，他肯定這不是全州最好的。蘿拉做的辣豆湯非常好吃。她總是用瘦肉和黑色扁豆，把紅蘿蔔切成細丁，加入大約一瓶黑啤酒和新鮮的辣椒片。她會將辣豆湯燉煮一陣，再加紅酒和檸檬汁，灑上少許蒔蘿，再視分量加入辣椒粉。影子不止一次要蘿拉示範給他看，他不放過任何細節步驟，仔細看她如何切洋蔥、將洋蔥放入淋了橄欖油的鍋子。他甚至詳細記下食譜、食材和調味料。某個週末蘿拉外出，他嘗試自己動手煮。味

❶ The Dixie Cups，六〇年代美國紐奧良的黑人女子三人樂團，一九六四年的〈Chapel of Love〉成為冠軍單曲。以下歌詞出自〈喲嘿喲嘿〉（Iko Iko）。

道還可以，當然也可以吃，只是和蘿拉做的完全不同。

報紙第七版有他太太的新聞，這是他首次讀到。根據報導，事件發生時，二十七歲的蘿拉．沐恩和三十九歲的羅比．伯頓同坐在羅比的車上。當時他們正駛在州際公路，然後車子偏離車道，正面撞上對向來的大卡車，卡車的衝力將羅比的車撞飛到路肩。

救難人員將羅比和蘿拉從車身殘骸中拉出，兩人送醫前都已死亡。

影子再度將報紙摺好，推到桌子對側星期三先生面前。星期三正狼吞虎嚥一塊幾乎像是全生的帶血牛排。

「這個，還你。」影子說。

開車的是羅比，他一定是喝醉了，不過報紙上完全沒提到這一點。影子不禁想像蘿拉發覺羅比醉得無法開車的表情。他無力阻止自己腦中想像的場景：蘿拉一定對著羅比大吼，要他停到路邊。接著車子與卡車轟然衝撞，方向盤扭轉，車子停在路肩，碎玻璃在大燈照耀下閃閃發光，像是冰塊，也許是鑽石。鮮血四濺，像是紅寶石。車內拖出兩具屍體，小心地放置在路旁。

「如何？」星期三先生問。他已吞掉整塊牛排，像是餓壞了。現在他正用叉子叉起薯條，放入口中大嚼。

「你說得沒錯，我沒工作了。」

影子從口袋中掏出一枚二十五分硬幣，數字面朝上。他將硬幣往上丟，離手時用手指一彈，硬幣晃了一下，彷彿轉了個彎。然後他抓住硬幣，用手掌重重拍在桌上。

「猜吧，數字或圖案。」他說。

「為什麼我要猜？」星期三問。

「我不想替運氣比我差的人工作。你猜啊。」

「圖案。」星期三先生說。

「可惜，」影子說，甚至懶得放開手看硬幣，「是數字。我作弊了。」

「作弊的賭局最容易輸。」星期三朝影子搖了搖粗壯的手指，說：「你看看吧。」

影子低頭看硬幣。圖案朝上。

「我一定是失手了。」影子有點困惑。

「你是弄巧成拙，」星期三露齒笑著說：「我可是運氣非常非常好的人啊。」然後他抬起頭，「咳，也不盡然啦。瘋子史溫尼，你要跟我們喝一杯嗎？」

「那就來杯南方安逸加可樂。」聲音來自影子背後。

「我去跟酒保說。」星期三起身走向吧檯。

「你不問我要喝什麼嗎？」影子放聲問。

「我知道你該喝什麼。」星期三說。他已經站在吧檯邊。點唱機裡佩西．克萊恩❷又唱起〈午夜漫步〉。

那位「南方安逸加可樂」先生在影子旁邊坐下。他留著短短的薑黃色鬍子，丹寧布外套上縫著顏色鮮明的補丁，裡頭穿著骯髒的白T恤。T恤上印著：

如果它不能吃、不能喝、不能抽、不能吸，那就X它！

男人戴著棒球帽，帽子上印著：

我唯一愛過的女人，是另一個男人的老婆——我老媽！

---

❷ Patsy Cline，美國鄉村歌后，一九三二年生於美國維吉尼亞州，一九五三年竄起於歌壇，不料於十年後因飛機失事罹難，享年三十歲。

男人用骯髒的大拇指指甲撕開一包 Lucky Strike，抽出一根，然後遞給影子一根。影子正要接過（他其實不抽菸，可是拿菸換東西很方便），卻倏然想起自己已不在牢裡。他搖了搖頭。

「你為老大工作啊？」鬍子男問。他雖然還沒喝醉，可是樣子不很清醒。

「看來算是吧。」影子說，「你是做什麼的？」

鬍子男點了菸，「我是個愛爾蘭矮妖[3]。」他露齒而笑。

影子笑不出來，「真的？那你應該喝愛爾蘭的健力士黑啤酒吧？」

「那是刻板的印象，腦袋別被框框限制住了。」鬍子男說：「除了健力士黑啤酒，愛爾蘭還有很多別的東西。」

「你沒有愛爾蘭口音。」

「我住在這裡已經他媽的太久了。」

「所以你原本住在愛爾蘭？」

「跟你說過了，我是個愛爾蘭矮妖。總不會從他媽的莫斯科來吧。」

「我想也是。」

星期三回來，輕鬆地將三杯飲料握在獸掌一樣的手中，「瘋子史溫尼，這是你的南方安逸加可樂，這杯傑克丹尼爾威士忌是我的。影子，這杯給你。」

「這是什麼？」

「喝喝看。」

那杯飲料黃褐中帶著金色。影子啜了一口，混合酸與甜的古怪味道。他嘗得出基底的酒味，還混著許多怪味道。感覺有點像是牢裡將爛掉的水果麵包、糖和水裝在垃圾袋裡釀出來的私酒，不過這杯感覺更甜更烈。

「好，」影子說，「我喝了。這到底是什麼？」

「蜜酒。」星期三說，「蜂蜜釀的。英雄的酒，天神的酒。」

影子又試探地啜了一口。沒錯，這下他嘗出蜂蜜味了，「有點像醃菜剩下的醬汁，甜甜的醃菜酒。」

「像是糖尿病醉鬼撒的尿。」星期三贊同地說，「我痛恨這東西。」

「那為什麼給我喝？」影子冷靜地問。

星期三用兩隻不太一樣的眼睛盯著影子。影子覺得其中一隻應該是義眼，但不確定是哪一隻。星期三說：「我給你蜜酒，因為這是傳統。現在我們必須盡量保留傳統，印證我們的交易。」

「我們什麼都還沒交易。」

「怎麼沒有？你從現在開始為我工作，你得保護我，擔任我的司機，送我去任何想去的地方，還要幫我跑腿。危急狀況下——我是說萬不得已的時候——你可能不得不傷害某些人。如果我真的發生什麼萬一，你要為我守靈。而你的報酬就是，可以滿足所有需要。」

「他在唬你。」史溫尼搓搓薑黃色短鬚說：「他根本是個老千。」

「我的的確確是個老千。」星期三說，「所以我才需要有人好好保護我。」

點唱機的歌曲結束了，酒吧出現片刻安寧，人們全都靜下來。

「有人曾經告訴我，整點前二十分鐘或後二十分鐘的瞬間，每個人才會統統閉上嘴。」影子說。

史溫尼指著吧檯上的鐘，鐘就放在短吻鱷魚頭標本那巨大又冷酷的嘴裡。時間正好是十一點二十分。

「看吧，」影子說，「誰知道這是怎麼回事。」

❸ Leprechaum，愛爾蘭民間傳說中的一種小妖精，多為男性，個性頑皮，擅長補鞋製鞋。

「我知道這是怎麼回事。」星期三說，「把你的酒喝完。」

影子將剩下的蜜酒一股腦兒倒進喉嚨，「加點冰塊可能更好喝。」

「這倒不一定，」星期三說，「它本來就很難喝。」

「沒錯。」史溫尼說，「兩位，請恕我暫時離開，我急著上廁所。」他起身走開。影子想，這男人真是高大，將近七呎高吧？

女侍抹了抹桌子，拿走空盤。星期三請她再幫三人拿一樣的飲料來，不過，這次影子的蜜酒要加冰。

「總之，」星期三說，「我要你做的就是這些。」

「你想知道我需要什麼嗎？」影子問。

「儘管說吧。」星期三說。

女侍送來飲料。影子喝了一口加冰的蜜酒。冰塊沒有多大效果，只是增強了酒的酸味。嚥下之後，酸味還滯留在口中。影子安慰自己，至少這嘗起來不那麼像酒。他不打算喝醉。因為還不到時候。

他深深吸一口氣。

「好吧，」影子說，「我的人生，本來應該是最精華、最棒的三年，突然來個大轉彎，變成最糟糕的三年。現在，我還有些事情必須做。我想參加蘿拉的葬禮，我想去跟她道別，幫她處理後事。如果到時你還需要我，我的起薪是每週五百元。」影子隨口說出一個數字，但是從星期三的眼神看不出任何反應，「如果我們合作愉快，六個月後，調到每週一千。」

影子頓了一下。這是他這麼多年來，話說得最多的一次，「你提到可能要傷害某些人。嗯，如果有人要傷害你，那我會給他們點顏色。可是我不會為了找樂子或為了利益去傷人。我不想再坐牢，一次就夠了。」

「放心，你不會的。」星期三說。

「對，我不會。」影子喝光最後一滴蜜酒，突然浮起一個念頭：難道是這蜜酒使他開口？話語就像清水，從夏日壞掉的消防栓不斷湧出，而他無法使自己閉上嘴，「我不喜歡你，星期三先生，不管你的真名是什麼。我們不會是朋友。我不知道你是怎麼離開那架飛機，也不知道你是怎麼跟蹤我到這裡。反正我現在無事可做，等我們事情結束，我就會離開。你要是惹毛我，我也會立刻走人。而在此之前，我會為你工作。」

「好極了，」星期三說，「我們終於達成約定。你也同意了。」

「隨便你說吧。」影子說。酒吧另一端，史溫尼正把錢幣投進點唱機。星期三朝掌心吐了一口口水，伸過手來。影子聳聳肩，也在自己掌心吐了一口。兩人緊握住彼此的手。星期三開始緊緊一扭，影子也回敬一把。不到幾秒，他的手開始發痛。星期三緊握了一陣子才鬆手。

「很好，很好，」星期三說，「非常好。來，乾了最後這杯他媽的蜜酒，印證我們的約定，一切就緒。」

「我要南方安逸加可樂。」史溫尼從點唱機那兒晃回來。

點唱機開始播放「地下絲絨」❹樂團的〈誰愛太陽？〉。影子覺得點唱機會有這首歌還真稀奇，實在不太可能。不過，這整晚不就是越來越不可思議嗎？

影子從桌上拿回他剛才用來變把戲的二十五分硬幣，手指享受新鑄硬幣的觸感，用右手食指跟拇指轉出錢幣。他以流暢的動作似乎要將硬幣放到左手，硬幣卻落入右手指掌間。他將一枚無形的硬幣放入左掌，又用右手的食指與拇指夾起第二枚硬幣。他再次假裝將右手的硬幣交到左手，硬幣卻從右

❹ Velvet Underground，美國史上重要搖滾樂團，活躍於一九六〇至七〇年代，對後來的搖滾樂發展有莫大影響。

手手指落進右掌心，正好敲了一下右手中原有的硬幣。敲擊聲聽起來像是兩枚硬幣都落在左手，其實卻都握在右手心。

「硬幣戲法？」史溫尼揚揚下巴，骯髒的鬍子豎起，「我們要來玩硬幣戲法了嗎？看看這招。」他從桌上拿起一個空杯，突然一伸手，憑空拿出一個閃亮的大金幣。他將金幣丟進杯子裡，接著又憑空拿出另一枚金幣丟進杯子，匡噹一聲撞到第一枚。他陸續從牆上的燭火火焰、他的鬍子、影子空空的左手裡各拿出一枚金幣，並且一一丟進杯裡。接著，他用手環著杯子，用力一吹，又有好幾枚金幣從他手上掉入杯子。他將杯子裡的金幣全倒進自己的外套口袋，拍拍口袋，那些金幣又全不見了。

「看到沒，」史溫尼說，「這才算是硬幣戲法。」

一直仔細觀察的影子，這時將頭一歪說：「我想知道你怎麼變的。」

史溫尼用彷彿洩漏天機的語氣說：「用華麗的風格變的。」他搖搖身子，安靜地笑了，露出大大的牙縫。

「是啦，」影子說，「你說得沒錯。教教我吧。我曾看過這招窮人發財把戲，應該是先把錢幣藏在握著杯子的手裡，把它們丟進杯子的同時，右手不斷翻出硬幣又藏起來。」

「聽起來實在很麻煩，」瘋子史溫尼說：「直接從空氣裡拿出來還比較簡單。」

星期三說：「影子，蜜酒是你的。我還是要傑克丹尼爾威士忌。我們這位吃免錢的愛爾蘭先生要什麼？」

「啤酒一瓶。最好是黑啤酒。」史溫尼說：「吃免錢的嗎？」他拿起剩下的飲料，舉杯向星期三敬酒，「願我們安然度過這場風暴。」他一飲而盡。

「說得好。」星期三說，「但恐怕無法如願。」

影子面前又來了一杯蜜酒。

「我一定要喝這個嗎？」影子問。
「沒辦法，這是用來印證我們的交易。無三不成禮，是吧？」
「可惡。」影子兩大口解決那杯酒，滿嘴都是酸蜂蜜味。
「好啦，」星期三說：「你是我們的成員啦。」
「喂，」史溫尼說：「你想知道那是怎麼變的嗎？」
「是啊，」影子說，「你把錢幣藏在袖子裡？」
「袖子裡根本沒東西啊。」史溫尼得意地咯咯笑了起來，左搖右晃地，像是一座長著鬍子的高瘦火山，快要因為自己的聰明而開心地爆發了，「這是世上最簡單的把戲。咱們打一場，我就告訴你怎麼變。」
影子搖搖頭說：「算了。」
「哈，好極了。」史溫尼對著整間酒吧的人說：「星期三老頭給自己找了一位保鑣，這傢伙卻沒膽子出拳啊。」
「我不想跟你打架。」影子說。
史溫尼邊搖晃邊冒汗，玩弄棒球帽舌。接著從空中拿出一枚硬幣，放在桌上，「這是真金，你不需懷疑。不論輸贏，只要你跟我打一場，金子就是你的——不過你輸定了。沒想到你這大個兒，竟然這麼沒種？」
「他說了，他不跟你打。」星期三說：「走吧，瘋子史溫尼，拿著你的啤酒走開，讓我們安靜一下。」
史溫尼朝星期三走近一步，說：「說我是吃免錢的，嗯？你這個該死的老傢伙？你這個冷血無情的死鬼。」他漲紅了臉，怒氣沖沖。

星期三伸出手，掌心向上，溫和平靜地說：「愚蠢的史溫尼，瞧瞧你是在跟誰說話。」
史溫尼瞪著他，醉醺醺地沉聲說：「你雇用了一個懦夫。如果我對你動手，你猜他會怎麼做？」
星期三轉向影子，說：「我受夠了。解決他。」
影子站起身，仰視史溫尼的臉，想判斷這男人究竟有多高，「你喝醉了，別打擾我們。你最好馬上離開。」
史溫尼緩緩地笑說：「是嗎？」他朝影子重重揮出一拳。影子猛然後退，這一拳恰好打到他的右眼。他眼前一片閃光，非常痛。
於是，兩人開打了。
史溫尼出手毫無章法，只是一直猛攻。他總是在兩人靠近時打出重勾拳，卻老是揮空。
影子只是防守，有時小心架開史溫尼的攻勢，有時則閃開。他感到越來越多人圍觀。桌子在爭執聲中被人挪開，騰出空間讓兩人肉搏。影子始終覺得星期三專注看著自己，他感覺星期三在冷笑。顯然這只是場測試，但究竟要測試什麼？
影子在牢裡學到打架有兩種：一種是「別惹老子型」的打鬥，你盡可能展示自己的本事，讓人留下深刻印象。而另一種是私鬥，那是真正的決鬥，只講快狠準，通常幾秒內就結束了。
「嘿，史溫尼！」影子喘著氣說：「我們為什麼要打架？」
「好玩啊。」史溫尼清醒多了，至少看起來不像喝醉的樣子，「就只是因為他媽的很好玩啊。你難道沒感覺這種快樂在你血管裡鼓動，就像春天的樹要發芽一樣？」他的嘴唇流著血，影子的指關節也是。
「所以你究竟是怎麼變出金幣的？」影子往後一晃，轉身，用肩膀接住朝臉上打來的一拳。
「我一開始就跟你說啦，」史溫尼咕噥，「偏偏有人就是這麼瞎——啊呀！這拳厲害！有人就是聽不進去。」

影子朝史溫尼猛擊，迫使他撞向桌子，桌上的空杯和菸灰缸全摔在地上。影子可以在此時解決史溫尼。

他看看星期三。星期三點點頭。影子俯視著史溫尼，問：「可以了吧？」史溫尼猶疑了一下，點點頭，喘著氣站起來。

「可以個屁！」史溫尼大吼：「我說了才算！」接著他一笑，往影子身上一撲。不幸的是，他踩到掉在地上的冰塊，笑容瞬時轉成驚慌。一個跟斗，他整個人往後倒，腦後砰的一響，撞上酒吧地板。

影子用膝頭頂著史溫尼的胸膛，「我問第二次：結束了吧？」

「算是結束了。」史溫尼從地上抬起頭，「現在一點也不好玩了，簡直就像夏天小鬼頭在游泳池裡撒泡尿一樣，什麼都沒了。」他吐掉嘴裡的血，閉上眼開始打呼，鼾聲大響。

有人在影子身後拍手。星期三將一瓶啤酒塞進他手裡。

味道比蜜酒好多了。

影子在轎車後座醒來，伸了伸懶腰。早晨的陽光令人目眩，他感覺頭很疼，笨拙地坐起，揉揉眼睛。

開車的是星期三。他邊開車邊哼歌，五音不全。杯架上放著紙杯裝咖啡。車子駛在州際公路，前座沒人。

「很棒的早晨，你感覺如何？」星期三頭也不回地問。

「我的車怎麼了？」影子問：「那輛車是租的。」

「史溫尼幫你還了。你們昨晚自己談好的，決鬥之後談的。」

前一晚的對話開始塞進他腦海裡，「你還有咖啡嗎？」

高大的男人伸向前座底下，遞過一瓶未開封的水，「拿去，你會乾死。現在喝這個比咖啡好。我們會在下一個加油站休息，買一些早餐。你也要稍微清理一下。你看起來就像被羊撒了泡尿。」

「貓尿比較難聞吧。」影子說。

「羊。」星期三說：「渾身發臭、張牙舞爪的羊。」

影子扭開瓶蓋，喝了幾口，外套口袋裡沉沉地發出叮噹聲。他伸手進口袋，掏出像是五分錢幣大小的硬幣。硬幣很重，而且是金色的。

影子在加油站買了一包組合梳洗用具，有刮鬍刀、刮鬍膏、梳子，以及附了一小管牙膏的免洗牙刷。他走進男廁，看著鏡中的自己。

一隻眼睛下方有瘀青。他用手指戳了戳，發現傷在內部。下脣也腫了。

他用廁所的洗手乳洗臉，將臉上塗滿肥皂泡，開始刮鬍子。他刷了牙，打溼頭髮、往後梳。即便如此，看起來還是邋遢。

他忖度蘿拉若看到他這副模樣，不知會說什麼。接著他想起蘿拉永遠不會再說什麼了。於是，他看著鏡中的自己，不由得顫抖了一下。

他走出廁所。

「我看來一臉屎樣。」影子說。

「的確是。」星期三贊同。

星期三拿了一袋零食到收銀處，和油錢一起結帳。他猶豫該用信用卡或付現。這使得站在收銀機後面嚼著口香糖的小姐一肚子火。影子看到星期三表現慌張，頻頻道歉，彷彿突然老了許多。收銀機小姐把現金還給星期三，用信用卡結帳，接著又將信用卡簽單還給星期三，接過現金，然後又再把現金還回去，接過另一張信用卡。星期三似乎快要哭出來了，就像是個無助的老人，身處在現代滾動不息的信用卡世界。

兩人走出暖和的加油站，呼出的氣息化成空中的蒸氣。

再度上路。泛黃的草地流過車外。樹上的葉子都掉光枯死了，電話線上兩隻黑鳥盯著他們。

「嘿，星期三。」

「怎麼了？」

「照我剛剛看到的，你根本沒付油錢。」

「唔？」

「依我看到的，是她付給你錢，讓你待在那個加油站。你覺得她想到這點了嗎？」

「她永遠想不到。」

「所以你是撿便宜的老千？」

星期三點了點頭，「是啊，算是吧。其他事也算的話。」

他拐進左線，超過一輛卡車。灰濛濛的天色十分單調。

「快下雪了。」影子說。

「是啊。」

「史溫尼真的有跟我說他是怎麼變出金幣嗎？」

「喔，有啊。」

「我毫無印象。」

「你會想起來的。昨晚太漫長了。」

幾片微小的雪花刷過擋風玻璃，瞬間融化。

「你太太的遺體放在溫戴爾葬儀社，可以瞻仰。午餐後會送到墓園埋葬。」

「你怎麼知道？」

「你在廁所的時候，我打了電話。你知道溫戴爾葬儀社在哪裡嗎？」

影子點頭。雪花在他們眼前飛舞。

「就是這個出口。」影子說。車子旋即離開州際公路，經過汽車旅館區，往鷹角北區前進。

三年過去了。是的。這裡多了幾個「停止」標誌，多了幾戶陌生店家。車子經過羅比的健身房時，影子要求星期三開慢一點。門上掛著手寫告示：喪事中，無限期歇業。

車子經過主要道路左側新開的刺青店、軍力招募中心、漢堡王速食，還有那間熟悉不變的奧森藥房，終於到達黏著褐色外磚的溫戴爾葬儀社。前方櫥窗上掛著「安息之家」霓虹燈飾，燈飾下擺著未掛十字架、也還未刻字的空白墓碑。

星期三將車停在停車場。

「我進去方便嗎？」星期三問。

「不太方便。」

「好。」星期三又露出毫無笑意的笑容，「我可以趁你去告別式的時候辦一些事。我會在美利堅汽車旅館訂房間，你結束就到那兒找我。」

影子下車，看著車子開走，然後走進葬儀社。昏暗的走廊瀰漫花香和家具亮光劑的味道，還有甲醛的淡淡臭味，遠端是「安息廳」。

影子發覺自己不斷在掌心把玩那枚金幣，反覆把硬幣從手背移到掌心前端，再移到掌心後端。他清楚地感覺到硬幣的重量。

走廊遙遠的那端門邊有一張表，表上有他太太的名字。他走進安息廳。廳裡的人他大多認得，都是蘿拉的同事和好友。

他們都認出影子，從他們的表情就可以看出來。然而沒有人微笑，連招呼都沒打。

房間尾端是個小臺子，奶油色的棺木就放在上面，四周擺了一些花飾：深紅色、黃色、白色、絳紫色的花。他往前踏了一步，他可以看見蘿拉的遺體。他不想更接近，卻也不想走開。

一名穿著深色西裝的男子（影子猜想他應該是葬儀社的員工）指著小讀經臺上的皮革封面本子，問：「先生，您想在追思本上簽名嗎？」

影子用簡潔的筆跡寫下「影子」和日期，接著又慢慢在旁邊寫下「小狗狗」。他在拖時間，遲遲不想走向房間另一端人們聚集之處，不想走向棺木，走向那個躺在奶油色棺材裡卻再也不是蘿拉的東西。

一名矮小的女人走過來，樣子有點遲疑。她一頭銅紅色的頭髮，一身昂貴的黑衣。寡婦的喪服，影子想。他認識這女子，她是奧黛莉．伯頓，羅比的遺孀。

奧黛莉拿著一枝紫羅蘭，底部紮著錫箔。孩子們在六月做的東西，影子心想。但現在不是紫羅蘭的季節。

奧黛莉走過房間，走到蘿拉的棺材旁。影子跟著她。

蘿拉閉著眼睛躺在那兒，兩手交叉放在胸前，身上穿著一套保守的藍洋裝，是影子沒見過的衣服。長長的褐髮撥在雙眼兩旁。那是他的蘿拉，卻也不是。影子發覺，這之所以不自然，全是因為她睡得太安詳了。她一向睡得不好。

奧黛莉將夏日紫羅蘭放在蘿拉胸口，接著嘴巴動了動，用力朝蘿拉那沉眠的臉吐了一口唾沫。

唾液正好吐在蘿拉臉頰上，慢慢流向耳朵。

奧黛莉邁步走向門口，影子追在她身後。

「奧黛莉？」影子說。

「影子？你逃獄了嗎？還是他們放你出來的？」

影子猜想她可能服了鎮定劑。她的聲音聽起來十分冷淡。

「昨天放我出來的，我自由了。妳剛才是在做什麼？」

奧黛莉在昏暗的走廊停下腳步，「紫羅蘭嗎？那是她最愛的花。我們年輕時常常一起去摘。」

「不是紫羅蘭。」

「噢，那個啊？」她往嘴角似乎抹了抹什麼東西，「我以為意思很明顯。」

「我不明白那是什麼意思。」

「他們沒跟你說嗎？」她的聲音非常冷靜，毫無感情，「你老婆死的時候，嘴巴含著我老公的下體。」

影子走回停屍間。有人已經抹去了那唾沫，不知是誰。

影子在漢堡王解決午餐。午餐後就是葬禮，蘿拉的奶油色棺材將埋在小鎮邊緣非宗教圈的公墓裡。那區墓地沒有圍牆，只是微微隆起的林地。草地上布滿墓碑，都是以黑色花崗岩和白色大理石製成。

他與岳母搭乘溫戴爾葬儀社的靈車到達墓地。麥卡比太太似乎覺得蘿拉的死是影子的錯，「如果你在家裡，就不會出這種事。我真不知道她為什麼要嫁給你。我跟她講過了。講了不下百遍。可是孩子就是不聽媽媽的話，是吧？」她停了一會兒，仔細看了看影子的臉，「你跟別人打架了？」

「是的。」

「真野蠻。」她緊抿著嘴，揚著頭，下巴似乎在顫抖，直直瞪著前方。

出乎影子意料，奧黛莉也出席葬禮。她站在後方。告別式結束，棺材埋入冰冷地底，人群離去。

影子並未離開。他雙手插在口袋，站著發抖，瞪著地上的洞。

他頭上是鐵灰色的天空，平淡寂寥，猶如鏡面。空中開始下雪。雪花猶如鬼影翻舞不定。

他感覺有些話想對蘿拉說，於是等在原地想知道自己到底要說什麼。世界漸漸黯淡，他的雙腳麻木，雙手和臉頰冰冷發痛。他將手埋進口袋取暖，手指緊緊抓著那枚金幣。

他走向墓穴。

「這是給妳的。」

棺木上灑了幾抔土，但墓穴還未完全填滿。他將金幣伴隨蘿拉一起埋入，接著將泥土推入墓穴，以免讓貪心的盜墓者看到金幣。他拍拍手上的泥土，「晚安，蘿拉。」接著又說：「對不起。」他轉向鎮上的燈光，朝鷹角走去。

汽車旅館遠在兩哩外，不過，在牢裡待了三年，他養成喜歡走路的習慣。如果需要，一直走下去也無妨。他可以一直往北走，走到阿拉斯加。不然往南走，走到墨西哥或更遠的地方。他可以走去巴塔哥尼亞，甚至走去火地島。

一輛車駛近他身邊，車窗搖下。

「要搭便車嗎？」奧黛莉問。

「不用，而且我也不想搭妳的便車。」

他繼續走。奧黛莉以時速三哩在他身邊開著，雪花在她大燈前飛舞。

「我還以為她是我最好的朋友。」奧黛莉說：「我們每天都聊天。我和羅比吵架，她總是第一個知道，我們總是到奇奇喝一杯瑪格麗特，聊男人怎麼都是人渣之類的事。想不到她卻在我背後搞我的男人。」

「奧黛莉，請先離開吧。」

「我只是要你知道，我會那麼做是有原因的。」

影子不發一語。

「嘿！」奧黛莉大吼，「嘿！我在跟你說話！」

影子轉身，「妳想聽到我說，我同意妳朝蘿拉吐口水是對的嗎？妳想聽我說，我一點也不心痛嗎？妳想聽我說，妳告訴我的一切，使我恨她而不是想念她嗎？絕不可能的，奧黛莉。」

她在影子旁沉默地繼續開了一分鐘，接著問：「牢裡過得怎樣，影子？」

「還不錯，會覺得回家真好。」

奧黛莉往油門一踩，引擎隆隆響著開走了。

大燈的光消失，世界又回到黑暗。微光消失在暗夜。影子仍期望走路可以令他溫暖，可以從冰冷的手暖到腳底，但事實不然。

他想起坐牢的時候，低調李史密斯曾說，醫務室後方的小小監獄墓地是白骨林地，而這一幕就在影子腦中深深扎根。那一晚，他夢見一塊月光下的林地，白色的枝枒是骨頭，末端都是掌骨，樹根深深埋入地底。白骨林地的樹上都長著果子。在他夢中，那些果子令他十分厭惡，可是他醒來後，完全想不起夢中那些長在樹上的是什麼果子，也不知道為什麼他覺得那麼反感。

車流在他身邊經過，影子真希望有人行道可以走。黑暗中某個看不到的東西絆倒了他，他跌進路邊水溝，右手插進冰冷的泥巴。他爬起來，在褲管上擦了擦手，難堪地站在原地。他只匆匆瞥到似乎有人在他旁邊，接著鼻子和嘴巴就被某種溼溼的東西蒙住，聞起來是刺鼻的化學臭味。

這一次，他沉入了溫暖又舒適的溝渠。

影子感覺自己的太陽穴彷彿重新用鉚釘跟顱骨嵌合起來，某種繩子將他雙手綁在背後。他正在車子裡，坐在皮椅上。他有些懷疑是不是自己的遠近判斷力出了問題，接著恍然大悟，對面的椅子真的隔很遠。

有人坐在他旁邊，但他無法轉身看。

禮車另一端的年輕胖子從迷你酒吧拿出一瓶健怡可樂，打開瓶蓋。他穿著黑色長大衣，質料像是絲綢，樣子看起來才剛過青春期，一邊臉頰上淨是青春痘。他看到影子醒來，便露出微笑。

「哈囉，影子。別惹毛我。」

「放心，沒問題。請問可以在美利堅汽車旅館放我下車嗎？就在州際公路旁。」

「給我扁他。」年輕人跟影子左邊的人說。影子的心窩遭到一拳，打得他難以呼吸，痛得彎下身子。他緩緩坐直。

「我說了，別惹我。剛剛那句就惹毛了我。簡單扼要地回答，要不然我就斃了你。也可能我不幹掉你，叫這幾個小乖乖打斷你身上該死的每一根骨頭。兩百六十根啊，所以別惹我。」

「了解。」影子說。

禮車天花板的燈從紫羅蘭色轉成藍色，又變成綠色和黃色。

「你現在正在為星期三工作。」年輕人說。

「是的。」影子說。

「見鬼了，他在幹什麼？我是說，他在這裡幹麼？他一定有什麼計畫。到底是在耍什麼把戲？」

「我今天早上才開始為星期三先生工作。我只是個跑腿的。」

「你的意思是，你不知道？」

「我是不知道。」

男孩掀開外套，從內袋拿出銀色菸盒。他打開菸盒，遞給影子一根菸，「抽嗎？」

影子想著是不是該要求對方鬆開自己的手，但決定還是算了，「不，謝謝。」

那根菸看起來像是手捲的。男孩用黑色的打火機點菸，聞起來有點像燒焦的電線。

男孩深深吸了一口氣，屏住呼吸。煙慢慢從他嘴巴呼出，又吸回鼻子裡。影子猜想他一定在鏡子前練習很久，才在別人面前這麼做。「要是你說謊，」男孩的聲音彷彿來自遙遠的地方，「我就幹掉你。你明白吧？」

「你說過了。」

男孩又吸了一大口菸，「你說你要在美利堅汽車旅館過夜？」他敲敲身後跟司機相隔的屏幕。玻璃屏幕降下。「喂，到美利堅汽車旅館，州際公路旁。我們的貴賓要在那裡下車。」

司機點點頭，玻璃屏幕緩緩升上。

禮車內的光纖燈仍不停變色，在同一組顏色間轉換。影子看到少年的眼睛似乎也閃著亮光，像是舊電腦螢幕的顏色。

「你告訴星期三。跟他說他已經落伍了。他已經被遺忘了、老了。告訴他，我們才有未來，而且我們才不在乎他和他那一掛。他早該被丟進垃圾車，只有像我這種人，才能開著禮車在未來的高速公路上跑。」

「我會跟他說。」影子開始覺得頭昏眼花。他希望自己不是生病了。

「告訴他，我們才是嶄新的現實，告訴他，語言是病毒，宗教是作業系統，祈禱只是垃圾郵件罷了。一字一句告訴他這些，要不然我就讓你死得好看。」年輕人在煙霧中溫和地說。

「了解。你可以在這裡讓我下車，我可以自己走路回去。」

年輕人點點頭，煙霧令他變得柔和，「跟你聊得還不錯。你應該知道，我們要真想斃了你，只需把你刪除掉。明白吧？一個按鍵，你就會被亂數蓋掉。刪除之後就無法回復了。」他又敲敲身後的屏幕，「他要在這裡下車。」他再次轉向影子，指指自己的菸，「人造蟾蜍皮，你知道現在連蟾蜍的毒都可以人造了嗎？」

車子停了，車門打開。影子笨拙地踏出車外。他的骨頭斷了。他轉身，車子裡是一團煙霧，霧裡有兩盞燈閃著，如今變成銅紅色，就像蟾蜍的漂亮眼睛。「一切都是為了該死的主導權啊，影子。沒有別的事比這更重要了。啊，對了，你太太的事很遺憾。」

車門關上，修長禮車安靜駛離。離汽車旅館還有兩百碼。影子呼吸著冰冷的空氣往前走，經過紅色、黃色、藍色、廣告著各種想像得到的速食（只要那是漢堡）的霓虹燈。他安全地走到美利堅汽車旅館。

第三章

分分秒秒皆痛楚，最後一刻方致命。

——諺語

美利堅汽車旅館櫃臺後的瘦削年輕女子告訴影子，他的朋友已經為他辦了住房登記，並將長方形的塑膠房間門鎖卡交給他。女子有一頭淺金色頭髮，長得有點像老鼠，尤其是面露疑色的時候——微笑時則顯得較為溫和。她拒絕透露星期三的房號，堅持用內線通知星期三，告知有訪客到來。

星期三先生從走廊尾端某個房間走出，向影子點頭示意。

「葬禮如何？」

「結束了。」

「你想談談嗎？」

「不想。」

「好。」星期三露齒一笑，「這幾天總是不停說說說，說太多話了。這個國家的人要是能學會忍耐寂靜，或許會變得比較好。」

星期三帶影子回房間，他的房間剛好與影子隔一條走道。房裡擺滿地圖，全都攤在床上或貼在牆上。星期三在地圖上用各色螢光筆畫滿線：螢光綠、刺眼的粉紅色，還有鮮活的橙色。

「我在半路上被一個胖小鬼綁架。他要我轉告你，說你已經被丟進歷史的糞堆，而他那一夥人則在生命的高速公路上開著禮車狂飆。大概是這樣吧。」

「小毛頭。」星期三說。

「你認識他？」

星期三聳聳肩道：「我知道他是誰。」他在房裡唯一一張椅子上重重坐下，「他們根本沒搞懂，他們全他媽的搞不清楚。你還要在鎮上待多久？」

「我不知道。也許還要一個星期。我應該還要處理一些跟蘿拉有關的事，處理公寓、丟衣服等等雜事。那些事情會讓她母親抓狂，不過那女人活該。」

星期三點了點他那顆大頭，「你越快辦完，我們就能越早離開鷹角。晚安。」

影子越過走廊。他的房間跟星期三的一模一樣，包括床鋪上方的血紅日落牆紙。他點了一份乳酪肉丸披薩，接著開始放洗澡水，將浴室內小塑膠瓶裡所有洗髮精都倒進水裡，使洗澡水冒出泡泡。

他太高大，無法整個人都泡進浴缸。但他坐在裡頭，盡量放鬆。他曾暗自許諾要在出獄後好好泡一次澡，他正在實踐諾言。

泡完澡不久，披薩送來了。影子一邊灌沙士，一邊囫圇吞棗地將披薩送進胃裡。

然後他躺在床上心想：這是我成為自由之身後的第一張床。然而這並不像他原本預期的那麼舒服。他讓窗簾開著，透過玻璃看著外頭的車燈和速食店的霓虹燈。他知道外頭還有另一個世界，一個他隨時可以隨興進入的世界，這令他感到安慰。

他想，他本來可以躺在家裡的床上，躺在與蘿拉同棲共宿的公寓裡。然而，想到要待在一個充滿蘿拉的物品、香味與生活回憶的地方，卻沒有她……這實在太痛心。

別回想，影子告訴自己。他決定想些別的。他開始想硬幣戲法。他知道自己沒有成為魔術師的天分，無法編織可信的謊言，他也不想耍牌戲或變出紙花。他只想操控硬幣，喜歡這種把戲的精巧。

他開始回想那些他玩過的銅板，想起他丟進蘿拉墓穴的那枚金幣，接著，在他的腦海裡，奧黛莉告訴他，蘿拉死時含著羅比的下體。於是，他又一次在心底感到一陣小小的痛楚。

分分秒秒皆痛楚，最後一刻方致命。這句話是哪裡聽來的？

他想起星期三的評語，不禁微笑了。他聽過太多人說，不要壓抑感情，要讓情感宣洩，讓傷痛過去。但沒有什麼人談壓抑感情這件事。如果壓得夠久、夠徹底，他猜測不需要多久，就會喪失任何感覺。

接著，他不知不覺捲入睡眠之網。

他走在……

他走在一個比城市還大的房間，視野之內淨是雕像與雕刻品，都是粗製濫造的東西。他正站在一個類似女人的雕像旁。雕像的雙乳平垂在胸前，腰上環繞許多雙手，女子的雙手都抓著利刃，在她頸上的並不是頭，而是兩條蛇：兩條蛇面對面拱曲著身子，狀似準備攻擊。這雕像令人感到不安，潛藏著狂暴的錯置感，於是影子轉身走開。

他走過大廳。那些雕像上的眼睛似乎盯著他的步伐。

在夢中，他發覺每座雕像前方地面都燃著各自的名稱：一個白髮男人，脖子上圍著牙齒串成的項鏈，拿著一面鼓，名叫**路克修司**❶。一個雙股間懸著怪獸的肥臀女人叫做**媢孛**❷。一個拿著金球、有著公羊頭的男人叫做**賀雪夫**❸。

他聽到一個清晰而謹慎的聲音，但他看不到人影。

「這些都是遭人遺忘的神祇，如今或許已經消逝，被遺留在乾涸的歷史長流。祂們已逝去、消失，可是祂們的名字和面容仍與我們同在。」

影子轉個彎，走過拐角，發現自己正在另一間房裡。這裡比前一間房大得多，大得看不到盡頭。

離他不遠處躺著猛瑪象的顱骨，白骨上帶著點棕色。還有一個左手殘缺的女子，圍著赭色的毛斗篷。這些東西旁邊是三個女人的雕像，都是從同一塊花崗岩原石刻出，三尊雕像腰部以下相連。就影子所見，她們的五官似乎是倉促完成，然而乳房與生殖器雕得極為仔細。還有一尊不能飛的鳥，影子認不出是什麼，幾乎是他的兩倍高，長著類似兀鷹的鳥喙，卻有人的雙臂。此外還有各式各樣的雕像。

那聲音又出現了，彷彿在講課般：「這些神祇不僅消失在世人的記憶中，連名號都已不可考。崇敬祂們的人民也同樣被遺忘了。這些神祇的圖騰凋壞，久遭遺棄，祂們的祭司還來不及傳揚奧義便已死去。

「神祇也會死。祂們死了之後，沒有人為祂們哀悼，沒有人記得。意念比人還難消除，可是終究會泯滅。」

廳堂間迴盪起一陣囈語，耳語聲使夢中的影子打了個寒顫，莫名的恐懼襲來。驚惶的情緒將他吞沒，在這早已為人忘卻的諸神殿堂——章魚臉的神、雙手被做成木乃伊的神、墜落的岩石、火燎森林……

影子倏地清醒過來，胸口咚咚跳動，前額直冒冷汗。床邊的紅色數字鐘顯示著深夜一點零三分，美利堅汽車旅館的招牌亮光透過窗戶灑入房內。他渾渾噩噩地起身走向狹窄的洗手間，連燈都沒開。上過廁所後，他回到臥室。腦海裡的夢境依然鮮活，但他不明白為何這個夢境令他如此恐懼。

外頭灑進來的光並不怎麼亮，但影子的眼睛早已習慣幽暗，因此仍覺得有些刺眼。他床邊坐著一個女人。

---

❶ Leucotios，克爾特文化中的雷神。
❷ Hubur，巴比倫神話中的女神。其子殺了她之後，她的身體分裂為天與地。
❸ Hershef，埃及文明中掌管水與豐收的神祇，羊頭人身。

他認識這女人。即便在千千萬萬人之中，他也能馬上認出來。女人仍穿著下葬時的海藍色洋裝。女人的聲音雖細如耳語，卻十分熟悉。「我猜，你要問我為什麼在這裡。」蘿拉說。

影子什麼都沒說。

他在房裡唯一一張椅子上坐下，終於開口問：「是妳嗎？」

「是我。」女人說，「親愛的，我好冷啊。」

「妳已經死了。」

「是的，我死了。」她拍拍身邊的床，「過來坐我旁邊吧。」

「不。」影子說，「我想，我還是坐在這裡比較好。我們還有些問題要談談。」

「關於我死了的事嗎？」

「或許吧。不過，我比較想談妳怎麼死的。妳跟羅比。」

「噢。那件事啊。」

影子聞到了一股腐臭味——或許只是自以為聞到了，那是一種混合花朵與防腐劑的臭味。他的妻子——前妻……不，他更正自己的說法：他的亡妻——坐在床上，眼睛眨也不眨地盯著他。

「親愛的，你可以……嗯，你能不能給我一根菸呢？」

「妳不是戒菸了？」

「是戒了，不過我再也不用擔心健康問題了。說不定抽根菸可以讓我鎮定一點。樓下大廳有販賣機。」

影子穿上牛仔褲，套上T恤，光著腳走到大廳。值夜班的是個中年男子，正在讀約翰．葛里遜❹的小說。影子在販賣機買了一包維吉尼亞淡菸，向夜班職員要了一盒火柴。

「你住的是禁菸房。」職員說，「請記得一定要開窗。」他遞給影子一盒火柴和塑膠菸灰缸，上面印著美利堅汽車旅館的標誌。

「知道了。」影子說。

他走回自己的臥室。蘿拉已在他凌亂的床單上攤平身子。影子開窗，將火柴及香菸遞給蘿拉，觸到蘿拉冰冷的手指。蘿拉點了一根火柴，她那向來乾淨的指甲如今滿是磨損嚙咬的痕跡，還夾著泥巴。

蘿拉點了菸，吸了一口，吹熄火柴，又吐了一口煙。「我吸不到菸的味道，看來完全沒有用。」

「真可惜。」影子說。

「我也這麼想。」蘿拉說。

蘿拉又吸了一口，菸頭亮著星火，影子終於能看見她的臉。

「他們放你出來了。」蘿拉說。

「是的。」

菸頭閃著橙光。「我還是很感謝你。我實在不該把你扯進來。」

「嗯，是我自己答應做的。本來我也可以拒絕。」他不知自己為何不怕蘿拉，為什麼博物館的夢會使他心有餘悸，但跟屍體說話卻毫無恐懼。

「是，你可以拒絕的。你真傻。」煙霧籠罩著她的臉，微光下顯得分外美麗。「你想知道我跟羅比的事？」

「我想是吧。」

蘿拉在菸灰缸裡捻熄香菸。「你在牢裡，但我需要有人陪我談心。想哭的時候，需要肩膀倚靠。那些時候你都不在。我很難過。」

---

❹ John Grisham，美國現代驚悚小說家，著有《死亡傳喚》（The Summons）、《失控的陪審團》（The Runaway Jury）等書。

「對不起。」影子發現蘿拉的聲音不太一樣，但分不出究竟哪裡不同。

「我了解。所以我會跟他出門喝咖啡，聊聊你出獄之後我們要做什麼，聊聊再次見到你時會有多開心。你也知道，他真的很喜歡你。他打算等你出獄之後，讓你重回舊職。」

「是的。」

「後來，奧黛莉出門一週，去探望她姊姊。那是在你離開一年……不，十三個月後的事。」蘿拉的聲音毫無感情，一字一句平板單調，像是一顆顆落入井中的小石子。「羅比過來找我，我們兩個喝醉了，就在臥房的地板上做了起來。感覺不錯，真的很棒。」

「我不用聽這些吧。」

「是嗎？抱歉，死了之後實在很難挑選。你知道，就像照片一樣。反正這些不重要了。」

「對我很重要。」

蘿拉又點了一根菸，動作流暢，毫不僵硬。影子有點懷疑她是不是真的死了，說不定這一切只是精心設計的惡作劇。蘿拉說：「嗯，我看得出來。總之，近兩年來，我們就一直維持這樣的關係，雖然我跟他都不將這稱為什麼特殊關係。」

「妳想過為了他而離開我嗎？」

「我為什麼要這樣做？你是我的寶貝啊，你是我的小狗狗。你為我付出那麼多。我等了三年，等你回到我身邊。我愛你。」

影子克制住自己說出「我也愛妳」的衝動。他不打算說出口，再也不說。「那麼，那晚發生了什麼事？」

「我死掉的那晚？」

「是啊。」

「喔，我跟羅比出門，討論『歡迎回家』驚喜派對的事。一切本來會是多麼美好啊。我跟他說，該結束了，該做個了斷。你就要回家了，事情應該如此。」

「嗯，謝謝妳，寶貝。」

「別客氣，親愛的。」一絲微笑飄過蘿拉臉龐，「我們不禁感傷落淚，那是個美好的夜晚。我們實在太蠢了。我喝得非常醉，他沒有，因為他要開車。我們開車回家，結果，在路上，我說我要讓他享受最後一次，帶有感情的最後一次。我解開他的褲頭拉鏈，就做了。」

「天大的錯誤。」

「還用說嘛。我的肩膀撞倒了變速排檔，羅比試著推開我，想把車子拉回來，結果一個大轉彎，好大的撞擊聲。然後我記得整個世界開始旋轉，我心裡想著『我快死了』，卻又很冷靜。我還記得，當時我一點也不怕。後來的事就全忘了。」

影子聞到一股塑膠燒焦味，香菸燒到濾嘴了，蘿拉似乎完全沒注意到。

「蘿拉，妳來這裡做什麼？」

「難道我不能來看看自己的丈夫嗎？」

「妳已經死了。今天下午我去了妳的葬禮。」

「是啊。」蘿拉不再說話，瞪著空無一物的地方。影子起身走向她，從她指間拿走悶燒的菸屁股，丟出窗外。

「怎麼了？」

蘿拉的目光對上他，「我活著的時候，做什麼事都不怎麼經過大腦。我現在了解某些從前沒弄懂的事情，可是我說不上來。」

「通常死去的人會待在墓穴裡。」影子說。

「是嗎？真的嗎？親愛的，我以前也這麼想，現在卻不確定了。或許吧。」她起身下床，走向窗邊。旅館招牌燈光照映下，她的臉如往常一樣美，那是一張他願意為之吃上牢飯的臉。

他的心在胸腔裡隱隱作痛，彷彿被人取出捏緊。「蘿拉？」

她沒注視他，「影子，你惹上麻煩了。如果沒人看顧你，你就會完蛋。但我會看顧你。謝謝你送我的禮物。」

「什麼禮物？」

蘿拉將手伸進口袋，掏出影子丟進墓穴的金幣，上面仍黏著汙泥。「我會用條鏈子掛起來。你真好。」

「別客氣。」

蘿拉轉過身，一雙眼睛彷彿注視著他，卻又像是視若無物。「我想，我們的婚姻還可以有所努力。」

「親愛的，」影子告訴她，「妳已經死了。」

「很顯然，這是問題之一。」蘿拉暫停了一下，又說：「好吧，我得走了。或許我離開會好一點。」她轉身，輕鬆自在地將手放在影子的肩膀上，踮起腳尖吻了影子，如同她每次道別時一樣。

影子笨拙地彎腰想親吻她的臉頰，但她將嘴迎上，雙脣印上影子的嘴。她的氣息帶著淡淡的防腐劑味。

她的舌頭輕竄入影子的嘴，冰冷、乾硬，帶有香菸與膽汁的味道。影子本來還有點懷疑他妻子是不是真的死了，現在已毋庸置疑。

他身子一退。

「我愛你。」蘿拉簡短地說：「我會看顧著你。」她走向房門，「親愛的，睡一下吧。離麻煩遠一點。」

她打開通往走廊的門。走廊上的日光燈毫不留情，燈光下的她顯得死氣沉沉，不過每個人在日光燈下看起來都差不多。

「你可以要求我留下來過夜。」蘿拉用冰冷的聲音說。

「我想我做不到。」影子說。

「親愛的，你會的。在這一切結束之前。你會的。」她轉身離開，走向走廊。

影子看了看大門。夜班職員仍在讀約翰．葛里遜的小說，蘿拉經過時，他完全沒抬頭。她的鞋上還沾著墳墓的厚泥巴。她走了。

影子緩緩嘆了一口氣，心跳紊亂。他走過通道，敲了敲星期三先生的房門。敲門的同時，他閃過一道不可思議的感覺，彷彿遭一雙黑色翅膀襲擊，一隻巨大的烏鴉正飛過他，穿過走廊，飛到外頭的世界。

星期三開了門，腰間圍著旅館的白色浴巾，此外什麼都沒穿。「你搞什麼東西？」

「我想有件事應該告訴你，或許是個夢，但應該不是。如果我不是吸多了那個胖小子的人造蟾蜍皮雪茄，就是我快瘋了……」

「是啊是啊，快點說吧。我還有事。」

影子往房裡瞥了一眼，看見床上有個人盯著他。那人拉著被單蓋著小小的乳房，淡金色的頭髮，長得有點像老鼠。他壓低聲音：「我剛剛看見我妻子，在我房裡。」

「你是說，見鬼啦？你看到鬼了？」

「不，不是鬼。很具體，真的是她。我知道她已經死了，可是她完全不像鬼。我碰得到她。她還吻了我。」

「喔。」星期三瞥了床上的女人一眼，說：「親愛的，我馬上回來。」

兩人穿過走廊進入影子的房間。星期三打開檯燈，看看菸灰缸裡的菸屁股，搔了搔胸膛。他的乳頭是深色的，老人的乳頭，胸毛也白了，腹側有一條白色的疤痕。他聞了聞空氣，聳了聳肩。

「好吧，你的亡妻出現了。你害怕嗎？」

「有一點點。」

「果然聰明。死人總是讓我毛骨悚然。還有別的事嗎？」

「我可以離開鷹角了。蘿拉的媽媽可以自己整理公寓和其他東西，反正她恨死我了。你若要走，我隨時奉陪。」

星期三微笑，「好孩子，這真是好消息。我們早上就出發。現在你該睡一下，我房裡還有威士忌，如果你需要喝一些助眠。」

「不用了，我沒事。」

「那麼就別再打擾我啦？我今宵夜正長啊。」

「晚安。」影子說。

「晚安！」星期三說，走出去時順手關上門。

影子坐在床上，空氣中還飄著香菸和防腐劑的味道。他真希望自己能為蘿拉哀悼，或是在她離開後承認自己的確有點害怕，這樣似乎好過因她感到困擾。這是哀悼的時刻。他關了燈，躺在床上，想著入獄之前的蘿拉。他想起他們的婚姻生活曾是那樣年輕、快樂，帶點淘氣，捨不得放開彼此的手。

影子好久沒哭過了，久到他以為自己忘了該怎麼哭。連他母親過世的時候，他都沒掉眼淚。此刻他竟哭了，痛苦地啜泣。打從他還是小男孩以來，他第一次哭著睡著。

前往美洲
公元八一三年

蔚藍的海上，星子與陸岸為他們導航。當岸土成了記憶，暗夜由陰雲遮蔽，他們便以信仰為指針，祈求諸神之父再一次引導他們安全上岸。

他們經歷了險惡的航程，手指早已麻木，寒氣冷到骨子裡，喝酒也無濟於事。早晨醒來，他們會發現鬍鬚上覆滿白霜，彷彿個個早衰，成了蒼蒼老漢，直到溫暖的陽光將白霜融化。

在西岸登陸時，人人齒牙鬆動，雙眼凹陷。有人說：「我們離家千萬里，離開了熟悉的海洋，離開了深愛的土地。在這世界的邊緣，我們的神祇終將遺忘我們。」

領頭者爬上一塊巨岩，譏笑他們竟失去了信仰。「萬能的父神創造了這個世界，」他大吼：「祂徒手從祂的曾祖父奕米爾碎裂的骨與肉中建立這個世界。祂將奕米爾的腦放在空中，造出雲朵，鹹的鮮血變成我們航越的海洋。祂既然創造了這個世界，難道你們認為這片土地不屬於祂創造的一部分嗎？即便我們的肉身在此死去，難道祂的殿堂不會迎接我們嗎？」

眾人大笑歡呼。他們開始認真地以斷枝或泥土建造廳堂，並用圍欄圍起，即使他們知道自己是這新大陸上唯一的居民。

廳堂完工之日，下了一場暴風雨。正午的天色竟如子夜一般漆黑，白色的焰火撕裂天空，隆隆雷聲震耳欲聾，他們為了祈求好運而帶上船的貓躲在拖上岸的大艇後方。凶暴猛烈的風雨竟讓眾人歡笑起來，互相拍打背脊，說著：「連這麼遙遠的地方，雷都跟來啦。」他們心懷感激地歡慶，飲酒作樂，直到舉步蹣跚。

那晚，在幽暗的廳堂內，吟遊詩人為眾人唱起久遠的歌謠。他歌頌天父奧丁勇敢而高尚地捨生取義，如同其他人也為祂犧牲一般。他歌頌天父帶著被斧尖刺穿的傷口，流著血在「世界之樹」❺上吊了九天九夜。他歌頌天父在痛苦中學得的一切：九個名字、九種符文、十八種咒語。吟遊詩人唱到天父身上被斧頭刺穿的傷口時，猶如自己就是天父，在苦痛中嘶吼尖喊。眾人皆戰慄不已，彷彿都感受到同樣的痛苦。

第二天，那個屬於天父的日子，眾人發現了印第安人。那是一個矮小的男人，黑色長髮像烏鴉翅膀一般黑，膚色如赭紅的黏土。他說的話無人能懂，即使是曾去過赫丘力士之柱、通曉地中海商人方言的吟遊詩人也不懂。這位陌生客的身上披著羽毛與皮毛，編成辮子的長髮綴飾著細小的骨枝。

眾人帶他進入營地，供他烤肉與烈酒。這男人只喝了不到一杯獸角杯的蜜酒，便搖頭晃腦、蹣跚高歌，眾人不禁哄堂大笑。他們灌他喝更多酒。不多久，男人便蜷曲睡倒在桌下。

接著，兩人扶著男人的肩膀，兩人托起他的腿。四人將他扛上肩，看起來像是八腳馬。他們扛著男人走在隊伍前頭，走向可以瞭望海濱的梣木小丘。他們將繩子繞上他的脖子，將他高高吊在風中，做為「絞刑之主」天父的獻祭。男人的身子在風中晃蕩，面色逐漸紫黑，舌頭外吐，眼球突出，陰莖勃起堅硬，甚至能掛住皮製頭盔。眾人歡呼高叫，驕傲地將祭品送至天國。

次日，兩隻大烏鴉飛至男人的屍體上，各據一方肩頭，啄食臉頰與眼睛。眾人明瞭天神已接受他們的祭品。

那是個漫長的冬天。他們飢腸轆轆，卻因希望而歡愉。他們知道，當春日來臨，他們將遣船航返北地，帶回開墾者與女人。天氣逐漸寒冷，白晝漸短，某些人出發尋找印第安人的村莊，希望能找到食物或女人。在那焰火曾經燃燒之處，那遭人遺棄的營地裡，他們一無所獲。

仲冬某日，遙遠寒冷的太陽猶如一枚銀幣，他們看到印第安人殘缺的屍身已被人從梣木移下。當日下午，天上紛紛飄起隆雪。

北地來的人們關上營地大門，於木牆之後避冬。

那夜，他們經歷了印第安人的屠殺宴：五百個印第安人對上三十人。印第安人攀過高牆，在接下來的七日內，以三十種不同的方式殺了那三十人。於是這些航海員被歷史與族人給遺忘了。

印第安人拆卸牆垣，焚燒村落。遠遠拖上岸的倒置大艇也被燒掉。他們希望這些膚色蒼白的外地人只有一艘船。燒了船，便能確保再也沒有北方人能上岸。

一百年後，紅髮埃里克的兒子「幸運雷夫」再次發現這塊陸地，他將這塊土地取名為「文蘭地」。在此等待他的是他信仰的眾神：獨臂逖爾、「絞刑之主」奧丁，以及雷神索爾。

祂們已在此處。

祂們已等候多時。

❺ 挪威神話中稱為Yggdrasil，一棵連結全世界的巨大梣木。

第四章

讓午夜特快車的車燈照上我身，
讓午夜特快車那美妙的車燈照上我身。

——老歌〈午夜特快車〉

早晨八點起了濃霧，天氣涼寒。影子與星期三在汽車旅館對街的「鄉村廚房」餐廳吃早餐。

「你真的可以離開鷹角了嗎？」星期三問：「如果你可以上路，那我要打幾通電話。今天是星期五，自由的日子，女人可以探監的日子。明天是星期六。星期六有一堆事要做。」

「我準備好了。這裡沒我的事了。」

星期三的盤子裡，肉堆得像座小山。影子拿了水果、一個培果和一包奶油乳酪。兩人找了個雅座坐下。

「你昨晚做了**某個**夢吧？」星期三說。

「沒錯。」影子今早起床時，發現旅館地毯上蘿拉沾著泥土的足印非常清晰，從他房間一路延伸到大廳與旅館外。

「嗯，為什麼大家叫你影子？」

影子聳聳肩，「就是取了這樣的名字。」厚厚的玻璃窗外，濃霧籠罩的世界宛如以各種深淺灰色描繪出的鉛筆素描，時而點綴著刺目的紅色或純白色。「你怎麼會失去一隻眼？」

星期三將六片培根塞進嘴裡大嚼，用手背抹去沾在脣上的油脂。「沒失去啊。我可很清楚它在哪裡。」

「那你有什麼打算？」

星期三露出深思的模樣。他吃了幾片粉嫩的火腿，從下巴的鬍鬚裡挑出一小片肉屑，扔在盤子上。「我的打算是，明天晚上，我們要跟一些人見面。他們都是各行各業的頂尖人物，不過可別被他們給嚇到啦。我們挑選的會面地點，算是這國家最重要的地點吧。然後我們要款待他們一頓。我得網羅他們加入我的大事業。」

「最重要的地方，那是哪裡？」

「啊，小夥子，到時候你就知道了。我的意思是最重要的地方之一。大家的意見總有分歧。我已經傳話給我那些同伴。我們中途會在芝加哥停留一陣子，拿一些錢。照慣例，我們要用比較有趣的方法，拿到比我手頭更多的現金。然後我們去麥迪遜市。」星期三付了帳，兩人離開餐廳，過街回到汽車旅館的停車場。星期三將汽車鑰匙丟給影子。他們上高速公路，離開小鎮。

「你會想念這裡嗎？」星期三問。他正在查閱放了一疊地圖的資料夾。

「這裡？不，我幾乎沒在這裡真正生活過。從小我就不曾在同一個地方住太久，這裡也是大約二十幾歲才來的。這小鎮是蘿拉的地方。」

「希望她繼續留在這裡就好。」星期三說。

「別忘了，」影子說：「那只是夢。」

「那就好。」星期三說：「這心態很健康。你昨晚跟她做了嗎？」

影子深吸一口氣，說：「這不干你的事吧。沒有。」

「你想嗎？」

影子不發一語。他往北駛向芝加哥。星期三暗自竊笑，對著地圖深思，不時攤開地圖又摺起，偶爾拿著一枝銀色粗桿原子筆在黃色的筆記紙上做記錄。

最後他終於完成。他放下筆，將資料夾放到後座。「我們現在要去的地方啊，」星期三說：「明尼蘇達、威斯康辛等等地方，最棒的就是有我年輕時最喜歡的那種女人。雪白的皮膚，迷人的碧眼，漂亮的金髮，簡直美得發白。酒紅色嘴唇，豐滿的胸部上，血管隱隱若現，就像是頂級乳酪。」

「你年輕的時候才喜歡？你昨晚似乎過得不錯嘛。」

「是啊。」星期三微笑，「你想知道我成功的祕訣嗎？」

「花錢？」

「那太無情了。祕訣在於魅力啊，簡單明白。」

「魅力？好吧，魅力是天生運氣，不是每個人都能擁有。」

「這學得來啊。」星期三說。

影子將廣播轉到老歌頻道，聽著那些在他出生前就流行過的歌曲。巴布．狄倫唱著暴雨將至。影子心想，暴雨要不是已經停了，就是還沒落下。他們前方見不到一輛車，柏油路上的冰晶在早晨陽光下閃爍如鑽石。

芝加哥在他們眼前緩緩顯現，猶如慢慢襲來的偏頭痛。他們首先駛過鄉間，不知不覺中，經過一個個小鎮，接著是一片開展的近郊，然後才進入市區。

他們停在一棟寬矮的紅磚建築旁，人行道上的積雪已經剷淨。他們走進大廳。星期三按下金屬對講機上的按鍵。沒有回應。他又按了一次，接著試按另一戶的門鈴。依舊無人回應。

「那個壞掉了。」一名枯瘦的老婦從階梯走下，說道：「不能用了。我們問過管理員，問他何時來修，還要修暖氣。他什麼都不管，跑去亞利桑納州，就為了怕凍壞他自己的肺。」老婦帶著濃濃口音。大概是東歐來的吧，影子猜想。

星期三鞠了個躬，「親愛的卓雅，請容我說，妳真是美麗極了，容光煥發。簡直像是不會老啊。」

老婦瞪著他，說道：「他不想見你。我也不想見到你。你只會帶來壞消息。」

「要是不重要，我也不會來呀。」

老婦嗤之以鼻。她帶著一只空的編織購物袋，穿著老舊的紅色外套，釦子直扣到脖子頂，以懷疑的眼光盯著影子。

「這個大個頭是誰？」她問星期三：「又是你找來的另一個殺手？」

「夫人，您這可大大誤會我了。這位先生名叫影子，的確是為我做事，但我卻是為您們奔波啊。影子，讓我為你介紹，這位美人是卓雅．斐切爾妮雅小姐。」

「很榮幸見到您。」影子說。

老婦像鳥一樣盯著他，「影子？真是個好名字。影子較長的時分正屬於我。你這位影子先生身子的確高長。」她上下打量影子，微笑說道：「你可以吻我的手。」老婦向影子伸出冰涼的手。

影子彎腰親了那隻瘦削的手。老婦的中指戴著一枚碩大的琥珀戒指。

「乖孩子。我要去買些東西。咳，家裡唯一能賺錢的就只有我了，另外兩個靠算命根本賺不了什麼錢。她們只說實話，但是來算命的哪個想聽實話啊。真相總是不入耳，所以那些人都不再來了。只有我懂得要對他們說謊，只說他們想聽的。結果只有我能餵飽這個家。你們留下來吃晚餐嗎？」

「希望有此榮幸。」星期三說。

「那你最好給我一些錢買東西。我有自尊，但我可不笨。其他人比我還自傲，最自傲的就是**那傢伙**。給我些錢，但別告訴他。」

星期三打開皮夾，拿出二十塊。斐切爾妮雅從他指間拿走鈔票，等在原地。星期三又拿出二十塊。

「好極了，我會讓你們吃得像皇室一樣好。從樓梯上頂樓去吧，卓雅．烏特倫妮雅已經醒了，不過我妹妹還在睡，別太吵了。」

影子隨星期三走上黑暗的階梯。兩層樓梯間幾乎堆滿黑色垃圾袋，裡頭似乎是腐壞的蔬菜。

「她們是吉普賽人嗎？」影子問。

「她和她家人嗎？不是。他們不是羅馬尼亞人，是俄羅斯來的。我想是斯拉夫人吧。」

「可是她會算命。」

「很多人都會算命啊，我也稍有涉獵。」走上最後一段階梯時，星期三已經氣喘吁吁。「我想我該減肥了。」

頂層的樓梯間有一扇漆成紅色的門，門上有個窺視孔。

星期三敲敲門。沒人回應。他又更用力敲了一次。

「好啦、好啦，我聽到啦！聽到啦！」門後傳來開鎖聲。門鏈扣上，喀喀作響。紅色的門開了一條縫。

「誰啊？」傳來一個被菸燻啞的蒼老男聲。

「徹諾伯格，是你的老朋友和他的夥伴啊。」

門打開至門鏈能允許的寬度。影子在陰影下看見一張蒼白的臉，向外覷著他們。「弗丹，你來這兒幹什麼？」

「來陪陪你啊，還有一些消息要告訴你。該怎麼說呢……啊，是啦，你可能想聽一些與你利益有關的事。」

門終於打開。門後是一個穿淺灰色浴袍的矮小男人，一頭鐵灰色頭髮，五官分明。他身上的灰色細條紋長褲老舊得有些發白，腳趿拖鞋。他手掌捧成杯狀，粗大的手指夾著沒有濾嘴的香菸——像個囚犯或軍人，影子心想。男人向星期三伸出左手，說道：「那麼，弗丹，歡迎你啊。」

「他們現在都叫我星期三。」星期三說，握了握老男人的手。

男人淺淺一笑，露出泛黃的牙齒，「是嘛？很有趣。這位是？」

「這是我的夥伴。影子，這位是徹諾伯格先生。」

「幸會。」徹諾伯格說，握了握影子的左手。男人的手很粗糙，指甲黃得彷彿泡過碘酒。

「您好，徹諾伯格先生。」

「我老了。身體這兒痛、那兒痛，背也痛得挺不直，每天早上咳得肺都要吐出來了。」

「你們站在門邊做什麼啊？」是個婦人的聲音。影子往徹諾伯格肩後望去，看見站在他身後的老婦人。那婦人比她妹妹看起來還要嬌小瘦弱，也是一頭金色長髮。「我是烏特倫妮雅，」婦人說：「你們別光站在門邊，快進來坐下吧。我泡咖啡給你們喝。」

他們穿過門廊，走進公寓，裡頭的味道像是混了燉爛的包心菜、貓砂，以及無濾嘴的外國菸味。老婦人帶領他們走過狹窄的走道，經過幾扇緊閉的門，到達遙遠另一端的起居室。他們在一張寬大的馬毛沙發上坐下，其間還不小心吵到一隻灰色的老貓。老貓拉直身子，站起來，拘謹地走到沙發另一端，躺下時以警惕的眼神輪番打量了每個人，然後才闔上一隻眼，再度進入夢鄉。徹諾伯格則坐在他倆對面的扶手沙發。

烏特倫妮雅找出一只空托盤，放在徹諾伯格手邊。「咖啡要不要加糖或奶精啊？」她問客人：「我們都喝像深夜一樣黑的咖啡，甜美得有如罪惡。」

「那很好啊，夫人。」影子說。他往窗外看著對街的建築物。

烏特倫妮雅離開了，徹諾伯格看著她，等她走遠。「她是個好女人，」徹諾伯格說：「不像她兩個妹妹，一個殘酷又貪婪，另一個成天只會睡覺。」他將一隻套著拖鞋的腳擱在矮長的咖啡桌上。桌子中間擺了一套棋組。香菸燃著，杯子在桌上撞了一聲。

「是您夫人嗎？」影子問。

「誰的夫人都不是。」老人坐著，靜默了一會兒，低頭看著自己粗糙的雙手。「不，我們只是親戚。很久很久以前，我們一起飄洋過海來到這兒。」

徹諾伯格從浴袍口袋裡掏出一包沒有濾嘴的香菸。星期三伸手遞過長形的金色打火機，為老人點了菸。「我們先到達紐約，」徹諾伯格說：「我們族人都到了紐約。接著，我們來到這裡，芝加哥。一切都變得很糟。即使在家鄉，人們也幾乎忘了我。在這裡，沒人想記住我。你知道我到芝加哥之後做什麼嗎？」

「不知道。」影子說。

「我在肉品工廠找了份工作，在屠宰區。小牛一出現在輸送帶，我就把牠們敲死。你知道我們為什麼叫做敲擊員嗎？因為我們負責拿個大錘，用力把小牛給敲死。砰！手臂要很有力啊，了解嗎？然後用鏈條把死掉的小牛給吊上去，其他人割斷牠們的喉嚨。先放乾牠們的血，再砍掉牠們的頭。我們這些敲擊員是最有力的。」他捲起浴袍袖子，彎著上臂，秀出鬆垮的皮膚，以及依稀可見的肌肉。「光有力氣還不夠。敲擊的時候，要有些技巧。不然那些牛不是被嚇到，就是抓狂。到了五〇年代，換成用電光槍。只要指著牛的額頭，砰！砰！我這樣講，你大概以為這工作誰都能做吧？那可不一定。」他擺出拿槍指著牛的樣子，「還需要技巧！」他回想過去，不禁笑了，露出漬黃的牙齒。

「別跟他們講殺牛的事。」烏特倫妮雅端來紅色的木托盤，盤上的瓷杯裝著咖啡。她一一遞過咖啡，然後坐在徹諾伯格旁邊。

「斐切爾妮雅去買東西了，」她說：「很快就回來。」

「我們在樓下碰到她，」影子說：「她說她會算命。」

「是啊，」烏特倫妮雅說：「黃昏是說謊的最佳時機。我不說謊，當不了好算命師。我們的小妹卓雅．波努諾琪娜雅更是完全不會說謊。」

咖啡比影子想的還濃且甜。

影子暫時告退去上廁所。廁所就像櫥櫃一樣，牆上掛著幾張以維多利亞時代的僵硬姿勢所拍的男女照片，照片都泛著黃漬斑點。時間才剛過中午，天色卻已經開始轉暗。他聽到走廊另一端傳來聲音。他用冰水沾溼已經裂成小塊，而且帶著難聞味道的粉紅色肥皂，然後洗了洗手。

影子走出去的時候，徹諾伯格正站在走廊。

「你這個掃把星！」他大吼，「只會帶來麻煩！我不想聽。你馬上給我滾出去！」

星期三仍坐在沙發上啜著咖啡，撫摸那隻老貓。烏特倫妮雅站在磨得老舊的地毯上，一隻手焦躁地捲著金黃色長髮。

「有什麼問題嗎？」影子問。

「問題就是**他**！」徹諾伯格怒吼：「是**他**！你跟他說，再怎麼樣我都不會幫他！我要他滾！離開這裡！你們兩個都給我滾！」

「拜託……」烏特倫妮雅說：「安靜一點，你會吵醒波努諾琪娜雅。」

「妳跟他一樣，我會變得跟他一樣瘋！」徹諾伯格大叫，看來像是快哭出來。他手上的香菸落下一段菸灰，掉到快磨平的地毯上。

星期三站起來，走向徹諾伯格，將手放在徹諾伯格肩上。「聽著，」他平靜地說：「第一，我沒瘋，這是唯一的方法。第二，大家都會到，你可不想落單，是吧？」

「你知道我是誰，」徹諾伯格說：「你知道這雙手做過什麼事。你需要的是我哥哥，不是我。他已經不在了。」

走廊上一扇門打開，一個半睡半醒的女人聲音說：「出了什麼事嗎？」

「小妹，沒事沒事。」烏特倫妮雅說：「回去睡吧。」接著她轉身對徹諾伯格說：「看吧，看看你大吼大叫幹的好事。你給我回去坐好！坐下！」徹諾伯格似乎還想出聲抗議，然而他那一身怒氣似乎煙消雲散，瞬間變得很脆弱。脆弱又孤單。

三個男人走回破舊的起居室，四周牆面離天花板約一呎處環著一圈菸灰痕，就像舊浴缸的水漬。

「這不只是為了你，」星期三對徹諾伯格說，毫不膽怯。「只要是為了你哥哥好，也就是為了你好。你們兩兄弟就是這點勝過別人，不是嗎？」

徹諾伯格不發一語。

「說到貝樂伯格，你有他任何消息嗎？」

徹諾伯格搖搖頭，抬頭看影子，「你有兄弟嗎？」

「沒有，據我所知應該沒有。」

「我有個哥哥。大家都說，我們要是站在一起，看起來簡直就像同一個人，你懂嗎？我們年輕的時候，他的髮色非常接近金色，非常閃亮，眼睛是藍色的。人們都說他血統比較好。我的髮色很黑，比你還黑，人家都說我是雜種，是比較壞的。如今這麼多年過去，我的頭髮變成灰色。他的頭髮，我看也變成灰色了。你要是看到我們兩個，完全分不出哪個是光明的一面，哪個又是黑暗的一面。」

「你們很親嗎？」影子問。

「很親？怎麼可能？我們關心的事完全不同。」

門廊那端傳來叮噹聲，斐切爾妮雅走進來。「一個鐘頭後就可以吃晚飯了。」她說完又走出去。

徹諾伯格嘆了一口氣，「她還以為自己是個好廚師。她是僕人們帶大的，都是僕人煮飯。現在可沒僕人了，什麼都沒了。」

「不能這麼說，」星期三說，「從來都不是『什麼都沒了』。」

徹諾伯格說：「我幹麼聽你的？我才不聽你的鬼話。」他轉向影子，問：「你玩西洋跳棋嗎？」

「玩啊。」影子說。

「那好，你該跟我下下棋。」徹諾伯格從壁爐上拿下一個木盒，把裡頭的東西倒在桌上。「我當黑子。」

星期三碰碰影子手臂，「你不必做這種事。」

「沒關係，我想玩。」影子說。星期三聳聳肩，從窗臺上發黃的雜誌堆裡拿起一本過期的《讀者文摘》。

徹諾伯格用汙黃的手指將棋子一一排上棋盤，棋局開始了。

後來幾日中，影子發覺自己常常想起那盤棋。有些晚上，他會夢見棋局。他的棋子多半是扁扁圓圓的白棋，帶有舊木頭的顏色。徹諾伯格則使用已褪色的黑棋。影子往往是先攻。在他夢中，兩人下棋時都不交談，只有棋子放在棋盤上的喀答聲，或是棋子在棋盤上移動時磨擦木頭的斷斷聲。前幾著棋，兩人都將棋子往中心移，不移動後排的棋子。每一步棋都停頓許久，很符合下棋的氣氛：一人凝視，另一人思索。

影子在牢裡下過西洋跳棋，可以用來殺時間。他也玩西洋棋，可是他的風格並非精密算計之後的幾步，他比較喜歡挑選當下最完美的一步棋，有時的確可以靠這樣獲勝。

徹諾伯格撿起一枚黑棋，取代影子的白棋。喀答一聲，他將影子的白棋放到旁邊桌上。

「第一分，你輸了。」徹諾伯格說：「這局結束了。」

「還沒，」影子說：「這局還長得很。」

「那要不要打個賭？一點小賭金，玩起來更過癮。」

「不行。」星期三說。他的視線完全沒離開笑話專欄，「他不會跟你賭的。」

「老頭，我可不是在跟你下棋，我是跟他下棋。如何，影子先生，願不願意跟我打個賭啊？」

「你們剛才在吵什麼？」影子問。

徹諾伯格揚起一邊彎彎的眉毛，「你的老闆要我跟他一起走，幫他做些無聊事。我寧願去死。」

「你想打賭？那好，如果我贏了，你就跟我們一起走。」

老人噘嘴，「或許吧，不過要是你輸了，你就要接受懲罰。」

「什麼懲罰？」

徹諾伯格的表情絲毫沒變，「如果我贏了，我就要敲碎你的腦袋，用我的大錘。你要先跪下，然後我用大錘一敲，你就再也站不起來了。」影子凝視老人的臉，想讀出老人的心思。他確信老人不是在開玩笑，那表情底下有某種飢渴，渴望痛楚、死亡，或是懲罰。

星期三闔上《讀者文摘》，說：「這太荒唐了。我不該來這裡。影子，我們走吧。」灰貓又被吵醒，站起來走向棋盤邊的桌面。牠盯著棋子，而後跳下地板，尾巴高舉，悄悄走出房間。

「不。」影子說。他不害怕死亡，畢竟他似乎也沒有什麼非得活著完成的目標。「沒關係，我接受。如果你贏了這盤棋，你就可以用你的大錘敲我腦袋。」接著他將自己的一枚白棋移到棋盤的邊格。

沒人再說一句話，可是星期三沒再翻開《讀者文摘》。他用義眼和真實的眼睛盯著棋局，表情高深莫測。

徹諾伯格又吃下影子另一顆棋，影子則吃了徹諾伯格兩子。門廊那端傳來不知是什麼的食物味道，雖然聞起來不怎麼樣，影子卻忽然覺得肚子餓了。

兩人輪番移動棋子。經過一陣混亂互吃，王棋紛紛出現：棋子再也不僅限於在棋盤上前進，或一次只能側走一步。王棋可以任意前進後退，然而處境也變得更加危險。棋子已到達最後一排，可以移到任何想移的格子。徹諾伯格有三個王棋，影子有兩個。

徹諾伯格不停在棋盤上移動他的某王棋，不斷吃掉影子剩下的棋子，還用另兩隻王棋封住影子的去路。

接著，徹諾伯格弄出第四個王棋，對付影子的兩個王棋，且冷靜地一一吃掉。勝負已定。

「那麼……我要敲碎你的腦袋了。你要自己跪下啊，太好了。」他伸出老邁的手，拍拍影子手臂。

「距離晚飯還有點時間。」影子說，「要不要再下一局？賭注不變。」

徹諾伯格用火柴又點燃一根菸，「怎麼可能賭注不變？你要我殺你兩次啊？」

「現在這樣你只能敲一次，如此而已。你自己說過，不是靠力氣，而是靠技巧。所以，如果你再贏一局，你就可以敲我的頭兩次。」

徹諾伯格瞪著影子，「只要一次，一次就夠了。這才是技巧。」他用左手拍拍自己右上臂的肌肉，左手的菸灰四散。

「那已經是好久以前的事了吧。如果你的技術不再，就只會在我頭上打出一個大包。你最後一次在屠宰場裡揮大錘是什麼時候的事了？三十年前？四十年前？」

徹諾伯格不發一語，緊閉的脣像是臉上一條灰線。他在木桌上敲手指，敲出一段節奏。接著，他將二十四個棋子全擺回原來的棋格。

他說：「再下一局。一樣，你白棋，我黑棋。」

影子移動第一顆棋子，徹諾伯格也將棋子往前移。影子突然發現，徹諾伯格打算以剛才贏棋的招式來下這一局，原來這就是他的局限。

這次影子下得心不在焉，他抓住每個微小的機會，毫不猶豫地移動棋子。這一局他始終帶著微笑。徹諾伯格每走一步，他就笑得更燦爛。

不久，徹諾伯格幾乎是丟著棋子下棋。他將棋子重擲到桌上，其他棋子在黑色棋格上隨之顫抖。

「等著瞧！」徹諾伯格重重扔下一顆黑棋，吃掉影子一個子，「看吧，你有什麼話說？」

影子什麼都沒說，只是微笑，吃掉徹諾伯格剛放下的那枚棋子，再吃掉另一枚，又一枚，第四枚。他在黑棋格的中心堅壁清野，然後拿起棋盤邊一枚白棋，變成了王棋。

之後就只是單方殺戮。移動幾輪之後，棋局結束了。

影子說：「再來一盤？」

徹諾伯格瞪著他，灰色眼球像鋼珠一樣。接著他笑了，拍拍影子的肩，「我喜歡你這小夥子，算你有種！」

烏特倫妮雅探頭進來，告訴他們可以吃晚餐了。他們該把棋子收乾淨，鋪好桌巾。

她說：「真不好意思，我們沒有餐廳，我們都在這裡吃飯。」

菜餚一一上桌。每個人膝上擺著畫著圖案的小托盤，盤中放著骯髒的餐具。斐切爾妮雅拿了五個木碗，都裝著沒削皮的馬鈴薯，接著各加一大勺紅豔的羅宋湯，又加入一大匙白色的酸奶，最後將碗一一遞給他們。

「我還以為這裡有六個人。」影子說。

「波努諾琪娜雅還在睡。」斐切爾妮雅說：「她的份會留在冰箱，她醒了就會吃。」

羅宋湯是酸的，嘗起來像是醃甜菜根。燙馬鈴薯半生不熟。

下一道菜是硬得像牛皮一樣的燉牛肉，還加了一些不知是什麼的蔬菜。這些蔬菜實在煮得太久了，完全無法想像是哪一種綠色蔬菜。坦白說，它們已經快變成褐色了。

接著是一道包心菜捲絞肉飯。包心菜相當硬，想要咬斷，就會把裡頭的絞肉和飯粒灑滿地。影子把自己那份堆在盤邊。

「這小子和我，剛剛在下棋。」徹諾伯格一邊說，一邊埋頭對付另一塊燉牛肉。「他贏了一局，我也贏了一局。因為他贏了一局，所以我要跟他和星期三一起走，一起做瘋狂的事。可是呢，因為我也贏了一局，所以等這一切結束，我就可以用錘子一頭敲死這個年輕人。」

卓雅兩姊妹嚴肅地點了點頭。「真可惜。」斐切爾妮雅對影子說：「依我來算，你可是會快樂地活很久啊，還有很多小孩。」

「所以妳是好算命師啊。」烏特倫妮雅看來一副昏昏欲睡的樣子，彷彿努力熬到這麼晚，「妳總是說最善良的謊言。」

吃完晚餐，影子依舊覺得餓。牢飯已經夠難吃了，沒想到還有更難吃的。

「很美味。」星期三的盤子清得乾乾淨淨，似乎十分享受。「謝謝兩位女士。那麼，我自然要請兩位推薦我們這附近有什麼好旅館。」

斐切爾妮雅看起來似乎受了冒犯。「你們怎麼可以去住旅館？我們難道不算你的朋友嗎？」

「我可不能麻煩各位啊……」星期三說。

「不會麻煩。」烏特倫妮雅一手玩弄著與她不調和的金髮，並打著呵欠。

「你可以睡在貝樂伯格的房間。」斐切爾妮雅指著星期三說：「房間是空的。至於你呢，年輕人，我會在沙發上鋪張床，保證比睡在羽毛床舒服。」

「真是太感謝各位。」星期三說：「我們就打擾了。」

「而且，比住旅館便宜。」斐切爾妮雅語帶勝利地揚一揚頭，「只要一百塊。」

「三十塊。」星期三說。

「五十塊。」

「三十五塊。」

「四十五塊。」

「四十塊。」

「說定了，四十五塊！」斐切爾妮雅將手伸過桌子，跟星期三握了握，然後開始清理桌面餐具。烏特倫妮雅打了一個大呵欠，影子真擔心她的下巴會掉下來。烏特倫妮雅說，她得跟大家道晚安，以免頭埋進派裡。

影子幫斐切爾妮雅把碗盤收進狹小的廚房。出乎他意料的是，水槽底下竟有個老舊的洗碗機。他把碗盤放入洗碗機，斐切爾妮雅望了望，嘖了幾聲，將羅宋湯的木碗拿出來，說：「這些要放在水槽。」

「抱歉。」

「沒關係。哪，回去坐吧，還有派呢。」

蘋果派是從店裡買來的，用烤箱烤過，非常美味。四個人搭著冰淇淋吃完，然後斐切爾妮雅將每個人趕出起居室，為影子在沙發上鋪了一張看起來不錯的床。

星期三站在門廊對影子說：「你剛剛下的棋……」

「怎麼了？」

「幹得好。雖然很蠢，但是幹得好。好好睡吧。」

影子在狹窄的浴室用冷水刷牙洗臉，沿著走廊走回起居室，熄了燈，頭一沾枕就睡著了。

影子的夢境出現爆炸場景：他開車穿越地雷區，炸彈在他兩側爆炸。擋風玻璃破了，他感覺臉上流下溫熱的血。

某個人朝他射擊。

一顆子彈穿過他的肺，另一顆粉碎他的脊骨，又一顆擊中他的肩。他清楚感受到每一顆子彈的撞擊。他趴倒在方向盤上。

爆炸之後是一片黑暗。

我一定是在做夢，影子在孤寂的黑暗中心想，*我八成已經死了*。他想起自己小時候聽過且深信的一句話：要是一個人在自己的夢裡死了，那人在現實中一定也死了。他覺得自己還沒死，於是試著睜開眼睛。

小小的起居室裡，有個女人站在窗邊，背對影子。他心頭一緊，說：「蘿拉？」

女人轉身，沐浴在月光下。「抱歉，我不是有意吵醒你。」她有輕柔的東歐口音，「我馬上離開。」

「不，不，沒關係。妳沒吵醒我。我做了夢。」

「是啊，你大聲呼叫。我想要搖醒你，又覺得不應該插手。」

柔和的月光下，女子的頭髮蒼白無色。她穿著白色棉質睡衣，高領上圍著蕾絲，裙襬拖至地板。

影子坐起身，感覺完全清醒。「妳是卓雅．波努……」他猶疑了一會兒，「那個睡覺的小妹。」

「是的，我是卓雅．波努諾琪娜雅。你叫做影子吧？我醒來的時候，斐切爾妮雅這麼告訴我。」

「是的。妳在看外面什麼東西？」

女子看著影子，請他站到窗邊。影子穿上牛仔褲時，她轉身背對。影子走向她。小小起居室的這幾步路竟是如此漫長。

影子看不出女子的年齡。她的皮膚光滑，眼眸深邃，睫毛修長，白髮及腰。月光吸盡色彩化成魅影。她比兩個姊姊都高。

她指著夜空某處，「我在看那個。」她指著北斗七星。「看到了嗎？」

「大熊星座。」影子說。

「這是一種說法。不過我們故鄉的人不這麼看。我要坐在屋頂上，一起來嗎？」

她抬起窗玻璃，光腳爬到消防梯上。一陣寒風吹過窗戶，影子覺得想到什麼，卻說不上來。他猶豫片刻，接著套上毛衣鞋襪，跟著女子爬到生鏽的消防梯。女子等著他。寒冷的空氣中，他的呼吸成了白霧。他看著女子裸足一步步踏著冰涼的金屬階梯，並隨著她走到屋頂。

寒風呼嘯，女子的睡衣在身軀上拍動翻飛。影子不自在地發現，波努諾琪娜雅的睡衣裡面什麼都沒穿。

「妳不怕冷嗎？」兩人到達消防梯頂端時，影子問道。風將他的話語帶走。

「你說什麼？」

女子將臉頰俯近影子，氣息甜美。

「我說，妳不覺得冷嗎？」

女子舉起手指，代替回答：等一下。她輕巧地站上建築物邊緣，走上平坦的屋頂。影子有點笨拙地跟上，隨著她走過屋頂，來到水塔的陰影處。那兒放著一張木板凳，猶如等待著兩人。女子坐到上面，影子在她旁邊坐下。影子不禁感謝水塔充當了屏風。

「不，我不冷。這正是屬於我的時分。黑夜之中，我如魚得水。」

「妳一定很喜歡夜晚。」影子恨自己說不出更有智慧和深度的話。

「我的姊姊都有屬於自己的時分。烏特倫妮雅屬於黎明，在寒冷的國度，她醒來時會打開門，讓我們的父親駕著……嗯，有馬拉的兩輪車？」

「雙輪戰車？」

「對。我們的父親駕著雙輪戰車出門。斐切爾妮雅則在黃昏他回來時，負責為他開門。」

「那妳呢？」

女子停頓片刻。她的雙唇豐滿，卻毫無血色。「我從沒見過父親。我睡著了。」

「因為不舒服嗎？」

女子沒有回答。她似乎聳了聳肩，但動作細微難辨。「嗯，你想知道我在看什麼？」

「北斗七星嗎？」

女子舉起手，指著北斗七星。風將她的睡衣貼在身軀上，她白色睡衣下的深色乳頭以及乳暈上的疙瘩，瞬間清晰可見。影子不禁打了個寒顫。

「人們都說那是奧丁的馬車，也叫它大熊。在我們的故鄉，我們認為它是某種……不是神，但類似神的東西。一個壞東西，被鎖在星星上。要是它逃跑了，它就會把一切都吞掉。守望天空的就是三姊妹，日夜看守。要是星星上的那東西逃走，這個世界就完了。呼！什麼都沒了。」

「有人相信嗎？」

「很久以前，人們的確如此相信。」

「妳是想知道自己能不能看到星星上的那個怪物？」

「是啊，像是那樣的東西。」

影子微笑。要不是因為這麼寒冷，他可能會以為自己正在做夢，一切都那麼像夢。

「我可以請問妳的年齡嗎？妳兩個姊姊看起來都比妳老多了。」

女子點點頭，「我是最小的。烏特倫妮雅在黎明出生，斐切爾妮雅在傍晚出生，而我則在午夜出生。我是波努諾琪娜雅，午夜的妹妹。你結婚了嗎？」

「我太太去世了。上週，因為一場車禍。昨天是她的葬禮。」

「真遺憾。」

「她昨晚來看我。」在黑夜與月光底下，影子說得如此自然，不像白天那麼難以想像。

「你問過她想要什麼嗎？」

「沒有，我沒問。」

「或許你該問問，這是最應該詢問死者的問題，有時候他們會告訴你。斐切爾妮雅告訴我，你跟徹諾伯格下棋了？」

「是啊，他贏了，獎賞是用大錘子敲碎我腦袋。」

「古時候，人們會把某個人帶到山上，帶到高處。人們用石頭敲爛那人頭骨，獻給徹諾伯格。」

影子環顧四周。不，屋頂上只有他們兩人。

波努諾琪娜雅笑了，「傻瓜，他不在這裡。何況你也贏了一局啊。不等這一切結束，他應該不會動手。他已經說他不會了。到時候你就會知道。跟他殺的那些牛一樣，牠們總是第一個知道。不然有什麼意思？」

影子向她說：「我感覺自己好像處於一個自有邏輯的世界。它有自己的規則，就像在夢裡，妳知道有些規則是不能違反的，就算妳不知道那些規則有什麼意義。我只是隨波逐流，妳了解嗎？」

「我了解。」她以冰涼的一隻手握著影子的手，「你曾經受到保護，太陽曾將自身給予你，可是你已經失去了它，你自己送走了它。我給你的保護沒有那麼強大。我給你的是女兒的力量，不像父親那樣。但多少有點用，好嗎？」冷風中，她的白髮在臉龐吹拂。

「我必須跟妳戰一場嗎？還是得跟妳下棋？」影子問。

「你甚至不用吻我。」她告訴影子，「只要把月亮從我這兒拿走。」

「我該怎麼做？」

「帶走月亮。」

「我不明白。」

「瞧！」波努諾琪娜雅舉起左手，高高舉在月亮前方，看起來就像是她用拇指和食指抓著月亮。接著一個流暢的動作，她扯下月亮。一瞬間，她似乎把月亮從天空摘了下來，接著影子看到月亮仍在天空照耀，而波努諾琪娜雅攤開她的掌心，秀出夾在指間的錢幣。

「做得真漂亮！」影子說，「我沒看見妳把它放進手掌。最後一段是怎麼變的？」

「我沒放進手掌，」她說：「我把它抓下來了。送給你，這可以保護你。拿著吧，別再送人了。」

她將錢幣放在影子的右掌心，闔起他的手掌。他感覺手中的錢幣冰冰涼涼。波努諾琪娜雅向前傾，用手指闔上他的眼皮，在左右眼皮上，輕輕地各吻了一下。

影子在沙發上醒來，衣衫整齊。一線陽光穿過窗戶，灰塵在光線中飛舞。

他離開床，走向窗邊。日光下，房間看起來顯得更小。

昨晚的事情困擾著他。他往外望過街道，一切清晰無比。窗外根本沒有消防梯，沒有陽臺，沒有生鏽的金屬梯。

然而，他右掌心緊握著一枚閃亮無比、猶如新鑄的銀幣，一九二二年鑄造。

「啊，你醒啦。」星期三探進頭來。「好極了，你要來杯咖啡嗎？我們得去搶銀行了。」

前往美洲
一七二一年

艾比斯先生在他的皮製札記本上寫著：想了解美國的歷史，就必須認識到它是虛構的，像是炭筆塗鴉一樣，是給小孩子或沒耐心的人看的。其中大部分未獲確認、未經想像或思考，只是事物的表象，而非事物本身。他暫停片刻，拿筆蘸蘸墨水，整理思緒，然後又繼續寫：所謂「美國是由信眾所建立，他們來到美洲各處，在空闊的土地上繁衍，希望在這裡找到信仰的自由」云云，都是精心虛構的故事。

事實上，美洲殖民地就像個垃圾場，是個逃難避世之地。那個年代的倫敦，小偷可能因為十二便士就被吊死在絞刑架，美洲反而成為寬容的象徵，代表重生的機會。然而當時交通不便，對某些人而言，在虛空中跳躍舞蹈還比前往美洲容易。一趟旅程可能要花五年、十年，甚至一輩子。這也算是一種刑罰。

你可能會被賣給某個船主，搭上他的船，像奴隸一樣擠在船艙，航向殖民地或西印度群島。下船後，船主會把你依「契約雇工」❶的身分，賣給殘酷的買主，直到你的賣身契期滿。不過至少你不必蹲在英國鐵牢空等（在那個年代，無論被釋放、判流刑或吊死之前，你都要待在牢裡，等待刑罰確立），而可以在新世界謀生。你當然也可以賄賂船長，使他提早讓你回英國。的確有人這麼做。但如果執法機關抓到你在流刑期間逃亡（也許你的宿敵或老友想報復，跑去告發你），你就會立刻被吊死。

這令我想起伊絲．崔高恩的一生——他又暫停片刻，拿起櫃子裡的赭色墨水罐為桌上的墨臺添加墨水，將筆尖蘸些墨，然後繼續寫——她來自英格蘭西南部康瓦耳郡某個嚴寒山崖邊的小村莊，她的家族在許久之前便已定居於此。她父親是個漁夫，傳言說他還會劫掠船隻——這種人為了打劫船貨，會在暴風雨時故意將燈籠高掛在巉崖邊，引導船隻撞上礁石。她母親在大地主家中當廚娘。伊絲從十二歲起，也到地主家幫忙洗碗。她又瘦又小，有一雙大大的棕眼，深棕色的頭髮。她不喜歡成天工作，總不時溜班，跑去聽人們講鄉野傳奇故事，包括皮司奇或史普利根❷等妖精的故事，還有沼澤的黑狗、運河裡的海豹女人等等。雖然地主覺得這些故事很可笑，但廚房僕役總會於夜間在廚房門外放一碟香濃的牛奶，給皮司奇享用。

幾年過去，伊絲不再是瘦小乾癟的女孩了。她身材凹凸有致，曲線玲瓏，留著栗色鬈髮，棕眼裡總是含著笑意。她的雙眼點燃了地主兒子巴索羅穆的心。他十八歲，剛從拉格比鎮返家。伊絲會在夜晚來到森林邊約定的石頭旁，將巴索羅穆晚餐未吃完的麵包纏上自己的髮絲，留在石頭上。隔天，巴索羅穆就會在伊絲清理他房間壁爐時過來與她談話，並且滿足地看著她，雙眸如同暴風雨來臨之前的豔藍天。

伊絲總是說，他的眼睛散放危險誘人的光芒。

不久，巴索羅穆去了牛津，而伊絲的肚子突出得越來越明顯，結果終於被遣散。後來她流產了。由於地主夫人疼惜伊絲的廚娘母親，因此說服了丈夫，讓少女再回來幫忙洗碗。

然而伊絲對巴索羅穆的愛，已轉為對他家族的恨。不到一年，她從鄰鎮找了個叫做約賽亞．弘能的新男友，這男人名聲不佳。某晚，趁地主一家睡覺時，伊絲起床開了邊門，讓情人進屋。男人趁機將屋子劫掠一空。

整件事很明顯是內神通外鬼。因為，一定是屋裡某個人打開了邊門（地主太太很確定自己上了門閂），而這人一定很清楚地主將銀盤、錢幣和本票放在哪些櫃子和抽屜。然而伊絲堅決否認一切，直到約賽亞．弘能被捕，因為他在愛塞特市的雜貨店使用了地主的本票。地主確認物證之後，伊絲和弘能皆移送法辦。

地方法庭將弘能判刑，依照當時俚語的冷酷說法是：把他**解決掉了**。但法官對伊絲的年齡及栗色頭髮有所憐憫，因此判她七年流刑。她被送上一艘叫做「海神號」的船，聽令於克拉克船長。於是伊

❶ 欲前往英屬北美殖民地的白人，因為沒有能力支付船資，便以數年的無償勞力來償付船主。

❷ Piskies、Spriggans，英格蘭康瓦耳地方傳說中的妖精。

絲踏上旅程，前往卡羅來納州。途中她博得船長同情，說服了船長帶她一起回英格蘭。船長不但娶她為妻，還將她送到船長母親位於倫敦的居所，因為那裡沒人認識她。回程平順又愉快，原本載著人的船改運棉花和菸草。船長和他的新娘就像一對雙宿雙飛的蝴蝶或愛情鳥，互贈信物，纏綿悱惻，極為恩愛。

抵達倫敦後，克拉克船長將伊絲交給自己的母親，他母親亦將伊絲視為媳婦。八週後，海神號再度啟航，年輕貌美的栗髮新娘在碼頭邊揮手，與丈夫道別。她回到家中，趁婆婆不在，自行取走絲布、金幣，以及婆婆用來裝鈕釦的銀壺。她帶著這些東西，消失於倫敦的喧囂之中。

接下來兩年，伊絲成了手法高明的商店慣竊，寬大的裙襬下隱藏無數罪惡。她偷的大多是絲布或蕾絲，生活衣食無缺。伊絲認為自己之所以能免於顛沛流離，都歸因於童年時聽過的那些皮司奇妖精。她深信這些妖精活躍於倫敦市。即使朋友都嘲笑她，她每晚仍在窗臺邊放著裝有牛奶的木碗。而最終能笑看一切的也只有伊絲：旁人紛紛得了淋病或梅毒，只有她依然健壯。

十九歲的時候，命運卻給了她沉重的一擊。當時她正坐在佛里特街貝爾樓的雙叉旅社，看到一名剛從大學畢業的青年走進，坐在火爐邊。唷，自投羅網的獵物。伊絲心想。她坐到青年身邊，稱讚他瀟灑帥氣，一隻手撫摸他的膝蓋，另一隻手則十分謹慎地搜尋青年的懷錶。青年仔細地凝視著她，眼眸猶如夏日豔麗的藍天，她的心不禁往下一沉。巴索羅穆叫出她的名字。

她被送往紐蓋特監獄，遭控在流刑期間逃亡。定讞之後，伊絲辯稱自己有孕在身。這種辯詞相當常見，而且往往是捏造的。真正令人意外的是，女獄卒發現伊絲的確懷孕了，但伊絲堅絕不肯透露孩子的父親是誰。

於是死刑再度改判為流刑，只不過這次是終生流放。

這次她搭著「海洋少女」號，安然橫渡。船艙裡擠了兩百名流放者，就像要送到市場的豬隻一樣。瘟疫和高燒在船上迅速蔓延，船艙裡根本沒有空間可坐，更別說躺著休息。後艙某個女人因難產而死，由於實在太擁擠，無法將她的屍體往前送，只好將她和嬰孩的屍體從後舷窗直接丟進波濤洶湧的陰暗海水。伊絲懷孕八個月，能保住孩子可說是奇蹟，但她的確保住了。

此後，她終生無法擺脫這段船艙噩夢。她會在夢中感受到喉頭充滿船艙的惡臭，然後尖叫著驚醒。

海洋少女號在維吉尼亞州的諾福克停泊。伊絲的新雇主是個小地主，名叫約翰．理查森的菸草農夫。他太太產下女兒一週後，因為產後高燒而病死。他需要一個奶媽，也需要一個女僕打理他小小的農場。

於是，伊絲的小男孩（她把孩子取名為安東尼。據她說，這是她前夫，也就是孩子父親的名字。反正沒人知道真相，或許她真的曾經認識一個叫做安東尼的人）就在菲麗達．理查森旁邊吸奶。雇主的女兒總是先吸奶，因此小女孩長得又高又壯，身體健康。伊絲的小男孩只能喝剩下的奶，不但瘦弱，還得了軟骨症。

兩個孩子不但同時喝伊絲的奶，也同時聽伊絲說故事：戴藍帽的布卡在礦坑底下敲敲打打，是世界上最狡詐的妖精，比紅髮大鼻子的皮司奇還要危險。漁夫總是將捕到的第一條魚放在海邊鵝卵石，留給他們享用。農人收成時，總是把最先烤好的麵包放在田野裡給他們，以保證下一季豐收。她還跟孩子說「蘋果樹人」的故事：種植多年的蘋果樹一旦有了心，就會開口說話。若想祈求來年豐收，就必須將蘋果樹釀成的第一杯蘋果酒倒在樹根，撫慰它們。她以帶著康瓦耳口音的甜美聲調緩緩告訴孩子，古老歌謠要人們敬畏哪些樹：

榆樹會冥想，
橡樹會懷恨，

柳樹四處走，
你深夜不睡就知道。

她將這些全說給孩子聽。孩子們相信，只因為她相信。

這年，農場豐收，於是伊絲每晚將裝了牛奶的瓷碟放在屋子後門，留給皮司奇。八個月後，約翰．理查森悄悄前來叩伊絲臥室的房門，向她求歡。伊絲說她感到非常震驚難過，像她這樣一個可憐的寡婦，處境不比奴隸好上多少的契約雇工，竟然被她所敬重的男人要求獻身。而且，既然僕役無法結婚，她實在無法想像主人竟會想到這種方法來折磨一個遭流刑的女子。她棕色的雙眼含滿淚水，約翰不禁頻頻道歉。結果，那個炎熱的夏夜，約翰緊張激動地跪在長廊上，向眼前的伊絲表示，賣身契約已經終止，請她接受求婚。雖然伊絲接受了，但是在正式合法之前，她不會和主人同房。因此，她從閣樓的小房間搬到房子前方的主臥室。之後，每當約翰的朋友和他們的妻子在鎮上看到約翰，都會假裝沒看見，因為他們覺得新任理查森太太真是美呆了，他們全都嫉妒約翰的好運。

不到一年，她又懷了孩子，是個男孩。這男孩的頭髮跟他父親和同父異母姊姊一樣是金色的。他們為他取了跟爸爸一樣的名字：約翰。

每週日，這三個孩子到鎮上教堂聽傳教士講道。他們也跟小鎮上別的農夫子女一樣，到鎮上學校上學。伊絲也確保孩子們都知道重要的祕密，也就是妖精皮司奇的故事：他們有紅色的頭髮，眼睛和衣服綠得像河水。他們都是朝天鼻、斜視、長相滑稽。要是他們有心，就能扭曲你的心靈，引你走上另一條路，除非你在口袋裡放一點鹽或麵包。孩子們上學時，口袋裡都裝著一些鹽，另一個口袋則裝著麵包，這代表生命與土地，幫助他們安全回家。而他們也總是安然返家。

孩子們在蒼翠的維吉尼亞山丘間成長，長得又高又壯（雖然她第一個男孩安東尼比較瘦弱蒼白，而且常生病或過敏）。理查森一家過得很幸福，伊絲也盡己所能愛著丈夫。結婚十年後，老約翰因為牙痛從馬背上摔下。她帶老約翰到離家最近的小鎮拔牙，可是一切為時已晚，他的臉都黑了，只能痛苦呻吟，最後死於敗血症。他們將他埋在他最鍾愛的柳樹下。

老約翰留下些許農田給遺孀，直到兩個兒子長到能夠接手的年紀。年復一年，她管理契約雇工和奴隸，進口菸草苗。她在除夕夜把蘋果酒倒在蘋果樹根，豐收的時候，在田野上放一條新烤好的麵包，而且永遠在後門放一小碟牛奶。田地總是豐收。人們都說理查森家的遺孀是個嚴格的賣家，但她家的作物總是好貨，絕對不會魚目混珠，矇騙顧客。

於是，一切平順地又過了十年。之後一年卻很糟，因為她兒子安東尼為了農場該如何處置及菲麗達的婚事，在爭吵之餘殺了同母異父弟弟約翰。有些人說安東尼不是故意要殺弟弟，只是不小心下手太重，有些人則持相反意見。安東尼逃走了，留下伊絲一人獨自將小兒子埋在父親旁邊。有人說安東尼逃到波士頓，有人說他往南逃到佛羅里達。他母親則認為他搭船去了英格蘭，加入喬治將軍的軍隊，抵抗蘇格蘭叛軍。然而，少了兩個兒子，農地只是荒置的傷心地。菲麗達則日漸消瘦憔悴，宛如內心破了大洞，無論繼母怎麼做，都無法讓她重拾笑容。

然而，不管是否心碎，她們都需要男人來幫忙田作。於是，菲麗達嫁給造船木匠哈利．宋姆。哈利已厭倦海洋生活，一直夢想著要在類似家鄉林肯郡的農田上生活。雖然理查森家的田地只有小小一塊，哈利已覺得滿足。他和菲麗達生了五個孩子，只有三個存活。

理查森遺孀想念自己的兩個兒子，也想念丈夫，雖然丈夫在她記憶中，只剩下一個好男人的微薄影像。菲麗達的孩子會來找伊絲，吵著要聽故事。她講了沼澤黑狗、水槽妖精❸，以及蘋果樹人的故事，

---

❸ Raw-head and Bloody-Bones，愛爾蘭民間傳說中的妖精，住在水槽下的水管邊，會淹死頑皮的小孩。

但孫子們對這些故事都沒有興趣，他們想聽的是傑克的故事，例如：傑克與魔豆、巨人傑克，或傑克、長靴貓和國王等等。雖然有時她會用難聽的字語罵孫子，但她其實把他們當成自己的骨肉疼愛。

時值五月，她將椅子搬到廚房外的庭院，在日光下揀豆子、剝豆莢。雖然此時的維吉尼亞州又溼又熱，寒意卻像她髮上的風霜一樣，沁入她骨子裡。能有點小小的溫暖總是好事。

理查森遺孀用蒼老的手剝著豆莢，不禁想起要是能再一次走在故鄉康瓦耳的沼澤或靠海的山崖，該有多好。她想起自己還是小女孩時，坐在海灘邊的卵石上，等父親的船從陰鬱的海上回來。她血管虬結的手剝開豆莢，將完整的豆子擠到陶碗內，空豆莢丟到膝上的圍裙裡。接著她想起自己快遺忘的過往：她如何扯掉別人的錢包，靈巧地偷走絲布。她想起紐蓋特監獄的獄卒告訴她，得等上三個月才能聽審，要是她能弄大自己的肚子，或許就能逃過死劫。獄卒還稱讚她的美貌。她想起自己如何勇敢地轉身面對牆，撩起裙子。她恨自己也恨那獄卒，但她知道獄卒說的話是真的。她想起在身體裡迅速形成的生命，代表自己又可以暫時逃離死亡……

「是伊絲．崔高恩嗎？」陌生人說。

理查森遺孀抬起頭，五月的陽光使她眨了眨眼，「我認識你嗎？」她沒聽到這人走近的聲音。

男人全身上下清一色綠裝：灰綠色的緊身格子褲、綠色外套和深綠色大衣。他髮色如胡蘿蔔，歪嘴對著她笑。男人身上有種特質，伊絲覺得看著他很愉快，但隱約感到危險。「也可以這麼說。」男人說。

男人瞇著眼看著伊絲，伊絲也瞇著眼回看，打量他的圓臉，想認出是誰。男人看起來像她孫子一樣年輕，卻叫出她婚前的舊姓。男人口中顫動的舌音是她自小聽熟的口音，來自她家鄉的岩石與沼澤。

「你也是從康瓦耳來的嗎？」她問。

「是啊，算是妳的同鄉。」紅髮男人說：「或者該說曾經是吧。不過，現在我來到這個新世界。這裡沒有人為誠實的傢伙送上麥酒或牛奶，也沒人在豐收時送上一條麵包。」

老婦人放穩膝上裝著豆子的碗，說：「如果你是我所想的那個人，那麼我同意你所說。」她聽見菲麗達在屋裡向管家抱怨的聲音。

「我也同意。」紅髮男子有點哀傷地說：「雖然是妳把我帶來這裡，帶到這塊不相信魔法、容不下皮司奇的土地。」

「你幫了我很多忙。」她說。

「好壞都有。」他斜著眼說：「我們像風一樣，不會只往同一個方向吹。」

伊絲點點頭。

「牽我的手吧，伊絲．崔高恩？」男人伸出一隻有雀斑的手。即使伊絲的視力不佳，她仍然可以看到男人手臂上的橘色毛髮，在午後陽光下閃著金色。她咬咬唇，猶疑地將長著瘤結的手伸向男人。

家人發現她的時候，她的身體還是暖的，但已沒有生命跡象，豆子只剝了一半。

第五章

生命女士容光煥發，
死亡尾隨四處：
她安居屋簷下，
他則是階上惡徒。

——W．E．亨利，〈生命女士容光煥發〉

那個週六早上，只有卓雅．烏特倫妮雅醒著向他們道別。她接過星期三的四十五塊錢，堅持在過期的飲料券背面寫下收據，筆跡扭曲鬆散。晨光中，她看起來像個洋娃娃，臉上仔細畫了妝，金色長髮高梳成髻。

星期三親吻她的手，「尊貴的夫人，謝謝您的熱心款待。願您與可愛的妹妹們像天空一樣閃耀。」

「你這個壞心眼的老頭。」烏特倫妮雅朝他搖了搖手指，「保重啊，我可不希望聽到你的壞消息。」

「親愛的，我也不樂意呀。」

烏特倫妮雅與影子握了握手，說：「波努諾琪娜雅對你的評價不錯，我也是。」

「謝謝您，」影子說：「謝謝您的晚餐。」

烏特倫妮雅揚起一側眉毛，「你喜歡嗎？那你一定要再來。」

星期三和影子走下樓。影子把手插在外套口袋，掌心裡的銀幣很冰涼。這枚銀幣比他用過的其餘錢幣還大且重。他先把硬幣握在掌心，接著自然地在身側垂手，然後將手伸直，同時讓硬幣滑向掌心前端。他的無名指與小指輕鬆自然地靠輕微重量抓住硬幣。

「做得漂亮。」星期三說。

「這只是練習。我還會很多招數。最難的是讓人們盯著另一隻手。」

「這樣子啊？」

「是啊，這叫做誤導。」他在硬幣下彈動中指，將硬幣挪到掌心後端，一不小心卻漏接了。一聲喀噹，硬幣離手落到階梯。星期三伸手撿起硬幣。

「小心一點，這是別人送你的禮物。」星期三說：「這樣的東西，你該好好收著，別再亂丟了。」他檢視硬幣，先看看印著老鷹的一面，再觀察印著自由女神的一面。「啊，自由女神。很美啊，你不覺得嗎？」他將硬幣彈向影子，影子在空中接住，看起來像順勢把錢幣放入左掌，又放進左邊口袋，但其實硬幣是在右手裡。錢幣躺在他右掌心，看起來適得其所。

星期三說：「自由女神，如同美國人曾經崇拜的許多神祇，都是外來的。自由女神其實是個法國女人，然而為了符合美國人的審美觀，法國人把雕像送到紐約時，遮住了她美麗的胸部。自由……」他看到階梯上有個用過的保險套。他擤了擤鼻子，不屑地將保險套踢到旁邊。「說不定有人會踩到，摔斷脖子。」他自言自語，還打斷自己的話。「真諷刺，簡直像香蕉皮一樣，但更沒品味。」他推開門，陽光倏地灑在他們身上。「自由女神啊……」兩人走向車子的時候，星期三又大聲說道：「就像是被迫睡在一堆屍體上的婊子。」

「什麼？」影子說。

「這是引用某個法國人說的話。紐約港的雕像是個婊子，喜歡躺在囚車丟下的垃圾上做愛。親愛的，儘管舉著妳的火把吧。老鼠在妳的衣服裡鑽來鑽去，妳的腿上還殘留冷冷的精液呢。」星期三開了車鎖，指著前座要影子坐下。

「我覺得她挺美的。」影子緊緊抓著錢幣。自由女神的銀色臉龐讓他有點想到波努諾琪娜雅。

「這就是男人愚蠢之處。」星期三開車，「只會追逐曼妙的軀體，也不想想那不過是包著骨頭的皮肉，只不過比較漂亮罷了。還不就是蟲子的食物？到了晚上，你抱的不過是蟲子的食物。抱歉，我無意冒犯。」

影子從沒見過星期三如此滔滔不絕，他覺得這個新老闆可能悶太久了。他問：「所以，你不是美國人？」

「沒有人是美國人。」星期三說：「沒有任何人一開始就是美國人，這是我的意思。」他看了看錶，「銀行還有幾小時才關門，我們要找些事做。對了，昨晚你幹得真不錯。雖然我有辦法強迫徹諾伯格來，不過你能讓他心甘情願加入，這我可辦不到。」

「那是因為事成之後，他可以殺了我。」

「那可不一定。你之前說得很對，他老了，可能最多只能把你打成癱瘓，嗯，終生殘障。所以啊，如果徹諾伯格先生真能度過一切難關，你就得留意了。」

「這點有疑問嗎？」影子模仿星期三說話的調調，隨即就討厭起這樣的自己。

「當然啦。」星期三說。「看好，」他停在一家銀行的停車場，說：「這就是我要搶的銀行，還要再過幾個小時才關門。我們進去打聲招呼吧。」

他對影子打個手勢，影子不情願地走出車子。要是這老頭子打算做什麼蠢事，影子可不想被監視器拍到臉，但好奇心促使他跟著走進銀行。他低頭盯著地板，用手揉鼻子，盡量掩藏自己的臉孔。

「女士，請給我存款單好嗎？」星期三對著櫃臺後的出納員說。

「那邊有。」

「謝謝。如果我要在夜間存款呢?」

「一樣的表格。」她對星期三微笑,「你知道夜間存款機在哪裡嗎?出大門後左轉就是了,就在牆邊。」

「非常感謝。」

星期三拿了幾張存款單,對出納員微微笑道再見,跟影子一起走了出去。

星期三在人行道旁站了一會兒,搔著鬍子彷彿想些什麼。接著走向牆邊的自動櫃員機和夜間存款機,打量檢視。他帶領影子走到對街的超級市場,為自己買了一支巧克力冰棒,為影子買了一杯熱巧克力。走道上有一具公共電話,架在寵物領養與租屋啟事的布告欄下方。星期三寫下公共電話的號碼,然後又走到對街,突然說道:「現在只欠下雪了,一場能夠打亂交通的大雪。幫我祈禱下場雪吧?」

「啊?」

「集中注意力,想像西邊那一塊雲不斷變大、變成烏雲。幫我努力想像灰色的天空、從極圈吹來強風。想像這裡下雪。」

「我不覺得這有什麼用。」

「別廢話。至少這讓你有點事情做。」星期三打開車鎖,「接下來我們要去金格沖印店,快點。」

影子坐在前座喝著熱巧克力,心中開始想像:雪。巨大的雪花一片片旋轉飛舞,從空中落下,像是鐵灰色天空充滿一塊塊白色補丁。寒冷的冬天,冰雪輕觸你的唇,在你凍斃之前,輕柔地親吻你。厚達一呎,有如棉花糖的雪,創造出一個童話世界,一切變得美麗又模糊……

星期三正在對他說話。

「你說什麼?」影子問。

「我說我們到了。你在想什麼?」

「我在想像下雪。」影子說。

星期三在金格沖印店裡影印銀行的存款單，然後請店員為他快速印出兩組各十張的名片。影子開始頭痛，兩側肩胛骨也覺得不太舒服。他懷疑是不是因為前一晚睡姿不對，或許是睡在沙發造成的後遺症。

星期三坐在電腦桌前，開始寫信，並在店員的協助下，做出幾張寫著大字的告示牌。

雪，影子想著，高高的雲端之上，形狀完美細緻的水晶，形成一顆顆微粒，每一顆都像是不規則的蕾絲藝術品。雪花結晶在落下的同時互相融合，形成雪花，將整個芝加哥籠罩在厚厚的白色之中……

「拿著。」星期三將一杯沖印店賣的咖啡遞給影子，杯面上浮著一坨未溶解的脫脂奶油。「我想應該夠了，對吧?」

「什麼夠了?」

「雪啊。我們可不想癱瘓整座城市吧?」

天色如戰艦一樣灰。的確開始下雪了。

「不是我做的吧?我的意思是，不是因為我吧?」

「喝咖啡吧。」星期三說：「雖然很難喝，但至少會讓你的頭痛好一點。幹得好。」

星期三付了錢給店員，然後帶著告示、信件和名片走到車子旁。他打開後車廂，將東西全放進銀行保全人員常帶在身邊的那種黑色大金屬箱，然後關上後車廂。他遞給影子一張名片。

影子問：「A1保全公司的保全經理A．哈達克，這是誰?」

「就是你啊。」

「A．哈達克？」

「沒錯。」

「A代表什麼？」

「可以是阿弗列多、阿方斯、奧古斯丁、安布洛斯❶。隨便你。」

「噢，這樣啊。」

「我是詹姆斯．歐果曼。」星期三說：「我的朋友都叫我吉米，了解嗎？我也有名片。」

兩人回到車內。星期三說：「如果你可以像剛才想著雪一樣，一直想著『A．哈達克』，那我們晚上就會有很多可愛的錢，可以請我們那些朋友吃大餐了。」

「我可不想再回去坐牢。」

「你不會回去坐牢。」

「我以為我們已經約定好，不做非法的事？」

「你不用做啊。只是稍微支援一下，例如煽動、耍點小詐，或接受一些贓款之類的。但是相信我，你絕對會像玫瑰一樣芬芳。」

「你說的是那位斯拉夫健美老先生給我一錘之前還是之後？」

「他實在沒眼光，搞不好他會非常想念你哩。好吧，我們還得打發一點時間，銀行星期六中午才拉鐵門。你想吃午餐嗎？」

「當然，」影子說：「我餓死了。」

「我知道一個好地方。」星期三邊開車，邊哼著一首影子不知曲名的快歌。雪花開始飄落，就像

❶原文分別為：Alfredo、Alphonse、Augustine、Ambrose，都是A開頭的名字。

影子想像的一樣，他不禁有點自豪。理智上，他知道自己與這場雪一點關係也沒有，就像他知道口袋裡的銀幣不是，也永遠不可能是月亮，可是他仍然……

他們停在類似停車棚的巨大建築物外，告示牌上寫著「四・九九元吃到飽」。星期三說：「我愛死這地方了。」

「東西好吃嗎？」影子問。

「不怎樣，可是這裡的氣氛非常好。」

吃過午餐後（影子吃了炸雞，還滿不錯），他才明白，星期三喜愛的原來是占據建築後半部的商場。從建築另一端懸掛的旗子看來，那是個倒店清倉大拍賣場。

星期三走到車子旁，帶著小皮箱回來，又帶著皮箱走進男盥洗室。影子明白，不管自己願不願意，不多久就會知道星期三打什麼主意，所以他隨意走動，瀏覽那些清倉貨：許多盒飛機濾壺專用咖啡、青少年突變成的忍者龜玩偶、戰士公主西娜洋娃娃、一插電就會用木琴敲出愛國歌曲的泰迪熊、肉罐頭、高筒靴和各式各樣的靴子、棉花糖、柯林頓總統腕表、人造迷你聖誕樹、各種形狀的鹽罐和胡椒罐，包括動物形、肢體形、水果和堅果形等。還有影子最喜歡的「只差一根胡蘿蔔」雪人組合玩具，裡面包括塑膠眼珠、玉米穗做成的菸斗和一頂塑膠帽。

影子想著如何把天上月亮變成一枚銀幣，以及如何讓一個女人從墳墓裡爬出，橫越小鎮來跟你說話。

「這地方很棒吧？」從男盥洗室出來的星期三說。他的手還溼答答的，正用手帕擦乾。「裡面沒紙巾了。」他換了衣服，改穿一件深藍色外套、同色的長褲、藍色菱形圖案的領帶，以及厚重藍毛衣、白襯衫、黑鞋。影子告訴他，他看起來像是保全人員。

「我還能說些什麼呢，年輕人。」星期三挑了一盒漂浮的塑膠魚，（**永不褪色，也不必餵食！**）

「叫做亞瑟．哈達克如何？亞瑟是個好名字啊。」

「太俗氣了。」

「好吧，至少有點來歷。來吧，我們該回鎮了。搶銀行要準時才行，然後我就有零用錢可花了。」

「通常大家都是從自動櫃員機提款。」影子說。

「哦，真巧，這跟我打算要做的差不多啊。」

星期三把車停在銀行對街的超市停車場，從後車廂裡拿出金屬箱和寫字夾板和一副手銬，把箱子銬在自己的左腕。雪還在下。他戴上有帽簷的藍色帽子，用魔鬼氈把小牌子貼在外套胸前的口袋，帽子和牌子上都寫著「Ａ１保全」。他把存款單夾在寫字夾板，裝出無精打采的樣子，看起來就像個頂著鮪魚肚的退休員警。

「你去商店買些東西吧，到電話旁邊繞繞。」星期三說：「要是有人問起，你就說你在等女朋友的電話，她的車子拋錨了。」

「她為什麼會打到這種地方找我？」

「老天，誰知道。」

星期三戴上褪色的粉紅色耳罩，關上後車廂。雪花落在他藍色帽子和耳罩上。

「我看起來怎麼樣？」

「非常好笑。」

「非常好笑？」

「很蠢。」影子說。

「嗯，又好笑又蠢，不錯。」星期三微笑。粉紅色耳罩還使他看起來既可靠又幽默，甚至非常和藹。他漫步過街，沿著馬路走到銀行。影子則走進超市裡，遠遠觀察。

星期三在自動櫃員機上貼了一張大大的紅色標示：「**故障**」，接著在存款機周圍貼上封條，又放上一張影印告示。影子津津有味地讀著上面的字：

為了提供更好的服務，我們正在施工改善。造成您的不便，尚祈見諒。

接著，星期三轉身面對街道，看起來像是冷靜的騙徒。

一名年輕女子走過來，想使用自動櫃員機。星期三搖搖頭，向年輕女子解釋機器故障了，女子咒罵了一聲，又為自己的咒罵道歉，然後離開。

一輛車駛近，一個男人拿著灰色的小包包和鑰匙走出車子。影子看到星期三向男人道歉，請他在夾板上簽字，檢閱男人的存款條，煞有其事地寫了收據給他，還疑惑了一會兒該留下哪一聯，最後打開自己的黑色大金屬箱，將男人的袋子放進去。

男人在雪中顫抖，跺腳等待老保全完成整套無聊的手續，以便能留下存款，離開這凍死人的地方。他終於如釋重負地拿著收據，回到自己溫暖的車子，將車駛離。

星期三帶著金屬箱子走過街，到超市買了一杯咖啡。

「午安啊，年輕人。」他經過影子身邊時，像個長輩一樣語帶笑意，「很冷，是吧？」

他又過街回到原處，再度變成戴著滑稽粉紅耳罩的善良老保全。在這週六下午，他從人們手中接過裝有收入或存款的灰色小袋與信封。

影子買了《獵火雞》和《時人》雜誌。又買了《世界週刊》，因為封面的喜馬拉雅山雪人實在太可愛。然後他凝視窗外。

「需要幫忙嗎？」一個白鬍鬚的中年黑人男性問道。他似乎是這裡的經理。

「不用，謝謝。我只是在等電話，我女友的車子拋錨了。」

「可能是電瓶故障吧。」男人說，「很多人都忘記三、四年就該換。不會花多少錢。」

「是啊。」影子說。

「撐著點啊，好小子。」經理又走回超市。

這場雪使整個街景變得猶如裝飾雪球，細節分明。

影子凝望著一切，將這景象深深刻進腦裡。因為聽不到對街的聲音，他感覺自己像是在看一齣默劇，只看得見動作與表情。老保全看起來滑稽卻真誠，或許有點裝模作樣，但模樣一副好意。每個把錢交給他而離去的人，似乎都因為遇見他而變得比較開心。

接著，警車駛到銀行外頭，影子的心往下一沉。星期三朝警察掀了掀帽子示意，緩緩走向警車。他打了招呼，朝搖下的車窗揮手點頭，接著手伸進口袋，撈出名片和一封信，遞給車內的警察。然後他啜了一口咖啡。

電話響了。影子接起話筒，盡量表現出很無聊的聲音：「A1保全公司。」

「請幫我轉A・哈達克先生。」對街的警察說。

「我就是安迪・哈達克。」影子說。

「哈達克先生，這是警方。」對街車裡的警察說，「您是不是有個員工駐守在市場街與第二街交叉口，伊利諾第一銀行這邊？」

「啊，是呀。沒錯。他叫做吉米・歐果曼。警官，出了什麼問題嗎？吉米有好好工作吧？不會是在喝酒吧？」

「先生，沒問題。您的員工很好，我們只是想確認一切都沒問題。」

「警官，請告訴吉米，要是他喝酒再被抓到，我就開除他。聽到了嗎？我可會炒他魷魚！叫他回家吃自己！我們A1保全一向嚴格。」

「先生，我想我實在不適合轉告這些話。他很認真工作，只是因為這類工作通常應該需要兩個人一起，所以我們有些疑惑。一個沒有武裝的保全人員處理這麼多錢，實在很危險。」

「本來就該如此，說到這個，請向那些銀行守財奴說吧。警官，我派去的是我的員工，正正當當的人，就跟你們一樣。」影子發覺自己越說越溜，越來越像「安迪・哈達克」：咬著便宜的雪茄，在星期六下午對著一整桌公文，家住桑伯格，還有一個情婦住在湖濱大道的小公寓。「警官，你的聲音聽起來真年輕啊，請問貴姓？」

「邁爾森。」

「邁爾森警官，如果你在週末想要兼差，或是不管什麼時候決定離開目前的工作，請打電話給我。我們永遠需要好人才。你有我的名片吧？」

「是的。」

「請留著吧。」安迪・哈達克說：「記得打電話給我。」

警車駛離了。星期三踏雪走回一小群排隊的人們身邊，每個都等著要給他錢。

「你的女友……」經理探頭出來問：「她還好吧？」

「的確是電瓶的問題。」影子說，「現在也只能等了。」

「女人就是這樣。」經理說：「希望你的女人值得你等。」

冬日夜晚降臨，午後灰撲撲的天色迅速轉為黑夜。燈一盞盞亮起，越來越多人把錢交給星期三。

突然間，彷彿有什麼影子看不到的信號，星期三走到牆邊，撕掉故障標示，蹣跚走過泥濘的道路，往停車場走去。影子稍候片刻，隨後跟上。

星期三坐在車後座。他打開了金屬箱，將別人給他的東西有條理地堆在座位上。

「開車。到伊利諾第一銀行的政府街分行。」

「重施故技？」影子問：「會不會太早用光你的運氣啊？」

「完全不會。」星期三說：「我們要去處理一些跟銀行有關的事。」

影子開車的時候，星期三坐在後座，從存款袋裡拿出一些錢，留下支票和信用卡簽單，再拿出某些信封裡的錢。他又把現金放回箱子裡。影子在離銀行約五十碼外停車，停在監視器範圍外。星期三走出車子，將信封放入夜間存款機，打開夜間保險箱，丟入灰色袋子，又把箱子關上。

他坐到前座，說：「往I-90公路開，跟著標示往西去麥迪遜。」

影子開始開車。

星期三向後望著逐漸遠離的銀行，高興地說：「看吧，小夥子，他們全被我們搞糊塗了。真要賺大錢啊，就要在星期天早上大概四點半的時候來這招。那時間，酒吧和俱樂部都要將前一晚賺進的大筆鈔票存入銀行。找對銀行，挑選對的人下手。他們通常會挑選高大老實的人去存錢，還有一堆保鑣跟著，可是那些人不一定都腦袋清楚。然後，你就可以帶著幾十萬揚長而去。」

「要是這麼簡單，為什麼別人不做？」

「這可不是萬無一失啊。特別是早上四點半的時候。」

「你是說，警察在早上四點半會特別警覺嗎？」

「不，我是說保鑣。真出事就不妙了。」

他迅速數了一疊五十元鈔，加進一些二十元鈔，用手秤了秤重量，將錢遞給影子，說：「拿去，你第一週的薪水。」

影子數也沒數，直接放進口袋。「所以，這就是你要做的事情？賺大錢？」

「我很少這麼做，只有在亟需錢的時候才做。這麼說吧，我從那些不知情的人身上挖錢，他們永遠不會抱怨，而且若我重來一次，他們還是會排隊等著拿錢給我。」

「史溫尼那傢伙說你是個老千。」

「他說得沒錯，不過只說對了一部分，而且這種事我完全不需要你幫忙。」

車子穿越黑暗，雪花在大燈前方與擋風玻璃上飛旋，形成某種催眠效果。

「這個國家啊，」星期三的聲音沉入寂靜：「是世界上唯一懷疑自己的國家。」

「什麼？」

「其他國家的人都知道自己是什麼。挪威人不會想找尋什麼挪威之心。也沒人想找莫三比克的靈魂。他們都知道自己是誰。」

「所以……？」

「我只是說出想到的事情。」

「看來你去過很多國家？」

星期三沒回答。影子瞥了他一眼。星期三嘆息了一聲，說：「沒有，我從來沒去過別的國家。」

他們停車加油，星期三穿著保全制服，拎著皮箱走進廁所。出來的時候，已經換上一套俐落的淺色西裝、褐色皮鞋與及膝褐色大衣，看起來像個義大利人。

「那麼，我們到了麥迪遜之後要做什麼？」

「走十四號公路，往西到泉綠市。我們會到一個稱為『岩上之屋』的地方和其他人碰頭。你去過那裡嗎？」

「沒有，」影子說：「可是我看過路標。」

岩上之屋的路標，在那一帶四處可見：無論是伊利諾州、明尼蘇達州到威斯康辛州，到處都是歪斜模糊的指示牌，告訴大家有個岩上之屋。影子猜想，說不定連愛荷華州都有。影子看過那些指示路標，曾經懷疑那是不是一棟搖搖欲墜、架在石頭上的房子？那塊石頭有什麼特別？房子又有什麼特色？這些念頭曾在他腦中浮現，轉眼間又被拋至腦後。影子沒有探訪路邊景點的習慣。

他們在麥迪遜下了州際公路，駛經州政府大廈的圓頂建築，建築在雪中成了一顆美麗的雪球。從州際公路轉進市區道路，開了一小時，途中經過一些小鎮，名稱像是「黑土鎮」之類，最後轉進狹窄的車道，經過幾盆被雪覆蓋的盆景，上面刻著盤結小龍裝飾。停車場幾乎是空的，周圍是樹木。

「參觀時間快結束了。」星期三說。

「這裡是什麼地方？」影子問。兩人正穿過停車場，走向一棟不怎麼起眼的低矮木屋。

「這是路邊景點，非常著名。也就是說，這是個有能量的地方。」

「什麼意思？」

「很簡單，」星期三說：「這些年來，在其他國家，人們已認出某些地方是有能量的。有些是自然景觀，有些是某個特別地點。他們知道這些特殊地點會發生特別的事情。這些地方有一些聚集點、一些管道、一些通往內在的窗口。於是，人們會在這些地點建造寺廟或教堂，或排列石圈，要不就是……嗯，總之，你懂了吧？」

「美國到處都是教堂啊。」影子說。

「是啊，每個鎮，甚至每條街區都有，看起來幾乎跟牙科診所差不多是吧。其實這是不同的。在美國，人們仍會感覺受到某種召喚，至少某些人，感覺受到來自超越空間的召喚。他們會用啤酒瓶蓋出他們從沒去過的建築結構，或是在某個蝙蝠不會棲息的地點蓋巨大的蝙蝠屋。路邊景點就是這樣產生的。人們覺得自己被吸引到這些地方，來到世界另一個部分。人們在這裡感覺到某種超越自我的體驗。他們買根熱狗，到處逛逛，感到一種無法言喻的滿足，卻又感到仍有些不滿足。」

「你總是有一些古怪的理論。」影子說。

「這不是理論，年輕人。」星期三說，「你應該老早就懂了。」

只有一個售票口還開著。「再半小時就停止售票了，」售票的女孩說：「可是這裡至少要花兩小時才逛得完喔。」

星期三付現金買了兩張票。

「石頭在哪裡？」影子問。

「在房子底下啊。」星期三說。

「那房子在哪裡？」

星期三把手指放在脣上，示意不要出聲。兩人往前走。裡頭一架自動鋼琴正在彈奏歌曲，似乎是拉威爾的〈波麗露〉。這地方像是重新裝潢的六〇年代單身男子公寓，到處擺著石雕作品、長毛地毯及奇醜無比的蘑菇造型彩繪玻璃燈罩。迴旋梯上方是另一個房間，到處都是小擺飾。

「人們都說這裡是建築師萊特的邪惡雙胞兄弟蓋的。」❷星期三被自己的笑話逗笑了。

「我在某件T恤上看到了。」影子說。

上下幾段樓梯之後，他們來到一間用玻璃建造的長形房間，房間像一根針，突出於黑白色水泥叢林幾百呎之上。影子站著，看雪花翻飛而下。

「這就是岩上之屋嗎？」影子帶著疑惑問。

「可以這麼說。這裡叫做『無限室』，是岩上之屋的一部分，後期才加蓋的。不過啊，我的年輕朋友，我們還沒真正見識到這屋子的神妙呢。」

「根據你的理論，迪士尼樂園應該算是全美國最神聖的地方了？」影子說。

星期三皺了眉頭，摸摸鬍鬚，「華特．迪士尼只是在佛羅里達中部買下一些柳丁園，蓋了座遊樂場，哪有什麼魔法？我想迪士尼樂園原本可能真有些東西，可能有某些力量，但是已經被扭曲了，很難發現。不過佛羅里達州某些地方的確充滿魔力，你得睜大眼睛才能發現。啊，說到威基沃的美人魚

❸……跟我來，這邊走。」

四處都是音樂聲，叮叮噹噹的笨拙音樂，不時走音漏拍。星期三將一張五元紙鈔放進兌幣機，換了一堆代幣。他丟一枚給影子，影子接住之後，察覺有個男孩正看著他，便用拇指與食指夾住代幣，又把代幣變不見。小男孩跑到媽媽身邊，她正在看著一個到處都有的聖誕老人，（說明牌上寫著：**這裡展示的聖誕老人超過六千個！**）男孩急切地拉扯媽媽的外套。

影子跟著星期三走到外面，跟著指示牌走到「昨日街道」。

「四十年前，艾力克斯．卓丹──你右手握的代幣上面刻的就是他的肖像──他在一塊不屬於他的土地，選了一個高高凸起的石頭，開始在上面蓋房子。至於原因嘛，他也說不出來。許多好奇或困惑的人，或是兩者皆非卻不願說出原因的人，紛紛來到這裡看他蓋房子。所以，他做了一件他那一代所有明理的男人都會做的事：他開始收錢。就只是收錢。每個人大概收五分錢吧，或許是二十五分錢。他繼續蓋房子，來參觀的人也絡繹不絕。

「他收了錢，房子越蓋越大，也越來越奇特。他在主屋之下蓋了這些倉庫，放一堆東西讓人們參觀。人潮絡繹不絕，每年都有上百萬人來這裡。」

「為什麼？」

星期三微笑不語。兩人走進昏暗的「昨日街道」，兩旁樹木夾道。一大群拘謹的維多利亞瓷偶透過蒙塵的櫥窗往外望，像是恐怖電影的道具。兩人踩著鵝卵石，屋頂的陰影落在額前，背景傳來機械

---

❷ 原文為Frank Lloyd Wright與Frank Lloyd Wright Wrong。岩上之屋的建造者其實是富商艾力克斯．卓丹（Alex Jordan）。此處原為他的避暑木屋，擺設的都是他多年的收藏品。

❸ 美國佛羅里達州的威基沃（Weeki Wachee）水族館，有著名的美人魚秀。

的運轉聲。兩人經過裝有故障木偶和巨大音樂盒的玻璃箱，經過牙科診所、雜貨店。（**找回能量！用歐力銳牌磁性腰帶！**）

街道盡頭有一個裝在玻璃箱的假人，衣著像是吉普賽算命女郎。

星期三的聲音壓過機械音樂聲：「所有冒險一開始，都必須先尋求命運三女神的建議。我們就先指定這位女算命家當我們的烏爾德女神❹吧？」他將岩上之屋的代幣投入機器的投幣孔，吉普賽女郎以不流暢的機械動作舉起手臂，又放了下來。一個紙捲從機器凹槽掉出來。

星期三拿起紙捲閱讀，咕噥幾句，摺好放進口袋。

「你不拿給我看嗎？我會把我的給你看。」影子說。

「每個人的命運都只與自己有關。」星期三冷淡地說：「我不會要求看你的。」

影子將代幣放進機器，拿出自己的籤，上面寫著：

所有結束都是新的開始。

你的幸運數字是空無。

你的幸運顏色是死亡。

啟示：

有其父必有其子。

影子做了個鬼臉，把籤摺好，放入衣服口袋。

兩人又繼續走，經過紅色迴廊，以及放置許多空椅子的房間。椅子上擺著小提琴、中提琴和大提琴，只要投幣，提琴似乎就會自動發出聲音：音調低沉、鐃鈸迴響，管樂器吹出豎琴與雙簧管的聲音。影子覺得這像是帶著諷刺的趣味，他看著機器手臂拉奏弦樂器，發覺樂弓根本沒真正碰到琴弦，發出的音樂聲要麼節奏不對，要麼跟不上拍子。他猜測聽到的聲音是由真人演奏管樂器和打擊樂器發出的，或其實只是播放錄音帶。

他們似乎走了好幾哩路，才來到一個叫做「天皇室」的房間，其中一面牆簡直像是十九世紀嚇人的偽東方風情：機器鼓手的座位上裝飾了龍飾，他們一邊敲鑼打鼓，一邊以濃眉往外瞪。他們正在凌虐的曲子，正是聖桑的交響詩〈骷髏之舞〉。

徹諾伯格坐在牆邊的長凳，面對天皇室的機器人，輕彈手指打發時間。笛子聲間雜著叮噹鈴聲。

星期三在他旁邊坐下，影子決定站著。徹諾伯格伸出左手，握了握星期三的手，再和影子握手，說：「又見面了啊。」然後他又坐回原位，似乎很享受音樂。

〈骷髏之舞〉的結尾是一陣狂暴與不協調聲。這些自動樂器走調嚴重，為此處添增不少詭異的氣氛。新的曲子響起。

「銀行大盜幹得如何？」徹諾伯格問：「還順利吧？」他站起來，似乎不太願意離開天皇室和震耳欲聾的機械音樂。

「輕而易舉。」星期三說。

「屠宰場給了我一筆退休金，」徹諾伯格說：「我不會要求太多。」

「退休金總會用完，」星期三說：「沒有什麼是永遠的。」

他們走過更多迴廊、更多音樂機器。影子發覺他們走的並不是一般參觀路線，而是一條星期三自己決定的路線。他們走下一處斜坡，影子困惑地回想他們是不是已經走過這條路了。

徹諾伯格抓著影子的手臂，「快，來這裡。」他拉影子到牆邊的一個大玻璃箱。箱子裡裝著西洋鏡，裡頭有個流浪漢睡在教堂門口的墓園。說明牌上寫著「醉漢的夢」，說是一臺十九世紀的自動販

❹ Urd，北歐神話命運三女神中，掌管過去的女神。

賣機，原先放在英國的火車站。投幣孔經過改良，改成能接受岩上之屋的代幣。

「投幣進去。」徹諾伯格說。

「為什麼？」影子問。

「投了你就懂。我示範給你看。」

影子投入代幣。墓園的醉漢將酒瓶拿到嘴邊。其中一塊墓碑滑開，露出一具貪婪的屍體。一塊墓石轉動，原本是花朵的地方出現冷笑的頭骨。一個鬼魂出現在教堂右側，教堂左側則出現某個模糊可怖，長得像鳥一樣的臉，蒼白猶如波希❺筆下的夢魘。它從墓石滑向暗影，而後消失。接著，教堂的門打開，牧師走出來，鬼魂與那些糾纏不去的屍體全部消失，墓園裡只剩下牧師與醉漢。牧師不屑地低頭看著醉漢，然後走回門裡，門在他身後關上，墓園裡又只剩下醉漢一人。

這西洋鏡訴說的故事令人費解不安。影子覺得西洋鏡根本不應該上演這齣戲。

「你知道為什麼讓你看這個嗎？」徹諾伯格問。

「不知道。」

「這就是這世界的縮影，就是真實的世界。就在那個箱子裡。」

他們漫步走過一個血紅色的房間，裡面放滿老舊的劇院管風琴、管樂器，還有一個像是釀酒桶的巨大物體，似乎是從釀酒廠搬出來的。

「我們要去哪裡？」影子問。

「旋轉廳。」徹諾伯格說。

「可是我們已經經過一堆指往旋轉廳的路牌了。」

「他只走自己選的路。我們繞了一圈，但最快的路往往最長。」

影子開始感覺雙腳痠痛，卻覺得這感覺一點也不真實。

挑高數層的大房間裡，某個機器正演奏著〈章魚花園〉❻，大廳中央擺了一座類似黑鯨的巨大複製品，玻璃纖維的嘴裡塞著一艘實物大小的複製船。他們經過大廳，走到旅遊廳，看到一輛貼覆著瓷磚的車子，以及戈登伯格小雞裝置❼，牆上貼著褪色的伯瑪刮鬍膏❽廣告。

生命艱苦

辛勞煩擾

維持下頷線條的酷

伯瑪刮鬍膏

還有一則廣告是：

他保證要迎頭趕上

前方的路就在轉彎處

從此刻起，承擔的是他唯一的朋友

伯瑪刮鬍膏

三人站在斜坡下方，前面是冰淇淋店。實際上應該還在營業，可是拖地板的女孩臉上掛著「已打

---

❺ Hieronymus Bosch（1450-1516），文藝復興時期荷蘭畫家，畫作多描繪罪惡和人類道德沉淪。

❻ Octopus's Garden，披頭四的歌曲。

❼ Rube Goldenberg（1883-1970），美國著名漫畫家，曾獲一九四八年普立茲獎。他的漫畫主題常是以許多複雜的動作或裝置，去完成生活中的小事。

❽ Burma Shave，美國一九二〇至六〇年代著名的刮鬍膏廠商。在公路旁利用如T霸之類的廣告牌宣傳產品。產品廣告往往是連續四至六個牌子，紅底白字，每一個牌子上寫一句廣告詞，形成押韻的短句。

烊」的表情，因此他們過而不入，走進披薩自助餐廳。店裡只有一個老黑人，穿著淺色格子西裝，戴著鮮黃色手套。老人個頭矮小，流逝的歲月似乎將他的身形縮小了。老人正在吃一個巨大聖代，裝了許多球冰淇淋，還喝著一杯超大杯咖啡。他面前的菸灰缸擺著一根點燃的小雪茄菸。

「三杯咖啡。」星期三對影子說，然後走進洗手間。

影子買了咖啡，拿給坐在老黑人身邊的徹諾伯格。他靜悄悄地抽小雪茄菸，彷彿怕被人抓到一樣。老黑人則高興地玩弄著聖代，似乎沒注意自己的雪茄。不過當影子走近，他就拿起菸，深深吸了一口，呼出兩個煙圈：第一個煙圈很大，第二個比較小，俐落地穿過第一個煙圈。老人笑了，似乎非常自得其樂。

「影子，這是南西先生。」徹諾伯格說。

老人站起來，伸出戴著黃色手套的右手。「很高興見到你。」老人笑容燦爛地說：「我知道你是誰。你幫那個獨眼老混帳工作，是吧？」老人的聲音帶著一點鼻音，很可能是西印度的方言口音。

「是的，我為星期三先生工作。請坐。」影子說。

徹諾伯格抽著自己的菸。

他陰沉地說：「我想，像我們這樣喜歡雪茄的人，一定是因為雪茄讓我們想起以前人們燒來奉獻給我們的東西，就像人們來向我們尋求意見或幫助時，燒出來的煙。」

「他們從來沒燒東西給我。」南西先生說：「頂多就是一些水果，要不就是咖哩羊肉，再不然就是一大碗不溫不熱的湯，或送一個又老又胖、乳房豐滿的女人陪我。」他笑著露出潔白的牙齒，對影子眨了眨眼。

「這些日子以來，我們什麼都沒了。」徹諾伯格表情依舊。

「唉，我的水果也不像以前那樣多了。」南西先生雙眼閃耀，「不過我說啊，這世上任何東西都比不上一個豐乳肥臀的女人啊。有些人會說，首先一定要檢查戰利品，可是聽我說一句，能讓我在冰冷的早上熱好『引擎』的，可不就是女人嘛！」他放聲大笑，和藹溫厚的笑聲帶著一些喘息。影子不由自主喜歡這老頭子。

星期三從洗手間回來，跟南西握了握手。「影子，你要吃什麼？披薩？還是三明治？」

「我不餓。」影子說。

「我跟你說啊，」南西說：「下一餐可能要等很久喔。有人要給你東西吃，你就張口吧。我已經不年輕了，可是我可以跟你說，千萬不要錯過任何上廁所、吃東西，或能闔眼半小時的機會。你懂了嗎？」

「我懂，但我真的不餓。」

「你這個大個兒。」南西用一雙赤褐色的老眼盯著影子淺灰色的眼睛，「人高馬大。可是我跟你說，你看起來實在不太聰明。我有個兒子，他的愚蠢像是一出生就買一送一，你讓我想起他。」

「如果你不介意，我會將這話當成讚美。」影子說。

「被說成早上睡太晚還把自己腦袋送人的傻瓜，這是讚美？」

「我是說，被比喻成你家庭的一分子。」

南西先生捻熄雪茄，拍拍黃色手套上不存在的菸灰。「看來獨眼老頭子挑中你，可能不是頂糟的決定。」他抬頭看著星期三，「你知道今天晚上大概會來多少人嗎？」

「我找得到的都通知了。顯然不是每個都能到，有些人啊……」星期三意有所指地看看徹諾伯格，「還不想來呢。不過，我想應該會到幾十個吧。都是收到傳話的。」

他們走過一些展示盔甲。（「維多利亞時代的假貨。」經過那些玻璃箱的時候，星期三大聲說：「現代贗品，十七世紀複製十二世紀的舵，十五世紀的左臂鎧……」）星期三推開一扇逃生門，帶著他們繞著建築外側走。（「我沒辦法這樣進進出出。」南西先生說：「我不像以前一樣年輕了，而且我是從比較溫暖的地方來的。」）三人沿著有遮簷的走道，穿過另一道逃生門，來到旋轉廳。

風琴音樂響起史特勞斯的圓舞曲，輕快中帶些不和諧。他們走進室內，牆上吊著許多古董旋轉木馬，大概上百尊。有些木馬需要重新上漆，有些需要好好清理灰塵。木馬上方是幾十尊長著翅膀的天使，很顯然是用女裝人體模型製成。有些天使裸露著毫不性感的胸部，有些假髮掉了，光著頭盲目地從黑暗中俯視下方。

他們終於到了旋轉木馬廳。

說明牌寫著，這是全世界最大的旋轉木馬，還載明重量。根據牌上說明，在歌德風格裝飾與水晶燈上可以找到數千個燈泡。這裡禁止攀爬，也不可騎乘轉盤上的動物。

這些動物真是驚人！影子被眼前景象所震懾。他瞪著數百隻實物大小、圍繞在轉盤四周的動物，有真實的動物、想像的生物，還有介於兩者之間的融合體，每個生物都不一樣。他看見人魚和美人魚、半人馬和獨角獸、大象（一大一小）、鬥牛犬、青蛙、鳳凰、斑馬、老虎、人面龍尾獅、翼蜥、天鵝拖著四輪馬車、白色公牛、狐狸、海象雙胞胎，甚至有條海蛇。這些動物顏色鮮明，看起來比實際動物更為真實。隨著華爾滋樂聲，所有動物都在平臺上旋轉，速度絲毫沒有變慢。

「這有什麼用？」影子問：「好吧，我知道這是世界最大，有數百隻動物、數千個燈泡，而且二十四小時不停旋轉，但沒有人騎在上面。」

「這不是給人騎的。」星期三說：「這是放在這裡讓人景仰的，就只是放在這裡。」

「就像是不停旋轉的法輪一樣，」南西先生說：「可以累積能量。」

「那麼我們要在哪裡跟其他人碰面？」影子問：「我以為你是說，我們要在這裡跟他們碰頭。可是這裡空無一人。」

星期三又露出他那嚇人的冷笑，說：「影子，你問太多問題了。我付你錢，不是要你問問題的。」

「抱歉。」

「來，站這邊，幫我們騎上去。」星期三走到平臺一側，那裡有個旋轉木馬說明牌，還有禁止騎乘的告示。

影子想說些什麼，但他還是一一幫這幾個老人攀上平臺。星期三似乎很重，徹諾伯格自己爬上去，只抓著影子的肩膀穩住重心，南西則輕飄飄地毫無重量。三個老人爬上平臺，然後分別跳上旋轉臺。

星期三大吼：「怎麼啦？你不一起來嗎？」

影子有些猶豫，迅速看看四周有沒有岩上之屋的職員正在監看，旋即一個翻身，從「世界最大旋轉木馬」的指示牌旁翻到平臺上。他突然發現自己對於違反規則爬上旋轉木馬，比下午幫忙搶銀行顧慮得還多。他覺得很有趣，又有些疑惑。

每個老人都選了一個坐騎。星期三坐上一隻金色的狼。徹諾伯格挑了穿著盔甲的半人馬，它的臉隱藏在頭盔後面。笑不停的南西先生連跑帶跳地爬上巨大的獅子背，這頭獅子雕刻成正在跳躍吼叫的模樣。史特勞斯的圓舞曲帶領他們莊重地旋轉。

星期三微笑著，南西先生也愉快地呵呵笑，連陰鬱的徹諾伯格似乎都樂在其中。影子感覺自己背上的重擔彷彿瞬間消失。這三個老頭子騎上世界最大的旋轉木馬，玩得不亦樂乎。就算因此真的被趕出這地方，又有何妨?可以向人炫耀自己曾經騎過世界最大的旋轉木馬，騎在這些壯觀的動物上，豈有任何意義或好處?

影子看看鬥牛犬、看看某種海洋生物、看看背著黃金轎子的大象，決定爬上一座鷹頭虎身的生物，緊緊抓著。

他腦海中蕩漾吟唱〈藍色多瑙河〉的旋律，上千盞水晶燈折射熠熠。瞬時，影子變成了一個孩童，騎在旋轉木馬上令他快樂無比。他穩穩坐定，騎著位於中心的鷹頭虎身獸，世界在他周圍旋轉。

影子聽到自己的笑聲，聲音壓過音樂旋律。他覺得很快樂，彷彿過去三十六個小時從未發生，彷彿過去三年從不存在，彷彿他這一生只是某個孩童的白日夢。那孩子舟車勞頓地回到美國，第一次郊遊就是到舊金山金門大橋公園裡騎旋轉木馬。母親在一旁自豪地看著他，他舔著快要融化的冰棒，緊緊抓著木馬，希望音樂永遠不要停。旋轉木馬永遠不會停，他可以永遠騎在上面。他繞了一圈又一圈、一圈又一圈……

接著，燈光熄滅，他看到了眾神。

第六章

我們大門敞開，毫無防備，
擁進無數膚色各異的人。
他們來自窩瓦河與韃靼大草原。
來自黃河的平凡人，
馬來人、塞西亞人、條頓人、克爾特人、斯拉夫人。
他們飛越了窮苦的舊世界，
帶來陌生的神祇與儀式，
個個虎視眈眈、張牙舞爪。
街巷裡傳來完全陌生的語言，
聽在耳裡宛若威脅的口吻，
都是巴別塔曾了解的聲音。

——湯瑪斯・貝利・奧卓奇，《無防備之門》（一八八二）

上一刻，影子還騎在世界上最大的旋轉木馬上，緊抓著鷹頭虎身獸；下一刻，旋轉臺上那些紅白色燈光延伸出去，微微晃動了一下，隨即熄滅。他在群星之間墜落，機器奏出的華爾滋樂曲停止，取而代之的是有節奏的隆隆聲，聽起來像鐃鈸的聲響，似乎是拍打在遙遠海洋彼端的浪濤。

四周只剩下繁星的光亮，清澈冷冽的星光照亮一切。影子的坐騎伸展肢體，往前邁步，他左手摸著溫暖的毛皮，羽翼在他右手旁。

「過癮吧？」聲音來自他後方，傳到他的耳裡和心裡。

影子緩緩轉身，留下身影流動的痕跡。時間宛如凍結一般，捕捉住他每個細微動作，短暫片刻全都成為無盡永恆。他無法理解進入心海的影像，像是透過蜻蜓的複眼看世界，可是每一面看到的都不同，他無法將所有看見或自以為看見的視像組合成有意義的整體。

他看著南西先生，一個蓄著山羊鬍的老黑人，穿著格紋運動外套，手戴檸檬黃手套，騎著一頭獅子，在空中上下飛騰。而在此同時，同一個地方，他還看見一隻戴著寶石、像馬一樣高大的蜘蛛，眼睛是碧綠色的翡翠，趾高氣揚地俯視著他。他還同時看到一個高得超乎想像的男人，皮膚是柚木的顏色，有三對手臂，頭飾上飄著鴕鳥羽毛，臉上塗著紅色線條，騎著一頭雄赳赳的金毛獅子，男人用兩隻手緊抓著獅子的鬃毛。他又看到一個黑人男孩，一身襤褸，左腳腫大，上頭爬滿蒼蠅。在這些後方，影子還看到了一隻小小的褐色蜘蛛，藏在枯黃的落葉下。

影子同時看到這些景象，知道它們全是同一件事。

「閉著嘴巴，不然蟲子要飛進去啦。」分身成許多不同形象的南西先生說。

影子閉起嘴巴，用力嚥了一口。

前方大約一哩處的小山丘上，有一間木造廳堂，那是他們前往的方向。每個人的坐騎都邁著大步，腳掌無聲地踏在海邊乾燥的沙地。

徹諾伯格在半人馬上坐直，拍拍坐騎的手臂。「這些都不是真的，」他對影子說，語氣聽起來很哀傷，「全都只是你的想像。最好別再想了。」

影子看到一個灰髮的東歐老移民，穿著破舊大衣，一口黃牙，真實的景象。然而他也看見一個蹲坐著的黑東西，比包圍在四周的黑夜還要黑，眼睛是兩團燃燒的炭球。他看到一個王子，有著烏亮長髮和長鬍鬚，雙手與臉上都沾了血，除了圍在肩上的熊皮之外什麼都沒穿，騎著半人半獸的生物，臉龐與身軀都烙著渦形刺青。

「你是誰？」影子問：「你是什麼？」

眾人的坐騎沿著海岸前進，洶湧的浪濤拍碎在夜晚的岸頭。

星期三騎著狼靠近影子，那頭狼變成一頭綠眼的深灰色巨獸，影子的坐騎轉了一圈避開。影子撫摸坐騎的頸子，告訴牠不要害怕，牠沙沙揮動老虎尾巴，作勢威脅。影子感覺還有另一頭狼，和星期三的坐騎互為雙生兄弟的狼，尾隨他們走在沙丘上，卻在剎那間不見蹤影。

「你知道我是誰嗎，影子？」星期三騎在狼身上，高昂著頭，右眼閃爍光芒，左眼卻黯淡無光。他穿著類似僧侶的帽兜斗篷，眼神自陰影中直望出來。「我說過，我會告訴你我的名字。人們稱呼我為：好戰者、葛林姆、劫掠者、第三方。也稱我為：獨眼、至尊、真相預言者、葛尼爾、兜帽者。我是眾神之父、持杖者貢德理爾。我的名字像風一樣不可計數，頭銜如死亡的方法一樣多。我的兩隻渡鴉名叫胡亙和慕寧，也就是思想與記憶。我的狼，名叫弗瑞奇和葛瑞，我的馬匹就是絞刑架。」兩隻鬼魂般的灰色渡鴉像隱形的鳥，飛上星期三的雙肩，喙尖靠近星期三的頭，猶如品嘗著他的心思，然後又振翅飛向茫茫世界。

*我該相信什麼？*影子心想。某個聲音又從世界深處傳到他耳內，猶如低音大提琴的鳴響：*相信一切。*

「你是奧丁？」影子說，風將字語從他脣邊帶走。

「奧丁。」星期三喃喃低語。然而，連打在顱骨海灘上的浪濤聲都無法掩蓋這聲音。「奧丁。」星期三在口中品嘗這名字的發音。「奧丁。」星期三說，勝利高喊的聲音，迴盪在地平線之外。他的名字逐漸脹大，填滿整個世界，就像影子血液汩動的聲音逐漸充斥耳膜。

接著，如做夢一般，他們不再朝廳堂的方向騎去，因為已經到達。他們的坐騎綁在建築旁邊的遮蓋下。

廳堂空闊樸實。屋頂是茅草蓋的，牆壁是木造。大廳中央，火焰熊熊燃燒，煙霧迷濛了影子雙眼。

「我們應該在我心裡，而不是在他心靈做這件事。」南西先生向影子抱怨，「至少會比這裡溫暖些。」

「我們在他的心靈裡嗎？」

「算是吧。這裡是法拉舍鄮，他的舊殿。」

南西又變回一個戴著黃手套的老人，影子不禁鬆了一口氣。然而南西在火焰之間顫抖搖曳的身影，不全是人的模樣。

牆邊排著木頭長凳，十數人或坐或站，每個人彼此隔著一段距離。這群小團體像個種族大熔爐：有深色肌膚、穿著紅色紗麗、樣貌莊重的女人；幾個樣貌邋遢的上班族；還有幾個人，因為太靠近火邊，影子看不出他們的樣子。

「其他人呢？」星期三凶暴地對南西低語，「嗯，其他人在哪？應該有很多人來啊，應該要有幾十個！」

「你有邀請他們。」南西說，「不過，能有這麼多人來，已算是出乎意料了。我該說個故事當開場白嗎？」

星期三搖搖頭，「不必了。」

「他們看起來不怎麼友善。」南西說，「說故事是讓他們支持你的好方法，這裡可沒有吟遊詩人幫你。」

「不用說故事。」星期三說，「不是現在，晚一點再說。時間多得是，不是現在。」

「不說故事，好啊，那我只要暖場就好了。」於是南西先生帶著輕鬆的微笑，漫步走向火爐邊。

「我知道你們在想什麼。你們在想，既然是眾神之父找你們來的——我也是他找來的，那為什麼是阿南西來跟你們說話。唉，你們也知道，有時候人哪，就是需要提醒。我剛剛進來的時候看了看，想道：其他人到哪裡去了？接著我又想，雖然他們人多勢眾，我們人數少，但不代表我們就輸了。

「你們知道嗎？有一次，我在水坑邊看見一頭老虎，他的睪丸比誰都大，爪子比誰都利，兩顆門牙就像刀子那麼長，像劍刃一樣尖銳。我對他說，虎兄，你去游水吧，我來幫你看管你的睪丸。他非常以自己的睪丸為傲。當他跳進水坑游水，我則換上他的睪丸，留下我自己的兩顆小小蜘蛛睪丸。然後，你們知道我怎麼做嗎？我跑走了，盡我所能快跑。

「一直跑到下一個鎮我才停下來。我看到了一隻猴子。猴子對我說：『你看起來真勇猛啊，阿南西。』我對猴子說：『你知道鎮上在唱什麼歌嗎？』猴子問我：『他們在唱什麼？』我告訴他：『他們唱的是一首最好笑的歌。』我手舞足蹈，唱起歌來：

老虎的睪丸，耶，
我吃了老虎的睪丸
現在誰都拚不過我啦
沒人能再叫我黏在黑呼呼的牆上了
因為我吃掉了老虎的身分證明
我吃了老虎的睪丸。

「猴子笑彎了腰，又搖身子又跺腳，全身抖個不停，然後牠開始唱『老虎的罣丸，我吃了老虎的罣丸』。彈著手指，邊唱邊轉圈。他說那首歌真不錯，他要唱給朋友聽。我告訴他儘管去做，然後回到了水坑邊。

「老虎正在水坑那裡，尾巴沙沙擺動，來回踱步，耳朵和頸背上的毛高高豎起，張著一口利牙，作勢要咬那些飛近他的昆蟲，眼裡燒著橘紅的火焰，看起來凶暴殘忍又巨大。然而，懸在他胯下的是世界上最黑最小最皺的包皮中最小的罣丸。

「他看到了我，說：『嘿，阿南西，你不是應該在我游泳的時候好好看管我的罣丸嗎？可是我爬起來的時候，岸邊除了我身上這兩粒又乾又小又沒用的蜘蛛罣丸之外，什麼都沒有！』

「我告訴他：『我盡力了啊，都是那些猴子害的，他們跑過來吃掉了你的罣丸，我要趕走他們的時候，他們就拿走我的小罣丸。因為實在太丟臉，所以我就跑走了。』

「老虎說：『阿南西，你這個騙子！我要吃掉你的肝！』不過，他接著就聽到猴子們從鎮上來到水坑邊。十二隻快樂的猴子，跳著往水坑走來，彈著手指，大聲唱著：

老虎的罣丸，耶，
我吃了老虎的罣丸
現在誰都拚不過我啦
沒人能再叫我黏在黑呼呼的牆上了
因為我吃掉了老虎的身分證明
我吃了老虎的罣丸。

「於是，老虎就怒吼著追著猴子往森林裡去，猴子怕得尖叫，爬到最高的樹上。我則抓著我的新罣丸，在我瘦巴巴的兩腿中間，摸起來真是該死地舒服，然後我就回家了。到了今天，老虎還是追著猴子跑。所以，你們記住了：不要因為比較小，就覺得自己沒有力量。」

南西先生微笑，點點頭，像演員般張開雙臂接受觀眾的鼓掌與笑聲，然後轉身走回影子和徹諾伯格旁邊。

「我不是說不要講故事？」星期三說。

「你覺得我說的是故事？」南西說，「連清嗓都算不上，只是先幫你暖場。去吧，去嚇死他們。」

星期三走向火爐邊。他看起來是個高大的老男人，戴著一顆義眼，穿著褐色西裝和舊亞曼尼大衣。他站著望向坐在長凳上的人，靜默了好長一段時間，遠超過影子認定一般人能忍受沉默的時間。然後，他終於開口。

「你們知道我是誰，你們都認識我。你們之中有些人的確不太喜歡我，但不管喜不喜歡，你們都認識我。」

坐在長凳的人群之間起了一陣騷動。

「我待在這裡的時間，比你們大多數人都久。就像有些人想的，我們應該可以靠著倖存的東西撐過去。雖然不夠讓我們開心，但總算還過得去。

「可是，局勢不同了。一場風暴即將來臨，不是我們製造的風暴。」

他暫停，踏步往前，雙臂抱在胸前。

「人們遷徙到美國，把我們一起帶來。他們帶了我、洛基❶和索爾、阿南西❷和獅神❸、愛爾蘭矮

---

❶ Loki，北歐神話中，以「騙子」形象出現的神祇。別名Lie-Smith。

妖、地靈❹和班希❺、庫伯拉❻和霍勒太太❼和艾許達羅斯❽，也帶了你們。我們乘著他們的心思而來，在這裡生根。我們與開墾者飄洋過海來到新大陸。

「這塊土地太過廣大，人們沒多久就拋棄我們，當我們是舊大陸的遺物，以為我們沒來到新天地。真正信仰我們的人要麼死去，要麼不再信仰。我們被拋去、我們迷失了，恐懼無依，只能找到一丁點信徒，湊合著過日子，連塞牙縫都不夠。

「這就是我們過的日子，湊合著生活，再也沒有人看顧我們。

「讓我們面對事實吧，承認我們已經沒影響力了吧。我們引誘人們，以便取得東西，勉強餬口度日。我們有些在跳脫衣舞、當阻街女郎，還酗酒。我們在加油站打工、偷竊、騙人，在社會邊緣夾縫中求生。年老諸神啊，這裡是沒有神的新大陸。」

星期三暫停，凝視每個聽眾，嚴肅得有如政治家。其他人毫無表情地看著他，臉上像戴了面具，看不出情感。星期三清清喉嚨，朝火裡狠狠吐了一口。火焰熊熊高張，照亮整座廳堂。

「咳，你們應該都知道，美國產生了很多新的神，凝聚眾人信仰。信用卡神、高速公路神、網路神、電話神、廣播神、醫院神、電視神、塑膠神、呼叫器神、霓虹燈神。高傲的新神，肥胖又愚蠢，以為自己既新奇又重要，拚命自我吹噓。

「他們很明白我們的存在，也懼怕我們，甚至痛恨我們。」奧丁說：「你們要是不信，那就是自欺欺人。他們要是想毀掉我們，絕對辦得到。我們團結的時候到了，應該有所行動了。」

穿著紅色紗麗的老婦人走入火光中，她的前額有一顆小小的深藍色珠寶。她說：「你叫我們來這兒，就是聽這些無聊事？」她嗤了一聲，混合著有趣與惱怒的不屑。

星期三皺眉，「沒錯，我是要你們來這裡。可是這事還有得談。瑪瑪祺，這可不是什麼無聊事。就算是三歲小兒也看得出來。」

「那我就是三歲小兒嘍？」她對星期三搖搖手指，「你被人們塑造出來之前，我在卡立格特神廟❾已待了不知多久，你這個愚蠢的男人。我是三歲小兒嗎？我的確是，因為你那些鬼話毫無意義。」

此時，影子又看到重複的影像：他看到老婦人黝黑的臉因為年齡與不滿而皺縮，但在她之後，影子看到巨大的形象。那是一個裸女，皮膚黑得像嶄新的皮外套，嘴唇和舌頭鮮紅得像動脈裡的血液。她的頸子圍了一圈頭骨，許多隻手裡都握著刀劍或人頭。

「瑪瑪祺，我不是說妳。」星期三平靜地說，「但很清楚……」

「唯一清楚的是，」老婦人伸直手指（在她身後、上方，穿過她身子，所有長著尖利指甲的黝黑手指都同時指著），「你貪求榮耀。我們在這個國家已經平靜地生活了很久。的確，有些人過得比其他人好。我過得還算不錯。雖然在印度，我的另一個化身過得比我好，可是算了，我不嫉妒。我看過新的神祇崛起，也看過祂們衰亡。」她的手垂了下來。影子發覺其他人都看著她，眼裡混合了尊敬、有趣和尷尬的神色。「人們不久之前才崇拜火車神，可是現在，鋼鐵神跟獵玉者一樣，都被遺忘了……」

---

❷ Anansi，西非傳說中的神，以蜘蛛的形象出現。
❸ 即埃及的獅神 Maahes。
❹ Kobold，德國民間傳說中的邪靈，長相醜惡，會傷害人類。
❺ Banshee，愛爾蘭傳說中，會在人死前嚎哭的妖精。要是被抓到了，就必須說出將死之人的姓名。
❻ Kubera，印度的富裕之神。
❼ Frau Holle，北歐神話中的冬日女王。
❽ Ashtaroth，腓尼基文化中的月亮女神。
❾ Kalighat，位於印度加爾各答。

「瑪瑪祺，請說重點。」星期三說。

「重點？」她不禁起了怒氣，嘴角隨之下垂。「我這三歲小兒告訴你：我們就等，什麼都不做。反正我們也不知道他們會對我們做什麼。」

「等他們某晚真的殺來，或把妳抓走，妳還會建議我們等嗎？」

婦人覺得既不屑又好笑，表情全呈現在嘴脣、眉毛與鼻梁上。「要是他們敢，他們就知道抓我有多難，想殺我更難。」

婦人身後的長凳上蹲坐著一名年輕男子，他哼了一聲引起眾人注意，然後用低吟的聲音說：「眾神之父，我的族人過得很好，我們善加利用我們擁有的一切。要是你們這場戰爭連累到我們，我們會失去一切。」

星期三說：「你們早已失去了一切，我是給你們機會，拿回一些東西。」

隨著他說話，火焰又燒得高高的，照亮聽眾的臉。

我無法真的相信，影子心想，*我不相信這一切。可能我還是十五歲，媽媽還活著，我也還沒娶蘿拉。到目前為止的一切，全都是鮮明的夢境。*然而，連這點他也不信。我們能相信的，只有我們的感官，亦即我們用來觀察這世界的工具，我們的視覺、觸覺和記憶。要是連感官也欺騙我們，就沒有什麼事情能信了。而就算我們不相信，我們也不能偏離感官鋪陳的道路，我們只能一直走下去，直到終點。

火焰熄滅。黑暗籠罩法拉舍鄽，奧丁的殿堂。

「現在怎麼辦？」影子低語。

「回去旋轉廳。」南西低聲說，「然後獨眼老頭要請我們吃晚飯，賄賂某些人，親親某些甜心寶貝，然後不准再講任何『神』開頭的事。」

「『神』開頭的事？」
「小夥子，他們在吵的時候，你跑去哪裡了啊？」
「因為有個人講了偷走老虎罣丸的故事，我只好離開去聽結局啊。」
南西咯咯發笑。
「可是，什麼都沒解決，也沒人答應什麼事。」
「他會慢慢說服他們，個別擊破。等著瞧吧。他們最後還是會加入的。」
影子感覺從某處吹來了一陣風，吹起他的頭髮，拂過他的臉，拉住了他。
他們又站在世界上最大的旋轉廳內，聽著皇帝圓舞曲。
房間另一端，有群看來像是觀光客的人在跟星期三說話，人數跟在星期三殿堂內那些模糊的人影一樣多。「這邊走。」星期三大聲說，領著他們穿過唯一的逃生門。逃生門的造型像是巨大野獸的血盆大口，銳利的牙齒似乎隨時可以把他們撕成碎片。他像個政客穿梭在眾人間，誘拐、鼓勵、微笑、溫和地表示異議和安撫。
「那些是真的嗎？」影子問。
「什麼真的假的，糊糊腦？」南西先生問。
「殿堂、火焰、老虎的罣丸、那些坐騎。」
「啊，那些動物不准騎吧，你沒看到警告牌嗎？噓。」
猛獸的嘴通往風琴室，影子感到困惑——他們真的走過這條路嗎？現在重走還是覺得困惑。星期三帶著他們走上階梯，天花板懸吊著實物大小的四個啟示錄騎士，眾人隨著指標走到先前走過的出口。
影子和南西殿後。他們走出岩上之屋，經過禮品店，朝停車場走回去。
「真可惜，還沒看完就要走了。」南西先生說：「我本來有點期待看到世界最大的自動管弦樂團呢。」

「我看過了。」徹諾伯格說，「根本沒那麼大。」

十多分鐘車程後，他們來到餐廳。星期三早已向每個賓客說明，今晚的晚餐由他請客，還為沒有交通工具的人安排了專車到餐廳。

影子不禁疑惑：那些人要是沒有自己的交通工具，那是怎麼來到岩上之屋？又打算怎麼離開這裡？但是他沒說什麼。此時，沉默似乎是最明智的舉動。

影子載了滿車星期三的賓客到餐廳。穿著紅色紗麗的婦人坐在他旁邊的前座，後座則是兩個男人：其中一名樣貌奇特的年輕人蹺坐著，影子來不及聽清楚他的名字，似乎是叫艾維斯；另一個男人則穿著深色西裝，影子不記得是否看過這人。

男人坐進車子時，影子站在他旁邊，為他開關門，卻完全想不起關於這男人的一切。他從駕駛座上轉頭看男人，仔細檢視他的臉、頭髮、衣著，確認自己下次能夠認出來，然後轉頭回去開車，突然又發覺這男人的一切又從心海裡溜走，只剩下「富裕」的形象，其他印象都消失了。

我大概是累了。影子心想。他往右邊一瞥，覷著旁邊的印度婦人，她脖子戴著髏骨項鏈，手上掛著幸運手環，移動時會發出叮叮噹噹的聲響，像是小鈴鐺。她額頭上有一顆深藍色珠寶。婦人身上散發出一種混合了香料、小豆蔻、肉豆蔻和花朵的香味，髮色灰白相間。她察覺影子正在看她，於是面露微笑。

「你可以叫我瑪瑪祺。」婦人說。

「瑪瑪祺，我叫影子。」影子說。

「影子先生，你對你老闆的計畫有什麼感想嗎？」

一輛巨大的黑色卡車經過他們，濺起泥濘，呼嘯而過，影子減慢車速。「我不會過問，他也不會說。」

「要是你問我，我可以告訴你：他只是博取最後一擊。他要我們一起在所謂最終光榮之中同歸於盡，這就是他要我們做的事。我們有些人已經太老太愚蠢，可能會答應他的要求。」

「瑪瑪祺，我的工作不是問問題。」影子說。車內迴響著婦人銀鈴般的笑聲。

後座的男人（不是那個樣貌奇特的男人，而是另一個）說了什麼，影子也回答了，可是片刻之後，影子拚了命也想不起來彼此說了什麼。

樣貌奇特的年輕人沒說什麼，開始自己哼起歌來。他低沉而優美的聲音，讓整個車內的空氣彷彿微微振動迴盪起來。年輕人跟一般人差不多高，卻體態奇特。影子聽過有些人的胸膛會像桶子一樣鼓起，但是從來沒親眼見過那樣的景象。而眼前這個男人，胸膛鼓起有如水桶，腿呢——是的，他有腿——就像樹幹，手簡直跟豬蹄一樣。男人穿著黑色的連帽斗篷、數件毛衣和丹寧布工作服。在這樣的冬天和這些衣著外，還不搭調地穿著跟鞋盒同樣形狀大小的白色網球鞋。他的手指簡直跟臘腸一樣，平滑的指尖呈方形弧度。

「你唱得不錯。」坐在駕駛座上的影子說。

「抱歉。」樣貌奇特的年輕人以非常低沉的聲音說。有點不好意思，停下不再哼唱。

「不，很好聽啊。」影子說，「請繼續唱。」

年輕人猶疑片刻，然後又開始繼續哼歌，聲音跟先前一樣低沉宏亮。這次他哼唱的旋律裡夾雜著一些字。「噹噹噹，」他的聲音低沉得撼動了車窗，「噹噹噹噹噹……」

他們駛過的房子或建築物屋簷下，都懸吊著聖誕燈飾。有些是一顆顆各自分開閃爍的金色燈泡，也有大型雪人或泰迪熊燈飾，以及各種顏色的星星。

影子在餐廳前停車。那是一棟巨大得有如穀倉的建築，他讓乘客從前門一一下車，將車子開到停車場後方。他想要獨自在寒冷的空氣中走一小段路，從停車場到餐廳，使頭腦清醒一點。

他將車子停在一輛黑色大卡車旁，有點懷疑那是之前從他們旁邊加速趕過的卡車。他關上車門，站在停車場上，呼出白色的氣息。影子可以想像，餐廳裡星期三已經讓賓客圍著大桌子一一就坐。他想著印度女神迦梨是不是真的曾經坐在他車子前座，想著後座是不是載著……

「嘿，小夥子，有火柴嗎？」一個似曾相識的聲音說。影子轉身道歉說沒有，左眼突然挨了槍管一擊，身子傾倒。他伸出一隻手，想要穩住自己，某個人卻往他嘴裡塞東西，用膠帶固定，以免他大喊。對方的動作熟練俐落，就像是屠夫抓小雞一樣。

影子試著大叫，想警告星期三和其他人，可是只能發出悶聲。

「獵物都在裡面。」似曾相識的聲音說道：「大家就定位了嗎？」一個粗啞的聲音從不太清晰的無線電傳來。「我們衝進去，把他們一網打盡。」

「這大個兒怎麼發落？」另一個聲音說。

「打包帶走。」第一個聲音說。

他們在影子頭上罩了袋子一樣的兜帽，用膠帶把他的手腳纏起來，將他丟在後車廂裡載走。

影子發現這間斗室沒有任何窗子，只有一張塑膠椅、輕摺疊桌，還有一個覆著蓋子的水桶，充當馬桶。地上有一條六呎長的黃色泡棉墊，還有一條薄薄的毯子，毯子中央有一塊陳年汙垢，像是血跡或屎尿或食物的痕跡。影子不知道是什麼，也不打算知道。牆上高掛著以鐵條圍起的燈泡，可是找不到任何電燈開關。燈一直開著，門上沒有門把。

他餓了。

他手腕、腳踝和嘴巴上的膠帶已撕掉。他很快繞了房間一圈，仔細檢視。敲敲牆壁，聽起來像是悶悶的金屬聲。天花板上有一個小通風口，門緊緊鎖著。

他左眉毛上方慢慢流著血。頭很痛。

地上沒鋪地毯，敲起來跟牆壁一樣，都是金屬製。

他掀起水桶蓋，撒泡尿，又蓋上水桶。根據他的手錶，從餐廳前突襲到現在，過了四個小時。

他的皮夾不見了，卻留下硬幣。他在牌桌旁坐下。桌上覆著綠色毛呢，布滿香菸燙出的痕跡。他開始練習硬幣魔術，彷彿要將兩枚二十五分硬幣穿過桌子，然後又拿出來。

他把一枚二十五分硬幣藏在右掌心，展示夾在左手拇指與食指間的另一枚二十五分硬幣。然後作勢拿出左手硬幣，實際上卻是讓硬幣掉進左掌。他攤開右掌，現出那枚一直在他右掌心的硬幣。

硬幣戲法的重點在於必須專心冷靜，要是情緒激動，就沒法成功。雖然這類魔術技巧沒什麼實際用處，他卻花了很大的心力練習，把硬幣從一隻手變到另一手。雖然這種技巧在現實生活毫不實用，卻能夠使他冷靜，平撫心中的騷動與恐懼。

他又開始玩另一種更沒意義的把戲：用單手將五毛錢硬幣變成一分錢硬幣，只不過他用的是兩枚二十五分錢幣。他輪流將兩枚硬幣藏起又拿出來展示：藏起一枚硬幣，展示另一枚硬幣。他舉起手，朝看得見的硬幣吹氣，將硬幣滑進右掌心，同時用拇指和食指拿出原本藏起來的硬幣。表面上看起來，他在手中展示、拿到嘴邊吹氣、放下的似乎都是同一枚二十五分硬幣。

他將同樣的動作重複了一遍又一遍。

他猜想那些人是不是要殺了他。他的手輕微發抖，一枚硬幣從他指間滑落到帶有汙漬的綠色毛呢牌桌。

他實在無法再重複同樣的動作，只好收起錢幣，拿出波努諾琪娜雅給他的自由女神硬幣，緊抓著、等待。

手錶指著凌晨三點的時候，兩個深色頭髮、穿著深色西裝和閃亮黑鞋的男人進門，長得一副探員模樣。其中一人的下巴方正，肩膀寬大，體毛濃密，看起來就像高中時當過足球員，指甲都咬爛了。另一人有點禿頭，戴著銀框圓眼鏡，指甲修剪得很整齊。兩個人雖然完全不像，但影子懷疑這兩人其實可能是同卵雙胞胎。他們各站在桌子一邊，低頭看著影子。

「你幫那傢伙工作多久了？」其中一人問。

「我不知道那傢伙是誰。」影子說。

「他說他叫星期三、葛林姆，或眾什麼之父的老傢伙。先生，有人看到你和他在一起。」

「我只幫他工作了幾天。」

「先生，別對我們說謊。」戴眼鏡的探員說。

「好。」影子說，「我說實話。可是答案仍舊一樣。」

鬍子剃得乾乾淨淨的探員伸出手，用手指扭影子的耳朵，一邊扭一邊用力捏，很痛。「聽我說，不要說謊，先生。」他語氣和善地放開手。

探員的外套隆起，像是手槍形狀。影子沒有反駁，他感覺自己似乎又回到牢裡。乖乖坐牢，影子心想，別把他們還不知道的事情告訴他們，不要問問題。

「先生，你試圖掩護的那些人都是恐怖分子。」戴眼鏡的探員說：「交出共犯，就是幫你的國家一個大忙。」他帶著同情的微笑，意思像是說：我是好警察。

「我明白。」影子說。

「如果你不幫我們，先生，」下巴鬍子刮乾淨的探員說：「你就會知道我們不高興的時候是什麼樣子。」他一拳打在影子的肚子上，打得他喘不過氣。這不是刑求，影子心想，這只是在強調：我是壞警察。他感到一陣反胃。

影子忍著痛說：「我希望二位能感到高興。」

「先生，我們只需要你的合作。」

「我可以請問……」影子深吸一口氣（別問問題，他心想。可是為時已晚，話已出口），「我可以請問，我正要與誰合作嗎？」

「你希望我們告訴你，我們叫什麼名字嗎？」下巴乾淨的探員說：「你八成是瘋了。」

「不，他說到重點了。」戴眼鏡的探員說：「也許這樣他會合作一點。」他看著影子，露出像是賣牙膏的模特兒一樣的微笑。「嗨，這位先生，我叫做阿石。這位是我的同事，阿木先生。」

「其實我想問的是，你們是哪個機構的？中情局或聯邦調查局？」影子說。

阿石搖搖頭，「哎，先生，事情沒有以前那麼單純啦。事情沒有那麼簡單。」

「私人領域，」阿木說，「公共領域。你知道，現在大都互相影響。」

「可是我可以向你保證，」阿石又帶著熱情的微笑說道：「**我們是**好人喔。先生，你餓了嗎？」他從外套口袋掏出一條士力架巧克力棒。「喏，小禮物。」

「謝了。」影子說，撕開巧克力棒包裝紙，吃了起來。

「你應該口渴了吧？咖啡或啤酒？」

「開水就好了，謝謝。」影子說。

阿石走向門口，敲敲門，對著門另一邊的警衛說了些話。警衛點點頭，一分鐘後拿著裝了冷開水的免洗杯回來。

「中情局啊……」阿木搖搖頭，悲傷地說，「那些蠢蛋。嘿，阿石，我聽到一個關於中情局的新笑話，聽著：我們怎麼能確定中情局跟暗殺甘迺迪無關？」

「我不知道，」阿石說，「我們**怎麼能**確定？」

「他死了，不是嗎？」阿木說。

兩人都笑了。

「先生，覺得好一點兒了嗎？」阿石說。

「應該是吧。」

「那麼，何不說說今晚發生的事情？」

「我們只是去某處觀光。到岩上之屋，然後去吃點東西。其餘你們都知道了。」

阿石重重嘆了一口氣，阿木搖搖頭，彷彿非常失望，然後一腳踢往影子的膝蓋骨。簡直痛徹心肺。接著阿木又往影子後背補上一拳，指關節搥在右臀上方，這比膝蓋那一腳還痛得多。

我比他們任一人都高大，影子心想，我可以擊倒他們。可是兩人都有武器，而且就算他真的用了什麼方法除掉或制伏兩人，他還是被鎖在這個小房間。（要是有一把槍就好了，有兩把更好。）（**不行。**）

阿木的手總是避開影子的臉。不留痕跡，不留下永久疤痕，只對著他的身體和膝蓋拳打腳踢。很痛。影子將自由女神硬幣緊抓在手心裡，等待這一切結束。

過了好一陣子，痛打結束。

「先生，我們幾個小時後再來見你。」阿石說，「你應該也知道，阿木很痛恨自己必須做這種事。我們都是講理的人，就像我說的，我們都是好人。你選錯邊了。怎麼樣？何不試著睡一下？」

「你最好把我們的話當真。」阿木說。

「他說到重點了，先生。」阿石說，「考慮看看吧。」

他們重重甩上門。影子不知道他們會不會把燈關掉。不，他們沒關燈，燈泡就像一隻冷酷的眼睛，照亮四壁。影子爬到黃色泡棉墊旁，滾上去，抓起單薄的毯子蓋在身上，閉上眼。沒有什麼可依靠，只能緊抓著夢。

時間流逝。

他又回到十五歲，母親就快要死亡。她正試著要跟他說一件重要的事，可是他聽不懂。他在睡夢中動了動身子，一股劇痛將他從半睡推向半醒，他抽搐了一下。

他在單薄的毯子下顫抖。右手臂遮著眼，阻擋燈泡的光。他不知道星期三和其他人是不是安然無恙，是不是還活著。他希望他們都還活著。

他感到左手的銀幣依舊冰冷。他感到銀幣存在，彷彿它也熬過了那陣毒打。他茫然想著：為什麼銀幣沒有因他的體溫而變暖？他半睡半錯亂，不知怎地，錢幣、自由、月亮和波努諾琪娜雅竟交錯在一起，形成一股由地底深處射向天空的銀光，他隨著銀光往上飄，遠離痛苦、傷心、恐懼、痛楚，受到祝福般飄進夢鄉……

遠遠的，他聽到某種聲音，可是來不及思考，他已躺進睡眠的懷抱。

思緒迷濛，他希望不是誰來叫醒他、打他或對著他吼。接著，他真的愉快地睡著了，再也不覺得冷。

某個人在某處大聲求救，在他的夢裡，也或許是夢境外。

睡夢中，影子在泡棉墊上翻身，感到身上某處一陣痛。

某人正搖著他的肩膀。他想要叫那人別再搖了，放他好好睡個覺，卻只是咕噥了一聲。

「狗狗？」蘿拉說：「快醒來。拜託你醒來，親愛的。」

他感覺放鬆，他感覺自己做了奇怪的夢，夢見監獄、騙子、襤褸的神祇，而現在換成蘿拉要搖醒他，跟他說上班時間到了。或許上班之前還能偷點時間喝喝咖啡，或是親吻，或更多。他伸出手去觸摸蘿拉。

她的皮膚非常冰冷，還黏黏的。

影子睜開眼睛。「這些血是哪裡來的？」他問。

「別人的血。」蘿拉說，「不是我的血。我的身體裡已經灌滿了福馬林，混了甘油和綿羊油。」

「別人是誰？」影子問。

「警衛。」蘿拉說：「沒問題了，我殺了他們。你最好趕快起來。我想他們應該來不及按下警鈴。去拿那邊那件外套，不然你會凍死。」

「妳殺了他們？」

蘿拉聳聳肩，尷尬地笑了笑。她的雙手彷彿才用猩紅色顏料畫了指印畫一樣，臉上和衣服（依然是那件下葬時穿的藍色洋裝）都是血跡，影子想到畫家傑克森．波洛克⑩，因為這想法可能比接受其他想法還正常。

「死了之後，殺人就比較容易了。」蘿拉告訴他，「我是說，就變得沒什麼了。沒有太多顧忌。」

「對我而言，依然算是嚴重的事。」影子說。

「你想在這裡一直待到早班警衛過來嗎？」蘿拉說：「隨便你吧。我以為你想離開這裡。」

「他們會以為這是我做的。」他愣愣地說。

「或許吧，親愛的，穿件外套，不然你會凍死。」

影子走到外面的走廊，盡頭是一間警衛室。警衛室裡有四具屍體：三名是警衛，還有那個自稱為阿石的人，沒看到他夥伴。從地板上拖行的血印看來，其中兩人是死後才拖進警衛室的。

他的大衣掛在衣帽架，皮夾仍在外套的內袋，顯然沒人碰過。蘿拉掀開幾個裝滿士力架巧克力棒的紙箱。

影子終於可以看清他們的長相。警衛穿著深色迷彩制服，可是沒有任何政府機關標誌，看不出他們為誰工作。他們或許是週末獵鴨的獵人，穿著這些衣服方便射擊。

蘿拉伸出冰涼的手，用力握著影子。她脖子上的金項鏈掛著影子給她的金幣。

「這很好看。」影子說。

「謝謝。」她的笑容很美。

「其他人怎麼了？」影子問：「星期三和其他人呢？他們在哪裡？」蘿拉給他幾條巧克力棒，他把巧克力棒全塞進外套裡。

「這裡沒有別人了。只有許多空牢房，你關在其中一間。噢，其中有個人本來拿著雜誌，在那邊的牢房裡自慰。他可是嚇壞了。」

「你在他自慰時殺了他？」

蘿拉聳聳肩，「應該是吧。」她不自在地說，「我擔心他們會傷害你。該有個人看顧你，而我說過我會做的，不是嗎？喏，拿著。」那是一些暖暖包，一些薄墊子，只要撕開包裝就會開始發熱，維持好幾個小時。影子把暖暖包放進口袋。

「看顧我，是啊，妳的確做到了。」影子說。

蘿拉伸出一根手指，輕輕撫摸他左眉毛上方，說：「你受傷了。」

「還好。」他說。

---

⑩ Jackson Pollock，美國抽象畫家，多以大量油彩潑灑於畫布上來創作。

他拉開牆邊一道金屬門，門扉緩緩滑開。離地面有四呎落差，他往下跳向石子地，毫不遲疑地輕鬆托住蘿拉的腰，將她抱下來，就像以往抱著她旋轉一樣……

月亮從厚厚的雲層中出現，低懸在水平線上方，即將落下。但照在雪地上的月光已夠照亮眼前景象。

原來他們離開的是一節漆成黑色貨運火車的金屬車廂，火車似乎是停靠或被棄置在林地的分岔線。貨車車廂一路綿延，穿過樹林至更遠處。原來剛剛是在火車上，他早該猜到的。

「妳怎麼有辦法找到我？」他問死去的妻子。

她像是被逗笑了般，緩緩搖頭。「你亮得像是黑色世界中的烽火啊。」她對影子說：「沒那麼困難。走吧，走得越快越遠越好，只要別用信用卡，應該就沒問題。」

「我該去哪裡？」

蘿拉將手伸進纏結的髮絲，撥開眼前的頭髮，告訴他：「往那邊走。做你所能做的，若有必要，就偷一輛車，往南去。」

他猶豫地說：「蘿拉，妳知道這是怎麼一回事嗎？妳知道這些人是誰嗎？妳殺了什麼人？」

蘿拉說：「嗯，我想我應該知道。」

「我欠妳一分情。」影子說：「如果不是妳，我八成還在裡頭。他們可能替我準備了別的好東西。」

「是啊，我也是這麼想。」蘿拉說。

他們離開空置的火車。影子想著他看過的其餘火車：沒有車窗的金屬車廂，行過寂寞的旅程，一路穿越黑暗。他的手指緊抓著口袋裡的自由女神硬幣，想起了波努諾琪娜雅，還有她在月光下看他的樣子。你問過她想要些什麼嗎？這是最適合問死者的問題，有時候，他們會告訴你。

「蘿拉，妳想要些什麼呢？」他問。

「你真的想知道嗎？」

「是的，請告訴我。」

蘿拉用死去的藍色雙眼仰視著他，「我想要重新活過來。不是這樣半活著，而是真正地活著。我想要再一次感受到心臟在胸膛裡跳動，感覺血液在體內流動，溫熱、帶著鹹味，真真實實。很奇怪，活著時你感覺不到身上流著血液，可是相信我，當你的血停止流動，你就會知道。」她揉揉眼睛，手上那一團髒汙弄紅了她的臉。「好累。狗狗，你知道為什麼死人只在晚上出現嗎？因為在黑暗中，死人看起來比較像活人。我不想假裝當個活人，我想要變得活生生的。」

「我不知道這要怎麼做。」

「只要讓它發生就好了，親愛的。你會找出方法的。我知道你辦得到。」

「好吧。我會努力試試。要是想不出方法，我要怎麼找妳？」

然而蘿拉已經離開。森林裡空無一人，除了天際一抹淡淡的灰色告訴他東方的方向。十二月的寒風中呼號的，不知是最後一隻夜鳥還是清晨第一隻鳥。

影子轉身面向南方，開始向前走。

第七章

印度神祇會經歷「生」與「死」，因此並非一般意義所謂的「永生不死」。祂們面臨凡人亦要面對的許多困境，與凡人只有一些細瑣的區別……祂們與惡魔更是相差無幾。即便如此，在定義上，印度人仍將祂們與其他事物區隔開，自成一類。祂們是任何凡人都不可能達致的象徵（不論此人一生如何符合「原型」）。祂們是演員，演出只對我們才顯得真實的戲碼。祂們是面具，我們在其後看見自己的臉。

——溫蒂．多尼葛．歐弗萊赫提，《印度神話》〈序論〉（企鵝出版社，一九七五年出版）

影子往南走了數小時——他希望自己至少走對方向。他沿著一條沒有路標的狹路，猜想自己可能穿越了位於南威斯康辛州的森林。途中，幾輛吉普車亮著頭燈沿路駛來。他閃入樹林迴避，直到車輛離去。晨間濃霧籠罩，那幾輛車都是黑色的。

三十分鐘後，他聽到從遙遠的西方傳來直升機的聲音，便離開林間小徑，竄入密林。直升機有兩架。他蹲伏在一棵傾倒樹幹下方，靜聽直升機從頭上飛過。直升機離開的時候，他迅速抬頭望了一下灰撲撲的冬季天色。他確信那些直升機的機身漆成霧黑色。他躲在樹下的空穴等待，直到完全聽不到直升機的聲音。

樹木緊壓著地面薄薄的積雪。影子慶幸帶上了溫暖手腳的暖暖包，才不至於凍死。然而，他覺得自己的感受變得麻木：心臟麻木、頭腦麻木，連靈魂也麻木了。而他領悟到，這種麻木感不只是存在於過去這幾年而已，還將不斷延續反覆。

我究竟要什麼？他問自己。他無法回答，只好繼續走，一步一步穿越樹林。每一棵樹看起來都很熟悉，有些景象甚至似曾相識。會不會根本是在繞圈子？說不定他會一直不停地走，直到暖暖包用盡，巧克力棒也吃光，在某處坐下，然後再也醒不過來。

他走到一處水流豐沛的地方——當地人應該會說那是「小溪」吧。他決定沿著溪流走。小溪將會匯入小河，小河又通往密西西比河，只要他繼續走，或偷一條船，或自己造一條小筏，終究能夠到達紐奧良。那裡會很溫暖。這種想法雖然不太真實，但感覺舒服多了。

直升機沒再出現。他有種感覺：那些飛過頭頂的直升機只是為了清理一團混亂的貨運火車，而不是為了獵捕他，否則那些直升機一定會回頭。這樣一來，就一定會出現警犬，警報聲四處響，也會有搜捕大隊。可是此刻什麼都沒出現。

我想要**什麼**？當然不想被捕，也不想因為那些死在火車上的人而受刑。「不是我幹的，是我死去的老婆幹的。」他聽到自己說。他可以想像法官聽到這話會有什麼表情。而在他被送上電椅時，眾人會議論他究竟是不是瘋了……他不知道威斯康辛州有沒有死刑。他忍不住問自己這些事是不是真的那麼重要？他想知道這一切究竟是怎麼回事，想找出終結這一切的方法。但他終究只能半帶悲傷地苦笑，他覺得自己最想要的，就是讓一切回復正常。他希望自己從來沒坐過牢，希望蘿拉還活著，希望這一切從未發生。

「年輕人，恐怕這不是你能選擇的。」他在腦海裡用星期三先生粗啞的聲音對自己說，然後點點頭表示同意。沒得選，你早已截斷後路，所以繼續走吧，乖乖坐牢……

遠處啄木鳥「叩叩叩」地啄著腐朽的樹幹。

影子感覺彷彿有目光正在盯著他。幾隻北美紅雀從纖細的接骨木叢裡對著他瞧，然後又轉頭回去啄食接骨木漿果。牠們看起來就像北美鳴鳥月曆裡的插圖一樣。鳥兒啁啾啼轉，宛如音廊，伴隨他沿小溪行走，終至散佚無聲。

位於山稜陰影下的林間空地，躺著一頭死去的初生小鹿。一隻體型約小狗一般大的黑鳥正用令人厭惡的大嘴啄著小鹿軀體，撕下一片片紅色鹿肉。小鹿的眼睛已經不見了，頭還算完整。屍體支離不全，白色的斑點清晰可見。影子不知道小鹿是怎麼死的。

黑色的鳥歪了歪頭，以類似敲擊石頭的聲音說：「影子？」

「我就是。」影子說。黑鳥跳上小鹿的身體，抬起頭，豎起鳥冠和頸背的羽毛。黑鳥的體型巨大，雙眼就像黑珠子。如此近看這種體型的鳥，感覺有點嚇人。

「他說他會在開羅跟你碰頭。」烏鴉說。影子看不出這是奧丁的哪隻烏鴉？是胡亙或慕寧——是「記憶」或「思想」？

「開羅？」他問。

「在埃及。」

「我要怎麼去埃及？」

「順著密西西比河，往南走，去找豺。」

「聽著，我不希望自己像是……老天，聽好……」影子停下來整理思緒。他全身發冷，站在林地，對著一隻剛把小鹿斑比當作早餐的大黑鳥講話。「好，我要說的是，我不想聽什麼密語。」

「密語。」鳥兒彷彿想幫上什麼忙，重複了一次。

「明人不說暗話，『開羅的豺』，這對我完全無意義，簡直就像三流偵探小說的臺詞。」

「豺，朋友，托，開羅。」

「你為什麼又重複一次。我需要更多資訊，不只是這些字眼。」

那隻鳥半轉身，從小鹿的肋骨又撕下一條肉塊，隨即往林間飛去，紅色的肉條懸在鳥喙上，像是一條血淋淋的大蟲。

「喂！至少告訴我怎麼走回大馬路吧！」影子大叫。

烏鴉高飛而去。影子看著小鹿的屍體，想著自己如果是獵人，應該就會割下一塊肉，放在柴火上烤。然而，他只能坐在傾倒的樹幹上，吃巧克力棒，他很清楚自己不是獵人。

烏鴉在空地邊緣呱呱叫。

「你要我跟著你？」影子問：「還是你家小主人提姆又跌下井裡了？❶」大鳥沒耐性地又叫了一聲，影子起身朝牠走去。鳥兒等到影子走近，才用力拍著翅膀飛向另一棵樹，似乎是朝著影子來時路的左邊而去。

「嘿！胡瓦還是慕寧！不管你叫什麼名字……」

鳥兒轉身，有點疑心地歪了歪頭，用明亮的眼睛瞪著他。

「跟我說『下次不敢了』。」影子說。

「去你媽的。」烏鴉說。牠與影子一起穿越森林，途中不再說話。

走了大約半小時，到了小鎮邊緣的柏油路，烏鴉便飛回林裡。影子馬上注意到「克弗斯漢堡店」❷的招牌，隔壁就是加油站。他走進克弗斯漢堡店，裡頭空蕩蕩沒有客人。收銀臺後方是個理著平頭的年輕人，看起來很熱心。影子點了兩個漢堡和薯條，走進洗手間清洗一番。他看起來髒透了。他檢查口袋：幾枚零錢（包括自由女神銀幣）、拋棄式牙刷和牙膏、三條士力架巧克力棒、五個暖暖包、一

---

❶ 這裡借用了「靈犬萊西」的典故。每當小主人遭遇危險，萊西總會飛奔回家通知，所以影子在此語帶嘲笑地諷刺。

❷ Culvers Frozen Custard Butterburgers，美國現做牛肉漢堡速食店。

個皮夾（裡面除了駕照和一張信用卡，什麼都沒有——他懷疑這張信用卡還能用多久）。外套內袋裡裝有昨天從銀行搶來的一千元，都是五十元跟二十元面值的紙鈔。他用熱水洗了洗雙手和臉，用水沾溼頭髮稍加梳理，走回餐廳，邊吃漢堡薯條邊喝咖啡。

他又走到櫃臺前。「來杯聖代嗎？」熱心的年輕人問。

「不用了。這附近有租車行嗎？我的車在半路壞了，離這裡有段距離。」

年輕人搔搔頭髮稀疏的腦袋。「先生，這附近沒有租車行。你要是車子壞了，可以撥AAA，或是到隔壁加油站，請他們拖車。」

「這主意不錯。謝了。」

影子從克弗斯漢堡店停車場越過融雪的路面到加油站。他先買了巧克力棒、牛肉乾，還有幾個暖包。

「這附近有租車行嗎？」他問收銀臺後面的女人。女人戴著眼鏡，胖嘟嘟的，似乎很高興能有人聊一聊。

「我想想……」女人說：「我們這兒很偏僻，只有麥迪遜那裡才有吧。你要去哪兒？」

「垓羅，我完全不知道在哪兒。」

「我知道在哪兒。到那邊架子上拿一份伊利諾州地圖來。」影子將上了膠膜的地圖遞給女人。女人攤開地圖，得意地指了指伊利諾州最下方的角落，說道：「就在這兒。」

「這是開羅？」

「埃及的那個才叫開羅。小埃及這邊這個叫做垓羅，甚至還有個地方叫做『底比斯』哩。我弟妹就是從底比斯來的。我問她關於埃及那個底比斯的時候，她的表情就像是在說『妳腦袋短路啊』。」女人咯咯發笑，聲音像是水管在排水。

「那裡有金字塔嗎？」那城市距離此地五百哩，幾乎是一路南行。

「沒聽說過。大家會把那裡叫做小埃及，是因為大概一百或一百五十多年前淹過一次大水。其他地方的農作物都泡湯，只有那裡沒事，所以大家都跑去那裡買糧食。就像聖經故事呀，約瑟夫與神奇的夢幻彩衣❸，『我們就往埃及去，巴拉巴～』」

「好吧，如果妳是我，而且妳必須去那裡，妳會怎麼去呢？」影子問。

「開車去。」

「我的車在幾哩外的路上拋錨了，真是屎事一堆——抱歉，我用詞不雅。」影子說。

「屎事一堆。沒錯，我小叔也這樣講。他開個小店賣車，常打電話給我說：瑪蒂，我剛剛又賣出一坨屎。嗯，說不定他對你的老爺車有興趣喔，反正就是廢金屬之類的東西。」

「那是我老闆的車。」影子很訝異自己脫口就能說出流利的謊言，「我得打電話給他，把車撿回去。」突然他閃過一個念頭，「妳小叔在這附近嗎？」

「他住在馬斯柯達，從這兒往南大約十分鐘吧，過河就到了。怎麼？」

「不曉得他肯不肯用五、六百塊賣我一坨屎？」

女人笑得很開心，「先生，五百塊，你可以買下他貨倉裡任何一輛車，附送滿滿一箱油。不過可別說是我告訴你的喔。」

「妳可以打電話給他嗎？」影子問。

---

❸ Joseph and the Technicolor Dreamcoat，英國音樂劇作家安德魯．韋伯的作品，典出舊約《創世紀》，雅各在十二個兒子當中最寵愛約瑟夫，還特別為他買了一件色彩鮮豔的昂貴外衣，卻惹來兄長的嫉妒。他們密謀將約瑟夫推入深淵，謊稱他意外身亡。大難不死的約瑟夫被輾轉賣到埃及當奴隸，在因緣際會下受到法老重用。最後兄長悔過，全家團聚。

「我已經拿起電話嘍。」女人邊說邊拿起話筒，「哈囉？我是瑪蒂。你快來我這兒，有人想跟你買車呀。」

影子選的「屎」是一九八三年的雪佛蘭「新星」❹。四百五十塊，附送滿滿一箱油。里程表顯示已經跑了將近二十五萬哩。車內聞起來像混了波本酒與菸味，還有某種比較強烈、像是香蕉的氣味。車的外表蒙著灰塵和積雪，看不太清楚顏色。不過比起瑪蒂小叔貨倉裡的其他車，這是唯一看起來還能跑上五百哩的車子。

買賣以現金交易，瑪蒂的小叔也沒過問影子的名字、社會安全號碼或其他問題。

影子先往西駛，再往南，遠離州際公路。他口袋裝著五百五十塊。這輛爛車裝有收音機，扭開開關卻毫無反應。根據路標說明，他已經離開威斯康辛州，到達伊利諾州。他經過許多露天煤礦場，巨大的藍色弧形燈管在仲冬的微暗天光下閃爍。

他停在一家稱為「老媽」的餐館，趁店裡午休之前吃了些東西。

每一個他經過的小鎮路標，都告知他到了「我們的小鎮」（人口：七百二十人）。路標旁邊都有另一個指示牌，寫著「本鎮榮獲州際籃球賽十四歲以下組第三屆亞軍」或「本鎮隊伍參加伊利諾州女子摔角十六歲以下組準決賽」等等文句。

他邊開車邊打瞌睡，逐漸感覺精力耗盡。他闖過一個「停車」標誌，還差點擦撞到某個女人駕駛的道奇車。他終於開到空曠的鄉間，隨即轉向路旁一條無人的農地小徑，停在殘留雪堆的田野旁。一群黑色的胖火雞如弔喪者般走過。他關掉引擎，在後座一癱，很快就睡著了。

幽暗之中，他感覺自己往下墜落，像愛麗絲一樣跌入無底洞。墜入黑暗的過程彷彿耗費百年之久。漆黑之中，一個個臉孔浮現在身邊，卻又在他觸碰之前，旋即破碎消失……

頓時，他不再往下墜。他發現身在洞穴之中，也不是孤獨一人。他直直凝視著一雙熟悉的眼，巨大而水亮。那雙眼眨了眨。

沒錯，這裡位於地表之下。他依稀記得這地方。全身溼漉漉的牛身上，散出一股臭味。潮溼的洞穴牆壁閃著火光，照亮了水牛的頭、人類的軀體、陶土色的皮膚。

「拜託你們別煩我可以嗎？」影子問，「我只想睡覺。」

牛頭人緩緩點了點頭，嘴脣文風不動，然而影子腦海裡響起一個聲音：「影子，你要去哪裡？」

「開羅。」

「為什麼？」

「我還能去哪裡？星期三要我去啊。我喝了他的蜜酒。」夢裡要根據夢的邏輯，這個約定似乎不容討價還價。他喝了三杯星期三的蜜酒，就是定了約，怎麼可能還有選擇？

牛頭人朝火焰伸出一隻手，攪了攪餘燼與樹枝，又升起一陣火光。「暴風雨要來了。」他將沾了灰燼的手往無毛的胸膛抹了抹，留下灰黑色的痕跡。

「你們這夥人的確老是這樣說。我可以問個問題嗎？」

片刻沉默。一隻蒼蠅停在牛頭人毛茸茸的前額，他將蒼蠅趕走，「問吧。」

「這一切是真實的嗎？那些人都是神嗎？這真是……」他停頓片刻，「真是太不可思議了。」這並不是他真正想表達的意思，但他似乎只能這麼形容。

「神是什麼？」牛頭人問。

---

❹ Chevy Nova，美國通用汽車公司出品。Nova的發音跟西班牙語的no va類似，也就是「哪裡都去不了」，所以影子買的這輛車真的是名副其實的爛貨。

「我不知道。」影子說。

一陣輕叩聲傳來，隱隱約約，連綿不絕。影子等著牛頭人再多說幾句，等他解釋神是什麼，解釋為什麼影子的生活似乎變成一團糾結的噩夢。影子覺得很冷。

叩、叩、叩。

影子睜開眼，乏力地坐起身。他覺得快凍斃了。車窗外天空泛著冷冷的紫色，將黃昏與夜晚一筆劃開。

叩、叩。有人喊著「先生」。影子轉頭看，天色漸暗，車旁的人看起來只不過是黑暗中一團更黑的影子。影子伸出手，將車窗搖下幾吋，含混地回答：「嗨！」

「你還好吧？生病了嗎？還是喝醉了？」那人的聲調頗高，像是女人或小男孩的聲音。

「我沒事。等一下。」他打開車門，走出車外，伸展痠疼的四肢，轉了轉脖子，又搓了搓手，讓血液循環，溫熱雙手。

「哇，你好高啊。」

「大家都這麼說。」影子說，「你是誰？」

「我叫珊米。」那個聲音說。

「男生的山米還是女生的珊米？」

「女生。以前我都自我介紹叫小珊，珊瑚的珊，還邊說邊微笑。不過後來我覺得大家都這樣說話，實在太無聊了，所以我就不再這麼說了。」

「好吧，女生的珊米，妳到那邊去，轉身面對大馬路。」

「為什麼？你是變態殺手嗎？」

「不是，我只是想小便，而且希望至少保有一點隱私。」

「噢！好啊，我了解。沒問題，我跟你一樣，要是有人在我隔壁廁所，我就尿不出來。重度膀胱害羞症候群嘛。」

「拜託——」

女孩走到車子另一邊，影子向田邊走了幾步，拉開牛仔褲拉鏈，對著籬笆撒了許久，然後走回車旁。最後一抹薄暮已化為夜色。

「妳還在嗎？」影子問。

「還在啊。」女孩說，「你的膀胱一定像伊利湖那麼大。說不定在你撒尿的時候，某個國家就興起又衰亡了。我一直聽到你尿尿的聲音。」

「謝謝。妳有什麼事嗎？」

「我只是想看看你怎麼了。我的意思是說，看看你是死了，還是得叫警察來處理。不過我看到車窗有點霧，猜想裡面的人應該還活著。」

「妳住在這附近嗎？」

「不，我從麥迪遜一路搭便車來這裡。」

「這可不怎麼安全。」

「我從三年前開始，每年都要這麼跑個五回啊。看，還不是活得好好的。你要去哪裡？」

「我會開到開羅。」

「謝謝。」女孩說，「我要去厄爾巴索市，去跟我阿姨一起過節。」

「我不可能一路送妳過去。」

「不是德州那個，是伊利諾州的。往南幾個小時路程就到了。你知道你現在在哪裡嗎？」

「完全不知道。大概是五十二號公路的中途吧？」

「下一個鎮是祕魯。」珊米說，「不是南美那個祕魯喔，是伊利諾州的。你彎腰一下，讓我聞一聞。」影子彎下腰，女孩聞了聞他的臉。「好，沒酒味。你可以開車。我們走吧。」

「為什麼你認為我會讓妳搭便車？」

「因為我是個落難少女，而你是個騎士啊。這車子真髒。你知道有人在你的後車窗上寫了『幫我洗澡』嗎？」影子坐進車內，打開前座車門，車門燈並未亮起。

「不，我不知道。」

女孩爬進車內，「是我寫的。趁外頭有光，還看得見的時候。」

影子發動車子，打開頭燈，駛回道路。「往左。」珊米指示，影子往左駛。幾分鐘後，暖氣開始有點效果，車內充滿令人感激的溫暖。

「你什麼話都沒說耶。說點什麼吧。」珊米說。

「妳是人類嗎？一出生就是活生生、會呼吸、百分之百的人類嗎？」

「當然啊。」

「好，我只是確認一下。妳想要我說什麼？」

「講些這種時候能讓我安心的話啊。我突然有種感覺，心中在說：『噢，該死！我上了一個瘋子的車。』」

「沒錯，我也有過這種感覺。說什麼話能讓妳比較安心？」

「例如說你不是什麼逃犯或連續殺人犯。」

影子想了片刻，說：「嗯，我的確不是。」

「可是你卻要先想一下才知道？」

「我坐過牢，可是從來沒殺過人。」

「噢。」

車子開進了一個小鎮，街燈和閃亮的聖誕節燈飾照亮全鎮。影子往自己的右邊看了看，女孩有一頭糾結的黑色短髮，長得挺好看，但是有點像男生，五官分明，看起來就像是從石頭上鑿刻出來的。女孩正看著他。

「你為什麼坐牢？」

「因為我讓某些人受了很嚴重的傷。他們把我惹怒了。」

「是他們活該嗎？」

影子想了想，「我那時候是這麼覺得。」

「你會再那麼做嗎？」

「該死，當然不會。我在牢裡浪費了三年人生。」

「喔……你有印第安血統嗎？」

「就我所知，沒有。」

「看起來很像有呢。」

「抱歉讓妳失望了。」

「沒關係啦。你會餓嗎？」

影子點點頭，「有點想吃東西。」

「過了紅綠燈，就有個好地方。東西好吃，又便宜。」

影子把車子停在停車場，隨女孩下了車。雖然他把鑰匙放進口袋，卻沒鎖車。他掏出幾枚硬幣，買了份報紙，說道：「妳有錢吃飯吧？」

「有。」女孩揚著下巴說，「我可以付自己的帳。」

「這樣吧。我們用硬幣來賭這餐，要是圖案那面在上，妳就請我吃飯；若是數字，我就請客。」

「先讓我檢查一下硬幣。」女孩語帶懷疑，「我有個叔叔，有一枚兩面都是圖案的錢幣。」

女孩檢查確定硬幣沒動過什麼手腳。影子將錢幣圖案朝上，捏在大拇指間，丟起硬幣，順勢用點技巧，硬幣像是真的轉了一圈。他抓住硬幣，將硬幣拍壓在左手背。接著，在女孩面前，挪開右手，露出硬幣。

「數字！」女孩開心地說：「這餐由你請啦！」

「唉，果然不可能一路贏下去。」

影子點了肉捲，珊米點了千層麵。影子翻開報紙，查看是否有貨運列車發現男屍的新聞，但沒找到。唯一引起他興趣的報導在頭版：近來鎮上頻頻飛來烏鴉，數目前所未有，造成極大困擾。農民想把死烏鴉掛在鎮上公共建築，以嚇阻其他烏鴉。鳥類學家表示，這種方法沒什麼效果，因為活烏鴉會吃掉那些死烏鴉。然而這種說法無法說服當地民眾，地方代表說：「只要烏鴉看見死掉的同類，就會知道牠們在這兒不受歡迎。」

服務生送來熱騰騰的食物，像小山一樣堆在盤中，分量很多，一個人根本吃不完。

「嗯，你要到開羅做什麼？」珊米問，嘴裡塞滿食物。

「我也不清楚。老板指示要我到那兒去。」

「你是做什麼的？」

「我只是個跑腿的。」

珊米微笑，「嘿，看你這個樣子，又開部爛車，應該不是混黑道的。不過，你車裡怎麼都是香蕉味啊？」

影子聳聳肩，繼續吃飯。

珊米瞇起眼睛，「說不定你是走私香蕉的。你還沒問我是做什麼的。」

「我猜妳還在念書吧。」

「在威斯康辛大學麥迪遜校區。」

「妳八成主修藝術史和女性研究，也許半工半讀，可能是在咖啡店打工，賺錢繳房租吧。」

珊米放下叉子，驚訝地張大眼。「見鬼了，你怎麼知道？」

「我以為妳會說：『才不是，其實我是主修羅曼語和鳥類學。』」

「你真的是好運猜到的嗎？」

「要不然呢？」

珊米用兩顆黑眼珠瞪著影子，「你真是非常特別……我還不知道你的名字。」

「大家都叫我影子。」

女孩歪了歪嘴巴，彷彿吃到什麼討厭的東西。她不再說話，只是埋頭吃完千層麵。

「妳知道為什麼大家也把那裡叫做埃及嗎？」等珊米吃完後，影子問道。

「開羅南邊那一帶嗎？我知道啊，因為那是俄亥俄河跟密西西比河的三角洲地帶，就像埃及的開羅在尼羅河三角洲一樣。」

「原來如此。」

珊米往後靠坐在椅背，點了咖啡和巧克力派，一隻手梳著黑髮。「影子先生，你結婚了嗎？」就在影子猶豫著該不該回答時，她又說：「啊，我又問了一個很難回答的問題是吧？」

「我太太在星期四下葬了。」影子謹慎地挑選用詞，「死於車禍。」

「噢，老天爺。我很遺憾。」

「我也是。」

一陣尷尬的沉默。「去年底，我姊姊的孩子，也就是我的外甥，過世了。這種事情很難承受。」

「是啊。他為什麼過世？」

女孩啜了一口咖啡，「我們也不知道。我們甚至根本不知道他是不是死了。反正就是消失不見。他才十三歲。就在去年冬至左右，我姊姊簡直快崩潰了。」

「有沒有任何線索？」這話聽起來像是電視裡的警察，於是影子改口問：「會不會是謀殺？」這聽起來更糟糕。

「警察懷疑是我那個沒有監護權的混帳姊夫，也就是我外甥的爸爸，把他偷偷帶走。真是豬狗不如！這種事情竟然會發生在這北方森林小鎮。這是一個和平溫馨、沒有人鎖門的小鎮啊。」她嘆了氣，搖搖頭，雙手捧起咖啡，問道：「你確定你沒有印第安人的血統嗎？」

「就我所知沒有。不過也不一定，我對我父親了解不深。如果我父親是印第安人，我媽媽應該會告訴我。我是說或許。」

珊米又歪了歪嘴。她的巧克力蛋糕只吃了一半——那片蛋糕幾乎有她半顆頭那麼大。她把盤子推到對面的影子面前，「要不要吃？」影子微笑地說：「好。」於是他把蛋糕吃光。

女侍拿了帳單過來，影子付錢。

「謝謝。」珊米說。

天氣變得更冷了。車引擎發動前喘了幾下。影子將車子開上馬路，繼續往南走。「妳讀過希羅多德的書嗎？」

「老天，你說誰？」

「希羅多德。妳讀過他寫的《歷史》嗎？」

「你知道嗎？」珊米含糊地說：「我實在搞不懂你說話的方式，或者你到底要講什麼。有時候你像是傻大個兒，然後你忽然要起讀心術，現在又跟我說什麼希羅多德。沒有，我沒讀過希羅多德的書。我聽過這個名字，可能是在公共廣播電臺吧。是不是一個叫做謊言之父的傢伙？」

「那是惡魔的稱呼吧。」

「咳，也是啦。不過我聽說，希羅多德曾說有什麼巨蟻跟獅鷲守護著金礦，其實都是他瞎編出來的。」

「我不這麼想。他只是把聽說過的事情寫出來罷了，就像他寫的歷史一樣，都是很棒的故事，有一大堆奇奇怪怪的見聞，像是……妳知道嗎，在埃及，要是有哪個國色天香或女后過世，人們會先將她的屍身擺在炎熱的天氣下，使其腐敗，三天後才送去做防腐處理。」

「為什麼？喔，等等，好，我想我知道原因了。噢，真是噁心。」

「那本書裡寫了戰爭、許多日常事物，還寫了神。很久以前，有個男人跑回營區報告戰況。他不停地跑，然後就在刀身上看到牧神。牧神對他說：『叫人在這裡為我蓋一間神廟。』男人答應了，繼續跑回家。他報告了戰況之後，說：『啊，對了，牧神要你們為他蓋一間廟。』這可是關係重大呢，妳知道嗎？」

「所以那本書裡有神的故事。你想說什麼？那些人都有幻覺嗎？」

「不，我不是那意思。」

女孩咬著指甲上的肉刺，「我讀過某本講大腦的書，是我室友的，她老帶著那本書。書上大概是說，五千年前，人的腦葉是混在一起的，那時人們對於右腦顯示的訊息，都覺得是神明的啟示。其實都是腦子在作怪。」

「我比較喜歡我的論點。」影子說。

「你的論點是什麼？」

「那時候的人，常常遇到神。」

「哦。」兩人又沉默了，車子川流而過，傳來引擎呼嘯聲與消音器的轟鳴——聽起來不怎麼順暢。

「你覺得祂們還存在嗎？」

「在哪裡？」

「希臘啊、埃及啊、地中海諸島啊。你覺得要是你走到古人走過的地方，你也會遇見神嗎？」

「有可能，不過我認為人們不知道自己看見的究竟是什麼。」

「我猜會很像外星人，最近老有人看見外星人，以前他們看見的是神。說不定外星人是從右腦來的。」

「我想神不會做什麼直腸鏡檢查。」影子說，「祂們也不會親手殺動物。祂們只會命令人類幫祂們做。」

女孩咯咯笑了。車子在靜默中行駛了幾分鐘，然後她說：「嘿，這倒讓我想起比較宗教學聽來的故事。是我最喜歡的神話喔，想聽嗎？」

「當然。」影子說。

「好，這是跟奧丁有關的故事。奧丁是北歐的神，你知道嗎？從前，在某艘維京船上載著某位維京王——很顯然這是維京時代的故事。因為沒有風，船只好停駛。國王就說，只要奧丁送來一陣風，讓他們上岸，他願意獻祭一個人。好啦，風就來了，船也靠岸了。上岸後，他們就抽籤決定要犧牲哪個人。結果，抽到籤的竟然是國王。國王當然很不高興。大家就想，只要做做樣子就好，不用真的害死國王吧。於是，人們就拿了小牛的腸子，鬆垮垮繞在國王的脖子上，然後把腸子的另一端綁在細細的樹枝上，又拿了一枝蘆葦，假裝是斧頭，戳了戳國王。『好啦，你已經死掉嘍。』好像是把他吊死？唉，不管，『你已經獻祭給奧丁嘍。』」

車子開過彎路：某某鎮（人口三百），榮獲本州快速滑冰十二歲以下組亞軍。道路兩邊各有一家非常大的葬儀社。影子不禁想著，一個三百人的小鎮，究竟需要多少家葬儀社？

「結果，他們一念出奧丁的名字，蘆葦就變成一把斧頭，正好刺進國王的身體。小牛的腸子則變成粗繩，細樹枝也變粗了。樹枝往上一彈，人離地，國王就這麼被吊死了。身上一個大洞，臉也黑了。故事結束。白人的神有些很難搞定啊，影子先生。」

「是啊。妳不是白人嗎？」

「我是卻洛基族人。」

「父母都是？」

「不，只有一半。我媽是白人，老爸是屬於保護區的純正印第安人——聽說是這樣啦。他娶了我媽，生下了我。離婚之後，他回奧克拉荷馬州了。」

「他回保護區去了？」

「不。他借了錢，開了一家店，名字聽起來很像『Taco Bell』❺，但其實叫做『Taco Bill』。生意還不錯。他不喜歡我，說我是雜種。」

「真遺憾。」

「他是個混帳。我對我的印第安血統可是很自豪，這身分還幫我減免大學學費呢。真是見鬼，要是哪天我連那些爛銅像都賣不出去，說不定還能靠這身分找到工作呢。」

「的確如此。」影子說。

他停車讓珊米下車，這是伊利諾州厄爾巴索市（人口兩千五百）某個小鎮邊緣的一棟破房子旁。

---

❺美國專賣墨西哥捲餅的速食連鎖店。

房子的前院立著一座用電線纏出來的麋鹿模型，上頭有閃亮的裝飾燈。「要不要進來坐？」珊米問：「我阿姨會請你喝杯咖啡。」

「不，我得繼續趕路。」

女孩對他微笑，第一次突然露出脆弱的樣子。她拍拍影子的手臂，「你很難搞定，但是很酷。」

「這就是所謂人類的處境吧。謝謝妳的陪伴。」

「不客氣。要是你在往開羅的路上看到任何神，記得幫我打聲招呼。」她下了車，走到大門前，按了按門鈴，站在門邊等候，沒有回頭看。影子一直等到門開，她安全走進屋子，才踩下油門開回公路。一路經過諾莫爾、布魯明頓、朗德爾。

當晚十一點，影子幾乎是顫抖著駛入米德頓鎮。他知道自己應該先睡一覺，不能再繼續開車了。他把車停在一家小旅社前，付了訂金三十五塊，換來一樓的房間。他走進浴室，看見磁磚地板中央有隻可憐的蟑螂翻躺著。影子拿了一條毛巾，洗了浴缸，開始放水。他在房內脫掉衣服，把衣服放在床上。身上的瘀血痕跡清晰可見。他坐在浴缸，看著浴缸裡的水變了顏色，然後裸身在洗手槽裡洗襪子、內褲和T恤，扭乾後，吊在浴室牆壁拉出來的晾衣繩上。出於對死者的尊重，他沒有移動蟑螂。

他爬上床，考慮是不是要看一部成人電影？可是電話旁的付費影片機必須使用信用卡，這實在太冒險。然後他想到，看別人做愛，自己卻沒得做，並不會感覺好過些。於是他打開電視打發時間，按了三次睡眠鍵，讓電視在四十五分鐘之後自動關機。此時是十一點四十五分。

汽車旅館的電視螢幕一向模糊不清，畫面顏色抖動。他不斷轉臺，都是無聊的晚間節目，無法令人專注。某個人正在示範廚房用具，換來換去，都是影子沒有的東西。轉臺。某個穿著西裝的男人在宣告世界末日，而耶穌（男人用四、五個音節念出這個詞）會讓人飛黃騰達，只要人們捐錢。轉臺。「風流醫生俏護士」❻正告一段落，「迪克・范戴克秀」❼正要開始。

雖然影子許多年沒看「迪克・范戴克秀」，但這節目刻畫出一九六五年的黑白世界，還算有趣。於是他把遙控器放在床邊，關了桌邊燈。他看著電視，眼皮慢慢闔上。他感覺這節目似乎有些古怪，不是因為看到過去沒看過的橋段，畢竟他已經好幾年沒看這節目了。令他感到奇怪的，是整個節目的調性。

主角羅伯酗酒，其他角色都很擔心，因為他已經好幾天沒上班。眾人到了他家，發現他把自己反鎖在房裡，大家勸了老半天，他才願意出來。他醉得步履蹣跚，模樣卻還是令人發噱。他的朋友（由莫瑞・阿姆斯特丹和蘿絲・瑪莉扮演）一陣插科打諢，然後都離開了。接著，他老婆上前去勸他，他卻往老婆臉上用力揍了一拳。老婆坐在地上，開始哭起來。不是用著名的「瑪莉・泰勒・摩爾」式嚎哭，而是細聲又無助的啜泣。她抱著自己，低聲說著：「求求你別打我，我願意做任何事，只要你不再打我。」

「這是什麼鬼節目！」影子大喊。

畫面融解成一片磷光點。螢幕回復正常後，「迪克・范戴克秀」令人難以理解地轉變成「我愛露西」❽。露西正在說服李查，把家裡的舊冷藏庫換成新冰箱。然而等李查離開，她卻走到沙發坐下，兩腳交叉，雙手放在大腿上，視線穿越時空。她坐在黑白色的螢幕裡，耐心地盯著螢幕外的世界。

「影子？」她說：「我們得談一談。」

---

❻ M*A*S*H，一九七二至一九八三年間，於美國CBS電視臺播放的醫療黑色喜劇，其最終回曾創下美國電視史上最高觀賞人數的紀錄。

❼ The Dick Van Dyke Show，一九六一至一九六六年間，於美國CBS電視臺播放的情境喜劇。

❽ I Love Lucy，一九五〇年代最著名、最受歡迎的美國喜劇影集。

影子沉默不語。露西打開皮包，抽出一根菸，用昂貴的銀色打火機點了菸，然後收好打火機，說：「我在跟你說話呢。」

「這太瘋狂了。」影子說。

「你這一生難道不瘋狂嗎？拜託你吧。」

「隨妳便。電視裡的露西．鮑爾竟然對著我說話，這是我這輩子碰上最古怪的事了。」影子說。

「我才不是露西．鮑爾，我是露西．里卡多❾。不過你知道嗎？我其實也不是她，只不過這時候扮成這樣子看起來比較簡單罷了。」女子在沙發上換了個比較舒服的姿勢。

「妳到底是誰？」影子問。

「好問題。我就是那個笨盒子，我就是ＴＶ。我是全視之眼、陰極管，也就是電視機。我是家家戶戶聚集崇拜的聖壇。」

「妳是電視機？還是電視裡的某個人？」

「電視就是聖壇。我就是人們獻祭的對象。」

「他們獻祭了什麼？」影子問。

「大多是他們的時間。」露西說，「有時候是獻祭彼此。」她抬起兩根手指，吹拂著從指尖飄出的想像槍管煙圈。然後她眨眨眼，露出「我愛露西」的招牌表情。

「妳是神？」影子問。

露西嘻嘻地笑，做出淑女噴煙的動作，「可以這麼說。」

「珊米要跟妳說『嗨』。」影子說。

「什麼？珊米是誰？你在說什麼？」

影子看看自己的手錶。十二點二十五分。「那不重要。好吧，電視裡的露西小姐，我們要談什麼？最近很多人都要跟我『談一談』，結果通常都是某個人來揍我一頓。」

鏡頭特寫：露西看起來一臉擔憂，嘴脣緊閉。「我痛恨這種事。我痛恨那些傷害你的人。親愛的影子，我絕對不會這麼做。其實我是要給你一份工作。」

「什麼工作？」

「為我做事。我聽說你和那些條子發生衝突，而你的處理方式讓我印象深刻。有效率、有意義，又有效果，誰會想到你是這樣的人呢。你真的惹毛他們了。」

「是嗎？」

「親愛的，他們低估了你，我可不會犯相同的錯誤。我希望你加入我的陣營。」她起身走向鏡頭。「影子，仔細瞧，我們是未來的潮流，我們是光鮮亮麗的百貨公司。而你的朋友，只是一些蹩腳的路邊景點。該死。我們如果是網路商店，那麼你的朋友就是在公路旁擺土產的小推車吧。不，他們甚至比不上賣水果的，他們只是一堆破爛路邊攤，修理鯨骨馬甲的老頭。我們才是時勢，也是未來，你的朋友甚至連歷史都算不上。」

這番言論聽起來實在太耳熟，真是詭異。影子問：「妳見過一個搭禮車的胖小子嗎？」

她攤開雙手，眼珠子骨溜溜地轉了轉，想用露西．里卡多的滑稽表情閃避麻煩。「科技小子嗎？你見過科技小子？他是個好孩子，是我們的一員。他比較不懂怎麼跟陌生人打交道。等你為我們工作，你就會了解他有多棒。」

「如果，我不想為你們工作呢，露西小姐？」

有人敲了敲露西公寓的門，李查的聲音從舞臺外傳來，問露西怎麼耽擱了那麼久，他們應該要

❾ 露西．鮑爾（Lucille Ball）是美國著名的女演員，在影集「我愛露西」裡飾演「露西．里卡多」一角。

出現在下一幕的俱樂部了。一抹慍怒浮上露西如卡通般的臉孔，「該死。聽著，不管那些老傢伙付你多少錢，我會付你雙倍、三倍、一百倍。不管他們給你什麼，我一定會給你更多。」她露出微笑，完美、淘氣、露西式微笑。「親愛的，儘管開口吧。你想要什麼？」她開始解開襯衫上的鈕釦，「嘿，你想不想看看露西的酥胸？」

螢幕突然變黑，睡眠功能啟動，電視自動關機。影子看看手錶：十二點半。「不怎麼想。」

他在床上翻身，閉上眼。他之所以比較喜歡星期三和南西先生等一夥人，原因顯而易見：他們或許又髒又窮，食物或許難吃得要死，但至少他們不會滿口陳腔濫調。

他心想，不管什麼時候，他都會選擇去逛路邊景點而非百貨公司，儘管那個景點看起來多麼古舊廉價或慘澹淒涼。

晨曦伴著影子回到路上，冬季草原與褐色的枯樹微微波動。最後一陣雪已停。他在一個號稱「本州女子短跑十六歲以下組亞軍」的小鎮，將那爛車的油箱加滿，接著一邊暗禱整輛車的結構不是只靠泥土黏在一起，一邊將車子開進加油站的洗車車道。他驚訝地發現這部車竟然是白色的，而且幾乎沒什麼鏽斑。他繼續上路。

天色湛藍。工廠煙囪冒出的白煙凍結在天際，像是一幅幅攝影作品。一隻老鷹從枯樹上展翅飛來，翅膀在陽光下閃閃發亮，像是一連串停格照片。

他突然發覺自己正開往東聖路易。他試著轉向，卻發現駛到工業區的紅燈戶。十八輪卡車和大型機具停在如同臨時倉庫的建築外，戶外招牌上卻寫著「二十四小時夜間俱樂部」或「鎮上最精采偷窺秀」。影子搖搖頭，又繼續前進。蘿拉很愛跳舞，不管是穿著衣服或裸著身子（某些值得紀念的夜晚，則從衣衫整齊跳到一身赤裸），他很喜歡看她跳舞。

他的午餐是一個三明治加一罐可樂，地點是叫做「紅蓓蕾」的小鎮。

經過一座堆滿黃色推土機、牽引機和履帶車殘骸的山谷時，他懷疑那是推土機的墓園。推土機都在那裡死去。

他駛經一家名叫「衝向顛峰」的夜店，經過卻斯特鎮（標示「大力水手之家」）。他注意到房子前方都開始加柱子，連最破舊單薄的房子也加上白色柱子，向人宣示這些房子也算大宅。他開過一條滿是泥巴的寬闊河流，看到路標上寫著「大泥巴河」，忍不住大聲笑了起來。他看見三棵枯死的樹上爬滿褐色的葛藤，將大樹扭成奇形怪狀，看來很像人形。說不定這三棵樹曾是女巫，而這三位佝僂的老太婆正準備揭示他的命運。

他沿著密西西比河開車。他從沒見過尼羅河，然而寬廣河面上刺眼的午後陽光，卻使他想到尼羅河旁的一片泥地。不是現在的尼羅河，而是許久以前的尼羅河，像是一條流經紙莎草沼澤的動脈，是眼鏡蛇、胡狼與野牛的故鄉……

路標寫著「底比斯」。馬路建在十二呎高的地方，因此他正駛在沼澤上。飛翔的鳥群來來回回似乎探尋著什麼，成為藍天上點點黑班，絕望地如同布朗運動⑩。

向晚時分，太陽逐漸西沒，溫暖的奶油色餘暉使世界顯得超凡脫俗。就在光芒之中，影子經過一個路標，上面寫著「您正進入歷史小鎮開羅」。他開車穿過一座橋，發覺自己來到一個港口小鎮。蜜糖般的金黃色光線照映著壯觀的開羅法院建築、旁邊是更雄偉的海關辦事處，耀眼如同剛烤好的巨大餅乾。

---

⑩ Brownian motion，微小粒子受到周遭液體分子從四面八方連續撞擊時，會產生連續而不規則的隨機移動，這種移動就稱為布朗運動。

他將車子停在巷內，走向河邊堤岸，無法確定眼前是俄亥俄河還是密西西比河。一隻褐色小貓在建築後方垃圾桶間聞來嗅去。在暮色下，連垃圾都顯得如夢似幻。

一隻海鷗孤單地在河邊振翅滑翔。

影子發覺自己並非孤獨一人。有個穿著舊網球鞋的小女孩站在離他十呎遠的人行道上，將男裝的灰毛衣穿得像洋裝一樣，正以六歲小孩都有的嚴肅表情盯著他瞧。女孩的頭髮是黑的，又直又長，膚色則如同河水，是褐色的。他對女孩笑了一下，女孩無懼地盯著他。

水邊傳來尖厲的喊叫，一隻長嘴黑狗追著褐色小貓，小貓箭一般從倒下的垃圾桶旁跳開，逃到車子底下。

「嘿！」影子對女童說：「妳看過隱形粉末嗎？」

女童猶豫片刻，然後搖了搖頭。

「嗯……那，仔細看喔。」影子用左手掏出一枚硬幣，高高拿著，讓硬幣從手的一側滑到另一側，然後假裝將硬幣丟進右手，右手緊緊握住，然後伸出去。「我從口袋裡面拿出一些隱形粉末……」他將左手伸到胸前的口袋邊，把硬幣放進口袋裡。「然後呢，把粉撒在握著硬幣的手上……」他做出撒粉的動作。「看！連硬幣都隱形了喔。」他攤開空空的右手，然後，貌似驚愕地攤開空蕩蕩的左手。

女童只是盯著。

影子聳聳肩，將雙手放進口袋，其中一手抓著硬幣，另一手拿著一張摺起的五元鈔票。他打算憑空變出一些錢，然後把那五塊錢給女童，因為女童看起來似乎很需要這些錢。「哦，有觀眾呀！」

那隻黑狗和褐色小貓也跟在女童旁邊，仰頭緊盯著他。黑狗豎起耳朵，警戒的表情看起來有點滑稽。有個戴著金框眼鏡、身形如鶴的男人正從人行道那邊向他們走來，東張西望地，猶如尋找著什麼。影子不知道男人是不是黑狗的主人。

「你覺得如何？」影子問那隻黑狗，想要讓女童輕鬆一點。「很酷吧？」

黑狗舔了舔長鼻子，用深沉嚴肅的聲音說：「我看過大魔術師胡迪尼的表演。相信我，你比不上他。」

女童盯著貓和狗，仰頭看了看影子，邁步跑開。她敲在人行道上的腳步聲，聽起來像是地獄來的惡魔正追著她跑。貓和狗看著女童離開。像鶴的男人抓住黑狗豎直的耳朵。

「走吧，」金框眼鏡男人對狗兒說：「只不過是耍耍錢幣把戲罷了，又不是表演水裡逃生。」

「還不到時候。」狗兒說：「可是他總有一天會表演的。」金黃暮色已然隱逝，淡灰色的夜晚現身。

影子將硬幣和摺起的紙鈔放回口袋，說：「夠了，你們哪一個是豺？」

「用你的眼睛看啊。」長鼻子黑狗說。牠跟在金框眼鏡男人身旁，沿著人行道漫步。影子猶豫片刻，跟了上去。小貓已經消失無蹤。他們到達位於一排木造屋旁的老舊大宅，門邊的牌子寫著「艾比斯與傑凱爾葬儀社，家族經營，創立於一八六三年」。

金框眼鏡男人說：「我是艾比斯。我應該買點晚餐給你才對。我的朋友可能有些事情要處理。」

美國某處

紐約將札林嚇壞了。他雙手緊緊抓住裝著樣品的皮箱，保護在胸前。他很怕黑人瞪著他瞧。他也怕那些猶太人，他們很容易辨認——一身黑衣、戴帽、蓄著鬍子與鬢角，他怎會認不出猶太人呢？光是蜂擁人潮就使他不知所措，身形各異的人們從高聳入天卻骯髒無比的大樓裡湧出。響徹車陣的喇叭聲也使他驚愕，還有迥異於阿曼王國的空氣，聞起來又臭又甜。

札林來到美國紐約整整一週。他每天造訪兩、三家公司，打開樣品箱，展示廉價的銅飾、戒指、瓶罐、小型手電筒、鍍銅閃亮的帝國大廈、自由女神像和艾菲爾鐵塔模型。每晚，他發傳真給首都馬斯喀特家裡的姊夫弗瓦德，有時他沒拿到訂單，有時因拿到幾筆訂單而興奮（然後才覺悟這些訂單還不夠支付機票及住宿費）。

札林無法理解的是，他姊夫的生意夥伴竟然幫他訂了位於四十六街的派拉蒙飯店，這家飯店吵雜怪異、房價又貴，簡直是一場夢魘。

他姊夫弗瓦德算不上富家子，只是一家小玩意兒工廠的合夥人，專門做外銷，賣到其他阿拉伯國家、歐洲和美國。札林已為弗瓦德工作了半年。弗瓦德傳真來的回信，字句越來越嚴苛，令他戰戰兢兢。晚上，札林坐在旅館房間內讀可蘭經，試圖說服自己這一切都會過去，他不會一直待在這個奇怪的世界。

他姊夫給了他一千元做為出差費。剛拿到這筆錢時，他覺得經費充足，然而燒錢的速度快得出乎想像。他剛到美國時，怕別人以為他是個窮阿拉伯人，便胡亂給小費，把不必要給的錢送給遇到的每個人。後來，他發覺別人說不定占了便宜還在背後嘲笑他，便不再給任何小費。

他第一次、也是唯一一次搭地鐵，便因為迷路而失約。於是現在除了非不得已搭計程車外，他就只憑雙腿走路。他蹣跚走進過暖的辦公室，卻又因為外頭的寒冷而雙頰刺痛，他穿著外套冒汗，鞋子因融雪而泡得溼答答。風在街道間呼嘯而過（風總是南北向吹，而街道是東西向，所以他總是知道麥加在哪一個方向），露出的肌膚感覺一陣酷寒，彷彿讓風打了一拳。

他從不在旅館內用餐（有一陣子，住宿費由弗瓦德的生意夥伴支付，而他必須自行負擔伙食）。他會去三明治店或小吃店買些食物，偷藏在外套裡帶進旅館，後來他發現根本沒人在乎他帶東西進去。即便如此，他還是不習慣把食物拎進昏暗的電梯（他總要彎腰斜眼，才能找到他要去的樓層按鈕），帶到他住的白色小房間。

這天一早，他心情很差。他收到的傳真內容雖簡單，卻語帶責罵與失望。札林使他姊姊、弗瓦德、弗瓦德的合夥人、阿曼領地和整個阿拉伯世界都失望了。除非札林爭取到一些訂單，否則弗瓦德不願再雇用他。一家子都仰賴他的成敗、他住的旅館太貴了、札林花他們的錢，在美國過得像個蘇丹，卻什麼都沒做？札林窩在房裡讀傳真（這間房總是又熱又悶，所以昨晚他開了窗，現在卻又太冷），坐了一會兒，一臉悲慘凝重。

札林走到市中心，緊抓著樣品箱，彷若裡頭裝滿鑽石和紅寶石。他步履艱難，走過一個個街區，直到十九街與百老匯交叉口，看到熟食店旁邊一棟矮樓。他走上四樓，進入「寰宇進口公司」辦公室。

辦公室內昏暗骯髒，但他知道寰宇進口公司掌控近半數遠東地區外銷美國的飾品貿易市場。只要從寰宇進口公司拿到一筆大訂單，這趟出差就值回票價。這可說是攸關成敗的關鍵。札林坐在辦公室外一張不怎麼舒適的木椅，樣品箱擱在大腿上，盯著坐在桌子後邊的女人。她頭髮染得太紅，一直用面紙擤鼻子，然後將面紙丟進垃圾桶。

札林早上十點半到達，早於約定時間半小時。他坐在椅子上，紅通通的臉還不斷發抖。他有點懷疑自己是不是發燒了。時間過得真慢。他看了看錶，清清喉嚨。

桌子後的女人看著他，說：「怎啦？」女人的話聽起來像是「哂」。

「十一點三十五分了。」札林說。

女人看了看牆上的鐘，又說：「哂，不錯。」

「我約了十一點。」札林帶著安撫對方的笑容。

「布蘭丁先生知道你到了。」女人語帶責備（「布寒丁新生哼道你到了」）。

札林從桌上拿起過期的《紐約郵報》。他的英文閱讀能力不比口語能力，只能像是玩填字遊戲一樣，閱讀報紙上的報導。這個胖嘟嘟的年輕人帶著受傷小狗一般的眼神等待著，來回望著手錶、報紙和壁鐘。

十二點半，幾個人從辦公室裡走出來，以英語大聲閒談。其中有個啤酒肚胖子，嘴裡咬著未點燃的雪茄。他走出來的時候，看了看札林，然後告訴桌子後的女人喝點檸檬汁和鋅片，因為他姊姊保證鋅和維他命C絕對有效。女人向他保證會試試看，遞給他幾個信封。男人將信封放進口袋，和其他人往外走到大廳。人群的笑聲消失在樓梯間。

一點鐘。桌子後的女人打開抽屜，抽出一個褐色紙袋，拿出幾個三明治、一顆蘋果、一條巧克力棒，還有一小瓶塑膠瓶，裝著新鮮柳丁汁。

「抱歉……」札林說，「能不能請你告訴布蘭丁先生，說我還在等他。」

女人抬頭看，彷彿很驚訝他還在，似乎這兩個半鐘頭間，眼前五呎處根本沒人存在。「他去吃午飯了。」（搭去吸午汗了。）

札林內心明白那個咬雪茄的男人就是布蘭丁，「他何時會回來？」

女人聳聳肩，咬了一口三明治，「他今天還有別的約。」（他哼天有別噎。）

「那麼他回來之後，會不會見我？」札林問。

女人聳肩，又擤了擤鼻子。

札林越來越餓，感覺沮喪無助。

三點鐘。女人看了看他，說：「搭不為來了。」

「啊？」

「布寒丁新生。搭今天不為來了。」

「我可以約明天嗎？」

女人抹了抹鼻子。「你得搭厭話。只冷搭厭話預約。」

「我明白了。」札林微笑。弗瓦德在他離開馬斯喀特前，曾說過好幾次，說在美國，業務員要是不會微笑，就等於沒穿衣服。「明天我會打電話來。」他拿著樣品箱，一級級走下階梯，回到街上。冰冷的雨挾著雪落下。他盤算著樣品箱的重量與走回四十六街旅館的漫長路途，然後走到人行道邊，朝接近的每一輛計程車招手，不管是不是亮著空車燈。然而計程車全都不停。

其中一輛車在經過的時候加速，車輪輾過水坑，濺得札林的褲子和外套全是冰冷泥水。札林突然想朝某輛車子前頭衝，但馬上意識到他姊夫更在乎的是樣品箱，而不是他。除了他深愛的姊姊，也就是弗瓦德的妻子之外，沒人會為他傷心（因為父母總是以他這個兒子為恥，而他的浪漫邂逅也總不長久）。此外，他也懷疑車速是否快得足以結束他的生命。

一輛破舊的計程車駛近他身邊，札林充滿感激，拋下思緒，鑽進車內。

破爛的後座貼滿了灰色膠帶，半開的塑膠玻璃屏風則貼滿不准吸菸的告示，以及前往不同機場的價目表。他聽到某個不認識的自動語音，提醒他別忘了繫上安全帶。

「請到派拉蒙飯店。」札林說。

計程車司機咕噥一聲，駛離人行道，進入車陣。司機滿臉鬍碴，穿著灰色毛衣，戴著黑色塑膠墨鏡。天色灰濛，夜色低垂，札林猜想司機的眼睛是不是有什麼毛病。雨刷將街景抹成點點朦朧光影。

一輛卡車不知從何處冒出來，超車到他們前面，司機用「去你的先知鬍子」之類的話，咒罵了一聲。

札林想看看儀表板上的名牌，但從後座根本看不清楚。「老兄，你計程車開了多久啊？」他用母語問。

「十年啦，」司機用的語言和他一樣，「你從哪來？」

「馬斯喀特。阿曼。」

「喔，阿曼。我待過阿曼，好久以前。你聽過烏巴這個城市嗎？」司機問。

「當然聽過啦。失落的眾塔之城啊。我忘了是五年還是十年前，在沙漠裡發現的。你是探險隊員？」

「差不多啦。那是個不錯的城市。」計程車司機說，「晚上通常會有三、四千人在那裡露宿。旅行者都會在烏巴休息。到處有人演奏音樂，喝酒像喝水一樣。因為那裡水源充沛，才成為城市。」

「我聽過這傳說。」札林說，「然後好像在一千還是兩千年前，就突然消失了？」

計程車司機沒說什麼，他們停在紅燈前。紅燈轉綠，後方隨即傳來刺耳的喇叭聲，車子卻動也不動。札林遲疑地將手伸過塑膠玻璃屏風，碰碰司機的肩膀。司機的頭猛然一動，腳踩油門，搖搖晃晃衝過十字路口。

「媽的。」司機說。

「老兄，你一定是累了。」札林說。

「這該死的車我連續開了三十個鐘頭。實在太久了。之前我只睡了五小時。睡覺之前，我還開了十四個小時。聖誕節之前，人手都不夠啦。」

「但願你賺大錢。」札林說。

司機嘆了口氣，「賺不多啦。今天早上，我載一個男人從五十一街到紐渥克機場。一到那裡，他就衝進機場，我根本找不到他。五十塊就這樣飛了。我還得自掏腰包付回程的回數票。」

札林點點頭，「我也花了一整天，等一個不肯見我的人。我姊夫恨死我了。我來美國已經一星期，結果除了燒錢之外，一事無成。什麼都賣不出去。」

「你賣什麼？」

「全是廢物。」札林說，「沒用的賠錢貨和紀念品。無用、廉價、又蠢又醜的大便。」

司機右輪往右一扭，繞過什麼繼續往前開。札林不知道在這大雨的夜晚，戴著厚厚的墨鏡怎麼看得見路。

「你賣的是大便？」

「是的。」札林訝異自己竟然坦白說出他姊夫樣品的真相。

「所以沒人買？」

「對。」

「真奇怪。你看那些店裡賣的，還不都一樣。」

札林尷尬一笑。

一輛卡車擋在路中間。一名紅臉的警察站在卡車前面，揮手叫他們改走其他路。

「我們得繞到第八大道，才能到市中心。」司機轉到另一條路，車陣動也不動，喇叭聲此起彼落。

司機在駕駛座上移動身子，下巴開始往胸口點，一次、兩次、三次，開始輕輕打呼。札林伸手去搖醒司機，希望自己沒搞錯。就在他搖動司機肩膀時，司機動了一下，他的手擦過司機的臉，把墨鏡拍到了腿上。

司機睜開眼，伸手戴好墨鏡。太遲了，札林已經看到他的眼睛。

車子在雨中緩緩移動，里程表數字慢慢增加。

「你會殺我嗎？」札林問。

計程車司機緊抿著嘴。札林從後照鏡中看著司機的臉。

「不會。」司機低聲說。

車子又停了。雨滴打在車頂上。

札林開口說話：「我祖母曾發誓，說她曾在某個晚上，在沙漠邊緣遇到稱為伊夫利特或瑪利德的火神。我們跟她說，那可能只是沙塵暴，或是一陣風。她堅持說不是，她真的看到了對方的臉、對方的眼睛，就跟你一樣，是兩團燃燒的火焰。」

司機微笑了，雙眼隱藏在黑色塑膠鏡片後方。札林無法分辨對方的微笑是因為愉悅或其他原因。

「祖母們也來這了。」

「紐約有很多巨靈嗎？」札林問。

「沒有，不很多。」

「這裡有天使，或阿拉從泥土變出的人，還有火族人的巨靈。」札林說。

「這裡的人完全不了解我們族人。」司機說：「他們以為我們能幫他們實現願望。要是我能實現別人的願望，我還需要開計程車嗎？」

「我不懂。」

計程車司機似乎心情鬱悶。司機說話時，札林透過後照鏡看著他的臉，看著火靈的深色嘴脣。

「這裡的傢伙以為我們能實現他們的願望。他們怎麼真相信這種事？我睡在布魯克林區的髒房間。我為每個有錢搭這部車的臭傢伙開車，還有些是窮鬼。我載他們到任何地方，領一些小費。他們偶爾是會付我錢。」他的下脣開始顫抖，整個人顯得十分緊繃。「上次還有個人在後座拉屎，我還車之前不得不把車清乾淨。他怎麼做得出這種事？要我清理座椅上的大便，這是搞什麼？」

札林伸出一隻手，拍拍伊夫利特的肩膀。他從毛衣織線中感覺到活生生的血肉。伊夫利特鬆開方向盤，將手暫時放在札林手上。札林想起了沙漠：紅色塵土在他思緒揚起一陣沙塵暴，一座座帳篷環繞著失落之城烏巴，深紅絹布飛揚，在他心中翻騰。

車子開到了第八大道。

「老一輩的人不會往洞裡小便，因為先知告訴他們，裡頭住著神靈，而他們都相信這事。他們知道，若凡人想偷聽天使的對話，天使就會朝我們丟擲燃燒的星星。但即使是老一輩的人，一旦來到這個國家，神靈就離他們很遠了。以前那個地方，我根本不用開計程車。」

「很抱歉。」札林說。

「這是個糟糕的時節。」司機說，「風暴就要來臨了。我很害怕，我想逃離這裡，無論做任何事。」

前往旅館途中，兩人沒再說任何話。

札林下車時，給了伊夫利特一張二十元紙鈔，說不用找零。而後，隨著突來的衝動，他將房間號碼告訴司機。司機沒什麼回應。一個年輕女子鑽進計程車後座，車子又駛進寒冷的雨中。

晚間六點。札林還沒寫傳真給姊夫。他走到雨中，買了印度烤肉串和薯條當晚餐。雖然只過一星期，但他感覺自己在紐約這個地方，逐漸變得沉重、又胖又軟。

回到旅館，他驚見那名計程車司機竟在大廳，雙手插著口袋，盯著牆上展示的一系列黑白明信片。看到札林，他回神微笑，「我打電話到你房間，沒人接，所以我就在這裡等。」

札林也微笑，碰碰司機的手臂，說：「我剛回來。」

兩人一起走進亮著微弱綠光的電梯，牽著手到五樓。伊夫利特問是否可以借用浴室：「我覺得身上很髒。」札林點點頭，然後坐在幾乎占滿了整個白色小房間的床上，聽蓮蓬頭灑下的水聲，同時脫下鞋襪衣服。

計程車司機從浴室裡走出，全身溼漉漉，只在腹間圍一條毛巾。他沒戴墨鏡。昏暗的房間裡，他的雙眼燃著深紅色火焰。

札林眨眨眼，忍住淚水：「我真希望你看見的和我一樣。」

「我無法實現他人的願望。」伊夫利特低聲說，同時褪下身上的毛巾，輕柔卻堅定地將札林推倒在床上。

過了一個多小時，伊夫利特才達到高潮。他在札林的嘴裡磨蹭，札林已經達到兩次高潮。神靈精液的味道奇特強烈，灼燒他的喉頭。

札林走進浴室漱口。回到臥室時，計程車司機已在雪白的床上睡著，平靜地打鼾。札林爬到他身邊，貼著他的身子擁抱，透過他的皮膚想像著大沙漠。

就在即將睡著之際，他想起自己還沒寫傳真給弗瓦德。他感到一陣歉疚。內心深處，他感覺空蕩孤單。他伸出雙手，將手放在伊夫利特堅挺的下體，心滿意足地沉沉睡去。

兩人在午夜醒來，身子緊貼撫蹭，又再次做愛。札林猛然發覺自己在哭泣，伊夫利特用灼熱的雙唇吻去他的淚水。「你叫什麼名字？」札林問計程車司機。

「駕照上有寫，可是那不是我的名字。」伊夫利特說。

之後，札林想不起兩人何時停止做愛，又何時開始做夢。

醒來時，冰冷陽光早已爬進白色房間，只有他一個人。

他還發現樣品箱不見了。那些瓶子、戒指、銅製手電筒紀念品都不見了，連同他的皮箱、皮夾、護照，以及回阿曼的機票。他在地板上找到丟棄的牛仔褲、T恤和灰色毛衣。在那堆衣服下面，找到一張寫著「亞伯拉罕．伊里姆」的駕照，還有一張寫著同姓名的計程車執照，以及一串掛著英文地址紙條的鑰匙。駕照與執照上的相片看起來並不怎麼像札林，也不太像那個伊夫利特。

電話響起。櫃臺打來，通知札林已經退房，因此他的客人也要趕快離開，以便清出房間給下一位客人。

「我不替人實現願望。」札林自言自語品味這句話。穿衣服的時候，他竟然感到頭昏眼花。

紐約很單純：大道是南北向、街是東西向。*這有什麼困難呢？他自問。*

他將車鑰匙拋向空中、接住，然後戴上口袋裡的黑色塑膠墨鏡，離開旅館房間，去找他的計程車。

第八章

他說死者皆有靈魂。我問他
怎麼可能——死者不就是靈魂嗎？
他打斷我，說道：難道你不曾懷疑
死者總是有所隱藏？
是的，死者總是有所隱藏。

——佛洛斯特（Robert Frost），〈兩個女巫〉（Two Witches）

晚餐時，影子才了解，原來耶誕節前一週是葬儀社業務最清淡的時候。他們坐在一家小餐館，距離「艾比斯與傑凱爾葬儀社」約有兩個街區。影子點的英式早餐是全日供應，還附上幾塊油炸玉米餅，艾比斯先生則有一搭沒一搭地吃著咖啡蛋糕。艾比斯向影子解釋：「只剩最後一口氣的人，大多會緊緊抓著他們最後一個耶誕節，甚至最後一個新年。然而某些人連看別人歡樂過節都覺得痛苦，實在無法說出『我的一生很美滿了』，無法平心靜待生命最後一根稻草壓上駱駝背——或許我該說，最後一根冬青壓垮麋鹿的背？」他說話的同時，發出半嘻笑半嘲諷的聲音，顯示剛剛那段話準備已久，自己感覺特別中意。

「艾比斯與傑凱爾葬儀社」是家族經營的小型葬儀社，也是這一帶最後一家真正獨立經營的葬儀社——至少艾比斯先生是這樣說的。「大多數與人攸關的產業，都很重視全國一致的品牌認同。」艾比斯講話總是一派學究氣：溫和中帶著熱切，彷彿在傳道。影子想起以前常到健身房運動的某個大學教授，那人不懂得如何與人聊天抬槓，只會滿口大道理。跟艾比斯先生相處沒多久，他就明白，要與這位葬儀社老闆對話，最適合的回應就是盡量少開口。「我認為這是因為人們希望事先就知道自己會獲得什麼。因此，麥當勞、沃爾瑪超市，或轉型經營的伍爾沃斯連鎖商店才能生存下來，遍布全國各地。不論你到哪裡，雖然有少許地區差異，但大體會得到一模一樣的東西。

「殯葬業則大不相同——人人都希望能找專業人士，希望獲得獨特貼心的個人服務，希望在生命消逝的重大時刻，自己與所愛的人都能得到親切的關照。每個人都希望自家喪事只讓村里耳聞，不想弄成全國皆知的事。但是，不論哪一行——我年輕的朋友啊，千萬別誤會，死亡也算是一種行業——只有以量制價才能賺錢，也就是要大量購買、集中作業。雖然聽起來不怎麼光采，但這是實情。問題來了：沒有人想讓他們摯愛的親人搭乘附有冰庫的小貨車，送到某個又大又舊的改建倉庫，跟其他幾十、甚至上百個屍體躺在一起。這是行不通的。找個家族經營的小店，受到尊敬禮遇，就像在街上遇到就會脫帽彼此招呼的老友一樣。」

艾比斯先生戴著一頂搭配他褐色運動衫及褐色素淨臉龐的褐色帽子，金框眼鏡搭在鼻翼上。影子本來覺得艾比斯個子矮小，然而一站到他身邊，影子發現原來他起碼有六呎高，像隻鶴一樣微微駝背。此刻，艾比斯先生隔著亮紅色桌子，坐在對面，影子瞪著他的臉。

「因此，大企業若要進入這行，只會買下原公司的名字，付錢留下原本的葬儀社老闆，使它看起來似乎和之前相同，但這不過是表面的假象。事實上，這些改名後的葬儀社跟漢堡王一樣。至於我們，基於自身立場，我們是真正獨立經營。我們自己處理屍體防腐，而且可說是全國做得最好的——雖然除了我們自己之外沒人知道。不過，我們不做火葬。要是有自己的火葬場，我們可以賺更多錢，可是這違背我們的長處。我的生意夥伴是這麼說的：上天賦予你某種天賦或技能，就有義務要發揮所長。你同意嗎？」

「聽起來不錯。」影子說。

「上天將統御死者的權力賦予我的搭檔，也給了我操控文字的才能。文字真是好東西。你知道嗎，我寫了一些故事書。算不上文學，只是我個人興趣，記錄生命。」他暫停一會——影子覺得這時候似乎應該問問能否拜讀對方大作，卻來不及說出口。「總之，我們提供的是一種『永續』的概念。『艾比斯與傑凱爾葬儀社』在這裡營業將近兩百年了。不過，我們以前不叫做殯葬業者，而是送葬者、喪事承辦。」

「更早之前呢？」

「哦……」艾比斯先生有點沾沾自喜地微笑，「那就說來話長了。當然啦，我們是直到南北戰爭之後，才在這占了一席之地。當時我們成立了葬儀社，專門服務這一帶的有色人種。戰前沒人覺得我們是有色人種。他們或許會以為我們是外國人，覺得我們的深色皮膚富有異國風情，但不會認為是有色人種。戰爭結束，很快就沒人記得過去我們未被視為黑人。我搭檔的膚色總是比我黑。這種轉變很簡單，大多時候，他人的觀點會決定我們是怎樣的人。不過，聽到『非裔美籍』這個詞感覺還是很怪，總是讓我想到從朋特❶、俄斐❷或努比亞來的人。我們從沒想過自己是非洲人啊。不就是尼羅河的子民嘛。」

「你們是埃及人啊？」影子說。

艾比斯先生咬了咬下唇，搖頭晃腦，像是把頭放在彈簧上掂量輕重，用不同的觀點看事情。「嗯，

---

❶ Punt，古埃及人對紅海南岸及亞丁灣海岸的稱呼，相當於現今衣索比亞與吉布地沿海地區。

❷ Ophir，《舊約》中以出產純金聞名的地區。

可以說是，也不完全是。『埃及人』會讓我想到目前住在那裡的人，那些把自己的城市建在我們的墓地與宮殿上的人。他們看起來跟我很像嗎？」

影子聳聳肩。他的確見過貌似艾比斯的黑人，也見過長得像他，卻是皮膚曬黑的白人。

「咖啡蛋糕還合您口味嗎？」女侍邊添咖啡邊問。

「天下最棒的。」艾比斯先生說：「請幫我向令堂問好啊。」

「我會的。」女侍慌忙離開。

「幹殯葬這行不會主動問候別人的健康，不然人家會以為你是在探問生意。」艾比斯先生壓低聲音說：「我們去看看你的房間整理好了沒。」

兩人走在夜色裡，呼吸化為白色霧氣，耶誕節燈飾在路經的商店櫥窗內閃爍。「感謝你們，還讓我留宿。」影子說。

「我們可是欠你老闆許多人情。何況，老天也知道，我們房間太多了。那棟老房子很大，以前還住更多人，現在只剩下我們三個了。所以這是小事一樁。」

「我需要住多久？」

艾比斯先生搖搖頭，「他沒說。不過我們很高興你能來一起住。我們可以找些事情讓你做，只要你不感到噁心作嘔，而且能夠尊重死者。」

「喔，你們怎麼會到這個『開羅』？是因為地名，還是別的原因？」影子問。

「不，完全不是。其實這個地名是因為我們而取的，雖然很少人知道。很久很久以前，這兒是個驛站。」

「你是說拓荒時代？」

「差不多。」艾比斯先生說：「晚安啊，西蒙斯小姐！祝耶誕快樂！很久很久以前，帶我來此的人們是沿著密西西比河過來。」

影子停下腳步，瞪大眼睛說：「難道你是說，五千年前古埃及人就來這裡做生意了？」

艾比斯沒說什麼，但是大聲呵呵笑起來：「大約是三千五百三十年前吧。」

「好吧，我姑且相信……他們都做什麼生意？」影子問。

「不是什麼大生意，」艾比斯說：「不過就是交換動物毛皮或食物。有些人在目前密西根州上半島一帶❸挖銅礦——可惜結果令人失望，根本白費力氣。那些人長居此地，慢慢開始信仰我們，獻上祭品。之後，一些商人高燒病死，在此長眠，把我們留在這裡，自己離開了。」他在人行道停住，沉寂不語，接著緩緩轉過身，伸長雙臂。「一萬多年來，這個國家一直是世界的中心。你說說看，哥倫布算什麼呢。」

「是啊，」影子附和地說：「他又算什麼呢。」

「哥倫布做的事，不過就是人們幾千年來一直在做的事情。『前往美洲』這件事根本沒什麼特別。我斷斷續續一直在寫這件事。」兩人又開始往前走。

「真實故事嗎？」

「某個角度來說算是吧。要是你想看，我可以讓你讀讀。只要是有眼睛的人都看得出來。對我而言——我可是《科學美國人》雜誌訂戶啊——每當那些專家發掘到某個『謎之頭骨』，卻認為不該屬於某某人種，或是挖出什麼雕像或手工藝品使他們困惑，我就替他們難過。因為他們只會談論怪異之處，卻從不深究。這真令我遺憾。一旦將某件事認定為『不可能』，就完全脫離了信或不信的領域，不管是不是真的。我的意思是，某處發現了一個頭骨，顯示九千年前日本原住民愛奴人就來到美洲，

---

❸ upper peninsula，美國蘇必略湖和密西根湖之間的半島，構成密西根州西北部。

然後另一處又發現另一個頭骨，顯示在那將近兩千年後，玻里尼西亞人就居住在加州。接著，科學家就開始煩惱究竟誰是誰的子孫，卻完全弄錯重點。天曉得，要是他們真找到霍皮族印第安人的地道，又會發生什麼事。到時候一定會一團混亂，等著瞧吧。

「你若問我，黑暗時代的愛爾蘭人真的來過美洲嗎？當然啦，連威爾斯人和維京人都來過啦。還有非洲人從西岸來——就是之後稱為奴隸海岸或象牙海岸的地方，他們與南美洲互相貿易。中國人也到過奧瑞岡幾次，他們把奧瑞岡叫做『扶桑』❹。一千兩百年前，巴斯克人在加拿大紐芬蘭省的海岸建造他們的祕密釣魚聖地。好啦，我猜你可能想說：可是，艾比斯先生，這些人都是原始人啊，他們根本沒有無線電遙控、維他命丸或噴射飛機。」

影子沒說話，也不打算開口，但他感覺似乎應該說些什麼，只好說：「呃，難道不是這樣嗎？」秋天最後的枯葉在腳下發出酥脆的碎裂聲，暗示冬天將要來臨。

「有人以為，在哥倫布之前，人類沒辦法長途航海，這是錯誤的觀念。其實定居在紐西蘭、大溪地或星羅棋布的太平洋群島上的人，都善於駕船航行。他們的航海技術可是會讓哥倫布都感到自慚。非洲是因貿易而富庶，不過大多與東方、印度或中國做生意。我的族人，也就是那些尼羅河子民，很早就發現，只要有耐心，加上充足的水，光靠一艘草船就可以環遊全世界。過去那時代，不來美洲的最大考量，是因為這裡沒什麼生意可做，也有點遠。」

兩人到達一棟以英國安妮女王時期風格建造的大宅。影子暗忖：不知安妮女王是何方神聖？她為什麼那麼喜歡像「阿達一族」那種風格的房子？這大宅是街上唯一一棟窗戶沒用木板封起來的屋子。兩人穿過大門，沿著建築後緣走。

艾比斯從鑰匙串取出一把鑰匙，打開巨大雙扇門。兩人走過門，來到沒有暖氣的寬敞房間。房裡有兩個人：一個是深色皮膚的高大男人，握著一把大解剖刀；另一個是死去的女孩，將近二十歲，躺在一張像是板子又像水槽的長形瓷桌上。

屍體上方牆面有個軟木板，上面釘著幾張死亡少女生前的照片。其中一張是高中時代的大頭照，她面露微笑。另一張相片中，她和三個女生一起排隊，衣著像是要去參加舞會，黑髮盤成繁複的髮式。

少女冰冷的身軀躺在瓷桌上，髮絲垂落，散放雙肩，黏著乾掉的血。

「這是我的搭檔，傑凱爾先生。」艾比斯說。

「我們見過了。抱歉，我沒辦法握手。」傑凱爾說。

影子低頭看著桌上的少女，問：「她怎麼了？」

「挑選男友的品味太差。」傑凱爾說。

「通常這種事不一定會送命。」艾比斯嘆了一口氣，「但這次不一樣。那男人喝醉了，手上還有一把刀。她跟男人說，她猜自己大概懷孕了，而那男人不相信是他的種。」

「她被刺了……」傑凱爾踩上腳踏板，打開旁邊桌上的口授留聲機，發出喀答一聲，同時數著數，「……五刀。左前胸三處刀傷：第一刀刺在左胸中間邊緣第四與第五肋間，長二點二公分；第二、第三刀穿過左胸中間下方，刺穿第六肋間，互相重疊，長三公分。左胸後部上方在第二肋間處，有兩公分長的傷口。另有一處長五公分、最深一點六公分的傷口，在前方左側三角肌中央，造成重傷。胸口的傷全是深度穿刺傷。外部沒有其他可見的傷痕。」說完後，他鬆開腳踏板。影子注意到防腐工作桌上吊著一支小小的麥克風。

「你也是驗屍官？」影子問。

「驗屍官需要本地政府機關任命。」艾比斯說：「他只負責踢踢屍體，要是屍體沒回踢，他就簽下

---

❹見《梁書．五十四．列傳四十八》。

死亡證明書。他就是所謂的解剖員，負責驗屍、保存檢體，協助郡裡的醫事檢察官。他已經拍下少女的傷痕了。」

傑凱爾沒有理會兩人。他手執一把大解剖刀，從女孩的兩側鎖骨開始，往胸骨方向深深劃出大V字型切口，接著，V字變成了Y字，深切口從她的胸骨直劃到下腹。他從工作桌尾端拿起一把沉重的小型黃色鑽子，上頭附著獎章般大小的圓鋸。他打開電源，割開女孩胸骨旁的兩排肋骨。

女孩的身軀敞開，猶如打開的皮包。

突然間，一股淡腥味鑽入影子鼻孔，有點刺鼻。

「我以為聞起來會更糟糕。」影子說。

「她剛死不久，」傑凱爾說：「腸子也沒刺穿，所以聞起來不太臭。」

影子把視線移開，倒不是因為嫌惡，而是希望能為這個死去的女孩特別保留一些隱私。畢竟再怎麼樣，也不會比身體這樣被剖開更赤裸裸了。

傑凱爾將埋在胃腹部上方盤曲如蛇的油亮腸子紮起來。他的手指一尺一尺滑過女孩的腸子，對著麥克風形容那些腸子「很正常」，然後把腸子放進地上的水桶。他用真空幫浦吸出女孩胸口積血，測量血量，檢視女孩的胸腔，然後對著麥克風說：「心包有三處撕裂傷，充滿血塊與積血。」

傑凱爾捧起女孩的心臟，將頂端切開，拿在手中翻轉檢視，然後踩腳踏板，「心肌有兩處撕裂傷。右心室有一點五公分撕裂傷，另外還有一點八公分撕裂傷穿過左心室。」

傑凱爾移出兩邊肺葉。左肺刺傷了，幾乎半塌。他量了肺和心臟的重量，拍下傷口的照片，從兩邊肺葉各切下一小塊組織，放進罐子。

「福馬林。」艾比斯低聲說明。

傑凱爾繼續對著麥克風說話，講述自己移出女孩的肝、胃、脾臟、胰臟、兩枚腎、子宮和卵巢，做了這些、看到那些。

他為器官一一秤重，報告臟器皆正常，沒有傷痕。他從每個器官切取一小片組織，放進福馬林罐。接著他從心臟、肝臟和其中一枚腎又各取下一片組織放到嘴裡。一邊工作，一邊緩緩咀嚼。

奇怪的是，影子卻覺得這樣做很好，展現了敬重的態度，而非褻瀆。

「所以你會跟我們待一陣子？」傑凱爾嘴裡嚼著女孩的心臟切片。

「如果你們方便的話。」影子說。

「當然沒問題。」艾比斯說：「沒什麼不方便。你得留下的理由多得是。只要你留在這裡，就會受到我們保護。」

「只要你不介意跟死者睡在同一個屋簷下。」傑凱爾說。

影子想起蘿拉嘴脣的觸感，冰冷苦澀。「我不介意，只要他們一直是死的。」

傑凱爾轉過身，深褐色眼睛盯著影子，眼神如同沙漠裡的狗一樣滑稽冰冷。他回應道：「只要他們在這裡，就是死的。」

「我以為……」影子說：「我以為死人好像很容易就可以活過來。」

「不可能。」艾比斯說：「就算是殭屍，也是活人變成的，你知道吧？用一點粉末、一些咒語，輕輕一推，就是殭屍了。他們是活的，只不過他們以為自己已經死了。不過，若真要讓死人復活，那可要動用真正的力量。」他猶豫片刻，接著說：「在舊大陸和舊時代，這種事簡單多了。」

「你可以把某人的卡——生命力——綁在他身上五千年，看是要綁著或鬆開。可是那已經是很久以前的事情了。」傑凱爾邊說邊將原先移出的器官小心地一一置回體腔原處。他將腸子放回去，挪好胸骨的位置，將兩邊皮膚拉近。接著拿出一根粗針和一捆線，動作快速靈巧，像是縫補棒球一樣。他將身體皮膚縫合，屍體又從片片肉塊回復成一個女孩的外觀。

「我要喝點啤酒。」傑凱爾脫掉橡膠手套，丟進垃圾桶，將深褐色連身工作服放進洗衣籃，拿起裝滿紅色、棕色和紫色器官切片的罐子置放的托盤。「一起來嗎？」

他們從後方樓梯走上樓，到達廚房。廚房是棕白色調，看起來不錯，十分乾淨。影子覺得這廚房裝潢得像是一九二〇年代的風格。牆壁邊有個大冰箱，不斷發出咻咻聲。傑凱爾打開冰箱，將放著脾臟、腎臟、肝臟和心臟切片的塑膠罐子放進去，然後拿出三個褐色瓶子。艾比斯打開玻璃門櫥櫃，拿出三個大玻璃杯，做了做手勢，要影子在餐桌邊坐下。

艾比斯倒出啤酒，遞給影子一杯，也給傑凱爾一杯。啤酒很好喝，微苦的黑啤酒。

「好酒。」影子說。

「我們自己釀的。」艾比斯說：「以前都是女人釀酒，她們的手藝比我們厲害。不過現在只有我們三個住這兒。我、他，還有牠。」艾比斯指著廚房角落的貓籃，裡頭有一隻幾乎睡著的褐色小貓。「一開始，這房子裡還有一些人。不過，塞特❺離開這裡去冒險了。喔，已經過了兩百年了吧？差不多這麼久了。一九〇五或〇六年的時候，我們還收到他從舊金山寄來的明信片，之後便毫無音訊。可憐的荷魯斯❻則是……」他的聲音隨著一聲嘆息變小，搖了搖頭。

「我偶爾還是會見到他，載屍體回來的路上。」傑凱爾啜了一口啤酒。

「我可以在這裡工作，支付伙食費。你們只要告訴我要做什麼，我就照做。」影子說。

「我們會找點事情給你做。」傑凱爾贊同。

褐色小貓睜開眼睛，拉長四肢伸懶腰。牠踏步走過廚房地板，用頭蹭了蹭影子的靴子。影子伸出左手，撫摸小貓的前額、耳後和頸背。小貓舒服地弓起背，跳上影子大腿，蹭著他的胸膛，冰涼的鼻尖貼著他的鼻，接著就在他大腿間蜷縮起來，又睡著了。影子把手放在小貓身上撫摸。小貓的毛很軟，在他大腿間顯得溫暖又舒服，彷彿躺在世界上最安全的地方。影子感覺有點慰藉。

啤酒使他腦中飄著愉快與陶醉感。

「你的房間在頂樓，浴室旁邊。」傑凱爾說：「工作服就吊在衣櫃裡。你想先洗個澡，刮刮鬍子，對吧？」

的確如此。影子站在鑄鐵浴缸裡沖澡，用傑凱爾借他的剃刀小心地刮鬍子。剃刀超乎意料銳利，手把是珍珠母做的，影子懷疑這把剃刀平常是否用來替死人刮鬍子。他從來沒用過剃刀，還好沒刮傷。他沖掉刮鬍膏，面對殘留蒼蠅糞的浴室鏡子，看著赤裸的自己。他看見自己身上多處淤傷，胸膛有新的瘀傷，雙臂全是快散掉的瘀血，都是瘋子史溫尼造成的。鏡中雙眼帶著不信任的眼神。

突然之間，就像有人抓著他的手，他攤直剃刀，將刀片抵著自己的喉嚨。

這會是條出路，他想：簡單的出路。畢竟只有坐在樓下廚房喝啤酒的那兩人，能夠輕鬆看待這件事。他們可以清理掉一團混亂，繼續過日子。不需再煩惱，不再有蘿拉，不再有什麼懸疑和陰謀。再也沒有噩夢，只有平靜、安寧、永恆的安息。只要俐落一刀，從這邊耳朵畫到另一邊耳朵。只要這麼一個小小的動作。

他站在那兒，剃刀頂著喉嚨。刀鋒與皮膚相接處滲出微微血跡。他甚至沒注意到割傷。瞧，他甚至可以聽見耳裡傳來自己的低語，不會痛，刀子這麼利，還沒感到痛就死了。

浴室門突然推開幾吋，恰好容褐色小貓將頭塞進門框。小貓仰頭好奇地對他喵了一聲。

「咦！」他對小貓說：「我不是鎖了門嗎？」

他將銳利的剃刀收起，放在洗手槽旁，用衛生紙輕輕擦乾細細割傷，在腰間裹條毛巾，走進隔壁

❺ Set，埃及的沙漠之神。因嫉妒而殺了賢明的兄長歐西理斯。

❻ Horus，埃及的神，鷹頭人身，單眼。法老王為其在人間的化身。

臥室。

臥室跟廚房一樣，裝潢也大約停留在一九二〇年代。五斗櫃和鏡子旁有個臉盆架和水壺。衣服已經放在床上：黑西裝、白襯衫、黑領帶、白色內衣內褲、黑襪子。床邊磨損的波斯地毯上擺著一雙黑鞋。

他穿上衣服——雖然很舊，但質料很好。不知道這些衣服是誰的？他穿的是死人的襪子嗎？那雙是死人的鞋子嗎？他對著鏡子調整領帶，鏡中的他似乎面帶嘲諷地對著鏡外的他微笑。

他想起剛才曾想割斷自己喉嚨，真是不可思議。他調整領帶時，鏡子裡的人仍然對著他笑。

「喂！你要告訴我什麼祕密嗎？」他對鏡子裡的人說話，隨即覺得自己很蠢。

房門嘎的一聲打開，小貓從門縫溜進來，走過房間，跳上窗檯。「嘿！」影子對小貓說，「我真的關了門啊，我確定我關了門。」小貓帶著興致看他，眼眸深黃，琥珀的顏色。接著小貓從窗檯跳到床上，捲成一團毛球，又開始睡覺。蜷身在舊床單上的小貓。

影子敞開臥室的門，方便小貓出來，順便讓房間透氣，然後走下樓。他下樓時，樓梯發出嘎吱聲響，抗議他太重，彷彿希望人類不要打擾。

「老天，你看起來還真是人模人樣。」穿著黑西裝的傑凱爾在樓梯下方等著，他穿得和影子很像。「開過靈車嗎？」

「沒有。」

「凡事總有第一次。車就停在房子前面。」傑凱爾說。

死者是名叫麗拉．古查德的老婦人。影子在傑凱爾的指示下，扛著鋁製摺疊擔架，走上狹窄的樓梯，到老婦人臥室，在床邊攤開擔架。他拿出螢光藍塑膠屍袋，拉開拉鏈，攤放在床上死者旁。老婦人穿著粉紅色睡衣，披著拼布睡袍。影子抬起脆弱得幾乎沒有重量的身軀，包裹在毯子裡，整個放進屍袋。他緊緊拉上屍袋拉鏈，將屍袋放上擔架。影子做這些事的時候，傑凱爾正在跟一個非常老的男人談話，是麗拉的先生。或者應該說，傑凱爾正在傾聽老人說話。影子將古查德老太太放進屍袋時，老人正在抱怨他的孩子多麼忘恩負義，孫子也是——雖然那不是他們的錯，錯在他們的父母。連掉下來的蘋果都不會離蘋果樹太遠，而他可是千辛萬苦地照顧孩子啊。

影子和傑凱爾推著載屍體的擔架，來到狹窄的樓梯間。穿著臥室拖鞋的老人跟在他們後面，抱怨的話題依舊不停繞著錢、貪念和忘恩負義等等。影子拉著擔架較重的一端下樓，來到街上，沿著冰冷的人行道將擔架推到靈車旁。傑凱爾打開靈車後門，見到影子躊躇，便開口道：「推一下那裡，支撐架會自動折起來。」影子推了一下擔架，支撐架喀答一聲收起，輪子轉動，擔架自動滑進靈車裡頭。傑凱爾示範如何將擔架繫好，然後影子關上車門。這時傑凱爾仍在聽麗拉的丈夫說話。老人無視天氣寒冷，穿著拖鞋和浴袍，站在冬日的人行道上，向傑凱爾抱怨他的孩子簡直比貪婪的兀鷹好不了多少，只想將他和麗拉苦心攢聚的一丁點財產弄走。還有他和麗拉當年如何逃到聖路易，輾轉到達曼菲斯與邁阿密，又如何在開羅落腳。麗拉幸好沒死在老人院裡，讓他鬆了一口氣，要是換成他，一定非常害怕。

他們陪老人走回屋子，上樓回到老人的房間。一架小電視機在主臥室的角落發出嗡嗡聲。影子走到電視機旁邊，注意到新聞主播正對著他笑，還向他眨眼。影子確定沒人往他的方向看，對電視機比了中指。

「他們沒錢。」回到靈車裡，傑凱爾說：「明天他會來見艾比斯，選擇最便宜的葬禮。我猜老婦人的朋友會說服老先生讓太太走得風光一點，在前廳為她辦個隆重的告別式。但是他會抱怨沒錢。這年頭，這一帶的人都沒什麼錢。總之，六個月後他就會死，最多不超過一年。」

雪花在車子大燈前顫動飄飛，大雪正往南方來。「他生病了嗎？」影子問。

「那不是重點。女人就算死了丈夫，也會活下來。可是男人，尤其像他那樣的男人，一旦老婆過世，就活不久了。你看著吧。他會開始四處徘徊，熟悉的事物都隨著老婆一起消逝。他會厭倦一切，變得虛弱、自暴自棄，然後就死了。或許他會因為肺炎而死，或是癌症，要不就是心臟病。人一老就失去鬥志，然後就會死。」

影子不禁思索起來。「嗯，傑凱爾……」

「什麼事？」

「你相信靈魂存在嗎？」這並非影子真正打算問的問題，卻出乎意料脫口而出。他原本打算說得婉轉一點，可也實在說不出更婉轉的話。

「看情況。在我那個年代，人人都有靈魂。人死掉之後就排隊，為自己做過的好事和壞事負責。要是平衡之後，結果偏向壞事，且超過一根羽毛的重量，我們就把那人的靈魂和心臟餵給食魂者闍楣特。」

「他一定吃了很多人吧？」

「沒你想的那麼多。那根羽毛很重，是我們特別製作的。除非你做過的壞事罄竹難書，要不然秤不會太傾斜。在這裡停車，加油站這裡。我們得加一些油。」

街道十分安靜，初雪來臨時的安靜。「我們會有個白色耶誕節。」影子邊加油邊說。

「是啊，可惡，那小鬼是處女生的幸運兒。」

「你是說耶穌？」

「非常幸運的傢伙。他就算掉進糞坑，爬起來還是滿身玫瑰香。真該死，你知道嗎？那天甚至不是他的生日，那個日子是從密特拉❼那裡偷走的。你見過密特拉嗎？戴著紅帽子的好孩子。」

「沒有，應該沒見過。」

「嗯……我也沒在這附近見過密特拉。他父母都是軍人，或許他回中東了……那邊日子比較好過。可是我猜他應該也已經被人遺忘了吧。這種事常發生。前一天，每個軍人都還要在出征前獻祭公牛，抹上牛血祈福，結果隔一天，人們連你的生日都忘了！」

雨刷咻的一聲將擋風玻璃上的雪花推到一邊，擠成雪塊與碎冰。

黃燈閃了一陣，轉成紅燈，影子踩下煞車。靈車在空曠的馬路上滑行了一段才停下。「喂，清教徒。」傑凱爾模仿約翰．韋恩的語氣說：「煞車踩輕一點。這輛舊車是我們唯一的車了。」

綠燈亮起。影子將車速維持在十哩，適合於溼滑路面行駛。這輛車用二檔開起來實在很順，影子猜想，其餘車子只能乖乖跟在這車後面慢慢走。

「這樣好多了。」傑凱爾說：「我說到哪……啊，對了。耶穌在這裡混得實在不錯。不過我遇過一個傢伙，他說他看見耶穌在阿富汗路邊想搭便車，可是沒半個人停車。你懂嗎？一切完全看你身在何處。」

「我想，暴風雨就要來了。」影子指的是天氣。

然而，傑凱爾開口回答的卻不是天氣。「看看我與艾比斯。再過幾年，我們就不工作了。我們存了一筆錢，撐過生意清淡的年頭，可是這地方已經多年不景氣，還越來越糟。荷魯斯真是瘋了，完全是個神經病，只會變成老鷹，拚命吃那些車禍罹難者。那算是什麼生活？你也見過貝絲特❽。**我們的**狀況比大多數傢伙都好，至少我們還有屬於自己的信仰，其他那些蠢蛋連信仰都幾乎丟光了。這就跟殯葬業的情況一樣，不管你喜不喜歡，大公司遲早會把你買下，因為他們就是比較大，比較有效率，

---

❼ Mithras，埃及的太陽神。

❽ Bast，埃及女神，貓頭人身。在此指的便是葬儀社內的小貓。

他們那一套就是有用。反抗完全改變不了任何事，因為早在一百年前、一千年前、一萬年前來到這片綠色大地的時候，我們就打輸了。我們來到這裡，但美洲這塊土地根本不在意我們。因此，我們要不就是被併購，要不就是被壓制，要不就是出發另尋天地。沒錯，你說對了，暴風雨的確要來了。」

影子駛到住宅區。除了他們那棟房子外，一片死寂，窗戶緊閉，沒有燈光。「走後面巷子。」傑凱爾說。

影子往後倒車，直到幾乎碰到房子後面的雙扇門。艾比斯打開靈車和停屍間的門，影子解開擔架，把擔架拖出來。擔架通過車子保險桿，轉了個彎，輪子支撐架落下。影子將擔架推進防腐室，抱起不透光袋子，麗拉．古查德猶如沉睡孩子般躺在裡面。影子將袋子輕放在冰涼停屍間的桌子上，彷彿害怕將她吵醒。

「其實我有一張轉送板，」傑凱爾說：「你不必這樣抱著她。」

「沒什麼。」影子的語氣聽起來開始像傑凱爾了。「我個子大，這不算什麼。」

影子小時候跟同年齡的孩子比起來，卻是瘦如皮包骨。唯一一張讓蘿拉喜愛到拿去裱框的兒時照片，是一個樣貌嚴肅、滿頭亂髮、深色眼珠的小男孩，站在一張堆滿蛋糕與餅乾的桌子旁。那張照片大概是在大使館舉行的耶誕節派對裡拍的，因為他戴著領結，還穿著最好的衣服。

影子和媽媽常常搬家。因為他母親在外交部工作，負責將各類電報轉譯傳送到世界各地，於是他們轉徙於歐洲各大使館。他八歲時，母子倆回到美國，母親開始經常生病，無法維持固定的工作。繼而兩人在城市間遷徙，這裡待一年、那裡待一年。母親身體比較好的時候，就擔任臨時雇員。他們從未在任何地方久待，久到讓影子交到任何朋友，或把某個地方當成家，或是足夠讓兩人放鬆。而孩童時期的影子一直是小個兒……

他長得很快。十三歲那年春天，附近的孩子偶爾故意向他挑釁，當作打架對手，因為他們知道絕不會輸。打完架後，影子總會氣得哭著跑向廁所，在別人看見之前，洗掉臉上的泥巴或血跡。接著夏天來了，一個漫長奇妙的十三歲夏天。他避開那些比他高大的孩子，有時在社區內游泳池游泳，或是在游泳池邊讀圖書館借來的書。夏天剛開始的時候，他還不怎麼會游泳。到了八月底，他已經可以輕易在池裡游上一陣子，也可以從跳水板上跳水，膚色曬得黝黑。九月，當他開學回到學校，竟然發現之前那些讓他過著悲慘生活的孩子都變得比他矮小，都是一些再也不能惹他生氣的軟腳蝦。兩個還想找他麻煩的小孩都受到慘痛教訓，再也不敢挑釁他。影子則對自己有了新看法：他不再是那個沉默寡言的小孩，只想盡可能躲在後面，不引人注目。他長得太高大、太顯目了。十三歲的年底前，他加入游泳隊和舉重隊，還有教練想說服他加入三項全能訓練隊。他很高興自己變得高大強壯，感覺有了定位。他曾經是個害羞沉默的書呆子，卻痛苦不堪。如今他成了強壯的傻大個，除了獨自將沙發搬到另一個房間這種事情之外，沒人期待他做別的事。

除了蘿拉。

艾比斯負責準備晚餐。他為自己和傑凱爾煮了米飯和燙青菜。「我不吃肉，而傑凱爾在工作的時候已經吃夠了。」他一邊解釋，一邊在影子面前放了一盒肯德基雞塊和一瓶啤酒。

影子吃不完雞塊，便把剩下的雞肉去掉皮和外層炸麵衣，撕成細條分給小貓吃。

「我待在牢裡的時候，有個人叫傑克森。」影子邊吃邊說：「他在監獄的圖書館工作。他告訴我，肯德基炸雞把公司的名字改成肯德基，因為他們不再供應真的雞肉。現在賣的都是基因改造食物，有點像是沒有頭的巨大蜈蚣，就只是一塊塊腿肉、雞胸或雞翅，透過營養管餵食。那傢伙說，因為這樣，所以政府不准他們再用『雞』這個字。」

艾比斯聳起眉毛，「你相信這是真的嗎？」

「我不相信。不過，我的牢友李史密斯則說，肯德基改名，是因為『炸』這個字不好聽。或許他們希望顧客以為雞肉會自己變熟。」

吃過晚餐後，傑凱爾向兩人告退，到樓下停屍間去，艾比斯則回書房寫東西。影子在廚房又坐了一會兒，啜飲啤酒，餵褐色小貓吃雞胸肉。啤酒喝完，雞肉也吃完之後，他將碗盤洗淨，放在架上蔭乾，走上樓。

他進臥室前，褐色小貓已經又蜷成一團，睡在床底。他從梳妝臺中間的抽屜找到幾套條紋棉質睡衣，看似放了七年之久，聞起來卻很乾淨。他挑了一套穿上，一如黑西裝般合身，簡直就像是為他量身訂做。

床邊桌上有一小疊《讀者文摘》，全是一九六〇年三月前出版。傑克森那個圖書館佬（聲稱肯德基基因改造炸雞真有一回事的那傢伙）發誓說，政府在深夜用黑色貨運火車將政治犯送到北加州的遙遠祕密基地。他甚至還說，世界各地的讀者文摘辦公室都是中情局的前哨站，各國讀者文摘辦公室其實都是中情局祕密分部。

「有個笑話說，」已故的阿木先生在影子的記憶中發言：「我們怎麼能確定中情局跟暗殺甘迺迪無關？」

影子將窗戶稍稍推開，發出嘎的一聲。這可讓新鮮空氣流進來，小貓也可以跳到陽臺。

他打開床邊的檯燈，爬上床，選了看起來最無聊的一本讀者文摘，挑上看來最無聊的文章，讀了一會兒，想要讓腦子休息，讓過去幾天發生的事情從腦子裡擠出去。文章標題是〈我是約翰的胰島腺〉，讀著讀著，睏意來襲，他幾乎來不及關掉床邊的燈，來不及躺上枕頭，雙眼已經閉上，夜晚降臨。

後來，他完全想不起夢境的順序與細節。就算努力回想，也只記得一團紛亂的黑色畫面。夢裡有個女孩。影子在某處遇到她，夢中兩人走在橋上。橋身跨越小鎮中央的小湖，風吹皺湖面，泛起一波波白色水花，像是一雙雙小手，往影子探來。

「下去。」女人穿著豹紋裙子，裙襬在風裡飄動翻騰，絲襪上緣與裙襬間露出光滑肌膚。夢裡，在那座橋上，在上帝與整個世界面前，影子跪在女人身前，將頭埋在女人大腿之間，沉醉在令人興奮迷亂的芬芳中。夢裡的他意識到現實中的自己逐漸勃起，猛烈的堅挺伴隨痛楚，如同他還是個小男孩時，突然闖進青春期世界所帶來的感受。

他從女人身上拉開距離，抬頭一看，卻看不見女人的臉。然而他的嘴已探上女人的唇，嘗到唇瓣的柔軟。他的雙手捧著女人的胸，滑過絲緞般肌膚，探進隱藏在女人腿間的叢林，滑入溫暖溼潤的美妙凹陷。那地方等待著他，在他手間綻放如花。

女人緊偎著他，發出狂喜的呼喊，雙手移到影子堅挺的腿間搓揉。影子踢開床單，翻身到女人上方，撥開女人的大腿。女人的手導引他往雙腿之間游去，直到傳來一陣美妙的推送……

此刻，他和女人回到以前待的那間牢房，沉醉在深吻之中。女人的雙臂緊緊環著他，雙腿將他緊緊夾住，並將他抱得更緊，使他無法抽身離開。

他從沒吻過如此柔嫩的唇，甚至超越他的想像。然而女人與他交纏的舌頭，有如砂紙一般粗糙。

「妳是誰？」影子問。

女人沒回答，只將他轉過身，輕盈一動，叉開雙腿騎上了他。不，不是騎著他，而是緊貼著他，以猶如絲般油滑的動作，輕搖身子。每一次輕挪都比前一次多加了些許力道，陣陣揉動撫觸，宛如輕拍湖岸的漣漪，與他心旌動搖的節奏一致。她的指甲如針尖銳，刺著他身側皮膚，梳出幾道擦痕。但他不覺得痛，只感受到歡愉，一切宛如瞬間由法術轉為極樂。

他掙扎著想恢復清醒，想開口說話，但腦海裡只塞滿沙丘與荒漠的狂風。

「妳是誰？」他努力搜索字句，又問了一次。

女人以帶著深琥珀色的眼睛盯著他，低下頭，將嘴巴靠近他，又熱情地吻他。那是絕對而深切的吻。站在湖面小橋的他、牢房裡的他、躺在開羅葬儀社床上的他，幾乎要達到高潮。他放縱感覺，宛如乘著颶風的風箏，希望永不到頂峰，永不爆發，維持直到永遠。他稍稍抓回控制力，他必須警告這個女人。

蘿拉，我老婆，會殺了妳。

不會是我。女人說。

莫名其妙的念頭突然浮現他腦海：中世紀的人認為，要是女人做愛時處於上方，那她就會生下主教，所以人們才會說：試試主教體位……

他想知道女人叫什麼名字，但不敢問第三次。女人將酥胸緊貼他的胸膛，他感到女人逐漸堅硬的乳頭，感覺女人不停向他推擠，將他的陰莖不停往她體內推入。這次，他無法再駕馭感官，只能任由擺布，他在其中搖盪翻騰。他拱起身體，盡可能深入女子體內，宛如兩人其實是同一生物。他品嘗、啜飲、緊擁，渴望……

「來呀！」女人的聲音像是貓咪的嘶喊：「給我，快！」

他達到高潮。狂喜的抽搐中，感覺自己逐漸分離，腦子似乎融化，慢慢昇華到另一個階段。

波濤平靜下來的一瞬間，他深吸一口氣，感覺清新的空氣直往肺部深處灌入。他發覺自己憋了好一陣子的氣。至少三年了吧，或許更久。

「現在好好休息。」女人用柔軟的脣吻了他的睫毛，「任它去吧，任一切逝去。」

然後，他舒服地沉沉睡去，沒有夢來打擾。他沉入睡眠、擁抱睡眠。

光線很奇特。他看了看手錶：早上六點四十五分。外頭還黑漆漆的，房裡卻籠罩著淡藍微光。他爬下床。他確定自己是穿著睡衣上床，現在卻一絲不掛。裸露的皮膚感覺到空氣冰冷。他走向窗邊，關上窗戶。

夜裡下了大雪：積雪深達六吋，甚至更厚。原本從房間窗戶望去顯得又髒又破舊的小鎮角落，此刻一片潔淨，和之前的景象迥然不同。一棟棟房舍不再像是遭人棄置的舊屋，反而被風雪罩上了一層優雅的氣息，街道完全埋沒在白色雪地之下。

影子隱約想起某個念頭，有關**無常**，但那念頭稍縱即逝。

他視野所及之處，竟都清晰如白晝。

他注意到鏡中景象有些奇異。他往鏡子走近幾步，滿心疑惑瞪著鏡中。他臉上的淤傷消失了。他摸摸體側，手指用力壓了壓，身體深處某一點感到疼痛，顯然他的確遇過阿石先生與阿木先生。然而不管如何搜尋，他卻找不著瘋子史溫尼留在他臉上的綠色印記。他的臉乾乾淨淨，沒有任何傷痕。他轉身檢視，看見體側與背部印上一道道猶如爪子留下的刮痕。

那不是夢，不完全是。

影子拉開抽屜，穿上抽屜裡的衣物：一條古舊的藍色Levi's牛仔褲、一件厚實藍毛衣，套上掛在衣櫥內的殯喪禮儀師黑外套。

他穿上自己的舊鞋。

其他人還在睡。他小心經過走道，暗自祈禱地板別發出嘎吱聲。不一會兒，已走到屋外。他踏過雪地，在人行道的積雪印下深深足印。屋外的天色看起來較屋內望出來還亮，雪地反映天光。

步行十五分鐘後，影子來到一座橋。橋邊的大型告示牌提醒他，再過去就要離開具有久遠歷史的開羅。一個身材高瘦的男人站在橋下，猛吸著菸，不停顫抖。影子覺得似乎認識那男人。

片刻後，陰暗冬日的橋下，他終於走近到能看見男人眼睛周圍那一圈暈紫淤痕。「早啊，瘋子史溫尼。」

世界如此寂靜，甚至沒有任何車聲打破白雪封印的孤寂。

「早啊，老兄。」瘋子史溫尼沒有抬頭。菸是手捲的。

「史溫尼，要是你繼續在這橋下晃蕩，別人會以為你是傳說裡的洞穴巨魔。」

這次，史溫尼抬起頭了。影子看見他虹膜周圍那一圈眼白，他看來有點吃驚。「我一直在找你。你得幫幫我，我惹毛了某個大人物。」他又吸了吸手捲菸，然後從嘴裡抽出，菸紙黏在下唇。手捲菸散了開來，菸草落在他薑黃色鬍子和骯髒的T恤上。史溫尼激動地用髒手拍掉，彷彿那些菸草是可怕的蟲子。

「史溫尼，我實在是心有餘、力不足。不過，你可以說說你到底需要什麼？要我幫你弄杯咖啡嗎？」

史溫尼搖搖頭，從丹寧布外套口袋拿出菸草袋與紙片，又開始捲菸。他鬍子豎立，動了動嘴，卻不發一語。他舔了舔紙片有黏性的那面，用手指捲起，捲出來的東西看起來像是菸。「我才不是什麼洞穴巨魔。媽的！他們都是混帳東西。」

「史溫尼，我知道你不是洞穴巨魔。」影子語氣溫和，「我該怎麼幫你？」

史溫尼輕彈銅製打火機，點燃菸頭，火焰一下子化為灰燼。「你還記得我教你怎麼變出硬幣嗎？你還記得吧？」

「是。」影子在腦裡回想那枚硬幣。硬幣跌入蘿拉的棺材，在蘿拉的項頸間閃耀。「我記得。」

「你拿錯硬幣了。」

一輛車駛近橋下陰影處，刺眼的車燈照得兩人什麼都看不見。車子經過兩人時慢了下來，然後停止，車窗搖下。「兩位沒事吧？」

「一切好極了，謝謝您，警官先生。」影子說：「我們只是趁早上出來散散步。」

「那就好。」看來警察並不相信一切沒問題，因此在一旁等著。影子將一手放在史溫尼肩上，促他往前走，走出小鎮，遠離警車。他聽見車窗搖上的聲音，警車仍停在原處。

影子繼續走。史溫尼也繼續走，但偶爾身子會搖晃一下。

警車慢慢駛過兩人身邊，在積雪的路上慢慢加速，轉個彎駛回鎮上。

「好吧，你說說看，你到底在煩什麼？」影子說。

「我照他指示做了，完全照他說的，可是我給錯硬幣了。不應該是那枚，那枚硬幣是神聖的。你懂嗎？我甚至根本不該拿到那枚硬幣。那硬幣該獻給美國的主人，不應該交給你或我這種窩囊廢。事情大條啦，老兄，快把硬幣還我。只要還給我，我向他媽的漁王發誓，你絕對不會再見到我，可以吧？我用待在該死的樹林那幾年向你發誓。」

「史溫尼，你說，是誰指示你？」

「葛尼爾啊。就是你稱為『星期三』的那個花花公子。你知道他是誰吧？他真正的身分。」

「嗯，或許吧。」

這愛爾蘭人的眼裡有一抹驚恐，「這不是什麼壞事。不是你……不是壞事。他只是叫我去那間酒吧，跟你幹一架。他說他想看看你是怎樣的人。」

「他還叫你做過別的事嗎？」

史溫尼抽搐一下，打了個顫。影子以為他只是打寒顫，隨即想起曾看過同樣景象：在監獄裡，毒癮發作的樣子。史溫尼一定是在戒除什麼毒癮，影子打賭八成是海洛因。一個吸毒的矮妖？史溫尼把香菸頭掐掉，丟到地上，將還沒吸完的菸又放進口袋。他搓著髒汙的手指，往手上吹氣，試著暖手。他的聲音有如哀鳴：「聽著，只要把那該死的硬幣還給我就好了。我用另一枚一樣好的跟你換。媽的，我可以給你一大堆！」

他脫下油膩的棒球帽，用右手撫摸空氣，變出一枚大金幣。他將硬幣丟進帽子，又從呼出的白煙裡變出一枚又一枚。他從靜謐的早晨空氣中抓出一枚枚硬幣，直到棒球帽裡盛滿金幣，他得用雙手才捧得住。

他將裝滿金幣的棒球帽遞給影子，「拿去，全部給你。只要把我之前給你的硬幣還給我就得了。」影子低頭看著帽子，不知帽子裡的金幣總共值多少錢。

「史溫尼，我要去哪裡花這些東西？有哪裡可以把金幣換成現金嗎？」

那一瞬，他以為眼前這個愛爾蘭人會當場揍他一拳，不過時機已遲，史溫尼只是站在原地，雙手捧著裝滿金幣的帽子，像孤兒奧立佛⑨一樣。接著，他的藍眼睛盈滿淚水，眼淚開始滑下臉頰。他拿起帽子（此刻，帽子除了油膩的防汗帶，已空無一物），戴回微禿頭頂，說道：「老兄，拜託，我不是表演給你看了嗎？我教過你怎麼從聚寶盆裡拿出硬幣，也告訴你聚寶盆放在哪裡。快把第一枚硬幣還給我吧，那不是我的。」

「硬幣不在我手上了。」

史溫尼止住淚水，面色不再蒼白如紙。「你，你這混帳……」他啞然無言，嘴巴張張合合，卻說不出話。

「我說的是實話。很抱歉。如果東西還在我手上，我一定會還你，可是我送人了。」

史溫尼一雙髒手箝住影子肩膀，淡藍色眼珠瞪著他。眼淚在史溫尼的髒臉劃著兩道淚痕，他叫道：「去你的！」影子聞到混合菸草、啤酒與威士忌的味道。「媽的，你說的是實話。你竟然隨心所欲亂送東西給別人？去你媽的黑眼睛，你他媽竟然送人了。」

「抱歉……」影子想起硬幣落在蘿拉棺材中，發出一聲悶響。

「你抱歉也來不及。我完了，一切都毀了。」史溫尼用袖子抹了抹眼睛鼻子，把臉上弄得一團髒。影子笨拙地拍了拍史溫尼的手臂，以男人的方式安慰他。

「至少你還肯理我。」史溫尼終於抬起頭，問：「那傢伙……會願意還我嗎？」

「我送給某個女人了，而且我不知道她現在在哪裡。不過，我覺得她不會願意還。」

史溫尼哀嚎一聲，「小時候，我在星空下遇見某個願意讓我摸她胸部的女人，她還替我算命。她告訴我，在日升之處的西方，我將會一無所有，遭人拋棄，而某個死了女人的小傢伙會封印我的命運。當時我只是笑著倒了更多麥酒，繼續和她的小可愛玩，親她豐滿的嘴脣。那個美好的年代，傳教士還沒踏上我家鄉，也還沒往西航越綠色大洋。可是現在……」他停下，轉頭看著影子，責備道：「你不該相信他。」

「你說誰？」

「星期三。你絕對不能相信他。」

「我不必相信他，我只是替他做事。」

「你還記得怎麼做嗎？」

「啊？」影子覺得自己像是同時跟好幾個人說話一樣。這個自稱是愛爾蘭矮妖的男人，在不同的人格間轉移，講話一副氣急敗壞的樣子，從某個話題胡亂跳到另一個話題，彷彿殘存的腦細胞正同時燃燒殆盡。

「硬幣啊！我說那些硬幣。你不記得了嗎？我表演給你看過。」他揚起兩根手指，靠近臉龐注視著，從嘴裡取出一枚金幣。他將金幣拋向影子，影子伸出手，準備去接硬幣，卻什麼也沒接到。

---

❾ Oliver Twist，十九世紀英國文豪狄更斯筆下的小說人物。

「我那時醉了，不記得了。」影子說。

史溫尼蹣跚跨過對街，影子跟著他。天光清明，世界籠罩著純白與淡灰。史溫尼有氣無力地邁步，彷彿隨時要倒下，但兩條腿支撐著他，頂著他走出下一步。兩人到達橋邊，他一手撐著橋磚，轉身說道：「你有錢嗎？不用太多，只要夠讓我買一張票，離開這鬼地方就好了。二十元應該夠了。該死，你身上有二十元嗎？」

「二十元的巴士票，你能去哪裡？」影子問。

「離開這裡。」史溫尼說：「在風暴來襲前離開。這個鴉片酊已經成為大眾信仰的鬼地方，我得離開……」他一頓，用手抹了抹鼻子，又用袖子擦了擦手。

影子手伸向外套口袋，掏出二十元紙鈔，遞給史溫尼。「喏。」

史溫尼一把抓皺紙鈔，塞進沾滿油汙的丹寧外套胸前口袋深處。口袋外邊是塊補丁，上頭繡著兩隻兀鷹，佇立在枯枝上。圖案下方繡了一句「等著瞧，我要殺了它」。他點點頭，說：「這夠我離開了。」

他靠著磚造橋身，在口袋裡胡亂搜索，搜出先前丟在裡頭未抽完的菸。他小心點了菸，避免燒到自己的手指或鬍子。「我跟你說……」他開口，彷彿今天第一次說話，「你現在根本是走在生死邊緣。你的脖子上掛著一條繩子，兩邊肩膀上蹲著烏鴉，等著挖出你的眼睛。被當作絞刑架的樹，根枝深得很，從天堂直伸到地獄。這個世界不過是吊著繩子的小小一條枝枒。」他又頓了頓，接著道：「我要在這裡休息一下。」他屈膝蹲下，背倚黑色磚牆。

「祝你好運。」影子說。

「媽的，我完蛋了。」史溫尼說：「管他的，謝啦。」

影子轉身走回鎮上。早上八點，開羅正慢慢甦醒。他回望橋身，看見史溫尼蒼白的臉掛著眼淚和塵土的痕跡，看著影子離去。

這是影子最後一次見到活著的史溫尼。

耶誕節來臨前，短暫的白晝像是出現在冬日黑暗之間的明亮時光，在死者之家消逝得特別迅速。十二月二十三號，傑凱爾和艾比斯主持麗拉．古查德的守靈夜。廚房擠滿七嘴八舌的婦女，個個手上拿著木盆、平底深鍋、平底鍋或保鮮盒。亡者周圍鋪著溫室花朵，躺在葬儀社前廳的棺木裡，供人憑弔。房間另一端擺了一張桌子，堆滿高麗菜沙拉、豆子、燕麥片、雞肉、肋排、四季豆。還不到下午，屋內已擠滿人。有人哭、有人笑，有人忙著跟牧師握手。傑凱爾及艾比斯先生衣著莊重，他們將事情掌控得有條有理。葬禮在次晨舉行。

門廊的電話響起（這電話是貝克來特公司的產品，外殼是黑色的，上頭還有真正的數字轉盤），艾比斯先生接起電話。然後他將影子拉到一邊，「警察打來的，你能跑一趟嗎？」

「當然。」

「保持低調。」艾比斯將地址寫在便條上，遞給影子。影子看了看紙條上的工整字跡，摺起紙條，收進口袋。「你會看到警車。」艾比斯補充一句。

影子走到房子後方，開出靈車。傑凱爾和艾比斯先生曾經特別向影子解釋過，靈車只能用在葬禮，他們有另一輛廂型車用來收屍。可是現在廂型車送修了（已經修了三週），所以他得小心開靈車。影子小心翼翼在街上行駛。掃雪車已經清除了街上積雪，但影子覺得慢慢開車比較自在。靈車開得慢，似乎也理所當然，雖然他已記不得上一次在街上看到靈車是什麼時候。美國街道上已經看不到死亡，影子想著，如今死亡只出現在病房或救護車內。我們不該驚動生者，影子想。艾比斯先生曾對他說，某些醫院會在空蕩蕩的擔架覆上床單，利用架下空間運送屍體以免嚇人。現今的死者只能蒙著臉，偷偷摸摸走完最後一段路。

一輛深藍色警車停在人行道旁，影子將靈車停在警車旁邊。警車內有兩名警察，正用保溫瓶蓋喝咖啡。引擎沒熄火，以供兩人保持車內溫暖。影子敲敲車窗。

「有事嗎？」

「我是葬儀社派來的。」影子說。

「我們等的是醫事檢查官。」警察說。影子不知這人是否就是曾在橋下跟他說話的警察。黑人警察走出車外，留下坐在駕駛座的同僚，領著影子走到後方的垃圾子車。史溫尼正坐在垃圾子車旁的雪堆裡，大腿間有個綠色空瓶，冰雪布滿他的臉、棒球帽和雙肩。他的眼眨也不眨。

「死掉的酒鬼。」警察說。

「看來是。」影子說。

「先別碰。」警察說：「醫事檢察官應該快來了。依我看，這傢伙是喝到不省人事，就這樣死嘍。」

「是的，看起來的確如此。」影子說。

影子蹲下身，盯著史溫尼膝上的瓶子。那是一瓶詹姆森愛爾蘭威士忌，價值等於一張可遠離此處的車票。此時一輛綠色日產小車停下，一名蓄著褐色鬍子與褐髮的中年男子踏出車外，一臉不耐地走了過來，摸摸屍體的脖子。踢踢屍體，影子想，如果屍體沒有回踢的話……

「他死了。有身分證明嗎？」醫事檢察官說。

「是個無名氏啊。」警察說。

醫事檢察官看著影子，「你幫傑凱爾和艾比斯做事？」

「是的。」

「叫傑凱爾弄個齒模跟指紋，我們要找出身分和相片。應該不用發布告，告訴他只要抽血可以做毒物檢查就好。記下來了嗎？要不要我寫下來？」

「不用，沒問題，我記住了。」

男人的臉色沉了幾秒，從皮夾掏出名片，草草寫下字，遞給影子，說：「把這個交給傑凱爾。」醫事檢察官對每個人說了聲「耶誕快樂」，然後就走人。警察扣下空瓶。

影子簽名領收無名屍，放上擔架。屍體非常僵硬，影子沒辦法把屍體從坐姿改成其他姿勢。他將擔架弄來弄去，終於發現可以把其中一端撐起來。他將坐著的無名屍綁在擔架上，放在靈車後面，面向前方。或許這樣會讓他坐得比較舒服吧。影子拉上後方的簾子，將靈車開回葬儀社。

靈車在紅燈前停下，影子聽到一陣低沉的聲音：「我想要的守靈夜啊，一切都是最好的，女人穿著喪服為我掉淚，勇士為我哀悼，訴說我風光的往事。」

「你已經死了，史溫尼。你能帶走的，就是你死掉的時候得到的東西。」

「唉，是啊。」坐在靈車後的死人嘆了一口氣。聲音不再像是吸毒者的哀鳴，而是認命的平板語調，這些語音彷彿從非常遙遠的地方傳來——死者頻道傳來的死者之聲。

綠燈亮起，影子輕輕踩下油門。「不管了，今晚還是要幫我守靈。幫我在餐桌上留個位子。今晚守靈時，要爛醉如泥。影子，是你殺了我，這是你該還我的。」

「我沒殺你，史溫尼。」只要二十元，離開這裡的車票，影子想著。「是酒精和寒冷殺了你，不是我。」

沒有傳來任何回應。一路上，車內完全靜默。影子將車子停在屋後，把擔架推出靈車，送進停屍間。他用力將史溫尼搬上防腐臺，彷彿是在處理牛肋肉。

他拿床單覆蓋無名氏，屍體旁是一堆文件。走過屋後階梯時，他彷彿聽到一些模糊低語，像是從遙遠房間傳來的收音機聲：「身為愛爾蘭矮妖，酒精和寒冷怎麼可能殺死我？不對，影子，一定是因為你弄丟了那枚小小太陽而害死了我。事實擺在眼前，就跟水是溼的、日子是長的、朋友最終會背叛一樣，清清楚楚。」

影子想對史溫尼說，這種觀點太偏激悲觀。但他轉念想，或許死亡會使人變得忿忿不平。

他走到樓上的主廳，幾名中年婦女正用保鮮膜將盤裡剩菜包起來，將冷掉的炸馬鈴薯、通心粉和乳酪用保鮮盒蓋住。

死者的丈夫古查德先生在牆邊堵住艾比斯，嘮叨說他知道沒有任何孩子會來向他們的母親告別。什麼樣的父母，就有什麼樣的小孩。他總是向每個聽他訴說的人這麼說。什麼樣的父母，就有什麼樣的小孩。

那夜，影子在餐桌上留了個位子。他在每個座位前放一個玻璃杯，桌子中央放了詹姆森金牌威士忌——這是店裡最貴的愛爾蘭威士忌。他們吃飽後（那些婦女留了一堆剩菜給他們），影子在每個杯子裡——他的、艾比斯的、傑凱爾的，以及史溫尼的——都慷慨地倒了一大杯酒。

「好啦，他正坐在地下室的擔架上，」影子邊倒酒邊說，「正走向窮人的墓穴，今晚便讓我們敬他一杯，給他一個他想要的守靈夜。」

影子對著空位舉杯，「史溫尼活著的時候，我只見過他兩次。第一次，我只覺得他是個體內躲著惡魔的超級混蛋。第二次，我以為他是個不折不扣的蠢蛋，還給錢讓他自殺。他教過我一個我完全想不起來的硬幣魔術，打過我幾拳，還自稱是個愛爾蘭矮妖。史溫尼，安息吧。」他飲一口威士忌，煙燻口感在口中慢慢發酵。另兩人也喝了酒，向身旁的空椅子敬了一口。

艾比斯先生從內袋拿出筆記本翻看，直到翻到正確的那頁，念出史溫尼一生事蹟摘要。

根據艾比斯先生所言，史溫尼生於三千多年前，愛爾蘭某個小林地的一塊守護聖石。艾比斯談起史溫尼的戀愛事蹟、他的敵人，以及賦予他力量的瘋狂（這傳說現在有新版本，而神聖自然的古老風俗與詩作早已被人遺忘）。在他家鄉，人們對他的崇敬逐漸變為戒備，甚至開始取笑他。艾比斯還提到某個女孩：若不是某個夜晚，這女孩在池邊看到了史溫尼，而史溫尼又帶著微笑喚出女孩真正的名字，她不會信仰史溫尼這個矮妖，並且從愛爾蘭班特里灣來到新世界。女孩成了海上難民，這些人眼見自己種下的馬鈴薯變成爛泥，看著朋友與摯愛成了餓殍，只為了夢想到達一個富裕的國度。這個來自班特里灣的女孩想抵達一個新城市，在那兒她能攢到錢，讓家人也能來到新世界。許多來到美國的愛爾蘭人都認為自己是天主教徒，然而他們完全不知天主教義，他們所認知的宗教就是報喪女妖班希（班希會在死亡即將降臨的那戶人家門外嚎哭）或神聖新娘（兩姊妹中名叫布麗姬特的那位，然而其實三姊妹都叫布麗姬，三姊妹其實是同一人），還有芬蘭人的傳說、奧辛的傳說、蠻人科南的傳說，以及矮妖（這可說是愛爾蘭最大的笑話，因為在那個時代，矮妖比任何山民還高）……

除此之外，那晚在廚房裡，艾比斯還講了其他事。牆上他的影子拉得筆長，像鳥一樣。酒越喝越多，影子開始想像那影子是隻巨大水鳥頭，鳥喙長而彎曲。喝第二杯酒的時候，史溫尼開始自行在艾比斯的敘述裡加油添醋（……那女孩真美，乳房就像奶油般雪白，點綴著小雀斑，堅挺的乳尖像是中午會迅速消逝的豔陽，又像是傍晚會重現光華的晨曦……）。史溫尼邊說邊以手勢說明愛爾蘭神祇的歷史：祂們一波接一波從高盧、西班牙或其他鬼地方湧來，轉化成洞穴巨魔、妖精或是各種古怪樣貌，直到天主教的教堂出現，連聲招呼都不打，愛爾蘭神祇又變成了精靈、聖者或死去的國王……

艾比斯先生擦了擦金框眼鏡，搖著食指繼續敘說，解釋得比平常更仔細、咬字更清晰，但影子知道他已經醉了——不必根據他的說話內容，單看他待在這寒涼的屋裡，前額上竟還冒大汗，就能明白。艾比斯說史溫尼是個藝術家，他的故事不該視為文藻堆砌，而應該視為充滿想像的創作，比任何事實都要真實。然而，史溫尼說：「我讓你看看什麼才叫做充滿想像的創作，看我這個充滿想像力的拳頭怎麼創造出你那張鬼臉。」傑凱爾先生露出牙齒，對史溫尼大吼一聲，如同大型犬嚎吠一樣，這不但表示願意打架，還表示將咬住對方喉嚨，以結束爭戰。史溫尼知所警惕，便坐了下來，又為自己倒了一杯威士忌。

「你還記得怎麼表演我那小戲法嗎？」他齜牙咧嘴問影子。

「不記得了。」

「要是你猜出大概，我就教你。」史溫尼雙唇發紫，一雙藍眼陰沉。

「應該不是藏在掌心那麼簡單吧？」

「不是。」

「有什麼機關嗎？藏在你袖子裡或其他地方，把硬幣甩出來接住？」

「也不是。還有哪位要威士忌嗎？」

「我在書上讀過這把戲的技巧。先在手心塗層膠水，黏住一個膚色暗袋，把硬幣藏在袋子裡就行了。」

「這樣的守靈夜，對偉大的史溫尼來說，實在太悲慘了。我可是曾像鳥一樣飛越整片愛爾蘭，發瘋的時候只吃水田芥呀！可我現在死了，卻只有一隻鳥、一條狗，加上一個白痴來哀悼我！不，才不是用什麼暗袋！」

「嗯，我只能想到這方法了。」影子說：「我想你就是能無中生有吧。」影子本想諷刺，卻看到史溫尼的表情一變。「真的？你真的是無中生有？」

「嗯，也不完全是。不過你的確碰到了一點邊，就是從聚寶盆拿出來啊。」史溫尼說。

「聚寶盆……」影子漸漸想了起來，「的確如此。」

「你只要在腦子裡面抓住它，它就是你的了。那就是太陽的寶藏。當世界上出現彩虹，就是它出現的時刻，就在日蝕與暴風雨來臨的時候。」

然後，他表演一遍給影子看。

這次影子記住了。

影子的頭隱隱脹痛，舌上傳來一層苦味，粗糙如捕蠅紙。刺眼日光使他瞇起眼。他就這麼趴在廚房桌子上睡著了。除了不知何時解開的黑領帶之外，衣衫整齊。

他走到樓下停屍間，毫不意外卻有點釋然地看見無名屍還躺在防腐臺。他將屍體僵硬指間的詹姆森金牌威士忌空瓶撬開丟掉，聽到樓上有人走動。

影子走上樓，發現星期三先生正坐在餐桌旁，拿著塑膠叉子吃保鮮盒內的馬鈴薯沙拉。他穿著深灰色西裝、白色襯衫、深灰色領帶。大樹造型的銀製領帶夾閃耀著晨曦。他看見影子，微微一笑。

「哈，親愛的影子，真高興看到你起床了。我還以為你睡死啦。」

「史溫尼死了。」影子說。

「我聽說了。真是遺憾。不過當然啦，我們每個人都逃不了這一關。」他作勢拉了拉他耳朵附近一條看不見的繩子，脖子猛然晃向一邊，舌頭吐長，兩眼一凸。這一幕默劇雖短，卻令人毛骨悚然。然後，他又鬆開繩子，露出一貫的笑容，「要不要吃點馬鈴薯沙拉？」

「不了。」影子迅速環視廚房一圈，望了望門廊。「你知道傑凱爾跟艾比斯在哪裡嗎？」

「當然知道。他們正在埋葬麗拉．古查德太太——他們可能希望你能幫忙，但我請他們別叫醒你。你還得長途開車啊。」

「我們要離開？」

「一小時內。」

「我應該跟他們道別。」

「別費事了。我保證這件事結束之前，你會再見到他們。」

影子第一次注意到褐色小貓正蜷縮在睡籃裡。她睜著漠不關心的琥珀色眼睛，看著他離開。

於是，影子就這麼步出死者之家。冰雪封住冬季枯黑的灌木叢與樹木，彷彿它們全被下了睡眠詛咒，隔離於世界之外。路面很滑。

星期三帶頭走向影子停在路邊的白色新星。車子剛洗過，原本掛著的威斯康辛州車牌已由明尼蘇達州的車牌取代。星期三的行李早已堆在後座，他用鑰匙開了車門。鑰匙是用影子口袋內那把複製的。

「我來開車。」星期三說，「你起碼還要休息一小時才能上場。」

他們往北走，左邊是密西西比河，灰色天空下一條寬帶狀銀色河流。影子看見一隻褐白相間的大老鷹棲息在路邊一棵葉片落盡的灰樹上。老鷹用狂猛的眼神俯瞰他們的車子越駛越近，然後展開翅膀，緩慢有力地繞圈飛起。

影子領悟到，在死者之家這段日子，僅是短暫的緩刑。不過現在，已像是發生在別人身上的遙遠往事。

第二部　我的安瑟爾

第九章

別在廢墟中提起神話生物之名……

——溫蒂・蔻普❶，〈警察的命運〉（A Policeman's Lot）

那天深夜，離開伊利諾州的途中，經過「歡迎光臨威斯康辛州」的路標時，影子向星期三先生問了第一個問題：「那些在停車場把我抓走的人到底是誰？阿木、阿石，他們是誰？」

車燈照亮眼前寒冬景色。因為不知道管高速公路的人究竟是敵是友，所以星期三不願意走高速公路，影子只能挑車流稀少的小路。不過他也不在意，因為他甚至懷疑星期三可能瘋了。

星期三咕噥著：「就是條子啦。跟我們打對臺的那一幫，全都是壞蛋。」

「他們似乎覺得自己才是好人。」影子說。

「他們當然那樣想啦。哪一場戰爭不是兩派都自認善良的人馬掀起戰火？真正危險的傢伙，就是那些相信只有自己的作為才屬於正義的那種人。就是因為這樣，他們才會變得那麼可怕。」

「那你呢？你為什麼做這些事？」影子問。

「因為我想做。」星期三又露出那似笑非笑的表情，「所以一切都沒問題。」

影子又問：「你是怎麼逃過一劫？大家都順利逃走了嗎？」

「是啊，真是千鈞一髮。要不是他們跑去抓你，說不定我們全都被抓了。這個意外倒是說服了那些本來還猶豫不決的人，他們這下相信我不完全是個瘋子了。」

「你們怎麼逃的？」

星期三搖搖頭，「我跟你說過了吧，我可不是付錢來請你問問題的。」

影子聳聳肩，不置可否。

兩人在拉克羅斯南邊的Super 8汽車旅館過了一夜。

他們往東北走，耶誕節整個白天都在開車。車窗外的風景逐漸由農地轉成松林，城鎮間的距離越來越遠。

傍晚，他們抵達威斯康辛州中北部，在一家類似宿舍食堂的家庭餐廳吃耶誕餐。但是火雞肉烤得太柴，根本沒有肉汁，一大坨小紅莓醬則過於甜膩，烤馬鈴薯硬得跟木頭一樣，罐頭青豆的顏色綠得很不自然。影子食之無味地挑著吃，星期三卻津津有味地吃個精光。用餐時，星期三顯得越來越健談，口沫橫飛不停說笑話，還對女服務生調情。女侍是個身材瘦削的金髮女孩，年紀看起來似乎剛從高中輟學。

「麻煩妳啦，甜心寶貝，熱可可真是太好喝了，能不能再幫我倒一杯啊？哎呀，妳這套衣服真是既可愛又迷人！不但有節慶氣氛，又高貴典雅。我這樣說，妳應該不會覺得我太冒犯吧？」

女侍穿著亮紅帶綠的裙子，裙邊綴有銀絲，聞言不禁咯咯笑了起來。她喜形於色，又去幫星期三拿另一杯熱可可。

「真迷人，真是可愛。」星期三喃喃自語地看著女侍離開，影子認為他說的不是那套衣服。星期三將最後一片火雞肉塞進嘴裡，用餐巾拂了拂鬍子，將餐盤往前推。「啊，真棒！」他掃視餐廳一周。店裡正放著耶誕歌曲：「小鼓手沒有禮物可送，吧啦吧吧、吧啦吧吧、吧啦吧吧……」

---

❶ Wendy Cope，英國現代詩人，生於西元一九四五年。

星期三突然發言道：「世事或許多變，但是人哪，人總是一樣的。某些騙術總是行遍天下，有些則淹沒在時間的洪流。我最拿手的那幾招已經不怎麼管用了。不過意外的是，還有許多騙術卻不受時代的影響，例如西班牙囚犯、鴿子糞、方尼的騙局——其實就是鴿子糞那招啦，只不過拿金戒指代替皮夾，還有小提琴騙術……」

「我沒聽過小提琴騙術，不過其他的我應該都知道。我牢裡的室友曾說，他真的用西班牙囚犯騙過人。他是個老千。」影子說。

「沒聽過嗎？」星期三的左眼一亮，「小提琴騙術可是細緻精采的騙術，用最簡單的形式，由兩人配合實行。它和其餘偉大的騙術一樣，都是利用人類貪財的心理。就算老實人也會上當，只不過要花多一點工夫就是了。這麼說吧，假設我們在一間旅館或小旅社，或是一間高級餐廳。我們在那兒吃飯，現場有某個人——某個窮鬼，雖然窮卻還要擺架子。不是身無分文的人，只是個倒楣的傢伙。乾脆叫他亞伯拉罕吧。就在他要買單的時候——帳單沒多少錢，只不過五十、七十五塊左右——這下尷尬了！他的皮夾竟然不見了！老天，一定是掉在朋友家裡，離餐廳不遠。他當然要毫不猶豫地去那位朋友家拿回皮夾。這時亞伯拉罕說：『老闆，請讓我用這把提琴當抵押吧。你也看到了，這把提琴很舊，不過它畢竟是我賴以維生的工具。』」

女侍走過來，星期三滿臉笑容，彷彿想一口吞掉她。「哎呀！我的耶誕天使幫我拿了熱可可！親愛的，等會兒妳有空的話，可不可以再幫我拿一些美味的麵包呀？」

那名女侍盯著地板，臉頰漲紅起來。影子猜想她大概不過十六、十七歲吧？女侍雙手顫抖著放下熱可可，回到餐廳角落，站在緩緩旋轉的糕點展示架邊覷著星期三。接著，她鑽進廚房，去拿星期三要的麵包。

「於是，他將那把舊提琴——這點毋庸置疑，說不定還有些損壞——從琴匣裡拿出來，而身無分文的亞伯拉罕就出發去找他的皮夾了。然而，某位剛用餐完畢且衣著高尚的紳士目睹了這一切。他走向餐廳老闆，詢問是否能讓他看一下老實的亞伯拉罕留下的提琴。

「當然可以。老闆將提琴交給他，而那衣著高尚的男士——我們就叫他巴林頓吧——他張大了嘴，隨後才意識到自己失態，又趕緊閉上嘴巴。他態度嚴謹地檢視那把提琴，猶如獲准進入聖堂瞻仰先知遺體一樣。『怎麼可能！這是……這絕對是……不、這不可能……可是這真的是……老天！實在令人難以置信！』他邊說邊指向提琴內一張寫著製琴者姓名的泛黃紙片，並且說明就算沒有那紙條，他也能從漆色、琴頭渦卷和琴身形狀認出這把琴。

「巴林頓從口袋裡拿出名片，表明自己是個著名交易商，專門買賣稀有古董樂器。『這把琴很名貴嗎？』餐廳老闆問。『沒錯，』巴林頓依然帶著敬畏表情欣賞那把琴，『價值絕對超過十萬，除非我看錯。就算我專門買賣這些東西，我也願意付五萬……不，七萬五現金，買下這精品。我有個客人住在西岸，他就算沒看到實品，但只要我一通電報，他明天一定立刻買下，而且不論我開價多少。』接著，巴林頓會看看手錶，臉色一沉，『糟糕，火車……我快趕不上火車了！先生，要是這把貴重提琴的主人回來，請把我的名片轉交給他。咳，我真的得走了。』說完，這位趕搭火車的巴林頓就這樣走了。

「餐廳老闆檢查那把琴，好奇與貪財的念頭在全身竄動，不禁浮出主意。然而，時間一分一秒過去，亞伯拉罕卻一直沒回來。直到夜深，我們那位人窮志不窮的提琴手亞伯拉罕才走進來。他手中拿著皮夾，那個走霉運的皮夾最多也只裝過一百塊錢。他從皮夾裡拿出錢，付了餐費或住宿費，然後請老闆將提琴還給他。

「餐廳老闆在櫃臺將提琴放入琴匣，亞伯拉罕有如母親懷抱嬰孩一樣接過那把琴。老闆——藏著某人的名片，那人的口袋裡有熱騰騰的五萬現金——開口說：『我請問一下，像這樣一把琴值多少錢？我姪女非常想學琴，而且她的生日就快到了。』

「『要買這把琴？』亞伯拉罕說：『我不會賣的。這把琴跟了我二十年，走遍各地。而且說實話，這把琴我可是花費了五百元呢。』

「老闆忍著笑，『五百嗎？如果我現在馬上付你一千呢？』

「提琴手顯得很高興，接著卻一副洩了氣的樣子，『可是，先生，我是個提琴手啊，我只會這點技術。這把琴了解我、喜歡我，我更是把這琴摸得一清二楚，就算蒙著眼，也能拉出音樂呢。我到哪兒再去找這麼一把好琴呀？一千元的確是一大筆錢，但我是靠這把琴謀生啊。一千不夠，至少要五千。』

「老闆知道這樣一來利潤就會縮水。不過，談生意就是這樣，得先花錢才能賺錢，『那麼八千。雖然不值這麼多，不過我喜歡這把琴。何況我很愛我的姪女，要給她好東西。』

「想到要賣掉鍾愛的提琴，亞伯拉罕幾乎要哭出來了。可是他怎麼能拒絕白花花的大鈔呢？何況這老闆已經走到保險箱，拿出不止八千，而是九千元。一張張鈔票捆得整整齊齊，塞進提琴手破爛的口袋裡。『您真是善人。』亞伯拉罕對老闆說：『您是聖人啊！可是您一定要發誓，好好照顧這把琴！』於是，他依依不捨地交出那把提琴。」

「要是老闆只是把巴林頓的名片交給亞伯拉罕，跟他說好運臨頭了，那該怎麼辦？」影子問。

「那我們就白花了兩個人的飯錢啊。」星期三用麵包抹抹盤子上的肉汁和最後幾口菜，津津有味地吃完。

「所以，亞伯拉罕就帶著九千塊錢離開，然後在火車站停車場跟巴林頓會合。兩人平分那筆錢，開著巴林頓的車到下一個地方去。我猜車子的後車廂一定擺了一堆只值一百元的提琴。我應該沒說錯吧？」

「給你個良心建議：那種琴只需花五塊錢。」星期三說完，轉向在一旁徘徊的女侍，「親愛的，在這個天主降生的日子，我們很想聽一下妳如何形容本日的精美甜點？」他盯著女侍瞧，那眼神簡直帶著挑逗，彷彿所有天賜美味都比不上女侍秀色可餐。影子渾身不自在，這簡直就像看著大野狼跟蹤一隻小鹿，而那小鹿年幼無知，不明白自己如果不趕快逃走，恐怕就會暴屍荒野。

那女孩再度紅著臉向他們說明，今日甜點有蘋果派加冰淇淋（「有一球香草口味的冰淇淋」）、耶誕蛋糕加冰淇淋，還有水果布丁。星期三凝視著女侍，說他想試試耶誕蛋糕加冰淇淋，影子則不要甜點。

「說到騙術，小提琴騙術可追溯到三百年以前。要是你挑對人下手，即使在今日美國，仍是無往不利。」星期三說。

「你不是說過你愛耍的把戲都已經不管用了？」

「我是說過啊。不過，我最愛的一招稱為『主教騙局』，這招融合了刺激、口才、方便、驚喜等各種元素。說不定……我偶爾會想，說不定只要略微改良，這招就可以……」他想了一會兒，然後搖搖頭，「不，這招已經過時了。假設我們在一九二〇年某個中型或大型城市吧，芝加哥或紐約，或是費城。我們在一家珠寶店，一個教士打扮的人走進來——不，他不是普通的教士，從身上的紫色袍子看來，他是主教。主教挑了一條項鏈，奢華無比，綴滿鑽石與珍珠。他拿出一疊嶄新的百元鈔票付了帳。

「然而頂端那張鈔票沾有綠色油墨汙漬。店主雖向客人道歉，但仍堅持將整疊鈔票送到轉角的銀行去驗鈔。不久，會計帶著整疊鈔票回來，說銀行確認過，沒有偽鈔。店主又再次致歉，而主教非常和藹地說，他十分了解店主的立場，因為不法與邪惡早已蔓延這世界，淫蕩與齷齪之徒四處橫行，到處都是不知廉恥的壞女人。更不用說那些原本待在地下陰暗世界的惡棍，早就一個個從陰溝爬上地面。在這種世道之下，誰能不謹慎些呢！於是，店主將項鏈裝入盒中，努力克制自己不去想為什麼一位主教要買一條一千兩百塊錢的項鏈，也不去想為什麼主教竟能付出這樣一筆鉅款。

「主教誠心向店主道別，才走出店外，就有人重重拍上他肩膀。『喂！你這無賴，又在耍老把戲了呀？』一個長相老實的巡邏員警架著那主教，回到珠寶店。

「這警察問：『打擾您做生意了。請問這傢伙有沒有跟您買什麼東西？』主教說：『當然沒有，你跟他說我什麼都沒買。』店主說：『他的確買了東西。他買了一條珍珠鑽石項鏈，而且是現金交易。』警察追問：『鈔票還在您手邊嗎？』

「店主從收銀機內取出那十二張百元鈔，交給警察。警察將鈔票遞到燈光下看了看，驚訝地搖了搖頭，『唉呀，實在是太狡猾了。你這傢伙！你做的鈔票越來越像了啊！你的手藝實在高明，真的！』

「那主教臉上不禁浮起自滿的笑容，『你沒有證據。銀行也說這些是真鈔。』管區警察同意道：『我相信銀行會那樣說。不過我猜想銀行還沒收到通知，他們不知道『狡猾的席維斯』已經來到這裡，也不知道從丹佛或聖路易流出去的假鈔做工多麼細。』管區說完，便伸手向主教的口袋裡一掏，掏出那條項鏈。『五十分錢買些紙張墨水，就換到價值一千兩百塊的鑽石珍珠項鏈？』這位管區心裡肯定住著一位哲學家，『還假扮成教士？你不覺得羞恥嗎？』說著，他給那顯然並非主教的傢伙戴上手銬，架著他離開。不過，他什麼收據都沒留下，就這麼帶走項鏈跟那一千兩百塊假鈔。因為那些都是證物。」

「那些錢是假鈔嗎？」影子問。

「當然不！那是熱騰騰、剛從銀行領出來的鈔票啊！只不過幾張鈔票上印了一些指印和墨水罷了。好玩嘛。」

影子飲著咖啡，味道比牢裡的還糟。「那警察也不是真的警察嘍？項鏈呢？」

「證物啊。」星期三扭開鹽罐蓋，倒了一小撮鹽巴在桌上。「不過那店家拿到一張證明，保證只要那狡猾的罪犯被判刑，項鏈就會歸還，並感謝他這位好市民的幫助。店主人驕傲地看著證明，準備在隔夜聚會上敘述這番偉大的經歷。而那警察則押著假扮成主教的男人，走向不存在的警察局，左邊口袋裡裝著一千兩百元鈔票，右邊口袋裝著價值一千兩百元的鑽石項鏈。」

女侍走回來清理桌子。「親愛的，冒昧請問一下，妳結婚了嗎？」星期三說。

她搖搖頭。

「怎麼可能！像妳這麼年輕又可愛的美女，早該名花有主吧？」星期三的手指在那一小堆鹽巴上亂畫，畫出類似符文的圖案。女侍直直站在星期三旁邊，影子覺得她已經不太像初生的小鹿，反而像是被大卡車車燈嚇到的小兔子，因驚嚇與猶豫而無法動彈。

星期三壓低聲音：「妳幾點下班？」影子得將身子探過桌面才勉強聽得到。

「九點。」女侍吞了一口口水，「九點半以前。」

「這附近哪一家汽車旅館最好？」

「六號旅店，不會很貴。」

星期三用指尖迅速碰了碰女侍的手背，在她手上留下些許鹽巴。看來，她沒有撥掉鹽巴的意思。星期三又以幾乎聽不見的低語說：「對我們來說，那兒應該會是快樂的天堂。」

女侍看著他，咬著薄薄的唇，似乎有些猶豫。接著點點頭，又逃回廚房。

「拜託！她看起來還未成年啊！」影子說。

「我一向不擔心法律問題。」星期三說：「何況我需要她。不是想靠她找什麼樂子，而是幫我自己暖暖身。連大衛王都知道，老骨頭暖身的最快方法就是：找個處女，叫我早起。」

影子不禁懷疑，鷹角那間旅館值夜班的女子說不定也是處女。「你不怕得病嗎？要是你讓她懷孕了怎麼辦？要是她有個哥哥呢？」

「不，我不擔心什麼病。我就是不會染病。很不幸，大多數像我這樣的人，發的都是『空包彈』，所以也不必擔心後代亂倫的問題，那種事只會發生在古老年代。現在啊，不可能了，完全不必操心這檔事。更別說很多女孩子都有哥哥或爸爸了，這些都不是我需要擔心的問題。就算出事，百分之九十九的情況下，我老早就離開了。」

「所以，我們今晚要待在這兒？」

星期三揉揉下巴，「我應該會住在六號旅店。」他把手伸進外套口袋，取出一把銅製的大門鑰匙。鑰匙上附著一張卡片，印著地址：北嶺路五〇二號三室。「不過，至於你呢，可以到離這稍遠的一個小鎮中心，有一間公寓。」星期三閉上眼，片刻後又睜開——一雙灰眼映著光芒，卻有些不協調。「二十分鐘內，灰狗巴士會經過這裡，加油站那邊就有站牌。這是你的車票。」他拿出一張摺疊的車票，遞到桌子對面。影子拿起車票看了看。

「麥可·安瑟爾？」影子問。車票上印著這個名字。

「就是你啊。耶誕快樂。」

「湖畔鎮又是哪裡？」

「接下來幾個月，那小鎮就是你溫暖的家。嗯，既然無三不成禮……」星期三又從口袋裡掏出一個小禮盒，推過桌面。小禮盒停在番茄醬瓶子旁，那瓶子上殘留乾掉的番茄醬痕。影子不太願意伸手接過禮盒。

「怎麼啦？」

影子不太情願地撕開紅色包裝紙，露出一個淡褐色牛皮皮夾，表面油亮，顯然有人用過。皮夾內有張駕照，貼著影子的大頭照。駕照持有者的名字是麥可·安瑟爾，地址在密爾瓦基市。皮夾內還有一張印著名字縮寫的萬事達信用卡、二十張嶄新的五十元鈔。影子闔上皮夾，放進衣服內袋。

「多謝。」

「就當是耶誕獎金吧。好啦，我陪你去灰狗巴士站。至少在你上車出發北上的時候，跟你揮個手道別。」

兩人走出餐廳。影子實在很難相信，天氣竟然在幾個小時內變得那麼冷。氣溫非常低，寒氣逼人，應該不會下雪了。這個冬天不好過。

「嗯，星期三，你講的那些騙術，那個賣提琴的，還有主教條子的……」他遲疑片刻，試著先整理思緒，理出焦點。

「怎麼了？」

影子抓到重點了，「那些都要兩人搭檔吧？一人分飾一角。所以你以前有個搭檔？」影子的呼吸在空氣中化成霧氣，他暗自許諾，到了湖畔鎮，一定要拿出一部分耶誕獎金，買一件最厚最溫暖的雪衣。

「是啊，我的確曾有個搭檔，一個年輕的傢伙。不過，老天垂憐，都已經過去了。看，那就是加油站。那邊，如果我的眼睛還行，那應該就是巴士了吧。」巴士正打著轉彎燈，開進停車場。「地址就在鑰匙上。要是有人問起，就說我是你叔叔，我喜歡使用艾默生·波森這個名字。親愛的安瑟爾姪兒，你就在湖畔鎮好好過一陣安頓的日子吧。幾週之後，我就會過去跟你會合。到時候，我們會一起出門，拜訪一些該拜訪的朋友。在那之前，記得，別惹麻煩。」

「我的車子呢？」影子問。

「我會好好照顧的。到湖畔鎮好好享受吧。」星期三伸出手，影子跟他握了握。星期三的手摸起來比屍體還冰冷。

「老天，你的手好冰！」

「那我最好趕快窩進六號旅店，跟餐廳的小俏妞玩玩……」話沒說完，他伸出另一隻手，按了按影子的肩膀。

片刻間，影子彷彿看到重疊影像：他看見一個灰髮男人面對著他，按了按他的肩膀；卻又看到年復一年、延續百歲的冬季，一個灰髮男子戴著寬邊帽，拄著枴杖，流浪於各拓居地，望著窗內壁爐邊燃著的欣喜與生命，卻永遠無法觸摸，甚至無法感受……

「走吧！」星期三的聲音帶著鼓舞的低吼，「一切都好。一切都會漸漸好轉的。」

影子將車票拿給司機看。「真是不適合旅行的鬼天氣。」接著女司機又用不太甘願的語氣加了一句：「耶誕快樂。」

巴士幾乎是空的。「要多久才到湖畔鎮？」影子問。

「兩小時。可能會更久一點。」司機說，「聽說有道冷鋒要來。」她按下某個開關，車門嘶的一聲關上。

影子挑了巴士中段的座位，把座椅往後放到最低，開始思考。巴士前進的律動與暖氣使他昏昏欲睡，不知不覺已沉入夢鄉。

他在地面之上，亦在地面之下。牆上印著潮溼的紅黏土印記：有掌印、指紋，還有一些未經雕琢的動物、人類和鳥的圖像，分散各處。

火焰燃著，那個牛頭人依然坐在火堆另一頭，以巨大如深色泥潭的雙眼盯著影子。他說話時，牛嘴上花褐色的毛髮文風不動，「影子，這下你相信了吧？」

「我不知道。」影子注意到自己的嘴脣也沒動。字句都不是「說」出來的——至少不是影子了解的「說話」方式。「你是真實的嗎？」

「要相信。」牛頭人說。

「你……」影子猶疑了一會兒，又問：「也是神嗎？」

牛頭人將一隻手伸進燃燒的火焰中，拿出一塊燃燒的木頭。他握住木頭中央，藍黃色的火焰輕舐牛頭人紅色的手，卻未造成灼傷。

「這個國度不適合神祇居住。」牛頭人說。但夢裡的影子明白，這不是牛頭人在說話，說話的是那些火焰，是火焰燃燒的聲音在地底黑暗之處與他對話。

「這塊土地是某個潛水者從海洋深處提上來的。」火焰說：「是某隻蜘蛛從自己本體中紡織出來的。烏鴉的糞便形成這方土地。天父的身軀頹倒，骨頭化成山稜，雙眼凝成湖泊。

「這是夢與火之地。」火焰說。

牛頭人將燃燒的木頭放回火裡。

「為什麼告訴我這些？」影子說：「我不是什麼大人物，只是個無名小卒，一個普普通通的體能教練、糟糕的騙子，我甚至不是之前自以為的好丈夫……」他戛然而止。

「我要怎麼才能幫蘿拉？」影子問牛頭人：「她想要重新活過來。我答應會幫她。這是我欠她的。」

牛頭人不發一語，指向洞穴頂部，影子向上望。遙遠的上方，一絲冬日光線從小小的開口洩下。

「上面？」影子不明其意，希望牛頭人至少能給個回答，「我應該要到上面去嗎？」

夢境成真，意念變得具體，他不停推擠石塊與泥土，像鼴鼠般推攪土地、像一隻獾想爬出地面、像隻土撥鼠為自己清出一條路、像一頭熊……然而那土地太堅實密集，他開始喘氣。不久，他再也無法繼續前進，無法挖開泥土、無法爬過土堆，他知道自己可能就要死了，死在這地底世界深處。

他無法憑一己之力。他的力氣越來越虛弱。他知道自己的身體正坐在溫暖的巴士內，穿過寒冷的森林，也知道自己已經無力吁喘，但只要夢裡地底深處的他停止呼吸，夢外的自己也會斷氣。

他掙扎著推擠，即便動作無力，即使每個動作都要耗費寶貴的空氣。他被困住了：無法前進，也回不到原來的起點。

「談判吧。」他心裡某個聲音說。

「但我拿什麼條件去談？」影子問：「我一無所有。」此時他嘗到黏土的味道，黏答答，混雜著沙礫，就在他嘴裡。

接著，他又說了：「至少我還有『自己』，不是嗎？」

此刻萬物似乎都屏氣凝神。

「我願意用『自己』當籌碼。」他說。

回應立即出現。圍繞在周邊的岩石與泥土開始向影子擠壓過來，力道非常強大，連他肺中最後一口氣都被擠出來。壓力繼而轉為苦痛，從各方加諸他身體。他感覺極為痛苦，似乎懸在半空，直往頂端而上。他再也無法繼續承受，就在這一刻，痛苦的痙攣停止，他又能再次呼吸。他上方的光亮變得更大了。

他正被推往地表。

又一波大地顫動襲來，他試著跟隨律動，感覺自己又被往上推了一些。

最後一次強烈收縮時，他所感受到的痛苦已無法想像。他感覺自己被不斷揉擠、碾壓，被推著通過頑石的罅隙。骨頭嘎嘎作響，血肉似乎粉碎。就在他的嘴與幾近變形的頭骨通過洞口時，他不禁因恐懼與痛苦而尖聲呼喊。

尖叫的同時，他不禁想到，現實世界裡的自己是不是也正在尖叫——如果現在他其實睡在幽暗的巴士內，就是在睡夢中尖叫。

最後一波震動停止，影子已經冒出地表，兩手緊貼著紅色大地。

他撐坐起來，抹掉臉上的泥土，抬頭望向天空。正值薄暮時分，天色蒼紫，星星點點亮起，無比鮮明。

他身後傳來火焰爆裂聲：「不久，他們就會墜落。很快，星星的子民將與大地的子民相遇。他們之中將出現一些英雄。他們將會屠殺野獸，帶來知識，然而他們全都不會成為神。對神祇來說，這裡是悲慘之地。」

一陣寒冷疾風撲向他的臉，彷彿突然被人推落冰水。他聽到司機的聲音，說他們已經抵達松林鎮，想抽菸或舒展手腳的話，可以下車十分鐘，隨後將繼續上路。

影子蹣跚著走下巴士。車子停在一個郊區加油站旁，這加油站跟先前離開的那個幾乎一模一樣。司機正幫忙兩名少女將行李放進巴士行李廂。

司機看到影子，說：「嗨，你是要在湖畔鎮下車，對吧？」

影子帶著睡意回應。

「哇，那地方很不錯。」巴士司機說：「我有時會想，如果我不幹了，就要搬去湖畔鎮。那可是最棒的小鎮。你在那裡住很久了嗎？」

「這是我第一次去。」

「喔，記得在瑪貝爾的店幫我留一塊餡餅啊！」

影子不打算追問，「呃，請問我有沒有說什麼夢話？」

「就算你說夢話，我也沒聽到。」司機看了看手錶，「上車吧。到了湖畔鎮，我會叫你。」

松林鎮上車的那兩名女孩（影子覺得她們應該都超過十四歲了）就坐在他前面。影子無意間聽到她們的對話，看來她們應該是朋友，而不是姊妹。其中一個對性完全不懂，卻對動物瞭如指掌，可能常去動物保護中心或在那兒幫忙；另一人則對動物興趣缺缺，然而靠著網路或電視節目看來的八卦或小道消息，自以為對性事頗為了解。影子聽得很有趣，很訝異那個自認熟諳男歡女愛的女孩，竟然很清楚胃片可促進口交的藥物機制。

影子慢慢將注意力從兩人的對話轉離，只聽著路上的噪音，耳中偶爾傳來女孩們的對話片段。

小金真是一隻乖狗狗，牠可是純種獵犬喔。如果我爸爸答應就好了。牠一看到我就拚命搖尾巴耶。

耶誕節啊，他一定得讓我用雪車。

你可以用你的舌頭在他那兒寫名字。

我想念桑狄。

我也想念桑狄。

聽說今晚會下大雪。不過八成是氣象局編的。他們以為隨便講講就沒人罵他們了。

不久後，巴士傳來嘶嘶的煞車聲。司機高喊「湖畔鎮到了」，車門砰的一聲打開。影子跟著那兩個女孩下車，停車場旁邊有錄影帶店以及還在營業的仿曬美容沙龍，招牌燈光灑在停車場上。他猜想這停車場大概就是湖畔鎮的灰狗車站。氣溫非常低，但冷空氣讓影子清醒許多。他看到小鎮南邊與西邊有燈光，東邊則是一片凍得發白的湖泊。

女孩們站在停車場中，動作誇張地跺著腳，呵著雙手。年紀較小的那人偷偷瞄了影子一眼，發覺影子看著她，便尷尬地笑笑。

「耶誕快樂。」影子說。

「啊，耶誕快樂。」另一名似乎只長一歲的女孩回應。她有一頭紅髮，獅子鼻長滿雀斑。

「這小鎮真不錯呀。」影子說。

「我們很喜歡這裡。」較年輕的少女就是喜歡動物的。她說話時害羞地對影子笑了笑，露出橫在門牙上的藍色橡皮筋。「你長得跟某人好像喔。你是不是誰的兄弟、兒子或親戚呀？」少女認真地對影子說。

「艾莉森，妳頭殼壞啦！每個人都被妳說是誰的兄弟或兒子什麼的。」少女的朋友說。

「我不是那個意思啦。」艾莉森說。突然間，三人籠罩在車頭燈的光亮之中。車燈後方是開著休旅車的婦人。不一會兒，休旅車帶走了兩名少女和她們的行李袋，影子又獨自留在停車場。

「小夥子，需要幫忙嗎？」一位老先生將錄影帶店大門鎖上，將鑰匙塞進口袋。「耶誕節可沒有店家營業嘍。」老人開心地對影子說：「我是特地跑來等巴士，確定一切都沒問題。每當我想到要是有可憐蟲在耶誕節無家可歸，就實在不忍心。」老人向影子走近，近到能看清五官。蒼老的臉上一片滿足之色，似乎看盡人間百態、嘗盡生命滋味，卻覺得人生甘多於苦，就像是享受著醇酒餘味的臉。

「嗯，能不能告訴我計程車行的電話？」影子說。

「當然可以……」老人有點遲疑，「不過這時間，湯姆恐怕已經躺平了。就算你能把他從床上挖起來，恐怕也沒用。今天傍晚，我才在銷金窟酒吧遇到他。他可樂得很，真的樂翻了。你想去哪裡啊？」

影子給老人看鑰匙上的地址。

「啊，這地方走路大概要十幾二十分鐘，就在橋後那一帶。天氣這麼冷，走這麼長一段路可不好玩。尤其你又人生地不熟，感覺會走更久，是吧？第一次都會覺得很漫長，之後就覺得快多了。」

「喔……我沒想過。不過，或許是吧。」影子說。

老人點了點頭，臉上綻開笑容。「算啦，今天是耶誕節。我就讓黛西送你過去吧。」

影子尾隨老人走到馬路上。路邊停著一輛老舊的敞篷二門車，從腳踏板到整個車身上下，看起來就像是狂飆的二〇年代中那些阿飛四處招搖會開的車。鈉燈的照射下，原本可能是紅色或綠色的車身，看起來像是深黑色。「這就是黛西，標致大美人，是吧！」老人彷彿宣示所有權般，拍了拍前輪靠人行道側的車篷。

「這是哪一款車？」影子問。

「溫德鳳凰。溫德公司一九三二年破產，被克萊斯勒給買了，但是克萊斯勒之後完全沒生產任何溫德車。那家公司的老闆哈維．溫德生於小鎮，後來去了加州，好像在一九四一還是四二年自殺了。實在很可憐。」

車內氣味融合了皮革與陳年菸味，彷彿幾百個人年復一年在這車裡抽了無數根菸，以至菸味都滲進車身，實在不怎麼好聞。老人轉動車鑰匙，啟動黛西。

「明天她就要進車庫了。我會幫她蓋上防塵布，讓她在車庫裡休息，一直冬眠到春天來臨。說實話，這路上積這麼大雪，我實在不該開著她到處跑。」老人對影子說。

「下雪天不好開嗎？」

「開車是沒問題，問題是路上的鹽。鹽會使這寶貝生鏽，速度快得不得了。你想要挨家挨戶慢慢繞呢，還是月下小鎮快速旅遊？」

「實在不好意思麻煩你……」

「不麻煩。你到了我這年紀，能睡著就要感激了。我現在要是一晚能睡上五小時就要謝天謝地。大多時候我都醒著，腦子東轉西轉。啊，真是失禮——我叫做辛澤曼，也有人叫我里奇，不過這地方認識我的人，都直接叫我辛澤曼。我應該跟你握個手，不過我需要兩隻手才能駕駛黛西。只要我一不專心，就會被她逮到。」

「我是麥可．安瑟爾。很高興認識你，辛澤曼。」影子說。

「那麼，我們就繞湖一圈吧。」辛澤曼說。

他們駛在小鎮的幹道上。即便在夜裡，這條街看起來仍然很美，可說是「充滿了懷舊風格」。數百年來，居民小心翼翼守護這條街，不讓自己喜愛的事物隨時光逝去。

經過鎮上兩家餐廳時，辛澤曼特別指給影子看（一家是德國餐廳，另一家他形容為「有希臘菜也有挪威菜，每道菜都附上泡泡鬆餅」）。他還指出麵包店和書店。（「我要說，沒有書店的地方根本稱不上是個『鎮』。就算自稱是鎮，但除非有書店，否則就是騙人。」）經過圖書館時，他刻意放慢速度，讓影子看個清楚。辛澤曼自豪地指出由古董油氣燈照亮的入口。「那是本地林業大亨約翰．亨寧在一八七〇年代蓋的，雖然他希望用自己的名字命名，不過他死後，人們就開始叫它『湖畔圖書館』。我猜這名字會永遠維持吧。美得幾乎不像真的，對吧？」辛澤曼一臉自豪，彷彿那圖書館是他蓋的一樣。影子說，這圖書館使他想起某座城堡，辛澤曼贊同：「沒錯，因為那些塔樓，對吧。亨寧就是希望它外觀看起來像城堡。圖書館裡還保存最早的松木書架。米雅姆．舒茲還想過要大幅整修，弄得時髦一點，不過這已經是登記有案的古蹟，所以她啥都改不了。」

他們經過湖的南面。整個小鎮就圍繞著這座湖，從路面算起，湖水大約深三十呎。影子看見湖面上散落一堆堆冰雪，映射小鎮點點燈光。

「看起來好像完全結冰了？」影子說。

「已經一個月了。」辛澤曼說：「比較暗的地方是雪，亮的地方就是冰。感恩節後某個寒冷夜晚，就這樣整片結凍了，平得就像是鏡子哩。你常常冰釣嗎，安瑟爾先生？」

「沒有。」

「那可是天底下最棒的事啊。釣不釣得到魚不重要，我是說釣完回到家之後，那種心境舒服的感受……」

「我會試試。」影子透過車窗望了望湖泊。「湖面真的可以走嗎？」

「可以啊，也可以在上面開車哩，只是我不會冒這個險。這裡已經結冰六週了。不過，你知道，比起別的地方，北威斯康辛州這裡不但冷得比較快，氣溫也比較低。我曾經打過獵，獵鹿，那已經是三十……四十年前的事吧。那次，我瞄準了一頭雄鹿，沒射中，牠逃進林子裡。那林子就在這湖的最北端，靠近你要住的地方。那是我看過最漂亮的鹿，鹿角有二十個分岔，跟一頭小馬差不多大，千真萬確。我那時候比現在年輕、有精神。那一年，早在萬聖節之前就開始下雪——現在是感恩節才下雪——地上鋪滿潔白的雪，雄鹿腳印清清楚楚，依我看，那頭鹿是驚恐地直往湖邊跑去。

「噯，天曉得，只有蠢蛋才會去追一頭鹿，偏偏我就是那個蠢蛋，死命追著牠，然後就看到牠站在大約八、九吋深的湖水裡吧，直盯著我看。就在那一刻，日頭躲到雲後，一下子天就凍了起來。我敢說，十分鐘內氣溫大概就降了三十度左右，可不誇張喔。那可憐的鹿，正準備要跑，卻發現自己動不了，被冰凍住了。

「至於我嘛，我只是慢慢走過去。看得出來牠很想跑，只可惜牠埋在冰塊裡頭，根本跑不了。不過，牠已經無法動彈、根本沒有能力自衛，要我開槍殺牠，這我可做不來。要是我真的下手，還算是人嗎？所以啊，我只是舉起槍，朝空中射了一槍。

「這聲巨響簡直嚇掉牠一層皮。不過我看牠杵在冰裡，八成也是這麼打算？牠竟然拋掉了黏在冰裡的皮毛跟鹿角，一身光溜溜，像剛出生的老鼠一樣，抖著身子慌忙衝回林子裡。

「我實在很難過，所以啊，我就號召了湖區婦女編織社的婆婆媽媽，幫牠弄一件冬衣，大夥就織了一件連身毛衣讓牠穿，免得牠凍死。不過，我也真是聰明反被聰明誤，因為她們織了一件亮橘色的衣服，結果沒有任何獵人獵到那隻鹿。因為這一帶的獵人在打獵季都穿亮橘色的衣服啊。」最後，老人又加了幾句，「如果你覺得這些是我胡謅，我可以證明給你看。直到今天，我家遊戲間牆上還掛著那鹿角喔。」

影子哈哈大笑，老人也像個得意的笑匠般笑了。他們在一棟有寬敞木板陽臺的磚造樓房外停車，房內懸著金黃色耶誕燈飾，閃爍的燈光彷彿在邀請客人進入。

「這就是五〇二號。三號房應該是在頂樓對側，可以俯瞰湖面的那一間吧。到家嘍，麥可。」
「辛澤曼先生，謝謝你。讓我支付些油錢吧？」
「叫我辛澤曼就好。你也不需要付我任何一毛錢。我和黛西都祝你耶誕快樂啊。」
「你確定真的不需要任何東西嗎？」
老人搔了搔下巴，「這樣吧，也許下星期左右，我會過來一趟，賣你一些票。獎券啦，應該這麼說。做慈善的。至於現在嘛，小夥子，你可以準備上床睡覺了。」
影子微微笑，「耶誕快樂，辛澤曼。」
老人伸出指節紅通通的手，跟影子握了握。手的觸感粗糙僵結，猶如橡木樹幹。「上樓的時候小心，地上一定很滑。我從這兒就看得到你的房門，就在那一頭，看到了嗎？我會在車裡等，直到你安全進房。你豎豎大拇指讓我看，我就開車走啦。」
老人將黛西停在路邊，直到影子安全走上房子側邊的木頭樓梯，用鑰匙打開房間門。房門一開，影子豎起拇指打了個暗號，於是坐在車裡的老人（影子想起了那車叫做黛西，一想到車子也有名字，讓他不禁又笑了起來）將車頭一扭，往橋那頭開回去。
影子關上大門。房裡很冷，聞起來像是主人移居他地多年，但仍殘留著先前留下的淡淡氣味。他找到空調，將溫度調升到華氏七十度。他走進小小的廚房，檢查每個抽屜，打開淡綠色的冰箱。冰箱是空的，沒藏任何意外物品。至少冰箱裡頭聞起來還滿乾淨的，沒有霉味。
廚房旁邊有間小臥室，裡頭只有一塊床墊。隔壁有一間更窄的浴室，幾乎只容得下淋浴間。馬桶裡漂著一截陳年菸蒂，把水都染黃了。影子按下沖水掣。
他又在櫥櫃裡找到床單和毯子，整了整床鋪，脫下鞋子和外套，拿掉手錶，爬上鋪好的床，心中想著要等多久床才會變暖。

燈關著。除了冰箱發出的輕微機械聲與公寓某處傳來的收音機聲之外，一片寂靜。他躺在黑暗中，想著自己會不會已經在灰狗巴士上睡飽了。想到自己又餓又冷，睡在陌生的床上，還有過去幾週所發生的事情，也許會整夜清醒無眠吧。

靜夜中，他聽到傳來啪答一聲，像是樹枝斷掉或冰塊裂開的聲音。外頭真是冷。

不知道要等多久，星期三才會來找他？一天、一星期？無論多久，他覺得自己一定得找些事情做，或許開始運動吧，他這麼決定，順便練練硬幣戲法，練到爐火純青（多練習。某個在他腦裡的他人聲音說著：什麼戲法都好，除了那一招。千萬別練那個可憐死鬼史溫尼教的。在冷天裡暴屍荒野，一下子就給人忘得一乾二淨，還被嫌棄成廢人。千萬別練那個。）

這裡是個**好地方**，他可以感覺到。

他想起自己做過的夢。第一晚在開羅夢到的，若真是個夢。他想到了卓雅……該死，她叫什麼名字？那個屬於午夜的妹妹？

接著，他想起了蘿拉……

想起蘿拉，彷彿就像在他心裡開了一扇窗。他看得見蘿拉，不知怎的，他就是看得見。

她在鷹角，就在她母親那棟大房子的後院。

她站在已經無所知覺——或是時時刻刻都可感受到的——一片冰冷之中，那棟她母親在一九八九年買下的屋子外面。房子是用她父親哈維．麥卡比的理賠金買的。她父親在使力開罐頭時，心臟病發死亡。蘿拉就站在屋外，盯著室內，冰冷的雙手貼在窗玻璃上，完全沒有絲毫呼吸的熱氣。她看著她母親，以及從德州趕回來過耶誕節的妹妹與妹婿。然而蘿拉站立之處只有黑暗，影子無法克制自己不看。

眼淚刺痛了影子的眼睛，他在床上翻了身。

他感覺自己彷彿是個偷窺狂，於是想要轉移思緒，拉回自己所在之處：他可以看見湖水在自己下方延展，風從極地吹來，扳起那些比死者還要冰冷幾百倍的手指。

影子突然呼吸急促。他聽到風在房子四周咆哮，猶如痛苦哀嚎。他甚至以為自己從風聲裡聽到某些話語。

他心想，若非得待在什麼陌生地方，那麼此處還算可以。接著，他睡著了。

同時間，一段對話。

叮咚。

「克羅小姐嗎？」

「我是。」

「莎曼珊・布雷・克羅小姐？」

「是。」

「小姐，您不介意我們請教您一些問題吧？」

「你們是警察嗎？你們是做什麼的？」

「我的名字叫阿鎮，我這位同事是阿路先生。我們是來調查有關兩位失蹤同事的線索。」

「他們叫什麼名字？」

「什麼？」

「把他們的名字告訴我，我想知道別人是怎麼叫他們。告訴我他們的名字，或許我會幫你們。」

「……好吧。他們叫做阿石和阿木。那麼，我們現在可以請教幾個問題嗎？」

「你們的名字都是四處撿來的啊？『嘿，你就叫人行道，他叫地毯。來，跟飛機先生打個招呼？』」

「小姐，您真幽默。請教第一個問題：我們想知道，您有沒有見過這個人。喏，您可以拿著這張相片。」

「嘩，真是開門見山？還有檔案哩，還有編號……這人真強壯，不過還挺可愛的。他做了什麼事？」

「幾年前，他涉入一樁小鎮銀行搶案，負責開車。他兩個同夥搞了一票，丟下他扯呼。他火了，找到那兩人，雖然赤手空拳，卻幾乎殺了他們。執法單位與那兩個傷者達成協議，他們成了汙點證人。結果，這個叫影子的被判刑六年，實際坐了三年牢。我的看法是，這種傢伙應該直接關起來，然後把鑰匙丟掉。」

「現實生活裡我從沒聽過，至少不會這麼大聲。」

「您說什麼，克羅小姐？」

「扯呼啊。像是電影裡的說法，一點都不像現實生活會說的話。」

「這可不是在拍電影，克羅小姐。」

「布雷克羅。我姓布雷克羅。我朋友都叫我珊米。」

「了解，珊米。好，說到這個人……」

「你可不是我朋友。你可以叫我布雷克羅小姐。」

「聽著，妳這個小鬼……」

「好了好了，阿路。這位珊米……啊，抱歉……我是說，這位布雷克羅小姐想必也想幫我們。她可是守法的好公民啊。」

「小姐，我們知道妳幫過影子。有人看到妳跟他一起，坐在白色新星裡。他讓妳搭便車，還請妳吃晚餐。妳是否記得他說過什麼話，說不定可以幫我們找到線索？我們有兩位傑出的同事失蹤。」

「我從沒見過這人。」

「妳見過。別以為我們是笨蛋，我們並不笨。」

「嗯，我見過很多人呀。可能我見過他，但是忘記了吧。」

「小姐，為了您好，最好跟我們合作。」

「不然的話呢，你要把我介紹給你的朋友拇指夾先生或麻醉劑先生？」

「小姐，這麼做對妳沒什麼益處。」

「唉，真是抱歉啊。好啦，還有什麼事嗎？因為我得說掰掰關門了。我猜您兩位應該要去找阿車先生，然後離開這裡了吧？」

「小姐，我們會記住這點，妳很不合作。」

「掰掰啦。」

喀答。

第十章

我將坦言所有祕密
卻對過往撒了謊
因此，請讓我永遠沉眠吧

——湯姆・威茲（Tom Waits）〈Tango Till They're Sore〉

在湖畔鎮的第一晚，影子夢見某個孩子的一生，某個包裹於黑暗與汙穢之中的生命。這故事發生在許久許久以前，在海洋另一端的遙遠大陸上，那個太陽升起的國度。然而那裡沒有燦亮的朝陽，白晝唯有一片微暗，夜晚則是滿目漆黑。

沒人跟那孩子說話。他聽得見外頭傳來人聲，卻無法理解那些話語的意義——人類的語言對他而言，跟角鴞的鳴啼或狗吠沒有兩樣。

他記得（或以為自己記得）許久以前某一晚，某個大人悄悄進入他的房間，沒打他，也沒餵他吃東西，就只是將他拉近自己的胸懷，擁抱他。女人身上的味道很好聞，溫熱的水滴卻從女人臉上垂落到他面頰。他嚇著了，害怕地放聲大哭。

女人匆匆放開他，將他放回稻草堆上坐著，鎖上門，離開了木屋。

他珍視且謹記著那一刻，就像他牢牢記住菜心的甜美、李子的微酸、蘋果的爽脆口感，以及油膩卻香噴噴的烤魚味道。

此刻，第一次（也是唯一一次）有人將他從木屋中帶出。火光照耀下，他看見一張張臉龐全望著他。啊，原來人長這樣呀。黑暗中成長的他，從沒見過人。景象如此新奇，篝火刺痛了他的眼。人們將繩索繞在他脖子上，將他帶到那人等待的地方。

利刃在火光中舉起，群眾歡聲雷動。黑暗裡長大的孩子，初次感受到喜悅與自由，不禁隨眾人大笑起來。

隨後，利刃落下。

影子睜開眼，又餓又冷。他發覺自己躺在房間內，窗玻璃內側蒙上一層冰霧，彷彿是他呼出的氣息所製造。他下床，慶幸不必費事更衣。他沿著窗邊走，指甲刮過玻璃，感覺寒氣全聚在他手指，凝成了水。

他試著回憶夢境，但除了痛苦與黑暗之外，什麼都想不起來。

他套上鞋子，心想若是沒記錯，只要跨越湖泊北岸那座橋，應當能步行到小鎮中心。他披上單薄外套，想起自己曾發誓要買件暖和的禦寒大衣。他打開公寓門，踏上室外的木板露臺。門外的寒氣幾乎使他無法呼吸。他用力吸了一口氣，感覺鼻毛倏地一根根凍得發直。從露臺望去，湖景盡收眼內，將白茫茫的大地鋪上一塊不規則的灰色。

毋庸置疑，寒流真的來了。氣溫一定低於華氏零度吧，走這一段路絕不是什麼愉快的事，但他仍確信自己走到小鎮中心應該沒有多大問題。辛澤曼昨晚說了什麼來著？步行只要十分鐘？不過，他人高馬大，這段路走起來應該很輕鬆，也能暖暖身子。

他朝著那座橋，往南走去。

不多久，他就咳了起來。先是因為肺部吸入冰寒的冷空氣而輕聲乾咳，接著雙耳、臉龐、嘴唇全痛了起來，雙腳跟著凍得發痛。他將沒戴手套的雙手深深埋入外套口袋，十指緊握，想攫住溫暖。他想起李史密斯曾吹噓明尼蘇達州的冬天有多冷——特別是那個獵人的故事。某年嚴冬，獵人在森林裡被熊逼上了樹卻下不來，只好脫褲子撒尿。冒著熱氣的黃色尿液還沒觸地便結成硬邦邦的冰柱。樹上的獵人從硬得像石頭一樣的尿柱上滑下，保住了一條小命。想起這回事，面部肌肉凍僵的影子也勉強一笑，接著一陣難受的乾咳。

一步又一步。他回頭看了一眼，發現自己跟公寓之間的距離並沒有他想像中那麼遠。

他終於明白自己實在不該走路，可是他已經走了三、四分鐘，湖上的橋又已近在眼前。勉強繼續前行或是回頭（轉頭又能如何？用打不通的電話叫計程車？等著春天到來？他提醒自己，冰箱裡可是空無一物），其實都一樣吧。

他決定繼續走，同時修正先前對低溫的估算。零下十度？零下二十度？或許是零下四十度——這是個特殊度數，在溫度計上，華氏零下四十度恰等於攝氏零下四十度。也或許沒那麼冷。但冷風確實刮人，而且仍持續吹襲，捲過湖面，從北極越過加拿大而來。

他不由得想起那些暖暖包，真希望現在身上就帶了幾個。

大概又走了十多分鐘，橋看起來並沒變得比較近。他已經冷得無力顫抖，只感到雙眼刺痛。這可不是單純的「冷」字能形容，簡直就是科幻小說裡才會有的寒冷。像是場景設定在水星背光面的小說，故事發生的年代遠早於人類發現水星有背光面的時間。或是發生在多岩的冥王星上的故事，在那裡，太陽只不過是一顆星星，漆黑中閃著微弱光芒。影子覺得此地距離那個空氣如大桶啤酒劈頭灑下的地方，也不過咫尺。

車子偶爾從他身邊呼嘯而過，看來很不真實，像太空船一樣，如同由金屬與強化玻璃製成的堅硬小盒子，裡頭坐著穿得比他還暖和的人。他腦袋裡逐漸浮現母親喜愛的老歌〈漫步冬日幻境〉。隨著步行節奏，他緊抿著脣哼了起來。

雙腳早已沒有任何感覺。他低頭看看黑色皮鞋與單薄的棉襪，非常擔心自己可能會凍傷。

這可不是開玩笑，已經不足以用愚蠢來形容，不能只是說句「老天啊！我又不小心惹了大麻煩」便罷。他身上的衣服可能只是隨便用線鉤出或蕾絲製成，冷風不斷從衣服空隙鑽入，吹得骨頭和骨髓都凍僵，眼睫毛也凍僵，連胯下本應溫暖的區域也凍僵，兩顆睪丸早已縮入骨盆腔。

繼續走，他告訴自己。繼續走，等回到家，就能停下來休息，大口大口呼吸暖空氣。他腦裡又浮出另一首披頭四的歌，於是他調整步伐，配合歌曲的節奏。直哼到合唱的段落，才意識到自己哼的是〈救命〉。

就快走到橋邊。但還得過橋，過橋後還要再走十分鐘——搞不好要更久——才能到達湖西岸的商店街。

一輛黑色汽車從他身邊經過，突然停車，引擎噴出廢氣，接著掉頭朝他駛來，停在他身邊。車窗搖下，一團氤氳從車內飄出，混合窗外的廢氣，化為如同龍的吐息，包圍整輛車身。「你還好吧？」車內的警察問。

影子聞言，直覺想說：「噢，好極了，警官，謝謝啊。」但太遲了，他開始說：「我想我快凍死了。本來我打算走到鎮上去買些吃的穿的，卻低估了路程——」然而字句僅在他腦海如走馬燈跑過，他發覺自己口中吐出的只有：「冷、冷、冷死了，」伴隨齒牙打顫的聲音，「抱、抱歉。好冷。抱歉。」

警察下車，拉開後車門，說：「趕快進去吧，會讓你暖和一點。」影子滿懷感激，坐進後座，搓著雙手，盡量不去想凍傷的腳趾。警察又回到駕駛座。影子隔著前後座之間的鐵柵盯著他，不讓自己想起上次坐在警車後座的經驗，別注意後車門根本沒有門把。只要專心搓手，讓手溫暖起來就好了。

他的臉凍得刺痛，手指也紅了。隨著身體逐漸回暖，腳趾的痛楚也漸漸傳來。這是好事，影子心想。

警察駛回馬路，沒轉頭看影子，只稍稍提高了聲音說：「呃，我說啊，你這麼做實在不太聰明。你沒聽天氣預報嗎？外面是零下三十度啊。加上冷風，老天，說不定零下六、七十度。就算是零下三十度，我看你也不知道風有多冷吧。」

「謝謝，」影子說，「謝謝你停車載我。真的非常感激。」

「今天早上，有個住在萊茵蘭德的婦人，穿著一件睡袍和毛拖鞋就出門幫鳥裝飼料。結果呢，在人行道上凍僵了——毫不誇張，她現在還躺在加護病房裡。今天早上，電視就播了這新聞。你剛來這鎮上吧。」聽來雖像是問句，但這警察早就知道答案了。

「我搭昨晚的灰狗巴士來的。打算今天買幾件保暖的冬衣和食物，順便找一輛車。沒想到會這麼冷。」

「哎，我也沒想到會這麼冷。」警察說：「我還擔心全球暖化的問題呢。噢，我叫查德．穆利亙，湖畔鎮的警長。」

「我叫麥可．安瑟爾。」

「幸會，麥可。覺得好一點了嗎？」

「是，好一點了。」

「你想先去哪裡？」

影子把手靠近暖氣出風口，感覺指尖很痛，於是又把雙手移開，心想還是順其自然吧。「你可以放我在鎮中心下車嗎？」

「當然可以。只要你不是要我開車帶你去搶銀行就好，我可以載你到任何想去的地方。就當這是鎮上的觀光車吧。」

「你建議從哪裡開始逛？」

「你昨晚才剛搬來？」

「是的。」

「吃過早餐了嗎？」

「還沒。」

「啊！那就先去最棒的地方。」穆利亙說。

他們過了橋，進入小鎮西北方。「這條就是鎮上的幹道。」穆利亙說：「而這裡嘛……」車子穿過大街，向右轉。「這裡是小鎮廣場。」

即便是在這樣寂寒的冷天，小鎮廣場仍令影子印象深刻。但他明白，這裡非常適合夏日來訪：四處都會開滿罌粟、鳶尾等繽紛花朵，位於角落的那叢白樺樹，銀白樹身會開展出一片綠蔭。如今，此地雖然一片寂寥，卻仍具有枯寂的美。露天音樂臺空無一人，噴泉也暫時關閉，磚石建成的鎮公所蓋著靄靄雪帽。

「……這裡是瑪貝爾的店。」穆利亙把車停在廣場西側，一棟有著落地玻璃窗的老建築前。

警察下了車，為影子打開後車門。兩人在冰冷寒風中低著頭跑過人行道，走進溫暖的室內。裡面飄著剛出爐的麵包香，還有湯與培根的氣味。

店裡沒幾個人。穆利亙挑了一張桌子坐下，影子坐到他對面的位子。影子猜想穆利亙之所以這麼做，是為了讓自己這個陌生客認識這個小鎮。然而，或許這位警長純粹只是樂於助人又善良，如同他的外貌一樣友善。

一名婦人匆匆走到他們桌邊。婦人一頭暗褐色髮，年約六十，身形壯碩——不是胖，而是壯碩。

「哈囉，查德。喝杯熱可可吧，想要吃些什麼嗎？」她遞來兩張菜單。

「不要加奶油。」查德說：「瑪貝爾跟我太熟了。年輕人，想吃些什麼？」他對影子說。

「熱可可不錯。」影子說：「如果加上鮮奶油就更棒了。」

「親愛的，說得好！人活著總是要冒點險啊。查德，是不是該介紹一下這位客人呀？這位年輕先生是新來的警官嗎？」瑪貝爾說。

「不算是。」查德露出潔白的牙齒笑著說：「這位是麥可．安瑟爾，昨晚剛搬來湖畔鎮。啊，抱歉……」他站起身，走到餐廳後方，穿過貼著指示犬圖樣的男廁門。旁邊的女廁門貼著塞特犬圖樣。

「你就是剛搬進北嶺路公寓的那個人吧？住在皮爾森家的老房子？啊哈！」婦人開心說著：「我就知道你是誰！今天早上，辛澤曼來這裡吃煎餅早餐，聊了你的事。對了，你們倆只想喝熱可可？或是要吃點早餐？」

「我想吃早餐，有什麼推薦的嗎？」影子說。

「每一樣都好吃。」瑪貝爾說：「都是我做的。在悠埤東南角一帶，除了我這裡啊，你絕對吃不到肉餡餅。我做的肉餡餅特別美味。熱度恰好，內餡實在，是我的拿手好菜喔。」

影子根本不知道「肉餡餅」是什麼味道，但他決定接受推薦。不多久，瑪貝爾捧著一個看似折成兩半的派餅過來了。餅的下半部以紙巾包著，影子就著紙巾拿起餡餅，咬了一口，熱燙的餅裡塞滿肉餡、馬鈴薯、紅蘿蔔、洋蔥。「這是我第一次吃肉餡餅，真的很不錯。」

「這算是悠埤的名產。」瑪貝爾告訴他：「通常要到鐵木鎮才能找到這東西。都是那些來本地採鐵礦的康瓦耳郡人帶過來的食物。」

「『悠埤』是哪裡？」

「『上半島』縮寫不就是UP？所以我們叫做悠埤，就是密西根州東北方一小塊地方。」

警長回來了。他拿起熱可可，大口喝了起來。「瑪貝爾，妳又強迫這位年輕人吃妳做的肉餡餅啦？」

「很好吃。」影子說。熱餅皮裡的餡料確實美味。

「我可要提醒你，吃這個很容易飽喔。」查德拍拍自己的肚子，「好啦，聽說你需要一輛車？」脫去厚重大外套的查德，身材瘦長，卻有個圓滾滾的肚子。他看來一臉煩惱卻又很能幹的樣子，比較像是個工程師，而非警察。

影子嘴裡還塞著食物，只能點點頭。

「那好，我打了幾通電話。賈斯汀．利博維茲正想賣掉吉普車，開價四千塊，不過應該三千塊就能成交。鈞特說要賣掉那輛豐田四輪傳動車，已經說了八個月。那車子醜得要死，不過都這麼久了，他們說不定願意付錢求你幫忙把車開走。要是你不在意車子很醜，這交易就很划算了。我在洗手間那邊打了電話，留了消息給湖畔鎮地產公司工作的鈞特太太，可是她還沒進辦公室。大概是在席拉的店裡做頭髮吧。」

直到最後一口，餡餅的味道都很不錯。不過那餡料分量真不少。「吃了就讓你撐飽飽、肥嘟嘟。」影子的媽媽會這麼說。

「那麼……」查德．穆利瓦警長抹掉嘴巴上一圈熱可可奶泡，「我打算先載你去亨寧五金雜貨店，你先買幾件冬衣。然後再轉到大衛食品行，幫你家冰箱補點貨，然後讓你在湖畔鎮地產公司下車。要是你能先付一千塊左右的訂金，我想對方會很高興。要不然，分四個月，每個月各付五百也行。我說過了，那車實在醜，要不是因為小鬼頭把車子給弄成紫色，那部車可值一萬塊呢。又耐用。這種天氣，你絕對需要那樣的車。」

「你真是樂於助人。」影子說，「不過，與其幫忙新來的居民，難道你不需要去逮捕罪犯嗎？我這不是抱怨啦……」

瑪貝爾咯咯笑道：「大家都這麼跟他說。」

穆利亙聳聳肩，「本地民風善良啊。」他說得很坦白，「根本沒什麼事。大家開車都不超速——雖然我的薪水都是從開罰單來，但這也未嘗不是好事。週末晚上可能會有幾個人渣喝醉酒，打另一半——相信我，男女都有。但整體來說，這裡是個平靜的小鎮。偶爾有人不小心把大門鑰匙鎖在車子裡，才會打電話給我，不然就是哪家的狗太吵。每年都有幾個高中生在球場上吸大麻被逮到。五年來，這裡最轟動的事件，就是丹．舒瓦茲喝醉酒，朝自己的拖車開槍，然後坐在輪椅上往鎮上大道的方向逃走，還揮著那把見鬼的凶槍，大吼要是誰敢擋他的路就小心他的子彈。結果也真的沒人攔他，讓他直衝州際公路。我猜他可能想去華盛頓射殺總統吧。每次只要一想起老丹坐在輪椅上衝向州際公路，輪椅後頭還貼著大大的貼紙『我家的少年犯搞上了你家的模範生』，實在是很好笑。瑪貝爾，妳也記得吧？」

瑪貝爾點點頭，抿抿脣，似乎不像穆利亙一樣，覺得這件事有那麼好笑。

「那你當時怎麼辦？」影子問。

「我跟他談了談，他就把手槍給我，在牢裡過了一夜。丹不是什麼壞人，只是心情不好，加上喝醉了。」

影子除了付自己的早餐，還不顧穆利亙的婉拒，付了兩杯熱可可的錢。

亨寧五金雜貨店位於小鎮南方，像倉庫一樣大，什麼東西都賣，不管是牽引機還是玩具（玩具跟耶誕飾品正在打折）。店內擠滿耶誕節後出門的購物人潮。影子認出那名在巴士上坐他前面、較年輕的女孩。他對女孩揮揮手，女孩猶豫了一會兒，對影子笑笑，露出嘴裡的藍線牙套。影子不禁揣想女孩十年後會是什麼樣子。

可能會長得跟店內收銀機後的女生一樣好看吧。收銀員正拿著一把嗶嗶響的條碼機掃瞄影子買的商品條碼。影子相信，就算買的是牽引機，那把條碼機也能運作無誤。

「十套長袖內衣？」女孩說：「你要囤貨是吧！」她長得像剛出道的電影演員。影子感覺自己彷彿又回到十四歲，遲鈍得說不出話來。女孩一一掃瞄保暖靴、手套、毛衣、羽絨外套，而影子不發一語。

他不打算拿出星期三先生給的信用卡付帳，至少不能在好心的穆利亙站在旁邊的時候使用。因此他以現金付帳，拎著袋子走進洗手間，換上剛買的衣物出來。

「很好看，大個兒。」穆利亙說。

「起碼暖和多了。」影子說。他們走到室外停車場，雖然冷風還是吹得臉上刺痛，但至少身體其他部分很溫暖。穆利亙讓影子將購物袋放在車後座，影子則坐在前座。

「安瑟爾先生，你是做哪一行的？」警長問：「你挺高壯的，是做什麼的呢？你會在湖畔鎮工作嗎？」

影子的心臟開始狂跳，但聲音鎮定：「我替我叔叔做事。他在全國各地做買賣，我就負責一些苦力的工作。」

「他給的薪水多嗎？」

「我們是親戚啊。他知道我不會騙他，我在搞清楚自己到底想做什麼事之前，也能順便學一些做生意的方法。」影子說得順口，聽起來還真有說服力。他就是知道大個兒麥可的一切，而且還挺喜歡這個角色。麥可．安瑟爾不需面對影子遇到的問題，沒結過婚，沒有被阿木先生與阿石先生關在貨運火車上拷問，也沒有電視機對他說話。（「你想不想看露西的酥胸？」他腦中浮出這樣一句話。）麥可．安瑟爾不會做噩夢，也不相信正有什麼風暴即將來臨。

他在大衛食品行塞滿一整籃食物，包括他在加油站想到的所有東西：牛奶、雞蛋、麵包、蘋果、乳酪和餅乾。都是方便調理的食材——他將親手烹調「真正的食物」。影子在店裡購物的同時，穆利互逢人就打招呼，還將影子介紹給他們：「這位是麥可．安瑟爾，他現在住在皮爾森家的舊房子，就在北邊那一帶。」影子完全放棄在短時間內記住每個人的名字。他微微冒著汗，對每個人微笑握手——在溫熱的室內穿著一身保暖衣物，感到有些不適應。

穆利亙載著影子駛過幾條街，到達湖畔鎮地產公司。鈞特太太頂著一頭剛染燙好的新髮型。根本無需互相介紹，她很清楚麥可．安瑟爾是誰。他的波森叔叔真好，大概兩個月前就先租下了皮爾森家的舊房子。啊，那房子望出去的風景美極了，不是嗎？哎喲，親愛的，等春天來了，你就知道我們多幸運。這一帶有很多湖，可是一到夏天，湖裡都是水藻，喝了就讓人反胃啊。可是我們這座湖啊，信不信由你，就算到了七月四日，水都還可以喝呢。波森先生預付了一年的租金哪。說到那輛豐田四輪傳動車，她真不敢相信穆利亙還記得。沒錯，她只求能擺脫那輛車子。說實話，她非常樂意把車子送給辛澤曼，當作今年辦活動的老爺車，好換來減稅優惠——這可不是說她那輛車是老爺車喔，差得遠哩。其實那輛車是她兒子去綠灣市念書之前開的車子，然後某一天，她兒子把車給漆成紫色。哈哈哈，希望麥可．安瑟爾喜歡紫色呀，就只是這樣。不過，就算麥可不喜歡紫色，也沒關係啦……

這一長串連珠砲還沒結束，穆利亙警長就先告退了。「警察局裡似乎有事找我啊。麥可，很高興認識你。」他將影子的購物袋移到鈞特太太的休旅車後座。

鈞特太太開車載影子到她家。他在私家車道上看到那輛老舊的越野休旅車，落雪將半個車身染成了刺眼的白色，其餘部分還是某種詭異的紫色，那種通常要在吸毒後茫然恍惚中才覺得好看的顏色。

引擎很容易發動，暖氣似乎有點問題。引擎發動超過十分鐘，車內的溫度也僅是從難以忍受的冷變成微冷，但至少還可以用。暖車期間，鈞特太太領著影子到廚房去。「不好意思啊，裡面這麼亂，我們家小朋友耶誕節後就把玩具到處亂丟，我又忙得沒時間收。要不要吃一點火雞肉？雖然是前一晚剩下的。不用嗎？那咖啡？現在煮一壺很快啊。」影子從窗邊椅上移走一個大型紅色玩具汽車，坐了下來。鈞特太太問他是不是跟鄰居打過招呼了，影子回答還沒有。

等咖啡時，影子才知道原來自己住的那棟公寓裡還另住了四人。以前那裡叫做「皮爾森之家」，當時皮爾森一家就住在一樓，把上面兩層出租。原本皮爾森家住的那層，現在住了一對年輕人，荷茲先生和奈曼先生。「安瑟爾先生，我說的一對可真的是一**對**喔。我們這兒什麼樣的人都有，比林子裡的樹種還多啊。雖然**那種人**通常都選擇待在麥迪遜市或雙子城，不過說真的，這裡的居民也不會想太多。他們這個冬天都在奇威斯特❶，要到四月才回來，你要到那時才見得到他們。要說湖畔鎮有什麼優點，就是『美好』吧。至於住在你隔壁的是瑪格麗特·奧森和她的小孩。瑪格麗特是個非常可愛的好人，可惜生活困苦。但她還是個性善良。她在《湖畔日報》報社上班，報紙內容雖然不是世界上最精彩的，但說真的，我覺得這裡的人比較喜歡這種風格。」

接著，她邊幫影子倒咖啡邊說：「哎，我真希望你能看看這個小鎮春夏的風景啊。紫丁香、蘋果花、櫻花一一盛開，簡直太美了，其他地方絕對看不到喔！」

影子付了五百元訂金，爬上車，開到車道上，準備倒車離開鈞特家前院。鈞特太太敲敲前車窗，「我差點忘了，這個給你。」她遞過一個牛皮紙信封，「一個有趣的小東西，我們前幾年印的。你不必馬上看。」

影子謝過鈞特太太，小心地開車回鎮上。他選了那條環湖道路，希望自己能看到這座湖在春天、夏天甚至秋天的光景，他相信那一定非常美。

十分鐘後，他已經回到家。

他將車子停在街邊，上樓回到舊公寓。他將購物袋一一打開整理，將食物放進櫥櫃和冰箱，然後

❶ Key West，位於佛羅里達州南端的度假小島。

打開鈞特太太給他的信封。

裡頭裝著一本仿護照的小冊子。藍色塑膠皮封面，印著一份宣言，宣告麥可・安瑟爾（鈞特太太的字跡秀麗工整）是湖畔鎮的鎮民。下一頁是小鎮地圖，其他頁則是當地商店的折扣券。

「說不定我會喜歡這裡。」影子大聲說。他望過冷冰冰的窗，看著結凍的湖面。「要是能再溫暖一點就好了。」

下午大約兩點鐘，前門傳來砰的一聲。當時影子正在用二十五分硬幣練習「輸家退散」的戲法，用難以察覺的動作將硬幣從一手換到另一手。他雙手實在凍僵了，錢幣一直掉到桌上。此時前門傳來的敲擊聲，又使他漏接了一次。

他走去開門。

一陣恐懼湧上：站在門前的男子戴著黑色口罩，遮住了下半張臉。那種面罩就像是新聞裡的銀行劫匪，或是低級電影裡那些令受害者膽寒的連續殺人犯戴的一樣。男人的頭部則罩著黑色的針織帽。不過這人比影子瘦小，看起來似乎也沒帶武器，身上是連續殺人犯避免穿著的淺色格紋外套。

「沃是西和萬。」男子說。

「啊？」

男子拉下面罩，露出辛澤曼那張討喜的臉。「『我是辛澤曼』啦。真不知道以前的人沒有這種面罩是怎麼熬過來的。啊，我想起來了。就是戴那種厚厚的針織帽，整個圍住臉，然後圍圍巾，再包上一些你不會想知道的東西。最近發明的東西簡直就是寶物啊。我雖老了，但還不打算當個老頑固。」

辛澤曼將一只籃子推給影子，當作這番話的結語，然後走進屋裡。籃裡裝滿了當地人做的乳酪、一堆瓶瓶罐罐、幾條夏天時製作的義大利鹿肉香腸。「耶誕節結束快樂！」他面罩裡的耳朵鼻子和兩頰，全紅得像小紅莓。「我聽說你在瑪貝爾的店裡已經吃了一個餡餅，所以帶了一些東西給你。」

「你真是太熱心了。」影子說。

「熱心？只是舉手之勞啦。之後幾個星期，我可會為了獎券的事情黏著你。是商業委員會主辦的，而我呢，負責委員會的運作。去年我們替湖畔鎮醫院的兒童病房募到將近一萬七千塊呢。」

「那麼，你何不現在就幫我登記買張獎券呢？」

「這要等到老爺車拖上結冰的湖面啊。」辛澤曼從影子家的窗戶往外眺望湖泊，「外頭很冷。一夜恐怕降了五十度吧。」

「變化真快。」影子贊同。

「我老爸曾經跟我說，以前人們常常祈禱天氣變冷。」

「你們希望天氣變得這麼冷？」

「嗯，是啊，因為以前只有在這種天氣，那些拓荒者才有辦法生存。那時候沒有足夠的食物餵飽每個人，也沒有大衛的店可以買一堆東西。所以我祖父可是想盡了辦法。一到像這樣的冷天，他就會帶著我祖母、我叔伯阿姨、我老爸——他是老么，還有女僕長工一行人到溪邊，給他們喝一點混了香料的蘭姆酒——這是他老家的配方，然後將溪水潑灑在大家身上。這樣一來，他們就會瞬間結凍，變得跟冰棒一樣硬。然後他會把大家拖到一處先前挖好、填滿稻草桿的壕溝，把大家一個個疊在裡頭，看起來就像堆了一堆木板一樣。然後他會再用稻草桿塞在每個人身邊，之後用寬四吋厚兩呎的木板把壕溝蓋起來，免得野獸跑進去。那年代啊，這裡還有野狼、野熊什麼的，一大堆你現在已經看不到的動物。不過沒有黑瘩獸❷——只有黑瘩獸的傳說，不過我不會唬你一些有的沒的——我祖父用木板，

---

❷ hodag，傳說中出沒於威斯康辛州的虛構怪獸，一身黑毛，背上有一排刺，頭上有兩角。據說是十九世紀末在萊茵蘭德市附近看到的。

把壕溝蓋起來，之後落下的雪就會將壕溝密密封住，只留下他留作壕溝標示點的旗子。

「這樣一來，我爺爺就可以安安穩穩度過整個冬天，根本不擔心食物不夠或燃料用完。等春天快到了，他就會到旗子那兒，開始從雪地往下挖，挪開木板，把家人一個個挖出來，帶回家裡，放在火堆前面解凍。從來沒人抱怨過，直到有一次，因為我爺爺沒把木板蓋緊，害得某個長工被一窩老鼠給咬掉了半個耳朵。當然啦，在那個年代，冬天才真的叫冬天，也才真的可以使這一招。我們現在過的這些冬天，根本不算寒冷。」

「這樣不算嗎？」影子正在扮演一個率直的角色，而且樂在其中。

「四九年之後的冬天都不算冷嘍。你太年輕了，一定不記得。那年才真的叫冷啊。啊，我看到你的車了。」

「是啊，你覺得如何？」

「說真的，我從不喜歡鈞特家那個小子。我那塊地後面的林子裡，有條小河可以養鱒魚——哎，其實是鎮上的土地，但是我在溪裡放了一些石頭，弄出一塊鱒魚喜歡待的區域。還真的幫我留住了幾條大魚哩，其中一條大概有六、七磅吧。結果那個鈞特家的小子把我那些石頭踢開，毀了我的池子，還威脅要向自然資源部檢舉我。現在他在綠灣市，不久後就要回來了。要是這世上還有正義可言的話，他最好當個冬季逃兵，滾到別處去。但事實剛好相反，他簡直就是專找我碴。」他開始在流理臺上整理送給影子的那籃東西。「這是凱瑟琳．鮑爾德梅克做的山楂果醬。這麼多年來，她每年耶誕節都會送我一瓶，歷史比你的歲數還久喔。可惜，我從來沒開過任何一瓶。大概總共有四、五十瓶吧？全堆在我的地下室。或許有一天我會打開其中一瓶，還真的喜歡上這東西。總之，這瓶送給你，說不定你會喜歡。」

「什麼叫做『冬季逃兵』？」

「噢……」老先生將羊毛帽從耳朵邊往上拉了拉，用粉紅色的指尖搔了搔太陽穴。「嗯，這也不是湖畔鎮獨有的——這小鎮不錯，比很多地方好多了，但也不盡完美。冬天時可能會有些小鬼頭因為天氣太冷無法出門，而變得有點神神經經。偏偏雪又太乾了，連做雪球都不容易，太容易散開……」

「他們就離家出走？」

老先生認真地點點頭，「都是電視的錯，一天到晚播那些什麼『朱門恩怨』❸、『朝代』之類的鬼扯淡，都是那些小孩摸不著的世界。自從八三年秋天之後，我幾乎不看電視了，放在櫃子裡那臺黑白電視也只是給來鎮裡玩的親朋好友看，或是等什麼大型比賽看轉播。」

「辛澤曼，你要不要喝點什麼？」

「不要咖啡，我會心悸。開水就好了。」辛澤曼搖搖頭，「這世界最麻煩的就是貧窮問題。不是經濟大蕭條那種擺明全部一起倒的貧窮，是那種更……怎麼說，在周圍爬來爬去，像蟑螂那樣的？」

「鬼鬼祟祟？」

「對、對，鬼鬼祟祟。伐木業倒了，採礦業倒了。除了少數獵人或在湖區露營的小朋友，旅客都不會去比德爾斯更北的地方。而那些會去的人，也不會在那些地方花錢消費。」

「湖畔鎮看起來很繁榮啊。」

老先生眨了一下藍眼睛，「相信我，我們花了很多工夫，很辛苦的。不過，這地方不錯，每個人都努力獲得報酬——至少比我小時候的日子好過多了。天曉得，我小時候，大家有多窮啊！」

影子又裝出單純率直的樣子，問：「辛澤曼先生，那時大家有多窮啊？」

「叫我辛澤曼就好。我們那時窮得甚至沒辦法生火呢。除夕夜，我那老爸總會抽根薄荷菸，我們

❸ Dallas（1978-1991），美國電視連續劇，於CBS電視臺播放，共有十三季。

幾個小孩就兩隻手伸得直直的，靠菸上的火光取暖。」

影子不由得笑了幾聲。辛澤曼戴上滑雪面罩，穿上厚重的格紋外套，從口袋掏出車鑰匙，最後又拉出一雙手套。「如果你覺得待在這裡太無聊，就到店裡來找我吧，我拿手工做的魚餌給你看，保證你會無聊到想要快點回來這裡。」辛澤曼蒙在面罩下的聲音有些模糊，但還聽得見。

「好的。」影子微笑著說，「黛西還好吧？」

「冬眠啦。要到春天才會醒。好啦，安瑟爾先生，保重啦。」辛澤曼關上門，離開了。

室內變得更冷了。

影子穿上外套，戴上手套，又套上靴子。窗外的東西幾乎都看不見了，玻璃窗內的冰霜將湖邊的景色全糊成抽象一片。

呼出的氣息全在空中化成白色蒸氣。

他走出屋外，來到木板露臺，敲了敲隔壁的門。他聽到裡頭傳來女人的吼聲：「拜託，閉嘴！」電視機的音量被調低——大概是對著小孩吼吧，成人不會那樣對另一個成人大吼。門開了，一個面容疲倦、頭髮又長又黑的女子，沒好氣地瞪著他。

「有事嗎？」

「女士，您好。我叫麥可．安瑟爾，住在您隔壁。」

女子的表情絲毫不改，「有事嗎？」

「女士，我房裡冷死了。壁爐裡是有一點點熱氣冒出來，但是完全不夠溫暖整間屋子。」

女子上下打量著影子，嘴角浮現一絲幾乎看不見的微笑，然後說：「那進來吧，不過這裡也沒有暖氣。」

影子走進女子房裡。地板四處都是彩色塑膠玩具，牆邊散著一小堆撕開的耶誕節包裝紙。一個男孩坐在離電視不遠處，電視正播著迪士尼的動畫「大力士」，動畫英雄正在螢幕裡大吼跺步。影子始終背對著電視。

「好啦，你可以這麼做。」女子說：「首先，把窗戶都貼起來。你可以在亨寧五金雜貨店買到類似保鮮膜的東西，窗戶專用的。窗戶全貼滿。要是你喜歡，也可以用吹風機去吹，保證整個冬天都會黏在上面。這樣一來，暖氣就不會從窗戶縫隙跑掉了。然後你再買一、兩個暖風扇。這房子的壁爐很老舊，根本應付不了真正的冬天。這幾年還不算太冷，真應該謝天了。」說完，她伸出手。「我叫瑪格麗特．奧森。」

「很高興認識您。」影子脫下一隻手套，跟對方握了握手。「女士，您知道嗎？我一直以為姓奧森的頭髮都更偏金黃色呢。」

「我前夫的頭髮跟他祖先一樣是金黃色的。白皮膚、金頭髮，就算用槍頂著頭威脅他也曬不黑。」

「鈞特太太跟我說，您為小鎮的報紙寫稿。」

「鈞特太太還真多話。有她在，我看這小鎮根本不需要什麼報紙。」她點點頭，「是啦，就是寫一些發生在這裡那裡的事，不過大部分稿子都是我的編輯在寫。我負責自然與園藝專欄，每週日寫寫評論和瑣碎的社區花絮，不過就是方圓十五哩內，誰跟誰到哪裡吃晚餐等事情。應該說『誰跟誰』還是『誰與誰』？」

「應該是『誰與誰』。」影子直覺反應回答。

女子一雙黑眼盯著影子。影子覺得這一幕彷彿似曾相識，他似乎經歷過這一刻。不，是因為她讓我想起了某個人。

「總之，這樣就可以使屋內溫暖了。」奧森太太說。

「謝謝。」影子說，「等我家溫暖一點，請您和孩子一定要過來坐坐。」

「他叫做利昂。很高興認識你，呃……抱歉我忘了請教……」
「安瑟爾，」影子說：「麥可．安瑟爾。」
「喔，安瑟爾這姓氏有什麼典故嗎？」奧森太太問。
影子完全不知道，「我的姓啊……我對自己的家族歷史向來沒什麼興趣。」
「說不定是挪威的姓？」
「距離滿遠的。」影子說。然後想起了「艾默生．波森叔叔」，又加了一句：「也可能吧。」
星期三先生到達以前，影子已經在窗戶上全黏了塑膠膜，還買了兩架暖風扇。一架放客廳，另一架放臥室。屋內變得很舒服。
「你怎麼開一輛紫色鬼玩意？」星期三帶著讚許問道。
「因為你開走我那輛白色爛車啊。車子現在在哪裡？」影子問。
「我在德盧斯把它賣掉了。」星期三說：「一切小心為上。別擔心，等事情結束，我會給你應得的份。」
「我在這裡要做什麼？」影子問：「我是說在湖畔鎮，不是說在這個世界。」
星期三又露出一貫的笑容，那種令影子想揍他的笑法。「我要你住在這兒，是因為他們絕對想不到你會在這裡。他們就找不到你了。」
「你說的『他們』，是指那些壞蛋？」
「沒錯。我擔心現在岩上之屋已經失去掌控了。雖然有點麻煩，但我們會處理。現在我們還處於搖旗吶喊、騎馬漫步的示威階段，我們要伺機行動——雖然比預計的晚了些。我猜春天之前，他們會暫時按兵不動。春天才會發生大事。」

「為什麼？」

「雖然他們老愛扯些什麼微毫秒、虛擬世界、典範轉移之類的鬼話，但他們畢竟還是生存在這個星球上，被季節流轉所束縛。這幾個月，萬物枯萎，這種時候打勝仗，只是勝之不武。」

「我聽不懂你說的話。」雖然影子這麼說，但不淨是實話。他其實有些明白，只是希望一切都不是真的。

「這個冬天會非常難熬，我們要善用這段時間。我們得召集夥伴，選定戰場。」

「好吧。」影子說。他知道星期三說的是實話，或至少部分屬實。大戰即將爆發——不，應該說，大戰早已到來，兩軍即將交戰。「瘋子史溫尼說，我第一次見到他那晚，他正是為你做事。這是他死前跟我說的。」

「我怎麼會雇用一個連在酒吧裡打架都打不贏的人替我做事呢。不過別擔心，這段期間，你已經贏得我信任了。你去過拉斯維加斯嗎？」

「內華達州的拉斯維加斯？」

「就是那裡。」

「沒去過。」

「晚一點，我們就要從麥迪遜市飛去那裡，搭乘一位紳士駕駛的深夜航班，豪賭貴賓專用的包機。我說服了他們，我們可以搭上那班飛機。」

「你說謊都不會累嗎？」影子語氣溫和，帶著好奇。

「完全不會。何況，我說的是實話。我們要投下最高籌碼。路上沒什麼車，從這裡到麥迪遜市應該不用兩小時。走吧，把門鎖上，暖氣關掉。要是你不在家的時候，這裡發生火災就完了。」

「我們要去拉斯維加斯和誰會面？」

星期三告訴了影子。

影子關掉暖氣，將幾件換洗衣物放進包包，然後轉身面對星期三，說道：「嗯，我知道這有點蠢。雖然你剛剛說過我們要去見誰，但是我忘了。大概是腦袋出了什麼問題，反正我就是忘了。你能再說一次，我們要見誰？」

星期三又說了一遍。

這一次，影子差點就記住了。那個名字就要刻進腦子裡了。他真希望星期三說話的時候，自己能再專心一點。算了，他放棄。

「誰開車？」他問星期三。

「你啊。」星期三說。他們下了木階梯，沿著結冰的小路走到黑色林肯車旁。

影子負責開車。

一進入賭場，誘惑自四面八方湧來，令人難以招架。這種誘惑，只有心如止水、毫無貪念的人，才有辦法抵抗。聽！閃亮的錢幣像機關槍子彈一樣，不停滾落到吃角子老虎的托盤上，甚至溢出來，散落至字母印花地毯。錢幣嘩啦啦滾落的聲音，淹沒於吃角子老虎那宛如海妖誘人歌聲般的叮噹聲中。這些嘈雜聲響被寬廣的空間所吞沒，成為輕弱的背景呢喃聲。賭客還沒走到牌桌，光聽到遠處傳來的聲音便亢奮不已。

長久以來，賭場隱藏著一個神聖的至高祕密。多數人來賭場，為的其實並非贏錢——雖然這是賭場宣傳販賣的美夢，但這只是個藉口，以便將人們誘進這扇來者不拒的大門。

賭場所隱藏的祕密就是：人賭博為的是輸錢。人來到賭場，是為了在輪盤中下注，翻看一張張撲克牌，在吃角子老虎不斷吐出的錢幣中迷失自我，感受自己是真真切切活在世上。人們可能會吹噓自已贏了幾百次，或從賭場搬走多少錢，但他們緊捏在手中的珍寶，其實是那些失落的時間——這正是某種獻祭。

錢潮在賭場內漫流，從一雙手流到另一雙手，流轉於賭客、莊家、收銀員、管理人員、保全人員之間，最後到達至聖之手、最隱密的聖堂，也就是會計部，所謂的帳房。現代賭場的會計室已快成為多餘的空間（如今流進賭場的錢都是虛擬的，只是一些斷續經由電話線流入的電子序列），但美鈔仍依面額分別整理成疊、編號。

會計室內，你會看到三個人在醒目的監視器底下數錢，監視器的玻璃眼珠凝視著他們。同時，四周還隱藏著如昆蟲眼的微型攝影機。輪班人員數著比他一生所得還多的錢。人人夢見自己數錢，夢見那成捆成疊的鈔票，金額不斷攀升，卻怎麼也不能帶走。這三人偶爾忍不住痴想如何侵入賭場的保全系統，劫走大筆錢財，但仔細思考這種白日夢之後，便不得不承認這並不實際。他們轉而為穩定的薪水腳踏實地工作，免得淪為階下囚，或是成了路邊的無名屍。

在這聖堂內，除了點鈔的三人，以及負責監視與把錢帶進來或取走的保全人員外，還有一個人。他穿著做工精緻的炭灰色西裝，一頭黑髮，鬍子刮得乾乾淨淨。他的面貌或舉止，怎麼看都難以讓人留下印象。沒人會注意到他。即便真見到他，瞬間便又忘了。

輪班結束，門打開，穿著炭灰色西裝的男人離開會計室，跟著警衛走過走廊。字母印花地毯吸收了腳步聲。裝著錢的堅固箱子被推送到內部運鈔間，再送上戒備嚴密的車子。鐵捲門拉起，運鈔車駛向清晨時分的拉斯維加斯街道。炭灰色西裝男子默默穿過大門，漫步過街，毫不注意左方那片仿紐約城打造的建築。

拉斯維加斯幾乎就是兒童繪本裡的夢幻城市：這兒一棟童話般的城堡、那兒一座由獅身人面像守護的黑色金字塔。夜空下，耀眼光柱自塔尖散放，猶如指引飛碟降落。四處淨是霓虹燈與大型螢幕，預告遊人將有好兆頭降臨。還有歌手、諧星或魔術師等人的巡迴演出訊息。燦亮奪目的燈光不斷發出邀請與召喚。每小時還有火焰燈光秀在火山布景下揭幕，或是海盜船在戰火裡沉沒。

炭灰色西裝男子沿著人行道緩步，感受錢潮在城內流動。夏日時分，此處街道總是烤得火燙，路經商店門前能感到室內冷氣微微散出，使汗流浹背的熱氣稍加冷卻，吹涼臉上熱汗。此時正值沙漠冬季，乾冷氣候恰投他所好。在他腦中，流動的錢潮形成精巧點陣，恍若流動光束編出一幅立體花繩。這座沙漠城市之所以吸引他，正是因為錢潮在地點與人群之間流動，速度猶如奔騰激流。這一切推著他，使他如上了癮般往街上走去。

一輛計程車隔著一段距離沿街慢慢跟蹤他。他沒注意到車子，甚至根本沒想要注意。他習於行事低調，覺得不可能有人跟蹤自己。

清晨四點。他來到一家附設賭場的酒店。這酒店落後不止三十年，但明日或半年後仍可能屹立不搖，直到遭爆破，並在原址重建另一座歡樂殿堂，才會為人永遠遺忘。這裡沒人認識他，沒人記得他。大廳酒吧的裝潢俗氣卻安靜，空氣裡瀰漫著陳年藍色香菸煙霧。樓上的貴賓室，有個人在下注，一局輸贏幾百萬元。炭灰色西裝男子坐到酒吧中，女侍根本沒注意到他。數層樓上正是豪華賭局，背景音樂是一般商店或餐廳播放的音樂帶，曲目是〈Why Can't He Be You?〉，樂聲低得幾乎聽不見。五個模仿貓王的表演者穿著一色舞衣，正在觀看酒吧電視重播的橄欖球賽。

穿著淺灰色西裝的高大男子在炭灰色西裝男子那桌坐下，未注意到炭灰色西裝男子的女侍，卻立刻注意到他。女侍瘦得不怎麼標致，顯然有厭食傾向，一看就知道不能在金字塔大飯店或熱帶風情大飯店工作。她正默默倒數下班時間，並帶著笑容直往淺灰西裝男子走來。男子笑道：「親愛的，妳今晚看來真美，能見到這樣的美人，真令我們這些可憐男人感到安慰。」嗅到高額小費的氣氛，女侍笑得更開心了。淺灰西裝男子為自己點了一杯傑克丹尼爾威士忌，又為身旁的炭灰色西裝男子點了一杯拉弗格純麥威士忌。

酒端來時，淺灰西裝男人開口道：「我說啊，在這見鬼的國家歷史中，最美的一句詩就是加拿大比爾．瓊斯❹在一八五三年說的。那時他在路易斯安那州的巴頓魯治玩牌，沒料到賭局有詐，快要給騙得精光。他朋友喬治．狄福偷偷將他拉到一邊，問他難道看不出賭局有詐？比爾只是嘆口氣，聳聳肩說道：『我知道呀，可是這裡只有這個可玩啊。』說完又接著玩牌去了。」

炭灰色西裝男子瞅著一對黑眼，不怎麼相信地看著淺灰西裝男子，回了一句。那名蓄著紅灰色鬍子的淺灰西裝男人聽完，只是搖了搖頭。

「嘿，威斯康辛州那檔子事，我很抱歉。不過，我不是把你們全平安救出來了嗎？沒人受傷嘛。」

炭灰色西裝男子喝了一口酒，品嘗酒中特有的泥煤味，問了一個問題。

「我不知道。一切變化得比我預期還快，倒是人人好像都對我雇來的小夥子有興趣啊？我讓他待在外頭的計程車裡等。你還願意加入嗎？」

炭灰色西裝男子答了一句。

蓄鬍男人搖頭，「兩百年來都沒見過她。就算她還活著，恐怕也不願意蹚這渾水。」

炭灰色西裝男子又說了一句。

蓄鬍男人喝乾手上的威士忌，「嘿，加入的意思，就是在我們需要你的時候出現。反之，我也會照應你。你還想喝什麼？『梭馬』？我可以弄一瓶給你，保證貨真價實。」

炭灰色西裝男子瞪著他，不太情願地點了點頭，又說了一句。

「我當然是啊。」蓄鬍男子笑道，一臉精明，「你還能期待什麼？欸，何不換個角度看？畢竟『這

❹ Canada Bill Jones，史上著名的撲克牌玩家，出生於十九世紀初英格蘭約克郡，後移居至加拿大。

裡只有這個可玩啊』。」他伸出爪子般的手，握了握另一人細心保養的手，便起身離開。

瘦削女侍走過來，一臉迷惑，因為角落那張桌子只剩下一個穿著炭灰色西裝的黑髮男子。「一切都好吧？您的朋友還會回來嗎？」

黑髮男子嘆口氣，說他的朋友不會回來了，當然也就用不著她費心，更不可能花錢陪她「玩」。看到女侍彷彿受傷的眼神，他不禁同情起來，開始查看腦裡的錢潮矩陣，找到一個節點，告訴女侍，若她能在下班後半小時內，也就是清晨六點，趕到金銀島賭場大門，那麼她將會遇上丹佛的腫瘤學家，那人剛靠賭骰子贏了四萬元，正需要一個「顧問」或「同伴」幫忙，幫他在搭飛機回家前四十八小時內，把贏來的錢全花光。

這一大段話隨即消散在女侍腦海裡，卻莫名留下歡喜的餘韻。她明白角落那兩人不但白吃白喝，還沒給小費，不由得嘆一口氣，卻突然有了個念頭：下班後，她不打算直接開車回家了，她要開車去金銀島——若你問她為什麼，她恐怕也說不出什麼理由。

回到拉斯維加斯機場後，影子問道：「你去見誰？」機場裡也有吃角子老虎，就算是這一大清早，也有人站在吃角子老虎前，投進硬幣玩了起來。影子不由得猜想，是不是有這麼一種人：他們下了飛機後，哪兒也不去，只是一路走來機場大廳，停在吃角子老虎前，眼睛黏在機器那些繽紛圖案與燈光上，直到口袋裡一毛不剩，才又轉身搭飛機回家。

影子發覺自己又恍神了。星期三明明才剛把他們坐在計程車裡跟蹤的人、那個穿著炭灰色西裝的黑髮男子的名字告訴他，他卻又立即忘了。

「總之他會加入我們，只不過得買瓶梭馬來換。」

「梭馬是什麼？」

意。

「喝的呀。」兩人走進包機。除了他們，機艙裡另有三名豪賭客，得在明天之前趕回芝加哥做生

星期三舒舒服服坐下，點了一杯傑克丹尼爾威士忌。「**我**這種人呢，是這麼看**你們**的……」遲疑片刻，他又接著說下去。「拿蜜蜂跟蜂蜜打個比喻吧。每隻蜜蜂只能採到一小滴花蜜。要裝成你餐桌上吃的那一整罐，要靠幾千甚至幾百萬隻蜜蜂採集。你想像一下：要是蜂蜜以外的東西你都不能吃，那該怎麼辦？這正是我這種人的生活。我們只能靠信仰過活，倚賴人的祈禱、敬愛……」

「梭馬是什麼？」

星期三咯咯笑道：「沿用剛剛的例子來說，梭馬可說是蜜酒，就像你喝過的那種。這種飲料凝聚了祈禱與信仰的力量，蒸餾為烈酒。」

說話這時，他們正位於內布拉斯加州上空，吃著不怎麼樣的飛機早餐。影子突然開口：「我太太……」

「死掉的那個？」

「對，蘿拉。她告訴我，她不想再當死人了。就在她把我從運貨火車那些傢伙手中救出來之後。」

「好妻子才會做這種事啊……不但把你從那些綁架犯手中救出來，還殺光那些可能會傷害你的壞蛋。親愛的安瑟爾侄子，你實在該好好珍惜她。」

「她想完全復活過來。我們辦得到嗎？可能嗎？」

星期三久久不發一語。影子猜想他是不是沒聽到自己的問題？或是他雖然睜著眼睛，其實早已睡著？接著，星期三突然開口，眼睛直視面前某處，「我知道一種魔法，可以令病痛消除，使悲傷不再。

「我知道一種魔法，僅需輕輕一觸，便能治癒一切。

「我知道一種魔法，能令敵人的武器轉向。

「我還知道另一種魔法，能夠為我解除萬般束縛枷鎖。

「還有第五種魔法：抓住飛射箭矢，使自己保全無傷。」

星期三語氣平和，再沒有那威嚇語調，也沒了往常的嬉笑怒罵，反倒如背誦經文一般滔滔不絕，沉痛記憶傾湧而出。

「第六種：對我下咒者，咒將反治其身。

「第七種：僅需一瞥，即能熄滅火焰。

「第八種：即便是仇恨我者，也將成我盟友。

「第九種：我的歌詠令風沉眠，風暴止息，使船舶安全靠岸。

「這就是我學得的前九種魔法。整整九天九夜，我的身側被矛尖刺穿，懸在光禿禿的樹上搖盪，承受冷風熱風的吹襲。沒有食物，沒有水。我就是我自己的獻祭。而後，整個世界便在我面前開敞。

「第十種魔法：我學會驅逐那些巫師，令他們只能在空中不停盤旋，再也找不到回家的路。

「第十一種：吟唱這道咒語，我就能讓殺戮戰場上的兵士毫髮無傷，安返家園。

「第十二種：若是看到吊死者，我可以將他從絞繩上放下，令他吐露所有記憶。

「第十三種：在孩子的頭上灑水，那孩子不會在爭鬥中倒下。

「第十四種：我知道每一個神祇的名字，不管祂們有多少可惡的名號。

「第十五種：我夢想著力量、榮耀與智慧，而人人都會相信我的夢想。」

星期三的聲音逐漸變得微弱，影子得豎直耳朵，才有辦法從飛機的引擎聲干擾中聽到他說什麼。

「第十六種：若我需要愛情，便能令任何女人傾心於我。

「第十七種：我愛上的女人，絕不會別有懷抱。

「第十八種，也是最強大的一道，但我不能告訴任何人。因為，除了自己之外沒有任何人知道的祕密，才是最有力量的祕密。」

星期三嘆口氣，不再說話。

影子頓覺毛骨悚然，彷彿眼見通往另一世界的門扉在面前開啟。那遙遠所在，每處岔路口都有個吊死者在風裡搖擺，而女巫的尖嘯在深沉的夜裡迴盪。

他只能吐出「蘿拉」二字。

星期三轉過頭來，雙眼望入影子那對淺灰眼眸。「我沒辦法讓她再活過來。我甚至不明白她怎麼沒有真正死掉。」

「我想八成是我害她的，是我的錯。」影子說。

星期三眉頭一動。

「瘋子史溫尼那天在酒吧裡教我變硬幣戲法的時候，給了我一枚金幣。他說他給錯了。他給我的那枚是力量更強大的金幣，但我給了蘿拉。」

星期三咕噥一聲，皺著眉低下頭，而後又重新坐直。「那枚金幣的確有強大力量，不過我還是幫不了你，畢竟你在私人時間做了什麼，是你自己的事。」

「什麼意思？」影子問。

「我的意思是，我當然沒辦法阻止你去找『鷹石』或『雷鳥』，但我還是希望你可以安安分分待在湖畔鎮避避風頭。總之，看不到就少些煩惱。一旦事況緊急，我們需要任何可找到的力量幫忙。」

星期三這時顯得格外虛弱，皮膚幾乎變得透明，底下暗沉血肉隱約可見。

影子突然非常想伸手，拍拍星期三蒼老的手，告訴他一切都會好轉——雖然影子心裡並不挺願意，卻覺得應該那麼說。然而，外頭有那些待在黑色運貨火車裡的傢伙，有那個坐豪華禮車的胖小子，還有那些電視機裡的人——他們絕不會善罷干休。

他並沒有伸手安慰，也沒說什麼。

事後，他極想知道，若是當時自己伸出手，是否真能扭轉事態，是否真能給些安慰，是否可以阻止即將到來的傷害。他告訴自己，不可能。他知道不可能。然而他仍不免希望，在那趟回程的飛機上，他曾經伸出手安慰了星期三。

星期三在公寓前放影子下車，短暫的冬季白晝這時已將消逝。影子一開車門便感到刺骨寒冷襲來。比起拉斯維加斯，這裡實在像是科幻小說中的世界。

「別惹麻煩。」星期三說，「別意氣用事，不要鬧出什麼風波。」

「我得同時做這麼多事？」

「孩子，別跟我鬥嘴。你在湖畔鎮，他們就找不到你。我欠了好大人情才能將你安頓在這裡。要是在其他熱鬧地方，不要多久，他們就能嗅到你的蹤跡。」

「我會乖乖待在這兒，不惹麻煩。」這是真心話。影子受夠了麻煩事，只希望永遠別再跟它們扯上關係。

「你何時回來？」

「很快。」星期三發動林肯車的引擎，關上車窗，駛入寒夜。

第十一章

三人或可守密，只要其中二人死去。

——富蘭克林，《窮理查年鑑》

一連三個冷天，氣溫始終低於零度，就連正午也沒能溫暖些。影子不明白，在人類發現電之前，在那個沒有保暖面罩、保暖內衣，也沒有便捷的交通工具的年代，人們如何捱過寒冬？

他來到辛澤曼經營的錄影帶店，看到店裡還擺售魚餌釣具。辛澤曼拿出許多手工自製的鮭魚釣餌給他看：一堆以羽毛或線頭製成的彩色假餌，裡頭都藏著小鉤。

他忍不住問辛澤曼。

「你真想聽？」辛澤曼問。

「當然啦。」影子說。

老人便開始講古：「其實啊，有些人是真的熬不過，就這樣死了。漏氣的煙囪或排煙不良的爐灶都和冷天一樣，會害死人。以前的日子真的不好過，早一輩的人要花上整整夏秋兩季來儲備食糧柴薪。說到底，最可怕的還是那瘋病啊。我聽收音機說，這病跟曬太陽有關，偏偏冬天幾乎見不到太陽。所以我們都把它稱為冬病。我爸總是說，人真的會因為這樣就瘋了。湖畔鎮的情況還算好，鄰近幾個小鎮可嚴重了。我小時候還聽過一個笑話：要是家中女傭在二月之前都沒想要砍人，那她肯定膽小如鼠。

「以前啊，故事書就像金沙一樣珍貴。那時候鎮上還沒有圖書館，書本真是被當作寶貝。我有個叔公住在巴伐利亞，當年他寄了一本故事書給我祖父，結果鎮上全部的德國人都聚到鎮公所裡聽我祖父講故事呢。至於那些芬蘭人、愛爾蘭人或其他鎮民，就再找德國人轉述故事。

「離這兒南邊二十哩遠的吉伯威，有個婦人裸著身體走在馬路上，懷裡抱著已經斷氣的嬰孩，卻死不肯讓人帶走寶寶。」他沉思著搖了搖頭，喀一聲關上放著假餌的櫃子。「近來生意冷清啊……要不要辦張租片會員卡？唉，反正過不久，百視達一定會在這裡開分店，到時候我們就沒生意了。不過，至少現在我這兒的片子還不少。」

影子提醒辛澤曼，他住的房子裡既沒有電視機，也沒錄放影機。影子覺得與辛澤曼共處很愉快，樂於聽他敘舊。影子覺得那些誇張故事很有趣，老人古怪的笑容更是討喜。不過，影子仍不知要如何解釋自己是因為電視機裡的人會對外說話、所以才不怎麼喜歡電視機。

辛澤曼在抽屜裡翻找，拿出一只錫盒——從外觀來看，像是某年耶誕節用來裝禮物或巧克力餅乾之類的盒子。盒蓋有個耶誕老人咧嘴笑，手上的托盤放滿瓶裝可口可樂，圖案早已斑駁。辛澤曼掀開盒蓋，掏出筆記本與一疊空白票券，問影子：「你想買多少呢？」

「買什麼？」

「老爺車彩券啊。我們今天會把車子推到結冰的湖面，同時開始發售彩券。每張五塊錢，買十張算四十塊，二十張優惠價七十五塊。一張彩券等同五分鐘間距。我們沒辦法保證車子一定會在你登記的那五分鐘沉下去，不過，時間差距最小的人，可以贏到五百塊，而要是車子真的在你登記的時段沉下去，就可以贏到一千塊喔。你越早登記，選擇越多。要不要先看看往年資料，參考一下？」

「當然。」

辛澤曼將一份影印文件遞給影子。所謂老爺車，其實就是拆掉引擎與油箱的舊車。整個冬季，車子都停在結冰的湖面上。到了春天，湖冰會逐漸融化，一旦冰面無法支撐車子的重量，車子就會沉入湖裡。根據往年資料，最早下沉的紀錄在二月二十七日，(「一九九八年的冬天。那年根本算不上什麼冬天啊。」) 最晚則是五月一日。(「那是一九五〇年的事。那一年啊，若想趕走冬天，似乎只能直接拿根木棍刺進冬天的心臟。」) 看這資料，顯然車子通常在四月初的下午沉入湖裡。

然而四月的下午時段早登記一空，辛澤曼全刪掉了。於是影子給辛澤曼三十元，登記了三月二十三日早上九點至九點半間的三十分鐘。

「真希望城內每個人都像你這麼容易推銷啊。」辛澤曼說。

「算是感謝你那晚開車送我一程。」

「不不不，這是為了幫助那些孩子。」辛澤曼面容嚴肅，滿是皺紋的臉上絲毫不見開玩笑的痕跡。「你下午也來吧？可以幫忙把車子推上湖面。」

他將六張藍色小卡遞給影子，卡片上以工整筆跡注明了影子選定的時間；他同時抄寫到自己的筆記本裡。

「辛澤曼，你知道鷹石是什麼嗎？」

「萊茵蘭德北邊那個？啊呀，不，那叫做鷹河。嗯，我不敢確定。」

「那你聽過雷鳥嗎？」

「我記得第五街上開過一家雷鳥裝裱店……哎，我似乎幫不上什麼忙。」

「別這麼說。」

「你何不去圖書館試試？館員都很熱心，不過他們這週可能都忙著準備曬書拍賣會。我跟你說過圖書館在哪兒，對吧？」

影子點頭說是，告別了辛澤曼。真該早點想到可以去圖書館查查。他開著那部紫色四輪傳動車往鎮內大街南方駛去，沿著湖岸開到最南邊，將車停在那棟猶如城堡的市立圖書館外，然後走進去。往地下室的指示牌上寫著「圖書館曬書節」。影子跺跺腳踢散靴底的雪，走入位於一樓的服務臺。

櫃臺後有個面容嚴峻、抿著深紅色雙脣的女子，以指責口吻問影子有什麼事。

「我想辦張借閱證，還想知道關於『雷鳥』的一切資料。」

有關「美國本土信仰暨傳統」的書籍，位於塔樓區的書架。影子拿了幾本書，在靠窗位置上讀了起來。不多久他就明白，所謂「雷鳥」是指神話中的巨鳥，棲息在山巔。牠們帶來閃電，只要拍拍翅膀，人間就打響雷。此外，某些印第安部落還深信雷鳥創造了這個世界。而後半小時，他沒再翻到什麼新鮮事，也沒在書籍索引裡找到任何跟「鷹石」有關的字句。

影子正要將書本一一放回架上，察覺有人盯著自己瞧——似乎是個滿臉嚴肅的小矮子，正躲在書架角落邊覷著他。他轉過身，發現那孩子不見了，於是又故意轉身背對、同時環視一遭，發現那男孩又再盯著他瞧。

影子口袋裡正巧有那枚自由女神像銀幣，他用右手取出銀幣舉高，好讓男孩看見，接著將銀幣放入左掌心內，又攤開雙手，顯示兩邊掌心空無一物。接著，他將左手舉到嘴邊，吹了一下，銀幣先是出現在左掌，而後又換到右掌中。

男孩瞪大雙眼盯著他，倉皇跑走，過了一會兒又拉著表情嚴肅的瑪格麗特・奧森回來。奧森太太一臉懷疑地看著他，說：「你好，安瑟爾先生。利昂說你變魔術給他看。」

「只是小把戲罷了……啊，對了，我還沒感謝您教我的好方法。我的房子現在暖得像烤麵包箱。」

「那好極了。」一臉冰冷仍未融化。

「這圖書館真不錯。」影子說。

「很美。不過這小鎮需要多一點效率、少一點美化。你看過地下室的曬書拍賣了嗎？」

「我沒這打算……」

「你該去看看。這拍賣會立意甚好。」

「我會特地下樓看看。」

「走到大廳再下樓就是了。很高興見到你，安瑟爾先生。」

「叫我麥可吧。」

奧森太太沒回話，牽著兒子的手，走去兒童閱覽區。

影子聽到男孩對媽媽說：「媽咪，我沒騙你。真的。**我看見了**！我看到錢幣不見了，然後又從**他的鼻孔**裡掉出來。**真的**！」

牆上掛著林肯的油畫肖像，彷彿俯視著影子。他走下大理石臺階，來到圖書館地下室。門後空間寬敞，塞了許多張桌子，桌面堆滿各類書籍：平裝本、精裝本、小說、非小說、期刊、百科全書……書背或上或下，全都未分類，隨意堆疊在一起。

影子晃到後方瀏覽，某張桌上堆滿皮面裝訂的舊書，書背上都標了白色圖書編目碼。「你是今天第一個晃到那兒的客人。」一個男人說道，他身邊淨是一堆空箱和袋子，手邊還有個打開的金屬收銀盒。「大多數人要不是挑驚悚小說、兒童讀物，就是看珍妮．科頓、丹妮爾．斯蒂等人寫的羅曼史。」男人正在讀阿嘉莎．克莉絲蒂寫的《羅傑．亞克洛伊命案》。「桌上的書，每本都是五毛錢，買三本算一塊錢。」

影子謝過那人，繼續看書。他看到一本希羅多德的《歷史》，棕色皮革書封與書頁有點剝落分離。他想起了留在監獄裡那本平裝版。他又看到一本《繁花幻術》，內容似乎有關硬幣戲法。他拿起這兩本書，走到男人那裡。

「再買一本吧，三本也算一塊錢啊。多拿一本也算是幫我們的忙，我們必須騰出空位放書。」

影子又走回皮封面舊書區，決定解救一些沒人想買的書，卻在《圖解泌尿系統常見疾病》與《湖畔鎮議會議事紀錄，一八七二至一八八四年》之間猶豫不決。他翻了翻那本圖解醫學書，猜想或許某個少年會想買去唬唬朋友，便拿起那本議事紀錄，付了一塊錢給門邊那人，將三本書放進大衛食品行的褐色紙袋。

從圖書館回家的路上，湖景清晰可見，甚至看得見他住的那棟橋畔公寓，像是娃娃屋一樣。靠近橋那側的湖面約有四、五個人，正將一輛深綠色車子推到結凍的湖面中心。

影子以幾乎聽不見的聲音對著湖念道：「三月二十三日，早上九點到九點半。」他不知道湖或那車子能不能聽見——恐怕就算聽見，也不會搭理吧。

冬風苦寒，刺痛他的臉。

到家時，查德．穆利亙警長正等在公寓外。一看到警車，影子的心怦怦猛跳，直到看見穆利亙似乎只是坐在駕駛座上寫著什麼，才鬆了一口氣。他拿著裝書的紙袋走到警車前。

穆利亙搖下車窗，問：「你去逛曬書拍賣會啊？」

「是啊。」

「兩、三年前，我也買了一大箱羅勃．勒德倫❶的懸疑小說，卻沒什麼時間讀。我外甥很喜歡那些書。最近我一直在想，要是哪天我被放逐到荒島上，又帶著那箱書，我就有時間好好讀了。」

「需要我幫什麼忙嗎，警長？」

「沒事，只是來看看你。你應該聽過這句中國諺語吧？所謂『救人救到底』——啊，我不是說我救了你，只是覺得應該過來看看。鈞特家那輛車還可以吧？」

「不錯，開起來很順。」

「那就好。」

「我在圖書館遇到隔壁的奧森太太。我一直在想……」
「想她是不是吃錯藥？」
「或許可以這麼說……」
「說來話長。你要是有時間出門轉轉，我可以把來龍去脈告訴你。」
影子遲疑片刻，便鑽進警車，坐在前座。穆利亙往北邊開，而後關掉車燈，停在路旁。
「達倫．奧森在威斯康辛州立大學史蒂芬斯角分校認識了瑪格，帶著她回到湖畔鎮。瑪格主修新聞學，達倫學的好像是什麼飯店管理之類的鬼東西。那大概是十三、十四年前吧。大家見到他倆，下巴差點掉下來，因為瑪格實在太美，尤其是那一頭烏黑秀髮……後來達倫在這兒往西約二十哩的卡姆登市找到工作，負責管理美利堅汽車旅館。可是沒人會在卡姆登過夜，旅館很快就倒了。他跟瑪格生了兩個男孩，桑狄那時才十一歲，小的那個叫利昂是嗎？剛出生不久。
「達倫．奧森不是個堅強的男人。他高中時代是個傑出的橄欖球員，不過那恐怕是他一生唯一光采的時候了。總之，他不敢跟老婆說他失業，所以有一、兩個月的時間總是早出晚歸，還頻頻抱怨工作多辛苦。」
「他都做些什麼？」影子問。
「嗯，我也不知道。大概都跑到北邊鐵木鎮或南邊綠灣市，一路找工作吧。不多久，他開始酗酒度日，成天醉醺醺，跟『上班女郎』胡混，八成還賭錢。不到兩個半月，他把他們倆帳戶裡的錢全花光了。瑪格早晚會發現這一切——哇，我們出動啦！」
一輛掛著愛荷華州車牌的車，以時速七十哩飆下山路。穆利亙突然發動車子，從路邊衝出，響起

❶ Robert Ludlum，懸疑小說暢銷作家，最著名的作品為改拍成電影的「神鬼認證三部曲」（The Bourne Trilogy）。

警報器，亮起警示燈，把坐在車裡的矮個兒嚇得魂都飛了。

穆利亙給車中的愛荷華膽小鬼開完罰單，又繼續原先話題。

「我講到哪？哦，對了……總之，瑪格將達倫踢出家門，申請離婚，結果就演變成『監護權惡戰』——《時人》雜誌都這麼形容，對吧？瑪格保住了孩子，達倫只獲得探視權。那時利昂還很小，可桑狄年紀大多了，正是崇拜父親的年紀，連瑪格都不能在他面前說爸爸的壞話。母子三人失去了丹尼爾路那棟漂亮樓房，只能搬進小公寓。達倫離開這裡，每半年只回來一次，卻總搞得雞飛狗跳。

「幾年就這麼過去。達倫每次回來都帶禮物給兩個小孩，給瑪格的卻只有眼淚。這兒的人大多希望他別再回來。他父母早已退休，說受不了威斯康辛州的冬天，搬去佛羅里達州住了。去年達倫又回來，說要帶小孩子去佛羅里達過耶誕。瑪格說不可能，叫他去死，結果場面變得很難看，我還得過去調解。就是夫婦吵架啦。我趕到時達倫正站在前院大吼大罵，瑪格哭個不停，小孩子嚇壞了。

「我只好叫達倫收斂一點，不然就要把他關進看守所睡一夜——我還以為他會打我。他還算清醒，沒真的動手。我送他回南邊的停車場，叫他好好反省，別再傷害瑪格……第二天他就離開了。

「兩週後，桑狄失蹤了。沒搭校車上學。他跟最好的朋友說他就快要見到爸爸，爸爸還會送特別的禮物給他，說是補償沒帶他去佛羅里達過耶誕節。之後再也沒人見過桑狄。這種非強制監禁的綁架案最難辦了，你知道嗎？因為不想被人發現的孩子最難找。」

影子說他明白——甚至看出查德．穆利亙愛上了瑪格麗特．奧森。不知穆利亙有沒有察覺自己表現得多明顯？

穆利亙再次亮起警示燈衝了出去，攔下幾個以時速六十哩飆車的青少年。他沒開罰單，說是要他們懂得敬畏上帝。

那晚，影子坐在餐桌旁，想弄清楚該怎麼把一元硬幣變成一分錢。這是他從《繁花幻術》中看到的硬幣戲法，可是那些說明文字寫得含含糊糊，一點用也沒有，實在讓人氣結。幾乎每一段都出現「依慣例使一分錢硬幣消失」這句話，但影子實在不懂到底什麼是「依慣例」。是法式藏幣法？藏進袖子？還是大喊一聲「天哪！有飛碟」引開觀眾的注意力，然後偷偷把硬幣塞進口袋？

他將手中銀幣拋向空中，然後接住。他想起月亮和把月亮送給他的那名女子，又繼續練習，但就是不成功。他走進浴室，面對鏡子又做了一次，證明他的猜測是正確的，書裡那套把戲根本沒用。他嘆口氣，將銀幣放回口袋，坐回沙發，在腿上蓋了一條便宜的毯子，翻開《湖畔鎮議會議事紀錄》讀了起來。內文排成兩欄，字體很小，實在看不清楚，只好隨興翻閱書上那些翻拍的老照片、昔日幾名議員的舊照。那些人大都留著長鬢角，叼著陶製菸斗，戴著漁夫帽或帶絲光的帽子，有幾個看來還很面熟。看到一八八二年那位肥胖的議會祕書名叫派崔克．穆利亙，他毫不意外——刮掉鬢角，瘦個二十磅左右，活脫脫就是查德．穆利亙的樣子。大概是他的曾曾祖父吧。說不定辛澤曼的祖先也在照片裡？然而，看起來他的先人似乎不是議會成員。影子翻看照片時似乎瞄到跟辛澤曼有關的字句，重新翻找卻又找不到了。字體太小，影子讀得雙眼痠澀。

他闔上書，發覺自己似乎開始「釣魚」。他醒醒神。床僅在數步之遙，睡在沙發上實在好笑。不過，反正床也不會長腳跑走，差個五分鐘又何妨。更何況他並不打算睡覺，只是要讓眼睛休息休息……

黑暗吼嘯。

他站在平原之上，剛被大地擠壓而出。夜色繁星流墜，落觸紅土便成了男男女女。他們是繁星的子民：男子皆有烏黑長髮，顴骨高突；女子個個貌似瑪格麗特．奧森。

眾人眼眸黝黑，皆以高傲眼神凝視影子。

「請告訴我雷鳥的祕密。拜託，不是為我自己，是為了我太太。」

他們紛紛轉身背向影子，消散於大地。最後離開的女子髮色深灰，髮間夾雜縷縷銀絲。她在轉身離去之際，指向酒紅色天空。

「你自己去問他們。」女子說畢，閃電劃過夏日天空，瞬間照亮眼前廣闊大地。

影子身邊是高起的突岩，沙礫築成的尖塔呈微黃象牙色。他爬上離自己最近的那塊岩石，抓住一塊突出物，感覺岩石刺進掌裡。是骨頭！影子突然想到，這些並非石塊，而是陳年風乾的骨骸。

這是夢。夢中的你別無選擇：或許是夢裡沒有什麼需要選擇，也或許是抉擇早已在夢境開始時便決定。他繼續往上爬，雙手發疼，骨骸在他裸足下剝落碎裂。疾風扯拉，他緊貼壁沿，繼續往塔頂爬去。

他確定腳下的尖塔是由骨頭組成。球形骨頭早已風乾，也許是某種巨鳥的蛋。另一道閃電劃亮夜色，告訴他其實不然：腳下的骨骸有兩窪眼洞，冷峻地露出森森白牙。

某處傳來鳥啼，雨水拍擊臉龐。

地面在幾百呎之下，他緊貼髏骨塔側。巨鳥在尖塔周邊繞飛，翅膀的陰影閃著電光。那些黑羽巨鳥長得像是兀鷹，頸間環著一圈白翎。牠們巨大優雅，望之令人生畏；夜色裡，每次振翅都擊出一聲響雷。

巨鳥繞著尖塔盤旋。

翼幅肯定長達十五、二十呎，影子心想。

第一隻鳥朝影子俯衝而來，藍色閃電在雙翼間劈響。他將身體擠進髏骨間的罅隙，空洞的眼窩瞅著他，白牙全對著他笑。他只是繼續往上爬，將自己一寸寸拉上顱骨堆成的山尖，骨頭的尖角刺傷他的皮膚，他感到恐懼厭惡，卻又心生敬畏。

另一隻鳥也衝來，手掌大的利爪攫住他手臂。

他伸長手，想拔下一根鳥羽——若他空手返回人間，就太恥辱了，不配當個男人。但巨鳥又往上飛，他沒能拔下羽毛。雷鳥鬆開利爪，飛回夜空，而他繼續爬高。

這裡肯定有千顆髏骨，影子心想，說不定上萬個！但這些髏骨並不全是人的骨骸。他終於爬上塔頂，巨大的雷鳥繞著他緩緩飛行，每一次羽翼振動皆雷電大作。

影子聽到一個聲音，像是牛頭人在風裡呼喚，告訴他那些髏骨原屬於誰……髏骨高塔搖晃起來。最大的那隻雷鳥隨著雷聲轟鳴，衝向影子，刺眼的藍白色閃電自巨鳥眼睛散放。影子從髏骨高塔上一路往下直墜……

電話鈴聲響個不停，影子甚至不知道電話線是何時接通的。他全身癱軟，搖搖晃晃起身接了電話。

「王八蛋！他媽的！你是在搞什麼鬼！」星期三先生在電話裡大吼，影子從沒聽過他那麼憤怒。

「我睡著了……」影子只能硬擠出這句。

「去你的，你以為我幹麼費盡心思把你放在湖畔鎮那種鬼地方？鬧得這麼大，連死人都吵醒了，你還搞不清楚啊！」

「我只是夢見雷鳥……還有一座塔和骨頭……」他覺得非得重述剛才的夢不可。

「我知道你夢見了什麼！該死，全天下都知道你夢見了什麼！……媽的，你要是老這麼大聲張揚，我幹麼還把你藏起來？」

影子不發一語。

話筒另一端似乎也平靜下來。「我一早就會到。」星期三的怒火似乎消了，「我們去舊金山，你愛在頭上戴什麼花，隨你便！」電話掛斷。

影子將電話放到地毯，坐在沙發上，全身僵硬。清晨六點，外頭仍漆黑一片。他站起身，渾身哆嗦。他聽見寒風自結冰的湖面呼嘯而過，牆後傳來哭泣聲，肯定是奧森太太……她壓抑不斷的啜泣，聽來令人心碎。

進浴室上廁所後，影子回到臥房，將哭泣聲關在門外。寒風依然在外呼號，彷彿也在尋找失蹤的孩子。

一月的舊金山反常溫暖，熱到影子頸後淨是溼黏的汗。星期三一身深藍色西裝，戴金框眼鏡，看來就像混娛樂圈的律師。

兩人走在海特街❷上，遊民、皮條客、乞丐看著他們走過，沒人拿出裝零錢的紙杯向他們要錢或其他東西。

這天一早，那輛黑色林肯車停在公寓外，星期三始終拉長著臉。影子看得出他還在生氣，於是什麼都不問。駛往機場的路上，兩人也沒交談。當影子發現星期三坐頭等艙，而自己坐經濟艙時，不由得鬆了一口氣。

時近傍晚。自幼時離開之後，影子再也沒來過舊金山，只在電影裡看過充當背景的城市景色，此時卻意外感到對此地十分熟悉。獨棟木造樓房色彩繽紛，丘陵蜿蜒陡峭，迥然不同於世上其他地方。

「真不敢相信這裡和湖畔鎮同屬一個國家。」

星期三瞥了他一眼，「不是同一個國家，就像紐爾良和紐約不同國、邁阿密和明尼亞波利市也不同國。」

「是嗎？」影子語氣溫和。

「當然。不可避免地，這些城市得共用某些文化符號，包括貨幣、聯邦政府、娛樂活動等等，畢竟位於同一塊土地。然而，它們看起來同屬一個國家，其實是由花花綠綠的美鈔、脫口秀節目和麥當勞製造的假象。」兩人朝街尾端的公園走去，「等一下你會見到一名女士。態度好一點，不過也別太過頭。」

「我知道怎麼應對。」

兩人踏上草坪。

一個年紀不到十四歲的女孩盯著兩人走過，她染了一頭橙色、綠色和粉紅色。女孩身邊坐著一隻雜種狗，狗脖子上繫著項圈，還拖著一條鏈帶。女孩看來似乎比小狗更餓。小狗朝他們狂吠數聲，接著卻猛搖尾巴。

影子遞給女孩一張一元鈔票。她死瞪著鈔票，彷彿不知道那是什麼。「幫小狗買些東西吃吧。」影子提議。女孩點點頭，笑了笑。

「我先把話說清楚。你等一下得特別小心應付那位女士。她說不定會很喜歡你，不過那可就糟了。」

「她是你的女友？」

「送我全中國的塑膠玩具也不要。❸」星期三語調平和，聽來似乎消氣了，也或許是想留待日後再發作。影子猜想或許驅動星期三行動的力量，正是那可怕的怒氣。

一名女子坐在樹下的草地，面前攤著一張紙桌巾，上面堆滿裝著食物的保鮮盒。

女子不胖，說實話，離「胖」字很遠，該說是「凹凸有致」吧——這還是影子第一次用這個詞。女子的金髮亮得幾近發白，簡直跟某位已故的著名女星一模一樣。她的雙唇紅豔，年紀約在二十五到

---

❷ Haight Street，著名的嬉皮街。

❸ 原成語為 not for all the tea in China，意指無論用盡什麼方法，都不能讓人做某件事。

五十歲之間。

兩人走近時，女子正在裝滿芥末雞蛋的盤子裡挑揀。星期三上前，女子抬頭一瞥，放下挑好的雞蛋，擦了擦手，帶著笑容說道：「哎唷——你這個老騙子。」星期三深深鞠躬，執起女子的手吻了一下。

「妳真像天仙下凡。」

「還會有別的樣子麼。」女子哆聲回了一句，「噯，總之你這愛說謊的傢伙。去紐奧良一趟真是天大錯誤，害我胖了大概三十磅啊。我發誓，真的，看到自己走路像隻鴨子一樣歪歪拐拐，我就知道非走不可。我現在走路的時候，兩條大腿黏得可緊了，你相信嗎？」女子對著影子說完最後一句，影子不知該如何回答，只覺臉上一陣熱辣。女子開心大笑。「他居然臉紅呢！親愛的星期三，你竟然帶一個會臉紅的小傢伙來，真是令人驚訝。他叫什麼名字呢？」

「這位是影子。」星期三似乎樂得看到影子一臉尷尬，「影子，向伊絲特女士問好。」

影子含糊地寒暄著「您好」，那女人一直對他微笑。他覺得自己彷彿置身於探照燈下——可以讓人暫時什麼都看不見的那種強光燈，盜獵者常用來驚嚇野鹿，以便開槍射殺。影子站著就能聞到女子身上的香味，混合了茉莉和金銀花，還有甜牛奶和女性肌膚的氣味，聞來令人心醉。

「近來都好吧？」星期三問。

伊絲特聞言笑了起來，那是發自內心深處、令身心跟著顫動的愉悅笑聲。會這麼笑的人，怎麼可能不討人喜歡？「一切都很好呀。你呢，過得怎樣啊，老傢伙？」

「我希望妳能加入我的陣營。」

「別浪費時間了。」

「至少聽我把話說完。」

「沒必要，別白費心思。」

她看著影子，「請坐啊，別拘束，儘管挑喜歡的東西吃。喏，盤子拿著，多吃一些。每樣都很好吃呢。這是雞蛋、烤雞、咖哩雞、雞肉沙拉，那是兔子肉，冷了也很好吃。那碗裡是兔血燉野兔。哎呀，我幫你盛一盤吧？」女子也不等影子回應，逕自拿了一個塑膠盤，在上頭堆滿食物，遞給影子。然後她看看星期三，問：「你要不要吃點兒？」

「悉聽尊便，親愛的。」星期三說。

不料女子竟說：「你啊，滿嘴胡言沒一句真話，嘴巴沒爛掉還真是奇蹟。」她遞給星期三一個空盤。「自己拿吧。」

午後陽光自她身後照來，在她髮上形成一圈光環。「『影子』真是個好名字。為什麼這麼叫你啊？」她邊問影子邊津津有味地啃著雞腿。

影子舔舔乾澀的嘴脣，「小時候，我和母親住。我們在……噢，我是說我媽媽替美國大使館工作，祕書之類的職位。所以那時我們在北歐各大城之間搬來搬去。後來她生病了，只得提前退休，帶著我回美國。那時候，我也不懂該與其他小朋友聊什麼，只能老跟在大人身後轉。或許我只是想有人陪吧，畢竟那時還小。」

「你現在長大啦。」

「對，我是長大了。」

女子轉向星期三，他似乎正在喝秋葵冷湯之類的東西。「他就是那個讓大家火大的小鬼？」

「你也聽說了？」

「我的消息可靈通呢。」她轉向影子，「你最好別插手。這世上搞小圈圈的太多了，但要說什麼照顧彼此或忠誠之心，可一個也沒有。管它是什麼公司企業、獨立團體或政府，其實都是一個樣，只不過有的只算是小角色，有的卻惹不起。啊，對了，老傢伙，你說不定會喜歡這個笑話：『你怎麼能確定中情局與甘迺迪的死無關？』」

「我聽過了。」星期三說。

「真可惜。」她又將注意力轉回影子身上，「不過你碰到的那幾個幹員可不一樣，他們之所以存在，是因為人人知道他們必須存在。」她喝光紙杯內像是白酒的飲料，站了起來。「影子是個好名字。我想喝摩卡奇諾，一塊兒去吧。」

女子說完就要走，星期三問道：「這些食物怎麼辦？不能就丟在這裡吧。」

她對星期三一笑，指著那個坐在小狗旁邊的女孩，又伸手朝海特街和整個世界繞了一圈。「就給他們吃吧。」說完，她邁步前行，星期三和影子緊跟在後。

女子邊走邊對星期三說：「我過著富足的好日子，何必幫你？」

「因為妳跟我們一樣，遭世人遺忘，不再受人愛戴崇敬。妳該選擇哪一邊，答案很清楚。」

三人走進街邊的咖啡店。店內有一名女侍，眉環標誌著印度的種姓階級。另一名女店員在櫃檯後面煮咖啡。女侍走向三人，露出服務生的微笑，帶他們就坐，問他們要喝什麼。

伊絲特以柔軟的手掌輕拍星期三寬厚暗沉的手背，「我說過了，我現在**過得很好**。在那個以我為名的節日裡，人們依舊以雞蛋、兔肉、蜜糖和鮮果擺設宴席，慶賀新生與繁榮。他們不但在帽子上簪花，還拿花互贈。這可**全是**以我之名所做的事啊，人數還一年比一年多。**以我之名**，老傢伙。」❹

「所以妳因此發胖，日子過得越來越好？」星期三諷刺道。

「別說得這麼難聽。」她啜飲咖啡，聲音突然顯得非常疲憊。

「這問題很嚴肅。我當然知道數百萬人以妳的名義互贈禮物，在妳的節日舉行各種慶典，甚至還搞出獵彩蛋這種名堂。但是，有多少人真的知道妳是誰？」星期三轉頭對女侍說：「小姐，麻煩妳。」

「您還需要咖啡嗎？」

「不用了，只是想麻煩妳幫我們裁決一下。我朋友和我對『復活節』的定義有些不同，想請問妳知不知道？」

女侍直盯著他，彷彿他嘴裡蹦出許多綠色蟾蜍，「我不懂基督教的事，我不信基督。」

櫃檯後的女店員說：「我猜那節日是源自拉丁文或某種語言吧，可能是『基督復活』之類的意思。」

「真的嗎？」星期三說。

「可能是吧。復活節不就是『Easter』嗎？『East』是『東方』，就像太陽從東方升起一樣。」

「嗯，復活的天父之子，有道理喔。」女店員笑了，又繼續磨咖啡豆。星期三抬頭對女侍說：「麻煩妳，我**想**再來一杯濃縮咖啡。請問一下，妳不信基督教，那**妳**拜什麼？」

「拜什麼？」

「沒錯。我想非基督徒崇拜的神明一定很多吧。妳家裡的神壇放著什麼神像？妳拜哪個神？妳每天都向哪個神祈禱？」

女侍支吾了一陣，才終於開口：「我拜母神，她們給我力量。」

「是麼。妳拜的母神有名字嗎？」

戴眉環的女侍臉紅了，「祂存在於每個人心中，不需要名字。」

「啊哈！」星期三狡獪一笑，「那妳有沒有為了表示崇敬而縱情作樂啊？妳會不會在滿月的時候，拿銀燭臺點上紅蠟燭，喝下鮮血美酒？妳會不會裸體踏過海水，為妳的無名女神醉吟狂喜，高唱聖

❹ 伊絲特原文為Easter，與復活節（Easter）相同。

歌，讓浪花像幾千隻豹子的舌頭一樣，輕舔妳的大腿啊？」

「你在笑我嗎？我們不做這些事。」女侍深吸了一口氣，影子看她可能正在心裡默數，壓抑情緒。接著她又露出一開始那種接待顧客的笑容，說道：「各位還需要咖啡嗎？這位女士要不要再喝一杯摩卡奇諾？」

他們搖搖頭，女侍轉身接待別的顧客。

星期三說：「看吧，又是一個卻斯特頓口中那種『沒有信仰，也無法享受信仰之福』的人❺。果真是個異教徒。好啦，親愛的伊絲特，我們何不上街找人再問問？看看有多少人知道，所謂的復活節其實源於黎明女神伊歐絲特之名？嗯……我想到了，我們就找一百個路人問問看吧。只要有一個人知道，我就讓妳剁掉一根手指。手指剁完，還有腳趾。反之，只要每有二十人不知道，妳就得陪我睡一晚。嘿，妳幾乎穩贏啊。畢竟這兒是舊金山，大街小巷全都是沒有信仰的人，更別說一堆異教徒和搞巫術的。」

伊絲特一雙綠眼瞪著星期三，默不作聲。影子覺得那眼眸就像春日照耀的嫩葉顏色。

星期三繼續說：「試試無妨啊。但是我敢說，我的手指腳趾絕對一根不少，妳卻得陪我睡五個晚上。行行好，別再說什麼人們崇敬妳，都還慶祝妳的節日。他們念著妳的名字，卻毫不知其意。什麼都不是！」

伊絲特突然眼眶盈淚，低聲說道：「我明白，我不是傻瓜。」

「不，妳根本不明白。」星期三說。

逼得太過頭了，影子想。

星期三低下頭，有些不好意思地說：「抱歉……」影子聽得出他聲音裡的誠懇。「我們需要妳，需要妳的活力，需要妳的力量。當風暴來臨，妳願不願站在我們這邊？」

伊絲特猶豫不語。她的左手腕有一串藍色勿忘我刺青。

隔了一會兒，她回道：「好，我想我願意。」

果然，只要擺出一臉誠懇，別人就很難拒絕。影子不由得這麼想，卻又為自己的小人之心感到慚愧。

星期三親親自己的手指，伸手碰觸伊絲特的臉。他請女侍過來買單，仔細數了幾張鈔票，和帳單放在一起，遞給女侍。

女侍正要走開，影子從地板撿起一張十元鈔，對女侍說：「小姐，妳掉了東西。」

女侍看看手中的鈔票，說：「沒有啊。」

「我看到鈔票掉下來，妳數數看吧？」影子禮貌地說。

女侍數了數手裡的錢，面露困惑。「噢，天啊。真不好意思。」她從影子手中接過鈔票，然後離開。

伊絲特與兩人一起走到人行道。天色漸暗，她向星期三點了點頭，碰碰影子的手，問：「你昨晚夢見什麼？」

「雷鳥，還有骷髏堆起的高塔。」

她點點頭，「你知道那些是什麼骨骸嗎？」

「夢裡有個聲音告訴我了。」

她點點頭，等著影子繼續說。

---

❺ 語出卻斯特頓（G. K. Chesterton）所寫的〈THE SONG OF THE STRANGE ASCETIC〉最後兩句：Of them that do not have the faith, And will not have the fun.

「那聲音說，全部是我的骨骸。成千上萬個顱骨全屬於過去的我。」

伊絲特看著星期三，說：「他應當是個守護者。」她笑得開懷，接著拍拍影子手臂，往人行道另一端離去。影子看著她的背影，試圖禁止自己腦海中想像她走路時雙腿摩擦的樣子，卻辦不到。

搭計程車往機場途中，星期三突然問影子：「那十元鈔票是怎麼回事？」

「你少給她錢啊。到時候若總數不對，店裡會扣她薪水。」

「你幹麼在意這個？」星期三似乎真的火了。

影子想了想，說：「因為我不希望別人這樣對待我，她又沒犯什麼錯。」

「她沒有嗎？」星期三瞪著遠處，開始滔滔不絕地說：「她七歲的時候，把一隻小貓關進櫃子裡，聽小貓在裡頭哀叫好幾天。等小貓再也不叫，她才把屍體放進鞋盒，埋在後院。她做這種事就只是好玩。她還在工作的地方偷小錢。去年，她去探望住在安養中心的奶奶，竟然還偷了她奶奶放在床邊的古董金手錶！不僅如此，還又偷了其他老人的錢和物品，那些東西可都是見證他們光榮歲月的紀念品！回家以後，她不知道該怎麼處理贓物，又怕別人來找，只好留下現金，其餘全丟掉。」

「我明白了。」影子說。

「她還有無症狀淋病。她雖然懷疑自己可能染病，卻放任不管。前男友怪她散播性病，她還一副委屈樣，拒絕再見他。」

「好了，我明白了。總之，你就是會這樣對待別人，然後再提出他們做過的壞事，以便合理化自己的行為，不是嗎？」

「沒錯，他們幹的壞事都一樣。他們以為自己難免犯錯，卻仍不斷做些小奸小惡。」

「所以，你覺得你自己有立場偷她十塊錢？」

星期三付了計程車費。兩人走進機場，緩步走向登機門。還沒開始登機。「要不然呢？人們已經不再獻祭牛羊給我，也不再送我殺人凶手、奴隸或吊死鬼。人們創造了我，卻又遺忘我。這難道公平嗎？」

「我母親總說這世上沒有公平。」

「她當然會這麼說，當媽媽的最愛說這句了。喔，還有另一句：『你朋友做了，難道你也要跟著做？』」

「你騙走那女侍十塊錢，我只好還給她十塊錢。」影子很頑固，「我認為這樣才對。」

廣播通知登機手續開始。星期三站了起來，說：「但願你做所有事都這麼清晰果決。」

破曉前，星期三載影子回到公寓。寒流逐漸減弱，湖畔鎮卻依然寒冷，只不過不再冷得超脫現實。駛過小鎮中心時，影子看見「馬夏爾─埃利銀行」旁邊的燈箱顯示時間是午夜三點半，氣溫達華氏五度。

早上九點半，查德．穆利亙警長來到影子的公寓，問他認不認識一個名叫艾莉森．麥高文的女孩。

「恐怕不認識。」影子睡眼惺忪。

「這是她的照片。」穆利亙遞來一張女孩高中時的照片，影子立刻認出照片裡的人：正是巴士上那個戴牙套、一直和朋友討論胃片的女孩。

「噢，我見過她。她跟我搭同一班巴士來湖畔鎮。」

「安瑟爾先生，請問你昨天在哪裡？」

影子覺得世界開始粉碎，卻也明白自己不該有罪惡感。（你在假釋期間犯了重罪，還靠著假名過活，這還不夠嗎？他腦中有個冷靜的聲音說道。）

「我在加州舊金山，幫我叔叔運送四柱床。」

「有沒有登機證明之類的文件？」

「有。」影子從褲子後口袋掏出來回登機證存根，「究竟怎麼了？」

穆利亙仔細檢查登機證，「艾莉森失蹤了。她平常會去湖畔鎮仁愛協會幫忙，餵餵動物、幫忙遛狗。放學後她都會去那裡待上幾個鐘頭。協會下班時，負責人多莉．諾普會送她回家。可是她昨天一直沒出現。」

「她失蹤了？」

「對。她父母昨晚打來報警。這傻孩子，那裡靠近鄰郡，非常荒涼，她卻老是搭便車過去。她父母勸過她，可是這裡從來沒出過什麼大事……我們這裡的居民甚至不鎖門啊，總不能老跟小孩講些恐怖的事情。好吧，請你再看一次照片。」

照片裡是微笑的艾莉森沒錯，但她嘴裡的牙套線是紅色，不是藍色。

「你能發誓，說你真的沒綁架她、強暴她、謀殺她或做過類似的事嗎？」

「我那時人在舊金山啊，更何況我絕不會做這些可惡的事。」

「我也這麼想。哎，你要不要幫我們一起找人？」

「我？」

「是啊。今天早上我們帶警犬搜過了，卻什麼也沒找到。」穆利亙嘆了口氣，「唉，我寧願她只是跟某個蠢小子溜去雙子城。」

「你這麼想？」

「我認為很有可能。你可以加入搜索隊嗎？」

影子想起曾在亨寧五金雜貨店見到那女孩。她當時露出牙套，羞澀地笑。影子當時覺得女孩長大後一定很漂亮。「好，我加入。」

消防局大廳集合了二十幾人，影子認出辛澤曼和幾張熟面孔。除了本地員警，身著棕色制服的朗字郡警也來了。

穆利亙對眾人描述艾莉森失蹤時的穿著：紅色雪衣、綠手套、雪衣兜帽下戴著藍色羊毛帽。然後將志願者分成三人一組，影子和辛澤曼、柏亙一組。穆利亙特別提醒大家，白天很短，另外，要是不幸找到女孩的屍體，千萬不要破壞現場，只要以無線電回報，請求支援即可。若女孩仍活著，小心別讓她失溫，等候救援。

簡報結束，眾人便出發前往W郡。

辛澤曼、柏亙和影子沿著一條冰凍的溪流行走。出發前，每個小組都領了一具手持對講機。雲層低垂，天色灰濛。已經三十六小時沒下雪，雪地上的足跡清晰可見。

柏亙蓄著小鬍子，鬢角發白，看來像個退役軍官。但他告訴影子，他其實是退休的高中校長。「雖然我還教幾堂課，幫忙籌畫校內比賽——比賽可說是整學期的大事啊——但我畢竟年紀大了。我偶爾打打獵，在派克湖邊有間小木屋。」出發後柏亙說：「一方面，我希望能找到她；但另一方面，要是真得有人找到她，我希望是別人而不是我們。你明白我的意思吧？」

影子明白。

三人少有交談。他們一路尋找，希望能看見紅色雪衣、綠手套、藍帽子，或慘白的屍體。柏亙負責拿對講機，三不五時與穆利亙聯絡，確認狀況。

午餐時間，搜索隊員全坐在義務徵用的校車上吃熱狗、喝熱湯。某個人指著禿樹上一隻鳥，說是紅尾隼，另一人卻說是獵鷹。後來鳥飛走了，爭論不了了之。

辛澤曼談起祖父的喇叭，說某年冬天寒流來時，他祖父想吹喇叭，就到穀倉外練習，但怎麼樣都吹不出聲音。「後來他回到屋裡，把喇叭放在火堆旁解凍。那晚，全家人在床上睡大覺的時候，成串解凍的曲調突然從喇叭裡竄出來，我祖母嚇得魂去了一半。」

下午時光顯得漫長難耐，毫無所獲，眾人沮喪不已。夜色降臨，世界轉為墨藍，遠處景物模糊難辨。冷風襲人，臉上肌膚幾乎要凍傷了。天色暗得無法繼續搜索，穆利亙以無線電通知眾人暫停，用校車將大家載回消防局。

消防局附近有家「銷金窟酒吧」，大多數搜索隊員都到那裡歇息。大家累壞了，心情低落，只能聊聊天氣是否會變更冷，而也許艾莉森明後天就會突然出現，完全不知道自己惹了多大麻煩。

「別因為這件事就覺得這裡很糟，本地是個好地方。」柏亙說。

「湖畔鎮是這附近最好的鎮。」一個苗條的女子說。或許有人介紹過她，但影子忘了她的名字。「你知道這兒有多少失業人口嗎？」

「不知道。」影子說。

「不到二十人，可我們鎮內跟周邊地區住了五千多人呢。我們或許沒什麼錢，但人人都有工作。不像東北那些採礦鎮，幾乎全成了空城。至於那些務農為主的鎮，光是牛奶或豬肉價格下跌，就毀了全鎮人的生計。你知道中西部那些農夫非自然死亡的主因是什麼嗎？」

「自殺？」影子亂猜一通。

女子似乎有點失望，「沒錯，就是自殺。」她搖搖頭，又繼續說：「附近有很多小鎮，只能賺賺獵人或遊客的錢，那些人只會帶走戰利品或蟲咬的傷口回家。還有那些大公司進駐的小鎮，一開始似乎萬事美好，一旦沃爾瑪超市將物流中心遷走，或是沒了3M的工廠，就會有一堆人永遠還不起銀行貸款。不好意思，我忘了你的名字。」

「安瑟爾。我叫麥可．安瑟爾。」影子點了以當地泉水釀造的啤酒，味道不錯。

「我是凱莉．諾普，多莉的姊姊。」她的臉仍凍得紅通通，「我的重點是，湖畔鎮的人算是很幸運。這裡什麼都有，農業、輕工業、觀光、手工藝品，樣樣不缺，學校也不錯。」

影子困惑地看著她。這些話聽來空泛，彷彿出自推銷員之口，一味相信自己的產品很好，卻只想著趕緊把箱子裡的牙刷或整套百科全書都賣給你一樣。或許她看出影子的想法，連忙解釋：「不好意思，我太愛這地方了，一開口就沒完沒了。不知安瑟爾先生做哪一行？」

「我的叔叔做古董買賣，我幫他搬運一些大型貨品。這工作不錯，只是不太穩定。」酒吧的招客小黑貓在影子雙腳間鑽來鑽去，頻頻以額頭磨蹭影子的靴子，最後跳上影子身邊的長椅睡覺。

「至少你可以到處跑。」柏亙說：「你還會什麼？」

「你有八枚二十五分錢硬幣嗎？」影子問。柏亙掏了半天，掏出五枚，推到影子面前。凱莉也拿出三枚。

影子將硬幣排成兩行，各四枚。接著，手幾乎沒動，其中四枚硬幣卻穿過木頭桌面，從左手落入右掌。

接著，他又將硬幣分成兩堆，每堆四枚，放在右手。左手邊放一個空水杯，以餐巾蓋住杯子。他將硬幣一枚枚從右手變不見，讓人清楚聽見硬幣陸續落到餐巾蓋著的空水杯。最後他攤開右掌，顯示裡頭空無一物，又抽走餐巾，露出杯裡的硬幣。

影子將三枚硬幣還給凱莉、五枚給柏亙，又從柏亙手中拿回一枚。他朝拿來的二十五分硬幣吹一口氣，那硬幣竟變成了一分錢。他還給柏亙，柏亙數了數，發覺手中仍是五枚二十五分硬幣，不由得目瞪口呆。

「哇！你是魔術大師啊！」辛澤曼開懷大笑。

「只是業餘的，算不上什麼大師啦。」影子雖然嘴上這麼說，心裡卻不由得感到一絲自豪。這群人是他第一批成人觀眾。

回家途中，影子至雜貨店買了一盒牛奶。負責結帳的薑黃色頭髮女孩看來很面熟。女孩臉上滿是雀斑，眼睛哭得紅腫。

「我見過妳，妳是……」影子正要說出「那個胃片女孩」，幸好及時住口。「妳是巴士上那個女孩，艾莉森的朋友，對吧。希望妳朋友安全無事。」

女孩吸吸鼻子，點點頭道：「我也希望。」她拿起衛生紙用力擤了擤鼻涕，塞回袖套裡。

女孩胸前的識別證上寫著：「嗨，我是蘇菲。想知道怎麼在一個月內瘦下二十磅嗎？問我就對了！」

「我們花了一整天搜尋，可惜沒結果。」

蘇菲點點頭，忍住眼淚，拿起牛奶盒在機器前掃了條碼，跑出價格。影子遞給她兩塊錢。

「我要離開這個該死的小鎮，搬到愛許蘭去和我媽住。」女孩突然哽咽著說：「艾莉森失蹤了。去年是桑狄・奧森，前年是周明，說不定明年就輪到我。」

「桑狄不是被他爸爸帶走嗎？」

女孩哽咽地說：「是啦。周明其實去了加州，莎拉・林奇只是在登山時失蹤。總之，我要搬去愛許蘭。」

她深吸一口氣，而後對影子微微一笑。那笑容並不虛偽，應該是店裡要求他們找錢給顧客時一定得露出笑容吧。女孩祝影子一切順利，接著轉向後面將商品堆滿購物車的女人，一一拿出商品掃瞄價格。

影子帶著牛奶離開，開車經過加油站，經過湖面那輛車和橋，回到家中。

前往美洲，一七七八年

女孩的舅舅賣了她。*艾比斯先生以工整筆跡寫下這一句。*

單單一句話便道盡故事，其餘只是枝微末節。

有的人，一旦我們對其敞開心扉，就會深深受傷。瞧，這兒就有這麼一個好人，不論是依他自己的標準，或是朋友的評斷，都是個好人。他忠於妻子、寵愛孩子、關心祖國、盡心工作，連屠殺猶太人都辦得既有效率又完善。他播放音樂安撫猶太人的情緒，提醒他們進「浴室」的時候別忘記自己的號碼，免得出來後拿錯衣服——此言平撫了猶太人的恐懼，讓他們誤以為走出浴室就能獲得新生。這位好好先生甚至仔細監看屍體一一送進焚化爐。若說他還有什麼煩心事，就是那些進毒氣室的禍害多少還是影響了他的心情。他知道，自己若真是個好人，就該因為這些禍害消失而歡喜。

女孩的舅舅賣了她。只這樣寫，事情顯得多簡單。

鄧恩❻曾說：「人非孤島」。但他錯了，人若非孤島，就會迷失沉溺在彼此的哀愴之中。人人孤立於他人的悲哀之外（別忘了，島之所以為島，正因其**孤立**於大陸之外），這不止是天性，也因為生命只是不斷重複同一套形式架構。這架構不會改變：人出生，然後因不同原因死去，其間細節則任個人經歷填補。你的生命與其他生命沒什麼兩樣，你的人生際遇卻與他人迥然不同。人生恍若雪花，或如青豆（你看過莢裡的豆子嗎？仔仔細細一顆顆觀察，只要觀察夠久，絕對能看出每顆豆子皆不同），看似個個相同，實則獨一無二。

死一千人、死十萬人，「死亡達到百萬人」——我們看見的就不是「個體」，而是一串數字。一

❻ John Donne，英國詩人。

旦我們正視個體存在，統計數字便成了活生生的人——這是天大謊言，因為許許多多受苦的人，只能化為麻木無意義的數字。看看這個孩子：他肚子鼓成球狀，蒼蠅爬在眼角，瘦骨嶙峋——就算你知道他的名字、年齡、夢想和恐懼，他的人生會轉好嗎？你就能因此了解他嗎？如果可以，那麼我們又該如何看待他的姊妹呢？那個躺在後方焦土上的女孩，身體歪扭變形，幾乎不成人樣。即便你憐憫這兩個孩子，那其餘成千上萬個挨餓的孩子、那些即將成為蛆蟲食物的幼小生命，又如何呢？

我們在自己與苦難之間畫出隔絕線，安居於自身孤島，他人的痛楚無法傷害我們。我們以珍珠母層似的防護膜將自己與其隔離，使自己的靈魂毋須經歷真切苦痛。

虛構的故事使我們觸及他人的思考，使我們身歷其境，透過他人視野觀看外在世界。我們隨時可以在目擊死亡之前，放棄這些故事，縱使心有同感，卻毫髮無傷——我們只要在故事外的世界翻頁，或闔上書本，就能回到自己的人生。

與他人仿似，卻又迥然相異的生活。

這是再簡單不過的事實：**女孩的舅舅賣了她**。

在這女孩的故鄉，要說孩子是誰的種很難，但從誰肚子裡生出來可就一清二楚。血緣與家產繼承都依母系，權力卻掌握在男人手中。因此，男性便握有外甥與甥女的絕對所有權。

話說此地發生戰爭，其實不過是兩個敵對部落之間的紛爭，只能算是小小齟齬：一邊村子爭贏，另一邊輸了。

在這裡，人命如草芥。人如同財物，蓄奴是千年陋習。阿拉伯的奴隸販子毀了東非僅存的偉大王國，西非人卻自相殘殺。

雙胞胎的舅舅賣掉他們，這很尋常，沒什麼不妥。然而人們向來認為，雙胞胎具有特殊力量，以至這舅舅不敢明說要賣掉他們，以免自己的影子遭他們所傷，使自己送掉老命。兩個孩子才十二歲，女孩叫做烏茶茶，取自傳信鳥的名字；男孩叫做阿卡蘇，與某任國王同名。兩人健康強壯，又是龍鳳胎，因此別人對他們說了許多神祇的故事。因為他們是雙胞胎，便認真聽講，仔細記住。

他們的舅舅又胖又懶。若他有好幾條牛，或許他會賣掉牛，而不是孩子。然而他的牛不夠多，所以終究賣了雙胞胎。好吧，他的部分講夠了，應該就此退場，我們跟著雙胞胎走吧。

兩個孩子混在戰俘與奴隸群中，走了十數哩，到達某個荒遠村塢，又被轉賣。帶著長矛和匕首的六個男人，架著雙胞胎和其他十三個奴隸往西走，之後沿著海岸線走了一段長路。十五個奴隸，雙手繫著繩子，另有條繩索將眾人圈綁成一列。

烏茶茶問哥哥阿卡蘇，他們會遇到什麼事？

「不知道。」阿卡蘇總把笑容掛在臉上，一笑就露出滿口白牙。每當看到他笑，烏茶茶也會跟著開心起來。可是阿卡蘇此刻已無笑意，只想在妹妹面前顯得勇敢。他抬頭挺胸，擺出傲氣滿滿的態勢，像隻裝腔作勢的小狗。

烏茶茶後方那人兩頰都是傷疤，他說：「他們會把我們賣給白皮膚的惡魔！白皮膚惡魔會把我們從水裡送到家裡。」

「他們會怎麼對待我們？」烏茶茶問。

那人不肯說。

「會怎麼樣啊？」烏茶茶追問。阿卡蘇想偷偷轉頭看看後面，因為奴隸在行進間不准講話唱歌。

「他們可能會吃掉我們。」那人說：「我聽來的。他們整天飢餓，所以才要這麼多奴隸。」

烏茶茶邊走邊哭。阿卡蘇安慰她：「妹妹別哭，他們不會吃掉妳。我會保護妳，我們的神也會保護妳。」

烏茶茶仍舊心情沉重，一路哭泣。她年幼的心感到痛苦、憤怒、恐懼，激烈得難以承受。她無法告訴阿卡蘇，說她其實不是害怕白皮膚惡魔吃掉她，因為她確信自己能活下來。她是為了哥哥而哭，擔心哥哥會被吃掉，而她將無力保護他。

他們終於抵達某個貿易站，停了十天。第十天早上，他們從小木屋囚牢裡被帶出來（最後幾天，鏈成一列列的奴隸來自四面八方，小木屋變得非常擁擠），眾人被押到海灣。烏茶茶看到那艘即將帶走他們的船。

她驚訝這艘船竟如此巨大，接著想到這船根本仍容不下所有人。大船停泊在海面，小艇則來回與大船與海岸之間，將奴隸一一帶上船，上船後即鐐銬加身。船員將他們塞進低矮船艙。水手們肌膚呈紅棕或古銅色，生著鷹鉤鼻，蓄著鬍鬚，個個都像野獸。有些水手看來如同那些押解奴隸到海邊的人，與烏茶茶同一族。奴隸依男人、女人、孩童分類，分別擠在奴隸艙的不同區域。船艙擠滿之後，剩下的人便被綁在甲板，捆在船員睡的吊床下。

烏茶茶沒和女奴擠在一起，而是與其他孩子睡。她也沒被鏈住，只被鎖在船艙內。阿卡蘇與男奴鏈在一起，擠得像沙丁魚。儘管船員每運一批貨，就會刷洗船艙，但艙內仍臭氣四溢。味道早已滲入木頭，混合了恐懼、膽汁、腹瀉、死亡、熱病、瘋狂、仇恨……烏茶茶和其餘童奴坐在酷熱之中，感覺身邊所有人都在流汗。一陣浪打來，旁邊的小男孩重重摔進她懷裡，然後以她聽不懂的方言道歉，她坐在黑暗中，對男孩微笑。

大船啟航，沉重地劃過浪濤前行。

烏茶茶不知道那些白皮膚惡魔來自何處（其實他們沒那麼白啊，日曬雨淋之後，膚色看來黑溜溜的）。他們糧食真的短缺到這種地步，非得遠航到她的家鄉，買下她的族人來果腹？還是他們嘗盡美食，只想以稀貴的黑皮膚奴隸填嘴？

航程第二天，海上颳起暴風。雖然影響不大，但甲板不免左搖右晃，船裡除了原有的屎尿味與汗酸味之外，又混上四處傳來的嘔吐味。大雨傾盆，自艙頂的通風口傾洩，淋在奴隸身上。

航行一週，不見陸地蹤影。船員鬆下奴隸的鐐銬，但警告他們，若是不守規矩或惹出麻煩，就要讓他們嘗嘗意想不到的苦頭。

奴隸的早餐是豆子、乾糧，外加一口醋漬萊姆汁——味道酸得使人皺起整張臉，偶爾還會嗆到，直想吐出。一見到那湯匙舀出的果汁，就有人低聲哀嚎抱怨。然而要是故意吐掉萊姆汁，就要受一頓毒打。

晚餐是鹽醃牛肉，毫不可口，暗沉肉色上還浮著彩虹色油膜。這還算好，因為出海越久，牛肉就越難吃。

一有機會，烏荼荼與阿卡蘇會挨坐一起，談起母親、故鄉與玩伴。偶爾烏荼荼會把媽媽說過的故事講給阿卡蘇聽，例如最狡詐的神祇艾勒巴——他是「崇高瑪鄔」在這世上的耳目，負責替瑪鄔傳訊。

到了傍晚，船員為了打發航程的無聊，偶爾會要奴隸唱歌娛樂，或是跳些家鄉舞蹈助興。睡在童奴之間算是幸運，因為船員不太注意擠成一團的童奴。那些女奴可就沒這種好運，某些奴隸船上的女奴常慘遭水手玷辱，彷彿是船員出海的額外「福利」。這艘船雖不同於那些船，仍偶爾出現此類行徑。

上百名成人與孩童在航程中死去，屍體由船側拋進大海。某些人病得半死不活，被拋進大海時還沒斷氣，冰冷海水冷卻了他們持續不退的高燒，但他們只能在水中掙扎拍打，最後嗆水溺斃。

烏荼荼和阿卡蘇搭的是荷蘭船，他們不知道的是，不論是英國船、葡萄牙船、西班牙船或法國船，遭遇都一樣。

船上有黑人船員，膚色比烏荼荼還黑。他們負責指示奴隸行動：去哪裡、做什麼、何時跳舞。某天早晨，烏茶茶發覺有個黑人船員盯著她瞧。她吃東西的時候，那人走過來，一言不發低著頭看她。

「你為什麼這麼做？」她問男人：「你為什麼服侍白皮膚惡魔？」

男人衝著她笑，彷彿她說了天大笑話。男人彎下腰說話，嘴脣幾乎貼上她耳朵，嘴裡的熱氣吹進耳裡，讓她感到噁心。「要是妳年紀大一點，我就用我那根讓妳爽翻天。說不定今天晚上就要。看妳跳舞跳得這麼好啊……」

女孩以一雙褐色眼睛瞪著他，表情毫不畏縮，甚至掛著一抹笑：「你敢把你那根放進來，我就用我那裡的牙齒把它狠狠咬斷。我懂巫術，下面的牙齒銳利得很。」女孩得意地看著男人臉色大變，一語不發走開。

這段話雖出自女孩嘴裡，卻不是她說的。她沒想過這樣說，也沒說出來。她知道，說出這些話的其實是狡詐的艾勒巴。瑪鄔創造了這個世界，艾勒巴卻使計讓她對世界失去興趣。機巧的艾勒巴在那一刻駕馭了她的身體，利用她的嘴開口說話。那晚睡前，她向艾勒巴致上謝意。

幾個奴隸因絕食而慘遭毒打，要他們將食物塞入嘴裡。其中兩人承受不了，最後給活活打死。自此，再沒人敢利用絕食來換取自由。一男一女想從船邊跳海自殺，女人成功，男人卻給救上來，被綁在船桅上鞭打，打得背上全是血。他被成日成夜綁著，沒得吃喝，只能喝自己的尿。到了第三天，男人開始胡言亂語，頭部腫脹，皮膚鬆塌，有如蜜瓜放了多日。最後他終於無法再言語，屍體被扔下大海。這樁逃亡事件發生之後連續五日，船上的奴隸全給鎖上鐐銬，不能自由行動。

對奴隸而言，這趟航程漫長痛苦。船員雖然懂得硬起心腸，想像自己是將牲畜帶去市場買賣的農夫，心裡卻也不痛快。

某個風和日麗的日子，奴隸船終於停靠在巴貝多❼的橋港。碼頭派來小艇，將奴隸一一帶上岸，遣送至市集，又打又罵地命令他們列隊站好。哨聲響起，市集頓時擠滿人，一個個赤紅著臉，朝奴隸身上戳戳頂頂仔細檢視，不時咆哮叫喊，咕噥著品頭論足。

這時，烏茶茶和阿卡蘇給拆散了。事情發生得太快。一個高大男子強迫阿卡蘇張嘴，檢查他的牙齒，揑揑他手臂肌肉，點點頭表示滿意，另兩人立即將阿卡蘇拖走。他沒掙扎，只是望著烏茶茶，喊著要她勇敢。她點點頭，忍不住哭了起來，淚眼矇矓。孿生子在一起，就能擁有奇妙法力；一旦拆散，便淪為身受苦痛的稚童。

此後，烏茶茶僅再見到阿卡蘇一次，不是在他還活著的時候。

以下是阿卡蘇的遭遇。他被帶去某個農場。在那裡，他每天都因自己做過或沒做過的事而挨鞭打。他學了一點英語，還因為黝黑的膚色而被取了「墨水賈克」的新名字。他逃過一次，主人帶著獵犬將他追回農場，拿鑿子敲掉他一根腳趾，免得他忘記教訓。他試過絕食，卻被拔掉門牙、強灌稀飯，他只得吞下，免得噎死。

那個時代，主子愛挑選生而為奴的人，勝過從非洲買來的自由奴。自由奴總是想逃跑或是自殺，常讓奴隸主人賠上一筆錢。

墨水賈克十六歲時，連同其他幾個奴隸被轉賣到聖多明哥島上的甘蔗園。在那裡，少了門牙又高大的他有了個新名字「海辛斯」。他遇到了一個同鄉的老婦，她本來負責打理主人的家務，因為手指得了關節炎，便被轉賣到甘蔗園。老婦告訴他，白人故意將同鄉或同信仰的奴隸分開，免得奴隸聯手反抗。他們不喜歡奴隸以自己的語言交談。

海辛斯學了一點法語，還懂了一些天主教教義。每天，日頭還沒升起，他就開始割甘蔗，一直工作到日落西山。

❼ Barbados，位居加勒比海東部的島國。

他生了幾個孩子。儘管主人不准，他仍常和幾個奴隸在深夜偷溜進樹林，跳卡林達舞，獻歌給黑蛇形象的蛇神丹巴拉．威鐸、艾勒巴、歐古、尚果、撒卡，以及許多他們帶來此地的神祇。這些神祇活在他們的思想中，他們將其偷藏於心裡。

聖多明哥島的甘蔗園奴隸很少能活過十年。奴隸每日的休息時間，只有午間最熱的兩個鐘頭，以及夜裡最黑的五個鐘頭（夜間十一點至凌晨四點）。也只有在這段時間內，他們可以耕種自己的食糧（主人不負責供餐，只分一小塊土地給奴隸自己種植作物，自求溫飽）。此外，他們還得在這短短時間內睡覺做夢。即便如此，他們仍善用休息時間相聚，唱歌跳舞、崇敬祖神。此地土壤肥沃，自達荷美❽、剛果、尼日遷來的神祇幫助作物生長、收穫豐饒，並應許自由給那些在午夜樹林裡崇敬祂們的子民。

海辛斯二十五歲那年，被蜘蛛咬傷右手背。傷口感染，導致肌肉壞死。不久之後，整條手臂腫脹發紫，還發出惡臭，不僅時時作痛，甚至灼熱難當。主人給他灌下劣質蘭姆酒，用烈火將長刀烤紅，將他手臂自肩膀處鋸斷，再以燒燙的刀刃封灼傷口。他因高燒昏睡一週，又返回勞動崗位。

海辛斯雖然成了獨臂奴隸，卻參與了一七九一年的革命。

艾勒巴神於森林中附上海辛斯的身體，如白人騎馬般駕馭他，以他的嘴說話。他想不起自己說了什麼，但根據旁人說詞，他將自由應許給眾人，要將他們自奴役中解放。他只記得私處勃起如棍棒，疼痛難當，還記得自己舉起尚存的左手及早已不存在的右手，向明月敬拜。

甘蔗園的奴隸殺了一頭豬，男男女女喝下豬血，結為手足。接著又向過去家鄉眾神發誓祈願，要成就一隊自由之軍。

「若我們死在這白人的戰場，」他們告訴彼此：「終將會在非洲，也就是我們的家園與部族中重生。」

因為另一名戰友也叫海辛斯，於是眾人稱阿卡蘇為獨臂老大。他驍勇善戰，不忘敬神獻祭，又善於籌謀。雖然戰友與情人紛紛犧牲，他仍不放棄戰鬥。

慘烈血腥的戰役持續了十二年。他們先是與甘蔗園園主奮戰，而後是法國來的鎮壓軍隊。他們奮戰不懈，最後竟然打贏了。

一八〇四年一月一日，聖多明哥宣布獨立，旋即成立世人所知的海地共和國。獨臂老大未能親眼目睹，因為他在一八〇二年八月死於法國兵的刺刀之下。

獨臂老大（他曾是海辛斯，或叫「墨水賈克」，心中卻惦記阿卡蘇這名字）死去那一瞬間，他的妹妹感覺像是被一把冰冷刀鋒刺進自己肋骨，不由得高聲尖叫，難以自抑地嚎啕慟哭。這個在他記憶中名喚烏荼荼的妹妹，後來到了卡羅萊納州的甘蔗園，被稱為瑪莉；轉為家奴之後，又改名黛希。最後，被轉賣到紐奧良的拉維爾家，成了蘇琪。蘇琪的雙胞胎女兒被媽媽的聲音驚醒，也跟著哭起來。孩子的皮膚是淺咖啡色，不像她在甘蔗園生下的孩子一般膚色黝黑，更不像幼時的她。甘蔗園園主將她轉賣那年，排行第二的女兒剛死了一年，活下的孩子一個十五歲，另一個十歲，但他們再沒見過面。

上岸後，蘇琪常挨打。有一次，傷口被抹上鹽巴；另一次，因為被打得太慘，使她數天無法坐下，後背連碰都不能碰。年輕時，她遭人強暴多次，除了白人之外，還有那些受命得跟她擠同一張木板睡覺的黑人。她給上過鎖鏈，卻沒有哭。自從哥哥被人從身邊帶走，她只哭過一次。那是在北卡羅萊納州，她看到人們將狗糧與奴隸孩子的食物倒在同一飼料槽，眼見自己的孩子與狗爭食。這一幕她在甘蔗園時天天看到，她離開之前也看了許多次，可是這一天，此景卻令她心痛不已。

她曾是個美人，然而長年勞苦侵蝕了她的青春。現在她的面龐滿是皺紋，褐色眼眸飽含痛楚。

---

❽ Dahomey，位於西非，為貝南共和國舊稱。

十一年前，她二十五歲時，右臂突然肌肉萎縮，有如風乾在骨頭上，白人完全找不出原因。她的右臂懸在身側，猶如覆著一層皮的骨頭，幾乎不能動彈。從此她便成了家奴。

擁有甘蔗園的凱斯特頓家十分滿意她的廚藝與家務工作，萎縮的手臂卻讓凱斯特頓太太感覺不太舒服，便將她轉賣給從路易斯安那州外派來此一年的拉維爾家。拉維爾先生是個性格活潑的胖子，需要一個廚子，還要人打理家務，對女奴黛希那條萎縮的手臂也不以為意。於是，當一年屆滿，他們便帶著蘇琪一起回到路易斯安那州。

在紐奧良，不僅女人來找她，連男人也來。他們來買治病偏方、媚藥或小神像。當然是黑人居多，但偶爾也有白人來。拉維爾家或許是得意於自家奴隸令他人尊敬害怕，對此事睜隻眼閉隻眼。然而，他們仍不放她自由。

夜裡，蘇琪總到河灣附近跳卡林達舞或邦波拉舞。如同聖多明哥或家鄉的舞者一樣，在河灣附近跳舞的人也將黑蛇視為神祇的化身。那些來自她家鄉及非洲的神祇，雖附身在她哥哥與聖多明哥人身上，卻不曾附身至她周遭那群人。但她依舊以那些神祇之名召喚，祈求恩賜。

她曾偷聽白人提起聖多明哥島的奴隸革命，說他們注定失敗，說聖多明哥不可能變成食人族島。之後，她注意到再也無人談論此事。

她旋即發現那些白人似乎想假裝世上根本沒有聖多明哥島，甚至從不提起「海地」這個名詞。美國人彷彿認為只要打死不認，就能讓一個廣大的加勒比海島嶼消失無蹤。

拉維爾家的孩子由蘇琪照顧長大。老么年幼時學不會叫蘇琪，總叫她「祖祖阿嬤」，這稱呼就這麼留下來。這年正是一八二一年，蘇琪雖然才五十幾歲，看來卻比實際年紀老得多。

相較之餘，在市政廳前賣糖果的老桑妮特．迪迪，以及自稱巫毒女王的馬麗．薩婁佩都比她知道更多祕密。這兩人是擁有自由的有色人種，而祖祖阿嬤說不定到死都是奴隸——至少她主人是這麼說的。

某日，自稱「巴利思寡婦」的年輕女子來找她，想知道丈夫出了什麼事。這名女子年輕自信、膚色紅褐、髮絲烏亮，雙眸烏黑且眼神高傲。她胸脯豐滿，體內流著非洲、歐洲、印第安的血統。她的丈夫可能死了。這個名叫賈克·巴利思的男人，體內混有四分之三的白人血統，家族早年由聖多明哥島搬來此地避難，曾經顯赫一時。他和他年輕妻子一樣，生來就是自由人。

「我深愛的賈克是不是死了？」巴利思寡婦是個髮型設計師，專門到府服務，為紐奧良地方的高雅仕女設計髮型，使她們光鮮亮麗地出席社交活動。

祖祖阿嬤以雞骨占卜，搖搖頭道：「他在北邊，跟一個白皮膚女人在一起。金頭髮的白女人。他還活著。」

這並非魔法。在紐奧良，賈克·巴利思為了誰拋棄妻子，那女人又是什麼髮色，早是眾所皆知的八卦。

祖祖阿嬤十分驚訝，巴利思寡婦竟然還不知道她愛的賈克就在北邊的科法斯，每晚（或者該說是沒喝醉的夜晚）都在用他那混了四分之一黑人血統的陰莖捅那白皮膚女人——除此之外，那東西也只能用來撒尿。

也許年輕女子知情，只是以此為藉口來找她吧。

巴利思寡婦每週來一、兩次。一個月後，她還帶了禮物，包括髮帶、香料蛋糕和一隻黑色公雞。

「祖祖阿嬤，把妳所知一切都教給我吧。」女子說。

「好吧。」祖祖阿嬤了解時勢所趨，何況巴利思寡婦還坦承自己帶著長蹼的腳趾出生——這證明她也是孿生子，而且在母親子宮裡殺了自己的手足。祖祖阿嬤別無選擇。

她教巴利思寡婦用繩子串起兩顆肉豆蔻，掛在脖子上，待繩子斷掉，就能拿那肉豆蔻治療心臟雜音。又教她將還不會飛的乳鴿剖成兩半，放在頭上，可退高燒。她還示範了許願袋的作法：小皮袋裡放入十三枚一分錢硬幣、九粒棉花種子、一根黑豬鬃，然後以特定方法搓揉袋子，願望即可實現。

巴利思寡婦學會祖祖阿嬤教導的一切，卻不信任何神祇。她只在意那些實用的好處，例如將活生生的青蛙蘸裹一層蜂蜜，放入螞蟻洞，待青蛙被吃得只剩下白骨再拿出來。仔細找找，會看到一塊心形骨板，還有一根鉤狀小骨。只要正確無誤地將鉤狀小骨掛在心儀男性的衣物上，並謹慎保存心形骨板（要是弄丟了，對方就會由愛轉恨），對方就會手到擒來。

寡婦學會將蛇磨成乾粉，混在情敵的撲面蜜粉裡，使其雙目失明。若想淹死她，那就取得她的貼身衣物，將裡外側翻轉，午夜時壓在磚下。

祖祖阿嬤給巴利思寡婦看「奇景之根」，也就是俗稱「征服者約翰之根」的東西❾，以及龍血❿、纈草⓫、五指草⓬，還教她燉煮「日漸消瘦茶」、「跟我走迷藥」、「老實話迷藥」。

祖祖阿嬤對巴利思寡婦傾囊相授，卻不免失望。她將那些隱藏在表面之下的真實、深奧的知識，以及艾勒巴、瑪鄔、蛇神艾朵．惠多等神祇故事，全告訴了年輕寡婦，然而寡婦對這些來自遙遠國度的神毫無興趣（現在我可以說出她幼時與後來揚名於世的名字了——她就是瑪麗．拉芙，但並非那位人人皆知的瑪麗．拉芙，而是她的母親。故事中，這位巴利思寡婦後來又成了格萊平寡婦⓭。對非洲神祇而言，聖多明哥島是富足安居的沃土，而此地雖有玉米、甜瓜、小龍蝦、棉花，卻荒蕪貧瘠。

「她根本不想了解。」祖祖阿嬤告訴密友克萊曼蒂。克萊曼蒂在這一帶從事洗衣工作，也幫人清洗床單和窗簾。她臉頰有一塊燙傷疤痕。她的一個孩子被掉下的熨斗燙死。

「別再教她了。」克萊曼蒂說。

「我什麼都教她，她卻看不出真正價值，只想有實用好處。我要給她鑽石，她卻喜歡便宜的玻璃。我給她美酒，她卻喜歡喝河水。我給她吃鵪鶉，她卻要老鼠肉。」

「那妳又何必堅持呢？」克萊曼蒂問。

祖祖阿嬤聳聳瘦弱的肩膀，萎縮的手臂晃了晃。

她無法回答。她可以說自己還想教導，是因為她看過太多死亡，而自己還活著，因此心存感激。她也可以說，因為自己一直夢想，各地的奴隸終能如路易斯安那州拉普拉斯地方的奴隸一樣奮身反抗。但她明白，沒有非洲神祇的力量，少了艾勒巴與瑪鄔的恩賜，奴隸無法戰勝白人，也無法回到自己的家鄉。

早在二十年前那個驚醒的可怕夜晚，感覺冰冷刀鋒刺進肋骨那刻，她的生命已經結束了。現在的她只剩下恨意，並不真正活著。若你問她恨什麼，她或許不會說出某個十二歲女孩待在臭船上的故事，也不會細數痛打與鞭痕、套著鐐銬的長夜、無數痛苦與離別，因為那些經歷早已在她心中結成痂。她或許會告訴你，主人只因為發現她的兒子會讀會寫，便剁掉孩子的拇指。她或許會告訴你，她那年僅十二歲的女兒，被發現懷了工頭八個月的種，那些白人在紅土地上挖洞，將她懷孕的女兒壓在

---

❾ roots of John the Conqueror，征服者約翰據傳為非洲某國王子，遭俘虜至美國成了奴隸。而「征服者約翰之根」其實是牽牛花科植物的塊根，通常用來裝在法術用的小袋子裡，用以催情或是帶來賭運。

❿ Dragon's Blood，黃藤或印度黃檀的鮮紅色樹脂，在巫毒教中用以製造求財或愛情的靈藥。亦可做為室內薰香，驅走屋裡的不潔物。

⓫ valerian，可做鎮定劑。

⓬ Five-Finger Grass，即委陵菜，據說可以帶來愛情、財富、健康、力量、智慧。

⓭ 瑪麗・拉芙據傳生於十八世紀末、死於十九世紀末，母女兩代皆為紐奧良著名的巫毒女王。第一任丈夫賈克・巴利思於一八二〇年過世，死因不明。之後，瑪麗・拉芙與情人格萊平（Luis Christopher Duminy de Glapion）同居，至一八三五年對方過世為止。

地上，鞭打她的背，直到皮綻血流。儘管她女兒將便便大肚埋在洞裡，卻仍然失去腹裡的孩子與自己的生命，那是白人全上教堂的某個週日早上……

無窮無盡的痛苦。

「崇拜祂們。」午夜一點，祖祖阿嬤在河灣對年輕的巴利思寡婦說。兩人光裸上身，溼熱夜氣使人流汗，明耀月光照亮肌膚。

巴利思寡婦的丈夫賈克（三年後，他的死訊上了幾篇顯目的報導）曾告訴她一些有關聖多明哥神祇的事，但她毫不在意。她認為力量源於儀式，而非神祇。

祖祖阿嬤和巴利思寡婦，一個是自由的有色人種，一個是手臂萎縮的女奴，同在沼澤中跺步，在黑蛇般的細小水流中低吟痛哭。

「這樣做不只是使你自己富足、使敵人敗亡而已。」祖祖阿嬤說。

祭典的字語，那些她與哥哥知曉的語言，大多已自她記憶中流散而去。她告訴瑪麗，詞語並不重要，重要的是曲調及節奏。她在黑蛇般的沼澤細流裡吟唱跺足，看見了異象。她彷彿看見歌聲的節奏，看見卡林達舞與邦波拉舞的節奏，看見屬於赤道非洲的律動緩緩傳遍午夜大地，整個世界彷彿都隨著古老神祇的節奏顫動起來。即便如此，沼澤裡的她仍還未全然了解。

她轉向美麗的瑪麗，從對方眼中看到自己的模樣：一個黑皮膚老嫗、滿臉皺紋，身側僵直懸著瘦可見骨的手臂，一雙眼睛見過自己的孩子與狗在飼料槽裡爭食。她從對方眼中看到自己，並首度明白眼前女子對她的嫌惡與恐懼。

她大笑彎下身，以健全的手臂抓起一條黑蛇。黑蛇如同小樹一般長，粗如船上的繩纜。

「吶，這就是我們的神。」

她將毫不反抗的蛇放進瑪麗帶來的籃子裡。

之後，她在月光下看見第二幕幻景：她看見哥哥阿卡蘇。阿卡蘇不再是她先前在橋港市上見到的十二歲男孩，而是名高大男子，露出缺了門牙的笑容，背上傷痕歷歷。他單手持著長刀，右臂只餘一小截血肉。

她伸出自己完好的左手。

「留下來，陪我一下。」她低聲說：「我很快就去，很快就會和你在一起。」

而瑪麗·巴利思還以為眼前的老嫗正在對她說話。

第十二章

美國已經把宗教和道德都投資在穩當的收支保障裡，採取一種無懈可擊的立場，認為國家蒙福是因為自己本就值得蒙福；美國人民毫不猶豫地支持這種國家信念，無論偏好或漠視哪種宗教體系。

——雅格妮．雷普利，《時代與趨勢》

影子向西行駛，橫跨威斯康辛和明尼蘇達州，進入北達科塔州，白雪覆蓋的山頭看似龐大沉睡的水牛。影子和星期三兩人舉目所見，除了單調還是單調，而且綿延一哩又一哩。接著他們南下進入南達科塔州，前往保留區。

星期三將影子喜歡駕駛的林肯加長型禮車換成笨重老舊的溫尼巴高露營車。車裡瀰漫著一股公貓騷味，影子開起來感覺很無趣。

他們行經前往拉希莫山❶的第一個路標時，距離拉希莫山還有好幾百哩。星期三咕噥一聲：「現在那裡成了聖地啦。」

影子本以為星期三睡著了，「我聽說以前印地安人認為那裡很神聖。」

「那是聖地。」星期三說：「這就是美式作風，要給一個藉口，大家才會來讚美。如此一來，人們就不是單純去看山。所以才會有像卡曾．波格蘭先生那樣了不起的總統臉。一旦雕刻完成，就會頒布許可。現代人一窩蜂開車出門，看的都是早已出現在千百張明信片的實景。」

「好幾年前，我認識一個在健身房做重量訓練的人。他說達科塔州的印地安年輕人會爬上這座山，毫不怕死地掛著鏈子，從雕像頭上垂下，然後就可以尿在總統的鼻子上。」

星期三放聲大笑：「喔，好！非常好！他們最想光顧的總統是哪位？」

影子聳聳肩，「他沒說。」

溫尼巴高露營車的車輪壓過漫漫長路。影子開始想像自己靜止不動，而美國景色持續以時速六十七哩的速度經過他們身旁。冬季的霧氣使萬物輪廓顯得迷濛。

第二天中午，他們即將抵達目的地。影子一直心事重重，「上週湖畔鎮有個女孩失蹤了。當時我們在舊金山。」

「嗯？」星期三的聲音聽起來不感興趣。

「一個叫艾莉森．麥高文的女孩。她不是第一個失蹤的，之前還有其他人。都是冬天發生的事。」

星期三皺起眉頭，「真悲慘，不是嗎？那些小臉蛋印在牛奶盒上——雖然我不記得多久沒在牛奶盒上看到小臉蛋了——有時也印在高速公路休息區的牆上。他們像是在問：你見過我嗎？偉大的年代，深刻的存在主義式問題。你見過我嗎？我們下個出口靠邊停車。」

影子似乎聽見直升機從頭上經過，但是雲很低，什麼也看不見。

「你為什麼挑湖畔鎮？」影子問道。

「我說過了。那是安靜的好地方，可以把你藏起來。你待在那裡，什麼雷達都找不到。」

「為什麼？」

---

❶ Mount Rushmore，位於南達科塔州的國家紀念公園，園內有四位美國總統頭像，分別為華盛頓、傑弗遜、老羅斯福、林肯，由雕刻家卡曾．波格蘭與四百名工人花了十四年時間完成。

「因為事情就是這樣。現在左轉。」星期三說。

影子左轉。

「這裡怪怪的。」星期三說：「媽的！去他的老王八！開慢一點，但是不要停。」

「發生什麼事？」

「有麻煩了。你知道別的路嗎？」

「不太清楚。這是我第一次來南達科塔。」影子說：「而且我不知道我們要去哪裡。」

山陵的另一邊，有東西發出紅色閃光，被霧半遮著。

「路障。」星期三說。他把手深深探入西裝的一個口袋，又探入另一個口袋，似乎在找什麼東西。

「我可以迴轉。」

「不能迴轉，他們也跟在我們後面。」星期三說：「時速降到十或十五哩。」

影子瞥了鏡子一眼。他們後面有車頭燈，距離不到一哩。「你確定嗎？」他問道。

星期三哼了一聲。「王八蛋就是王八蛋，當然確定。」他說：「就像火雞農場主人孵出第一隻烏龜時說的話。啊，成功！」他從口袋底端拿出一小根粉筆。

他開始用粉筆在露營車的儀表板上塗鴉畫記號，彷彿在解幾何題——影子心想，他就像是個遊民，正在用遊民密碼對其他遊民塗寫長長的訊息——這裡有惡犬、危險的小鎮、不錯的女人、可進拘留所過夜……

「好了，」星期三說：「現在加速到三十哩。然後不要變慢。」

他們後方的車打開大燈和警笛，加速駛向他們。「不要慢下來。」星期三複述：「他們只是要我們在路障前面慢下來。」塗鴉。塗鴉。塗鴉。

他們開上山。不到四分之一哩處就是路障。路上排著十二輛車，路的一邊是幾輛警車和黑色大休旅車。

「好了。」星期三放下粉筆。溫尼巴高車的儀表板現在覆蓋著神祕符號塗鴉。

他們後方的車子響著警笛，與他們等速。擴音器發出喊聲：「靠邊停車！」影子看著星期三。

「右轉。」星期三說：「離開馬路就好。」

「我們不能離開馬路，那樣會翻車。」

「沒關係，右轉。現在轉！」

影子用右手將方向盤猛往下轉，溫尼巴高車搖晃顛簸。一瞬間，他覺得露營車真的就要翻了，但接著車窗外的世界突然消解、發出微光，就像輕風拂過清澈游泳池面時顯露的倒影。

雲與霧與雪與日光都消失了。

頭上布滿星辰，像冰凍的光矛刺入夜空。

「這裡停車。」星期三說：「剩下的路我們可以步行。」

影子將引擎熄火，鑽進車後，穿好外套、靴子，戴上手套，然後爬出車子說：「好了，我們走吧。」

星期三興味盎然地看著他，帶著別的情緒——或是惱怒，或是驕傲。「你為什麼從不質疑？」星期三問道：「你為什麼不懷疑這一切都是不可能的？你怎麼總是言聽計從，一切都這麼他媽的概括承受？」

「因為你不是付錢叫我問問題。」影子說完之後才恍然了悟原因，他接著說：「反正，自從蘿拉的事情之後，就沒什麼事能讓我感到驚訝了。」

「自從她死而復返嗎？」

「自從我知道她和羅比有染。那真的很令人難過，其餘一切都只是冰山一角了。我們現在要去哪裡？」

星期三用手往前指，他們便開始行走。腳下的地面是某種岩石，光滑似火山岩，某些地方像玻璃。空氣微寒，卻不像冬天那麼淒冷。他們笨拙地橫向走下山坡。小徑很滑，他們一路下行。影子往下看著山底。

「那是什麼鬼東西？」影子問道。但星期三用手碰嘴脣，猛力搖頭。四周一片寂靜。

那東西看似機械蜘蛛，藍色的金屬，發出螢光，大小如牽引機，蹲踞在山底。更遠處布滿各式各樣枯骨，每塊骨頭旁邊都閃爍著比燭火稍大的火焰。

星期三比手勢要影子與這些物品保持距離。影子向旁邊多跨了一步，小徑很光滑，這錯誤的一步使影子腳踝一拐，跌下山坡。他一路翻滾滑行，彈躍而下。途中他試圖抓住一顆石塊，但黑曜石似的斷枝將他的手套像紙一樣劃開。

他最後停在山底，介於機械蜘蛛和枯骨之間。

他用一隻手撐著，把自己推高，發現掌心摸到一塊看似腿骨的東西，而他正……

……站在光天化日下，抽著雪茄，看著錶。他的周圍都是車，有些是空的，有些則不然。他但願自己沒有喝之前那杯咖啡，因為他很想小便，而且已經開始有點急了。

一名執法人員向他走來，是個壯漢，濃密的八字鬍還沾了霜。他已經忘記那人的名字。

「奇怪，不知我們怎麼會把他們跟丟了。」當地執法人員語帶歉意與困惑。

「那是視覺上的幻覺。」他回答：「你在異常的天候下抓他們。四周是迷霧，是海市蜃樓。他們沿另一條路走了，我們卻以為他們走這條路。」

當地執法人員看來有點失望，「喔，我還以為像X檔案那樣。」

「沒那麼刺激吧。」他為時而發作的痔瘡所苦，屁股剛開始癢，顯然馬上就要爆發了。他想回到環狀高速公路，但願有棵樹能讓他站在後面：小便的欲望越來越強烈了。他丟下菸蒂，用腳踩熄。

當地執法人員走向其中一輛警車，對駕駛員說了些話。兩人皆搖搖頭。

他拉出電話機，碰觸選單，往後翻頁，找到標明「洗衣店」地址的條目。當初他輸入「洗衣店」三個字時，還開心了好久——因為參考了電視影集「打擊魔鬼」，但他仔細看後，才明白根本不是那齣影集，片中是**裁縫師**，不是洗衣店。他想到另一部影集「糊塗情報員」，小時候他不明白那是喜劇，只是一心想要鞋子造型的電話❷。多年後，他對這件事仍感到有些詭異和尷尬。

電話中傳來一名女子的聲音：「你好。」

「我是阿鎮先生，我想找世界先生。」

「請稍等，我看他是否能接聽。」

一片寂靜。阿鎮蹺起腿，將皮帶往肚子上拉——非再瘦十磅不可——遠離膀胱。接著一個彬彬有禮的聲音說道：「喂，阿鎮先生。」

「我們跟丟了。」阿鎮說著，心裡感到一股挫折不滿：真是混蛋，竟然殺了阿木和阿石，混帳東西。他們是好人。好人！他巴不得能搞上阿木的太太，但他知道阿木才剛死，現在採取行動還太快，所以他現在每隔幾週便帶她出門用餐，這是為了將來的投資，她很感激他的照顧……

「怎麼可能？」

「不知道。我們設了路障，無路可逃，但他們還是溜了。」

「這只是生命中又一件無解的小事。別擔心。你安撫當地人了沒？」

「我跟他們說是視覺上的幻覺。」

---

❷糊塗情報員常拿起鞋子來講電話。

「他們能接受嗎?」

「大概吧。」

世界先生的聲音聽起來異常熟悉——這種事說起來有點奇怪,他在他手下辦事已經兩年了,每天和他說話,**當然**會對他的聲音感到熟悉。

「現在他們已經遠走高飛了。」

「要派人到保留區攔截他們嗎?」

「不值得這麼費事。會造成管區之間的爭議,而且我一個早上能處理的事有限。反正我們的時間很多,你們先回來吧。我正忙著安排政策會議。」

「有麻煩嗎?」

「是小便比賽。我已經提議在外面這兒舉辦,那些狂熱的科技專家想在德州奧斯汀或加州聖荷西辦,參加的好手想在好萊塢比賽,而高不可攀的人想在華爾街舉辦。每個人都想在自家後院辦,沒有人願意退讓。」

「需要我做些什麼嗎?」

「還不用。我會對他們其中一些人咆哮,再順著毛摸摸另一些人。你也知道,老方法。」

「是的,先生。」

「繼續努力,阿鎮。」

通話中斷。

阿鎮認為應該率領反恐特勤組來除掉那輛該死的溫尼巴高車,也可以用地雷或他媽的戰略核能裝置,讓那些王八蛋知道他們是來真的。就像世界先生有一次對他說:我們正以火焰文字書寫未來。阿鎮先生認為,如果耶穌基督現在不撒尿,他的一個腎就會完蛋,當場漲破。就像阿鎮還小時,他爸爸在長途旅行時說的一樣，每次他們上州際公路，他爸爸一定會說：「我的後牙浮在水面上了。」阿鎮先生直到現在都還聽得到那聲音，尖銳的紐約腔說著：「我馬上就要去噓噓。我的後牙浮在水面上了……」

……此時，影子感覺有一隻手將自己打開，終於將緊抓住大腿骨的手指一一掰開。他不再需要撒尿，需要的是別人。他正頂著星光，站在透亮的岩石曠野。

星期三又示意要他安靜，然後邁步走。影子跟在後面。

機械蜘蛛的身上有條裂痕，星期三定住。影子停下來跟他一起等。許多綠光閃爍，成簇沿著側邊往上移動。影子盡量屏氣凝神。

他想到剛才發生的事，那就像透過窗戶看入一個人的心思。接著他想到：世界先生的聲音，是我覺得他的聲音似曾相識。那是我的想法，不是阿鎮的。難怪感覺會那麼奇怪。他努力在心中認出那個聲音，回憶起聲音的類型，卻模糊無法確認。

我會想到的，影子心想：遲早我會想到。綠光轉為藍光，接著是紅光，然後變淡，成為隱約的紅色，蜘蛛以金屬後腿安坐於地上。星期三開始向前走，星光下投出孤寂的身影。他戴著寬邊帽，磨損的深色斗篷不時在強風中飄揚，手杖拄在透亮的岩石地面。

不久後，金屬蜘蛛已位於遙遠的曠野，成為星光下模糊的閃光。星期三說：「現在應該安全了。」

「這裡是哪裡？」

「幕後。」星期三說。

「什麼？」

「你可以想成幕後，像是舞臺的幕後。我剛才把我們拉出觀眾視線之外，現在我們在後臺走動，這是捷徑。」

「我碰到那塊骨頭之後，進入一個人的心裡。他叫阿鎮，和那個恐怖傢伙一夥，他痛恨我們。」

「對。」

「他有個老闆叫世界先生，讓我想起某個人，但我不確定是誰。我當時往阿鎮的頭裡面看——也許我就塞在他的頭裡也說不定。」

「你知道我們要去哪裡嗎？」

「我想他們現在取消逮捕行動了，他們不想跟我們去保留區。我們要去保留區嗎？」

「也許。」星期三倚著手杖，片刻後繼續走。

「那蜘蛛是什麼東西？」

「模具的表現形式。也可說是搜尋引擎。」

「它很危險嗎？」

「你到了我這個年齡才能知道什麼是最壞的狀況。」

影子微笑，「那是多老？」

「和我的舌頭一樣老，」星期三說：「但比我的牙齒老幾個月。」

「你打牌時牌拿得很靠近胸前，」影子說：「我根本不確定那些是不是真牌。」

星期三只咕噥一聲。

他們經過的山丘一座比一座還難爬。

影子開始感到頭疼，星光似乎可使人感到被反覆重擊，會與太陽穴及胸膛內的脈動共鳴。他在下一個山腳又跌了一跤，張開嘴想說話，卻突然吐了。

星期三將手伸入內袋，拿出一只小燒瓶。「吸一口。」他說：「一口就好。」

那液體很辛辣，嘗起來不像酒精，比較像上等白蘭地在嘴裡蒸發。星期三把燒瓶收起來，放入口袋。「觀眾在後臺走動會感覺不好，所以你才會不舒服。我們得趕快讓你離開這裡。」

他們加快速度，星期三腳步堅定，影子則偶爾失足，但喝過飲料覺得好多了。他嘴裡留下橘子皮、迷迭香油、薄荷和丁香的味道。

星期三牽起他的手臂。「來吧，」他說，指向左手兩座一模一樣的冰凍岩石玻璃山丘，「沿著那兩座山中間走，跟著我。」

他們走著，冷空氣和明亮的日光同時刺痛影子的臉。

他們站在緩坡的半山腰。迷霧已消散，天氣晴朗微寒，天空一片湛藍。山腳下有一條碎石子路，紅色旅行車像孩子的玩具車，沿路顛簸而來。一陣燃木煙從附近的一棟建築物吹來。那建築看來像是有人在三十年前撿起了一座活動拖車屋，又丟在山丘邊，屋子歷經無數修繕補綴，有的地方剛換過，有些則是直接釘上。

他們走到門邊，門便打開。一個目光銳利、嘴巴看似被刀砍傷的中年男子低頭看著他們，說：「喔，我聽說有兩個白人正要來看我。兩個坐溫尼巴高車的白人，而且我聽說他們迷路了，就像不注意路標就會迷路的白人一樣。看看門邊這兩個可憐的畜生，你們知道自己在蘇族拉科塔的土地上嗎？」他的頭髮長而灰白。

「你何時變成拉科塔人了，老騙徒？」星期三說。他穿著外套，戴著包耳的保暖帽，影子覺得很奇怪，因為不久之前，他在星光下是戴著寬邊帽，披著襤褸的斗篷。「好吧，威士忌傑克，我餓扁了，我這位朋友又剛把早餐吐出來。你可以請我們進去吧？」

威士忌傑克搔搔腋下。他穿著藍色牛仔褲和一件與頭髮同色的灰汗衫，腳上穿著印地安人特有的鹿皮軟鞋，似乎不覺得冷。他說：「我喜歡這裡。進來吧，把溫尼巴高車搞丟的白人。」

拖車屋室內有種燃木煙的味道，裡面有另一人坐在桌邊。那人穿著髒汙的鹿皮革，打著赤腳，膚色和樹皮一樣。

星期三似乎喜出望外，說：「啊，看來我們遲了反而是好事。威士忌傑克和蘋果強尼，一石二鳥啊！」

坐在桌邊的蘋果強尼盯著星期三，然後伸手到褲襠處抓了抓，說：「又錯了。我剛檢查過，我的兩顆石頭都還在，沒有跑掉。」他抬頭看著影子，舉起手，掌心向外，說：「我是強尼．查普曼。別管你老闆說我是什麼，他是混蛋，一直都是混蛋，還想變成大混蛋。有些人就是混蛋，沒什麼好說的。」

「我是麥可．安瑟爾。」影子說。

查普曼揉著有鬍碴的下巴。「安瑟爾，」他說：「那不是名字，但必要時還是可以用。他們都怎麼叫你？」

「影子。」

「那我就叫你影子。喂，威士忌傑克——」但影子發覺他說的不是威士忌傑克，音節太多了。「食物準備好了嗎？」

威士忌傑克拿著木湯匙，將鐵鍋的蓋子掀開，燒柴的爐灶發出沸騰聲。「可以吃了。」

他拿出四個塑膠碗，用湯匙把鍋裡的東西舀入碗中，放在桌上。然後他打開門，走到外面雪地，從雪堆裡拉出一加侖的塑膠罐，拿到屋內，倒了四大杯棕黃色的混濁液體，放在每個碗的旁邊。最後，他找到四根湯匙，與其他人一起在桌邊坐下。

星期三疑心地舉起玻璃杯，說：「看起來像尿。」

「你還在喝那種東西嗎？」威士忌傑克問道：「你們白人瘋了。這比較好。」然後對影子說：「這裡面大多是野生火雞燉肉，這位強尼帶了蘋果白蘭地來。」

「不含酒精的蘋果西打。」強尼．查普曼說：「我向來不喝烈酒，會使人發瘋。」

燉肉很美味，而且蘋果西打也很棒。影子強迫自己細嚼慢嚥，不要狼吞虎嚥，但他沒想到自己竟然這麼餓。他自行盛了第二碗燉肉，又倒了第二杯蘋果西打。

「謠言夫人說你們一直在外面遊說各種人，提供他們各種東西。說你們要把老人送上戰場。」強尼．查普曼說。影子和威士忌傑克正在洗碗，把剩下的燉肉放入保鮮盒裡。威士忌傑克把碗埋進前門外的飄雪，上方放了一只牛奶箱，這樣他才能再找到那些碗。

「這摘要十分公平公正。」星期三說。

「他們會贏。」威士忌傑克淡淡地說：「他們已經贏了，你已經輸了。就像白人和我的民族一樣，多半是他們贏，而他們輸的時候就定條約，然後再打破條約，所以他們又贏了。我不要再為穩輸的目標打仗。」

「你看我也沒有用。」強尼．查普曼說：「因為就算我為你出征——雖然我決不會——對你也沒有用。長著老鼠尾巴的卑劣混蛋剛挑上我，就把我忘得一乾二淨。」他停下來，然後說：「保羅．班揚❸。」他慢慢搖頭，然後再說一次。「**保羅．班揚**。」影子從未聽過這麼無害的幾個字合起來竟有這種咒罵效果。

「保羅．班揚？」影子說：「他做了什麼？」

「他占用頂部空間。」威士忌傑克說。他從星期三那裡討了根菸，兩人坐著抽。

「這些白癡就像是以為蜂鳥會擔心體重或蛀牙或其他無聊事，所以不給蜂鳥吃糖。」星期三解釋：「他們在餵食蜂鳥的糖水機裡裝滿該死的代糖。鳥來到糖水機喝水，然後死了，因為牠們的小肚子雖然撐飽，那些食物卻不含卡路里。那就是保羅．班揚對你的意義。沒人講過保羅．班揚的故事，

❸ Paul Bunyan，傳奇的美國伐木工人。

沒人相信保羅．班揚。一九一〇年，他從紐約的廣告代理商那裡晃出來，利用空空如也的卡路里填滿這個國家虛構的胃。」

「我喜歡保羅．班揚。」威士忌傑克說：「我在美國購物中心搭過他的車，好幾年前的事了。你可以在頂端看到大個頭的老保羅．班揚，然後你就砰地落下。啪啦。對我來說他還好，我不介意他從不存在，反正他也從未砍倒任何一棵樹，但還是不如種樹。種樹比較好。」

「你瞎扯一堆。」強尼．查普曼說。

星期三噴出一團煙，煙圈停留在空中，慢慢消散。「可惡，威士忌傑克，你明知那不是重點。」

「我不會幫你的。」威士忌傑克說：「如果你被痛扁，可以回來這裡，我還會在這裡，也會再餵飽你。你會吃到秋季最棒的食物。」

星期三說：「其他所有替代方案都更糟糕。」

「你根本沒有替代方案。」威士忌傑克說完看著影子，「你在追獵。」他的聲音因為燃煙與香菸而略顯沙啞。

「我在做事。」影子說。

威士忌傑克搖搖頭，「你也在追獵某個東西。你希望償還某筆債。」

影子想到蘿拉的藍嘴唇和她手上的血，於是點點頭。

「聽著，狐狸最早出現在這裡，而他的兄弟是狼。狐狸說：人會永遠活著，如果死了，也不會死很久。狼說：不，人會死，人必死無疑，生物都會死，不然他們就會四處蔓延，覆蓋全世界，吃掉所有鮭魚、馴鹿和水牛，吃掉所有南瓜和玉米。有一天，狼死了，他對狐狸說：快點，讓我活過來。而狐狸說：不，死了就死了。你說服了我。而且狐狸是一邊啜泣，一邊說出這些話，說了就算。所以現在狼統治死人的世界，而狐狸則永遠活在太陽與月亮之下，也仍在為自己的兄弟哀悼。」

星期三說：「如果你不加入就算了。我們會繼續。」

威士忌傑克的表情不為所動。「我正在對這位年輕人說話。你已經沒救了，但他還有救。」他轉身面向影子，接著說：「把你的夢告訴我。」

影子說：「我在爬一座骷髏塔，塔周圍有巨鳥飛繞，鳥的翅膀發出閃電。那些鳥攻擊我，然後塔倒了。」

「每個人都會做夢。」星期三說：「我們可以上路了嗎？」

「不是人人都會夢到雷鳥。」威士忌傑克說：「我們在這裡感受到回音了。」

「我**告訴過**你了，」星期三說：「老天。」

「西維吉尼亞有一窩雷鳥。」查普曼懶懶地說：「總算有幾隻母雞和一隻老公雞。那塊地還有一對孵化的鳥。他們以前都稱為富蘭克林州，就在上面田納西州與肯德基州的中間，不過老富蘭克林從來沒有自己的州。當然啦，就算全盛時期，州的數目也不多。」

威士忌傑克伸出紅土色的手，輕觸影子的臉。「噢，」他說：「沒錯，如果你獵捕到雷鳥，就能把你的女人帶回來。但你的女人屬狼，在死亡之地，不能在陸地上行走。」

「你怎麼**知道**？」影子問。

威士忌傑克的嘴脣沒有動，「水牛怎麼說的？」

「要我相信。」

「不錯的忠告。你要遵從嗎？」

「也許吧，我想。」他們說話不用言語，不用嘴巴，也不用聲音。影子納悶：對屋裡另兩人而言，他們是否正動也不動地傾聽心跳？

「你找到自己的部落就回來見我。」威士忌傑克說：「我可以幫忙。」

「我會的。」

威士忌傑克放下手，接著轉向星期三，「你要去拿你的聖語族了嗎？」

「我的什麼？」

「聖語族。印地安的溫尼巴高族自稱聖語族。」

星期三搖頭，「太冒險了，拿回車子可能有問題。他們會搜尋那輛車。」

「車被偷了嗎？」

星期三看似受到輕侮，「沒有，證件還在前座抽屜裡。」

「那鑰匙呢？」

「在我這裡。」影子說。

「我姪子哈利・布魯傑有輛八一年的別克車。你們何不把露營車的鑰匙給我？你們可以開他的車。」

星期三怒道：「這算哪門子交易？」

威士忌傑克聳聳肩，「你知道要把那輛露營車從你們丟棄的地方找回來有多難嗎？我是在幫你。要就接受，不要就算了。我也懶得管。」他閉上有刀疤的嘴。

星期三似乎很生氣，但又轉為悔恨，說：「把溫尼巴高車的鑰匙交給他。」影子將鑰匙遞給威士忌傑克。

「強尼，」威士忌傑克說：「麻煩你帶這兩人下去找哈利・布魯傑。你告訴他，我已代他同意將他的車給他們。」

「遵命。」強尼・查普曼說。

他起身走到門邊，拿起旁邊的一口小麻布袋，打開門向外走。影子和星期三隨行在後。傑克威士忌等在門口，「喂，」他對星期三說：「聽好，你不要再回來了。這裡不歡迎你。」

星期三以一根手指指向天空，親切地說：「繞此旋轉。」

他們涉雪走下山丘，在漫天飄雪中前進。查普曼帶頭，赤腳被冰雪凍得發紅。「你不冷嗎？」影子問。

「我太太是恰克陶人。」查普曼說。

「她教你防寒術？」

「才不是，她以為我發神經。」查普曼說：「她以前常說：『強尼，你幹麼不穿靴子？』」山坡越來越陡，三人還差點失足，抓住山丘邊的樺樹幹才穩住，不再滑落。地面變得稍微平坦後，查普曼說：「當然啦，她已經死了。她死的時候，我想我可能真有點發神經。這種事每個人都可能會遇到，你也可能會遇到。」他輕拍影子的臂膀，「老天爺，你真是個大塊頭。」

「大家都這麼說。」影子說。

他們又跋涉了半個鐘頭才走下山丘，到達山丘腳的碎石路。三人沿路而行，走向先前高山丘上看到的那群建築物。

一輛車減速停下。開車的女人靠了過來，捲下乘客座的窗戶，說：「你們這群笨蛋要搭便車嗎？」

「夫人，您真貼心。」星期三說：「我們在找一位哈利．布魯傑先生。」

「他應該在休閒廳那裡。」女人說：「上車。」影子猜想她大約四十多歲。

他們上了車。星期三坐乘客座，強尼．查普曼和影子爬入後座。影子腿長，坐在後面不太舒服，但他盡量讓自己適應。車子顛簸前進，一路開下碎石路。

「所以你們三個是哪裡來的？」女司機問道。

「只是來拜訪朋友。」星期三說。

「住在後面的山丘上。」影子說。

「什麼山丘？」她問道。

影子透過骯髒的後窗回頭看，想眺望山丘。但後面沒有山丘，除了曠野與白雲，別無他物。

「威士忌傑克。」他說。

「啊，」她說：「我們這裡都叫他印拓米。我想是同一個人吧。我爺爺以前常講他的故事，很有意思。當然啦，其中最有意思的都有點色情。」他們撞到某個路面突起，女人咒罵了一聲。「你們後面還好吧？」

「還好，夫人。」強尼・查普曼說。他正用雙手握住後座。

「保留區的馬路就是這樣，」她說：「最好能適應。」

「所有路都像這樣嗎？」影子問。

「差不多。」女人說：「這附近的路都是這樣。而且你最好也別問賭場的錢到哪兒去了，頭腦清楚的人怎會大老遠跑來這裡上賭場？我們這裡看不到半毛錢。」

「真遺憾。」

「免了。」她換檔時發出衝撞與吱嘎聲，「你們可知道這附近白人人口在減少嗎？到處都是幽靈城鎮。他們在電視螢幕上看到了外面的世界，怎麼可能繼續留在農場？反正對大家來說，都是不值得再耕作的惡土了。他們拿了我們的土地，在這裡定居，現在他們又要搬走。他們往南走，他們往西走。說不定我們等他們差不多都搬到紐約、邁阿密和洛杉磯，就可以不用打仗，把整個中部都拿回來了。」

「祝你們好運。」影子說。

他們在休閒廳裡找到哈利・布魯傑，他在撞球臺上打特技球，吸引了一群女孩子。他的右手背有個冠藍鴉❹刺青，右耳穿了許多耳洞。

「呵呵，哈利・布魯傑。」強尼・查普曼說。

「你他媽光腳神經病白鬼。」哈利・布魯傑以閒談口吻說：「你嚇死我了。」

室內另一邊有些年長者，有的在玩牌，有的在講話。還有一些和哈利・布魯傑年齡相仿的年輕人在撞球臺邊排隊，等著輪到自己。那是一張大型撞球臺，臺面的綠色厚毛呢有裂縫，用銀灰色的封箱膠帶修補。

「我要幫你叔叔傳話。」查普曼面無憂懼地說：「他說要把你的車給這兩個人。」

大廳裡大約三十人，甚至可能是四十人。此時他們每個人紛紛低頭看著自己的牌、腳或指甲，努力假裝並未偷聽他們說話。

「他不是我叔叔。」

一縷香菸煙霧掛在空中。查普曼張大嘴微笑，露出影子所看過人類最恐怖的一口爛牙。「你要對你叔叔說那句話嗎？他說你是他待在拉科塔的唯一理由。」

「威士忌傑克說了很多事。」哈利・布魯傑倔強地說。但他說的不是「威士忌傑克」這個名字，雖然影子耳裡聽來幾乎一模一樣，其實並不全然相同：威撒忌賈克，他心想。他們說的是這個名字，根本不是什麼威士忌傑克。

影子說：「對，他說的其中一件事就是我們用溫尼巴高露營車換你的別克。」

「哪有什麼溫尼巴高露營車。」

「他會把溫尼巴高牽來給你。」強尼・查普曼說：「你知道他會的。」

哈利・布魯傑企圖打一記特技球，卻失敗了，他的手不穩。「我才不是那個老狐狸的姪子。」他

❹ 布魯傑（Bluejay）的意思即為冠藍鴉。

說：「請他不要再對人亂說了。」

「活狐狸總比死狼好。」星期三說，聲音低沉得幾近咆哮：「你到底要不要把車賣給我們？」

哈利・布魯傑明顯在顫抖。「當然，」他說：「當然要。我只是開玩笑。我常開玩笑，我是說我。」他把球杆放在撞球臺，從門邊掛鉤一排類似的夾克中抽出一件厚夾克，說：「讓我先把車子裡的垃圾拿出來。」

他不斷瞥向星期三，彷彿擔心這位年長的阿伯會突然脾氣爆發。

哈利・布魯傑的車停在一百碼外。他們走向車子時，經過一間粉刷成白色的小天主教堂。經過時，一個戴著教士領的人在門口盯著他們，他吸著菸，但彷彿抽得很無趣。

「你好，神父！」強尼・查普曼喊道，但圍著狗領的人沒有回答，只是用腳跟將菸踩熄，撿起菸蒂，丟在門邊的垃圾桶，然後進門。

哈利・布魯傑車子的兩個後視鏡都掉了，而且輪胎是影子看過最光禿的：完全就是光滑的黑色橡膠。布魯傑告訴他們，這輛車很耗油，但只要加了油，車子就會一直跑到不動為止。

布魯傑將車上垃圾裝進黑色塑膠袋（這裡說的垃圾包括幾個有螺旋蓋的廉價啤酒瓶、一小包銀色錫箔紙包著用剩的印度大麻樹脂，還差勁地藏在車上的菸灰缸裡、一根臭鼬尾巴、二十多捲鄉村及西部歌曲錄音帶、一本泛黃破爛的《異鄉異客》），「對不起，之前讓你不高興。」哈利・布魯傑一邊對星期三說，一邊將車鑰匙遞給他，「你知道我什麼時候可以拿到溫尼巴高嗎？」

「去問你叔叔。他才是可惡的二手車商。」星期三咆哮道。

「威撒忌賈克**不是**我叔叔。」哈利・布魯傑說。他拿著黑色垃圾袋走進鄰近的一間屋子，將門關上。

他們將強尼・查普曼送到蘇族瀑布的一間健康食品店外。

星期三一路都沒說話，似乎陰鬱而慍怒。自從離開威士忌傑克後，他便一直生悶氣。

影子在聖保羅外的一間家庭餐廳，拿起一份別人丟下的報紙。他盯著看，再仔細看一次，然後才拿給星期三看。

「你看看。」影子說。

星期三嘆了一聲，低頭看報念道：「我感到甚為欣慰，飛航管制員的爭議不需罷工即可解除。」

「不是那個，」影子說：「你看，上面說今天是二月十四日。」

「情人節快樂。」

「所以我們是一月幾號出發？二十、二十一？我沒有注意日期，但那是一月的第三個禮拜。我們總共只出發三天，今天怎麼是二月十四日？」

「因為我們走了將近一個月，」星期三說：「惡土那邊。後臺。」

「好一條捷徑啊。」影子說。

星期三把報紙推開，「他媽的強尼蘋果籽，老講保羅．班揚的事。現實生活中，查普曼擁有十四座蘋果園，上千畝地。沒錯，他就是西部未開發區的歷史，但外面任何有關他的報導都不是真相，只會說他曾有點發瘋。但那無所謂，就像以前報紙常講的，如果真相不夠，就把傳奇印上去。這個國家需要本國傳奇故事，即使傳奇人物自己不承認也無所謂。」

「但是你看到了真相。」

「我是現在完成式。他媽的誰會在乎我？」

影子輕聲說道：「你是神。」

星期三眼神銳利地看著他：「那又怎樣？」

「能當神是好事。」影子說。

「是嗎？」星期三問道，這次是影子別開了眼睛。

影子在湖畔鎮外二十五哩處的加油站洗手間牆上，看見一張手工影印告示：艾莉森．麥高文的黑白照片，上面有個手寫的問句：你見過我嗎？旁邊是一張照片：上排牙齒戴著橡膠牙套的女孩，露出自信的微笑，長大後想為動物工作。

你見過我嗎？

影子買了一條士力架巧克力、一瓶水、一份湖畔新聞報。湖畔鎮記者瑪格麗特．奧森寫的重點新聞旁邊，登有一張一個孩子和一位年長者的合照。兩人在冰凍的湖面上，站在類似庫房的冰釣屋旁，中間握著一條大魚。他們在微笑。父子捕獲白斑狗魚，破當地紀錄。全文詳見內頁。

星期三開車時說：「你在報上看到什麼好玩的事，念給我聽。」

影子仔細翻頁，卻什麼也找不到。

星期三送他到他公寓外的車道下車。一隻毛色如煙的貓在車道上盯著他，卻在他彎腰想撫摸時逃開。

影子走到公寓外的木板露臺，向外看著湖。湖面布滿綠棕色冰釣小屋，許多小屋旁都停著車。近橋梁的冰面上是那輛綠色舊破冰車，就像在報紙裡端坐的模樣。「三月二十三日，」影子鼓勵自己：「大約早上九點十五分。你辦得到的。」

「想都別想，」一個女人出聲說：「四月三日，下午六點。這樣白天才能把冰暖化。」影子微笑。

瑪格麗特．奧森穿著滑雪裝，在露臺的另一邊填裝餵鳥的糖水機。

「我看到妳登在湖畔新聞報的文章，報導鎮上白斑狗魚的紀錄。」

「很令人振奮吧？」

「嗯，可能有教育意義吧。」

「我以為你不會回來了。」她說：「你離開一陣子了吧？」

「我叔叔需要我幫忙，」影子說：「時間就這樣飛逝。」

她把最後一塊鳥食放入籠子，然後用塑膠牛奶罐裡的薊種子填滿網襪。幾隻披著橄欖綠冬裝的金翅雀，在附近的冷杉樹上焦躁地啁啾嘲弄。

「報紙上沒看到艾莉森·麥高文的報導。」

「沒什麼好報導的，她還是失蹤。據說有人在底特律看到她，結果也是虛報。」

「可憐的孩子。」

「我希望她死了。」瑪格麗特·奧森帶著就事論事的口吻。

影子驚訝道：「為什麼？」

「不然會更慘。」

金翅雀興奮地在冷杉枝頭間跳躍，迫不及待等著兩人離開。

妳想的不是艾莉森，影子心想，妳想的是你的兒子。妳想的是桑狄。

他想起有人說過：*我想念桑狄。*那人是誰？

「很高興跟妳聊天。」他說。

「對呀，」她說，「我也是。」

二月是一連串短暫而灰暗的日子。其中幾天下雪，但多半沒有降雪。天氣漸暖，氣溫好的時候甚至到達冰點以上。影子長期待在公寓，感覺就像監獄。接著，當星期三不需要他出外辦事時，他開始自己四處走走。

他可以一整天都在外頭行走，長途跋涉到鎮外。他獨自走著，直到抵達北邊與西邊的國家森林，或南邊的玉米田和牧牛場。他走在朗孛郡的原野步道，沿著舊鐵軌或鄉間僻徑而行。有幾次他甚至從北到南，沿著冰凍的湖逛了大半圈。有時他看見當地人、冬季旅客或慢跑者，就揮手打招呼。但他多半遇不到任何人，只有牛和麻雀。有幾次他還瞧見老鷹吞食路上被車撞死的負鼠和浣熊。他記得很清楚，某一次，他看到一隻老鷹從白松河中央攫走一條銀色的魚，河的邊緣已經結凍，但中央仍有急流。魚在鷹爪中蠕動抽搐，正午日光將牠照得閃閃發光。影子想像那條魚掙脫利爪，游過天空的景象。他露出嚴酷的微笑。

他發現走路可以不用喝水。他就是喜歡這樣。他想事情時，心思會飄到他控制不了的地方，這會使他覺得不舒服。最好是讓自己精疲力竭，這樣他的心思就不會飄到蘿拉、怪夢或其他莫名其妙的事情上。他四處跋涉後返家，倒頭就睡，安眠無夢。

他在小鎮廣場上的理髮店偶遇警長查德·穆利亙。影子很希望透過理髮改頭換面，結果卻總是不如預期。每次理完髮，他覺得自己看起來還是差不多，只是頭髮變短了。查德坐在影子旁邊的理髮椅上，感覺似乎很開心，很在意自己的外表。查德理好髮後，仔細端詳鏡子，彷彿準備要開超速罰單。

「很好看。」影子告訴他。

「如果你是女人，會覺得好看嗎？」

「大概吧。」

他們一起走過廣場，進入瑪貝爾的店，點了兩杯熱巧克力。查德說：「喂，麥克，你曾想從事執法職業嗎？」

影子聳聳肩，「不算想過，好像要學很多東西。」

查德搖搖頭，「你知道，警察工作其實也不複雜。你只要保持頭腦清醒，一旦有事情發生，有人對你大叫鬼吼，你只要能相信這一切都是誤會，那麼你就能搞得清清楚楚，就知道他們是不是能安靜走出去。而且你一定要真的這樣相信。」

「然後你就搞清楚了？」

「差不多，那就是你把手銬銬在他們手上的時候。但是，沒錯，你要盡可能搞清楚狀況。如果你要找工作就來找我，我們正缺人，而你就是我們要的那種人。」

「我會記住的，如果我叔叔事業沒成功的話。」

他們喝著熱巧克力。查德說：「嘿，麥可，如果你有表妹，你會怎麼辦？假設是個寡婦，而且還開始打電話給你。」

「怎麼打法？」

「用電話，長途電話。她住在另一州。」他臉頰泛紅，「我去年在一場家族婚禮上遇到她。她結婚了，當時啦。不過我是說，當時她先生還活著，而她算是我們家族的人，不是一等親，遠房表親吧。」

「你有東西要給她嗎？」

臉紅，「我不知道。」

「喔，那換個方式說吧。她有東西要給你嗎？」

「嗯，她在電話上說了一些東西。她長得很美。」

「所以……這件事你要怎麼辦呢？」

「我可以約她到這裡來。我可以邀她來，沒錯吧？她似乎說她想來這裡。」

「你們都是成年人了。我會說加油吧。」

查德點點頭，然後臉紅，又點了一次頭。

影子公寓裡的電話仍然死寂。他曾想過要牽電話線，卻不知道自己能打電話給誰。某天深夜，他拿起話筒傾聽，確信聽得到風聲，還有遙遠人群之間低迷難辨的對話聲。他對話筒說：「喂？」接著說：「哪位？」沒有回音，只有突兀的寂靜，接著是遙遠的笑聲，聲音微弱得連他也不確定是否是自己的幻想。

後來幾週，影子又和星期三出外跑了好幾趟。

他在羅德島一間小屋的廚房等候，聽著星期三坐在隔壁陰暗的臥房裡與一個女人爭辯。那女子不願下床，也不願讓星期三或影子看到她的臉。冰箱裡有兩只塑膠袋，一只裝了蟋蟀，另一只裝的是幾隻幼鼠屍體。

影子在西雅圖某間搖滾俱樂部，看著星期三拔高嗓子，壓過樂團的噪音，對著一位紅色短髮、身上刻著藍色螺旋刺青的年輕女子打招呼。這場交談想必很順利，因為星期三笑開著嘴回來。

五天後，影子坐在出租車裡等，而星期三繃著臉從達拉斯的一棟辦公室大樓的大廳走出來。他上車時用力甩門，靜靜坐著，臉上氣得發紅，他說：「開車。」然後說：「可惡的阿爾巴尼亞人。好像根本不當回事。」

三天後，他們飛到科羅拉多州的波爾德，與五名年輕的日本女人共進愉快的午餐。那是氣氛愉快的一餐，影子離開時不確定是否同意或決定了什麼事。不過，星期三似乎還算高興。

影子出外時會想念湖畔鎮，那裡平靜好客，他很喜歡。

每天早晨，若不必外出遠行，他便會開車過橋到鎮上廣場。他會在瑪貝爾的店買兩塊餡餅，當場吃一塊，並喝一杯咖啡。如果有人留下報紙，便拿起來看。不過他對新聞一向沒什麼興趣，所以不會自己買報紙。

他會把第二塊餡餅包在紙袋，放入口袋，當作午餐。

某天早晨，他正在看《今日美國報》，瑪貝爾說：「喂，麥可，你今天要去哪裡？」

天空蒼白透藍，晨霧使樹木覆上一層白霜。「不知道，」影子說：「也許會再去逛逛原野步道。」

她幫他續杯咖啡，「你曾經向東走到Q郡嗎？那邊很漂亮。從二十大道地毯店的小路開始走。」

「沒有。從來沒走過。」

「喔，」她說：「那裡滿漂亮的。」

那裡漂亮極了。影子將車停在小鎮邊緣，沿著路走，那是一條蜿蜒的鄉間道路，盤繞著山丘，直達小鎮東邊。每座山丘長滿沒有葉子的楓樹、白骨色樺樹、暗色冷杉與松樹。

突然一隻暗色小貓隨著他的步伐，走在他身邊。牠身子是土壤色，前掌是白色。他走向貓，牠沒跑開。

「嗨，貓咪。」影子不經意地說。

貓將頭傾向一邊，抬頭以翠綠色的眼睛看著他。然後發出嘶嘶聲——不是對他，而是路邊遠處不知名的東西，他看不見的東西。

「別怕。」影子說。那貓跟蹤著什麼穿過路面，消失於一片未收成的老玉米田中。

下個轉彎口是一座小墓園。雖然有些墓石上擺了幾枝鮮花，但墓石皆已斑駁。墓園沒有圍牆，也沒有籬笆，只在邊緣種了低矮的桑樹，因冰雪與歲月而低垂。影子踏過高積的冰堆，涉雪而行。墓園的入口有兩根石造門柱，但柱間沒有門。他穿過兩根石柱，進入墓園。

他在墓園內閒逛，看著墓石。碑文都早於一九六九年。他將積雪從一尊望似堅固的花崗岩天使上撥開，然後倚著雕像。

他拿出口袋內的紙袋，取出餡餅，剝開頂端，一縷微弱的蒸汽飄入冬日的空氣，聞起來很香。他咬了一口餡餅。

身後傳出窸窣聲，他本以為是先前那隻貓，但接著他聞到香水味，掩蓋著腐爛的味道。

「請不要看我。」她說。聲音從他身後傳來。

「哈囉，蘿拉。」影子說。

她的聲音有點遲疑。他猜想甚至帶著些恐懼。她說：「哈囉，小狗狗。」

他剝下一些餡餅，問道：「要不要來一點？」

她已經站在他正後方。「不，」她說：「你吃吧。我不吃東西了。」

他吃著餡餅，味道很好。「我想看妳。」他說。

「你不會喜歡的。」她說。

「求求妳？」

她跨過石天使，影子在大白天看著她。有些變了，有些還是一樣。她的眼睛沒有變，她的微笑也沒變，仍帶有欺騙的希望。而她很明顯是個死人。影子吃完餡餅，站起來，把紙袋裡的餡餅屑倒出，摺好放回口袋。

他待在開羅葬儀社的那段時間，讓他能稍微輕鬆地面對她了。他不知道該對她說什麼。她冰冷的手碰到他的手。他輕輕壓了一下，感覺得到心臟在胸腔內跳動。他感到害怕，但讓他害怕的是，此刻一切竟顯得如此正常。他覺得有她在身邊很自在，如果可以，他願意永遠站在那裡。

「我想妳。」他承認。

「我在這裡。」她說。

「我最想妳的時候，就是妳在這裡的時候。妳不在時，可以把妳當作消逝的鬼魂或來生的夢想，那還比較容易。」

她捏捏他的手指。

「所以，」他問道：「過得還好吧？」

「很困難，」她說：「像這樣一直繼續下去。」

她把頭靠在他的肩膀上，幾乎使他卸下心防。他說：「想不想走走？」

「好啊。」她抬頭對他微笑，死去的臉孔顯露緊張扭曲的笑容。

他們走出小墓園，走回路上，手牽著手。「你最近到哪去了？」

「大部分時候都在這裡。」他說。

「從耶誕節開始，」她說：「我就開始找不到你了。有時候幾個鐘頭或幾天，我會知道你在哪裡，你到許多地方，然後又再度消失。」

「我都在這個鎮上。」他說：「湖畔鎮，不錯的小鎮。」

「噢。」她說。

她不再穿著下葬時穿的藍套裝。現在她穿著毛衣、深色長裙和酒紅色的高筒靴。影子欣賞著她的服裝。

蘿拉突然低下頭，露出微笑。「這靴子是不是很好看？我在芝加哥很棒的鞋店裡找到的。」

「妳怎麼會決定從芝加哥來這裡？」

「喔，小狗狗，我離開芝加哥有一陣子了。我都是往南。寒氣會使我難受，我無法忍受寒冷，不過我猜這跟死亡有關。那感覺不是冷，有點像什麼都不是。我猜人死之後，就怕什麼都不是。我本來要往南，打算在賈維斯敦過冬。我想我從小就習慣賈維斯敦的冬天。」

「不會吧，」影子說：「妳以前從來沒提過。」

「不會嗎？那或許是別人吧？我不知道。我記得海鷗——把麵包丟向空中餵海鷗吃，牠們拍著翅膀從空中抓麵包。」她停頓一下，「如果我沒見過這畫面，我猜是別人見過。」

一輛車來到角落附近。司機向他們揮手打招呼，影子也揮手回禮。與妻子一起散步的感覺，既正常又美妙。

「這樣感覺很好。」蘿拉彷彿看穿他的心思。

「沒錯。」影子說。

「呼喚出現時，我得趕回來。我那時幾乎快踏進德州了。」

「呼喚？」

她抬頭看著他，硬幣在她脖子周圍閃閃發光。「那感覺像呼喚。」她說：「我開始想你，非常需要見到你，就像一種飢渴。」

「那麼，妳知道我在**這裡**？」

「對，」她停下來，皺起眉頭，上排牙齒壓住藍色的下唇，輕輕咬著。她傾著頭說：「突然間我就知道了。我以為是你在叫我，但那不是你，對吧？」

「不是。」

「你不想見我。」

「不是那樣。」他猶豫起來，「對，我不想見妳。太傷人了。」

雪在他們腳下嘎吱作響，經日光照耀，發出鑽石般光芒。

「沒活著，」蘿拉說：「一定很難。」

「妳是說死去的生活對妳來說很難嗎？聽我說，我要搞清楚該怎麼用適當的方法把妳帶回來。我以為我的方向對了——」

「不，」她說：「我的意思是，我很感恩，而且我希望你真的能辦到，我做了很多壞事……」她搖搖頭。「不過，我剛說的是你。」

「我還活著啊，」影子說：「我沒有死。不是嗎？」

「你沒有死。」她說：「但我也不確定你是否還活著。不太確定。」

交談不該如此進行，影子心想，一切都不該如此進行。

「我愛你。」她冷冷說：「你是我的小狗狗。但死去之後，事情會看得更清楚，就像眼中沒有任何人。你知道嗎？你像是存在世界中一個又大又堅固的人形洞。」她皺起眉頭，「即使當我們在一起時也不例外。我好想跟你在一起。你那麼愛我，也願意為我做任何事。但有時我走進房間，卻覺得沒人在裡面。而我要把燈打開，或把燈關掉，才發覺你在裡面。你一個人坐著，不看書、不看電視，什麼事也不做。」

然後她抱住他，彷彿要去除話中的刺，她說：「羅比最好的一點，就是他是個**人**。他有時是混蛋，也可能是笑柄，而且他喜歡在我們做愛的時候，在周圍放鏡子，這樣他才能看著自己對我做的事。但他是**活的**，小狗狗。他**要**某些東西，他填補了空白。」她停下來，抬頭看著他。將頭微傾。

「對不起，我的話傷了你嗎？」

影子不相信自己的聲音不會背叛自己，所以他只搖搖頭。

「好，」她說：「那好。」

他們正接近他停車的休息區。影子覺得要說點什麼：我愛妳，或請妳不要走，或對不起。那些用來修補對話的詞句，那些在毫無預警下便傾入黑暗的對話。但他說的是：「我還沒有死。」

「也許沒有。」她說：「但你確定你還活著嗎？」

「看著我。」他說。

「那不是答案。」他死去的妻子說：「當你活著，你就會知道。」

「那現在呢？」他說。

「嗯，」她說：「現在我見過你了。我要再往南走。」

「回德州嗎？」

「到個溫暖的地方吧。哪裡都好。」

「我得在這裡等。」影子說：「看老闆何時找我。」

「那不是生活。」蘿拉說。她嘆了一口氣，然後微笑，那種無論他見過幾次，都能打進他心坎裡的微笑。她每次對他微笑，就像是重回第一次。

他用手環抱她的肩膀，但她搖搖頭，抽身離開他身邊。她坐在一張被雪覆蓋的餐桌邊緣，看著他駛離。

插曲

戰爭已經開打，卻沒有人看見。風暴正要降臨，卻沒有人知道。

在曼哈頓，一根大梁墜落，使街道封閉兩天。大梁葬送了兩名路人的性命，分別是阿拉伯籍的計程車司機與車上的乘客。

在丹佛，一名卡車司機被人發現陳屍家中。凶器是一把錘子，帶有橡膠柄和鉗子頭，就留在屍體旁邊的地板上。他的臉毫髮無傷，後腦杓卻被敲得稀爛，浴室的鏡子上用棕色口紅以外國字母寫了幾個字。

在亞利桑納州鳳凰城的郵件分類站裡，一名男子發狂（晚間新聞說他陷入暴怒），射殺綽號「巨人」的泰瑞．伊文森，死者是臃腫病態、笨手笨腳的男子，獨自住在拖車屋。分類站的其他幾人也遭射擊，但只有伊文森遇害。開槍射擊的凶手（起初以為是心懷怨恨的郵局員工），目前在逃，身分不明。

「巨人」泰瑞．伊文森的上司在五點鐘整點新聞中說：「老實說，如果這附近有誰會陷入暴怒，我們都會以為是巨人。他當員工還可以，卻是個怪人。我是說，這種事也說不準，對吧？」

錄影片段在當晚重播時，這段訪問被剪掉了。

蒙大拿有個九名隱士組成的社群，被發現悉數死亡。記者推測為集體自殺，但不久死因便揭露為老舊暖氣爐所造成的一氧化碳中毒。

佛羅里達州威斯特礁墓園裡的一座土窖遭人毀損。

美國國鐵的一列客車在愛達荷撞上美國郵政卡車，卡車司機命喪黃泉。全體乘客沒有人受到重傷。

這個階段仍是冷戰，是假的戰爭。不可能有真正的輸贏。

風攪擾了樹枝。火星在火焰中飛舞。風暴即將來臨。

據說，示巴女王從父方繼承了一半的惡魔血統，她是女巫、女智者，也是女王，在示巴前所未有的豐饒時期，掌管那片土地。當時示巴的香料、寶石、香木由船隻與駱駝運送到世界各個角落。她甚至還在世時就受人崇拜，像活女神似的受最有智慧的國王崇拜。此刻，凌晨兩點，她站在日落大道的人行道上，眼神空洞地盯著交通狀況，像黑色與霓虹色結婚蛋糕上那個放蕩的塑膠新娘。她站在那裡，彷彿擁有整條人行道及環繞她的夜晚。

有人直視她時，她的嘴脣就會動，彷彿在自言自語。男人開車從她身邊經過時，她會注視他們的眼睛，露出微笑。

這是漫長的夜晚。

這是漫長的一週，漫長的四千年。

她為自己毫不虧欠任何人而自豪。街上別的女孩，她們有皮條客，她們有習慣，她們有小孩，她們有對她們予取予求的人。她可不。

她的職業不再具有神聖的意味。蕩然無存了。

一週前，洛杉磯就開始下雨，街道又溼又滑，造成多起交通事故。山腰上的泥土崩塌，壓倒房屋沖進峽谷，將整個世界沖入排水溝和暴雨疏洪管，淹死了許多住在混凝土河道的乞丐與遊民。洛杉磯只要一下雨，向來令人難以招架。

碧奎絲上週一直待在室內。她不能站在人行道上，只好窩在猩紅色房間的床上，聽雨水劈啪打在窗型冷氣機的金屬盒面，把自己的交友資料放在網路上。她在「成年交友網站」、「洛杉磯護花使者網站」、「優質好萊塢美眉網站」上送出邀請，留下匿名的電子郵件地址。她很自豪能跨入新的領域，卻仍然有些緊張。長期以來，她一直避免任何可能類似文件蹤跡的東西，甚至從未在《洛杉磯週報》的最後幾頁刊登小廣告，寧願親自挑選顧客，以眼神、嗅覺和觸覺找到人選，在她需要被人崇拜時，會心甘情願崇拜她，任由她一路帶領……

現在，她站在街角發抖（因為二月底的雨水已經過去了，但雨水帶來的寒冷尚未驅散），忽然意識到自己有個壞習慣，這個習慣和吸食海洛因及古柯鹼的妓女一樣壞，這件事讓她沮喪，嘴脣又動了起來。如果你夠靠近她紅寶石般的嘴脣，就能聽到她說：

*我現在即將起身，在城市的街道上遊走，在寬闊的大街上尋找我愛的人。*她正低聲呢喃，她低聲呢喃著：*到了夜晚，在我的床上，我尋找我的靈魂所愛的他。讓他用他嘴脣的吻親吻我，我心愛的人屬於我，我也屬於他。*

碧奎絲希望暫緩的雨勢能夠將嫖客帶回來。一年中大部分的時間，她都在日落大道的兩、三條街上行走，享受洛杉磯涼爽的夜晚。她每月付一次保護費給洛杉磯警局的一個警官，他取代了上一個收保護費的傢伙。那傢伙失蹤了，他叫做傑瑞·勒貝克，他的失蹤對整個洛杉磯警局來說一直是懸案。

他被碧奎絲迷住了，開始亦步亦趨跟隨她。一天下午，她被噪音驚醒，一打開公寓門，發現傑瑞．勒貝克身穿便衣跪在門口，在破舊的地毯上搖搖晃晃，低頭等她出來。她聽到的聲音就是他下跪時前後搖晃，頭撞在門上的聲音。

她摸摸他的頭髮，叫他進門。事後，她把他的衣服放進黑色塑膠垃圾袋，丟到幾條街外一家旅館後面的垃圾桶裡。他的槍和錢包，她放進雜貨店購物袋，倒上咖啡渣和殘羹，把袋子頂端摺好，丟進公車站的垃圾桶。

她沒有保留紀念品。

橘紅色的夜空隱約出現閃電，向西邊遠方海上發出微光。碧奎絲知道大雨即將傾盆而下。她嘆了口氣，不想受困雨中。她決定回到自己的公寓裡，泡個澡，刮腿毛，對她而言，她似乎永遠在刮腿毛，還有睡覺。

她開始沿著旁邊的路往上走，走上山坡路，到她停車的地方。

汽車大燈從她身後亮起，在靠近她之際慢了下來。她把臉轉向街上，露出微笑。但當她看到那輛車是加長型禮車時，笑容僵住了。加長型禮車的人想在加長型禮車裡幹，而不是在碧奎絲私密的聖殿裡。雖然如此，但這說不定是一次投資。以備將來所需。

一扇貼了色板的窗戶呼呼搖下，碧奎絲走向禮車，笑容可掬。「嗨，親愛的，」她說，「在找什麼嗎？」

「甜蜜的愛。」加長型禮車的後方傳來一個聲音。她往車內瞥了一眼，盡量透過開啟的車窗向內看。她知道有個女孩進了一輛加長型禮車，裡面有五個喝醉的橄欖球員，結果女孩被他們狠狠蹂躪。但碧奎絲在裡面只看到一個嫖客，看起來頗年輕。他感覺不像是會膜拜的人，但是錢，白花花的錢就從他手上送到她手上，光憑這件事就是一種能量——大家曾經稱這種能量為巴拉卡（祝福）。她用得著。而且說實話，這年頭，每一筆錢都不無小補。

「多少錢？」他問。

「看你要什麼，想要多久，」她說，「還有你付不付得起。」她從車窗聞到一種煙味飄了出來，聞起來像燒焦的電線或過熱的電路板。車門從裡向外推了開來。

「無論我要什麼都付得起。」那嫖客說道。她往車內一靠，四處查看。裡面沒有別人，只有那個嫖客，是個長著月餅臉的孩子，看起來甚至還不到合法飲酒的年齡。再也沒別人了。所以她上了車。

「有錢的小孩，是吧？」她問。

「比有錢還有錢。」他告訴她，沿著真皮座椅向她移過來。他移動得很笨拙，她對著他微笑。

「嗯，讓我熱起來吧，親愛的。」她對他說，「你一定是我在書報上看過的那種搞達康的人吧？」

他感到自鳴得意，牛蛙似的膨脹起來。「對啊，還兼做其他事。我是科技少年。」車子開動了。

「好吧，」他說，「碧奎絲，妳告訴我，只舔我的老二要多少錢？」

「你叫我什麼？」

「碧奎絲。」他又說了一遍。接著他唱起歌來，那聲音根本不是唱歌的料。妳是無形的女孩，卻活在有形的拜金社會。他唱的歌好像排練過，彷彿在家裡的鏡子前演練。

她收起微笑，表情也變了，變得更睿智、更敏銳、更嚴酷。「你要什麼？」

「我告訴過你了。甜蜜的愛。」

「無論你要什麼，我都給你。」她說。她得逃出這輛禮車。她想，車子開得太快，現在無法跳車，但是她如果不能靠口才全身而退，她還是會跳車。不管這裡現在發生了什麼事，她都不喜歡。

「我要的。對了。」他稍微停頓，舌頭舔了一圈嘴唇，「我要一個乾淨的世界。我要擁有明天，我要進化、退化、徹底轉化。我想帶領我的族類從邊緣的氣流進入主流的高地。你們這群人在地下。那樣不對。我們需要站在聚光燈下，發出光芒，在舞臺正前方中央。你們這群人在地下過得太久，已經喪失了視覺。」

「我的名字叫愛莎。」她說，「我不知道你在說什麼。那個街角還有另外一位小姐，她的名字才是碧奎絲。我們回去日落大道，你可以同時擁有我們兩個……」

「喔，碧奎絲。」他說著，發出戲劇般的嘆息。「信仰就只有那麼多，他們能給我們的已經快不夠用了。這是信任的缺口。」接著他再唱一次，用走調的鼻音哼著：*妳是類比的女孩，卻活在數位的世界*。禮車在街口轉彎時開得太快，他從座位上跌到她身上。開車的司機藏在色板玻璃後面，她突然有一股不理性的想法：沒有人在開車，這輛白色禮車就像萬能金龜車❺，正憑著自己的馬力駛過比佛利山。

接著，嫖客伸出手拍拍色板玻璃。

車子慢了下來。還沒停住，碧奎絲便推開車門，半跳半摔地掉在柏油路上。她位於山坡上的一條路，左側是陡峭的山崖，右側是垂直的山谷。她開始沿著山路往下跑。

禮車停在原地，沒有動靜。

雨下了起來。她的高跟鞋一滑，鞋跟扭到了。她把鞋子踢掉繼續跑，她全身溼透，尋找能離開這條路的地方。她感到害怕。沒錯，她擁有法力，但那只是飢渴的魔法，淫婦的魔法。這種魔法讓她在這塊土地上活了這麼久，但除此之外，其餘事情都只能用銳利的眼睛和機警的頭腦。

她的右側是齊膝的防護柵欄，避免汽車從山邊墜落。此時雨水沖下山坡路，將路變成了河。她的腳底也開始流血。

---

❺ Herbie The Love Bug，迪士尼電影公司於一九六八年出品的冒險喜劇。

洛杉磯的燈光在她面前展開，像虛構王國中一閃一閃的電子地圖，天國在地上鋪展開來。她知道自己只要離開這條路就安全了。

我皮膚黝黑，卻秀麗動人，她對夜晚和雨水說。我是沙侖的玫瑰，是山谷中的百合。用葡萄酒瓶助我熬過，以蘋果賜我安慰：因為我厭倦了愛。

一道分叉的閃電灼著青綠劃過夜空。她不慎失足，滑落幾呎，腿和手肘都擦破了皮。她剛支撐著站起來，便看到車燈從山上往下朝她駛來。車子開得太快，已超過安全範圍。她盤算著：向右跳，可能會撞上山崖；還是該向左跳？那麼她可能會跌落山谷。她跑過公路，打算離開溼濘泥土，往上攀爬。白色加長型禮車沿著溼滑的山路擺尾俯衝而來，時速必定有八十哩，甚至已經在溼滑的路面上滑行。她在情急之下一把抓住野草和泥土。她知道自己就要起身離開了，但此時泥土一鬆，她又往下跌回路面。

車子猛地衝撞她，撞碎了防護柵欄，將她像布袋玩偶似的拋在空中，跌落在禮車後的地面上。衝撞的力道壓碎她的骨盆，使她的頭骨破裂，冰冷的雨水滑過她的臉龐。

她開始詛咒殺害自己的凶手：無聲地詛咒，因為她的嘴脣已經動不了。她詛咒他清醒和睡眠、生前和死後的時間。她詛咒他，只有從父方繼承一半惡魔血統的人才能這麼狠狠地詛咒。

車門發出砰的一聲，有人走近她。妳是類比的女孩，卻活在數位的世界。他又荒腔走板地唱起來。然後，他說：「妳這該死的聖母，妳們這些該死的聖母！」他走開了。

車門砰的一聲關上。

禮車倒車，往後慢慢輾過她，這是第一次。她的骨頭在車輪下被壓得粉碎。然後，禮車從山坡上向她俯衝而來。

車子最後沿著山路向下駛離之際，留在後面路上的是血肉模糊的紅色肉塊，就像被車撞死的動物，幾乎辨認不出人形。不消多時，連這肉塊也會被雨水沖刷得乾淨無遺。

插曲二

「哈囉，莎曼珊。」

「瑪格？是妳嗎？」

「還會是誰？利昂說珊米阿姨在我洗澡的時候打電話來。」

「我們聊得很高興，他真是個討人喜歡的小孩。」

「對啊。我想我可以保住他。」

一時之間，兩人都感到不自在，電話線裡幾乎沒有人發出輕聲。然後，「珊米，學校還好吧？」

「他們要放我們一個禮拜的假，暖氣爐的問題。你們北樹林那邊如何呢？」

「嗯，我隔壁新來了一個鄰居，會玩硬幣戲法。《湖畔新聞報》的讀者來信專欄目前主打一場激烈的辯論，討論湖東南岸舊墓園那邊重新劃分鎮區域的事。我不得不寫一篇言辭尖銳的社論，簡扼說明報社對這件事的立場，既不能冒犯誰，又不能讓人明白我們真正的立場。」

「聽起來滿好玩的。」

「才不好玩。艾莉森．麥高文上禮拜失蹤了，是麥高文夫婦的老大，不錯的孩子，幫我帶過利昂幾次。」

她張口欲言，又閉上嘴，把要說的話吞下去，說出來的反而是：「太可怕了。」

「沒錯。」

「所以……」接下來要說的話，句句都會讓人心痛，所以她說：「他可愛嗎？」

「誰？」
「你的鄰居。」
「他姓安瑟爾，叫麥可．安瑟爾。他不錯。對我來說太年輕了。塊頭很大，看起來……怎麼忘了是怎麼說的，一……什麼的成語。」
「一毛不拔？疑神疑鬼？意氣風發？已婚人士？」
對方發出短短的笑聲，然後說：「對，我看他的確像是結過婚了。我是說，已婚男人如果有什麼特殊的樣子，那他就有點那種感覺。可是我剛想不出來的詞是抑鬱寡歡。他看起來很憂鬱。」
「而且神祕？」
「不算特別神祕。剛搬進來時，他看起來有點無助，甚至不知道該把窗戶封起來，保住暖氣。最近這些天，他看來還是不知道自己在這裡做什麼。他在的時候——他都會在，然後又不見人影——我看他偶爾會出去散步。」
「也許他是搶銀行的。」
「嗯哼，我也是這麼想。」
「妳才沒這麼想，那是我的想法。好了，瑪格，**妳**還好嗎？**妳**沒問題吧？」
「還好啊。」
「真的嗎？」
「假的。」
一陣長長的沉默。「我要上去看妳。」
「不用啦，珊米。」
「就是過了這個週末，在暖氣爐修好、學校重新開課之前。會很好玩的。妳可以在沙發上幫我鋪張床，再找一天晚上邀神祕的鄰居過來一起吃晚餐。」
「珊米，妳在作媒啊？」
「誰在作媒了？繼那個見鬼的賤克勞汀之後，也許我已經準備好再和男生交往一陣子了。我搭車到厄爾巴索過耶誕節的途中，遇到一個陌生的男孩還不錯。」
「喔，聽好，珊米，妳千萬別再搭便車了。」
「不然我要怎麼到湖畔鎮？」
「艾莉森．麥高文就是搭便車失蹤的。即使像我們這樣的鎮上，搭便車也不安全。我會寄錢給妳，妳可以搭巴士過來。」
「我沒事的。」
「**珊米！**」
「好吧，瑪格。如果能讓妳睡得比較安穩，那就寄錢給我吧。」
「妳知道我這樣才睡得著。」
「好啦，老大姐。幫我抱抱利昂，告訴他珊米阿姨要上來了，這次別再把他的玩具藏在阿姨床上了。」
「我會告訴他。有沒有用我不敢保證。所以我什麼時候能見到妳？」
「明天晚上。妳不用到巴士站接我，我會請辛澤曼用黛西把我載過去。」
「太晚了，黛西現在冬眠不出車。不過辛澤曼還是會載妳一程。他喜歡妳，妳會聽他講故事。」
「也許妳應該讓辛澤曼幫妳寫社論。我們來看喔：說到舊墓園的土地重劃，剛好有一年冬天，我阿公在湖邊的舊墓園就射中一隻公鹿。他的子彈用完了，所以他就用阿嬤幫他包的午餐裡的一顆櫻桃核做子彈，打中公鹿的頭骨，公鹿像逃竄的蝙蝠似的逃掉了。兩年後，他又到當地，看見這隻巨大的公鹿，頭上的鹿角中間還頂著繁盛的櫻桃樹。這次他打中了，阿嬤做了很多櫻桃派，他們一直到隔年的七月四日國慶日都還在吃。」

說罷，她們倆放聲大笑。

插曲三

佛羅里達州，傑克森維爾市，凌晨兩點

「牌子上寫著徵求員工。」

「我們長期徵人。」

「我只能上夜班，這樣不成問題吧？」

「應該沒問題。我可以拿一張申請表給妳填。妳以前在加油站上過班嗎？」

「沒有。我是想說會有多難？」

「哦，這當然不是什麼高難度的科學工作。這位太太，希望妳別介意我這麼說，不過妳的氣色看起來不太好。」

「我知道，是醫療的症狀。看起來會比實際的情況差。不過沒什麼生命危險。」

「好。那妳把申請表留給我。我們現在真的很缺晚班人手。這裡都把夜班叫殭屍班。妳就是會覺得：妳已經做這一行很久了。好，我看看……這是羅娜嗎？」

「蘿拉。」

「蘿拉。好，希望妳不介意和怪人打交道。那因為他們都在晚上出沒。」

「我相信是這樣。我能應付。」

第十三章

嗨，老友，
你說呢，老友？
這樣就好了吧，老友，
讓老情誼休息一會兒。
何必這麼陰沉沉？
我們要永遠繼續下去。
你，我，他——
太多人命在旦夕……

——史蒂芬．桑坦，〈老友〉

星期六早晨。影子應門。

門外是瑪格麗特．奧森。她沒有進門，只是站在日光下，看起來很誠懇，「安瑟爾先生……？」

「請叫我麥可就好。」影子說。

「好的，麥可。今天晚上你要不要來吃飯？大約六點鐘左右。沒什麼好菜，就是義大利麵和肉丸。」

「我喜歡義大利麵和肉丸。」

「當然，如果你有別的計畫……」

「我沒有別的計畫。」

「那就六點鐘。」

「我要帶花嗎?」

「你若一定要帶的話也好。不過這是家常晚餐,不是浪漫的宴會。」

他洗了澡,出去散了一會兒步,走到橋邊就回來。太陽已經升起,在天空中露出黯淡的四分之一圓。回到家時,外套已經汗溼。他開著四輪傳動車到大衛的店買了瓶葡萄酒。那瓶酒二十元,對影子而言,價格似乎就是某種品質保證。他不懂葡萄酒,所以買了加州卡本內紅酒,因為他年輕時,也就是大家仍會在汽車保險桿上貼貼紙時,他見過一張保險桿貼紙寫著:「人生就是一瓶卡本內」。那句話讓他笑了。

他買了一座盆栽當作禮物,只有綠葉,沒有鮮花,完全不帶浪漫氣息。

他還買了一盒自己絕對不會喝的牛奶,和幾種自己絕對不會吃的水果。

然後,他開車到瑪貝爾的店,買了單份午餐餡餅。瑪貝爾一見到他便笑開臉。「辛澤曼找到你了嗎?」

「我不知道他在找我。」

「對啊,他想帶你去冰釣。查德·穆利厄也問我有沒有看到你。他表妹從外州到這裡來了,二等親表妹,我們以前都稱為『親親表妹』。真是個美人啊,你一定會喜歡她的。」她把餡餅裝進棕色紙袋,扭轉紙袋頂端,為餡餅保溫。

影子開車繞遠路回家,一手開車,一手吃餡餅,餡餅屑掉到牛仔褲和車內地面。他經過湖南岸的圖書館。冰天雪地,整個湖畔鎮黑白交錯。春天似乎遙遠得難以想像,破冰車只怕要一直陪伴冰釣屋、小貨車和鏟雪車的車痕一起停在冰面上了。

他回到公寓，停了車，走過停車道，踏上通往公寓的木階。糖水機上的金翅雀和五十雀對他幾乎視若無睹。他進門，替盆栽澆水，想著是否該把葡萄酒放入冰箱。

到六點之前還有空閒。

影子但願自己能再舒服地看電視。他想要娛樂，不用思考，只要坐著讓聲光音效淹沒自己。想看看露西的胸部嗎？記憶中，有個露西的聲音對他輕聲說道。雖然當下沒有人會看他，但他還是搖了搖頭。

他發現自己會緊張。自從三年多前第一次被逮捕以來，這是他第一次參加真正的社交活動——是和普通人的社交活動，不是和牢裡的人，也不是和神或英雄或做夢。他必須以麥可．安瑟爾的身分與人聊天。

他看了一下手錶，二點三十分。瑪格麗特．奧森告訴他六點到。她是說六點整嗎？是否應該早點到？或晚點？最後他終於決定於六點五分走到隔壁。

影子的電話響了。

「啊？」他問。

「電話不是這樣接的。」星期三大吼。

「等我電話線接通，我接電話會比較有禮貌。」影子說：「有什麼需要幫忙的嗎？」

「不知道。」星期三說。停了半晌，他接著說：「組織一堆神，就像把小貓趕成一直線一樣，他們天生就不擅長這麼做。」星期三的聲音帶著疲憊與寂寥，影子以前從未聽過。

「怎麼了？」

「很難，真是他媽的太難了。根本不知道到底有沒有效果。我們乾脆直接割斷喉嚨，自行了斷。」

「你不該這樣講。」

「是呀，你說得很對。」

「嗯，如果你真的割喉，」影子試圖鼓舞星期三，「可能也不會痛。」

「當然會痛。即使是我們，還是會痛。你如果在有形的物質世界活動，這個有形的世界就會對你產生作用。受苦會痛，正如貪婪會迷醉、欲念會渴求。我們可能不容易死，而且保證不會死得壽終正寢，但我們也可能死。如果仍然有人懷念愛戴我們，那麼就會出現類似我們的東西，取代我們的位置，這整個該死的事情就重新開始。但如果我們被人遺忘，我們就完蛋了。」

影子不知該說什麼。他說：「所以你在哪裡打電話？」

「不干你的屁事。」

「你喝醉了嗎？」

「我還沒醉。我只是一直想念索爾。你不認識他，他跟你一樣，是個大個子，心地善良，不太聰明。但是只要你開口，他可以把自己的襯衫脫下來給你。他自殺了。一九三二年，在費城把槍塞進嘴裡，把自己的腦袋轟下來。神怎麼可以這樣死啊？」

「我很遺憾。」

「你這話等於什麼屁也沒說，孩子。他和你非常像，沉默的大個子。」星期三不再說話。他開始咳嗽。

「怎麼了？」影子又說了一次。

「他們連絡上了。」

「誰？」

「我們的敵人。」

「然後呢？」

「他們想談談休戰協定。和平談判，大家都去他媽的和平共存。」

「所以現在情況怎麼樣？」

「現在我要去找那些現代王八蛋，去堪薩斯市共濟會大廳，喝難喝的大和解咖啡。」

「好。你要來接我，還是我到哪裡找你？」

「你就待在原地，安分點，別惹麻煩。聽到了沒？」

「可是——」

喀擦一聲，電話斷了，沒有語音，沒有撥號音。不過話說回來，這電話也從來沒有撥號音。又只能自己設法消磨時間。星期三的談話使影子有種不安的感覺。他起身，打算去散步，但天色已經暗了下來，於是他又坐下。

影子拿起那本《湖畔鎮議會議事紀錄，一八七二至一八八四年》翻閱，眼睛掃視細小的字體。他其實沒有仔細讀，只是隨便掃瞄內容。

一八七四年七月，鎮議會關注外國臨時伐木工蜂擁來到鎮上；第三街和主幹道的路口即將興建歌劇院；大家還希望一旦磨坊池變成湖泊後，隨著磨坊溪攔壩而衍生的麻煩也能因此減少。議會批准支付七十美元給薩繆爾．薩繆爾斯先生，八十五美元給海基．梭彌南先生，作為徵用土地的補償，以及將他們住宅遷出預定淹沒區的花費。

影子從未想過那座湖是人造湖。那湖一開始只是不起眼的池塘，為什麼會叫湖畔鎮呢？他繼續看下去，發現建造湖泊的計畫是由一位原籍巴伐利亞霍德穆林市的辛澤曼先生負責。市議會批准撥給他三百七十美元執行計畫，不足的金額則由公眾捐款補足。影子撕下一條廚房紙巾，夾在書頁裡當書籤。他心想，辛澤曼看到書中提及自己的祖父，一定會很開心。不曉得老人家知不知道自己的家族曾協助參與興建湖泊的工程。影子往後翻頁，搜尋湖泊興建工程的其他內容。

一八七六年春，他們為這座湖舉行落成典禮，作為鎮上成立百週年慶祝活動的預備活動。市議會投票通過，公開感謝辛澤曼先生。

影子查看手錶，五點三十分。他走進浴室，刮了鬍子，梳好頭髮，再換上衣服。不知不覺過了最後十五分鐘。他拿起葡萄酒和植物，走到隔壁門前。

他剛敲門，門就開了。瑪格麗特．奧森看起來幾乎和他一樣緊張。她接過葡萄酒瓶和盆栽，說了聲謝謝。裡面的電視開著，正在播放《綠野仙蹤》錄影帶。帶子仍是墨色調畫面，而桃樂絲還在堪薩斯，閉著眼睛坐在馬維爾教授的馬車裡，老騙子則假裝看透她的心思，將她吹離原本人生的龍捲風馬上就要來臨。利昂坐在螢幕前玩著一輛玩具消防車。他看見影子，臉上洋溢出欣喜的表情，站起來拔腿就跑，一時興奮跌了個跤，踤到後面的臥室裡。片刻後，他又露出臉，得意地揮舞一枚二十五分錢的硬幣。

「麥可．安瑟爾，你看！」他高喊，然後闔上雙手，假裝將硬幣塞進右手，再把右手張開。「麥可．安瑟爾，我把錢變不見了！」

「你真的變不見了。」影子同意，「等我們吃完飯，如果媽媽同意，我教你怎麼變得比剛才更漂亮。」

「你要的話，現在就教他。」瑪格麗特說：「我們還在等莎曼珊。我叫她出去買酸奶油了，不知道為什麼買那麼久。」

這時，腳步聲從木板露臺的階梯傳來，有人用肩膀推開門，彷彿輪到她上場。起先影子沒認出她，只聽到她說：「我不知道妳是要有卡路里的那種，還是吃起來跟壁紙一樣沒味道的那種，所以我就買了有卡路里的那種。」然後影子知道她是誰了：去開羅的路上，那位搭便車的女孩。

「有就好了。」瑪格麗特．奧森說：「珊米，這就是我鄰居麥可．安瑟爾。麥可，這是我妹妹莎曼珊．布雷克羅。」

我不認識妳，影子心裡暗念，妳以前沒見過我，我們百分之百不認識。他努力回想自己之前如何想著雪，而且不費吹灰之力。這次簡直要命。他伸出手，說道：「很高興認識妳。」

她眨眨眼，抬頭望著他的臉，一陣迷惑後，眼中露出認得他的神情。她嘴角一彎，露齒而笑：「哈囉。」

「我去看菜好了沒。」瑪格麗特說。聲音很緊繃，像是離開廚房片刻就擔心東西會燒焦的人。

珊米脫下蓬鬆的外套和帽子。「原來憂鬱神祕的鄰居就是你啊。」她說：「誰猜得到啊？」她把聲音壓得很低。

「而妳呢，」他說：「就是那個珊米。我們可以等一下再談這個嗎？」

「只要你答應告訴我這到底怎麼回事就好。」

「沒問題。」

利昂扯著影子的褲管，「你現在就表演給我看，好不好？」他伸手露出硬幣。

「好吧。」影子說：「不過如果我教你，你要記住一點：魔術大師絕對不會告訴別人魔術是怎麼變的。」

「我發誓不告訴別人。」利昂嚴肅地說。

影子把硬幣放進左手，然後帶著利昂的右手，教他如何假裝把硬幣放進右手，但其實還留在左手。然後，他讓利昂自己重複這個動作。

幾次嘗試後，利昂便精通了。「現在你知道一半了。」影子說：「另外一半是這樣：硬幣假裝在哪裡，你就注意那個地方。注視硬幣應該出現的地方，不管你的動作有多笨。如果你一直讓人以為硬幣就在你的右手，就不會有人看你的左手。」

珊米偏著頭看著他們，什麼話也沒說。

「吃晚飯了！」瑪格麗特一邊高喊，一邊快步從廚房走進飯廳，雙手端著一盆熱騰騰的義大利麵。「利昂，快去洗手。」

晚飯有香脆的大蒜麵包、濃稠的番茄醬和好吃的辣肉丸子。影子稱讚瑪格麗特的廚藝。

「家傳的老食譜。」她告訴他：「科西嘉家族的傳統。」

「我以為妳是道地的美國印第安人。」

「爸爸是卻洛基族。」珊米說：「瑪格的外公是科西嘉人。」珊米是飯廳裡唯一真正在喝卡本內紅酒的人。「瑪格十歲時爸爸離開她媽媽，搬到鎮的另一頭。六個月後，我出生了。我媽媽和爸爸結婚時，他們才剛辦完離婚手續。我十歲的時候，爸爸又離家出走。我想他的注意力只能維持十年。」

「嗯，他已經在奧克拉荷馬待了十年。」瑪格麗特說。

「這可好，**我**媽媽是歐洲的猶太人。」珊米繼續說：「那地方原本是共產黨的地盤，而現在根本是一團亂。我想媽媽只是想嫁給某個印第安卻洛基人。炸麵包加碎牛肝。」她又啜飲一口紅酒。

「珊米的媽媽是很狂野的女人。」瑪格麗特半認同地說。

「你能猜到她現在在哪裡嗎？」珊米問，影子搖搖頭。「在澳洲！她在網路上認識一個人，那個人住在荷伯特。兩人見面之後，她其實覺得對方有點惹人厭。不過她真的很喜歡塔斯馬尼亞，所以現在就和一個婦女團體住在那裡，教他們做蠟染布之類的東西。很酷吧？她都一把年紀了。」

影子同意她的觀點，又拿了些肉丸子。珊米告訴他們，塔斯馬尼亞的原住民如何被英國人全數滅絕。英國人在整個島上布滿了鏈子來抓人，最後卻只捕到一個老人和一個生病的小孩。她還告訴他，袋狼——相當於塔斯馬尼亞的老虎——如何被農夫殺光，因為他們怕綿羊會有危險。一九三○年代的政客在最後一隻袋狼死後，才注意到應該保護袋狼。她喝完第二杯葡萄酒，又斟了第三杯。

「那麼，麥可。」珊米臉頰已經發紅了，「說說你們家的事給我們聽吧。安瑟爾家都是什麼樣的人？」她微笑著，笑容中帶著一絲淘氣。

「我們其實都很無趣。」影子說：「從來沒有人到過塔斯馬尼亞那麼遠的地方。妳在麥迪遜念書嗎？念得如何？」

「你知道的。」她說：「我念藝術史、女性研究，還會自己鑄造青銅像。」

「等我長大，」利昂說：「我要變魔術，哼。麥可．安瑟爾，你會教我吧？」

「當然，」影子說：「只要你媽媽不介意。」

珊米說：「瑪格，等我們吃完飯，妳帶利昂上床睡覺時，我想我會請麥可帶我去那家『巴克待在這裡』，待一個小時左右。」

瑪格麗特沒有聳肩。她的頭動了一下，某側眉毛稍微揚起。

「我想他有興趣，」珊米說：「而且我們有很多可以聊。」

瑪格麗特看著影子，他正忙著用紙巾把想像中的一坨番茄醬從下巴擦掉。「好吧，反正你們都是成年人了。」她說道，語氣卻暗示他們不是，就算是也不該如此。

晚飯後，影子幫珊米洗碗，只有擦碗盤。然後他變了一個魔術給利昂看：他在利昂的手掌心數一分錢硬幣，每次利昂張開手數，都會比之前的總數要少一枚。至於最後那枚硬幣——「你握緊了嗎？」——利昂張開手時，發現一分錢已變為一角錢。利昂叫嚷著：「你是怎麼變的？媽媽，他是怎麼變的？」那聲音一直跟著影子到門廳。

珊米把他的外套遞給他。「快點。」她的臉頰因喝了葡萄酒而泛紅。

外面很冷。

影子在自家門前停下，把那本《湖畔鎮議會議事紀錄》塞進雜貨店的塑膠袋裡帶著。辛澤曼可能會在巴克酒吧，他想給他看看提到他祖父的那些內容。

他們並肩走下車道。

他打開車庫門，她開始大笑。「我的天啊！」她看到那輛四輪傳動車，「保羅．鈞特的車！你竟然買了保羅．鈞特的車。我的天啊！」

影子為她打開車門，然後繞過車子上車，問道：「妳知道這輛車？」

「兩、三年前，我北上來這裡和瑪格住的時候，是我說服他把車漆成紫色。」

「哦。」影子說：「那好，我終於知道該怪誰了。」

他把車開到街上，下車關上車庫門，回到車上。他上車時，珊米古怪地看著他，彷彿原有的自信已經從身上溜走了。他扣上安全帶。她說：「好吧，這整件事都很笨，對不對？我是說和變態殺人兇手一起上車。」

「我上次可是把妳平安送到家了。」影子提醒她。

「你殺了兩個人。」她說：「聯邦調查局正在通緝你。而我呢，現在又發現你用假名住在我姊姊隔壁。除非，麥可．安瑟爾就是你的本名？」

「不是，」影子說道，嘆了口氣，「不是我的本名。」他非常不願承認，彷彿自己放手讓某種重要的東西離開。他否認自己是麥可．安瑟爾之時，就像是拋棄了這個人，彷彿離開了一位朋友。

「你殺了那兩人嗎？」

「沒有。」

「他們來到我家，說有人看到我們在一起。其中一人還把你的照片給我看。他叫什麼來著——帽子先生？不對，是阿鎮先生！就跟電影《絕命追殺令》一樣。不過我跟他說，我沒有見過你。」

「謝謝。」

「那麼，」她說：「你可以告訴我怎麼回事了吧。只要你替我保密，我就替你保密。」

「可是妳的祕密我都不知道。」影子說。

「好吧，你知道把這輛車漆成紫色是我的主意，逼得保羅・鈞特成為大家奚落嘲笑的對象，甚至被逼得要離開這裡。當時我們嗑了藥，都有點恍惚。」她承認。

「這能算祕密嗎？我很懷疑。」影子說：「湖畔鎮每個人一定都知道這件事。這車就是嗑過藥會出現的那種紫色。」

接著她以非常平靜快速的語氣說：「如果你要殺我，求你不要傷害我。我不應該和你到這裡來。我真是該死的笨蛋。我可以當場指認你欸。老天！」

影子嘆了口氣，「我從來沒有殺過人，真的。現在我要帶妳去巴克酒吧。」他說：「我們可以喝一杯。要不然，只要妳一句話，我就迴轉送妳回家，隨便妳。我只希望妳不要打電話叫警察。」

他們過橋時一片沉寂。

「那是誰殺了那兩人？」她問。

「就算我告訴妳，妳也不會相信。」

「我當然**會**相信。」她聽起來有點生氣了。他開始納悶，帶著葡萄酒去參加晚宴是不是明智之舉。當前的人生絕對不是卡本內紅酒。

「這種事妳很難相信。」

她告訴他：「我什麼事都可以相信。你根本不知道我可以相信什麼。」

「真的嗎？」

「我可以相信真實的事，也可以相信不真實的事，我還相信沒人知道是真是假的事。我相信聖誕老人和復活節兔子，還有瑪麗蓮夢露和披頭四，還有貓王和靈馬艾德❶。你聽好，我相信人可以完美無缺，知識無窮無盡，世界是由祕密銀行聯盟在運作，外星人定期探訪地球，好的外星人長得像滿臉皺紋的狐猴，壞的外星人會使牛殘廢，還想要占據我們的水資源和女人。我相信未來很爛，也相信未來很讚，我相信總有一天，印第安傳說中白色的水牛女會回來教訓每個人。我相信男人都是長過頭的小男生，有嚴重的溝通問題。我相信美國人的性生活越來越衰退，這和汽車電影院在各州衰退的時間一致。我相信所有的政客都是無恥的騙子，但我仍然相信沒有政客會更糟。我相信大地震來臨時，加州會沉入大海，佛羅里達會溶解成瘋狂、鱷魚和有毒廢物。我相信抗菌香皂正在破壞我們對垃圾和疾病的抵抗力，所以總有一天，我們都會被普通感冒徹底毀滅，就像《世界大戰》裡的火星人一樣。我相信上個世紀最偉大的詩人是伊笛絲·席妥和唐·馬奎斯，翡翠是乾掉的龍精子。幾千年前，我的前世是西伯利亞的獨臂薩滿。我相信人類的命運隱藏在星象裡。我相信小時候的糖果吃起來真的比較甜，就空氣動力學而言，大黃蜂不可能飛得起來，光是波和粒子組成的，在某個地方有隻貓在盒子裡，那隻貓既是死的又是活的——不過他們如果不打開盒子餵貓，貓只會有兩種不同的死法，宇宙中有比宇宙本身還老幾十億年的星球。我相信有一位我的專屬神在關心我，擔心、俯瞰我做的一切。我相信有一位與個人無關的神負責宇宙運行，但卻離開崗位去和女朋友廝混，根本不知道我活著。我相信有個空曠無神的宇宙，其中充滿因果混亂、背景噪音和純粹好狗運。我相信那些號稱性愛無趣的人，根本沒有好好做過一次。我相信那些宣稱自己知道情況的人，也會在小事上撒謊。我相信絕對的誠實，以及合情合理的善意謊言。我相信女人有選擇的權利，嬰兒有活下去的權利，而當所有人的生命都是神聖的時候，死刑制度也沒什麼不對，只要人能默默信任司法體系就好了，但是只有白癡才會信任司法體系。我相信人生是一場遊戲，人生是一個殘酷的笑話，人生是活著的時候發生的事，但是人還不如躺回去享受人生。」她上氣不接下氣，終於停住。

影子差點想將雙手從方向盤移開來鼓掌，但他只是說：「好吧，所以如果我把我知道的事告訴妳，妳不會以為我是神經病。」

「也許吧。」她說：「說說看。」

「妳會相信人類想像出來的那些神明，今天仍與我們同在嗎？」

「……也許吧。」

「此外還有新的神，例如電腦神和電話神等等。他們似乎都認為，這世界沒有空間讓雙方共存，而且某種戰爭可能一觸即發。」

「是神殺了那兩個人？」

「不，是我太太殺了那兩人。」

「我以為你說你太太已經死了。」

「她是死了。」

「那麼，她是在死前殺了他們？」

「是死後。別再問了。」

她抬起手撥開額頭上的頭髮。

他們進入主幹道，在「巴克待在這裡」外面停車。窗戶上掛的招牌是一隻端著啤酒、用後腿站立的雄鹿，狀似驚喜。影子一把抓起裝書的袋子下車。

「他們為什麼要開戰？」珊米問道：「似乎有點多餘啊。贏了又怎樣？」

「我也不知道。」影子說。

「相信外星人比相信這些神還容易。」珊米說：「也許阿鎮先生和那個什麼先生其實是ＭＩＢ星

❶ Mr. Ed，溫馨的電視影集，艾德是一匹會說話的馬。

際戰警，都是外星人。」

他們站在「巴克待在這裡」外面的人行道上，珊米突然不說話了。她抬頭看著影子，氣息像是淡淡的雲掛在夜空中。她說：「只要告訴我，你是善良的就好了。」

「我辦不到，」影子說：「我希望我可以。可是我已經盡力了。」

她抬頭注視他，咬著下唇，然後點頭。「這已經夠好了。」她說：「我不會出賣你。你可以請我喝一杯啤酒。」

影子為她推開門，一陣熱氣與音樂迎面襲來。他們走了進去。

珊米向幾個朋友揮手，影子也向幾張熟面孔（但不記得名字）點頭示意。大都是那天在搜索艾莉森．麥高文時認識的人，要不就是早晨在瑪貝爾的店裡見過的鎮民。查德．穆利亙站在吧檯旁，一手摟著一名女子的肩膀，她一頭紅髮，個子嬌小——影子料想，那就是親親表妹了。他想知道她長什麼樣子，她卻背對著他。查德看見影子，手抬起來假意敬禮。影子露齒而笑，也向他揮揮手。他四處尋找辛澤曼，但老人今晚似乎不在這兒。他在後面瞄到一張空桌，便走了過去。

接著有人開始尖叫。

那是一種恐怖的尖叫法，也就是扯開喉嚨、見到鬼似的歇斯底里叫聲。於是所有對話頓時安靜下來。影子環顧四周，想確定是否有人被殺了，然後發現酒吧裡所有人都將臉轉向他。連那隻白天都躺在窗戶上睡覺的黑貓，也從自動點唱機頂端站了起來，高高豎直了尾巴，拱起背盯著影子。

時間慢了下來。

「抓住他！」一個女人喊道，聲音瀕臨瘋狂。「老天爺，快來人抓住他！不要讓他跑掉！求求你們！」那是他認得的聲音。

沒有人動彈，他們盯著影子。影子也盯視眾人。

查德．穆利亙穿過人群走過來，跟在他身後的嬌小女人萬分警惕，睜大眼睛，彷彿隨時準備再尖叫一次。影子認識她。他當然認識她。

查德將手上的啤酒放在附近的桌上，說道：「麥可。」

影子說：「查德。」

奧黛麗．柏頓抓住查德的袖子，臉色蒼白，眼中還含著淚。「影子。」她說：「你這個混蛋，你這個殺人魔！」

「親愛的，你確定你認識這個人嗎？」查德問道。他看起來有點不安。

奧黛麗．柏頓不可置信地看著他。「你**瘋**了嗎？他在羅比手下做了**好幾年**的事，他那個蕩婦老婆是我最好的**朋友**。他犯了**謀殺案**被通緝，我還得回答什麼**問題**。他是在逃的**通緝犯**啊！」她說得有點過火，聲音因壓抑而顫抖，邊說邊啜泣，像是角逐艾美獎的肥皂劇女演員。影子心想：好個親親表妹。他不為所動。

酒吧裡沒有人吭聲。查德．穆利亙抬頭望著影子。「可能是誤會。我相信我們一定可以把這一切都搞清楚。」他明智地說完，接著對酒吧的人說：「一切都沒事，不用擔心。我們可以把這件事弄清楚，沒事。」然後對影子說：「麥可，我們到外面去。」沉穩又稱職，影子暗中讚嘆。

「沒問題。」影子說。

他感覺有人碰他的手，轉身看到珊米正盯著他。他低頭向她微笑，盡可能讓她放心。

珊米看著影子，然後環顧酒吧裡盯著他們的臉孔。她對奧黛麗．柏頓說：「我不知道妳是誰。可是妳啊，真是個賤女人！」然後她踮起腳尖，將影子拉向自己，重重吻在他的唇上，嘴巴往他唇上推。影子感覺那一刻似乎維持了好幾分鐘，但實際鐘錶敲過的時間可能只有五秒鐘。

她的唇印在他的唇上時，影子感覺那真是奇怪的一吻：不是為他而吻，而是為酒吧裡的其他人，讓他們知道她已經選邊站了。那是表現沙文主義的一種吻。即使她吻著他，他也很清楚，她根本不喜歡他——或應該說，不是一般所謂的喜歡。

話說回來，很久以前，當他小時候，他曾看過一個故事：有個旅人滑落懸崖，上有吃人猛虎，下有致命瀑布，但旅人仍奮力在懸崖半途止住滑行，把握珍貴的生命。他身邊有一堆草莓，無論上下都必死無疑。問題來了：**他該怎麼辦？**

回答是：**把草莓吃掉**。

他小時候認為這故事毫無道理，現在他明白了：於是他閉上眼睛，讓自己沉浸於那一吻，專注於珊米的唇和她柔軟的肌膚，如同野草莓一般香甜。

「來吧，麥可。」查德·穆利亙堅定地說，「抱歉。我們到外面說話。」

珊米退後，舔了舔嘴唇，露出微笑，眼裡卻不帶笑。「還不賴，」她說：「以小男生來說，你吻得還不錯。好了，去外面玩吧。」然後她轉身面向奧黛麗·柏頓。「可是妳呢，」她說：「仍然是個賤女人。」

影子把車鑰匙丟給珊米。她用單手接住。他穿過酒吧，走出門，查德·穆利亙跟在他身後。細雪開始飄下，雪花旋轉落入酒吧的霓虹招牌光線裡。「你可以解釋一下這件事嗎？」查德問。

奧黛麗跟著在他們後面，走出酒館來到人行道。她看起來彷彿已準備好再尖叫一次。她說：「查德，他殺了兩個人。聯邦調查局還到過我家門口。他是個變態。你要的話，我可以跟你到警察局。」

「這位女士，妳惹的麻煩已經夠多了。」影子說道。他的聲音聽來疲倦，連他自己聽起來也是如此：「請妳離開。」

「查德？你聽到了嗎？他威脅我！」奧黛麗說。

「奧黛麗，妳先進去。」查德·穆利亙說。她看起來彷彿要回嘴，然後又用力抿上，把嘴唇壓成白色，才走回酒吧。

「你對她說的話，有什麼要回應的嗎？」查德．穆利亙問道。

「我從來沒有殺過人。」影子說。

查德點點頭。「我相信你。」他說：「我相信我們可以輕易應付這些申訴。你不會惹麻煩吧，麥可？」

「沒有麻煩。」影子說：「這一切都是誤會。」

「一點也沒錯。」查德說：「所以我想，我們應該前往我的辦公室，把這一切都搞清楚？」

「我被捕了嗎？」影子問道。

「沒有。」查德說：「除非你想被捕。我是這樣打算，你是以共同巡邏的名義跟我來，我們可以澄清一切誤會。」

查德對影子搜身，沒發現武器。他們坐上查德．穆利亙的車。影子再次坐在後座，透過金屬籠看著窗外。他想**求救**、**呼救**、**喊救命**。他想辦法用意念催促查德．穆利亙，正如他一度在芝加哥催促一名警察一樣——這是你朋友麥可．安瑟爾，你救過他的命。你不知道這樣有多蠢嗎？為什麼不放手別管這整件事？

「我想，把你弄出這裡也好。」查德說：「如果有一群大嘴巴認定你就是殺害艾莉森．麥高文的兇手，我們就得處理一堆想用私刑對付你的暴民了。」

「有道理。」

開往湖畔警察局的路程中，他們沉默不語。查德把車停在警察局外面時，說那棟建築物其實隸屬於郡警長的公寓。當地的警察勉強用裡面的幾個房間辦公。不久後，這個郡就會蓋一些現代建築，目前他們只能勉強使用已有的房舍。

他們走了進去。

「我該打電話給律師嗎？」影子問道。

「你還沒有被控任何罪名。」查德．穆利亙說：「決定權在你。」他們快步穿過一些活動拉門。

「在那裡坐下。」

影子在一張旁邊有焦痕的木椅上坐下。他覺得愚蠢麻木。公布欄上有一張小海報，旁邊是一大張禁止吸菸標語。小海報上面寫著：**危險失蹤**。上面是艾莉森．麥高文的照片。那裡有張木桌，桌上是幾本過期的《運動畫刊》和《新聞週刊》。照明很差。牆上的油漆泛黃，本來可能是白色的油漆。

十分鐘後，查德端給他一杯販賣機的摻水熱巧克力。「袋子裡是什麼？」他問。此時，影子才發現自己還拿著裝《湖畔鎮議會議事紀錄》的塑膠袋。

「是舊書。」影子說：「裡面有你祖父的照片，也許是曾祖父。」

「是嗎？」

影子迅速翻閱書頁，最後找到那張鎮議會的相片，他指著那個姓穆利亙的人。查德咯咯笑道：「這張勝過其他照片。」

影子待在房間裡，幾分鐘過去，幾小時過去。他看了兩本《運動畫刊》，開始看起《新聞週刊》。查德偶爾會過來，一次是問影子需不需要用洗手間，還有一次是給他一個火腿捲和一小包洋芋片。

「謝了。」影子接過食物，「我被捕了嗎？」

查德從齒縫間吸了口氣。「噢，」他說：「還沒。看起來你用麥可．安瑟爾的名字來這裡，不像是合法的。但另一方面，只要不是蓄意詐騙，在這一州你愛叫什麼名字，就可以叫什麼名字。你先放心。」

「我可以打個電話嗎？」

「室內電話嗎？」

「長途電話。」

「用電話卡打會比較省錢，不然如果用二十五分錢的硬幣，你要在走廊那東西裡面投四十次。」

那當然，影子心想。**這樣你就會知道我撥的號碼，說不定還會用另一支分機竊聽**。

「那太好了。」影子說。他們走進一間空曠的辦公室。影子給查德一個號碼，請他代撥，那號碼是伊利諾斯州開羅市的一間殯葬社。查德撥了號碼，將話筒交給影子。「那我就讓你在這裡。」說罷便走出去。

電話響了幾次，然後有人接了起來。

「傑凱爾和艾比斯，很高興為您服務。」

「喂，艾比斯先生。我是麥可．安瑟爾。聖誕節前後，我在那裡服務過幾天。」

對方遲疑了片刻，「喔，是你啊，麥可。你還好嗎？」

「不太好，艾比斯先生。我遇上一點麻煩，快被逮捕了。希望你有看到我叔叔，或者你也許能幫我傳個話給他。」

「喔，我會去問問。等一下，呃，麥可。我這裡有人想和你說句話。」

電話轉給另一個人，一個沙啞的女性聲音說：「喂，親愛的，我想念你。」

他確定自己從來沒聽過那個聲音。但是他認識她，他確信自己認識她。

放手吧，沙啞的聲音在他心裡和夢裡輕聲說：*一切都放手吧*。

「親愛的，你剛才親的那個女孩是誰？你是想讓我嫉妒嗎？」

「我們只是朋友。」影子說：「我想她是在設法證明一個觀點。妳怎麼知道她親了我？」

「不管我人到哪裡，我都有眼線。」她說：「好好保重了，親愛的……」接著一陣沉默，然後艾比斯先生接聽：「麥可？」

「是。」

「我設法連絡你叔叔，但有些問題。他似乎有點忙不過來，可是我會想辦法傳話給你的南西阿姨，祝你好運了。」電話斷了。

影子坐下，等查德回來。他坐在空曠的辦公室，但願有東西能使他轉移心神。他不太甘願地再次拿起《議會紀錄》，翻到中間某處，開始閱讀。

某條法令禁止人們吐痰至人行道及公共建築物的地面，也不准以任何形式隨地丟棄菸蒂，該法令於一八七六年十二月引進，並以八比四的票數通過。

一八七六年十二月十三日，萊咪·霍塔拉十二歲，而且「眾人擔心她在精神錯亂狀態下失蹤。」當時人們立即展開搜尋行動，卻因大雪而受阻。市議會投票一致通過，向霍塔拉家致贈弔唁。

隔週，奧森家的馬車行引發火災，沒有人員或馬匹傷亡。

影子掃視行距窄小的欄位，卻找不到萊咪·霍塔拉的後續消息。

接著，有點突發奇想，影子往前翻到一八七七年冬天那幾頁。他找到一月會議紀錄的某段插曲：未記載年齡的「黑人小孩」潔西·羅維，在十二月二十八日晚間失蹤。一般相信她可能是被所謂流動小販所綁架。這次議會沒有向羅維家致贈弔唁。

正當影子搜尋一八七八年冬天的會議紀錄時，查德·穆利亙敲門走了進來，看起來面有愧色，像是把考差的成績單帶回家的小孩。

「安瑟爾先生，」他說：「麥可，這件事我真的感到很抱歉。我個人很喜歡你。但是這沒辦法改變一切，你知道嗎？」

影子回答知道。

「對於這件事，我別無選擇。」查德說：「只能以違反假釋的名義將你逮捕。」接著查德・穆利亙向影子宣讀他的權利。他填了一些表格文件，取了影子的指紋。他陪影子走到走廊，前往建築物另一端的郡立監獄。

房間的一面有個長櫃臺和幾個門，另一面是兩間拘留室和一個小門，其中一間拘留室關了人（一名男子蓋著薄毯子睡在水泥床上），另一間則空著。

有個睡眼惺忪的女人穿著棕色制服，坐在櫃臺後面，正看著一小臺白色行動電視上的傑・萊諾❷。她從查德手上拿過文件，影子簽了名。查德在附近晃，又填了更多文件。女人從櫃臺後面出來，給影子搜身，拿走他所有個人物品（錢包、硬幣、前門鑰匙、書本、手錶）放在櫃臺上，然後給他一個塑膠袋，叫他走進打開的那間牢房，換好監獄服。他可以保留自己的內褲和襪子。他走進去，換成橘色的衣服和浴鞋。衣服發出惡臭。他把頭伸出衣服，橘色上衣背後有粗大的黑體字：**朗孛郡立監獄**。

牢房的金屬馬桶已經滿了，棕色液體排泄物及酸臭發酵的尿液，全溢到邊緣。

影子又走出來，把原本的衣服連同其他個人物品放進塑膠袋，交給那女人。他在交出錢包之前先翻查過。「這個妳要看好，」他對那女人說：「我的一生都在這裡。」女人從他手中拿走錢包，向他保證他們的保管很安全。她問查德這話說得對不對，查德從其他文件中抬起頭贊同，他們從沒有弄丟過任何一位受刑人的個人物品。

影子更衣時，將四張百元美鈔放在掌心，從錢包偷放到襪子。掏口袋時，他將銀色的自由女神一元硬幣偷放在掌心。

❷ Jay Leno，NBC電視臺知名節目「今夜脫口秀」（Tonight Show）主持人。

「請問一下，」影子出來時問道：「我可以看完這本書嗎？」

「抱歉，麥可。規定就是規定。」查德說。

莉茲將影子的個人物品放在後面房間的一個袋子裡。查德說，要把影子交到能幹的布特警官手裡。莉茲看起來很疲倦，沒什麼特別反應。查德離開了。電話鈴聲響起，莉茲．布特警官接起電話。「好，」她說：「好，沒問題。好，沒問題。好。」她放下電話，做了個鬼臉。

「有問題嗎？」影子問道。

「對，也不算吧。還好啦，他們要派人從密爾瓦基來接你過去。」

「這有什麼問題？」

「這樣我得把你留在這裡三小時。」她說：「而那邊那間牢房——」她指著那間有個男子在睡覺的牢房，「已經有人住了。他正受到自殺監控，我不能把你和他放在一起。但是又不想那麼麻煩，先把你遷入郡，再遷出來。」她搖搖頭。「而且你也不想到那裡面——」她指著他換衣服的那間空牢房，「因為馬桶已經完蛋了。裡面很臭，對不對？」

「對，非常噁心。」

「這就是普遍的人性，就是這樣。要是廁所能趕快修好就好了，我看是不太可能。昨天這裡一定有哪個女人把衛生棉條沖進馬桶。我總是叫她們不要丟進去。我們有垃圾桶，衛生棉條會阻塞水管。廁所裡每個爛棉條都要花人民稅金一百塊，去找水管工人來修。總之，如果我用手銬把你銬住，就可以把你留在這裡，不然你就得到那間牢房。」她看著他，說：「你自己決定。」

「我不太喜歡手銬，」他說：「但是可以接受。」

她從身上的多用途皮帶取出一只手銬，然後拍拍手槍皮套裡的半自動手槍，彷彿提醒他，裡面的槍還在。「雙手背在後面。」她說。

手銬緊扣，因為他的手腕很大。然後她將腳繩綁在他的腳踝，讓他靠牆坐在櫃臺另一邊的板凳上。「現在開始，」她說：「你別來煩我，我也不會煩你。」她將電視稍微傾斜，讓他也看得到。

「謝謝。」他說。

「等我們有了新的辦公室，」她說：「就不會有這種莫名其妙的事了。」

「今夜脫口秀」播完了，開始播映「歡樂酒店」。影子只看過一集「歡樂酒店」，教練的女兒來到酒吧的那集，而且看了好幾次。影子發現，那些從不留意觀看的影集，會隔好幾年還不斷看到同一集。他心想，這一定是某種宇宙法則。

莉茲．布特警官坐回椅子。她看起來沒有打盹，但也絕非精神清醒，所以沒注意到「歡樂酒店」那夥人已不再說話，俏皮話也說完了。螢幕中的人開始盯著影子。

幻想自己是知識分子的金髮酒館女侍黛安首先開口，她說：「影子，我們好擔心你呢。你已經掉出這個世界了，能再看到你真好——儘管你被綁住，穿著橘色的監獄服也沒關係。」

「我想要做的事，」常上酒館的討厭鬼克里夫頤指氣使地說：「就是在狩獵季逃脫，反正大家都穿橘色的監獄服。」

影子不發一語。

「啊，我知道，」黛安說：「嗯，你讓我們追得好開心啊！」

影子別過頭，莉茲警官開始輕聲打鼾。個子嬌小的女侍卡拉劈頭就說：「喂，髒鬼！我們干擾這個節目播出，就是要給你看看會把你嚇得屁滾尿流的東西。準備好了嗎？」

螢幕一陣閃爍，變成空白。在螢幕左下角跳出白色的「現場直擊」字樣。一個柔美的女性配音出現：「現在投奔到**勝利**的一方，當然還不算太遲。但是你也知道，你有**繼續**待在原地的自由。**做為**美國人就是要這樣，這個就是美國奇蹟。畢竟，擁有相信的自由，也代表擁有相信錯誤事物的自由。正如同**言論**自由也提供你保持沉默的權利。」

畫面上出現一幅街景。鏡頭搖晃前進，似乎是以手提攝影機拍的寫實紀錄片。一名頭髮稀薄、膚色黝黑的男子占據整個畫面，帶著些許卑微的表情。他站在牆邊喝著塑膠杯內的咖啡，對著鏡頭說：「恐怖分子運用言詞狡辯，自命為**自由鬥士**。你我都知道，他們是犯下謀殺案的人渣，這非常清楚。我們正冒著生命危險，改變情勢。」

影子認得這個聲音。他曾經進入此人的頭腦裡。阿鎮先生的聲音現在聽起來有點不同——比較低沉有磁性——但這是他的聲音，錯不了。

攝影機往後拉，阿鎮先生正站在美國街道的一棟磚造建築物外。門上方有三角板和羅盤，將字母G框住。

「就定位。」有人從畫面外說道。

「**我們**來看看大廳**裡面**的現場畫面。」女性配音員的聲音說道。

螢幕左下角持續閃爍著「現場直擊」的字樣。現在畫面出現一間小房間的內部，室內照明不足。兩名男子坐在房間遠處桌旁，其中一個背對攝影機。攝影機笨拙地聚焦到他們身上，一時焦點模糊，接著又再度清晰。面對鏡頭的男子起身開始踱步，像是綁了鏈子的熊。他是星期三。從某種角度看，他彷彿興味盎然。他們重新聚焦，突然發出砰的一聲。

背對螢幕的男子說：「我們提供的是結束這件事的機會。從此時此地開始，不再有流血，不再有侵略，不再有痛苦，不再有人喪失生命。難道，這不值得稍微放棄一些東西嗎？」

星期三不再踱步，他轉過身，張大鼻孔。「首先，」他咆哮：「你要明白，你是在要求我替我們全體發言，這擺明就是鬼扯。其次，你到底憑什麼認為我會相信你們這群人說話算話？」

背對攝影機的男子動了一下頭部。「你太小看自己了。」他說：「你們這些人的確群龍無首，但你是他們唯一聽從的人。他們注意你。至於要我守信，好吧，這些初步談話都已被錄影與現場直播。」他向後面的攝影機做了個手勢。「我們說話時，你們有些人正在看，而其他人會收到錄影帶。攝影機不會說謊。」

「每個人都會說謊。」星期三說。

影子認出背對攝影機的那名男子的聲音，他是世界先生。就是影子進入阿鎮腦袋時，用手機和阿鎮說話的那個人。

「你不相信我們會說話算話？」

「我認為，你的承諾就是用來違背的，而你的誓言就是用來拋棄的。至於**我**呢，絕對**說話算話**。」

「安全措施就是安全措施。」世界先生說：「我們之前同意舉休戰旗。對了，我應該告訴你，你那個年輕的繼承人，又再次被我們關起來了。」

星期三哼道：「胡說，不可能。」

「我們正在討論一些處理典範轉移的方法。我們**不必**成為敵人，是吧？」

星期三似乎動搖了，他說：「無論如何，我會盡我所能……」

影子注意到星期三在電視螢幕上的影像有點奇怪。他的左眼有道紅色閃光，是那隻玻璃眼。他移動時，那個點會留下視覺暫留的磷光，他似乎並未意識到這一點。

「這是一個大國，」星期三邊說邊整理思緒。他的頭一動，紅色的雷射光點滑到他的臉頰，接著又再次往上徐徐移動到玻璃眼上。「有空間給——」

「砰」的聲響被電視喇叭消音，星期三半個頭爆開，身子往後彈落。

世界先生站起來，背對著攝影機，走出鏡頭。

「我們再看一次畫面，這次用慢鏡頭重播。」播音員聲音帶著欣慰。

「現場直擊」的字樣變成「重播」。紅色的雷射光點慢慢追蹤到星期三的玻璃眼，他的側臉瞬間熔為一團血跡。畫面靜止不動。

「是的，這仍然是神的國家。」新聞播報員宣講簡潔有力的結語，「問題在於，是哪些神呢？」

另一個聲音開口——影子以為是世界先生。那聲音以似曾相識的音質說道：「現在，我們要將各位送回常態播出的節目。」

《歡樂酒店》中，教練向女兒稱讚她真的很美，就和她母親一模一樣。

電話響了，莉茲警官驚嚇地坐了起來，接起電話說：「好、好、是、好。」她放下電話，從櫃臺後面站起來，對影子說：「我要把你放進牢房。不要用那個馬桶。拉法葉警長的人員應該很快就會過來接你了。」

她解開手銬和腳繩，將他鎖在拘留室內。門關上，味道更臭了。

影子坐在水泥床上，將自由女神一元硬幣從襪子裡摸出來，硬幣從手指移動到掌心，從一個姿勢到另一個姿勢，從一手到另一手，唯一目的只是讓任何可能往房裡瞧的人看不見硬幣。他在消磨時間。他已經麻木了。

就在那時，他懷念起星期三，那感覺突然且深切。他想念那人的自信、他的態度和他的信念。他張開手，低頭看著自由女神銀色的側臉。他闔上手指，將硬幣蓋住，緊緊握著。有些人含冤一生，他納悶自己是不是也將成為其中一分子。如果他能活那麼久。就他所知，世界先生和阿鎮先生可以不費吹灰之力，便將他拉出這個體系。或許他在前往下一個拘留所的途中，便會遇到不幸意外。或許他掙脫越獄時會被射殺，那似乎也不是不可能。

玻璃另一邊的房間裡有人活動的跡象。莉茲警官又走進來，她按下一個鈕，影子看不見的門打開。一位黑人副警長穿著棕色制服走進來，輕快地走到桌邊。

影子將一元硬幣塞回襪子裡。

新的副警長遞上一些文件，莉茲檢查過後簽名。查德．穆利亙進來，對新來的人說了幾個字，然後打開牢房的門鎖，走了進去。

「好。他們到這裡來接你了。看來你牽涉國家安全問題，你知道嗎？」

「我會成為《湖畔新聞報》的著名頭條新聞。」影子說。

查德面無表情地看著他，「一名流浪漢因違反假釋而遭到拘留？這沒什麼好報導的。」

「這是《湖畔新聞報》的作風嗎？」

「他們是這樣告訴我的。」查德．穆利亙說。影子這次將手放在他前面，查德為他銬起手銬，鎖上腳踝的腳繩以及從手銬到腳繩的棍子。

影子心想：他們會帶我到外面，或許我可以逃脫——帶著手銬腳繩，穿著輕便的橘色監獄服，逃進大雪中。他也知道那有多笨，完全沒希望。

查德陪他走出來，進到辦公室。莉茲已經關上電視。黑人副警長打量著他。「他塊頭很大。」他對查德說。莉茲將裝有影子個人物品的紙袋遞給副警長，他在上面簽了名。

查德看著影子，然後看著副警長。他對副警長說：「聽著。我只想說：發生這種事情，我覺得很難過。」他說的聲音很輕，但音量足以讓影子聽見。

副警長點點頭，「先生，你要和有關單位商量，我們的工作只是帶他進去而已。」

查德擺了張臭臉，他轉向影子。「好吧，」查德說：「穿過那扇門到鐵堡裡。」

「什麼？」

「外面那裡。停車的地方。」

莉茲打開門鎖，「你得確定可以將那件監獄服帶回這裡。」她對副警長說：「我們上次將一個重刑犯送到拉法葉，後來就再也沒看到他的制服了。那些制服花的是郡上居民的錢。」他們和影子走到外面的鐵堡，那裡停了一輛空轉的車。不是警長部門的車，而是一輛黑色禮車。另一個副警長是頭髮灰白夾雜、留了鬍鬚的白人，正站在車子旁邊吸菸。他們走近時，他把菸丟下踩熄，然後幫影子開車門。

影子笨拙地坐下，手銬和腳繩使他難以動作。車子的後座與前座之間沒有護柵。兩名副警長鑽進車子前座，黑人副警長發動引擎。他們等待鐵堡的門打開。

「快啊，快啊。」黑人副警長邊說邊用手指在方向盤上咚咚敲。查德．穆利互敲敲旁邊的窗戶，白人副警長瞥了一眼駕駛，然後搖下車窗。「這樣做不對。」查德說：「我只想說這個。」

「你的意見已經被記錄下來，會傳達給有關當局。」駕駛說。通往外面世界的門開了。雪花暈眩地落入車頭燈。駕駛一腳踩下油門，他們上了街，開上主幹道。

「星期三的事你聽說了嗎？」駕駛的聲音聽起來變了，變老了，而且很耳熟，「他死了。」

「是啊。我知道。」影子說：「我在電視上看到了。」

「那些下三濫。」白人警官說。這是他說的第一句話，他的聲音粗糙又有口音，影子也認得，一如他認得駕駛的聲音。「我告訴你，他們全是下三濫。可惡的下三濫。」

「謝謝你們來接我。」影子說。

「你客氣了。」駕駛說。迎面而來的車燈照耀下，他的臉看起來似乎變老了。身材似乎也變小了。影子之前看到他時，他還戴著檸檬黃的手套，身上穿著格子夾克呢。「我們剛才在密爾瓦基，艾比斯打來後，我們還得飆車趕來。」

「我還在等著用榔頭把你的腦袋敲碎，你以為我們會眼睜睜讓他們把你鎖起來，送你去坐電椅嗎？」白人副警長一邊陰沉地說，一邊在口袋裡搜索找菸。他持的是東歐口音。

「真正重大的事，再過一個小時左右就會發生。」南西先生不斷變化，越變越像本人，「等他們**真的**出現來接你時，我們就會在五十三號公路前停車，把你從那些枷鎖中放出來，讓你穿回自己的衣服。」徹諾伯格拿著手銬鑰匙，微微一笑。

「我喜歡那個鬍子，」影子說：「很適合你。」

徹諾伯格用發黃的手指捻著鬍鬚道：「謝謝。」

「星期三，」影子說：「他真的死了嗎？這不是詭計嗎？」

雖然很愚蠢，但他發現自己一直抱著希望。但南西先生臉上的表情說明了一切，他那股希望煙消雲散。

前進美洲

西元前一萬四千年

異象臨到她時，天氣寒冷，而且陰暗，因為大白天在極北的日光下是一段灰暗朦朧的時刻，來來去去，週而復返：是介於黑暗之間的間歇期。

以當時的條件，在北方曠野的游牧民族中，他們不算是大部落。他們有個神，是一顆毛象的頭骨，以及由毛象皮革改製而成的粗斗蓬。他們稱之為**能允尼尼**。他們沒有游牧移動時，他就擱在木架上，與人同高。

她是這個部落的女聖徒，也是祕密的守護者，她的名字叫亞蘇拉，意指狐狸。亞蘇拉走在兩名部落男子前面，他們用長竿子抬著神，上面覆有熊皮，不可被褻瀆的肉眼看見，也不能在不聖潔的時候看見。

他們帶著帳篷，在苔原上流浪。最上等的帳篷以北美馴鹿的皮革製成，是神聖的帳篷，帳篷裡有四人：女祭司亞蘇拉、部落長老嘎革威，戰將押弩，斥候卡拉努。亞蘇拉當天看見異象之後，便召喚他們到此。

亞蘇拉將一些地衣刮入火中，然後用乾枯的左手丟了些乾葉子進去：他們抽著菸，送出刺眼的灰煙，發出奇怪刺鼻的味道。然後她從木臺上拿了一個木杯，遞給嘎革威。杯子裡裝了半杯暗黃色的液體。

亞蘇拉找到了**攀福**蘑菇，每個蘑菇都有七個斑點——只有真正聖潔的女子才能找到七個斑點的蘑菇——並在月下的幽微處採集，在鹿骨線上曬乾。

昨天，她在睡前吃了三個乾蘑菇頭。她的夢境惶惑雜亂，淨是恐怖的景象，有快速移動的亮光，有岩石山上滿是像冰柱般向上投擲的光。她在夜間冒著汗醒來，需要製造一些水。她蜷伏到木杯旁，用自己的尿裝滿杯子，然後將木杯放到帳篷外的雪中，再回去睡。

她醒來時，從木杯中撿出團團的冰塊，留下顏色更深、更濃縮的液體在裡面。

她傳遞的就是這份液體，先遞給嘎革威，然後押弩，最後是卡拉努。他們每人都喝下一大口液體，然後亞蘇拉喝下最後一口，吞了下去，將剩下的倒在他們的神面前的地上：是獻給能允尼尼的奠酒。

他們坐在煙霧裊繞的帳篷裡，等待他們的神開口說話。帳篷外，黑暗中，夜風呼嘯吹拂著。

斥候卡拉努是個穿著行走都像男人的女人：她甚至娶十四歲的處女妲拉妮為妻。卡拉努用力眨眼睛，然後站起來走向毛象的頭骨。她將毛象皮斗篷披在身上，站著將頭放在毛象的頭骨裡。

「這塊土地上有邪氣。」能允尼尼藉卡拉努的聲音說道。「邪氣的力量之大，如果你們待在此處，待在這塊你們的母親和母親的母親待過的土地上，你們就要全數殲滅。」

三名聆聽的信徒嘀咕出聲。

「是奴隸嗎？還是大野狼？」嘎革威問道，他的頭髮又長又白，臉上皺得像荊棘樹的灰樹皮。

「不是奴隸，」古老的石皮能允尼尼說道。「不是大野狼。」

「是饑荒嗎？饑荒要來了嗎？」嘎革威問道。

能允尼尼不語。卡拉努從頭骨中出來，與其他人一起等待。

嘎革威穿上毛象皮革斗篷，將頭放在頭骨裡。

「你們知道不是饑荒。」能允尼尼透過嘎革威的口說道。「但饑荒會隨後而來。」

「那麼是什麼？」押弩問道。「我不怕。我會起身抵抗。我們有長矛，我們有投擲的石塊。讓一百名勇士一起來，我們仍然會獲勝。我們會引他們進入沼澤，用我們的燧石砸碎他們的頭骨。」

「這不是人的事。」能允尼尼用嘎革威老邁的聲音說道。「這邪氣將從天而降，屆時你們的長矛或石塊都保護不了你們。」

「那我們該如何自保呢？」亞蘇拉問。「我見過空中的火焰。我聽過比十道雷電更猛烈的聲音。我看過森林夷為平地，河流沸騰起泡。」

「誒……」能允尼尼說，卻只說到這裡。嘎革威從頭骨中出來，僵直地彎腰，因為他是老年人，關節都已腫脹浮出。

一片沉靜。亞蘇拉朝火中多丟些樹葉，煙霧使他們流出了眼淚。

接著押弩大步走向毛象頭，將斗篷披在寬闊的肩膀上，把頭放進頭骨內。他聲如雷鳴。「你們必須旅行，」能允尼尼說，「你們必須朝太陽的方向而行。你們會在太陽升起的地方，找到一塊新的土地，你們也會安然無恙。這將是一段長途跋涉的旅程：月亮會圓會缺，死而復生，共兩次，也會有奴隸和野獸，但只要你們朝日出的方向而行，我就會引導你們，保你們平安。」

亞蘇拉朝地上的泥土啐了一口痰，說：「不要。」她感到神正盯視著她。「不要。你是壞神，竟然告訴我們這種事。我們會死，我們都會死，那誰要留下來把你從一個高地抬到另一個高地、為你搭帳篷、用脂肪為你的大象牙塗油？」

神明一語不發。亞蘇拉和押弩換位子。亞蘇拉的臉透過泛黃的毛象骨向外凝視。

「亞蘇拉沒有信心，」能允尼尼用亞蘇拉的聲音說。「亞蘇拉會在你們其他人進入新大陸之前死亡，但你們其他人將活下來。相信我：東方有一塊土地沒有人居住。這塊土地將成為你們的土地，你們子孫的土地，這段時間將長達七代，再加上七個七代。至於亞蘇拉的不信，你們將永遠保存下來。到了早上，你們就打包帳篷和個人什物，向日出的方向而走。」

嘎革威和押弩及卡拉努低頭鞠躬，呼喊能允尼尼的大能與智慧。

月圓月缺，又經過一次月圓月缺。部落裡的人民朝日出的方向東行，舉步維艱，穿過使他們裸露的皮膚麻木的刺骨冰風。能允尼尼對他們的應允不假：他們這次旅程中沒有失去一位族人，只有一位懷孕的婦人身亡，而懷孕的婦人屬於月亮，不屬於能允尼尼。

他們橫越陸橋。

卡拉努在第一道光出現時，便離開他們去偵察路徑。如今天空昏暗，卡拉努還沒有返回，但夜空因為光而有了生氣，成群閃爍蜿蜒著，起伏跳動，白的、綠的、紫的、紅的。亞蘇拉和族人以前曾見過北極光，但他們仍然懼怕，這種懼怕展現在他們似乎不曾見過北極光。

光在天空中成形流動時，卡拉努回到他們身邊。

「有時候，」她對亞蘇拉說，「我覺得我可以就這麼展開雙臂，落入空中。」

「那是因為妳是斥候。」女祭司亞蘇拉說。「妳死的時候，將落入空中，變成星子引領我們，正如妳生前引領我們一樣。」

「東邊有冰崖，高聳的懸崖，」卡拉努說道，烏黑的頭髮像男人一樣留長。「我們可以攀爬上去，但要花很多天的時間。」

「妳應該帶領我們走安全的路。」亞蘇拉說。「我將死在懸崖的山腳下，也將成為犧牲品，帶你們進入新的土地。」

在他們西方，從他們出發的土地上，太陽已經在幾個鐘頭前西沉，有一道病懨懨的黃色閃光，比閃電更明亮，也比日光更明亮。那是一股純然的燦爛迸發，逼使在陸橋上的族民遮蔽眼睛，又是吐痰又是驚呼。孩子們哀嚎起來。

「那就是能允尼尼警告我們的厄運，」老人嘎革威說。「他無疑是睿智的神，也是大能的神。」

「他是所有的神當中最好的。」卡拉努說。「在我們的新大陸裡，我們要將他高舉，我們要用魚油和動物脂肪擦亮他的長牙和頭骨，而且我們要告訴我們的子孫，和我們七代子孫的子孫，說能允尼尼是最萬能的天神，永遠不能遺忘。」

「天神都很好。」亞蘇拉緩緩說道。「但是心更好。因為那些神就是從我們的心裡出來的，而他們也應該回到我們的心裡……」

若不是在不容爭論的態度下被打斷，她這段褻瀆的話還說不準會持續多久。

從西方爆發的呼嘯聲震得耳朵都流出血來，他們有段時間什麼也聽不見，暫時耳聾目盲，卻仍然活著，他們知道自己比西邊的部落幸運。

「那好。」亞蘇拉說，但她聽不見自己腦子裡的話。

春日的太陽到達顛峰時，亞蘇拉在懸崖腳邊辭世。她無以活著見到新世界，於是這個部落便在沒有女聖徒的陪伴下，走進那些陸地。

他們攀上懸崖的頂峰，他們向南方與西方行，直到發現一座有清水的山谷、富有銀色魚類的河流，和以前未曾見過人類的鹿。那些鹿十分溫馴，在殺牠們之前還要先吐痰，向牠們的靈道歉。

妲拉妮生了三個男孩，有些人說卡拉努施展最後的魔法，可以和新娘做男人那檔子事，但有人說嘎革威還不算太老，可以在新娘的丈夫離開時陪伴她，當然嘎革威一死，妲拉妮就不再生小孩了。

冰凍時期來臨了，冰凍時期結束了，族民散居於這塊陸地，形成新的部落，選擇新的圖騰：烏鴉與狐狸與樹獺與大貓與水牛，每種野獸都標明了部落的身分，每種野獸都是一尊神。

新大陸的毛象更大、更慢，也比西伯利亞曠野的毛象愚蠢，而有七個斑點的攀福蘑菇在新大陸則不復見，能允尼尼也不再對這個部落說話了。

在妲拉妮和卡拉努的孫子的孫子的時代裡，有一群戰士，他們是一個強大興盛部落裡的成員，他們從北方的奴役遠征中返回南方的家鄉，找到「先民」的山谷：他們殺了大多數男丁，帶走了女人及許多孩童俘虜。

其中一名背負沉重寄望的子孫，將他們帶到山陵的一處洞穴，他們在其中找到一個毛象頭骨、襤褸殘餘的毛象皮斗蓬、一個木杯，以及保存完好的神諭使者亞蘇拉的頭。

新部落的一些戰士贊成將聖物一起帶走，竊取先民的神祇，擁有他們的力量，但是其他人卻打算勸退，說那些東西只會帶來厄運，帶來他們自己的神的怨恨（因為這些是烏鴉部落的人民，而烏鴉是司嫉妒的神）。

因此他們將物品從山邊丟下，丟進深深的溝壑裡，帶著先民中倖存的人一同踏上往南的漫漫長路。而烏鴉部落及狐狸部落在新大陸變得越發強大，不久能允尼尼就完全遭到遺忘了。

第三部　風暴來襲

第十四章

大家在黑暗中，不知該怎麼辦，
我有一盞小提燈，噢，但燈火也已消散。
我伸出了手，希望妳也伸出手來。
我只想在黑暗中，與妳同在。

——葛瑞格．布朗，〈In the Dark with You〉

凌晨五點，明尼蘇達州的明尼亞波利市，他們在市內機場的長期停車場中換車。他們把車開上露天停車塔頂樓。

影子將橘色制服和手銬腳繩放進剛拿到的棕色紙袋，再將整個袋子摺起來，丟進垃圾桶。他們等了十分鐘，一名胸膛鼓壯的年輕男子從機場門裡出來，走向他們。男子正在吃漢堡王的薯條。影子立刻認出了他：之前離開岩上之屋時，這男子坐在車後哼著歌，聲音低沉，可震動整輛車。當時他是胸膛鼓壯的年輕人，現在露出過去沒有的泛白鬍鬚，看起來蒼老了些。

男子用雙手抹去嘴角的油，以牛仔褲擦手，然後向影子伸出一隻巨手。「我聽到眾神之父去世的消息了。」他說：「他們會付出代價。他們會付出慘痛的代價。」

「星期三是你的父親？」影子問道。

「他是大家的父親。」男子以深沉的嗓音哽咽道：「你告訴他們所有人，告訴他們說只要有需要，我的人手就會到。」

徹諾伯格從齒縫間剔出一小片菸草，吐到結凍的泥地上。「那麼你們有多少人手？十個？二十個？」

寬胸男子的鬍子豎了起來，「我們十個難道抵不過他們百個？有誰能夠在戰場上擋得住我一個兄弟？而且我們可不止這些，有些在城市邊緣，少數幾個在深山裡，有的在紐約卡茲奇山，還有幾個住在佛羅里達的巡迴遊藝城。他們的斧頭還是非常鋒利。只要我一叫，他們就會來。」

「去叫他們吧，艾維斯。」南西先生說。影子總以為他說的是艾維斯。南西的制服換成了咖啡色厚羊毛衫、燈芯絨褲及咖啡色平底軟鞋。「你去叫他們來。要是那老王八蛋還在，也會希望這樣。」

「他們背叛他，他們殺了他。我還嘲笑過星期三，但我錯了。我們現在全都危險了。」名字聽起來像貓王艾維斯的男子說：「但是你們可以信賴我們。」他輕拍影子的背，差點把影子推倒在地，感覺就像被一顆球打到背部。

徹諾伯格環顧停車場好一陣子，說：「抱歉我想問問，我們的新車是哪一輛？」

寬胸男子用手一指，「就在那裡。」

徹諾伯格哼道：「就是那一輛？」

那是一九七〇年的福斯巴士，後窗還印有一道彩虹。

「這輛車不錯。而且他們萬萬想不到你們會開這種車。」

徹諾伯格在車子四周走動，接著開始大聲咳嗽，聲音極大，像是老煙槍在清晨五點的咳嗽。他凝神吐了口痰，又將手放在胸口上按摩，消除疼痛。「沒錯，這是最不會使他們起疑的車。那麼要是警察把我們攔到路邊，查看有沒有嬉皮和毒品，那怎麼辦？嗯，我們可不是來這裡開夢幻巴士的，我們是要混入人群。」

蓄鬍男子打開車門上的鎖，「那麼他們會看看你們，見你們不是嬉皮，就會揮手向你們道別。這是完美的障眼法，而且我一時也只能找到這種車。」

徹諾伯格似乎作勢反駁，但南西先生平穩地介入對話。「艾維斯，你替我們打通關節，我們非常感激。現在要將那輛車弄回芝加哥。」

「我們會把車留在布魯明頓，」蓄鬍男子說：「狼群會照顧那輛車。你們不用擔心。」他轉向影子，說：「我要再次向你致慰問之意，我能感受你的痛苦。祝你好運。而且，如果守夜的工作落到你身上，我要同時致上敬意與慰問之意。」影子的手被男子捕手手套般的大掌捏住，還真痛。「當你看到他的屍體時，請告訴他，凡多夫的兒子阿維斯會堅守信念。」

福斯巴士聞起來有廣藿香、舊香和捲菸的味道。地板與牆面黏著褪色的粉紅色地毯。

「他到底是誰？」影子把他們載下坡道，邊用力拉排檔邊問。

「正如他所說，凡多夫的兒子阿維斯。他是矮人王。全矮人族裡最高大、最強大、最偉大的人。」

「但他不是矮人。」影子說：「他有多高？五呎八？五呎九？」

「那他就是矮人中的巨人。」徹諾伯格在他後面說：「美國最高的矮人。」

「守夜工作是什麼？」影子問。

兩個老人一句話也沒說。影子瞥向南西先生，而南西先生正盯著窗外。

「怎麼回事？他提到守夜的工作。你們也聽到了。」

徹諾伯格在後座高聲說：「你不用做那種事。」

「做什麼事？」

「守夜。他講太多了，矮人就是多嘴。沒什麼好說的，最好忘得一乾二淨。」

一路往南，就像行駛在時光之中。雪慢慢消融。第二天早上，巴士到達肯塔基，雪已經完全融了。肯塔基的冬天已過，春天卻還沒到。影子開始納悶是否可以用某種方程式計算——或許他每往南行駛五十哩，便向未來前進一天。

他想聊些自己的想法，但南西先生在前座睡著了，徹諾伯格則在後座打鼾。

他感覺此刻時間流動似乎是彈性的，像是想像的幻影。他心痛地覺察鳥兒與動物：烏鴉在路邊或巴士道，啄食被車撞死的動物；群鳥在空中盤旋，排成似乎可理解的隊形；貓兒在草坪與籬柱上盯著他們。

徹諾伯格哼了一聲醒來，慢慢坐起身。「我夢到一個怪夢。」他說：「我夢到我真的是貝樂伯格。全世界一直將我們想像成兩個，光明之神和黑暗之神。但現在我們兩個都老了，我發現根本只有我一個。我給他們禮物，又把我的禮物拿回來。」他拔開 Lucky Strike 菸的濾嘴，叼在嘴間點燃。

影子搖下車窗。

「你不擔心得肺癌嗎？」他說。

「我**就是**癌。」徹諾伯格說：「我不怕自己。」

南西說話了，「我們不會得癌症。也不會動脈硬化，或得帕金森氏症或梅毒。我們很難死亡。」

「他們不就殺了星期三。」影子說。

他停車加油，接著把車停在隔壁的餐廳前。三人打算吃一頓早早餐。他們進門時，入口處的投幣式電話突然鈴聲大作。

他們將點餐單交給一名老婦人。她原本一直坐著閱讀珍妮．科頓的平裝小說《我心所指》，此時帶著擔憂的微笑，嘆了一口氣，然後往回走向電話，拿起話筒回應：「喂。」接著，她回頭看著餐廳，說：「有啊，他們似乎是在這裡。請你等一等。」她走向南西先生。

「找你的。」她說。

「謝謝。」南西先生說：「還有，這位太太，請妳一定要將我的薯條炸得非常**酥脆**。要燒焦就對了。」他走向投幣式電話，說道：「我就是。」

「你怎麼以為我會笨到相信你呢？」南西先生對話筒說。

「我找得到。」他繼續回答：「我知道在哪裡。」

「當然，」他說：「我們當然想要。你知道我們很想要，我也知道你想脫手，所以少來這套狗屁。」

他掛上電話，回到桌上。

「是誰？」影子問。

「沒說。」

「他們要什麼？」

「他們提議交還屍體時，雙方暫時休戰。」

「要騙誰啊，」徹諾伯格說：「他們想引誘我們進陷阱，然後把我們幹掉。看看他們怎麼對付星期三。那可是我一向用的手段，」他陰沉中帶著驕傲。

「是在中立地盤。」南西說：「完全中立。」

徹諾伯格咯咯笑，聽來像金屬球在乾頭顱裡不停磨擦作響。「我以前也常說**那種話**。我會說：到中立地盤來。然後我們晚上就把他們殺得一乾二淨。當時的時局還不錯呢。」

南西先生聳聳肩，清脆地咬碎深棕色薯條，然後露出牙齒讚賞：「嗯，嗯，這薯條真好吃。」

「我們不能相信那些人。」影子說。

「聽好，我年紀比你大，也比你聰明，而且還比你帥。」南西先生一邊說，一邊重捶番茄醬瓶底，將番茄醬倒在烤焦的薯條上。「我可以在一個下午變得比你花一年時間模仿還更娘娘腔，我可以像天使一樣跳舞，或像是被逼到牆角的熊一樣奮戰。我可以計畫得比狐狸更周詳，像黃鶯一樣歌唱……」

「你的重點是……？」

南西用棕眼盯著影子的棕眼，「他們急著把屍體脫手，就像我們急著把屍體弄到手一樣。」

徹諾伯格說：「沒有什麼中立地盤。」

「有個地方，」南西說：「那就是中心點。」

要找到任何東西的正中心一向困難。若是活的東西，例如人或陸地，就更難理解：人的中心是什麼？夢的中心是什麼？以美國為例，確定中心點時，要把阿拉斯加或夏威夷也算進去嗎？

一九三〇年代，他們用紙板做出龐大的美國模型，只有本土四十八州，放到大頭針上平衡，以找到中心點。最後他們找到一個可使紙板平衡的地點。

幾乎人人都能猜到答案，八九不離十。美國陸地的正中心，距離堪薩斯的黎巴嫩鎮只有幾哩，位於強尼．葛瑞伯的養豬場。黎巴嫩鎮民當時準備在農場中央豎立紀念碑，但強尼．葛瑞伯不願意讓上百萬遊客擁入，四處踐踏，騷擾他的豬隻。所以他們把美國地理上的中央紀念碑放在小鎮北方兩哩處。他們建立公園，以及通往公園的紀念石碑，碑上還有一塊銅匾額。他們從鎮上鋪了一長條柏油路，供大量遊客流入，甚至還在紀念碑旁蓋了一間汽車旅館。然後他們開始等。

沒有遊客。沒有人來。

現在那是一座可憐的小公園，裡面的教堂還容不下一場小型喪禮。汽車旅館的窗戶看似死氣沉沉的眼睛。

「也就是說，」南西先生在巴士駛入密蘇里的人類市（總人口一〇八四人）時，下了結論：「美國的正中心是一座破敗的公園、空無一人的教堂、一堆石頭，以及一間無主的汽車旅館。」

「養豬場。」徹諾伯格說：「你剛說美國真正的中心是養豬場。」

「這跟真正是什麼無關，」南西先生說：「重要的是人們**認為**是什麼。全都是想像出來的，所以說那才重要。人只和想像的東西戰鬥。」

「你是說像我這樣的人嗎？」影子問：「還是像你們那樣的人？」

南西什麼也沒說。徹諾伯格發出聲響，像是咯咯笑，也像是不屑的鼻息。

影子設法在巴士後座舒服地坐著。他只睡了一會兒，胃裡覺得怪怪的。比在監獄裡的感覺更差，比那時蘿拉來找他、告訴他搶劫的事更差。這感覺很糟。他後頸刺痛，胃裡翻騰想吐，心中湧上一陣陣恐怖感。

南西先生在人類市一間超市外停下車。南西先生走進去，影子也跟著進去。徹諾伯格在停車場抽菸等著。

貨架邊有個像是孩童的金髮少年，正在為早餐麥片補貨。

「喂。」南西先生說。

「喂，」年輕人說：「是真的嗎？他們殺了他？」

「是的，」南西先生說：「他們殺了他。」

年輕人將幾箱「嘎嘎脆」玉米片砰地推入架子。「他們以為可以把我們像蟑螂一樣輾死。」他的手腕戴了一只有汙點的銀手鐲，「我們可沒那麼容易死，對吧？」

「對，」南西先生說：「沒那麼容易。」

「先生，我會到的。」年輕人淡藍色的眼睛熠然閃耀。

「我知道你會到，葛狄文❶。」南西先生說。

南西先生買了幾瓶大瓶裝榮冠可樂、六包裝衛生紙、一包看似邪惡的小雪茄菸、一堆香蕉、一包超涼薄荷口香糖。「他是個好孩子。七世紀時過來的。威爾斯人。」

巴士先向西蜿蜒前進，然後才向北行。春天又退回冬天的死胡同裡。堪薩斯布滿陰鬱如灰的孤雲、空蕩蕩的窗戶和失落的心。影子對於搜尋廣播電臺已很熟練，對南西先生和徹諾伯格的喜好也很了解。南西先生喜歡談話節目和舞蹈音樂；徹諾伯格則偏好古典音樂，越陰沉越好，還逐漸愛好更極端的宗教福音電臺。影子自己則喜歡老歌。

近晚，他們在徹諾伯格要求下，將車停在堪薩斯的櫻桃谷鎮（總人口二四六四人）。徹諾伯格帶領他們到鎮外的牧草地。樹影還留有雪痕，草地顏色如同塵土。

「在這裡等。」徹諾伯格說。

他獨自走向草地中心。他站在那裡，周遭吹起二月的風。起初他垂著頭，接著開始打手勢。

「他好像在和誰說話。」影子說。

「和鬼說話。」南西先生說：「一百多年前，他們在這裡膜拜他，為他進行血祭，用榔頭灑下奠酒。後來，鎮民才了解為什麼這麼多經過鎮上的旅客都失蹤。這裡是他們藏匿部分屍體的地方。」

徹諾伯格從原野中央回來，鬍鬚的顏色似乎變暗，白髮間也冒出黑色的髮絲。他微笑著露出那顆鐵牙，「現在我覺得舒服多了。啊，有些東西會留著，血留存最久。」

他們穿過牧草地，往回走到福斯巴士。徹諾伯格點了根菸，卻沒有咳嗽。「他們是用大鎚。」他說：「弗丹，他都會說是絞刑架和長矛，不過對我來說是同一回事……」他伸出一根尼古丁色的指頭，在影子的額頭中央一敲，敲得很用力。

---

❶ Gwydion，威爾斯人名，為英格蘭傳奇君王亞瑟王的小名。

「請你別敲。」影子客氣地說。

「**請你別敲**。」徹諾伯格學著說：「朋友，還記得嗎？總有一天，我會拿我的大錘往你頭上敲，到時可會更悽慘。」

「我還記得。」影子說：「但你要是再那樣敲我的頭，我就折斷你的手。」

徹諾伯格哼了一聲，說：「他們應該心懷感恩，我是說這裡的人，能有這樣的力量崛起。即使他們強迫我的子民躲藏了三十年，這塊土地，就是這塊土地，也給我們有史以來最偉大的電影明星，到目前為止她還是最偉大的。」

「茱蒂・嘉蘭❷？」

徹諾伯格搖搖頭。

「他是說路薏絲・布魯克斯。」南西先生說。

影子不打算追問路薏絲・布魯克斯是誰。他轉換話題說：「我想知道，星期三和他們談判當時，是休戰協議期吧。」

「對。」

「而現在我們要向他們拿回星期三的屍體，做為休戰協議。」

「對。」

「我們很清楚他們希望我們死掉，或把我們幹掉。」

「他們要我們全部死光光。」南西先生說。

「所以我不懂，為什麼我們可以相信他們這次會光明正大。他們不就耍了星期三？」

「這個嘛，」徹諾伯格說：「就是因為這樣我們才要在中心點會面，那裡是……」他皺著眉頭，「怎麼說呢？神聖的相反？」

「褻瀆。」影子不經思索，脫口而出。

「不是。」徹諾伯格說：「我說的是毫無神聖之力的地方，欠缺神聖。無法建造任何神廟的地方。」

「我不知道。」影子說：「好像沒這種說詞。」

「全美國都有，不多。」徹諾伯格說：「所以說我們在這裡不受歡迎，但是中心點更糟。」徹諾伯格說：「就像地雷區。我們在那裡必須很小心，以免破壞休戰協議。」

他們回到巴士。徹諾伯格拍拍影子上臂。「別擔心。」他語氣中帶著陰鬱的信心，「誰都不能殺你，除了我之外。」

當天傍晚，影子找到了美國的中心。天色還沒全黑，地點是黎巴嫩西北方的一座小山坡。他開到山坡上的小公園附近，經過小教堂與紀念石碑。影子在公園旁看到那間一九五〇年代的單層樓汽車旅館，他的心沉了下來。有一輛黑色的悍馬車停在汽車旅館前，看起來像是從哈哈鏡駛出來的吉普車，外型像裝甲車一樣莫名地矮胖醜陋。建築物裡沒有燈光。

他們停在汽車旅館旁，正當他們停車時，一名穿戴司機制服與帽子的男子走出汽車旅館，被巴士的大燈照得通亮。他客氣地向他們推帽致意，將悍馬車開走。

「車子大、老二小。」南西先生說。

「他們這裡有床嗎？」影子問：「我已經好幾天沒睡床了。這地方像是快被摧毀的樣子。」

「這裡的老闆都是德州的獵人。」南西先生說：「一年才來一次。天知道他們獵什麼東西，少讓這地方遭破壞就好。」

---

❷ Judy Garland (1922-1969)，美國音樂劇電影的名歌手，代表作為《綠野仙蹤》。

他們爬出巴士，汽車旅館前有一名影子不認得的女子在等候他們。她的妝化得很完美，髮型也很完美，使影子聯想到晨間新聞的那些播報員，坐在完全不像客廳的攝影棚裡。

「見到你們真好，」她說：「好了，你一定是徹諾伯格。久仰大名。而**你呢**，是阿南西，老是調皮搗蛋，是吧？你這**快活的**老頭。你，一**定**是影子。你真是讓我們追得很開心啊，對吧？」她用手牽起他的手，緊緊按住，直視他的眼睛。「我是媒緹亞❸，很高興認識你們。希望我們能夠**愉快地**完成今晚的交易。」

正門開了。「不知怎麼搞的，托托，」影子在禮車裡曾看過的胖小子說：「我再也不能相信我們是在堪薩斯了。」

「我們的確是在堪薩斯，」南西先生說：「我們今天一定繞過大半個堪薩斯。不過這州真的非常單調。」

「這個地方沒有燈、沒有電、沒有熱水。」胖小子說：「而且，別見怪，你們這些人真的需要熱水。你們聞起來好像在那巴士裡待了一週。」

「我認為**根本**沒有必要。」女子流暢地說：「大家都是朋友。進來吧，我們帶你們進房間。我們住前四間，你們過世的朋友在第五間。五號房以外的房間都是空的，你們可以自己選。不過這**不是**四季飯店，但話說回來，哪裡才**算是**呢？」

她替他們打開汽車旅館大廳正門。大廳聞起來有潮溼、灰塵及腐敗的霉味。有個男子坐在幾近全暗的大廳裡。「你們都餓了嗎？」他問道。

「我隨時可以吃東西。」南西先生說。

「司機出去買漢堡了。」男子說：「很快就會回來。」他抬起頭，光線太暗，看不清臉。他接著說：「大個子，你就是影子，嗯？殺了阿木和阿石的那個混蛋？」

「不是我。」影子說：「是別人。而我知道你是誰。」他當然知道，他曾經在對方的腦袋裡。「你是阿鎮。你和阿木的女人上床了嗎？」

阿鎮先生從椅子上跌下來。如果是電影畫面，就會很好笑。但在現實生活裡，就只是看起來笨手笨腳。他很快站起來，走向影子。影子低頭看著他，說：「如果你說話前不先想清楚，就什麼也不要說。」

南西先生把手扶在影子的上臂。「休戰，記得嗎？」他說：「我們在中心。」

阿鎮先生轉身離開，靠向櫃臺，拿起三把鑰匙。「走廊底端。」他說：「拿去。」

他把鑰匙交給南西先生，然後離開，沒入迴廊的陰影。他們聽到汽車旅館的一間房門打開，又聽到房門砰地關上。

南西先生遞了一把鑰匙給影子，另一把給徹諾伯格。「巴士裡有手電筒嗎？」影子問。

「沒有。」南西先生說：「不過是黑暗罷了。你應該不怕黑吧。」

「我不怕黑。」影子說：「只怕黑暗裡的人。」

「黑暗才好。」徹諾伯格毫無困難地在黑暗的迴廊中帶領他們，不需要摸索就把鑰匙插入鎖孔。「我在十號房。」他接著說：「媒緹亞❸。我想我聽過這名字，她不就是那個殺了親生小孩的人嗎？」

「不同的女人。」南西先生：「相同的策略。」

南西先生在八號房，影子在他們兩人對面，是九號房。房間聞起來潮溼，布滿灰塵，沒有人住過。房裡有個床架，上面有床墊，但沒有床單。微光從窗外的薄暮裡照進房間，影子坐在床墊上，脫掉鞋子，整個人伸展躺下。這幾天他實在開車開太久了。

他似乎睡著了。

---

❸ Media，字同媒體，音近希臘女神美狄亞（Medea）。希臘神話中，美狄亞因嫉妒而殺害親子、報復丈夫。

他在行走。

一陣冷風拉著他的衣服。細小雪花只比風中陣陣慌亂的晶塵稍大。

冬季的樹木光禿，兩側有高聳的山丘。時值傍晚，天空與雪花披上相同的深紫色調。他的前方某處——這種光線下，難以判斷距離——有座營火閃爍，黃橘分明。

一匹灰狼在他前方踏過雪地。影子停下腳步，狼也停下，轉身等待。狼的一隻眼閃著黃綠色光芒。影子聳聳肩，走向火焰，狼在他前方緩步而行。

營火在樹叢中央燃燒。附近樹木應該有上百棵，種成兩排。有些東西從樹上垂掛而下。兩排樹的盡頭是一棟建築物，看來有點像翻覆的小船。建築由木頭建成，表面滿布雕刻，爬滿木造生物與木造臉孔——龍、獅鷲、精怪、野豬——在火焰閃爍光芒下跳著舞。

營火很高，影子幾乎搆不著。狼在爆裂的火花周圍踏行。

一名男子取代那匹狼，從火的另一邊出來，倚在一根長棍上。

「你在瑞典的烏普薩拉。」男子聲音熟悉而凝重：「大約一千年前。」

「星期三？」影子說。

男子繼續說著，彷彿影子並不在場。「首先是每一年，後來開始破落，他們也變鬆散了。每隔九年，他們才會在這裡獻祭，一次九份祭品。他們連續九天，每天都在樹上掛九種動物。其中一種一定是人。」

他跨步離開火光，走向樹木，影子隨他而行。他靠近樹木，看清樹上垂掛的物體：腿、眼、舌和腦袋。影子搖搖頭，他看到公牛的脖子掛在樹上，帶著陰暗和悲傷，但同時也超現實得幾乎令人發笑。影子經過垂掛的公鹿、獵狼犬、棕熊、比小馬稍大的白鬃栗馬。狗仍活著，每隔幾秒便痙攣地踢腿，吊在繩索上，發出緊促的哀鳴。

男子拿起長棍，此時影子才發現那其實是枝長矛。男子如同揮刀一般揮動長矛，對著狗腹由上往下砍。內臟流淌，覆蓋雪地。「我謹以這條生命獻給奧丁。」男子用正式的語氣說。

「這只是一種儀式。」他一邊說，一邊轉向影子。「但儀式代表了一切。一隻狗的死亡，象徵所有狗的死亡。他們給我九個人，那九個人代表所有的人、所有的血、所有的力量。但仍然不夠，哪一天不再流血了，失去血的信仰只能引我們到某個限度。非流血不可。」

「我看到你死了。」影子說。

「對神祇而言，」那人說道——如今影子確定他就是星期三，只有他說話時會有那種刺耳、憤世嫉俗又深刻的喜悅聲：「要緊的不是死亡，而是復活的機會，而當血液流動……」他作勢指著那些掛在樹上的動物和人。

影子無法判斷他眼前看到的死人是否比死動物更恐怖。至少人類知道面臨何種命運。那些人身上帶有很重的酒味，表示他們在步向絞刑架時，便已先自我麻醉，而那些動物全都遭到凌虐，被活吊上樹，驚恐萬分。那些人的臉看起來都很年輕，全部不滿二十歲。

「我到底是誰？」影子問道。

「你？」男子說：「你是機會。你是偉大傳統的一分子。雖然我倆都算是一心奉獻，可以為此而死。如何？」

「你是誰？」影子問道。

「最難的就是只求生存。」男子說。營火正炙熱地閃耀、爆裂、燃燒——影子帶著奇怪的恐懼，感覺營火其實是骨火。胸腔和眼睛裡露出火光的頭骨，從火焰中凝視伸突而出，將彩色微塵劈啪響地送入黑暗，綠的、黃的、藍的。「三天在樹上，三天在地底，三天找到我回去的路。」

火焰熊熊燃燒，發出劈哩啪啦聲。影子無法直視，他低頭看著樹底下的黑暗。

敲門聲響——而且有月光照進窗戶。影子倏地坐直。「晚餐要開動了。」媒緹亞的聲音說。

影子穿上鞋子，走出迴廊。有人點了一些蠟燭，接待大廳傳來微弱的黃色光線。悍馬車司機拿著厚紙盤和紙袋進來，他穿著黑色長大衣和高聳的司機帽。

「抱歉拖了點時間，」他嘶啞地說：「每個人都一樣：幾個漢堡、大薯條、大可樂、蘋果派。我在外面吃。」他把食物放下，然後走出大廳。室內瀰漫速食的味道。影子拿起紙袋分發食物、餐巾紙和番茄醬包。

他們靜靜地吃，燭光閃爍不定，蠟焰嘶嘶作響。

影子注意到阿鎮一直怒視著他。他轉了一下椅子，背對著牆。媒緹亞吃完漢堡，將餐巾紙穩穩放在唇邊，擦掉食物屑。

「喔，好極了。漢堡幾乎都是冷的。」胖小子還戴著太陽眼鏡。影子覺得那既無意義又愚蠢，畢竟大廳裡一片昏暗。

「對不起。」阿鎮說：「這裡最近的麥當勞在內布拉斯加州。」

他們吃完微溫的漢堡和冷薯條。胖小子咬下單人份的蘋果派，內餡噴流到他的下巴，沒想到餡還是熱的。「哇！」他用手抹去內餡，吮著手指。「燙死啦！」他說：「他媽的這是要引發集體訴訟嗎？」

影子很想揍那小子。自從蘿拉葬禮結束，那小子在禮車上命令暴徒對付他之後，影子就想揍他了。但影子努力壓下這想法。「我們不能就取回星期三的屍體，然後離開這裡嗎？」他問。

「午夜。」南西先生和胖小子異口同聲地說。

「這種事一定要照規則。」徹諾伯格說。

「對啦。」影子說：「但沒有人告訴我規則是什麼。你們老是說那些該死的規則，而我連你們這些人在玩什麼遊戲都不知道。」
「這就像是提早開賣商品。」媒緹亞明快地說：「你也知道，東西一定要等特定時候才准開賣。」阿鎮說：「我認為整件事都是一坨屎。不過如果他們的規則可以讓他們高興，那我的代理人就高興，大家也就高興了。」他大聲吸著可樂：「午夜快來臨吧。你們拿了屍體走人，我們會他媽的表示感傷，向你們揮手道別。然後我們就能像捉老鼠一樣，繼續追捕你們。」
胖小子對影子說：「嘿，我想起來了。我曾經叫你告訴你們老闆，說他已經落伍了。你跟他說了嗎？」
「我告訴他了。」影子說：「你知道他跟我說什麼嗎？他說，告訴那個小毛頭，如果再讓我看到他，叫他記住，今天的未來就是明日的過去。」星期三從未說過這種話。但這些人似乎喜歡陳腔濫調。那副黑色太陽眼鏡有如眼睛，將搖曳的燭火反映到他身上。
胖小子說：「這鬼地方真是爛垃圾場。沒有電，沒有無線設備。還要人裝電線，根本就是回到石器時代啦。」他用吸管吸入最後一口可樂，把杯子丟在桌上，走回迴廊。
影子伸手將胖小子的垃圾放回紙袋，「我要去看看美國的中心。」他站起來，走到外面，南西先生跟著他。他們一起漫步，走過小公園，一句話也沒說。最後來到了紀念石碑。陣陣狂風向他們吹來，一開始只來自一個方向，接著又從另一方吹來。「那麼，」影子說：「現在該怎麼辦？」
半弦月蒼白地掛在陰暗的空中。
「現在，」南西說：「你應該回到自己的房間，鎖上門，想辦法多睡一會兒。到了午夜，他們會把屍體還給我們。然後我們離開這個鬼地方，中心點使大家都不太穩定。」
「你說了算。」
南西先生吸了一口小雪茄。「這件事根本不該發生，」他說：「任何事都不應該發生。我們這些傢伙啊，我們是……」他揮揮小雪茄，彷彿要用來尋找形容詞，接著又揮了揮，鏗鏘有力地說：

「……獨來獨往的。我們不適應社會，包括我在內，包括巴克斯❹。長久以來，我們都是自己一個人，要不然就待在自己的小圈圈。我們和別人玩不起來。我們喜歡受人仰慕、尊敬、崇拜——我呢，我喜歡他們傳布我的故事，顯示我聰明機靈的故事。這是老毛病啊，我知道，但我就是這樣。我們喜歡大氣，但現在，這落魄時節，我們變小了。新的神祇興起、衰退，又興起，但這裡不是能夠長期容忍神祇的國家。梵天創造、毗溼奴保存、溼婆毀滅，大地再度淨空，梵天又重新創造。」

「你到底是在說什麼？」影子問：「現在鬥爭結束了？戰爭打完了？」

南西先生哼道：「你頭腦有問題嗎？他們殺了星期三呀。他們殺了他，還大肆吹噓，四處放話。他們在各種管道展現，有眼睛的都看得到。不，影子，戰爭才剛開始啊。」

他彎腰至紀念石碑底，在土上熄滅小雪茄，然後將小雪茄留在原地，如同獻上貢品。

「你以前常講笑話，」影子說：「現在都不講了。」

「這種時候很難想到笑話，星期三都死了。你要回去嗎？」

「馬上就好。」

南西離開，走向汽車旅館。影子伸手碰觸紀念碑的石塊，用手指劃過冰冷的銅匾額。然後他轉身走向白色小教堂，穿過敞開的門口，進入黑暗之中。他在身邊的長條椅坐下，閉起眼睛，低下頭，想著蘿拉，和星期三，和活著。

他身後傳來一聲喀嚓和鞋子磨擦地面的聲音。影子坐直身子，轉過頭。有個人站在敞開的門外，黑暗的身影映襯星光，某種金屬上閃爍著月光。

「你要開槍射我？」影子問。

「老天——但願如此。」阿鎮先生說：「這只是自衛。你剛才難道在祈禱？你真的以為他們是神嗎？他們不是神。」

「我沒有在祈禱，」影子說：「只是在想事情。」

「依我看，」阿鎮說：「他們只是基因突變。演化實驗，加上一點催眠能力和一點花招，他們就能讓人相信一切。沒什麼好吹噓，不過如此而已。畢竟他們也會死，像普通人一樣。」

「他們一向如此。」影子說完站起身，阿鎮先生退後一步。影子走出小教堂，阿鎮先生則保持距離。「喂，」影子說：「你知道路薏絲・布魯克斯是誰嗎？」

「你的朋友？」

「不是。她是南方出身的電影明星。」

阿鎮頓了一下，「說不定她改了名字，變成伊麗莎白泰勒，或莎朗史東，或哪個人。」他幫忙提示。

「說不定吧。」影子往汽車旅館走。阿鎮與他並行。

「你應該回去坐牢。」阿鎮先生說：「你應該待在死刑犯牢房。」

「我沒有殺你同夥。」影子說：「但是我可以告訴你一件事，那是我在牢裡時某個人告訴我的，我從來沒有忘記。」

「什麼事？」

「整本聖經裡，耶穌只對一個人承諾過天堂有他的位子，不是彼得，不是保羅，都不是。是個認罪的小偷，他遭到處決。所以，不要瞧不起那些蹲死牢的人，他們說不定知道一些你不知道的事。」

司機站在悍馬車旁，「兩位先生晚安。」他在他們經過時說。

「晚安。」阿鎮先生回應。然後他對影子說：「我呢，才不鳥這些東西。世界先生說什麼，我就做什麼，這樣比較簡單。」

---

❹ Bacchus，羅馬酒神，希臘稱之為戴奧尼索斯，以聚眾狂歡的祕密祭典聞名。

影子沿著迴廊走到九號房。

他打開門鎖走進去，然後說：「對不起，我想這應該是我的房間。」

「沒錯，」媒緹亞說：「我正在等你。」他看見月光下她的頭髮，以及蒼白的臉孔。她坐在他的床上，坐姿很正經。

「我另外找一間房。」

「好，請說吧。」

「我不會在這裡待太久。」她說：「我只是想，這可能是恰當的時機，向你**提供建議**。」

「放輕鬆。」她的聲音帶著微笑：「你還**真是**死腦筋。你看，星期三已經**死了**，你也不欠誰什麼了，投奔到我們這裡吧。這是跳槽到贏家這邊的時候啊。」

影子不發一語。

「我們可以讓你**成名**，影子。我們可以給你力量，你可以主宰大家心裡相信的、嘴裡說的、身上穿的、腦袋裡夢想的一切。你想成為下一個卡萊葛倫❺嗎？我們可以讓你**實現**。我們可以使你成為下一個披頭四。」

「我覺得我比較喜歡妳之前的提議：讓我看露西的胸部，」影子說：「如果妳是露西的話。」

「喔。」她說。

「我要用我的房間了。晚安。」

「當然，」她一動也不動地回應，彷彿他沒說話，「我們也可以扭轉一切，我們可以讓你很**難過**。你可能永遠成為笑話中的癟三，影子。大家也可能只記得你是個怪胎。大家可能永遠記得你，只不過你是曼森❻，是希特勒……你覺得**那樣**如何？」

「對不起，小姐，我有點累了。」影子說：「如果妳現在離開，我會很感謝。」

「我可以給你全世界。」她說：「你在貧民窟等死的時候，請**記住**這件事。」

「我會記得。」他說。

她走後，香水味仍徘徊不散。他躺在光禿禿的床墊上想著蘿拉，但無論他想到什麼——蘿拉玩飛盤、蘿拉不用湯匙吃沙士冰淇淋、蘿拉咯咯笑、炫耀自己在加州安納參加旅行社大會時買的異國內衣——想像總會在他心中變形，成為蘿拉吸吮羅比的下體，同時卡車將他們撞得飛離路面，進入虛空。接著他聽到她的話，那些話每次都使他傷心。

*你沒有死，*蘿拉平靜的聲音在他腦海裡說道。*但我也不確定你是否還活著。*

有人敲門，影子站起來開門。是那個胖小子。「那些漢堡啊，」他說：「簡直噁心斃了。你相信嗎？離麥當勞五十哩呀。我真不相信**世界上**有哪個地方離麥當勞五十哩。」

「我這裡快變成紐約中央車站了。」影子說：「好吧，我猜你來這裡，是要告訴我，如果我跳槽到你們陣營，你就提供我無限上網。對嗎？」

胖小子在發抖。「錯。反正你已經死定了。」他說：「你啊……你是他媽的用花俏圖案裝飾的黑色哥德體手稿，你不可能變成超文本，你不行的。至於我……我是瞬間傳導，而你呢，是大綱摘要……」影子發現他聞起來很奇怪。以前牢房對門有個傢伙，影子從來不知道他的名字。他有次在光天化日下將衣服脫個精光，告訴每個人說：他是被派來的，要把像他一樣的真正善類帶入銀色太空船，飛往蓬萊仙境。那是影子最後一次看到他。胖小子聞起來就跟那傢伙一樣。

---

❺ Cary Grant (1904-1986)，美國電影演員，原籍英國。代表作有《金玉盟》、《深閨疑雲》、《美人計》等，曾獲奧斯卡終身成就獎。

❻ 指美國殺人犯 Charles Manson。

「你到這裡到底有何貴幹？」
「只是想聊聊啦。」胖小子似乎在發牢騷：「我的房間陰森森的。就是這樣，裡面**陰森森**。離麥當勞五十哩啊，你能相信嗎？也許我可以待在這裡陪你。」
「你禮車上的那些朋友呢？那些打我的人呢？你應該請他們陪你吧？」
「那些小朋友在這裡是廢柴。我們在死亡禁區啊。」
影子說：「還要一段時間才到午夜，到清晨要更久，我想你可能需要休息。而我確定我要休息。」
胖小子霎時無話可說，然後他點點頭，走出房間。
影子關上門，用鑰匙鎖住，又躺回床墊。
片刻後，噪音開始了。他花了些時間才搞清楚那是什麼聲音。然後他打開門，往走廊走去。是那個胖小子，他現在已經回到自己的房間，好像正拿什麼龐然大物往房裡牆上丟。從聲音聽來，影子猜想他丟的是他自己。「只有我！」他啜泣著說，但也可能是：「只有肉！」影子聽不清楚。
「安靜！」走廊彼端，徹諾伯格的房裡傳來一聲怒吼。
影子繼續走到大廳，走出汽車旅館。他累了。
司機仍站在悍馬車旁，身影陰暗，戴著高聳的帽子。
「先生，睡不著嗎？」他問。
「對。」影子說。
「先生，來根菸吧？」
「不了，謝謝。」
「不介意我抽一根吧？」
「你儘管抽。」

司機使用ＢＩＣ牌拋棄式打火機。黃色的火光下，影子才看清他的臉。其實影子第一眼便認出他，也開始明白是怎麼回事。影子認識那張瘦削的臉。他知道黑色的司機帽底下是金橘色的平頭，理得很短。他知道對方微笑時，嘴邊會皺出難看的網狀疤痕。

「你看起來挺不錯的，大個兒。」司機說。

「低調？」影子警戒地盯著昔日牢友。

獄中能認識朋友很好，可以幫你度過難熬的苦痛與黑暗，但獄中友誼在監獄大門前便應該結束。若獄友在真實生活中出現，是好是壞就很難說了。

「天啊，低調的李史密斯。」影子聽到自己的話便懂了。「洛基❼，」他說：「洛基，說謊的賴史密斯。」

「你的反應還真慢。」洛基說：「不過你最後還是懂了。」他的嘴唇扭曲成疤痕似的微笑，眼底的陰影有餘燼舞動。

他們在棄置的汽車旅館裡，坐在影子房內床上，各據床墊一端。胖小子房裡的聲音已差不多平息。

「我們一起在裡面，算你幸運。」洛基說：「沒有我，你第一年根本活不下去。」

「你難道自己出不去嗎？」

「服完刑還是比較容易。」他頓了頓，然後說：「你必須了解神的事。這不是變魔術。這是要做你自己，而且是大家相信的**你**。這是關於你專注、放大後的本質，是要成為雷霆、駿馬奔騰的力量或智慧。你接收所有信仰，然後變得更大、更酷、超凡出眾。你會成為某種結晶。」他稍停，「然後將來

---

❼ 洛基（Loki）音同低調（Low Key）。

有一天，他們會忘記你，他們不再信仰你，他們不願意犧牲，也不在乎。接下來，你只能在百老匯大道和四十三街口耍老千，玩猜牌遊戲。」

「你為什麼會在我的牢房？」

「純屬巧合，就那麼簡單。」

「但你現在反其道而行。」

「隨你怎麼說，看你站在什麼立場。依我看呢，我是為贏家的隊伍開車。」

「但你和星期三，你們是一樣的，你們都是……」

「挪威的萬神殿。我們都是在挪威的萬神殿，你是想說這個嗎？」

「對啊。」

「所以呢？」

影子猶豫起來，「你們以前一定是朋友，曾經是。」

「不，我們從來都不是朋友。我很難過他死了，他只是阻止我們其他人進步。他走了，其他人就能面對現實：改變或等死，進化或滅亡。他走了，戰爭結束了。」

影子看著他，一臉困惑。「你沒那麼笨，」他說：「你一向精明。星期三的死不是結束，只是把所有騎牆派都推向極端。」

「引喻失義。影子，這是壞習慣。」

「隨便你說，」影子：「但那仍是事實。老天，他生前最後幾個月努力老半天，死後卻馬上達成目標。他的死使他們團結，給他們相信的力量。」

「或許吧。」洛基聳聳肩，「據我所知，此方陣營認為，只要除掉惹麻煩的人，麻煩就會消失。不過，那不干我的事，我只負責開車。」

「那麼你告訴我，」影子說：「為什麼每個人都在乎我？把我看得如此重要。我做的事哪有什麼。」

「我怎麼知道。你對我們重要，是因為星期三把你看得很重要。至於原因……我猜只是生命中另一個小小的謎題。」

「我厭煩謎題了。」

「是嗎？我覺得謎題可以為世界添增風味，就像燉鍋裡的鹽。」

「所以你當他們的司機，你替他們所有人開車嗎？」

「看誰有需要，」洛基說：「討生活嘛。」

他把手錶舉到臉上，按下一個按鈕：錶面發出溫和的藍光，映照在他臉上，散發出陰魂不散的氛圍。「再五分鐘就是午夜。時間到了，」洛基說：「你要來嗎？」

影子深呼吸一口氣，說：「當然。」

他們走上陰暗的汽車旅館迴廊，最後抵達五號房。

洛基從口袋裡拿出一盒火柴，用大拇指的指甲擦火柴。瞬間劃開的光亮使影子感到刺眼。燭芯一陣搖曳後點著了。洛基又用新的火柴，點燃置於房間窗臺、床頭與角落洗手槽上的短蠟燭。

床從靠牆的位置被移到汽車旅館房間的中央，與每一面牆都相距數呎。床上垂掛著老舊的汽車旅館床單，被蟲蛀破許多洞，還沾染汙漬。床單上躺著靜謐的星期三。

他穿著被射殺時的灰白色西裝，右半邊臉完美無缺，毫無血跡。左半邊臉一團亂，左肩膀和西裝正面都濺有暗色斑點，手放在兩側。他面目全非，表情絕非安息：那神情看似受傷——傷痛彷彿深入靈魂，穿透內心，充滿仇恨憤怒與一觸即發的瘋狂。而換個方式看，那神情又似心滿意足。

影子想像傑凱爾先生以熟練的雙手撫去仇恨與痛苦，用殯葬師的蜂蠟及彩妝為星期三塑臉，使他呈現最後的平靜與尊嚴，那是連死亡都拒絕給他的斂容。

儘管如此，屍體身材似乎沒有變小，而且還隱約聞得到傑克丹尼爾威士忌的味道。曠野吹起大風。他聽見狂風吹過虛幻的美國中心，在老舊的汽車旅館周圍怒號。窗臺上的蠟燭搖曳閃爍。

他聽到走廊傳來腳步聲。有人敲門大叫：「麻煩你們快點，時間到了。」他們一一拖著腳步，垂頭進門。

阿鎮先進來，隨後是媒緹亞、南西先生及徹諾伯格。最後進來的是胖小子，他臉上有些新的紅色淤血，嘴唇開開闔闔，彷彿自言自語些什麼，但沒有發出聲音。影子竟有些替他感到難過。

他們並不拘泥，不發一語地在屍體周圍排好，彼此距離一臂之遙。房間氣氛相當虔誠——或可說是極度虔誠，至少影子從未經驗過。除了狂風怒號與蠟燭的劈啪聲響，室內鴉雀無聲。

「我們一同前來，到達這沒有神的地方。」洛基說：「將此人屍體交給可依照儀式適當處理的人。在場若有哪位想發言，請現在開口。」

「別算我，」阿鎮說：「我從來沒有好好認識過這個人。這整件事讓我覺得很不舒服。」

徹諾伯格說：「這些行為會帶來報應。你們知道嗎？這可能只是剛開始。」

胖小子開始咯咯笑，像是高分貝的女聲：「好，好，我來。」接著他連珠砲式地背誦：

「盤旋飛翔於逐漸寬廣的迴旋裡

獵鷹聽不見獵鷹人；

萬事分崩離析，中心無以為繼……」❽

他突然中斷，皺起眉頭，說：「媽的。我以前整首都會背。」他揉揉太陽穴，扮個鬼臉，又安靜下來。

然後他們全看著影子。狂風呼嘯，他不知道該說什麼，「這整件事真可憐。你們有一半的人動手殺了他，要不就是共謀。現在你們要把他的屍體給我們，真是好極了。他生前是個暴躁的老王八蛋，但是我喝了他的蜜酒，我到現在還在替他辦事。就這樣。」

媒緹亞說：「這世界每天都有人死去，我認為最**重要**的是，我們應記得：每當有人**離開**這個世界時，我們經歷的每一刻哀傷都有相對應的**喜悅**時刻，那就是新生兒降臨這世界之時。第一聲哭嚎是——呃——是**神奇**的，不是嗎？或許這是很**不容易**說的事，但喜悅和悲傷就像牛奶和餅乾，就是**那麼**相配。我想，我們都應該花一些時間來深思這議題。」

南西先生清清喉嚨，說：「既然如此，我非說些什麼不可。因為在場沒有人說得出來。我們在此地中心：一塊沒時間供奉神祇的土地，而我們在此中心的時間比其他地方更少。這裡是三不管地帶，是休戰區，而我們在此遵守休戰法則。我們別無選擇。所以，你們把我們朋友的屍體還給我們，我們接受。但你們也會為此付出代價，殺人償命，血債血還。」

阿鎮說：「隨你便。你們回家朝自己頭上開一槍，還可以省很多事。省省麻煩吧。」

「我操，」徹諾伯格說：「我操你，操你媽，操你騎他媽的那匹操馬。你根本不會死在沙場，戰士不願嘗你的血，活人也不願取你的命。你會死得軟趴趴又可憐兮兮。你死時會在嘴上留著吻痕，心裡藏著謊言。」

「不干你的事，老頭子。」阿鎮說。

「染血的海潮橫流，」胖小子說：「我想那是下一句。」

狂風怒號。

「好，」洛基說：「他是你們的了。我們結束了，把這老混蛋帶走吧。」

---

❽此為葉慈詩作〈二度降臨〉（The Second Coming）。

他用手指做出手勢，阿鎮、媒緹亞及胖小子離開房間，然後對影子露出微笑。「沒有人真的快樂，你覺得怎麼樣呢，小子？」接著也離開。

「現在怎麼辦？」影子問。

「現在我們要把他包起來，」南西說：「然後帶他離開這裡。」

他們用汽車旅館的床單包裹屍體，就地取材當成裹屍布，以免屍體露出，也方便抬動。兩位老人走向屍體的兩端，但影子說：「我來看看。」他彎下膝蓋，用兩隻手臂抱住床單包裹的身體，推高抬到一邊肩上。他將膝蓋打直，最後輕鬆地站直身子。「好了，」他說：「我可以抬得動。我們把他放到車後面吧。」

徹諾伯格看似打算反駁，但閉上了嘴。他在食指和拇指吐口水，用指尖一一捻熄蠟燭。影子離開逐漸陰暗的房間時，還聽得到蠟燭的嘶嘶聲。

星期三很重，但只要穩穩地走，影子還能夠抬得動。他別無選擇，在迴廊上每跨出一步，星期三的話就在他腦海裡浮現，他的喉嚨底還嘗得到蜜酒酸酸甜甜的滋味。你得保護我，擔任我的司機，送我去任何想去的地方，還要幫我跑腿。危急狀況下——我是說萬不得已的時候——你可能不得不傷害某些人。如果我真的發生什麼萬一，你要為我守靈……

南西先生為他打開汽車旅館大門，然後匆匆跑去打開巴士後門。其餘四人已經站在悍馬車旁看著他們，彷彿迫不及待要離開。洛基已經把司機帽重新戴上。影子行走時，冷風拖住他，同時鞭著床單。

他盡可能溫和地將星期三放在巴士後方。

有人拍拍他的肩膀，他轉過身。阿鎮站在那裡，伸出手。他手裡握著什麼東西。

「拿去，」阿鎮先生說：「世界先生要你拿著這個。」

那是一顆玻璃眼珠，中間下方裂了一條細縫，正面有一小片薄片不見了。

「我們在清掃共濟會堂時找到的。留著當幸運物吧，說不準你會需要它。」

影子用手握住眼睛。他但願自己能回應些聰明機靈的話，但阿鎮已經回到悍馬車旁，爬進車裡，而影子還想不出什麼機智的話好說。

他們向東行駛。清晨時來到密蘇里的普林斯頓市，影子沒有闔過眼。

南西說：「你要我們在什麼地方讓你下車？我要是你，就會湊齊新的身分證明，到加拿大或墨西哥。」

「我要跟著你們。」影子說：「這也會是星期三的意思。」

「你已經不用再替他工作了，他死了。我們一旦丟下他的屍體，你就可以自由離開了。」

「然後呢？」

「戰爭開打時，不要擋路就好。」南西說。他輕壓轉彎號誌，再向左轉。

「暫時避避風頭吧。」徹諾伯格說：「然後，等這事結束之後，你再回來找我，我會做個了結。」

影子說：「我們要把屍體送到哪裡？」

「維吉尼亞，那裡有棵樹。」南西說。

「世界樹。」徹諾伯格露出陰鬱的滿足表情。「我們的世界也有一棵。但我們的樹長在地底，不在地面。」

「我們會把他放在樹下。」南西說：「把他留在那裡。我們讓你走，然後我們往南去。到時會有一場大戰，屍橫遍野，血流成河。世界會改變，一點點。」

「你不需要我加入你們的戰役嗎？我個頭大，打架很在行。」

南西轉頭面向影子，報以微笑——自從他把影子從朗孛郡立監獄救出來後，這是影子第一次在南西先生臉上看到真正的微笑。「這場戰役大概會在你到不了也摸不到的地方開打。」

「人的內心和頭腦裡，」徹諾伯格說：「就像那個大圓環。」

「什麼？」

「旋轉木馬。」南西先生說。

「喔，」影子說：「後臺，我懂了，像沙漠裡面有石頭一樣。」

南西先生抬起頭，「每次我覺得你不夠聰明，沒膽子承受時，你就會出乎我意料。對啦，那就是大戰真正開打的地方，其他都只是雷霆閃電。」

「告訴我守靈的事。」影子說。

「有人要陪著屍體，這是傳統。我們會找到人的。」

「他說要我來。」

「不行，」徹諾伯格說：「你會沒命的。這是壞念頭，非常壞。」

「是嗎？陪他的屍體，我會沒命？」

「我的喪禮可不用這樣。」南西先生說：「我死時，只要他們把我葬在隨便一個溫暖的地方，漂亮的女人從我墓上走過時，我再一把抓住她們的腳踝，就像那部電影一樣。」

「我沒看過那部電影。」徹諾伯格說。

「你一定看過，就在結尾。就是那部校園電影啊，小孩子都去參加班級舞會。」

徹諾伯格搖搖頭。

影子說：「徹諾伯格先生，那部片叫《魔女嘉莉》。好吧，你們誰肯告訴我守靈的事。」

南西說：「你告訴他。我在開車。」

「我從來沒聽過什麼《魔女嘉莉》的電影。你告訴他。」

南西說：「守靈的那人——要綁在樹上，就像星期三一樣。然後在那裡吊上九天九夜，沒有食物，沒有水，完全孤立。結束時才放下來，如果還活著……嗯，也不是不可能，那麼就完成星期三的守靈儀式。」

徹諾伯格說：「說不定阿維斯會派他的一名手下給我們，矮人可以活下來。」

「我來。」影子說。

「不行。」南西先生說。

「可以。」影子說。

兩個老人沉默不語。然後南西說：「為什麼？」

「因為這是活著的人可以做的事。」影子說。

「你瘋了。」徹諾伯格說。

「可能吧，總之我要為星期三守靈。」

他們停下來加油時，徹諾伯格表示自己不舒服，要坐在前座。影子不介意移到巴士後面。他在後面更能夠伸展，還能睡覺。

他們默默往前行駛。影子覺得自己做了一個決定，一個天大的怪決定。

「喂，徹諾伯格，」南西先生在好一陣子之後，說：「你在汽車旅館有看到那個科技小子嗎？他不快樂。他一直在惡搞什麼東西，然後那東西又惡搞他。這就是那些新生代小孩最麻煩的地方，自以為什麼都知道，非得用激烈的手段才能教他們。」

「是的。」徹諾伯格說。

影子在後座將四肢完全伸展開來。他感覺像兩個人，或不只兩個人。部分的他感到輕微的亢奮：他**完成**了一件事，他前進了。如果他不想活，就不會有什麼差別，但他想活下去，而這就是最大的差別。他希望熬過這件事活下來，但他也願意赴死，如果活著的代價就是死亡，那麼他願意承受。而且，他突然覺得這整件事很可笑，是世界上最好笑的事。他想知道蘿拉會不會同意他，也覺得這個笑話好笑。

另一部分的他——他心想或許是麥可．安瑟爾，湖畔警察局裡的按鈕一按，就消失得無影無蹤——仍努力想把一切搞清楚，努力想看清全貌。

「隱藏的印第安人。」他說出聲來。

「什麼？」徹諾伯格的沙啞聲從前座傳來。

「小時候玩的著色圖畫，『你們看得到藏在畫裡的印第安人嗎？這張畫裡有十個印第安人，你們能夠統統找出來嗎？乍看之下，只看得到瀑布、岩石和樹木，如果把畫往一邊傾斜，可以看到那個陰影就是印第安人……』」他打了個呵欠。

「睡覺去吧。」徹諾伯格建議。

「但是整張畫……」影子說。然後他睡了，夢見印第安人。

那棵樹在維吉尼亞州。當地前不著村，後不著店，位於一座舊農場後面。要到達農場，他們還得先從黑堡市往南行駛近一個鐘頭，走在「分螺支線」和「火雞路」等名稱的路上。他們迴轉了兩次，南西先生和徹諾伯格開始對影子以及彼此發脾氣。

他們在道路分叉的山腳下停車，向一間小雜貨店問路。一個老先生從雜貨店後面走出來盯著他們，他身上除了童裝品牌的丹寧工作服，什麼也沒穿，連鞋子也沒有。徹諾伯格從櫃臺上的罐子中挑了一根醃豬腿，到外面的甲板上吃。穿工作服的人在餐巾紙背面畫地圖給南西先生，標出轉彎處和當地地標。

他們再度出發，由南西先生開車，十分鐘後就到了。大門上的牌子寫著「白蠟樹」。

影子走下巴士，打開大門。巴士駛入，在草地上顛簸而過。影子關上大門，稍微走在巴士後面，他伸展雙腿，偶爾小跑步跟上車子，享受移動身體的快感。

從堪薩斯一路行駛而來，他的時間感已蕩然無存。他們行駛了兩天？還是三天？他不知道。

巴士後面的屍體似乎沒有腐爛。他聞得出來——一股淡淡的傑克丹尼爾威士忌味，上面似乎覆蓋著酸蜂蜜之類的東西。但味道不難聞。他不時把玻璃眼珠從口袋裡拿出來端詳：眼球深處碎裂，他想是因為子彈的力道。但除了虹膜的一邊剝落一小片之外，表面並無損傷。影子將眼球放在手裡轉動，邊握邊滾，沿著手指推擠。那是有點嚇人的紀念品，卻怪得令人感到有趣。影子猜想，星期三若知道自己的眼珠落到他的口袋裡，可能會很開心。

農舍又暗又關著門，牧地雜草叢生，似乎已經廢棄。農場的屋頂後方塌落，用黑色塑膠床單蓋著。他們顛簸過山脊，影子看到那棵樹。

樹幹是銀灰色的，比農舍還高。那是影子見過最美的一棵樹，像是幽影卻又全然真實，幾乎呈現完美的對稱。而且一看就覺得很眼熟。他納悶自己是不是夢過這棵樹，然後他發現不是。他以前看過很多次，或應該說看過樹的圖像，那是星期三的銀色領帶夾。

福斯巴士顛簸地駛過草地，來到離樹幹約二十呎外的停車處。

三個女人站在樹旁。乍看之下，影子還以為她們是卓雅，但其實是他不認識的三個女人。她們看起來既疲倦又無聊，彷彿在那裡站了很久，每個人手裡都拿著木梯，最高大的女人還拿著棕色的布袋。她們看似一組俄羅斯娃娃：一個身材高大，與影子同高，甚至可能更高；一個女人中等身材；最後一個女人極為矮小駝背，乍看之下，影子還以為她是個小孩子。她們長得非常相像，影子確定她們一定是姊妹。

巴士靠近時，最小的女人馬上行屈膝禮，另兩人只是盯著瞧。她們共抽一根菸，而且已經吸到濾嘴。一人用樹根捻熄菸。

徹諾伯格打開巴士後方，最高大的女人從身後將他推開，像扛麵粉袋似地，將星期三的屍體輕易抬起，拿到樹旁。她把屍體置於樹前，離樹幹大約十呎。三姊妹打開包著星期三屍體的床單。日光下，星期三看起來比在汽車旅館的燭光下更難看，影子很快瞄了一眼，便別過頭。三個女人整理他的衣服，將西裝弄整齊，然後把他放在床單的角落，再次將他裹起來。

接著三個女人走到影子身邊。

你就是那個人？最高大的女人問。

為眾神之父哀悼的人？中等身材的女人問。

你願意擔任守靈？個子最小的女人問。

影子點點頭。之後，他記不得自己是否真正聽見她們的聲音。或許他只是從她們的表情和眼神，便了解她們的意思。

到屋裡上廁所的南西先生走回樹旁。他抽著小雪茄，看起來心事重重。

「影子，」他叫道：「你真的不應該守靈。我們可以找到更適合的人。」

「我要守靈。」影子簡單地說。

「要是你死了？」南西先生問：「要是你一命嗚呼呢？」

「那麼，」影子說：「就一命嗚呼。」

南西先生氣得把小雪茄彈到草地，「我以前說你的腦袋是大便，現在你的腦袋還真成了大便。你看不出有人在想辦法救你出來嗎？」

「對不起。」影子沒有再多說。南西走回巴士旁。

徹諾伯格走到影子身邊，看來不太高興。「你一定要活下來，熬過來，」他說：「為了我，安全地熬過來。」然後他用指節輕敲影子的額頭說「**砰！**」他掐掐影子的肩膀，拍拍他的手臂，然後離開，回到南西先生身旁。

最高大的女人，她的名字似乎是烏爾莎或烏爾朵——無論影子如何複述，她都不滿意。她用手勢告訴他，把衣服脫掉。

「全部脫掉？」

高大的女人聳聳肩。影子脫到只剩四角褲和T恤。三個女人把梯子靠到樹上，其中一把梯子是手繪梯——繪有花和葉子盤繞支柱而上——她們指給他看。

他爬上九級階梯。接著，在她們催促下，他爬上一根低矮的樹枝。

中等身材的女人把布袋裡的物品倒在牧草上。布袋裡滿是糾結的細繩，因老舊與塵土而泛棕。三個女人開始依長度分類整理，小心翼翼地放在星期三屍體旁邊的地面。

她們現在各自爬上梯子，開始編織精細優雅的繩結。她們先把繩子繞在樹幹，然後繞在影子身上。她們像接生婆、護士或處理屍體的人一樣，褪去影子的T恤和四角褲，也不覺得害臊，然後將他牢靠穩固地綁住，並未綁太緊。他很訝異繩索與繩結能舒服地承載他的重量。繩索纏繞於他腋下和兩腿之間，環繞他的腰部、腳踝、胸膛，將他固定在樹上。

最後一條繩索寬鬆地繫在他的頸部。起初並不舒服，但重量分配得很均勻，沒有一條繩索割傷他的身體。

他的腳離地五呎，巨大的樹幹毫無樹葉，黑色的樹枝映著灰色的天空，樹皮平滑銀灰。

她們把梯子拿開。他全身的重量都由繩索支撐，使他頓感驚慌，也往下掉了幾吋，但他仍然沒有出聲。

星期三的屍體裹在汽車旅館的床單裡，三個女人把屍體移到樹下，就留在那裡。

她們把他單獨留在那裡。

第十五章

吊起我呀吊起我，我會死了又消失，
吊起我呀吊起我，我會死了又消失，
我不在乎被吊起，已經走了那麼久。
已經躺在墓裡那麼久。

——老歌

影子吊在樹上的第一天只體驗到不舒服，慢慢轉為疼痛與恐懼，時而出現一種介於無聊與無感之間的情緒，似乎在灰暗中接納、等待著什麼。

他被吊著。

風靜止不動。

幾個鐘頭後，視線中突然湧現色彩，猩紅和金黃色的花束爆發，如同具有生命般悸動跳躍。

手腳的痛楚漸漸變得無法忍受。如果他放鬆身體，就會鬆垮垂掛，但如果他往前傾，頸部周圍的繩索就會勒緊，世界會跟著天旋地轉。所以他只好往後靠，貼著樹幹。他可以感覺心臟在胸膛中吃力地跳動，抽動全身血液，發出不整的心跳聲……

綠寶石、藍寶石與紅寶石在眼前結晶、爆裂。他的呼吸變得淺薄急促，背後貼著粗糙的樹皮。午後的冷風吹過裸露的皮膚，使他打寒顫。他的肌肉刺痛，還起了雞皮疙瘩。

很容易，有人在他的後腦杓說道：這事有訣竅。要不就去做，要不就去死。

這想法在他後腦杓不斷地重複，他倒是頗贊同。這有點像咒語，又有點像童謠，隨著心跳喋喋不休。

很容易，這事有訣竅。要不就去做，要不就去死。
很容易，這事有訣竅。要不就去做，要不就去死。
很容易，這事有訣竅。要不就去做，要不就去死。
很容易，這事有訣竅。要不就去做，要不就去死。

時間流逝，吟頌持續。他聽見有人在重複這些話，只有當他的嘴巴開始乾燥時才停止。他的舌頭在嘴裡漸漸乾枯，就像皮膚一樣。他用腳把自己往上推，推離那棵樹，設法在還能呼吸的狀態下，支撐住全身重量。

他用力呼吸，最後終於無法保持直立。接著他落入繩網之中，垂掛在樹上。

當吱吱聲——生氣嘲笑的吱吱聲——開始時，他閉上嘴巴，懷疑是自己發出來的聲音，但那聲音持續著。那麼，就是世界在笑我了，影子心想。他的頭無力地垂向一邊。某個東西從樹幹跑下來，到他身邊，在他的頭旁邊停下，在他耳裡大聲呢喃了幾個字，聽起來很像「拉塔托斯克」❶。影子努力想跟著念，但舌頭卡在喉嚨。他緩緩轉過頭，看到一隻松鼠的棕灰色臉孔和尖耳朵。

他曾聽說松鼠從近處看比較可愛。這種生物長得像老鼠，既有害又不討喜也不迷人。牠的牙齒看來很銳利。影子希望牠不會把他視為威脅，或當成食物。他認為松鼠應該不是肉食動物……不過話說

---

❶ Ratatosk，北歐神話中挑撥是非的松鼠，其行為可傷害生命之樹。

回來，他常弄錯多事情……

他睡著了。

接下來的幾個鐘頭，他數次因痛苦而清醒，將他從黑暗的夢境拉回現實。夢中，一些死去的孩子起身走向他。他們的眼珠剝落、腫脹如珍珠，為了除掉他而向他走來。一隻蜘蛛徐徐爬過他的臉，他醒了。他搖搖頭，甩脫蜘蛛帶來的恐懼，接著又回到夢裡——一個大肚皮的象頭人，斷了一根象牙，騎在龐大的老鼠背上向他靠來。象頭人捲起象鼻對影子說：「如果你在開始這段旅程時召喚了我，說不定就能避開一些麻煩。」接著那頭象拿起老鼠（老鼠已經以某種影子不察的方式變得奇小無比，但比例絲毫沒有改變），在手裡來回傳遞。他手指捲曲，小生物則在手心裡蹦蹦跳跳。最後象頭神四手全開，展現淨空的手心，影子一點也不以為奇。象頭神用非常流暢的動作，甩動每一條手臂，然後看著影子，臉上神情費解。

「在軀幹❷裡。」影子告訴象人，象人一直看著他，直到閃爍的尾巴消失。

象人點點龐大的頭，說：「是的，在軀幹裡。你會忘記很多事，你會送出很多東西，你會丟失很多東西，但千萬不要丟失這個。」然後開始下雨。影子在傾盆大雨中，溼透地顫抖，從熟睡到完全清醒。顫抖持續加劇，把影子嚇壞了：他從未顫抖得如此激烈，連串的痙攣戰慄，越發強烈。他試圖停止，卻仍繼續打顫。他的牙齒碰撞作響，四肢扭曲抽搐，不可抑制。他感到無比痛楚，劇烈如刀割般的痛楚，像是全身覆滿微小無形的傷口，令他無法承受。

他張嘴承接雨水，滋潤龜裂的嘴唇與乾枯的舌頭。大雨打溼了將他綁在樹幹上的繩索。一陣炫目的閃電落下，像是要突襲他的眼睛，強烈的影像與視覺暫留將世界轉成跑馬燈一般。接著，轟隆低沉的雷聲爆裂，傳來回音，雨勢也不斷增大。夜晚的雨中，顫抖減輕了，刀刃也被擱置一旁。影子不再感覺寒冷，確切地說，應該是他只感覺到寒冷，但這股寒冷已成為他的一部分。

影子掛在樹上，閃電劃開天空，雷聲填滿各處。時而傳來轟隆與怒吼聲，像遙遠的炸彈在夜晚爆炸。風扯著影子，想把他從樹上拉開，剝開他的皮，將他碎屍萬段。影子從靈魂深處瞭解到，風暴已確確實實降臨。

此時，有股奇怪的喜悅從影子內心升起。雨沖刷著他裸露的皮膚，他開始大笑。閃電閃耀飛馳，雷電震耳欲聾，他幾乎聽不見自己的笑聲，但他感到歡欣鼓舞。

他還活著。他從來沒有這種感覺，前所未有。

他心想：就算真的死了，就算現在死在這棵樹上，擁有過這完美癲狂的一刻，也算值得了。

「喂！」他對著暴風雨大喊：「喂！是我！我在這裡！」

他的裸肩與樹幹之間積了一些水，他扭過頭喝著雨水，大聲吸吮。他拚命地喝，然後大笑，笑中帶著喜悅與歡愉，而非癲狂。終於他再也笑不出來，掛在原處，疲憊無比，動彈不得。

這場大雨將樹下地面的床單打溼，變成半透明，暴露出屍體。影子看見星期三上過蠟的蒼白手臂，以及手的外形。他想到突林的裹屍布，想起開羅那個被開膛剖肚的女孩躺在傑凱爾的桌上。接著，他彷彿無視寒冷，感到溫暖舒服，樹皮感覺也很柔軟，於是他又睡著，而這一次他不記得做了什麼夢。

隔天早晨，痛楚已不再限於局部，不只是繩索綑綁肉身之處，也不只是樹皮擦傷皮膚的地方。現在，他全身上下都發痛。

---

❷ trunk，與樹幹、皮箱、後車廂皆為同字。

而且他餓了，飢餓使他無比痛苦。他頭痛得厲害。有時他想像自己已不再呼吸，心臟不再跳動。然後他會閉住氣，直到聽見心臟在耳邊猛敲出海潮般的聲音，才被迫像潛水伕從深水中浮出水面一樣吸氣。

對他而言，那棵樹似乎已經從地獄到達天堂，他從開天闢地就被吊著。一隻棕色的鷹在樹上盤旋，停在他附近的一根斷枝，接著振翅向西方飛去。

暴風雨在清晨消退，但白天過後又復萌。團團灰雲從地平線無限延伸，毛毛雨緩緩降下。樹底的屍體似乎變小了，在玷汙捲繞的汽車旅館床單中縮成一小團，像是丟在雨中的糖霜蛋糕。

影子有時感到灼熱，有時感到凍結。

再次打雷時，影子想像聽到的是鼓聲，定音雷鼓與自己的心跳聲，究竟哪個是在頭腦內或頭腦外，已經無所謂。

他看到疼痛的色彩：霓紅酒吧招牌的紅、雨夜交通號誌的綠、空白錄影帶螢幕的藍。

松鼠從樹幹竄到影子肩上，尖爪朝他的皮膚裡挖，吱吱叫著拉塔托斯克，鼻尖碰到他的嘴脣，拉塔托斯克。然後又溜回樹上。

他的皮膚像被釘上大頭針與縫衣針，灼熱不已，刺痛感覆蓋全身，難以承受。

他低頭看見自己的一生，就在汽車旅館的床單裹屍布上坦然地攤開，像一幅達達主義的野餐作品、一幅超現實畫布。他看到母親不解地盯著他、挪威的美國大使館、結婚當天蘿拉的眼睛……

他用乾枯的嘴脣暗自發笑。

「什麼事那麼好笑，小狗狗？」蘿拉問。

「我們的結婚日。」他說：「妳賄賂管風琴手，在妳從走道上向我走來時，從結婚進行曲改為演奏《史酷比》❸的主題曲。妳還記得嗎？」

「親愛的，我當然記得。『要不是那些好管閒事的小孩，我自己也可以做到』。」

「當時我好愛妳。」影子說。

他可以感覺到她的唇印著他的唇，他們溫暖潮溼，而且還活著，既不冷也還沒死，所以他知道這是另一個幻覺。「妳不在這裡，對吧？」他問道。

「對，」她說：「不過你在呼叫我，這是最後一次。所以我來了。」

呼吸更困難了。切割他的繩索如同自由意志或永恆，成為某種抽象的概念。

「睡吧，小狗狗。」她說。雖然他覺得可能只是聽到自己的聲音，但他還是睡了。

太陽在鉛色天空中如同白鑞器皿。影子慢慢清醒，十分寒冷。有一部分的他了解，這一切距離他非常遙遠，在遠處的某個地方，他意識到自己的嘴巴和喉嚨都在灼燒、疼痛、龜裂。有時，他在光天化日之下看到星星墜落，有時他看到如同送貨卡車一樣大的巨鳥向他飛來。沒有什麼東西能接近他，沒有什麼能碰觸他。

「拉塔托斯克。拉塔托斯克。」吱吱聲已轉成責罵。

松鼠帶著銳利的爪子，重重落在他肩上，盯著他的臉。他懷疑自己是否又產生幻覺：那動物用前掌握著胡桃殼，模樣像是洋娃娃的家用杯子。那動物對著影子的唇擠壓胡桃殼，影子感到裡面有水分，不由自主地將水從小杯子吸進嘴裡。水流過他龜裂的嘴唇和乾枯的舌頭，他用水沾溼嘴巴，吞下剩餘的水。

松鼠跳回樹上，又往下跑向樹根。接著，幾秒間，或幾分鐘、幾小時，影子已經無法分辨（他覺

❸ Scooby Doo，一九六九年以來美國深受歡迎的卡通節目。

得心裡的時鐘都壞了，發條和齒輪和指針都只是一堆廢鐵，落在下方纏繞的草地上），松鼠帶著胡桃殼杯返回，小心翼翼地攀爬，影子喝下松鼠為他取來的水。

水的泥味與鐵味充滿口中，使燥熱的喉嚨降溫，舒緩了疲憊與癲狂。

喝完第三杯胡桃殼，他已不再口渴。

接著，他開始掙扎，拉扯繩索，抽動自己的身體，努力想脫離，獲得自由。他想離開。他呻吟著。

繩結很牢靠，繩索也很穩固，綁得非常牢。不久後，他再度感到精疲力竭。

影子精神瀕臨錯亂，感覺自己變成了樹。樹根深入大地土壤、深入時間、深入隱藏的泉水。他感覺到那名叫烏爾德的女人的泉水，烏爾德的意思就是**過去**。她很龐大，是個女巨人，也是女人的地底山脈，她守護的水是時間之水。樹根蔓延到其他地方，有些是祕密。現在他口渴時，會從自己的根部汲水，將水往上汲至體內。

他有一百條手臂，裂成千萬根手指，所有的手指都往上伸入天空。天空的重量沉甸甸地壓在他的肩上。

不適感並未減少，但痛苦的是掛在樹上的人，而非樹本身。癲狂中的影子比掛在樹上的那個人強多了，他是樹，也是風，咻咻地吹著世界樹的枯枝；他是灰暗的天空和翻滾的雲；他是松鼠拉塔托斯克，從最深的樹根跑到最高的枝頭；他是狂野的鷹，坐在樹頂斷枝俯瞰世界；他是樹心的毛蟲。

眾星旋轉，他將上百隻手伸往閃耀的星子，撫觸、轉換、消滅……

痛苦與癲狂中清澈的一刻，影子感覺自己浮出水面。他知道時間不多了。早晨的太陽令他眩目，他閉上眼睛，但願自己能遮擋陽光。

路途將到盡頭，他也明白。

當他張開眼睛，影子看到樹裡有名年輕人和他在一起。

他的皮膚是暗棕色，額頭很高，深色的頭髮緊緊捲起，高高坐在影子上方的樹枝。影子仰起脖子就能清楚看見他。而且那人瘋狂了，影子一眼就看得出來。

「你沒穿衣服。」狂人以沙啞的聲音說道：「我也沒穿。」

「我看得到。」影子低沉地說。

狂人看著他，然後點點頭，把頭往下四處轉動，彷彿設法移除頸部的痙攣。最後他說：「你認識我嗎？」

「不認識。」影子說。

「我認識你。我在開羅看著你，之後也看著你。我妹妹喜歡你。」

「你是……」到口的名字竟說不出來。吞食被車撞死的動物。對了。「你是荷魯斯。」

狂人點點頭。「荷魯斯，」他說：「我是早晨的獵鷹，下午的獵鷹。我是太陽，和你一樣。我也知道太陽神『拉』的真名。我的母親告訴過我。」

「好極了。」影子有禮地說。

狂人緊盯著他們下方的地面，一語不發，然後從樹上疾落。

一隻兀鷹像石頭般落至地面，從直落轉為俯衝，快速展翅飛回樹上，鷹爪上叼著一隻幼兔。那鷹落在離影子較近的樹枝上。

「你餓不餓？」狂人問道。

「不餓，」影子說：「我想我該餓了，但是我不餓。」

「我餓了。」狂人說完迅速吃起兔子。他將肉身撕裂、拉扯、吸吮。吃完之後，他把啃過的骨頭和皮毛丟到地面。他往樹枝下方走，最後距離影子只有一臂之遙，然後默默地凝視著影子，仔細謹慎地從頭到腳檢視。他的下巴和胸膛染著兔血，他用手背將血抹乾淨。

影子覺得自己必須說些話：「喂！」

「喂！」狂人說。他在樹枝底下站起來，轉身背對影子，往草地撒起尿。過了許久，終於撒完尿，他又在樹枝那兒蹲下。

「大家怎麼稱呼你？」荷魯斯問道。

「影子。」影子說。

狂人點點頭。「你是影，我是光。」他說：「就是每樣東西都會投射出影子。」他接著說：「他們不久之後就要開打。他們開始抵達，我注視著他們。」

然後狂人說：「你快死了，對吧？」

但影子再也說不出話了。一隻鷹振翅，緩緩盤旋而上，乘著上升氣流飛向清晨月光。

咳嗽聲撼動影子整個身軀，疼痛的咳嗽刺入他的胸膛和喉嚨。他窒息地想吸氣。

「喂，小狗狗。」某個他認識的聲音喊道。

他往下看。

月光穿過樹枝，亮白地燃燒，明朗如白晝。有個女人在月光下，站在下方地面，臉孔蒼白橢圓。風聲掠過枝頭。

「嗨，小狗狗。」她說。

他試圖開口，卻從胸腔深處咳出聲，咳了許久。

「你知道，」她擔心著說：「你聲音聽起來不太好。」

他低沉地說：「哈囉，蘿拉。」

她用死去的眼睛往上看著他，她微笑了。

「妳怎麼找到我的？」他問。

她一時沉默不語，站在月光下。然後她說：「你是我擁有的一切中，最靠近生命的。你是我剩下事物中唯一不是淒涼、平坦、灰濛濛的東西。就算蒙著眼，跌入最深的海洋，我也知道哪裡可以找到你。就算我被埋在地底一百哩，我也知道你在哪裡。」

他低頭看著月光中的女子，淚水刺痛雙眼。

「我割繩子放你下來。」一會兒後，她說：「我花太多時間在救你，不是嗎？」

他又咳了半天，然後說：「不要，別管我。我必須待在這裡。」

她往上看著他，搖搖頭。「你瘋了，」她說：「你在上面快死了，不死也會殘廢，說不定已經重傷了。」

「或許吧，」他說：「但是我還活著。」

「對，」片刻後，她說道：「我想是吧。」

「妳告訴過我，」他說：「在墓裡的時候。」

「那像是好久以前的事了，小狗狗。」接著她說：「在這裡，我覺得好些，沒有那麼痛。你懂我的意思嗎？可是我感覺好乾燥。」

風吹了起來。他現在聞得到她的味道：腐肉、噁心及腐敗的臭味，四處瀰漫，令人作嘔。

「我丟了工作。」她說：「那是夜班工作，但他們說大家都在抱怨。我跟他們說我病了，他們根本不管。我好渴。」

「那些女人，」他告訴她：「她們有水。那間屋子。」

「小狗狗……」她聽起來很害怕。

「告訴她們……告訴她們，是我說要給妳水……」

白色的臉孔向上盯著他。「我該走了。」她告訴他。接著她頻繁短促地乾咳幾聲，使了個表情，往草上吐出一團白色的東西，那東西一碰到地面便散開，蠕動著爬走。

他幾乎難以呼吸，胸口沉重，搖頭晃腦。

「留下來，」他用幾近呢喃的氣息說，不確定她是否聽得見：「請妳不要走。」他咳了起來，「今晚留下來。」

「我會停留一陣子。」她說。接著，她像個對孩子說話的母親，說：「有我在，誰都不能傷害你，了解嗎？」

影子又咳嗽。他閉上眼睛——他以為只有片刻，但當他再度睜開眼睛，月亮已落下，只有他獨自一人。

他頭疼欲裂，這疼痛超越普通程度，超越了所有疼痛。萬物都消解成微小的蝴蝶，如多姿多彩的塵暴一般盤繞著他，然後蒸發在夜色裡。

樹底下，包裹屍體的白床單在晨風中嘈雜地拍動。

頭部的重擊停止，一切都慢下來了。他完全無法呼吸，他的心臟在胸膛裡停止跳動。

這次他進入無比深邃的黑暗中，只有一顆星懸亮。那是終點。

第十六章

我知道有詐，可是這裡只有這個可玩啊。

——加拿大比爾・瓊斯

樹不見了，世界不見了，頭頂上的灰色早晨天空也不見了。現在天空是午夜的顏色。一顆冷星在他上方閃耀，發出耀眼閃爍的光芒，此外別無他物。他跨出一步，差點絆倒。

影子往下看。岩石砌成階梯狀，非常巨大，像是遠古巨人的下行階梯。

他往下攀爬，半跳半拱著身子，拾階而下。他身體疼痛，但那是缺乏運動的痛，而不是因為被掛在樹上折磨造成的痛。

他發現自己衣著完整，但卻不以為意。他穿著牛仔褲和白T恤，光著腳。他感覺這情景似曾相識：那天晚上站在徹諾伯格的公寓，卓雅・波努諾琪娜雅向他說明奧丁馬車的星座時，他身上穿的就是這套衣服。她曾從天空摘下月亮給他。

忽然間，他知道接下來會發生什麼事。卓雅・波努諾琪娜雅會出現。

她在階底等他。空中沒有月亮，但她仍沐浴在月光下。她白髮如蒼月，穿著芝加哥那晚同一件蕾絲棉睡衣。她看到他，露出微笑，又往下看，彷彿一時感到害羞。「哈囉。」她說。

「嗨。」影子說。

「你好嗎？」

「不知道。」他說：「我想這可能是另一個怪夢。自從出獄後，我總是做些荒誕的夢。」

她的臉在月光下發出銀光（但黑紫色的天空中沒有月亮，而且現在連那顆冷星也不見了）。她看來既肅穆又脆弱。她說：「如果你願意，所有問題都能得到答覆。可你一旦知道答案，就再也不能回到無知狀態。」

她身後的路分岔為兩條，他知道自己必須決定要走哪一條，但是有件事他必須先處理。他把手伸進牛仔褲口袋，在口袋底感覺硬幣熟悉的重量，鬆了一口氣。他小心取出硬幣，握在食指與拇指之間，那是一九二二年的自由女神一元銀幣。

「這是妳的。」他說。

然後他想起來，他的衣服放在樹下。那三個女人把他的衣服放進原本裝繩索的帆布袋，綁緊袋口，最高大的女人在上面放了一塊沉重的岩石，以防布袋被吹走。所以他知道，自由女神的一元銀幣其實在布袋裡，被壓在石頭下。儘管如此，現在他握著沉甸甸的硬幣，面對陰間入口。

她用纖細的手指從他掌心拿起銀幣。

「謝謝。這銀幣讓你買了兩次自由。」她說：「現在它會為你照亮路途，前往陰暗之處。」

她闔上手心，握住銀幣，然後抬起手，盡力高舉，將銀幣放在空中。接著她放開手，銀幣並未墜落，反而往上漂浮到影子上方約一呎處，但那已不再是銀幣了。自由女神和尖頂皇冠都不見了，他看到銀幣上的臉成為夏日天空無法辨認的臉。

影子不確定看到的是上方一呎處一元大小的月亮，還是幾千哩外廣大如汪洋的月亮。他也無法判斷這兩種想法之間有何差別，或許只是看待方式不同。

他看著前方的岔路。

「我該選哪一條？」他問：「哪一條路比較安全？」

「只要選了一條路，就不能選另一條。」她說：「但兩條都不安全。你要走哪一條路？嚴苛的真相之路，還是詭譎的謊言之路？」

「真相。」他說：「我不想再面對謊言了。」

她神色悲傷。「那麼，就要付出代價。」她說。

「我願意。代價是什麼？」

「你的名字，」她說：「你的真名。你要把真名給我。」

「怎麼給？」

「就像這樣。」她將一隻完美的手伸到他的頭上。他感覺她的手指刷過他的肌膚，然後穿透他的皮膚、頭骨，深深探入他的頭部。他的頭骨和連接的脊椎感覺有點癢。她將手從他頭中拉出。火焰在她的食指尖閃爍，像是燭焰，卻如清澈的白色鎂光。

「那是我的名字嗎？」他問。

她握住手，光熄滅了。

「是的。」她說。

她伸出手，指著右手邊那條路，說：「走那條路吧。」

失去名字的影子在月光下，往右邊的路走去。他轉身想感謝她，只見眼前一片黑暗。他似乎已進入陰間，但舉頭望向上方黑暗，卻看得到稀微的月亮。

他轉了個彎。

如果這是來生，他心想，那就很像岩上之屋：一部分是立體模型，一部分是夢魘。

他看到自己穿著藍色監獄服，在典獄長的辦公室。典獄長告訴他，蘿拉車禍身亡。他看到自己臉上的表情——像是被世界遺棄的人。看到這一幕使他感覺傷痛，赤裸與恐懼。他急忙向前走，推開典獄長灰暗的辦公室，他看到鷹角郊外修理錄放影機的商店。三年前，沒錯。

他在商店裡，看到自己正在痛揍包爾斯和魏斯特❶。不久之後，他會走出店門口，拿著棕色超市紙袋，裡面裝滿二十元美金鈔票。他們絕對無法證明他拿走了這筆錢。他拿了應得的一份，而且多拿了一點，因為他們不該那樣企圖坑他和蘿拉。他只是司機，但他完成了份內的事，完成他們要求他的每一件事……

審訊時，雖然每個人都想提搶銀行的事，卻沒有人開口。只要沒有人講，他們便無從證明，因此大家都三緘其口。檢察官反而被迫緊咬影子對包爾斯及魏斯特的傷害，出示兩人在當地醫院的相片。影子在法庭上幾乎沒辯駁，因為那樣比較容易。包爾斯和魏斯特兩人似乎也不記得為何打架，卻異口同聲指出影子襲擊他們。

沒有人講到錢。

甚至沒有人講到蘿拉，而這是影子求之不得的事。

影子懷疑那條令人欣慰的謊言之路會不會比較好走。他離開那地方，循著石路，往下走到一間像是病房的地方。那是芝加哥公立醫院，他的喉嚨升起一陣慍火，止步不前。他不想看，不想繼續往前走。

醫院病床上，他的母親即將撒手人寰。她在他十六歲時過世。而且沒錯，他人就在這裡。高大笨拙的十六歲少年，咖啡奶油色的皮膚上冒著粉刺。他正坐在她床邊，因無法直視她，便閱讀一本厚厚的平裝書。影子想知道那是什麼書，便繞過病床仔細查看。他站在床和椅子之間，從床邊望向椅子，大男孩弓背坐著，鼻子埋在《重力之虹》❷之中，想離開瀕死的母親，逃往遭空襲的倫敦。書中虛構的瘋狂無法逃避，也沒有藉口。

母親閉著雙眼，嗎啡使她平靜。她以為只是鐮狀紅血球貧血復發，只要再熬一下就好，其實病情已轉為淋巴瘤，他們發現時已遲了一步。她的皮膚呈檸檬灰色。她才三十多歲，但看上去十分蒼老。

影子想搖醒自己（那個過去的笨拙男孩），叫他握住她的手，和她說話，在她離開前做些什麼。因為他知道，她將不久於人世。但他碰觸不到自己，而他也繼續看書。於是他的母親死了，而他則坐在她旁邊的椅子上，閱讀厚重的書。

之後，他偶爾停下閱讀。人不能相信小說。如果書本無法保護你，讓你免於這種事，那麼書有什麼益處？

影子離開醫院病房，走下蜿蜒迴廊，深入大地的肝腸。

首先，他看到了母親。他不敢相信她在接受醫療之前竟是如此年輕。他猜她還不到二十五歲。他們在自家公寓裡，北歐某處的大使館租屋。他四處觀望，尋找能提供線索的東西。然後他看到自己：像個小蝦米般的男孩，淺灰色的大眼睛，深色的頭髮。他們在爭吵，影子不用聽內容也知道他們在吵什麼。畢竟那是他們唯一會起口角的事。

告訴我爸爸的事。

他死了，不要再問他的事。

他到底是誰？

把他忘了。死了、走了，什麼都沒差。

我想看他的照片。

我沒有他的照片。她會這麼說，聲音會變得既平靜又狂烈。他知道，如果他繼續追問，她就會開始吼叫，甚至打他。他也知道自己不會停止追問，於是他轉身繼續往隧道走。

---

❶ Powers與West，分別意指「權勢」與「西方」。

❷ Gravity's Rainbow，美國小說家品瓊（Thomas Pynchon）的代表作。

小徑歪斜蜿蜒，還往後蜷繞，他想起蛇皮和腸子，以及深埋的樹根。他的左邊有個水池，他聽到隧道後面某處有水滴，滴進池中。水滴竟未滴皺清澈如鏡的池面。他跪下來喝水，用手把水送到唇邊。然後他繼續走，最後他站在迪斯可舞廳閃亮玻璃球的漂浮圖案裡，就像是在宇宙的正中心，所有恆星和行星都圍繞著他，而他什麼都聽不見。聽不見音樂，聽不見試圖壓過音樂的對話聲。影子正盯著一個女人，看起來完全不像他這幾年認識的任何人。畢竟，她只是個少女……

她在跳舞。

影子認出與她共舞的男伴，但絲毫不感到驚訝。三十三年來，他變得不多。

她醉了，影子一眼就看得出來。她並非爛醉如泥，但她不習慣喝酒，而且一週後，她就要搭船前往挪威。他們一直喝著瑪格麗特調酒，她的唇上有鹽，而鹽則纏在她的手背。

星期三沒有穿西裝，也沒打領帶，但他別在襯衫口袋上的樹形銀領帶夾反射出玻璃球的燈光，光采奪目。若將年齡差距列入考慮，他們還算是登對的情侶。星期三的舞步帶有貪狼似的優雅。

這是一支慢舞。他把她拉近，一隻手掌沾上她的裙襬，將她拉得更近，另一隻手托起她的下巴，往自己臉龐靠近。他們兩人在舞池裡當眾親吻，閃耀的玻璃球光將他們環繞在宇宙中央。

不久後，他們離開了。她一直倚著他，而他則帶她離開舞廳。

影子把頭埋進雙手。他沒有跟去，他不能或不願目睹自己猜想的畫面。

玻璃光消失了。唯一的光源是高掛在他頭上閃耀的微小月亮。

他繼續走。在小徑的彎曲處稍停片刻，喘口氣。

他感覺一隻手輕輕爬上背部，溫和的手指弄亂了後腦的頭髮。

「哈囉。」低沉輕柔的貓聲掠過他的肩頭。

「哈囉。」他說著。轉頭面向她。

問。

她有棕色的頭髮和棕色的皮膚，眼眸如同上等蜂蜜般呈深金琥珀色。「我認識妳嗎？」他不解地問。

「我們很親，」她笑著說：「我以前常睡在你的床上。我的人一直替我看著你。」

她轉向眼前的小徑，指著前面三條路。「好啦，」她說：「一條路使你睿智；一條路會使你完整；還有一條會要你的命。」

「我想，我已經死了吧。」影子說：「我死在那棵樹上。」

她眉頭一蹙。「有人死，」她說：「還有人死，又有人死。這是相對的。」接著她又微笑，「你知道，我有資格開這類玩笑。開死人親戚❸的玩笑。」

「沒關係。」影子說。

「所以，」她說：「你選擇走哪一條路？」

「我不知道。」他承認。

她把頭傾向一邊，幾乎像隻貓。突然間，影子想起肩膀上的爪痕，覺得臉紅了起來。「如果你相信我，」貝絲特說：「我可以替你選擇。」

「我相信妳。」他毫不猶豫地說。

「你想知道你要付出的代價嗎？」

「我已經失去名字了。」他告訴她。

「姓名來來去去，值得給嗎？」

「可能值得吧。那不太容易，像是某種啟示。有點像個人專屬。」

❸ Relative，亦有「相對」之意。

「所有啟示都是個人專屬，」她說：「這就是為什麼所有啟示都有問題。」

「我聽不懂。」

「你的確聽不懂。我要拿走你的心，我們以後會用到。」接著她把手深深鑽進他的胸膛，拉出一個仍在跳動的血紅色東西。她用兩根尖指甲夾著。那東西顏色如鴿血，以純粹的光製成，有節奏地擴張收縮。

她將手握起，東西不見了。

「走中間那條。」她說。

影子點頭往前走。

路變滑了，岩石上有冰塊。頭上的月亮透過冰水晶閃閃發光，月亮外圍有一圈月暈，將月光擴散。景色很美，但行走更加困難。路非常難走。

他走到路徑分歧處。

第一條路很眼熟。路的末端是一個開闊的房間，應該說是一間套房，像在陰暗的博物館裡。他已經知道了。他聽得見漫長細微的回音，也聽得見塵埃落下的聲音。

那是他魂牽夢繫的地方，是蘿拉很久以前第一次來找他的那家汽車旅館。永無止境的追憶迴廊，通往遭世人遺忘的眾神，通往消失無蹤、不存在的眾神。

他往後退一步。

他走到較遠的那條路口觀望。迴廊使人想起迪士尼樂園：黑色的四面塑膠玻璃牆裡設有燈架，彩燈莫名在幻影中依序閃爍發亮，就像星艦影集裡發光的控制面板。

他聽到那裡有些東西：一種低沉震動的嗡嗡聲。

他停下來，四處觀望。兩條路似乎都不對，完全不對勁。貓女叫他走的中間那條才是他的路。他走向那條路。頭上的月亮開始消散：邊緣呈粉紅色，漸化成月蝕。道路穿過一扇大門。

影子在黑暗中穿過拱門。空氣溫暖，聞起來有潮溼的塵味，像夏日初雨後的城市街道。

他已無恐懼。

再也不怕了。恐懼已於影子死時陪葬在樹上。留下來的他無所畏懼，沒有仇恨、沒有痛苦。除了本質之外，絲毫不留。

有個龐然大物從遠處靜靜濺出水花，遼闊空間發出回音。他瞇起眼，卻什麼也沒看到，光線太暗了。接著，一道鬼火在水花的方向閃爍不定，周圍世界逐漸成形：他在洞穴裡，前方水面平滑如鏡。

水花聲越來越近，光也逐漸變亮。影子在岸邊等候。不久，一艘平底船映入眼簾，昂揚的船頭搖曳一盞白燈籠，另一盞燈籠潛在船下數呎的平滑黑水裡。

撐船者身影高瘦，將篙舉起划下。船划過陰間湖水，發出陣陣水花聲。

「喂！」影子大叫。忽然間，回音將他團團圍住，像是有群人齊聲歡迎他，以他的聲音發出呼喚。

撐篙人沒有回答。

船夫高䠷消瘦。他——看起來像男的——穿著樸實無華的白袍，蒼白的頭臉完全不像是人。影子認為那是面具，像是一顆小小的鳥頭掛在長頸上，鳥喙尖長。影子肯定曾經見過這像鳥又像鬼的人，他努力回憶，卻無所得。失望之餘，他想起岩上之屋的發條自動販賣機，那蒼白似鳥、半掩映的人形從後面的土窖滑出，拿取醉漢的靈魂。

水從船篙與船首滴下，發出回音，光滑的水面泛起漣漪。船是由緊綁的蘆葦製成。

船靠近岸邊。船夫倚在篙上，慢慢轉頭，直至面對影子。「哈囉，」船夫說。長喙沒有移動，是男性的聲音，而且就如影子前世今生遇見的其他人一樣熟悉。「上船吧，你的腳恐怕會溼，不過這也沒辦法。這是舊船，如果我再靠近，可能船底也會散。」

影子脫下鞋，踏入水。水深及小腿肚，一開始有些不適，之後卻發現水溫暖得令人訝異。他涉水至船邊，船夫伸出一隻手，拉他上船。蘆葦船微微晃動，水濺到較低的一邊，然後回復穩定。

船夫撐篙，船離開岸。影子站著觀看，褲腳滴水。

「我認識你。」他對船首的生物說。

「你的確認識。」船夫說。掛在船前的油燈更明顯地斷續燃燒，煙霧使影子不禁咳嗽。「你替我工作過。恐怕沒有你，我們也得埋葬麗拉・古查德。」那聲音精準無比。

煙刺痛影子的眼睛，他用手拭眼。煙霧瀰漫中，他隱約看見一名高大的男子，穿著西裝，戴著金框眼鏡。煙消霧散後，船夫再度成為水鳥頭的人形生物。

「艾比斯先生？」

「很高興又見面了，影子。」那人以艾比斯先生的聲音說。「你知道什麼是**渡靈人**嗎？」

影子覺得似乎聽過，但想了很久，他搖搖頭。

「那是花俏的說法，就是擺渡人。」艾比斯先生說。「我們有許多才能，許多生存方式。對我自己而言，我是靜靜過活的學者，寫寫小故事，夢想著可能存在或甚至永遠不可能存在的過去。到目前為止，我也的確如此。不過，我還有一項才能，就是擔任渡靈人，護送生靈到亡魂的世界。」

「我還以為這裡就是亡魂世界。」影子說。

「不，這裡**還**不是。這比較像是準備處。」

船鬆脫滑過陰間水面。艾比斯先生的鳥喙不動，說：「你們講起生靈和亡魂，以為是互不相干的領域，就像河水不能成為馬路，唱歌也不能成為彩虹。」

「本來就不能啊。」影子說：「你能嗎？」回音輕聲低喃，越過池水傳回他身上。

「你要記住，」艾比斯先生小心地說：「生與死是一體的兩面，就像硬幣的正反。」

「如果我有兩面都是正面的硬幣呢？」

「沒這種東西。」

影子一陣戰慄。他們正越過黑水。他似乎看到一群孩子的臉在光滑的水面下，以責備的眼神盯著他。他們臉上浸滿水，盲目的眼神帶著愁容。陰間的洞穴裡，連風也無法擾動黑色湖面。

「所以我已經死了。」影子說。他漸漸習慣了這個念頭，「還是說我快死了？」

「你正在前往亡魂廳。我毛遂自薦，前來引渡你。」

「為什麼？」

「你工作認真努力。我為什麼不來？」

「因為……」影子整理自己的思緒，「因為我以前從來不相信你，因為我對埃及神話懂得不多，因為我沒料到事情是這樣，聖彼得和天國之門呢？」

長了長喙的白色腦袋慎重地搖頭。「你以前相不相信我們都無所謂，」艾比斯先生說：「我們相信你。」

船停住。艾比斯先生站到水裡，並叫影子照著做。艾比斯先生從船首拿出一條線，將燈籠遞給影子，那是新月形的燈籠。他們走上岸，艾比斯先生把船繫在岩石地上的金屬圈，然後從影子手上拿回燈籠，高舉著燈，迅速前行。石地與岩石牆上投出他龐大的影子。

「你怕不怕？」艾比斯先生問道。

「還好。」

「嗯。我們走路時，你要盡量懷著真誠敬畏與恐懼之心。這些情緒很適合即將出現的場面。」

影子不怕。他感到有趣，也能了解，此外沒別的感覺。他不怕黑暗，不怕死，甚至在他們靠近一個大似穀倉的狗頭生物時，也不感到害怕。狗頭生物從喉嚨深處發出咆哮，影子頸部的毛髮直豎。

「影子，」那東西說：「現在是審判時刻。」

影子抬頭望著那生物。「傑凱爾先生？」他說。

阿努比斯放下龐大陰暗的雙手，把影子抓起來湊近。胡狼的雙眼炯炯發光，冷靜檢視，如同傑奎爾先生檢視板上死去的少女一般。影子知道自己所有的過錯、所有的缺點、所有的軟弱都被拿出來秤量。某個角度來看，他正被解剖、劃開、品嘗。

我們不會一直記住那些未記在我們頭上的帳。我們把那些事合理化，用明顯的謊言或遺忘的厚塵加以掩蓋。影子一生中做過所有感到不名譽的事，所有但願自己能以別的處理方式，或沒有真正下手做的事，此時都挾著罪惡、悔恨、慚愧的漩渦風暴襲來，他無處躲藏，像是板上的屍體般赤裸開放。胡狼頭神阿努比斯是他的檢察官，不斷檢視、不斷檢視。

「拜託，」影子，「拜託你停止。」

檢視沒有停止。他說過的每句謊言、偷過的每樣東西、他對另一個人造成的任何傷害、尋常日子犯下的各種小奸小惡，一點一滴全都被陰間的胡狼頭判官濃縮，放到光線底下。影子開始在黑暗神的掌心裡痛聲低泣。他又成為幼童般無助。

接著，毫無預警地，檢視過程結束。影子喘氣啜泣，流著鼻涕。他仍感到無助，但那雙手幾近溫柔地小心放下他。他回到岩石地。

「誰拿了他的心？」阿努比斯咆哮道。

「我。」一名女子低聲說道。影子抬起頭，貝絲特站在那裡。他身旁的人已不是艾比斯先生。她把影子的心握在右手，那顆心泛出紅寶石光，照亮她的臉龐。

「給我。」鷺頭神托特把心拿在手裡，那是一雙非人的手。他往前滑。

阿努比斯在他面前擺出一只金天秤。

「所以我會在這裡知道我的結局？」影子對貝絲特輕聲問：「天堂？地獄？煉獄？」

「如果這根羽毛能夠保持平衡，」她說：「你就能選擇自己的目的地。」

「如果不能呢？」

她聳聳肩，彷彿這話題使她不舒服。接著她說：「那麼我們會把你的心和魂拿去餵專門吃人靈魂的闇楣特。」

「或許，」他說：「我能以喜劇收場？」

「沒有喜劇收場這種事。」她告訴他：「其實根本沒有任何收場。」

阿努比斯謹慎恭敬地將羽毛放上天秤的一個托盤，將影子的心放在天秤的另一個托盤。天秤的影子似乎因什麼東西而**移動**，某種讓影子忐忑到無法仔細檢驗的東西。

那是根沉重的羽毛，但影子也有一顆沉重的心，天秤惱人地歪斜搖晃。

最後，天秤平衡了。陰影裡的東西心有不甘地潛下、消失。

「所以，就這樣了。」貝絲特若有所思地說：「又是一個要送入堆的頭骨。真可惜，我原本希望你在目前的困境會做些好事。這就像是看著慢動作車禍，卻無力阻止車禍發生。」

「妳不去嗎？」

她搖搖頭，說：「我不喜歡其他人替我挑選戰場。」

此時，遼闊的亡魂廳裡一陣沉默，只有水與黑暗的回音。

影子說：「所以，現在我可以選擇接下來要去哪？」

「選吧，」托特說：「不然我們也可以替你選。」

「不用麻煩，」影子說：「這是我的選擇。」

「如何？」阿努比斯高喊。

「我現在要休息。」影子說：「只要休息，什麼都不要。不要天堂、不要地獄，什麼都不要。就此結束吧。」

「你確定？」托特問道。

「確定。」影子說。

傑凱爾為影子打開最後一扇門。門後什麼也沒有，沒有黑暗，甚至沒有遺忘，只有空無。

影子毫無保留地接受。他走過那扇門，以一種異常激動的喜悅之情踏入虛空。

第十七章

此陸塊地大物博，河川廣袤。氣候嚴寒酷熱皆俱，景色壯麗，雷電萬鈞。伴隨吾國而來之混亂，使各憲章為之震顫。吾人於本地犯下之罪孽、過錯、誤失、敗德與墮落，亦難數盡。

——卡萊爾勳爵致喬治．賽溫書信，一七七八年

美國東南部重要地區坐落上百個老舊穀倉，屋頂上都放有廣告，範圍橫跨喬治亞與田納西，上至肯塔基州。駕駛經過森林中某條蜿蜒道路，可看到某座破損紅穀倉屋頂漆著字：

參觀岩石城

世界第八大奇景

附近搖搖欲墜的擠奶棚屋頂，則漆著白色醒目的字樣：

歡迎到世界奇景岩石城

群覽七州

看到這些文字的人，都會以為岩石城一定在附近。事實上，這需要一天的車程，它位於稍微跨過州際線的喬治亞州瞭望山、田納西查塔諾加市的西南方。

瞭望山也稱不上是座山，比較像是高聳威風的山丘。白人來到此處時，印第安「卻洛基族」的一個分支「奇克莫加族」住在當地，那座山當時稱為「查拓拓努基」，意譯為一柱擎天的山。

一八三〇年代，安德魯．傑克森訂定「印第安人遷移法」，將印第安人（包括所有恰克陶族、奇

克莫加族、卻洛基族、奇克索族）從家鄉趕到外地。被美國部隊抓到的人，也被迫走一千多哩的長淚之路，到達新的印第安領地，也就是後來的奧克拉荷馬。這是種族屠殺的行徑。成千上萬男女幼孺死於途中。但勝者為王，敗者為寇，沒有人能反抗此事。

因為凡是掌控瞭望山的人，便能掌控那塊土地。畢竟，那是傳奇的神聖之地，也是戰略高地。美國爆發南北內戰時，一場著名的「雲頂之役」就發生在該處。經過第一天搏鬥，聯邦軍做到幾乎不可能的事：在毫無軍令的情況下，橫掃傳教士山嶺，攻下當地。北方軍拿下了瞭望山，而北方軍也贏得了戰爭。

瞭望山下有許多隧道和洞穴，有些十分老舊。如今這些地方大都遭封鎖，但當地有位生意人鑿出一道地底瀑布，稱為紅寶石瀑布，可以搭電梯到達。此地是旅遊名勝，不過最大的景點位於瞭望山頂，也就是岩石城。

岩石城一開始只是位於山腰的景觀花園：遊客沿著山徑走，攀登經過許多岩石，把玉米丟進鹿欄，穿過吊橋，再花二十五分錢用投幣式望遠鏡眺望風景。當地天氣偶爾會晴空高照，萬里無雲，用望遠鏡便可以見到七州風光。就在那地方，山路像是水滴掉入某個奇怪的地獄，每年引著千百萬遊客，下達一堆洞穴。遊客在洞穴裡四處瞧，像是兒歌或童話故事的背光娃娃立體模型。他們離開時都面色呆滯，不確定自己為什麼而來、看到了什麼、玩得是否開心。

他們從美國各地來到瞭望山。他們不是遊客。他們開車、搭飛機、乘巴士、坐火車或走路而來，有些是用飛的——但他們飛得慢，而且只在黑夜裡飛行。他們有些從地底來。有許多是搭便車，說服緊張的摩托車司機或卡車司機。許多汽車或卡車駕駛若在休息站、餐廳或路上看到有行人走在路邊，便會辨認他們的身分，讓他們搭便車。

他們風塵僕僕，十分疲憊地抵達瞭望山底。山坡上樹木蓊鬱，他們高高抬頭仰望山坡，或想像自己看得到頂端，上面就是通往岩石城的路，以及花園與瀑布。

他們一大早便陸續抵達。第二波在黃昏時到達。接連幾天，簡直絡繹不絕。

一輛破爛的「你來搬」搬家租車公司的卡車停在路邊，吐出幾個長途跋涉、面露倦容的薇拉❶與盧莎卡❷，她們的妝糊了，光著獸腳，表情沉重疲憊。

山腳下的樹叢裡，上了年紀的吸血鬼❸請一個長得像猿人的裸體生物抽萬寶路。那生物身上覆蓋一團橘毛，優雅地接過香菸，兩人肩並肩，靜靜吸菸。

一輛豐田的Previa休旅車在路邊停車，七名中國男女從車上下來。他們看起來很乾淨，穿著像是某國基層政府官員的暗色西裝。其中一人帶了寫字板，他們從後車廂卸下大高爾夫球袋，查看清單。高爾夫球袋裡包含華麗的長劍（把手還塗了亮漆）、精雕的棍子，以及鏡子。這些武器一一經過分配、檢查、簽收。

一位過氣的喜劇演員（據信死於一九二〇年代）從生鏽的車裡爬出來，開始脫去衣物：他長著一雙山羊腿，尾巴短得像山羊。

四個墨西哥人抵達，笑容可掬，頭髮烏黑亮麗。他們將一個瓶子放在棕色紙袋裡，互相傳遞：瓶裡裝的是粉狀巧克力、酒精和血調製而成的苦味飲料。

一個蓄著暗色鬍鬚的小個子男人，頭上戴著沾染灰塵的黑色圓頂窄邊禮帽，太陽穴旁有捲曲的髮

---

❶ Vila，斯拉夫神話中的精靈。
❷ Rusalka，波蘭神話中的水仙女。
❸ Wampyr，斯拉夫神話中的吸血鬼。

束，披著襤褸穗邊的祈禱披肩，穿越原野向他們走來。他後方數呎有名同伴，身高是他的兩倍高，膚色晶灰如同優質波蘭黏土，額頭上刻了字，意指：**生命**。

他們陸續抵達。一輛計程車停下，幾名羅剎爬了出來，無頭蒼蠅似地走動，一語不發。他們盯著山腳，直到發現瑪瑪祺為止。瑪瑪祺閉著眼，嘴唇隨祈禱文而動。她是他們在此唯一熟悉的對象，但儘管如此，他們想起舊戰役，仍遲疑著不敢靠近她。她用雙手搓著頸邊的頭骨項鏈，棕色皮膚慢慢轉為黑玉和黑曜石般光滑烏黑。她嘴唇一捲，露出異常尖銳的白色長牙。她張開所有眼睛，示意羅剎到她身邊，如招呼親生孩子般招呼他們。

過去幾天侵襲東北各方的暴風雨，並未減輕空氣中的壓力與不安。當地天氣預報已提出警告，可能出現龍捲風環流，以及停滯的高氣壓。當地白天溫暖，但夜晚寒冷。

他們不拘禮俗，結伴成團。他們因國籍、種族、性情，甚至物種而群聚在一起。他們看起來憂懼、疲倦。

有些群體在交談，不時傳出和緩零星的笑聲。有些互相傳遞罐裝啤酒。

幾位當地男女來到草地，以我們不熟悉的方式移動。他們說出的話是騎在他們身上的神靈之聲：那神靈是高大的黑人，用打開大門的列隔拔爸爸❹的聲音說話；巫毒教死神颯彌迪男爵已附於查塔諾加族粗野少女的屍體，她以時髦的方式將黑絲緞禮帽戴在暗色頭髮上。少女用男爵低沉的嗓音說話，叼著超大尺寸的雪茄，率領三名亡者神靈竭得。竭得附在三名中年兄弟的體內，他們都攜帶霰彈槍，講著不堪入耳，只有他們才笑得出來的黃色笑話。而他們也的確笑了，笑得很刺耳。

兩名年輕的查塔諾加女子穿著沾染油漬的藍色牛仔褲，以及歷經風霜的皮外套四處走動，查看眾人與戰前準備。有時她們用手指著，同時搖頭。她們倆不打算參與即將來臨的衝突。

月亮從東方漲大升起，這一天離滿月仍很遠。月亮如同半邊天一樣大，一道深橘紅色掛在山丘頂。月亮越過天空時，似乎縮小了，轉成蒼白，最後像燈籠般高掛空中。

他們聚在那裡等待，在月光下等待，在瞭望山腳下等待。

蘿拉渴了。

有時活人像蠟燭般在她心裡穩定燃燒，有時則像火炬般發出光芒。這使得她容易避開活人，偶爾也使她容易找到活人。影子剛才在那棵樹上燃燒得很奇怪，帶有自己的光。

她之前因為自己不再活著，責罵過他一次。當時他們牽著手走路，她希望能看到一絲自然的情緒，看到一些蛛絲馬跡。

她想起自己走在他身邊，盼望他能明白她努力對他說的話。

影子在樹上雖然瀕死，但絕對還活著。她看著他的生命跡象逐漸微弱，他十分專注而真實。他還請她留下來陪他，度過那一夜。他原諒她了……或許他原諒她了吧。無所謂，她只知道他變了。

影子叫她到農舍去，她們會在那裡給她水喝。農場建築物裡沒有燃燒的火光，她感覺得到裡面沒人。但他曾告訴她，她們會照料她。她推農舍的門，門打開。生鏽的門鉸鏈發出長串不滿的抗議聲。

她的左肺有東西在動，有東西在推擠蠕動。她咳了出來。

她發現自己置身窄廊，前方的路被一架沾滿灰塵的大鋼琴擋住。建築物瀰漫老舊的潮溼味。她擠身越過鋼琴，推開一道門，發現自己身在一間即將倒塌的會客室，裡面放著幾近解體的家具。一盞油燈在壁爐上燃燒，下面的火爐也有炭火，不過她在屋外沒看到，也沒聞到。炭火無法消除她在室內感到的寒氣。不過，蘿拉猜想這可能不是會客室的問題。

---

❹ Papa Legba，海地巫毒教的神，開啟生死兩界的溝通之門。

蘿拉因死亡而傷。雖然這傷痛多半源於不存在的事物：焦灼乾渴吸乾她每個細胞，骨裡蒸騰著確實而無名的熱氣。有時她會納悶，究竟這劈啪作響的柴火能溫暖她，或是大地柔軟的棕色毯子能溫暖她。她懷疑冰冷的海水能否澆熄口中的乾渴……

她發現會客室有別人。

三個女人坐在老舊的躺椅上，彷彿某藝術展覽中搭配好的展覽組合。躺椅鋪著褪色的棕色絲絨，百年前可能一度是明亮的金絲雀黃。她們在她進會客室時，便以眼光追隨她，而且不發一語。

蘿拉不知道她們在場。

什麼東西蠕動著掉入她的鼻腔。蘿拉在袖子裡摸索面紙，往面紙裡擤鼻子。她把面紙揉成一團，連同裡面的東西一起往炭火裡丟。面紙起皺轉黑，變成橘色的蕾絲。她看著那些蛆蟲皺縮、焦黃、燃燒。

然後，她轉身面向躺椅上的女人。她們從她進門後便沒有動過，連一塊肌肉、一根頭髮也沒有動。她們盯著她。

「哈囉，這是妳們的農場嗎？」她問道。

最高大的女人點頭。她的臉非常紅潤，不帶感情。

「影子，就是掛在樹上的那個人，他是我的丈夫，他說我應該告訴妳們，他要妳們給我水。」有個龐大的東西在她的腸胃裡轉移蠕動，然後靜止。

最小的女人費力地爬下躺椅，她的腳之前搆不到地板。她急忙從室內跑開。

蘿拉聽得見門開開關關的聲音傳遍整間農舍。接著，她聽見室外傳來一連串響亮的咯吱聲，每道聲音都接著潑水聲。

不多久，小個子女人回來了。她拿著一只棕色陶水罐，小心地放在桌上，再退到躺椅上。她扭動顫抖地把身子提高，再次坐在兩位姊姊身邊。

「謝謝。」蘿拉走向桌子，四處尋找咖啡杯或玻璃杯，卻找不到類似的東西。她拿起水罐，那罐子比外表看起來還重，裡面的水清澈見底。

她將水罐舉到脣邊，喝了起來。

這比她想像中最冷的液態水更冷，凍傷她的舌頭和牙齒及食道。儘管如此，她仍繼續喝，停不下來。她感覺液體一路凍傷自己的胃部、腸部、心臟、血管。

水流入她的體內。那水簡直是冰。

她發現水罐空了，驚奇地將水罐放回桌上。

那些女人面無表情地觀察她。蘿拉自從死後就沒想過隱喻：某件事如同什麼，或不像什麼。但現在，她看著沙發上的女人，想到「她們是陪審團」的隱喻，還想到「她們是觀察實驗動物的科學家」。

她突然痙攣地搖晃，伸手抓著桌邊穩住自己，但桌子又滑又晃，她差點鬆手。她把手放到桌上，開始嘔吐，吐出膽汁、福馬林、蜈蚣、蛆蟲。然後她覺得自己開始排泄尿液，猛地從體內推出，溼溼的。如果可以，她會尖叫，但沾滿灰塵的地板迅速猛烈地朝她上翻而來，她如果還能呼吸，地板也會衝擊她體內的氣息。

時間像塵魔般迴旋，迅速掠過進入她體內。上千回憶同時播放：她在聖誕節的前一個禮拜在百貨公司走丟了，看不到爸爸的人影；現在她坐在奇奇餐廳，點了草莓黛克瑞，打量別人介紹的約會對象，這個高大嚴肅的大男孩，她想知道他的吻技如何；她在車裡，車子滾動顛簸，羅比對她大叫，最後金屬杆終於使車停住，不再移動，卻無法保住車裡的人……

時間之水來自烏爾德的命運之泉，那不是生命之水，還不算。不過，那水灌溉著世界樹的根，是無可比擬的水。

蘿拉打著顫，在空曠農舍房中醒來，她的氣息竟使早晨的空氣冒出霧氣。她的手背有擦痕，傷痕上有一抹溼潤，是鮮紅色。

她知道自己要往哪裡去了。她已喝下命運之泉的時間之水，她心中看得見那座山。

她舔去手背的鮮血，訝異自己留下唾液薄膜。接著她開始步行。

時值三月，氣候潮溼，天氣異常地冷。橫跨南方幾州的路因幾天前的暴風雨而柔腸寸斷，只有極少數真正的旅客待在瞭望山岩石城。聖誕節的燈已拿下，夏日的遊客尚未到訪。

雖然如此，當地仍有人跡，甚至還有遊覽車在當天早晨停靠，放出十多名男女，個個帶著完美閃耀的古銅色皮膚與志得意滿的笑容。他們看似新聞主播，幾乎可以想像他們有種映像管磷光點的特質：以溫和的姿態移動，直至模糊。一輛黑色悍馬車停在岩石城的前門停車場。

電視臺的人熱切走過岩石城，於橫在那裡的岩石附近停駐，以愉悅適度的聲音彼此交談。

他們不是唯一的遊客。你如果在當天經過岩石城，可能會注意到一些看似電影明星的人、像外星人的人，還有一些勉強帶有人形，但完全不像真人的人。你可能看到他們，但更可能的是，你完全沒注意到他們。

他們搭乘長禮車、小跑車和超大型休旅車，來到岩石城。許多人戴著太陽眼鏡，似乎無論在室內室外都戴著，而且很不願意拿下。這些人有的膚色曬黑，有的穿著西裝，帶著微笑或怒容，高矮胖瘦、各種年齡與風格都有。

他們的共同點是表情，那是一種非常特殊的表情，似乎在說：你們認識我，或者是說：你們應該認識我。那是一種相當的熟悉感，也是距離感。那是一種自信的表情或態度——世界為他們而存在，世界直接歡迎他們，而他們也受到愛戴。

胖小子在他們之間拖著腳步，像是欠缺社交技巧卻依然成功超越夢想的人。他的黑色外套在風中拍動。

站在碳酸飲料旁的東西發出咳嗽，引起他的注意。那東西非常大，臉孔和指甲突出手術刀刃，臉看起來像得了癌症。「這會是一場大戰。」那東西用黏稠的聲音告訴他。

「這才不是戰爭。」胖小子說：「我們今天只是他媽的典範轉移，這是肅正。**戰爭**那種程式真像他媽的道家老子。」

像癌症的東西對他眨眼，「等待中。」它只以這句話回答。

「隨便啦。」胖小子接著又說：「我在找世界先生，你有看到他嗎？」

那東西伸展身上的手術刀刃，長瘤的下脣因專心而突出。然後它點點頭，說：「在那邊。」

胖小子沒道謝，便往指引的方向走去。像癌症的東西等著，不發一語，直到胖小子走出視線範圍之外。

「這會是一場大戰。」像癌症的東西對一個臉上沾染磷光點的女人說。

她點頭，靠向那東西。「你**感覺**如何？」她用同情的聲音說。

那東西眨眨眼，然後開始對她訴說。

阿鎮的福特探險家有全球定位系統，有個小螢幕會接收衛星導引，顯示車子的位置。但是他一到黑司堡以南，走上鄉間道路後，仍然迷了路。他所在的道路似乎與螢幕地圖上糾纏的線條完全搭不上。最後，他把車停在鄉間路邊，搖下車窗，向一名在早晨散步卻被獵狼犬拖著的白胖婦女問路。他想前往白蠟樹農場。

她點點頭，用手一指，對他說了些話。他聽不懂她說些什麼，卻仍表示感謝。搖上車窗後，他便朝她指示的方向駛去。阿鎮開始嚼起下嘴脣。

他又繼續開了四十分鐘，經過一條條鄉間道路，沒有一條是他要找的。

「年紀一大把，還碰到這種爛事。」他說這句臺詞時，似乎同時感受著世界級電影明星的疲憊感。他快五十了，大半輩子都在政府部門工作，這些部門的名字都縮寫。十多年前放下這個鐵飯碗，受雇於私人機構，是不是對的，他還是不確定：有時候他想應該是這樣，有時候想想又是那樣。反正，只有無關的路人才會真正相信換不換工作有差。

他幾乎要放棄尋找農場時，開上一座山丘。他看到門上的手繪招牌，上面簡單寫著：白蠟樹。符合他想找的名稱。他停好車，爬出車外，將維持關閉的扭曲電線解開。他回到車上，開車而過。

他心想，這就像溫水煮青蛙。把青蛙放在水裡，然後打開加熱開關。青蛙注意到不對勁時，已經被煮熟了。他工作的這個世界太怪異，腳下沒有穩固的地基，鍋裡的水正瘋狂地冒著泡泡。

他剛調到「機構」時，一切似乎都很簡單。現在一切都那麼──他認為不是複雜，而是詭異。那天一直到清晨兩點，他都坐在世界先生的辦公室裡，聽取自己要完成的任務。「你懂了嗎？」世界先生一邊說，一邊把裝在黑皮鞘裡的刀拿給他，「割下一根樹枝給我，長度不超過兩、三呎。」

「了解。」他說。接著又問：「為什麼我得做這種事？」

「因為我叫你做。」世界先生淡然地說：「找到樹，完成任務，和我在查塔諾加碰頭。不要浪費時間。」

「那個混蛋該怎麼辦？」

「影子嗎？你如果看到他，別理他就好了。不要碰他，完全不要去惹他。我不希望你把他變成殉難烈士。目前的計畫容不下殉難烈士。」此時他露出微笑，恐怖的微笑。世界先生很喜歡笑，阿鎮先生已經在許多場合注意到這點。畢竟，在堪薩斯扮演私家車司機時，他就笑了。

「聽著──」

「不要搞成殉難烈士，阿鎮。」

阿鎮點點頭，劍收入鞘，將漲滿的憤怒深深壓下推開。

阿鎮先生對影子的仇恨已融為自身一部分。他即將入睡時，會看到影子肅穆的臉，看到那張不像微笑的笑容。影子微笑時沒有微笑該有的樣子，這讓阿鎮巴不得一拳打在影子的內臟。即使他入睡了，也能感覺自己的下巴擠在一起，太陽穴緊繃，食道灼燒。

他開著福特探險家駛過草原，經過一間廢棄的農舍。他沿著山脊爬上頂端，看見了那棵樹。他將車稍微開過頭停好，將引擎熄火。面板上的時鐘顯示上午六點三十八分。他把鑰匙留在車上，向那棵樹走去。

那棵樹很大，與周遭事物不成比例。阿鎮看不出它是五十呎還是兩百呎。樹皮的灰色如同精緻絲質圍巾。

有個裸身男子被繩網綁在樹幹上，離地面有些距離。樹底下有東西包在床單裡。阿鎮經過時才明白那是什麼，他用腳推開床單。星期三半毀的臉露出來，盯著他看。

阿鎮到達樹邊。他稍微繞過粗厚的樹幹，離開農舍無形的目光，然後打開褲子拉鏈，尿在樹幹上。他拉上拉鏈，往回走向房子，發現伸長的木梯，便帶回樹邊。他將木梯小心靠在樹幹，然後爬上去。

影子被繩索綁在樹上，無力地垂掛在那兒。阿鎮納悶他是否還活著：他的胸膛沒有起伏。已死或瀕死，無所謂了。

「哈囉，混蛋。」阿鎮說。影子沒有動。

阿鎮爬到梯頂，抽出刀子。他發現一根小樹枝似乎符合世界先生的要求，便用刀鋒從底端劈砍，切到一半再徒手折斷。樹枝長約三十吋。

他把刀放回刀鞘，然後爬下階梯。面對影子時，他停下來，說：「天啊，我真恨你。」他但願自己能夠拔出槍射殺影子，但他知道自己不能。接著他用樹枝戳刺垂掛的人。那是一種本能的手勢，含有阿鎮內心的一切挫折與憤怒。他想像自己握著長矛，刺入影子的內臟。

「來吧。」他說：「該起來動一動了。」然後他心想：發瘋的第一症狀。自言自語。他往下爬了幾階，然後跳回地面。他看著自己手裡拿的樹枝，感覺像個小男孩，把棍子當成劍或矛握著。他心想：我大可隨便從一棵樹上砍根樹枝下來。不一定要這棵樹吧。他媽的誰會知道？

然後他又想：世界先生會知道。

他把梯子拿回農舍，眼角似乎瞄到有東西在動，便從窗戶望去，往內看著暗室，裡面滿是破損家具，壁紙從牆上脫落。半夢半醒之間，他想像自己似乎看到三個女人坐在陰暗的會客室。她們其中一人在編織，一人直盯著他，一人看似睡著了。盯著他的那個女人開始微笑，笑得很開心，臉像是被劈開，笑容從左耳橫到右耳。然後她舉起一根手指，碰觸頸部，輕輕地從頸部的一邊劃到另一邊。

他本來以為這是一間空屋……他再瞄一眼，室內只放滿老舊腐敗的家具，沾滿汙黑印記，而且已經乾了。那裡根本沒有人。

他揉揉眼睛。

阿鎮走回棕色的福特探險家，爬了上去。他把樹枝丟在白色皮革的乘客座位，轉動鑰匙，發動引擎。面板鐘上寫著「上午六點三十七分」。阿鎮皺起眉，檢查手錶，錶面閃爍地指著下午一點五十八分。

他心想：好極了。我要不是在樹上待了八小時，就是回溯了一分鐘。那是他的瞎想，但他相信是兩個計時器不約而同地出毛病。

樹上，影子的身體開始流血。傷口在他的側邊。血流緩慢濃稠，而且黑如糖蜜。

雲層覆蓋瞭望山頂。

伊絲特離群眾有些距離，坐在山底下看著黎明越過山頂到達東方。她的左手腕環著一圈藍色勿忘我刺青，她用右手拇指無心地揉著。

另一晚降臨，又過去，一夜無事。眾人仍然陸續地來。昨晚來了幾個西南部的傢伙，包括兩個個頭如蘋果樹的小男孩。她只瞄了一眼，其中一名看來像是解體的福斯金龜車頭。他們消失在山底的樹林裡。沒有人打擾他們。外在世界甚至沒有人注意他們在場：她想像岩石城旅客用投幣式望遠鏡往下盯著他們，盯著山腳下稀疏的駐紮營地，但除了樹木、矮叢及岩石外，什麼也看不見。

她聞到炊煙，抖擻的晨風中飄來煎培根的味道。有人在駐紮營遙遠的一邊吹起口琴，不禁使她微笑起來。她的背包裡有本平裝書，她要等天色變得夠亮才能閱讀。

天空中有兩個點，緊接在雲層下方：一個小點，一個大點。晨風中飛濺的雨刷過她的臉龐。

一名赤足的女孩來到駐紮營，向她走來。她在一棵樹旁停下，拉起裙子，蹲坐下來。完事後，伊絲特歡迎她。那女孩走來。

「小姐，早安。」她說：「再不久就要開戰了。」她的粉紅舌尖碰到猩紅色的唇，肩上用皮革綁著黑烏鴉的一隻翅膀，頸圈上環繞著黑烏鴉的一隻腳，雙臂以藍色刺青刺出線條圖案，還有複雜精細的結。

「妳怎麼知道？」

女孩露齒而笑，「我是茉莉干的瑪哈❶。戰爭來臨前，我在空氣中就嗅得到味道。我是戰爭女

---

❺ Morrigan，愛爾蘭居爾特神話中的戰爭女神，時有三重面貌，分別為禿鷹巴得伯（Badb，代表憤怒）、烏鴉瑪哈（代表戰役）、狂怒尼滿（Nemain，代表怨毒）。

神。我認為：今日將血流遍地。」

「喔，」伊絲特說：「好吧。妳說得對。」她看著天空中的那個小點像是岩石般朝她們落下。

「我們將與他們交戰，將他們全部誅殺。」女孩說：「我們將拿他們的頭當戰利品，烏鴉吃掉他們的眼睛和屍體。」那個點變成了鳥，展翅乘著上方突來的晨風飛行。

伊絲特把頭傾向一邊。「這是戰爭女神的某種祕法嗎？」她問道：「誰會贏，誰會拿到誰的頭？」

「不。」女孩說：「我聞得到戰爭的味道，僅止於此。但我們會贏，不是嗎？我們非贏不可。我看到他們怎麼對待眾神之父了，不是他們死就是我們亡。」

「對啊，」伊絲特說：「我想是吧。」

女孩再次微笑，在半明半暗中走回營地。伊絲特把手放下，碰觸如刀刃般破土而出的綠色幼芽。她一碰觸，幼芽便開始成長、開放、扭轉、改變，直到她將手放在綠色鬱金香的花苞為止。太陽高掛時，鬱金香就會開花。

伊絲特抬頭望著獵鷹。「需要幫忙嗎？」她說。

獵鷹在她頭上約十五呎處緩慢盤旋，然後朝她俯衝滑翔，降落於附近地面。牠以憤怒的眼光抬頭望她。

「哈囉，小可愛。」她說：「現在你看起來像什麼呢？」

獵鷹不甚確定地跳向她，然後便不再是獵鷹，而成了一名年輕人。他看著她，然後低頭看著草。

「妳？」他說。他將眼光轉向他處，看草、看天、看樹叢，就是不看她。

「我，」她說。「我怎麼了？」

「妳，」他停下來，似乎努力要集中思緒。奇怪的表情掠過他的臉龐。她心想：他花了太多的時間當鳥，已經忘記怎麼當人了。她耐心等著。終於，他說：「妳陪我一起來嗎？」

「可能吧，你要去哪裡？」

「樹上那個人，他需要妳。他側邊，有幽靈傷口。血流，然後又停。我認為，他死了。」

「現在要開戰。我不能這麼一走了之。」

裸身男子不發一語，重心從一腳移到另一腳，彷彿不確定自己的重量，也彷彿習慣靠在空氣或搖擺的樹枝，而不是穩固的土地。然後他說：「如果他一去不回，一切就完了。」

「但是戰爭——」

「如果他不見，誰贏都無所謂。」他看似需要一條毯子和一杯咖啡，或有人能帶他到什麼地方，任其顫抖著喃喃自語，直到腦筋恢復清醒。他僵硬地讓雙臂垂在兩側。

「那是哪裡？在附近嗎？」

他盯著鬱金香，搖搖頭，說：「山高水遠。」

「那麼，」她說：「這裡需要我，而且我不能說走就走。你要我怎麼回來呢？你也知道，我不像你，我不會飛。」

「是，」荷魯斯說：「妳不會飛。」然後他沉重地抬起頭，指向繞著他們盤旋的另一個黑點，那個點從逐漸陰暗的雲層中墜下，體積越來越大。「**他**會。」

阿鎮又毫無頭緒地開了幾個鐘頭的車，如今他痛恨全球定位系統，像痛恨影子一樣，不過這痛恨不帶憤怒。他之前還以為很難找到農場，以及高大銀色的白蠟樹，但其實要找到**離開**農場的路更難。似乎無論走哪一條路，無論從哪條鄉間小路往哪個方向行駛，都毫無差別——他確定維吉尼亞纏繞糾結的後路一定是從鹿徑或牛道開始——最後他總是發現自己又再度經過農場，以及那個手繪招牌：白蠟樹。

這真是瘋了，不是嗎？他只要從原路折返，在原路的每個右轉處左轉、每個左轉處右轉就好了。只不過，即使他這樣走，還是回到原地，再次回到農場。濃密的暴風雲開始聚積，天黑得很快。這天色感覺像夜晚，不像早晨。他還有一大段路要開：以這種速率，他絕對無法在下午之前抵達查塔諾加。

他的手機只顯示**暫停服務**的訊號。車子置物箱內的摺疊地圖只顯示幹道，包括所有州際公路和主要高速公路，除此之外，一切都不存在。

周圍也沒有可以問路的人。房屋都躲在路的後面，沒有歡迎的燈光。油箱指針快推到底了。他聽到遠方一聲悶雷，一滴雨重重落在擋風玻璃上。

此時，他看到一名女子沿著路行走，不由自主笑了起來。「感謝上帝。」他說，然後把車開到她身旁停下，用拇指按下車窗，問道：「對不起，小姐，我有點迷路。妳能告訴我，如何從這裡上八十一號公路嗎？」

她透過打開的乘客座窗戶看著他，說：「我沒辦法仔細說。但是如果你願意，我可以帶路。」她皮膚蒼白，潮溼的頭髮又長又黑。

「上車吧。」阿鎮說。他甚至沒有猶豫。「首先，我們要買點汽油。」

「謝謝。我正好需要搭便車。」她上了車，眼睛藍得透亮。「座位上有根樹枝。」她困惑地說。

「丟到後面吧。妳要去哪裡？」他問：「小姐，如果妳能先帶我到加油站，再回到高速公路，我可以一路載妳回家。」

她說：「謝謝你。不過我想我要去的地方比你的目的地更遠。如果你能載我到高速公路就很好了，或許卡車司機會讓我搭便車。」接著她微笑。扭曲卻堅定，那是一個微笑。

「小姐，」他說：「妳可以搭我便車，比搭卡車好。」他聞到她的香水味，濃烈又讓人頭暈，有點黏膩，像木蘭或紫丁香，但他不以為意。

「我要去喬治亞。」她說：「路程很遠。」

「我要去查塔諾加。我會盡快載妳過去。」

「嗯，」她說：「你叫什麼名字？」

「他們都叫我麥克，」阿鎮先生說。他和酒吧裡的女人說話時，有時會在後面加上：「真的跟我很熟的人，都叫我大麥克。」這句話還不急著說，他們眼前還有一大段路要開，相伴的路程中，會有很多時間了解對方。「妳呢？」

「蘿拉。」她告訴他。

「那麼，蘿拉，」他說：「我們肯定會成為好朋友。」

胖小子在彩虹室找到世界先生，那是一個有四面牆的區塊，窗玻璃貼著綠色、紅色和黃色的透明塑膠膜片。世界先生不耐煩地從一扇窗走到另一扇窗，輪流盯著外面金色的世界、紅色的世界、綠色的世界。他的髮色偏紅橘，而且幾乎剪到貼齊頭骨，身上穿著Burberry雨衣。

胖小子發出咳嗽聲，世界先生抬起頭。

「打擾了，世界先生。」

「怎麼樣？一切都走在軌道上嗎？」

胖小子的嘴很乾。他舔舔嘴脣，說：「我已經準備妥當。沒人和我確認直升機的事。」

「我們需要的時候，直升機就會到。」

「好，」胖小子說：「好。」他站在那裡，並未走開。他額頭上有淤青。

過了一陣子，世界先生說：「還有什麼事嗎？」

男孩一陣停頓，吞吞口水又點頭。「還有事，」他說：「對。」

「你想私下討論嗎？」

男孩點點頭。

世界先生和那個孩子走到指揮中心：那是個潮溼的洞穴，裡面放著一座立體模型，模型上是幾個醉醺醺的小精靈用蒸餾器在釀私酒。外面有塊整修告示，警告旅客遠離。兩人坐在塑膠椅上。

「我要怎麼幫你的忙？」世界先生問道。

「對喔！好，兩件事，第一：我們在等什麼？還有第二——這個比較難。你看，我們有槍，我們有火力。他們有什麼？他們有他媽的刀劍和他媽的榔頭石斧。還有像什麼撬胎棒的玩意兒。可我們還有他媽**厲害**的原子彈。」

「那個我們用不著。」世界先生說。

「我知道，你說過了。那個我知道。可是，你看，自從我對洛杉磯那個婊子做過那事後，就一直……」他停下來，扮了個鬼臉，似乎不願意再說下去。

「你就一直很困擾？」

「對，說得好。困擾，就像困擾的青少年對家的感覺，真好笑是不是？」

「你到底在困擾什麼？」

「呃，我們打架，我們會贏。」

「那是你困擾的原因嗎？我個人覺得那是勝利和值得高興的事。」

「可是，反正他們都會死光光，他們是絕種的候鴿和袋狼，對吧？誰理他們啊？這樣開打，會變成大屠殺。」

「這樣啊。」世界先生點點頭。

他聽懂了，很好。胖小子說：「你看，有這感覺的不只我一個。我和『當代廣播』的工作人員確認過，他們都贊成和平解決，而且無形大眾也大多偏好讓市場力量來解決。你知道的，我是——代表這裡的理性之聲。」

「你的確是。但很不幸，有些情報你不知道。」隨之而來的微笑扭曲又駭人。

男孩眨眨眼睛，說：「世界先生？你的嘴脣怎麼了？」

世界先生嘆了口氣。「坦白說，」他說：「我的嘴脣曾被人縫起來。很久以前的事了。」

「哇！」胖小子說：「這真是超級大的祕密。」

「沒錯。你想知道我們在等什麼嗎？我們昨晚為什麼不出擊？」

胖小子點點頭。他在流汗。是冷汗。

「我們不出擊，因為我在等一根樹枝。」

「樹枝？」

「沒錯，樹枝。你知道我要拿那根樹枝做什麼嗎？」

胖小子搖頭，「我認輸。做什麼？」

「我可以告訴你，」世界先生坦白地說：「但這麼一來，我就得殺了你。」他眨眨眼，室內的緊張氣氛便煙消雲散。

胖小子開始咯咯笑，從口鼻傳出帶著鼻音的低笑聲。「好，」他說：「嘻嘻。好。了解，科技星球收到。清楚明白，沒有問題了。」

世界先生搖搖頭，一手放在胖小子的肩膀上。「嘿，」他說，「你真的想知道嗎？」

「當然啊。」

「好吧，」世界先生說：「看在我們是朋友的分上，答案是：我要拿那根樹枝在敵人來的時候往他們身上丟。我丟的時候，樹枝會變成長矛。接著長矛飛過戰場，我會大喊：『我謹將這場戰役獻給奧丁！』」

「啊？」胖小子說：「為什麼？」

「權勢，」世界先生抓抓下巴，「以及食物，兩者結合。你懂嗎，戰爭的結果並不重要，重要的是混亂，還有大屠殺。」

「不瞭。」

「我來告訴你吧，就像這樣子。」世界先生說：「看好！」他以流暢的動作從Burberry口袋中拿出木製獵刀，將刀鋒滑入胖小子下巴柔軟的肉裡，狠狠往上一推，穿過腦部。「我謹將這條生命獻給奧丁。」他說。刀子沉了進去。

某種東西落在他手上，那竟不是血。胖小子的眼睛後面噴濺出火花聲。空氣中瀰漫絕緣電線燒焦的味道。

胖小子抽搐著扭動手，然後倒下，臉上表情淨是困惑與痛苦。「看看這副德行，」世界先生對空氣說話：「簡直像是看見一連串零與一變成色彩鮮豔的鳥兒飛走。」

空曠的岩石迴廊無人答腔。

世界先生把屍體抬到肩上，重量彷彿非常輕。他打開小精靈立體模型，把屍體丟在蒸餾器旁，用黑色長雨衣蓋住。他決定當晚扔掉屍體。然後他露出牙齒，展現恐怖的笑容：戰場上藏屍體簡直太容易。根本沒有人會注意，沒有任何人會在意。

一陣寂靜無聲之後，傳出一個粗啞聲音，不是世界先生在陰影中清喉嚨，那聲音說的是：「一個好的開始。」

第十八章

他們拚命避開軍人，那些人卻開槍殺了他們倆。所以這首歌對監獄的看法錯了，只是為了成詩。詩裡的東西不能盡信。詩不是真相，詩句的空間太少了。

——歌手論〈山姆·貝斯的民謠〉，《美國民間傳說寶典》

這完全不可能在現實中出現。如果你不想傷腦筋，可以單純想成是隱喻。就定義而言，宗教也可說是隱喻：神是場美夢，是希望、女子、諷刺家、父親、城市、有許多房間的屋子、把高級精密計時錶留在沙漠的鐘錶匠、愛你的人——甚至毋須任何證據；神存在於天國，祂只確保你的足球隊、軍隊、事業或婚姻，在各種逆境中都能興盛、繁榮、得勝。

宗教是一個站立、觀察和行動的地方，是監視這世界的絕佳地點。

所以這一切都沒發生，全都不可能發生。以下沒有一句話是真的。即便如此，接下來發生的事有點像是這樣：

瞭望山的山腳下，男男女女在雨中聚集於營火周圍。他們站在樹下，不過樹木無法完全遮住他們。他們在爭辯。

墨黑色皮膚且一口銳利白牙的卡利夫人說：「時候到了。」

阿南西戴著檸檬黃的手套與逐漸銀白的頭髮搖搖頭，「我們還可以等一等。」他說：「我們**可以**等的時候，就**應該**等。」

群眾中傳來意見不一的低語。

一名髮色鐵灰的老者說道：「不，聽好，他說得對。」是徹諾伯格，他拿著一把錘子，錘頭掛在肩上。「他們占了優勢，天氣對我們不利。現在開戰就是瘋了。」

某個看來有點像狼又像人的東西在林地上邊咕噥邊吐痰，說：「那啥時攻擊比較好，**這位阿公**？難道要等到天氣晴朗，他們也料到的時候才攻擊嗎？我認為我們現在就行動，我們應該行動了。」

「我們和他們之間有雲層。」匈牙利主神說。他蓄了細緻的黑鬍鬚，戴著沾了灰塵的大帽子，咧齒而笑。他以這種笑容賣鋁板、屋頂及排水溝給年長者，以求維生。但不管工作完成與否，支票結清就離開。

到目前為止，身穿優雅炭色西裝的男子都一語未發。他交叉著手，踏入火光，簡潔扼要地表達看法。群眾紛紛點頭，低聲贊同。

茉莉干的三位女戰神站在陰影中，互相靠近，外型看起來像是帶有刺青的藍色軀體與懸著的烏鴉翅膀。她們其中之一說：「現在無論時機好或壞都無所謂，現在**就是**時候。他們拚命殺害我們，與其像地窖裡的老鼠各自竄逃而死，還不如像個神一樣，在戰場中同歸於盡。」

另一聲低語傳來，這次那人深感同意。現在是時候了。

「第一顆頭歸我。」一個非常高的中國男子說。他頸上繫了一串縮小的頭骨，開始專注緩慢地走上山。他肩上扛著一根權杖，尾端有彎曲的刀鋒，如同銀月。

即使是空無，也無法天長地久。

他可能經過那裡，經過子虛烏有之處，十分鐘或一萬年，這沒有差別：他已經不再需要「時間」這概念。

他再也想不起自己的真實姓名。他在不算一個地方的地方，感覺潔淨空無。

他沒有形體，也不是真空。

他什麼也不是。

一個聲音對著什麼都不是的某處裡面說：「呵－呵卡，表親，我們得聊一聊。」

某個可能曾經是影子的東西說：「威士忌傑克？」

「對啊，」威士忌傑克說：「你這傢伙死了之後還真難找。我預測的地方你都沒有去。我找了老半天，才想到要檢查這裡。說吧，你到底有沒有找到你的部落？」

影子想起有旋轉鏡球的迪斯可舞廳中的那對男女。「我猜我找到家人了。可是，沒找到我的部落。」

「抱歉，打擾你了。」

「無所謂，我得到我要的了。我也完了。」

「他們正趕來找你。」威士忌傑克說：「他們要讓你復活。」

「可是我完了，」影子說：「一切都結束了，完了。」

「沒這回事，」威士忌傑克說：「從來就不是如此。我們要去我住的地方，你要喝啤酒嗎？」

無論如何，他還是**很想**喝啤酒。「好啊。」

「也幫我拿一瓶，門外有個冰桶。」威士忌傑克用手一指。他們正在他的小屋裡。

片刻之前，影子還沒有手，此時他卻伸出雙手，打開小屋的門。外面有個塑膠冰桶，裝滿大塊的河冰，冰塊裡有十幾罐百威啤酒。他抽出兩罐，然後坐在門口，向外俯瞰山谷。

他們在山丘頂，靠近一道積滿融雪與水流的瀑布。水流分階段流下，流到他們腳下七十呎——或許一百呎之處。太陽映射著冰，懸於瀑布盆地的樹木都被冰所覆蓋。

「我們在哪裡？」影子問。

「你上次來的地方，」威士忌傑克說：「我住的地方。你是要把我的百威握成熱啤酒嗎？」

影子站起來，把啤酒遞給他。「上次我來的時候，你家外面沒有壯觀的瀑布。」

威士忌傑克沒有答話。他用力打開百威的瓶蓋，緩緩地灌掉半瓶，然後說：「你還記得我姪子嗎？哈利．布魯傑？那個詩人，用別克車和你換溫尼巴高露營車，記得嗎？」

「當然記得，不過我不知道他是詩人。」

威士忌傑克抬起下巴，看起來很自豪，「美國最屌的詩人。」

他喝乾瓶裡剩下的啤酒，打了個嗝，又拿起另一罐。影子用力打開自己的啤酒。在早晨陽光下，在淡綠色的蕨類旁，兩個男人坐在戶外岩石，邊看流水，邊喝啤酒。地面上仍有白雪，在陰影不生之處。大地又濘又溼。

「哈利得了糖尿病。」威士忌傑克繼續說：「就是會有這種事，太多了。你們這些人來到美國，拿了我們的甘蔗、馬鈴薯、玉米，然後賣洋芋片和焦糖爆米花給我們。而我們就成了生病的人。」他啜了口啤酒，陷入沉思。「他的詩贏過兩個獎，明尼蘇達還有人要把他的詩放在書裡。他開跑車到明尼蘇達和他們談。他把你的溫尼巴高車拿去換了一輛黃色的Miata跑車。醫生認為他因為開車時昏睡，駛離道路，才會將車一頭撞上路標。你們這些人懶得看清自己在何處，不願閱讀青山白雲，才需要到處建路標。所以啦，哈利．布魯傑永別了，去和狼兄弟住在一起。所以我說啊，那裡再也沒什麼值得我留戀了。我來到北方，這兒釣魚不錯。」

「你姪子的事情很遺憾。」

「我也是。所以現在我來住北方，遠離白人的疾病、白人的道路、白人的路標、白人的黃色Miata跑車、白人的焦糖爆米花。」

「白人的啤酒呢？」

威士忌傑克盯著啤酒罐，「等你們這些人終於放棄要回家時，可以留下百威釀酒廠給我們。」

「我們現在在哪裡？」影子問道：「我在樹上嗎？我死了嗎？我在這裡嗎？我以為一切都結束了。什麼才是真實的？」

「嗯。」威士忌傑克說。

「嗯？『嗯』算哪門子回答？」

「是好答案，也是真正的答案。」

影子說：「你也是神嗎？」

威士忌傑克搖搖頭。「我是文化英雄。」他說：「我們和神做一樣的屁事，只是我們更懂得怎麼把事情搞砸。沒人崇拜我們。他們講我們的故事，但卻是講些讓我們難堪的故事……雖然也有講些讓我們有面子的故事。」

「我明白了。」影子說。他的確明白了，多多少少。

「聽好，」威士忌傑克說：「這國家不太適合神明。我的子民早就看透了這一點。有創造力的神靈發現了地球，或創造出地球，或拉屎拉出了地球，但是你想想看：誰崇拜土狼呢？他和豪豬女做愛，老二被刺穿的地方比針插還多。他和岩石辯論，岩石也會贏。

「所以沒錯，我的人民揣測，或許這一切的背後還有什麼，像造物主，或偉大的神，所以我們對祂表示感謝，因為道謝一定是好事。但是我們從來不蓋教堂。我們沒有必要，大地就是教堂，大地就是宗教。大地比走在上面的人更古老，也更有智慧。它提供我們鮭魚、玉米、水牛和候鴿；它給我們菰米和鼓眼魚；它給我們甜瓜、南瓜和土雞。我們是大地的兒女，就像豪豬、臭鼬、冠藍鴉一樣。」

他喝完第二罐啤酒，朝瀑布底的河流做了個手勢。「沿著那條河走一段路，就會到菰米生長的湖邊。在菰米時節，和朋友乘獨木舟出去，把菰米敲進獨木舟，再拿來煮食儲藏，就能活好長一段時間。不同的地方生產不同的食物，走到南方遠處就會有橘子樹、檸檬樹，還有熟爛的綠色東西，看起來像梨子——」

「鱷梨。」

「鱷梨。」威士忌傑克同意，「就是鱷梨。鱷梨不會這樣長，這是菰米的國家、麋鹿的國家。我要說的是，美國就像那樣。它不是神明成長的好地方。神在這裡長得不好，就像鱷梨在菰米國難生長一樣。」

「他們可能長不好，」影子想起來，「但他們要開戰了。」

那是他唯一一次看到威士忌傑克大笑，聽起來像是咆哮，而且不帶笑意。「嘿，影子。」威士忌傑克說：「如果你的朋友全部跳下懸崖，你也會跟著跳嗎？」

「也許會吧。」影子感覺很舒服，他認為不止是啤酒的關係。他想不起自己何時曾感覺如此有生命力，又如此從容。

「那不是戰爭。」

「不然是什麼？」

威士忌傑克用雙手擠壓啤酒罐，擠到扁平為止。「你看，」他指著瀑布說。太陽升高到足以捕捉瀑布的浪花：一道彩虹光輪掛在空中。那是影子見過最美的景色。

「那是大屠殺。」威士忌傑克淡然說道。

接著影子看到了。一切盡收眼底，一覽無遺。他搖搖頭，然後開始咯咯笑。他又搖了幾次頭，然後轉為縱聲大笑。

「你還好吧？」

「我很好，」影子說：「我剛看到隱藏的印第安人。不是全部，但我還是看到了。」

「那說不定是聖語族，那些人怎麼都藏不好。」他抬頭看著太陽，「該回去了。」他站起來。

「那是雙面騙局。」影子說：「根本不是戰爭，對吧？」

威士忌傑克拍拍影子的臂膀，「你沒那麼笨嘛。」

他們走回威士忌傑克的小屋。威士忌傑克打開門，影子感到猶豫。「但願我能留在這裡陪你，」他說：「這裡似乎是個好地方。」

「好地方很多。」威士忌傑克說：「以下這些應該是重點。聽好：神被人遺忘的時候會死，人也是。但土地仍會在這裡，無論好地方或壞地方。大地哪裡都不去，我也一樣。」

影子關上門。有個東西拉著他。他再次孤獨地回到黑暗裡，但黑暗變得越來越明亮，最後變得像太陽一樣熊熊燃燒。

然後痛苦開始了。

伊絲特走過草原。她所經之處，春天的花朵紛紛綻放。

她走過一個地方。久遠之前，一棟房屋曾矗立於此。即使今日仍立著幾面牆，從雜草和爛牙似的牧草間竄出。薄雨降下。雲層低暗。天氣很冷。

曾經存在農舍的地方再過去不遠有棵樹，一棵銀灰色的大樹。草地上，有塊無色布料包裹著磨損的團塊。女子停在布料前，彎下腰，撿起某個棕白色的東西：那是被咬爛的骨頭碎片，可能曾是人類頭骨的一部分。她往後丟回草地。

然後她看著樹上的人，歪嘴一笑。「他們的裸體總是沒什麼看頭。」她說：「脫下的過程占了一半的樂趣，就像拆開禮物發現裡頭還有蛋。」

走在她身旁的鷹頭人低頭看自己的陰莖，似乎頭一次意識到自己是裸體的。他說：「我可以不眨眼睛直視太陽。」

「你真厲害，」伊絲特安慰他：「好了，我們把他從樹上弄下來吧。」

固定影子的溼繩索早已風化腐爛，兩人一拉便輕易解開。樹上的屍體下滑，往樹根底溜。他們在屍體滑落時將他接住，提了起來，雖然他非常高大，但他們很輕鬆地將他抬起，放到灰色的草地上。

草地上的屍體冰冷，也沒有呼吸。旁邊有一塊乾掉的黑血，彷彿用矛刺過。

「現在怎麼辦？」

「現在，」她說：「我們為他暖身子。你知道你該做什麼。」

「我知道，但我沒辦法。」

「如果你不願意幫忙，就不該叫我到這裡。」

她伸出亮白的手，碰觸荷魯斯的黑髮。他專注地對她眨眼。接著他發出微光，彷彿籠罩在朦朧熱氣之中。

面向她的鷹眼閃爍橘光，火焰似乎剛從內部燃起，那是熄滅已久的火焰。

獵鷹轉向空中，搖擺而上，以螺旋模式盤旋飛升。他在太陽可能藏身的灰雲中旋繞，接著往上升，先變成圓點，接著成為一塊小斑，然後在肉眼下消失無蹤，成為只能憑空想像的東西。雲層稀薄消散，藍天下陽光一片燦爛。一道明亮的日光穿透雲層，灑落草地，景象很美。但隨著雲塊消失，景色也漸漸暗淡。不久，晨光如夏日正午的陽光般照耀著草地，將晨雨的水汽曬為霧氣，又將霧氣曬為一無所有。

金色的太陽射出光輝及熱量，籠罩草地上的屍體。粉紅和暖棕的色調碰觸死去之物。

女子用右手手指輕輕劃過屍體的胸膛，想像、感受胸膛裡的顫動——不是心跳，卻仍……她將手留在他的胸膛，位於他的心臟上方。

她低頭用嘴唇接觸影子的唇，將氣息送入他的肺部，溫和地吐氣，接著變成接吻。她的吻很溫和，嘗起來有春雨及草原花朵的芬芳。

他的側邊傷口開始流動血液——猩紅色的血，像液態紅寶石在日光下滲流而出，然後血止住了。

她親吻他的臉頰和額頭。「來吧，」她說：「該起床了。世界包羅萬象，應有盡有。你可別錯過了。」

他的眼皮底下轉動，然後張開眼。面對傍晚的灰色，他看著她。

她微笑著將手從他胸膛移開。

他說：「是妳叫我回來。」他說得很慢，彷彿已忘記如何說話。他的聲音中帶有傷痛與迷惑。

「是的。」

「我結束了，我受到審判。本來結束了，妳卻叫我回來，妳好大膽。」

「對不起。」

「妳是該對不起。」

他慢慢坐起，縮了一下，碰觸身體側邊。神情看似困惑：有一片溼溼的血，但卻沒有傷口。

他伸出一隻手。她用一隻手臂抱住他，幫他站起來。他眺望草地，彷彿正努力回想自己看到的事物名稱：長草的花園、農舍的廢墟、綠芽的朦朧籠罩著龐大的銀色樹枝。

「你記得嗎？」她問：「記得你學過的東西嗎？」

「我的名字掉了，心也掉了。而妳把我帶回來。」

「對不起，」她說：「他們不久就要開戰了。那些舊神和新神。」

「妳要我為妳而戰嗎？妳是在浪費時間。」

「我帶你回來是因為我必須帶你回來，是你的決定。我盡了我的職責。」

突然間，她意識到他裸著身子，發燙鮮豔的羞紅出現在臉上，低頭往別處看。

在雨和雲之間，陰影爬到半山腰，往上方岩石路延伸。

白狐陪著穿綠夾克的紅髮人緩步踏上山丘。牛頭人走在鐵指人旁邊。有三人使勁攀上山丘，其中一個長得像豬，另一個長得像猴子，還有一個是尖牙鬼。結伴同行的還有手握火弓的藍皮膚男子、一名纏著氈毛與花朵的熊，以及戴金色鎖子甲且手拿眼之劍的男子。

美麗的少年安提諾烏斯曾經是羅馬皇帝哈德良的情人，他帶領一群皮衣女王走上山坡，她們的手臂與胸部皆鍛鍊成完美的外型。

有個灰皮膚的人僵硬地走上山丘，臉上長著一隻巨眼，那是未經琢磨的碩大綠寶石。他後面是幾個矮胖黝黑的人，他們的臉上毫無表情，肌肉卻相當勻稱，如同阿茲特克的雕刻品，他們非常了解叢林的危險與祕密。

山頂一名狙擊手瞄準白狐射擊，潮溼的空氣傳來爆炸聲與無煙火藥味。年輕日本女子的胃部炸開，臉上血跡斑斑。接著屍體開始慢慢消散。

群眾仍繼續攀上山丘，有的兩隻腳，有的四隻腳，有的沒有腳。

只要暴風雨緩和，田納西鄉間小路便非常美麗，但若大雨滂沱，就會使人十分緊繃。阿鎮和蘿拉一路聊天，講個不停。他很高興遇見她，像是遇見舊識，或像從未謀面卻一見如故的朋友。他們聊歷史、電影和音樂，沒想到她竟是唯一——應該說，她是他認識的人當中**唯**一看過某部外國電影的人（阿鎮先生確定那部片是西班牙片，而蘿拉堅持是波蘭片）。那是六〇年代的電影，叫做《薩拉戈薩手稿》。他幾乎都要以為那是他幻想出來的電影了。

當蘿拉指出第一個標有「參觀岩石城」的穀倉時，他咯咯笑著說，岩石城就是他的目的地。她說：好酷喔。她一直都想到那裡參觀，卻一直湊不出時間，永遠在事後追悔。也是因為這樣她才會在旅途上。她正在冒險。

她告訴他：她是旅行社的職員，和先生分居。她認為他們夫妻不可能再復合，又說那是他的錯。

「真不敢相信。」

她嘆了一口氣，「是真的，麥克。我已經和當初嫁給他那時不同了。」

他對她說，唉，人會變啊。他還來不及思索，便將自己人生中所有**可以**說的故事都一一道出，甚至把阿木和阿石的事也告訴她。他說他們三人曾是三劍客，而他們兩人遭到殺害時，他以為在政府機構做久了會對這件事麻木，然而他從來沒有麻木過。

她伸出一隻手——冷得足以讓他打開車內的暖氣——緊緊按住他的手。

午餐時間，他們吃著難吃的日本料理。暴風雨落在諾斯維爾市。阿鎮已顧不得菜上得晚，味噌湯是冷的，壽司是暖的。

他喜歡這樣：她出來，和他在一起，經歷一些冒險。

「怎麼說呢，」蘿拉說：「我討厭一成不變。我只想流浪，所以我出來沒開車，也不帶信用卡，只仰賴善心的陌生人。」

「妳不害怕嗎？」他問：「我是說，妳可能會遇到麻煩，可能被人搶劫，也可能挨餓。」

她搖搖頭，然後帶著猶豫的笑容說：「我遇見了你，不是嗎？」於是他便不再說話。

吃完飯後，他們拿日本報紙遮著頭，頂著暴風雨跑回他車上，像是學童一樣在雨中邊跑邊笑。

「我能載妳到多遠？」他們終於回到車上，他問道。

「你走多遠我都跟，麥克。」她羞澀地告訴他。

他很高興他沒有用大麥克那句老詞。阿鎮先生打從內心深處了解，這名女子不是酒吧一夜情。他可能要花五十年才能找到她，而這次終於遇到了。就是她，這個充滿野性、神奇、留著深色長髮的女人。

這是愛情。

「聽我說。」他們接近查塔諾加時，他說道。雨刷掃過擋風玻璃，城市一片灰暗模糊。「我們找一間汽車旅館如何？我付帳。一旦我送完貨，我們就可以——呃，我們就可以一起泡熱水澡，當作開場，為妳暖暖身。」

「聽起來太美妙了。」蘿拉說：「你要送什麼貨？」

「一根樹枝，」他邊笑邊回答：「後座那根樹枝。」

「好吧。」她遷就他，「要是不能說就別告訴我，神祕先生。」

他告訴她，當他送貨時，她可以待在車裡，最好在岩石城的停車場裡等他。他冒著豪雨開上瞭望山，時速不超過三十哩，車頭燈大亮。

他們停在停車場後方。他將引擎熄火。

「喂，麥克，下車之前，不給我一個擁抱嗎？」蘿拉微笑問道。

「當然要。」阿鎮先生用雙手抱住她，她靠過去依偎著他。大雨落在福特探險家的車頂，劈哩啪啦地像是打出刺青。香水底下隱約有股不愉快的味道，到野外就會這樣，總是如此。他決心一定要泡個熱水澡，他們兩人都需要。他納悶查塔諾加能否買到他和第一任妻子都喜愛的薰衣草泡澡球。蘿拉抬頭靠向他的頭，順手撫摸他頸部的線條。

「麥克……我一直在想。你一定很想知道你那兩個朋友發生什麼事吧？」她問道：「就是阿木和阿石啊，你想知道嗎？」

「想啊，」他的下唇往她的嘴唇移去，想印下他們的初吻。「我當然想知道。」

於是她便做給他看。

影子走在草地上，緩緩就著樹幹繞圈，圓圈逐漸加大。有時他會停下來撿東西：一朵花、一片樹葉、一顆鵝卵石、一根嫩枝或一片草葉。他仔細觀察，彷彿專注於思考嫩枝的**嫩枝特性**、樹葉的**樹葉特性**。

伊絲特想起嬰兒專心學習時的眼神。

她不敢跟他說話，此時打擾他會遭天譴。儘管她疲倦不堪，但仍納悶地看著他。

樹根周圍鋪滿草葉和死掉的爬行動物。樹根外約二十呎處，影子發現一個帆布袋，他撿了起來，解開袋子頂端的繩結，鬆開細繩。

他取出自己的衣服，雖然破舊，但還能穿。他把鞋子拿在手裡翻轉。他觸摸襯衫的布料、毛衣的羊毛，彷彿能穿透百萬年時光似地盯著這些衣物。

他一件一件穿上。

他把雙手放入口袋，又將一手伸出來，表情有點困惑。伊絲特看到他手上拿著像是灰白色彈珠的東西。

他說：「沒有硬幣。」那是他幾個小時以來說的第一句話。

「沒有硬幣？」伊絲特重複道。

他搖搖頭，「他們給我一點東西，以免我的手沒事做。」他彎下腰，穿上鞋子。

穿上衣服後，他看起來比較正常了，不過也顯得較嚴肅。她納悶他究竟經歷多遠的旅程，返回時又付出了什麼代價。他不是第一個被她從死亡拉回來的人，她也知道不久後，百萬年的凝視會消退，而他從樹上帶回來的記憶與夢境也會被世上的有形之物消除。這事情一向如此。

她帶路往草地後面走。她的坐騎在樹上等她。

「牠載不動我們兩個。」她告訴他：「我會自己找路。」

影子點點頭，似乎努力想記起什麼事。然後他張開嘴，高聲發出歡迎與喜悅的叫聲。

雷鳥張開殘忍的鳥喙，以尖聲歡迎回應。

從表面看，牠多少還是有點像兀鷹：黑色的羽毛帶有紫色光澤，頸上有一圈白色羽毛。鳥喙烏黑，殘酷無情，那是猛禽類的鳥喙，方便撕裂。在地面休息時，牠會收束雙翼。此時體型幾乎等同黑熊，頭部與影子的頭同高。

荷魯斯驕傲地說：「是我帶他來的。雷鳥住在山上。」

影子點點頭。「我有一次夢到雷鳥，」他說：「那是我做過最討厭的夢。」

雷鳥張開鳥喙，發出異常溫和的聲響：酷羅魯？「你也聽到我的夢了嗎？」影子問道。

他伸出一隻手，輕揉鳥的頭部。雷鳥像是親暱的小馬靠向他。他從鳥的頸背往上搔至頭冠。

影子轉向伊絲特，「妳騎著牠來到這裡？」

「是的。」她說：「如果牠願意，你也可以騎著牠回去。」

「要怎麼騎？」

「很簡單，」她說：「不要掉下來就好，就像騎乘閃電。」

「我回到那裡會再見到妳嗎？」

她搖搖頭。「親愛的，我事情辦完了。」她告訴他：「你去做你要做的事吧。我累了，祝你好運。」

影子點點頭，「威士忌傑克，我死亡之後見到他。他來找我，我們一起喝啤酒。」

「是的，」她說：「我相信你們喝了啤酒。」

「我會再見到妳嗎？」影子問道。

她望著影子，眼睛泛出的光澤是將熟的玉米綠。她沒說話，然後驟然搖頭，說道：「不太可能。」

影子手腳並用，笨拙地爬到雷鳥背上。他感覺自己像是獵鷹上的老鼠。牠嘴裡發出臭氧的味道，像是藍色的金屬。一陣彷彿器物裂開的聲音。雷鳥展開雙翼，開始奮力拍動。地面往他們身下滑落時，影子緊緊攀著鳥，心臟像是要從胸膛裡跳出來。的確很像是騎乘閃電。

蘿拉取出車後座的樹枝。她把阿鎮先生留在福特探險家的前座，然後爬出車外，冒雨走向岩石城。售票處關了，禮品店門沒上鎖。她走了進去，經過岩石餅乾及「參觀岩石城」的展覽鳥舍，進入世界第八奇景。

雖然沿途在雨中遇到幾名男女，但沒有人盤問她。他們之中許多人看起來都像是人工合成一般，其中幾個是半透明的。她走過搖晃的繩索橋，經過白鹿花園，擠過兩片岩石牆夾道的「胖子窄道」。最後，她跨過一道鎖鏈，上面的牌子標示此景點已經關閉。她進入洞穴，見到一名男子坐在塑膠椅上，前方是一些喝醉矮人的立體模型。那人就著一盞小煤氣燈閱讀《華盛頓郵報》。男子看見她，將報紙摺好，放在椅子底下。他站起來，體型相當高大，橘色的頭髮剪得奇短，身穿昂貴的雨衣。他向她微微鞠躬致意。

「那麼，我猜阿鎮先生死了。」他說：「歡迎妳，持矛人。」

「謝謝。關於麥克的事，我很遺憾。」她說：「你們是朋友嗎？」

「完全談不上朋友。他若想保住工作，就應該設法活下來，但是妳把他的樹枝帶來了。」他仔細端詳她，眼睛的光芒像即將熄滅成橘色灰燼的火焰。「也許妳知道一些我不知情的事。在這山丘頂端，他們都叫我世界先生。」

「我是影子的妻子。」

「當然，可愛的蘿拉。」他說：「我應該認出妳的。我和影子以往共用一間牢房，他在床頭擺了幾張妳的照片。如果妳不介意，我得說妳看起來比照片上可愛。妳現在不想繼續走完那條路、慢慢腐爛敗壞了嗎？」

「的確如此，」她簡單地說：「但農場那些女人，拿了她們的井水給我喝。」

他眉毛揚了起來，「烏爾德的井？不會吧。」

她指指自己。她皮膚蒼白，眼窩陰暗，但顯然四肢健全：如果她是活屍，那麼看起來是像剛死不久。

「撐不了太久。」世界先生說：「命運三女神讓妳稍微回到過去的樣貌，但不久之後就會溶解，然後那雙漂亮的藍眼睛會滾出眼窩，從漂亮的臉頰滾落。當然啦，到時候，妳的臉也不會那麼漂亮了。對了，我的樹枝在妳那裡。請問我可以拿回來嗎？」

他抽出一包Lucky Strikes，拿出一根菸，用拋棄式黑色ＢＩＣ打火機點燃。

她說：「我可以抽根菸嗎？」

「當然，只要妳把我的樹枝給我，我就給妳一根菸。」

「如果你想要，樹枝的價值絕對不止一根菸。」

他沒有說話。

她說：「我要答案。我要知道真相。」

他點了一根菸遞給她。她接過來，吸了一口，然後眨眨眼睛。「我幾乎可以嘗到這根菸的味道。」

她說：「我想或許可以。」她露出微笑道：「嗯，尼古丁。」

「對。」他說：「妳為什麼去找農舍裡的女人？」

「影子叫我去找她們。」她說：「他說去向她們要水喝。」

「我倒想知道，他曉不曉得那水的作用。說不定不曉得。不過，他死在自己的樹上仍然是好事。現在，我隨時都知道他在哪裡，他下來了。」

「你陷害我丈夫。」她說：「你一路陷害他，你們這些人。他心腸很好，你知道嗎？」

「知道，」世界先生說：「我當然知道。等這一切結束時，我猜我會削一根槲寄生樹枝，到白蠟樹那，把樹枝插在他眼睛裡。現在，請把樹枝還給我。」

「你為什麼要這樹枝？」

「那是這場可悲混亂的紀念品。」世界先生說：「別擔心，那不是槲寄生。」他露齒笑道：「它象徵長矛。在這可悲的世界，象徵**就是**事物本身。」

外面的噪音越來越大。

「你站在哪一邊？」她問道。

「這不是哪一邊的問題，」他告訴她：「不過既然妳問了，我是站在贏的這邊，一向如此。」

她點點頭，卻沒有放開樹枝。

她轉身背對他，看著洞穴外。她在下方遠處岩石間，看見有個東西在閃耀脈動。那東西裹住一個臉色淡紫、蓄著鬍鬚的細瘦男子，男子以橡膠滾軸棒猛打那東西。那是大家在等紅綠燈時會拿來抹擋風玻璃的那種橡膠滾軸。一聲尖叫傳來，他們倆從視線內消失。

「好，我會把樹枝給你。」她說。

世界先生的聲音從她身後傳來，「乖女孩。」他安慰的語氣使她驚覺此人善於施恩，心意卻詭譎難測。這使她汗毛直豎。

她在岩石口等待，直到耳邊聽見他的呼吸聲。她必須等他靠得夠近。她差不多搞清楚了。

如此長途騎乘不止振奮心神，簡直是風馳電掣。

他們像鋸齒閃電般穿過暴風雨，迅速飛過一朵又一朵雲。他們飛馳如震耳雷聲，像是劇烈的波濤與狂瀾。這是一趟生氣蓬勃、不可思議的旅程。沒有恐懼，只有強烈暴風般的威力，以及飛翔的喜悅。

影子將手指戳入雷鳥羽毛，感覺皮膚不斷刺痛。藍色火花如小蛇盤繞他的雙手，雨水沖刷他的臉。

「太棒啦！」他在暴風雨的怒吼中大喊。

那鳥彷彿能了解，開始升得更高，每回振翅都擊出一聲雷動。牠猛撲俯衝，翻身橫越陰暗雲層。

「在我的夢裡，我曾經捕獵你。」影子說的每個字都被風剝裂，「我在夢裡，必須帶回一根羽毛。」

是的。這些話在他心中如同收音機的嘈雜聲。*他們來要我們的羽毛，證明他們是人；他們來找我們，從我們頭上割下寶石，以我們的生命餽贈他們的死者。*

當時，一幅畫面浮上他腦海：一隻雷鳥——他認為是雌雷鳥，因為她的羽衣是棕色，而非黑色——剛死不久，躺在山腰。雷鳥身旁是一名女子，女子正以圓形打火石敲開雷鳥的頭骨。她在溼碎骨頭與腦碎片中挑揀，最後找到一塊透明寶石，帶有石榴的黃褐色，寶石深處搖曳著乳白色火光。影子心想：鷹石。她要將寶石拿給死了三夜的幼兒，放在他冰冷的胸部。隔天日出，男孩便能歡笑復活，而珠寶也會如同女子竊取寶石的那隻雷鳥一樣陰灰、暗澹、死滅。

「我懂了。」他對鳥說。

鳥兒將頭往後一轉，發出一聲啼叫。牠的哭聲便是雷聲。

他們下方的世界在一場奇怪暴風雨中閃過。

蘿拉調整緊握樹枝的力道，等待世界先生走近。她背對他，看著外面的暴風雨及下方暗綠色的山丘。

在這可悲的世界，她心想，象徵就是事物本身。沒錯。

她感覺他的手輕輕握住自己的右肩。

好，她心想。*他不想驚動我。他怕我會把樹枝往外丟入暴風雨中，樹枝翻落山邊，他便找不到了。*

她往後靠，只是稍微向後，直到背部碰到他的胸膛。他用手臂環抱她，那是一種親密的姿態。他的左手在她面前張開。她用雙手握住樹枝頂端，呼氣，凝神，專注。

「麻煩妳，把我的樹枝給我。」他在她耳邊說道。

「好的，」她說：「樹枝給你。」接著，她也不知這是否代表任何意義，張口說出：「我謹以此生命獻給影子。」她將樹枝刺入自己胸膛，胸骨正下方。她感覺樹枝變成長矛，在手中扭動變化。

自從她死後，知覺與痛楚的疆界便消融擴散。她感覺長矛尖端穿透胸膛，推出背部。瞬間有股阻力——她更用力推——長矛刺入世界先生體內。他被長矛刺過，疼痛且驚訝得哀嚎，她冰冷的頸部肌膚感到他溫暖的氣息。

她聽不懂他說的話，也不知道他說什麼語言。她將長柄進一步推入，迫使長矛刺穿自己身體，也穿刺入他的身體。

她可以感覺到他的血噴上自己背部。

「賤貨，」他罵著：「妳他媽的賤女人。」他的聲音帶有液體。她猜想長矛必定戳穿他的肺。世界先生移動著，或說他設法移動，但他每移動一步都會牽動她：他們串在一起，像兩條魚被同一根長矛刺穿。她看到他手中握著一把刀，他用刀狂暴地戳刺她的胸部和乳房。他看不見自己做了什麼事。

她不在意。刀剮對屍體來說算什麼？

她以拳頭用力擋下他揮舞的手腕，刀子被打飛到洞穴地面。她把刀子踢開。而他開始哭喊嚎啕。她可以感覺到他接近她，他的手在她背後搜索，他的熱淚流在她頸邊。他的血浸溼了她的背，往下流到她的後腿。

「這看起來一定很沒尊嚴。」她以死亡之聲低語，嗓音中卻帶著黑色的喜悅。

她感覺世界先生往後仰，而她也往後。接著她滑倒在血中——全是他的血——血在洞穴地板上形成潭，他們倆都倒下。

雷鳥在岩石城的停車場降落。雨落在街道上，影子幾乎看不見眼前十多呎的路。他放開雷鳥的羽毛，半滑半跌，倒在溼漉漉的柏油碎石路面。

影子爬起來。

停車場有四分之三是空的，影子開始朝入口走。他經過一輛停在岩石牆邊的棕色福特探險家。那輛車有種熟悉的感覺，他好奇地瞄了一眼，注意到裡面的人：他倒在方向盤前，彷彿睡著了。

影子拉開駕駛座的門。

他曾在美國中央見過阿鎮先生，那時他站在汽車旅館外，如今他臉上充滿驚訝，頸部以專業的手法折斷。影子碰觸他的臉，仍是溫的。

影子聞到車內空氣的芳香，很微弱，就像多年前離開房間的某個人所噴的香水，影子到哪裡都認得這股味道。他甩上探險家的車門，走過停車場。

行走時，他感到側邊一股劇痛，那是一種尖銳戳刺的痛。持續約一秒，或者更短，接著便消失了。

沒有人售票。他穿越建築物，從外面進入岩石城花園。

雷聲隆隆，強風颯颯擦過樹枝。巨岩深處劇烈搖晃，大雨冷冽暴戾地落下。時值傍晚，天色卻漆黑如夜。

一道閃電刺穿雲朵，影子納悶那究竟是雷鳥返回高處峭壁，或只是大氣層的電荷，或許這兩件事在某種層次上是相同的。

——當然是相同的，這就是重點。

一名男子從某處大聲呼喊，影子聽見了。他聽得懂（或說自認聽得懂）那人說的是：「……**給奧丁！**」

影子急忙越過七州旗臺，石板溼滑，他一度溜到滑石上。有一層厚雲圍繞著山，旗臺外籠罩陰霾與風暴，他什麼州也看不見。

沒有聲響。此地似乎徹底遭到遺棄。

他大聲呼喊，想聽到回應。他朝某處走去，覺得那裡有聲音傳出。

沒有人，沒有東西。只有一條鎖鏈，標示洞穴入口為遊客禁區。

影子跨過鎖鏈。

他四處查看，凝視黑暗。

他的皮膚感到刺痛。

一個聲音從他身後陰影傳出，輕聲說：「你從未讓我失望。」

影子沒有轉身。「那就怪了，」他說：「我一路下來，每次都讓自己失望。」

「一點也不。」那聲音說：「你做了預言中你該做的每一件事，而且還多做了。你吸引每個人的注意力，好讓他們注意不到握著硬幣的那隻手，這叫誤導。而且兒子的犧牲帶有力量——這足以讓整件事開始運轉。說實話，我以你為榮。」

「這是耍詐，」影子說：「這一切都是，沒有一件事是真的。這只是一場有預謀的大屠殺。」

「沒錯。」星期三的聲音從陰影中傳出：「這是耍詐，不過這裡只有這個可玩啊。」

「我要找蘿拉，」影子說：「我要找洛基，他們在哪裡？」

一片沉默。一陣雨向他灑來，雷聲在身邊某處隆隆響起。

他更向前走。

說謊的史密斯坐在地上，背對一個金屬籠。籠子裡，酒醉的精靈正在照料著蒸餾器。洛基身上蓋了一條毯子，只露出臉，又長又白的雙手繞過毯子伸出來。一盞煤氣燈放在他旁邊的椅子上，燈的電池快用完了，投射出暈黃的燈光。

他看起來很蒼白，而且似乎十分難受。

不過，他的眼神仍然熾熱，專注地注視著走過洞穴的影子。

影子離洛基還有幾步，他停下來。

「你太遲了。」洛基的聲音刺耳溼漉：「我已經丟出長矛。我已經為戰爭舉行開戰典禮，戰爭開始了。」

「大家都知道。」影子說。

「大家都知道。」洛基說。「所以你不管做什麼，都已無所謂了。」

影子停下來思索，接著他說：「你丟的那根要開戰的矛，就像烏普薩拉事件。這場戰爭就是你賴以維生的糧食，我說對了嗎？」

一陣沉默。他聽得見洛基的呼吸，恐怖的吸氣聲。

「我搞懂了，」影子說：「算是吧，我不確定是何時搞清楚的。或許是我掛在樹上的時候，或許是之前。也許是星期三在耶誕節對我說的某件事使我搞清楚。」

洛基只是在地板上盯著他，一語不發。

「這只是一場雙面騙局。」影子說：「就像拿走鑽石項鏈的主教和逮捕他的警察，就像帶著小提琴的人和想買小提琴的人。兩人看似對立，其實在玩相同的把戲。」

洛基輕聲說道：「你真會扯。」

「怎麼說？我很欣賞你在那間汽車旅館做的事，很聰明。你需要在那裡確保一切按照計畫走。我看到你，甚至發現你的身分，但我從來沒有察覺，原來你就是他們的世界先生。」

影子提高音量，「你可以出來了，」他對著洞穴說：「無論你在哪裡，現身吧。」

風呼嘯著吹入洞穴開口，雨水灑向他們。影子發抖。

「我討厭繼續扮演容易上當的呆瓜。」影子說：「你現身吧，讓我看看你。」

洞穴後面的陰影發生變化，某種東西變得更具體，某種東西轉了型貌。「你知道太多了，兒子。」星期三以熟悉的低沉嗓音說。

「所以他們根本沒有殺你。」

「他們真的殺了我。」星期三在陰影裡說：「如果不是那樣，一切都發揮不了作用。」他的聲音微弱——並非低沉，而是有種微妙的質感，讓影子想起老舊的收音機沒有調正到遙遠的電臺。「如果我沒有真的死去，我們永遠不可能把他們聚集在此。」星期三說：「迦梨、茉莉干、該死的阿爾巴尼亞人和——反正他們你全都見過。我死了才能把他們全部牽在一起，我是犧牲的羔羊。」

「不，」影子說：「你是騙人的猶大羊。」

陰影裡的幻影迴旋變動，「差得遠了。除非我背叛舊神、投奔新神，而我們並未這麼做。」

「差得遠了。」洛基低聲說。

「我看得出來。」影子說：「你們沒有背叛任何一邊，而是兩邊都背叛。」

「我想，我們就是打這個算盤。」星期三說。聽起來頗為志得意滿。

「你想要大屠殺，所以需要先有血祭。眾神的獻祭。」

風越吹越強，越過洞穴口的呼嘯變成尖銳刺耳的聲音，彷彿某種龐然巨物正痛苦煎熬。

「究竟有什麼不好呢？我已經困在這該死的土地將近一千兩百年了。我的血很稀薄，我餓了。」

「你們倆以死亡維生。」影子說。

他以為自己現在可以看見星期三。他的形狀是以黑暗凝成，只有當影子的眼光從他身上移開，才變得更真實，在餘光中成形。「我是以獻給我的生命維生。」星期三說。

「就像我在樹上那樣死去。」影子說。

「那個舉動，」星期三說：「可是意義非凡。」

「你也以死亡維生嗎？」影子看著洛基問道。

洛基疲憊地搖搖頭。

「不，當然不。」影子說：「你以混亂維生。」

洛基因此露出微笑，是帶著痛苦的短暫笑容，橘色火焰在眼中舞動閃爍，蒼白的皮膚底下似乎燃著花邊。

「若沒有你，我們也不可能辦到這些事，」星期三在影子的眼角餘光中說道。「我曾經和這麼多女人……」

「你需要一個兒子。」影子說。

星期三鬼魅般的聲音四處迴響。「我的孩子，我需要你。沒錯，我自己的孩子。我知道你母親懷了你，但她離開那個國家。我們花了好久才找到你。而我們找到你的時候，你正在坐牢。我們要找出一件事，讓你發揮作用。像是按下什麼按鈕，讓你動起來。我們要找你的本質。」瞬間，洛基看起來頗為自豪。「你太太讓你回家，那真是不幸，但並非不能克服。」

「她對你沒什麼好處，」洛基低語：「你不理她會更好。」

「要是能換個方式就好了。」星期三說，這次影子知道他的意思了。

「如果她能——通情達理地——保持死亡狀態。」洛基喘著氣說，「阿木和阿石——是好人。火車穿越南北達科塔州時——你就能——獲准逃亡……」

「她在哪裡？」影子問道。

洛基伸出蒼白的手掌，指向洞穴後面。

「她往那裡走了，」他說。然後，在毫無預警之下，他往前傾，身體癱垮在岩石地面。

影子看到毯子裡隱匿的東西；那灘血，穿過洛基背部的洞，淡黃褐色的雨衣浸成黑色。「發生了什麼事？」他問道。

洛基沒有說話。

影子認為他再也不會說話了。

「你太太正好找到他，我的孩子。」星期三的聲音遙遠。他變得更難看見，彷彿退回穹蒼之間。「但戰爭會帶他回來，正如戰爭永遠都會將我帶回來。我是鬼魂，而他是屍體，但我們仍然贏了。這場賭局靠的是作弊。」

「作弊的賭局，」影子回想起來，說道：「最容易輸。」

沒有回答。陰影裡沒有東西移動。

影子說：「再見，」然後又說：「父親。」但當時洞穴裡已沒有其他人的蹤跡。

影子往上走回七州旗臺，卻不見任何人。除了旗子在暴風的爆裂拍打聲之外什麼也聽不見。千噸平衡石上，沒有人拿劍，懸盪吊橋也無人通過。他孤獨一人。

什麼都沒有，此處已遭遺棄，是個空曠的戰場。

不，不是遺棄，不盡然。

這是岩石城，是千年來受人敬畏崇拜的地方。今日，千百萬名旅客走過花園，一路搖擺穿越懸盪吊橋，他們與轉動百萬轉經輪的水流具有相同效果。此處現實感稀薄，影子知道戰爭一定正在什麼地方進行。

他懷著這個想法，開始步行。他記得自己坐在旋轉木馬上的感覺，他努力回溯同樣的感覺……他記得讓溫尼巴高轉彎，以正確的角度換檔，**無所不能**。他試圖捕捉那感受——

接著，事情就這麼發生。

就像推過一層膜，或縱身從空中跳入深水。只跨出一步，他便從山上的旅客小徑走到……

走到某個真實的地方，他在後臺。

他仍在山頂，這點大概沒改變，但又不僅如此。這山頂是本地的精華，是事物自身的中心。相比之下，他剛離開的瞭望山只是背景，或像是電視螢幕中的混凝紙板模型——那只是事物的表徵，而非事物本身。

這才是實在的地方。

岩石牆自然形成一座圓形劇場，蜿蜒的石徑形成彎曲的自然橋梁，以艾薛爾❶風格穿越、橫跨岩牆。

而天空……

天空陰暗，有光線照明。一道燃燒的綠白色閃電照亮下方世界，那閃電比太陽還明亮，將天空瘋狂地從兩端岔開，像灰暗天際中的一道白色裂縫。

影子認出那是閃電。閃電保持在凍結的一刻，延展成永遠。閃電投射出來的光芒刺眼，毫不留情地將臉孔與空洞眼神洗去，沖入黑暗的坑洞。

暴風雨來臨的一刻。

固有典範正在轉移，他感覺得到。舊的世界，那是一個無限廣袤、具有無窮資源及未來的世界，正受到另一種東西挑戰——那是張力、意見、鴻溝的網。

影子心想：人本來就有信仰，那是人會做的事。他們相信，但接著他們又不為自己的信仰負責；他們憑空變出事物，而且不信任戲法。人住在黑暗之中，與鬼、神、電子、故事同住。人會想像，人會相信：而就是這種信仰，這種堅如磐石的信仰，使事情能夠發生。

山頂是個競技場，他馬上看見了。在競技場的兩邊，他看到雙方的陣仗。

他們太大了。在那個地方，一切都太巨大了。

那裡有舊神：眾神的膚色各異，包括如同老香菇的棕色、雞肉般的粉紅、秋葉般的黃。有些神瘋狂，有些神理智，影子認得這些舊神。他曾經見過他們，或者見過其他類似的神。他們是魔神與精靈、巨人與侏儒。他看到自己在羅德島陰暗的臥房內遇見的女人，看到她那扭曲盤繞的綠蛇髮。他看到旋轉木馬的瑪瑪祺，她的手上有血，臉上有笑容。這些神他全都認得。

他也認得新神。

有個男人必定是鐵路男爵，他身穿古董西裝，錶鏈延伸出來穿越背心，臉上有種曾經風光一時的神情。他額頭緊蹙。

有偉大的灰色飛機神，繼承了飛航旅行的夢想。

車神是一組威力強大、神情嚴肅的車隊，黑色手套及鉻黃牙齒都沾了血。他們領受人類的獻祭，其規模自阿茲特克帝國後便難以企及。但他們看起來也顯得不安。世界變了。

其他有些臉孔沾染了磷光劑。他們微微發光，彷彿存在於自己的光裡。

影子為諸神感到難過。

---

❶ M. C. Escher (1898-1972)，荷蘭藝術家，人稱幻覺藝術之父。

新神有股傲慢之氣，影子看得出來。但他們也帶著恐懼。

他們害怕是因為除非他們趕上世界變化的腳步，除非他們以自己的意象重新製作、繪畫、建造世界，否則他們的時代便會結束。

兩邊各自鼓起勇氣面對另一方。對雙方而言，對手都是惡魔、野獸、該死的東西。

影子看得出來，有些小規模的初期戰鬥已然展開。岩石上已經染血。

他們準備就緒，要來一場真正的戰鬥，真正的大戰。他想：現在不做，就沒機會了。如果他現在不動，就太遲了。

在美國，一切都會持續到永遠，一股聲音從他後腦杓傳來。一九五〇年代持續了一千年，你有的是時間。

影子以半點隨性、半點壓抑的緩慢步伐，踏入競技場中心。

他感覺有某種眼光投在自己身上，但不是來自眼睛。他顫了一下。

水牛的聲音說：你做得還算不錯。

影子心想：那還用說，我今天早上才從亡靈之地回來。比起來，其他事都應該算是輕鬆愉快了。

「你們看出來了嗎？」影子對著空氣，以對話的語氣說：「這不是戰爭，從一開始就不是真的為了打仗。如果你們有誰還認為這是一場戰爭，那就是自己騙自己。」他聽見雙方都傳出抱怨聲，他沒有受到干擾。

「我們為自己的存活而戰。」牛頭人在競技場一邊哞叫。

「我們為自己的存在而戰。」另一個聲音在對面光彩奪目的煙柱中大喊。

「這塊土地對神有害。」影子說。雖然開場白不是**各位朋友**、**羅馬人**、**同胞們**，但也算差強人意。

「你們可能分別都學到這一點。舊神受到忽略，他們被未來大事件遺棄、丟置一旁時，新神便迅速接收。你們要不是已經被人遺忘，就是害怕將會遭到淘汰。也或許，你們只是厭倦於只存在於人類的奇思異想之中。」

抱怨聲較少了，他說出了他們贊同的話。現在，趁他們還在聆聽，他必須告訴他們真相。

「有一尊神來自遠方土地，人們逐漸不相信他，他的力量及影響力逐漸消退。他從獻祭、死亡——特別是從戰爭中獲取力量。戰爭中捐軀的生命會獻給他——古老國家的戰場帶給他力量與養分。

「現在他老了，以行騙維生。他和萬神殿裡另一個神合作，那是混亂與欺騙之神。他們合作詐騙容易上當者，他們合作將他人玩弄於股掌之間。

「不知何時何地開始——也許五十年前或一百年前，他們將計畫付諸行動，試圖創造出可讓他們倆都保有力量的地方，甚至可以讓他們比以往更強大。還有什麼會比遍地都是死亡神祇的戰場更強大呢？他們玩的遊戲叫做『我們讓你和他互毆』。

「你們懂了嗎？你們在這裡打仗，並不是要分出高下。輸或贏對他或他們而言並不重要。重要的是，你們的傷亡數目要夠大。戰場上倒下的每個神祇，都會帶給他力量，你們每個死去的神都會餵養他，了解嗎？」

某個東西如同著火般從競技場的另一邊傳出，咆哮回聲不斷。影子探看聲音出處，那是個魁梧的人，膚色深棕，如桃花心木。他胸膛敞開，頭戴大禮帽，嘴裡瀟灑地叼著雪茄，他的聲音深沉，像從墳場傳來。颯彌迪男爵說：「好吧，但是奧丁在和平會談上**死了**。那些王八羔子殺了他，他死了。我很**了解**死亡。死亡這檔事，沒有人能愚弄我。」

影子說：「很簡單，他的確必須真的死去。他犧牲自己的肉體，促成這場戰爭。戰役結束之後，他會變得比以往更強大。」

有人大叫：「你是誰？」

「我是——我曾經是——他的兒子。」

一名新神發言——從他微笑發光的樣子來看，影子懷疑他應該是毒品：「可是世界先生說……」

「根本**沒有**世界先生，從來沒有這號人物。他只是你們當中的另一個混蛋，想創造混亂維生。」

他們相信他，從眼神中他也看得出他們受到的傷害。

影子搖搖頭。「各位知道，」他說：「我想我寧願當人類，也不願當神。我們不需要任何人相信我們，我們只是無論如何都要繼續前進，我們就是這樣。」

高地上一片沉默。

接著傳來一聲巨大爆裂聲，空氣中凍結的閃電擊中山頂，競技場陷入一片漆黑。

他們發出微光，在場許多神在黑暗中微微發亮。

影子納悶他們是否要質疑他、攻擊他，或設法殺了他。他等著某種回應。

然後影子發現那些光芒漸漸消失。眾神陸續離開，起先寥寥幾名，然後幾十名，最後是上百名一起離開。

一隻大小如洛威拿犬的蜘蛛向他邁步快跑而來，他用七隻腳跑。眼睛發出微弱的光。

影子雖覺得有點不舒服，仍站在原地。

蜘蛛靠得夠近之後，以南西先生的聲音說：「幹得不錯，我以你為榮。你做得很好，孩子。」

「謝謝。」影子說。

「我們應該把你弄回去。這地方待太久會使你頭昏腦脹。」一隻長著棕毛的蜘蛛腿停放在影子肩上……

……然後，他們回到七州旗臺。南西先生咳著，手搭在影子肩上。雨停了。南西先生將左手放至身側，彷彿很疼痛。影子問他是否無恙。

「我和老指甲一樣強悍，」南西先生說：「應該說更強悍。」他聽起來不快樂，像個痛苦的老人。他們有幾十人，在地面或長椅或站或坐。有些看起來傷得很重。

影子聽見嗡嗡聲響從空中傳來，自南方向他們靠近。他看著南西先生，「直升機？」

南西先生點點頭。「別擔心他們，再也不用擔心了。他們會清理這一團混亂，然後離開。」

「了解。」

影子知道，在這一團混亂中有些東西他要親自去看看，否則就要被清掉了。他向一位看似退休新聞主播的灰髮老人借了手電筒，開始搜尋。

他發現蘿拉躺在旁邊一個洞穴的地上，旁邊的模型一看便知是白雪公主裡的採礦矮人。她下方的地面黏著一灘血。她側躺著，洛基一定是拔出兩人身上的長矛之後就丟下她不管。

蘿拉一隻手緊抓著胸部，似乎十分脆弱。她看起來已經死了，不過話說回來，影子現在也習慣了這件事。

影子在她身旁蹲下，用手碰觸她的臉，念她的名字。她張開眼睛，抬頭轉過來，正視他。

「哈囉，小狗狗。」她的聲音羸弱。

「嗨，蘿拉。這裡發生了什麼事？」

「沒事，」她說：「不太重要。他們贏了嗎？」

「我阻止了他們的戰爭。」

「聰明小狗狗。」她說：「那個人，世界先生，他說他要把樹枝穿過你的眼睛。我很討厭他。」

「他死了。親愛的，妳殺了他。」

她點頭說：「那就好。」

她閉上眼睛。影子的手觸摸她冰冷的手，將其握在手中。她又張開眼睛。

「你知不知道我到底有沒有死而復生的可能？」她問道。

「應該有。」他說：「反正，我知道有一種方法。」

「那就好，」她用冰冷的手緊緊扣住他的手。然後她說：「那反過來呢？怎麼做？」

「反過來？」

「對，」她說：「我想我一定是自找的。」

「我不想那樣做。」

她一言不發，只是等著。

影子說：「好吧。」然後他把手從她的手中抽出，放在她的頸邊。

「這樣才是我的老公。」她引以為榮地說。

「我愛妳，寶貝。」影子說。

「愛你喔，狗狗。」她低語。

他用手握住掛在她頸上的金幣，用力拉扯鏈子，鏈子輕易被扯斷。然後他將金幣夾在拇指與食指中間，吹了口氣，將手張開。

硬幣消失了。

她的眼睛仍然張開，卻一動也不動。

他彎下腰，輕柔地親吻她冰冷的臉頰，但是她沒有回應。他也不期望她有回應。然後他站起來，走出洞穴，凝視夜空。

暴風雨已經過去。空氣再次充滿清新與乾淨的氣息。

他毫不懷疑明天會是該死的美麗的一天。

第四部　跋：亡者隱匿的事

第十九章

描述故事最好的方法就是講故事，了解嗎？人向自己和世界描述故事的方式就是講故事。這是一種平衡的行為，也是一場夢。地圖越精確，就越類似實地。可能的話，最精確的地圖就是實地本身，也因為完全精確而完全無用。

故事是實地式的地圖。

你必須記住這點。

——摘自艾比斯先生的筆記本

他們兩人坐在福斯巴士裡，車子在I-75號公路駛向佛羅里達。他們從清晨便一直開車。更確切地說，是影子一直在開車，南西先生在前方乘客座坐直身子，臉上不時帶著痛苦的表情，提議換手駕駛。影子總是說不用。

「你快樂嗎？」南西先生突然問。他已經盯著影子看了好幾個鐘頭。影子每次瞥向右邊，南西先生都以大地似的棕色眼睛看著他。

「不算吧。」影子說：「我還沒死。」

「啊？」

「沒有人是真的快樂，除非死了。希羅多德說的。」

南西先生揚起一道白眉，說：「我還沒死，而且大概是**因為**我還沒死，所以我樂得像個蛤仔男孩。」

「那個希羅多德並不是說人死了就快樂。」影子說：「而是說，不到蓋棺論定，不能評斷人的一生。」

「那我根本不做評斷。」南西先生說：「至於快樂，有很多種不同類型，就像有奇形怪狀不同類型的死人一樣。我只是在我還可以的時候，拿我可以拿的東西。」

影子改變話題。「那些直升機，」他說：「運走那些屍體和傷兵的直升機。」

「怎麼了？」

「是誰派來的？從哪裡來的？」

「那種事你就不用擔心了，他們就像女武神❶或紅頭美洲鷲。就是非來不可。」

「好吧，既然你都這麼說了。」

「傷亡者會得到照顧。依我看，老傑凱爾接下來這個月可要忙得暈頭轉向了。聊點別的吧，影子男孩。」

「好。」

「經過這一切，你有學到什麼嗎？」

影子聳聳肩。「不知道，我在樹上學到的多半都已經忘了。」他說：「我想我遇到一些人，但我對事情經過也不確定了。那就像讓人脫胎換骨的夢，你會永遠保存夢裡的一些片段，又因為是發生在你身上，所以你在內心深處也知道一些事，但是當你去尋找細節時，卻又捉摸不著。」

「是啊。」南西先生說。接著他又遲疑地說：「你沒那麼笨嘛。」

---

❶ Valkyries，北歐神話中奧丁的侍女，負責將英勇戰士的亡靈帶回英靈殿。

「可能吧，」影子說：「不過我希望能多保住出獄後經歷的一些事物。老天讓我得到這麼多，我又失去了。」

「可能吧，」南西先生說：「也許你保住的比你以為的還多。」

「並不。」影子說。

他們越過邊界，進入佛羅里達，影子見到生平第一棵棕櫚樹。他納悶他們是不是故意把樹種在邊界，好讓人知道現在到了佛羅里達。

南西先生開始打鼾。影子向他瞄了一眼，老人看來仍十分蒼白，鼻息粗重。影子心想，這不是第一次了，南西先生可能在鬥毆中傷了胸部或肺部。南西拒絕任何醫療照顧。

佛羅里達一路綿延，比影子想像得更長。最後他們在一間木造小平房外停車，天色已晚。小屋位於皮爾斯堡郊區，窗戶緊閉。南西在最後五哩路指引方向，建議他在此過夜。

「我可以在汽車旅館找個房間。」影子說：「那不成問題。」

「你**可以**住汽車旅館，那我就會受傷。雖然我什麼話都不會說，但我會真的受傷，傷得很重。」南西先生說：「所以你最好住在這裡，我會在長沙發上幫你鋪床。」

南西先生打開防風板的鎖，拉開窗戶。屋裡聞起來發霉潮溼，還有點甜味，彷彿古老的餅乾亡靈在作祟。

影子不情願地答應留在那裡過夜。等房子通風時，他更不情願地答應陪南西先生走到路口的酒吧，只為了喝一杯深夜酒。

「你有看到徹諾伯格嗎？」他們在佛羅里達的悶熱夜晚漫步時，南西問道。棕櫚蟲發出咻咻聲，使空氣鮮活了起來，地面上爬著逃脫的小生物。南西先生點了根小雪茄，嗆聲咳嗽。儘管如此，他仍照抽不誤。

「我從洞穴出來時他就不見了。」

「他會直接回家。你知道，他會在家等你。」

「我知道。」

他們默默走到路的盡頭。那不太像酒吧，不過還在營業。

「前幾杯啤酒我請。」南西先生說。

「記住，我們只喝一杯啤酒。」影子說。

「這算什麼啊？」南西先生問道：「小氣鬼嗎？」

南西先生請了頭兩杯啤酒，影子請第二輪。南西先生說服酒保將卡拉ＯＫ機打開，影子驚訝地盯著他，然後帶著詫異且尷尬的心情，看著老人家一路飆完湯姆瓊斯的〈風流紳士〉，又柔情地吟唱優美動人的〈你今晚的模樣〉。他的聲音不錯，唱完時，仍留在酒吧裡的區區數人都為他鼓掌歡呼。

他走回吧檯前的影子身邊，精神看起來好多了。他的眼白清澈，皮膚上的灰暗蒼白也消失了。

「換你了。」他說。

「打死我也不唱。」影子說。

南西先生多點了幾杯啤酒，遞給影子一張髒兮兮的列印選歌單。「就挑一首吧，唱知道歌詞的歌就好啦。」

「這不好玩。」影子說。世界開始飄晃，雖然不嚴重，但使他無力爭辯，接著南西先生放上〈別讓我受誤解〉的伴唱帶，然後一推——的確是用**推**的——影子站上吧台尾端臨時湊和的小舞台。

影子拿起麥克風，一副像是現場演出的樣子，接著伴唱帶開始播放音樂，他粗啞地唱出第一句「寶貝……」酒吧裡竟沒有人往他身上丟東西，感覺不錯。「現在你能了解我嗎？」他的聲音沙啞卻美妙，這首曲子也頗適合沙啞的聲調：「有時我覺得有點生氣。你難道不知道，人不可能永遠當天使嗎？」

他繼續唱歌。人們在擾攘的佛羅里達夜裡走回家，有老有少，個個酒酣耳熱。「喔，老天，請別讓我遭受誤解。」

「我只是心懷善意的人。」他對著螃蟹、蜘蛛、棕櫚甲蟲、蜥蜴和夜晚歌唱。

南西先生帶他到長沙發，沙發比影子小多了。影子決定睡地板，但等到他終於決定睡地板時，他已經半坐半躺在小沙發上睡熟了。

起初，他沒有做夢，只有令人慰藉的黑暗。接著，他看到火光在黑暗中燃燒。他走向那把火。

「你做得很好。」牛頭人沒動嘴唇，輕聲地說。

「我不知道我做了什麼。」影子說。

「你解決紛爭。」牛頭人說：「你說出了我們的話。他們從來不懂，他們之所以會在這裡——崇拜他們的人也在——只是因為他們在這裡合我們的意。但是我們能改變心意，或許我們真的會。」

「你是神嗎？」影子問。

牛頭人搖搖頭。片刻間，影子認為那生物似乎高興了起來。「我是土地。」牛頭人說。

夢中彷彿還發生其他事，但影子記不得了。

他聽到燒燙的嘶嘶聲。他的頭在痛，眼睛後方一陣疼。

南西先生已經在煮早餐：一疊高聳的鬆餅，嘶嘶發燙的培根，完美的蛋和咖啡。他看來神清氣爽。

「我頭痛。」影子說。

「好好吃一頓早餐，你就會覺得整個人煥然一新。」

「我不要什麼煥然一新，只要換個頭就好。」影子說。

「吃吧。」南西先生說。

影子吃了。

「現在你覺得如何？」

「頭還是痛，只是現在胃裡有些食物，我想要吐。」

「跟我來。」影子睡的那張長沙發旁有個深色木頭製成的箱子，蓋著非洲毯子，看似小型海盜藏寶箱。南西先生解開掛鎖，打開蓋子，在箱內的幾個盒子間翻找。「有一種古老的非洲藥草，」他說：「是磨碎的柳樹皮製成的東西。」

「就像阿斯匹靈？」

「對啦，」南西先生說：「就像那樣。」他從箱底挖出一瓶沒有牌子的經濟包阿斯匹靈。他轉開蓋子，搖出兩顆白色的藥丸，說：「拿去。」

「不錯的箱子。」影子說。他將苦藥丸和著一杯水吞下。

「我兒子寄給我的。」南西先生說：「他是個乖兒子。我想見他，卻不常見到。」

「我想念星期三，」影子說：「縱使他做了那些事，但我還是一直期待能見到他。可是我往上一看，他卻不在。」他一直盯著海盜箱，努力想這箱子能讓他想起什麼事。

你會失去很多東西。但不要丟失這個。這句話是誰說的？

「他讓你經歷這些事，也讓我們都經歷這些之後，你還想念他？」

「是的。」影子說：「我想念他。你覺得他會回來嗎？」

「我想啊，」南西先生說：「只要有兩個人要聯手把二十元的小提琴以一千元賣給第三個人，無論在哪，他的精神就會出現。」

「這倒沒錯，可是——」

「我們回廚房吧，」南西先生的表情變得冷酷，「那些平底鍋可不會自己洗乾淨。」

南西先生洗了平底鍋和盤子，影子擦乾它們並收拾放好。過程中，頭痛不知不覺緩和了。他們回到客廳。

影子又盯著箱子，決心讓自己記住。「如果我不去見徹諾伯格，」他說：「那會發生什麼事？」

「你會見到他的。」南西先生淡然地說：「或許他會找到你，也或許他會把你找去。但無論如何，你都會見到他。」

影子點點頭。有些事開始明朗了。在樹上，一場夢。「對了，」他說：「有長著象頭的神嗎？」

「甘尼許嗎？他是印度神。他會排除障礙，使旅程更方便。廚藝也不賴。」

影子抬頭看。「……**在軀幹裡**。」他說：「我知道很重要，但不知道為什麼，我以為可能是指樹幹。但他根本不是在說樹幹，對吧？」

南西先生皺眉頭，「你講什麼？我聽不懂。」

「在車廂裡。」影子說。他知道錯不了。他還不太明白為什麼錯不了，但是他非常確定。

他站起身。「我得走了，」他說：「抱歉。」

南西先生揚起一道眉，「何必這麼急？」

「因為，」影子簡單地說：「冰正在融化。」

第二十章

時值
春天
而
那
羊腳的
氣球販吹口哨
遙遠
而
幽微

——康明思（e.e. cummings）

影子大約在早上八點半將租用車開出森林。他以不超過四十五哩的時速開下山丘。他曾以為自己將永遠離開湖畔鎮，但三週後的現在，他又重回此地。

他駛過市區，訝異這幾週內的變化非常少，而這幾週他已度過一生。他在通往湖泊的車道半途停下，然後下車出來。

凍結的湖面上已沒有冰釣小屋、沒有休旅車、沒有人拿著一根線和十二包魚餌坐在釣魚孔邊。湖邊很暗，不再覆蓋刺眼的白雪，現在冰面上有些區塊露出斑斑湖水的水光，冰下的水一片汙黑，而冰面本身十分清澈，透出下層的黑暗。天空灰濛濛，結冰的湖卻荒涼空曠。

幾乎是空曠。

有一輛車還在冰上，停放在結凍的湖面，幾乎就位於橋下，任何開車經過、橫越鎮上的人，都必能看見那輛車。那輛綠車很髒，就像是會被丟棄在停車場的那種車。車子沒有引擎。那象徵著賭注，一旦冰面變薄崩裂，車子便被湖水永遠接收。

通往湖泊的短短停車道上有條鏈子，還有個禁止人車進入的警告標語。上面寫著：**薄冰**。下面有一串手繪圖示，每個圖示都有條橫線劃過：禁止車輛、禁止行人、禁止雪車。**危險**。

影子不理會那些警示，爬下河岸。河岸很滑——雪已經融化，腳下一片泥濘，棕色的草幾乎無法提供附著力。他斜著身，往下滑到湖邊，小心走到防波木堤，再翻過防波堤，踏上冰面。

冰面布滿融冰與融雪，比從上面看更深，水下的冰也比任何溜冰場更光滑，更容易打滑。所以影子不得不小心站穩。水花濺起，水面淹沒靴帶，滲進鞋子。結冰的水使人麻木。他跋涉穿越冰凍的湖泊，感覺異樣遙遠，彷彿正從電影螢幕上看著自己——電影中，他是英雄，或許是一名偵探。

他往破冰車走，痛苦地察覺冰面已經不堪重量而破裂。冰下的水非常冷冽，僅次於快結凍的水。他溜溜滑滑地繼續走，跌入水裡好幾回。

他經過丟棄在冰面的空啤酒瓶和啤酒罐，經過割穿冰面用來釣魚的圓洞。洞口並未再度結凍，每個洞裡都填滿黑水。

比起從路面上看，破冰車似乎在更遙遠的地方。他聽到湖的南面傳來震耳的碎裂聲，像是用棍子擊破，緊接著是某個龐然大物彈落的聲音，像是有一根大如湖泊的低音琴弦在震盪。冰面發出沉重的吱嘎呻吟，彷彿老舊的門抗議著不想被打開。影子盡可能穩定地繼續走。

這是自殺，理智的聲音從心底傳來。你就不能放手嗎？

「不行，」他說出聲音：「我一定要**知道**。」他繼續走。

他來到破冰車旁。尚未抵達時，他就知道自己想得沒錯。車子四周有一股沼氣籠罩，那是一種隱隱約約的惡臭，是他喉嚨底的臭味。他繞著車子走，又往裡面看。座位又髒又破，車子顯然是空的。他試試車門，門鎖上了。他試試後車廂。也鎖上了。

他希望自己帶了鐵橇。

他戴著手套的手握拳，數到三，然後猛地往駕駛座側邊玻璃敲下去。

他的手很痛，但玻璃絲毫無損。

他想過要撲撞那輛車，他知道自己只要不在潮溼的冰面滑倒，一定可以踢破窗戶進去。但他根本不希望這樣對待破冰車，因為會搞得下面的冰也跟著裂開。

他看著那輛車，然後伸手去抓收音機天線，那是可以上下伸縮的天線，但十年前就卡住了，收不下去。他稍微一搖，天線便從基座折斷。他拿著細的那一頭——頂端曾有個金屬鈕，卻早已遺失——手指用力將天線拗成臨時的勾子。

然後他將拉長的金屬天線硬塞入前座的玻璃和橡膠之間，深入門邊的機關。他用天線在機械裝置裡勾動、扭轉、移動、推扯，直到勾住某東西，然後往上拉。

臨時勾子從鎖上滑開。他白費力氣了。

他嘆口氣，再勾一次。這次更加緩慢，更加小心。他可以想像腳底下的冰在他移動重心時發出抱怨。慢慢來……於是……

他**成功**了。他用天線往上拉，前門鎖彈了起來。影子用戴了手套的手往下握起門把，推下按鈕，往上拉。門沒有開。

卡住了，他心想。給冰凍住了。這沒什麼。

他在冰面上滑著用力拉。破冰車門突然彈開，灑得碎冰四濺。

車內的沼氣更難聞。一陣腐敗和噁心的惡臭傳來，影子覺得想吐。

他伸手往下找儀器板，找到打開後車廂的黑色塑膠把手，用力一扳。

後車廂的門鬆開，他身後發出悶悶的巨響。

影子走到冰面，在車子周圍濺水滑行，握著門邊前進。

在後車廂，他心想。

後車廂開了一吋寬。他伸手將車蓋全部拉開。

味道很臭，但也還好，因為裡頭裝了約一吋未完全融化的冰。車廂內有個女孩，穿著雪衣，衣服已經髒了，鼠色的頭髮很長。她嘴巴緊閉，因此影子看不到藍色橡皮筋牙套，但他知道她有戴牙套。她被冰封住，如同在冷凍庫。

她睜大眼睛，彷彿死時正在哭泣，臉頰上凍結的眼淚還沒有融化。

「這段時間，妳一直在這裡。」影子對著艾莉森．麥高文的屍體說：「每一個開車過橋的人都看得到，每個開車過城的人都看得到，來冰釣的漁夫每天都經過妳身邊，竟然沒有人知道。」

接著他才明白自己有多傻。

有人知道。把她放在這裡的人。

他將手伸入後車廂，試圖將她拉出來。他往內靠，將身體重量靠在車上。或許就是因為這樣，意外才會發生。

前輪下的冰在那一刻突然碎裂，或許是因為他的動作，也或許不是。車子的前半段往下傾斜數呎，沉入黑色的湖泊。水開始由敞開的駕駛座灌入車內。雖然影子腳下站的冰面仍然穩固，但湖水卻噴濺到他的腳踝。他急忙四處張望，想知道該如何脫身。太遲了，冰面陡斜翻覆，將他甩進後車廂，與死去的女孩作伴。車子後半往下沉，影子也跟著往下，沉入冷冽的湖泊。時間是三月二十三日，早上九點十分。

他在下沉前深吸一口氣，閉上眼睛，但湖水的冷像銅牆鐵壁般襲來，從將那口氣從體內逼出。

他被車子往下拉，泡進陰鬱的冰水中。

他在湖面下，在黑暗和冰冷之下，被衣服、手套和靴子的重量往下拉，被外套囚困包裹。外套似乎沉重龐大得超乎想像。

他往下沉，還沒有到底。他努力想爬出車子，但車子拉著他。接著傳來砰的一聲，他全身都聽得到，而不是只有耳朵。他的左腳踝扭傷。當車子停於湖底時，他腳部扭曲，困在車底，驚慌失措。

他張開眼睛。

他知道下面很暗。理智上，他知道湖底暗得什麼也看不見，但他仍看得見。他什麼都看得見。他看得見艾莉森．麥高文白色的臉龐從打開的後車廂盯著他。他也看得見其他車子——歷年來每輛破冰車——黑暗中形狀腐敗笨重，半掩在湖底的泥巴中。

毫無疑問，他知道，每輛車的後車廂都有一個死去的孩子。一百多個……每個都曾坐在外面的冰上，在世界上度過寒冬。每一個都在冬天結束時翻覆沉入湖泊的冰水中。

這就是他們安歇的地方，萊咪．霍塔拉、潔西．羅維、桑狄．奧森、周明、莎拉．林奇，以及其他孩子，沉在靜謐冰冷之下……

他拉扯自己的腳。腳卡得很緊，肺部的氣壓已難以承受。他的耳朵劇烈疼痛。他慢慢吐氣，空氣在臉部周圍形成一顆顆氣泡。

不會太久，他心想，不久之後我就非得呼吸不可，否則會窒息。

他往下探，兩手抱住破冰車的擋泥板，使盡全力往前推。什麼事也沒發生。

這只是車子的外殼，他告訴自己。他們把引擎拿掉了，那才是車子最重的部分。你推得開，只要繼續推。

他繼續推。

過程緩慢，痛苦難忍，每次只能移動分毫。車子向前滑進泥裡，影子把腳從車下泥裡抽出來，再一踢，設法把自己往外推。外套，他告訴自己，是外套。外套卡住了，或勾到了東西。他將兩條手臂從外套中抽出，用麻木的手指搜索凍住的拉鏈。然後兩手往拉鏈邊拉。他感覺外套鬆脫，急忙從束縛中脫身。他一推往上，遠離車子。

倉促中，分不清上下。他感到窒息，胸和頭部疼痛難耐，他知道一定得換氣，在冷水中呼吸、死去。然後他的頭撞到東西。

冰。他撞到湖面的冰。他用拳頭敲，但手臂已沒有力氣，沒有東西可握，也沒有東西可推。世界已經消溶為冰凍黑暗，除了寒冷，別無其他。

這太荒謬了，他心想。他想起童年時看過的一些湯尼・寇帝斯的老片，我應該背轉過來，把冰往上推，用臉去擠壓，找到一些空氣，我就可以再呼吸，一定有什麼地方有空氣。但他只是漂浮在冰凍中，如果能否存活取決於他的肌力，那麼他一塊肌肉也動不了，而那確實是取決於他的肌力。

寒冷轉為難耐，轉為溫暖。他心想：我快死了。這次他有點發怒，深深的憤恨，他以這分痛苦與憤怒拚命爭取，逼迫無力移動的肌肉動作。

他用手往上推，感覺擦到冰的邊緣，碰到空氣。他拚命想抓住東西，好像有隻手握住他的手往上拉。

他的頭砰地撞上冰層，臉擦過冰的底部，然後頭探入空氣中，他看到自己正從冰洞裡上來。有一瞬間，他只能呼吸，黑水從鼻子和嘴巴流出，然後眨眼。除了刺眼的日光與事物的輪廓之外，他什麼也看不見。現在有人拉著他，幫他離開水面，說著他一定會凍死，所以來吧，兄弟，拉好。影子像海豹上岸似地扭搖，一邊搖晃，一邊咳嗽，一邊顫抖。

他用力猛吸幾口氣，在裂冰上伸展攤平。儘管他知道不能攤太久，但沒有用。他思考困難，緩如糖漿。

「不用管我。」他試圖說：「我沒事。」他的話一團含糊，一切都要結束了。

他只需休息片刻，如此而已。只要休息一下，他就能起身，繼續生活。他當然不能永遠躺在那裡。

一陣抽搐。水潑到他的臉，他的頭被人拉起來。影子感覺被人拖走，背部溜過光滑的冰面。他想抗議，他想解釋自己只需要休息一下，可能小睡片刻，這要求太過分嗎？他馬上就沒事了，只要他們別管他就好。

他不相信自己竟睡著了。但他正站在廣闊的平原。長著水牛頭與牛肩膀的男子以及長著碩大兀鷹頭的女子分站兩旁，中間是威士忌傑克，他們哀傷地注視他，搖著頭。

威士忌傑克轉身慢慢離開影子。水牛人走在他身邊，雷鳥女也走著，接著她迅速低下身子，竄起滑翔，展翅飛上天空。

影子感到一陣失落。他想呼喚他們，懇求他們回來，不要放棄他。但一切都變得無形無實。他們走了，平原正逐漸消失，一切都化為空無。

疼痛劇烈，彷彿體內每個細胞、每條神經都在融化甦醒，藉由燃燒與自殘向他宣告自己還活著。

他的頭後方有隻手抓著他的頭髮，撐起頭。另一隻手在他的下巴。他睜開眼睛，以為自己在某家醫院。

他打赤腳。牛仔褲還在。上身赤裸。空氣中有蒸汽。他看見牆上有一面刮鬍鏡正對著他，還有小洗手臺，沾了牙膏的鏡子上還有一支牙刷。

資料處理緩慢，一次一筆。

他的手指發燙。他的腳趾發燙。

他開始痛得抽泣。

「放輕鬆，麥可，放輕鬆。」他認得這聲音。

「發生——」他設法說出話來：「發生什麼事？」聲音在他耳中聽來緊繃又奇怪。

他在浴缸裡。水是熱的。雖然他不確定，但他覺得水是熱的。水深及頸。

「處理快要凍死的傢伙，最笨的方法就是把他放到火前面；第二笨就是用毯子把他包起來——尤其他還穿著溼冷的衣服——那樣會把冰冷包在裡面；第三笨的呢——這是我私人的意見——就是把那傢伙的血抽出來暖過，再放進去。現在的醫生就是這麼處理。複雜、昂貴、愚蠢。」聲音來自他後上方。

「最聰明、最快速的方式，就是數百年來水手在船上用的方法。把那傢伙丟進熱水。不要太熱，溫熱就好。現在，我要告訴你，我在冰上發現你的時候，基本上你算是死了。現在覺得如何，胡迪尼？」

「很痛，」影子說：「全身都在痛。你救了我的命。」

「我猜我的確是救了你。現在你可以自己撐住頭嗎？」

「大概吧。」

「我要放手嘍。如果你沉到水下，我會再把你拉起來。」

緊抓著他頭部的手鬆開了。

他感覺自己往前滑入浴缸，他伸出雙手，壓著浴缸側邊往後靠。浴室很小。浴缸是金屬製的，琺瑯質已髒汙磨損。

他看見一個老人，看起來很關心他。

「覺得好點了嗎？」辛澤曼問道：「你躺好放鬆就好。我的房間溫暖舒適。你準備好了再告訴我，有一件你可以穿的睡袍，我可以把你的牛仔褲和其他衣服丟進烘衣機。聽起來不錯吧，麥可？」

「那不是我的名字。」

「隨便你說吧。」老人妖精般的臉孔扭曲成不安的表情。

影子失去時間感。他一直躺在浴缸裡，直到燒退，手指與腳趾也不再不適。辛澤曼幫影子站起身，放掉溫水。影子坐在浴缸的一邊，兩人合力脫掉他的牛仔褲。

他不太費力便擠進對他而言過小的毛織睡袍，又靠在老人身上走進斗室，撲通跌到古老的沙發上。他既疲倦又衰弱。極度疲憊，卻仍然活著。柴火在火爐裡燃燒，幾隻看似疑惑的鹿頭從牆壁周圍灰頭土臉地往下望，旁邊幾隻死去的大魚推擠著爭取空間。

辛澤曼帶著影子的牛仔褲離開。影子聽見隔壁房中嘎嘎響的烘衣機稍微暫停，又繼續攪動。老人帶著冒氣的馬克杯返回。

「咖啡，」他說：「有刺激作用。而且我還撒了點杜松子酒，只有一點點。我們以前都是這麼喝的，醫生才不會這樣建議。」

影子用兩手接住咖啡。馬克杯的側邊印著一隻蚊子和一句訊息：捐血救人——探訪威斯康辛！

「謝謝。」他說。

「朋友是做什麼的呢？」辛澤曼說。「將來有一天，你也能救我的命。現在的事就別放在心上了。」

影子啜飲著咖啡。「我以為我死了。」

「你很幸運。我當時在橋上，差不多也料到今天會是大日子，等你到我這年紀，你就會有那種感覺。所以我戴著老懷錶在上面，看到你往湖面走。我大叫，可是我看你根本聽不到我的聲音。我看到車子往下沉，看到你也沉進去。我以為你完蛋了，所以我就到外面的冰上。我全身發毛啊。你在水底下待了兩分鐘——是不是很精采？然後我看到你的手從車子掉下去的地方伸上來。我看到你在那裡，一臉看到鬼的模樣……」他的聲音漸漸微弱，「我們倆都很幸運，我把你拖回岸邊，冰面就因為重量而碎了。」

影子點點頭。

「你做了一件好事。」他告訴辛澤曼。老人整張妖精臉上都散發著光輝。

屋裡某處，影子聽到某扇門關起。他喝下自己的咖啡。

既然他現在能夠清晰思考，便開始問自己一些問題。他想知道一個身高只有他一半，體重或許只有他三分之一的老人，如何能把失去意識的他拖過冰面，從河岸抱起他，回到車上。他想知道辛澤曼如何把影子弄進屋子和浴缸。

辛澤曼走向火爐，拿起鉗子，小心地將一根細木頭放到熊熊烈火中。

「你想知道我在冰上做什麼嗎？」

辛澤曼聳聳肩，「不干我的事。」

「你知道我不太懂……」影子說。他猶豫了一下，清理思緒。「我不懂你為什麼要救我。」

「嗯，」辛澤曼說：「我的家規是：如果你看到一個傢伙有難……」

「不，」影子說：「我不是那個意思。我的意思是，你把那些孩子全殺了，每年冬天。我是唯一知道這件事的人。你一定看到我打開後車廂，為什麼不乾脆讓我淹死？」

辛澤曼把頭傾向一邊，若有所思地搔搔鼻子，彷彿努力思索般前後搖晃。「嗯。」他說：「這個問題問得很好。我猜我是因為欠了某一方人情，而我又很會欠債。」

「星期三？」

「就是那傢伙。」

「他把我藏在湖畔鎮是有原因的，對吧？沒人能找到我，這是有原因的。」

辛澤曼沒有說話。他從牆上掛鉤取下沉重的黑色火鉗，戳刺火焰，一團橘色的星火與煙霧升起。

「這是我的家鄉。」他無端發起脾氣，「這是個**好**鎮。」

影子喝完咖啡，將杯子放到地板，動作相當吃力。「你在這裡住多久了？」

「夠久了。」

「湖是你建造的嗎？」

辛澤曼訝異地凝視他。「對。」他說：「我建造的湖。我來的時候，他們稱為湖，但那只不過是噴泉、貯水池和小溪。」他頓了一下，「我想，這個國家對我們這種人而言像是地獄。它會吃掉我們，我不想被吃掉。所以我做了一個交易：我給他們一座湖，也給他們繁榮……。」

「而他們的代價，就是每年冬天一個孩子。」

「好孩子，」辛澤曼一邊說，一邊緩緩搖著老邁的頭。「他們都是好孩子，我只挑我喜歡的。只有查理．奈里根例外，他是個壞胚子。那孩子，他是哪一年？一九二四？一九二五？總之就是交易。」

「城裡的人，」影子說：「瑪貝爾、瑪格麗特、查德．穆利亙，他們**知道**嗎？」

辛澤曼不發一語。他從火中抽出火鉗，尖端六吋發出暗沉的橘色。影子知道火鉗把手一定燙得無法握住，但那對辛澤曼似乎不成問題。他又戳了一次火，把火鉗放回火中，先放入頂端，然後留在原處。接著他說：「他們知道自己住在一個好地方，而這個國家在本州這區的其他城鎮和都市都沒落了。唉，他們**知道**這一點。」

「所以是你幹的？」

「這個鎮，」辛澤曼說：「我很關心。我不要它出事，一件也不准發生。你懂嗎？我不希望見到的人一個也不會來。那就是為什麼你父親會把你送到這裡。他不希望你在外面那個世界引人耳目，如此而已。」

「而你背叛了他。」

「我沒有。他是老千，但我一向有借有還。」

「我不相信你。」影子說。

辛澤曼看似受了冒犯，一手扯著太陽穴上的那撮白髮。「我說話算話。」

「不，你沒有。蘿拉來過這裡，她說有什麼東西召喚她到這裡。還有珊米．布雷克羅和奧黛麗．柏頓同一天晚上來到這裡，如此巧合，又怎麼說？我再也不相信巧合。

「珊米．布雷克羅和奧黛麗．柏頓，她們倆都知道我的真實身分，外面又有一群人在找我。我猜，如果他們其中一人找不到我，另一人一定會繼續。而如果他們都找不到我，辛澤曼，還有誰會來到湖畔？典獄長北上到這裡冰釣一週？還是蘿拉的母親？」影子發覺自己很生氣，「你要我離開你的鎮，你只是不想告訴星期三，你就是這樣幹的。」

火光中，辛澤曼似乎比較像醜陋的滴水獸，而不像頑童。「這是個好鎮。」他說。失去笑容的他看起來像蠟像與屍體，「你可能會引來太多注意，這對鎮上不好。」

「你應該把我留在那裡。」影子說：「你應該把我留在湖裡。我打開破冰車的後車廂。現在，艾莉森還冰在後車廂。但是冰會融化，她的屍體會浮出水面，而他們會往下找，看下面還能找到什麼，然後找到你藏匿一整批孩子的地點。我猜有些屍體保存得還不錯。」

辛澤曼伸手拿起火鉗。他不再作勢撥動火種，而像劍或棍棒一般握著，灼熱的淺橘色頂端在空中舞動冒煙。影子意識到自己幾近裸身，而且他仍然疲倦，動作笨拙，根本無法自衛。

「你要殺我了？」影子說：「動手吧，殺啊。我反正是死人了。我知道你擁有這個鎮——這是你的小世界。但如果你認為沒人會來這裡找我，你就是活在夢裡。結束了，辛澤曼。無論如何，該收手了。」

辛澤曼用火鉗當作走路的枴杖，推站起來。他起身時，火紅頂端經過的地毯便燒焦冒煙。他看著影子，淡藍色的眼中含著淚光。「我愛這個鎮。」他說：「我真的愛當暴躁的老頭，講我的故事、開著黛西、在冰上釣魚。記得我告訴過你嗎，釣完一天魚後，你帶回家的不是魚，而是內心的平靜。」

他將火鉗頂端往影子的方向一伸，影子感到一呎外的熱氣。

「我可以殺了你，」辛澤曼說：「我可以解決這件事，我以前就解決過。你不是第一個知道的人，查德．穆利厄的父親，他就發現了。我把他解決了，我也可以把你解決掉。」

「也許吧，」影子說：「但能保密多久，辛澤曼？再來一年？十年？辛澤曼，他們現在有電腦，他們不笨，他們會發現這個模式。每年有一個小孩消失。他們遲早會來這裡調查，就像他們會來找我一樣。告訴我——你**到底**幾歲了？」他將手指捲入沙發座墊，那應該可以擋開第一擊。

辛澤曼毫無表情，「他們在羅馬人到黑森林之前就把孩子都給了我。」他說：「我以前是神，之前還是地靈。」

「也許該繼續前進了。」影子說。他不明白地靈是什麼。

辛澤曼盯著他，然後拿起火鉗，將頂端推入燃燒的餘燼。「沒那麼簡單，就算我想離開這個鎮，你憑什麼以為我可以離開，影子？你準備好要殺我了嗎？要讓我離開嗎？」

影子低頭看地板，火鉗頂端經過的地毯仍冒出微光和火星。辛澤曼跟隨影子的眼神，一腳將尚未燒盡的煤炭擠出，壓碎、扭曲。影子心中突然來了一百多個孩子，用枯骨盲目的眼睛盯著他，頭髮慢慢像海藻葉般纏繞住臉孔。他們帶著責難之情看著他。

他知道自己正讓他們失望，但他不知道還能怎麼辦。

影子說：「我不能殺你，你救了我的命。」

他搖搖頭，覺得自己像個爛人，完全像一堆屎。他再也不覺得自己像英雄或偵探，只是另一個卑賤小人，先對黑暗搖搖嚴峻的手指，然後才轉過身背對黑暗。

「你要知道祕密嗎？」辛澤曼問。

「好。」影子沉重地說。他已經準備好要了解祕密。

「看好。」

辛澤曼原本站的地方站著一個小男孩，年齡頂多五歲。他的頭髮是暗棕色，而且很長，身上一絲不掛，只有頸部繞著一條磨損的皮帶。他被兩支劍穿刺，一支經過胸膛，另一支由肩膀進入。尖端從胸腔下方穿出，鮮血不斷流經傷口，往下流過孩子的身體，在地面上聚成一灘血水。兩根劍老舊得超乎想像。

小男孩抬頭盯著影子，眼中滿是痛苦。

影子心想：果然。這的確是創造部落神明的有效方法之一。不用別人告訴他這件事，他早已知曉。

抓一個小嬰孩，在黑暗中撫養長大，不讓那孩子見任何人，不讓他碰任何人。逐年逐月餵養，養得比村裡的其他孩子更好。接著，第五年冬天，夜晚最長的那晚，將飽受驚嚇的孩子從小屋拖到營火圈內，用鐵刀或銅刀刺殺。然後在炭火上燒烤小身體，直到完全燒乾，再用毛皮包起來。黑森林的深處，從一個營地到另一個營地，以動物和孩子獻祭，做為部落的吉祥物。終於，當那東西解體看不出年歲時，再將脆弱的骨頭放進箱子，大家崇拜那只箱子。直到有一天，骨頭四散遺落、遭到遺忘，崇拜箱中幼神的部落也早已不復蹤跡。村裡的吉祥物——即幼神——也鮮少有人記得。大家只記得曾經有個鬼魂或黑精靈：地靈。

影子想知道，是哪些人在一百五十年前來到北威斯康辛。說不定是伐木工，或繪製地圖的師傅，腦袋住著辛澤曼，與他一起橫越大西洋。

接著，血淋淋的孩子消失，血跡也無影無蹤。只有一個老人，一頭蓬鬆白髮和妖精微笑，毛衣袖子仍因之前把影子放入救命浴盆而溼漉漉的。

「辛澤曼？」聲音從斗室門口傳來。

辛澤曼轉身。影子也轉過身。

「我是來告訴你，」查德．穆利亙用緊繃的聲音說：「破冰車沉到冰面下了。我開車經過，正好看到它沉下去，就想過來告訴你，以免你錯過了。」

他手裡握著槍，槍口指向地板。

「嗨，查德。」影子說。

「嗨，好傢伙。」查德．穆利亙說：「他們寄給我一張紙條，說你在監禁時死了，是心臟病。」

「所以呢？」影子：「看來我到每個地方都快死了。」

「查德，他來這裡。」辛澤曼說：「他威脅我。」

「不。」查德．穆利亙說：「他沒有威脅你。辛澤曼，我在這裡站了十分鐘，你說的每句話我都聽到了。你講到我老爹，講到湖。」他上前走進房內，沒有舉槍，「天啊，辛澤曼。開車經過鎮上不可能不看到那該死的湖。那座湖就在正中心。現在我該怎麼辦？」

「你應該逮捕他，他說他要殺我。」灰塵瀰漫的斗室裡，老人辛澤曼害怕地說：「查德，我很高興你來了。」

「不，」查德．穆利亙說：「你並不高興。」

辛澤曼嘆了一口氣。他彎下腰，彷彿放棄了。然後他從火中抽出火鉗，尖端燃燒著橘火。

「把那東西放下，辛澤曼。慢慢放下就好，把手舉在空中，我看得見的地方，轉身面向牆壁。」

老人臉上有種純然的恐懼，影子原本替他感到難過，但他想起艾莉森．麥高文臉頰上凍結的眼淚。辛澤曼沒有移動。他沒有放下火鉗，沒有轉向牆壁。影子正要將手伸向辛澤曼，設法拿走他手上的火鉗時，老人將火鉗朝穆利亙丟去。

辛澤曼笨拙地丟出火鉗——往上拋過房間，彷彿只是做個樣子——丟開之後，急忙跑向門邊。

火鉗擦過穆利亙的左臂。

槍聲響起，震耳欲聾。

擊中頭部，一槍斃命。

穆利亙說：「你最好把衣服穿上。」他的聲音了無生氣。

影子點點頭。他走到隔壁房間，打開烘衣機，將衣服抽出。牛仔褲仍然潮溼，但他還是穿上。他穿著完畢——只缺沉入湖中某處的冰泥巴裡的外套，以及那雙遍尋不著的靴子——回到斗室，穆利亙已經把幾根悶燒的木頭拋進火爐。

穆利亙說：「為了掩蓋謀殺而犯下縱火，這就是警察的倒楣日。」然後他抬頭看著影子，說：「你需要靴子。」

「我不知道他把靴子放在哪裡。」影子說。

「見鬼了。」穆利亙說。然後他說：「抱歉了，辛澤曼。」他揪著老人的領口和皮帶扣，把老人拉起來往前搖動，然後將屍體丟下，頭部落在敞開的火爐裡。白髮爆裂閃爍，室內開始充滿肉體燒焦的煙味。

「那不是謀殺，那是自衛。」影子說。

「我知道那是什麼。」穆利亙簡單地說。他已經將注意力轉到剛才在室內各處散置的冒煙木頭。他把其中一根踢向沙發，撿起一份過期的《湖畔新聞報》，扯下正中間的內頁，把那幾頁抓皺，往木柴丟。報紙的頁面變成棕色，起火燃燒。

「到外面去。」查德．穆利亙說。

他們走到屋外。他打開窗戶，先將前門鎖上，才關上門。

影子跟著他出來，赤腳走向警車。穆利亙替他打開乘客座前門，影子上了車，在腳墊上擦腳。然後他穿上襪子，此時襪子已經差不多乾了。

「我們可以到亨寧五金雜貨店，幫你買幾雙靴子。」查德．穆利亙說。

「你剛才在那裡聽到多少？」影子問道。

「夠多了。」穆利亙說。然後又說：「太多了。」

他們沉默地駛到亨寧五金雜貨店。他們到達時，警長問道：「幾號鞋？」

影子告訴他。

穆利亙走進店裡。他帶著一雙厚羊毛襪和一雙農場皮靴返回。「你的尺寸，他們只剩下這個。」他說：「除非你要橡膠靴，但我想你不會要。」

影子套上襪子和靴子，還算合腳。他說：「謝謝。」

「你有車嗎？」穆利亙說。

「停在通往湖邊的那條路，橋附近。」

穆利亙發動車子，開出亨寧的停車場。

「奧黛麗怎麼了？」影子問道。

「他們把你帶走後的隔天，她說她喜歡有我當朋友，但絕不可能變成一家人。她回到鷹角，打碎我該死的心。」

他們往回駛到辛澤曼的屋子，一團厚厚的白煙從煙囪冒上來。

「很合理。」影子說：「那不是針對你，是因為辛澤曼再也不需要她待在這裡。」

「她會來這個鎮，只是因為他要她在這裡。她可以幫辛澤曼把我弄出這個鎮，我引來太多他不希望的注意力。」

「我還以為她喜歡我。」

他們在影子的租用車旁停好車。「接下來你要做什麼？」影子問道。

「我不知道。」穆利亙說。原本煩擾的臉龐開始復甦，看起來比在辛澤曼的房間裡更有生命，但也看起來更為難。「我想，我有幾個選擇。要不就……」他用兩根手指比成槍型，將食指尖放入張開的嘴裡，然後移開，「……讓一顆子彈穿過腦部。要不就再等個幾天，等冰差不多都化了，在腿上綁個混凝石塊，從橋上跳下去。要不就藥丸，噓，也許我應該開車晃晃，到外面的森林。在那裡吞藥丸。我不要讓我手下的人清理，留給郡裡，對吧？」他嘆一口氣，然後搖頭。

「查德，你沒有殺辛澤曼。他早就死了，死在離這裡很遠的地方。」

「麥克，謝謝你這麼說。可是我殺了他，我冷血地槍殺了一個人，而且還毀屍滅跡。而且如果你問我為什麼要殺他，為什麼真要殺他，我也說不上來。」

影子伸出一隻手，碰觸穆利亙的手臂。「辛澤曼擁有這個鎮，」他說：「我認為那裡發生的事，你沒有太多選擇。我認為他帶你到那裡去，就是要你聽那些話。他要陷害你。我猜那是他唯一能離開的方法。」

穆利亙悲慘的表情沒有改變。影子看得出來，警長幾乎沒有聽進他說的話。他殺了辛澤曼，還替他設好火坑。如今，為了遵照辛澤曼最後的遺願，他還要自殺。

影子閉上眼睛，腦中想起星期三叫他造雪的那地方：他能用心智操控的地方。於是他不自覺露出微笑，說：「看開點，查德。」那人的心中有一朵雲，陰暗沉重的雲，影子幾乎看得到。他專注於那朵雲，想像它如晨霧般消散。「查德，」他用力地說，努力穿透那片雲。「這個鎮現在要改變了，不再是蕭條區裡唯一的好鎮，而會像這區其他地方一樣，有更多麻煩、人民失業，大家喝得醉醺醺。更多人會受到傷害，更多爛事發生，他們會需要有經驗的警長。這個鎮需要你。」接著他說：「瑪格麗特需要你。」

那人腦中的暴風雲中有些東西在轉移，影子感覺得到，情況正在改觀。於是他進一步，想像瑪格麗特．奧森的棕色雙手和深色眼睛，以及長長的黑髮。他想像她開心的時候，把頭傾向一邊，露出似笑非笑的模樣。「她在等你。」影子說。他說出口時，知道那是事實。

「瑪格？」查德．穆利亙說。

那一刻，雖然他絕對無法言述自己是如何辦到的，但他懷疑自己可能永遠也辦不到了。影子易如反掌地探入查德．穆利亙的內心，將當天下午的事件從他心中抽開，精準無比，彷如烏鴉啄取死在路邊的動物眼睛。

查德額頭上的皺褶消除了，他睡眼惺忪地眨著眼睛。

「去看看瑪格吧。」影子說：「查德，很高興見到你。請好好保重。」

「一定的。」查德．穆利亙打著呵欠。

一個訊息從警察局的收音機裡竄出，查德伸手拿起聽筒。影子下了車。

影子走到自己的租用車旁。他看到鎮中心那座湖灰色單調的樣貌，他想起待在湖底那些死去的孩子。

不久，艾莉森就會浮上水面……

影子駛過辛澤曼的家，看見那團煙霧已轉為熊熊火焰。他聽見警笛的呼嘯聲。

他向南行駛，往五十一號公路開去。他上路履行最後的約定，但在此之前，他心想，他要在麥迪遜停下來，做最後的道別。

對莎曼珊而言，萬事萬物中最好的便是在夜晚為咖啡店打烊，做這件事令人全然平靜，給她一種恢復世界秩序的感覺。她會放一張「Indigo Girls」的CD，用自己的步調和方式處理當晚最後的瑣事。首先，她會清理義式濃縮咖啡機。接著，她會巡最後幾輪，確保所有杯盤都放回廚房。她也會在一天將盡時，將一向散置於咖啡館各處的報紙收集起來，整齊地堆在前門，備妥回收。

她愛那間咖啡屋。那裡像一個彎彎曲曲的長形房間，充滿扶手椅、沙發及矮桌，位於一條滿是二手書屋的街上。

她蓋上剩餘的起司蛋糕片，放進大冰箱，然後拿一塊布，抹掉最後的碎屑，享受獨處的時間。

窗戶傳來輕扣聲，她的注意力從瑣事抽回現實世界。她走去開門，一個年齡相仿、綁著細辮的紅髮女子進門。她的名字叫納塔莉。

「哈囉。」納塔莉說。她踮著腳尖，親了珊米一下，那一吻妥貼地落在珊米的臉頰與嘴角間，這一吻意味深長。「妳好了嗎？」

「快好了。」

「妳想看電影嗎？」

「好哇，當然想。可是我至少還要五分鐘。妳先坐下來看《洋蔥》雜誌吧。」

「這星期的我已經看過了。」她坐在靠近門邊的椅子，隨手翻閱那疊放在外面等待回收的報紙，直到發現了什麼，仔細讀了起來。珊米把收銀櫃裡的錢裝好，放進保險箱。

她們目前已經同居一週。她不知這是否算是她今生一直等待的兩人關係。她告訴自己，見到納塔莉時她之所以快樂，只是因為大腦的化學物質和費洛蒙，或許真是如此。話雖這麼說，她仍確知自己見到納塔莉會想微笑，而且她們在一起時，她也感到舒適自在。

「這份報紙，」納塔莉說，「裡面有另一篇類似的文章〈美國變了嗎？〉」

「喔，所以變了嗎？」

「上面沒說，或許有吧。但不知道怎麼變或為什麼變，也許根本一點也沒變。」

珊米露出大大的微笑。「好吧，」她說：「每種可能都顧到了，不是嗎？」

「好像是吧。」納塔莉的眉頭一皺，又回頭繼續看報。

珊米將抹布清洗摺好，「我想只是因為，雖然有政府和那些有的沒的，但是現在各種觀感都突然變得比較好。可能只是因為春天來得有點早吧。這個冬天真長啊，真高興都過去了。」

「我也這樣覺得。」一陣停頓，「文章上面寫說，很多人一直聲稱做了怪夢。我最近倒是沒做什麼怪夢，跟正常的比都不算怪。」

珊米四處查看還漏了什麼

沒了，做得漂亮極了。她將圍裙脫下，掛回廚房。然後回來將燈關上。「我最近做了一些怪夢。」她說：「那些夢很詭異，竟然讓我開始寫起夢的日誌。我醒來就寫下來，可是我再次去讀，卻看不出任何意義。」

她穿上外套，套上單一尺寸的羊毛手套。

「我學過一些有關夢的東西。」納塔莉說。她什麼都學過一點，從神祕學、自衛術到潔身禮，再到風水和爵士舞。「妳跟我說，我就告訴妳那些夢的意義。」

「好。」珊米打開門鎖，關上最後的幾盞燈。她讓納塔莉先出去，然後走到街道，牢牢鎖上咖啡屋的門。「有時我一直夢到從空中掉落的人，有時我在地底，和一個有水牛頭的女人講話。而有時，我夢到上個月在一間酒吧裡親吻的那個男的。」

納塔莉出聲道：「是妳之前跟我說的事嗎？」

「也許吧。但不是那回事，那是讓人想喊『滾開』的一吻。」

「妳叫他滾開？」

「不是，我是叫每個人都滾開。看來妳要在場才明白。」

納塔莉的鞋一路喀答走過人行道，珊米在她身旁緩步而行。「我開的車是他的。」珊米說。

「妳從姊姊那裡拿到的那輛紫色車嗎？」

「對啊。」

「他怎麼了？為什麼不要自己的車？」

「不知道。也許他在坐牢，也許他死了。」

「死了？」

「我猜的。」珊米有點猶豫，「幾個禮拜前，我確定他死了。第六感吧，反正就是那樣，好像是吧。我就是知道。可是後來，我又覺得他也許沒死，我也不懂，看來我的第六感不太靈。」

「妳要保管他的車多久？」

「保管到有人來拿為止，我認為那是他的心願。」

納塔莉看珊米一眼，然後又看一眼。她說：「妳**那**是從哪裡來的？」

「什麼？」

「花啊，妳手裡拿的。珊米，那些花是從哪裡來的？我們離開咖啡屋時，妳有拿嗎？有的話，我一定會看到。」

她低頭一看，然後咧嘴笑了。「妳好貼心。妳送給我的時候，我應該有所表示，對不對？」她說：「好漂亮，真謝謝妳。可是紅的比較恰當吧？」

是玫瑰花，花梗包在紙裡。有六朵，全是白色。

「我沒有送妳花。」納塔莉說完抿一抿嘴。

她們到達電影院之前，兩人都沒有再說一句話。

當天晚上到家後，珊米把玫瑰放進臨時湊合的花瓶。之後，她將玫瑰鑄成銅，將如何拿到那些花的始末藏在心底，雖然她曾告訴卡洛琳（繼納塔莉之後的交往對象），說她們有一天晚上喝得爛醉時出現了鬼送的玫瑰。卡洛琳也同意珊米的觀點，認為那真的是個非常非常奇怪且恐怖的故事，但內心深處，她壓根兒連一個字也不信，所以也無妨。

影子將車停在公共電話亭附近。他打到查號臺，對方給了他電話。

不在。電話裡的人告訴他，她不在這裡，說不定還在咖啡屋。

他在前往咖啡屋的路上停下來買花。

他找到咖啡屋，然後橫越馬路，站在一家舊書店的門口，一邊等待，一邊察看。

那地方八點打烊。十點十分，影子看見珊米走出咖啡屋，身旁有個較小的女生，特殊的紅髮綁著細辮。她們緊握著手，彷彿只憑握手便能將世界摒除在外。她們在講話——應該是說，多半是珊米在講話，而她的朋友聽著。影子想知道珊米在講什麼。她邊說邊微笑。

兩名女子過了馬路，走過影子站立之處。綁著細辮的女孩從他身邊經過，距離不及一呎。他可以伸出手來碰觸她，但她們卻完全看不見他。

他看著她們從他身邊走過街道，感到一股劇痛，內心似乎在演奏小調和弦。

那是個香吻，影子回想。但珊米看他的樣子，卻從不像她看著這綁細辮的女孩一樣，而且永遠也不會這樣看他。

「管他去吧。反正我們還有秘魯。」他壓低了聲音，珊米從他身邊走過。「還有厄爾巴索，反正我們還有那裡。」

然後他追上她，把花送進珊米手裡。他急忙離開，好讓她無法退還。

然後他走上山丘，回到車裡，跟隨路標到芝加哥，行駛的速度稍低於速限。

那是他必須做的最後一件事。

他不趕時間。

影子在六號汽車旅館過夜。隔天早晨起床，他發現衣服聞起來仍像泡在湖底。他還是穿上，他思忖再過不久就不需要這些衣服了。

影子付了帳，駛向赤棕色的公寓大樓。他不費吹灰之力就找到。那棟樓比他記憶中還小。

他穩步走上階梯，速度不快，畢竟他不急著赴死；但也不慢，否則便表示他在害怕。有人清理過樓梯間，那些黑色垃圾袋不見了，聞起來有漂白水的氯水味，不再是腐爛的菜味。

樓梯頂端的紅色門大開，殘羹剩餚的味道瀰漫空中。影子猶豫了一會兒，然後按門鈴。

「我來了！」一個女人的聲音大喊，然後，小如侏儒且金髮耀眼的卓雅．烏特倫妮雅從廚房出來，雙手在圍裙上抹著，然後奔向門口。影子發覺她看起來不一樣了，看起來很快樂。她的臉頰泛紅，老邁雙眼中還有火花。當她看見他時，嘴巴張成了圓形，叫道：「影子？你回來找我們了？」然後她張開雙臂，急忙撲到他身上。他彎下腰來擁抱她，她吻了他的臉頰。「看到你真好！」她說：「現在你得走了。」

影子踏進公寓。公寓裡所有的門都敞開（只有卓雅．波努諾琪娜雅的門關著，那不奇怪）。他看得到的所有窗戶也全打開，和煦的微風陣陣吹過迴廊。

「你們在春季大掃除。」他對烏特倫妮雅說。

「我們有位客人要來。」她告訴他：「現在你非走不可了。啊，你要咖啡嗎？」

「我來找徹諾伯格。」影子說：「時候到了。」

卓雅．烏特倫妮雅猛地搖頭。「不、不。」她說：「你不能找他。這主意不好。」

「我了解。」影子說：「可是妳知道嗎？和神打交道時，我真正學到的是言出必行。他們可以打破他們要的種種規則，我們不行。即使我設法要走出這裡，我的腳也會把我帶回來。」

她下脣一噘，然後說：「對啦，但是今天你還是走吧。明天你再來。到時他就不在了。」

「是誰呀？」一個女人的聲音大喊，從遠遠的迴廊後面傳來。「烏特倫妮雅，妳在和誰說話？妳知道，這個床墊我自己翻不過來。」

影子走上迴廊，說：「斐切爾妮雅，早安。我能幫忙嗎？」此舉讓房裡的女人驚訝得尖叫，丟下床墊。

臥房充滿厚重的幽暗，覆蓋每個表面，木頭與玻璃無一倖免。塵埃透著穿越窗戶的陽光而漂浮飛舞，偶爾吹送的微風和黃蕾絲窗簾懶懶地拍打，將灰塵散得滿間都是。

他記得這個房間。這是他們那天晚上給星期三住的那間房，貝樂伯格的房間。

斐切爾妮雅不確定地瞄他一眼。「這個床墊，」她說：「要翻過來。」

「沒有問題。」影子說。他伸出手拿起床墊，輕輕鬆鬆地抬高翻轉。那是張木製的老床，羽毛床墊幾乎和一名男子的重量相當。床墊落下時，灰塵紛飛盤繞。

「你怎麼會來這裡？」斐切爾妮雅問道。從她問的方式來看，這問題不友善。

「我來這裡，」影子說：「是因為去年十二月有一名年輕人和一位老神下西洋棋，而年輕人輸了。」

老婦人的灰髮盤到頭頂，緊緊繫成一個髮髻。她噘起唇，說：「明天再來。」

「我不能。」他簡單回答。

「這會是你的葬禮。現在，你去坐下。烏特倫妮雅會幫你端咖啡，徹諾伯格快要回來了。」

影子沿著迴廊走到客廳。雖然現在開著窗，但這客廳就像他記憶中的樣子。灰貓睡在沙發椅的把手，影子進來時，牠睜開一隻眼，然後無動於衷地繼續睡覺。

這是他和徹諾伯格下西洋棋的地方，這是他以自己的生命做賭注，讓老人加入他們，幫星期三進行最後亡命詐騙的地方。新鮮空氣從敞開的窗戶吹進來，吹散了凝滯的空氣。

烏特倫妮雅拿著木製的紅托盤進來，上面有一只小瓷釉杯，裝著熱氣騰騰的黑咖啡，旁邊的小碟子裝滿小巧克力片餅乾。她將托盤往下放在他面前的桌子上。

「我曾再次見到波努諾琪娜雅。」他說：「她到地底下來找我，還給我月亮，照亮我的路。她從我身上拿了東西，但我不記得是什麼了。」

「她喜歡妳。」烏特倫妮雅說：「她做了好多夢。還守衛我們所有人，她很勇敢。」

「徹諾伯格呢？」

「他說春季大掃除讓他不舒服。他去外面買報紙，在公園坐坐，買菸。說不定他今天不會回來，你不用等了。你為什麼不走呢？明天再來。」

「我要等。」影子說。沒有魔法逼他等，他知道，這就是**他**。這是最後一件必須完成的事。而如果這是最後一件事，那麼他要以自己的決斷力面對。在此之後，便不再有義務、不再有神祕、不再有鬼魂。

他飲著熱咖啡。這咖啡和他記憶中的一樣香濃。

他聽到迴廊傳來一名男子低沉的嗓音，便坐得更直了。他很高興自己的手沒有發抖。門打開了。

「影子？」

「嗨。」影子仍維持坐姿。

徹諾伯格走進客廳，帶了一份摺好的《芝加哥太陽報》，放在咖啡桌上。他盯著影子，然後試探地伸出手。兩個男人握手。

「我來了。」影子說：「我們的交易，你完成了你的部分，剩下我的部分。」

徹諾伯格點點頭。他皺著眉，陽光在他的灰髮與鬍鬚上閃爍，幾乎呈現金色的光澤。「不……」他皺起眉頭，「不是……」他突然住口。「也許你該走了，時機不好。」

「你盡量慢慢來。」影子說：「我準備好了。」

徹諾伯格嘆氣，「你這孩子真是笨得很，你知道嗎？」

「也許吧。」

「你真是笨孩子。但在山頂上，你做了一件很棒的事。」

「我做了我該做的事。」

「或許吧。」

徹諾伯格走到木製餐具櫃旁，彎下腰，從下面拉出一個公事包。他彈開公事包扣環，每個扣環都以令人滿意的砰聲回應。他打開公事包，拿出一把榔頭，嘗試地掂掂重量。榔頭看似小型鍾子，木柄很髒。

然後他站起來，說：「我欠你太多了，比你知道的還多。因為你，事情正在改變。這是春天的季節，真正的春天。」

「我知道我做了什麼。」影子說：「我沒有什麼選擇。」

徹諾伯格點點頭，他的眼裡有一種影子以前沒看過的神采。「我說過我兄弟的事嗎？」

「貝樂伯格嗎？」影子走到沾染灰燼的地毯中央，跪了下來。「你說你好久沒有見到他了。」

「是的，」老人說著，舉起了榔頭。「孩子，這個冬天真是漫長啊。非常漫長的冬天。但現在，冬天要結束了。」他慢慢搖搖頭，彷彿想起了什麼事。然後他說：「把眼睛閉上。」

影子閉上眼睛，抬起頭，等待著。榔頭頂部是冷的，冰冷如同親吻般輕觸他的額頭。

「啪！好啦。」徹諾伯格說：「完成了。」他的臉上有種影子以前從未見過的微笑，一種輕鬆自在的微笑，像夏日的陽光。老人走到公事包旁，把榔頭收起來，關上袋子，推回餐具櫃底。

「徹諾伯格？」影子問：「你是徹諾伯格嗎？」

「是的，只有今天。」老人說：「到了明天，就會改頭換面，成為貝樂伯格。但今天還是徹諾伯格。」

「為什麼？為什麼你能殺我，卻不動手？」

老人從口袋拿出沒有濾嘴的菸，又從壁爐臺上拿出一大盒火柴，用一根火柴點燃香菸，似乎陷入深思。老人過了一段時間後說：「因為有血，還有感恩。而且，這個冬天真是太漫長、太漫長了。」

影子站了起來。他的牛仔褲膝蓋沾了兩塊灰塵，他把灰塵拍掉。

「謝謝。」他說。

「不客氣。」老人說。「下次你想玩西洋棋，就曉得哪兒可以找到我。**這一次嘛**，我走白棋。」

「謝謝，也許我會來找你。」影子說：「但是要過一陣子。」他望著老人閃爍的眼睛，納悶他眼中是否向來有著矢車菊的藍色調。然後他們握手，兩人都沒有道別。

影子出門時親吻卓雅·烏特倫妮雅的臉，也親吻斐切爾妮雅的手背，並且一次走兩階，離開那裡。

補遺

冰島首都雷克雅維克是個奇怪的城市，即使對見過許多怪城市的人也不例外。它是個火山城——城市的熱氣來自地底深處。

這裡有遊客，但即使在七月初，也不如預料中多。太陽掛在天上，至今已照耀了數星期，只有午夜後的清晨會停止照耀一、兩個小時。早晨兩、三點之間會呈現黯淡的黎明，接著白天再度展開。

當天早上，大個子旅客幾乎走遍雷克雅維克，聽人們用千年來鮮少改變的語言講話。本地人能夠像看報紙般輕鬆閱讀古老的冒險故事。這個島上有一種歷史連續感，令他訝異。他覺得那是有些絕望的安慰。他異常困倦：無止境的光照使他根本無法睡眠。漫長無眠的夜裡，他坐在旅館房間，交互閱讀旅遊指南和狄更斯的《荒涼山莊》。那是他前幾週在機場買的小說，但他想不起是哪個機場了。有時他只是盯著窗外看。

終於等到時鐘與太陽雙雙宣告早晨來臨。

他在糖果店街買了一條巧克力，走在人行道，偶爾發現冰島具有的火山地質：他一轉彎，便突然聞到空氣中的硫磺味。他不是想到冥府，而是想到腐爛的蛋。

他看到的許多女性都非常美：苗條白皙，星期三喜歡的類型。影子不解的是，星期三究竟看上影子母親哪一點。她曾經美麗，但她既不苗條，也不白皙。

影子對這些漂亮的女子微笑，因為她們使他這種男性感到愉快。他也對其他女性微笑，因為他正享受著快樂時光。

他不確定何時開始注意到自己正遭到觀察。自他步行穿梭雷克雅維克的某時開始，便確定有人正在觀察他。他不時回頭，想辦法瞥見對方是什麼人，而他會盯著商店櫥窗，以及他身後的街道倒影。但他在人群中沒看到任何特殊人士，沒看到盯著他的人。

他走進一家小餐館，點了煙燻鳥肉、雲莓、北極圈紅點鮭和水煮馬鈴薯，喝著可口可樂。此地的可口可樂比較甜，感覺比他在美國喝的含有更多糖分。

侍者送來帳單時對他說：「請問你是美國人嗎？」

「是的。」

「那麼，祝七月四日國慶日快樂。」侍者看來洋洋得意。

影子沒注意已經是四號了。獨立紀念日，是的，他喜歡「獨立」這概念。他把錢和小費留在桌上，走了出去。一陣涼爽的微風從大西洋吹來，他扣上外套釦子。

他在長滿青草的河岸邊坐下，看著周圍的城市，心想：總有一天，他也必須回家。而且總有一天，他必須創造一個可以回去的家。他不知「家」是假以時日總會在某地方出現的東西，還是人只要走著、等著、念著夠久，最後便會找到的東西。

一個老人跨越山丘，大步向他走來。他穿著深灰色披風，底端襤褸破爛，彷彿歷經長途旅行。他頭上戴著寬邊藍帽，一根海鷗羽毛以瀟灑的角度插在帽緣。影子心想：看起來像個老嬉皮，或退休多時的槍戰高手。老人的個子奇高無比。

那人在影子身旁的山坡蹲下，簡單地對影子點點頭。他的一隻眼睛矇著海盜黑眼罩，下巴蓄著長白鬍子。影子懷疑他是來索取香菸的。

「Hvernig gengur? Manst þú eftir mér?」老人說道。

「對不起，」影子說：「我不會說冰島話。」然後他結結巴巴，說出自己在午夜清晨的日光下，於常用語手冊裡學到的短句：「Ég tala bara ensku（我只會說英語）。」接著又補充：「美語。」

老人慢慢點頭，說：「我的子民很久以前從這裡到美國。他們到了那裡，然後又返回冰島。他們說那是人住的好地方，神住的壞地方。但沒有神之後，他們覺得太……孤單。」他英文流利，但句子的句讀和節奏很奇怪。影子看著他，近看那人似乎比影子想像得更為老邁。他的皮膚刻畫著細小的皺紋，像花崗岩的裂縫。

老人說：「孩子，我真的認識你。」

「你認識我？」

「你和我，我們走過相同的路。我也曾掛在那棵樹上九天，將自己奉獻給自己。我是眾神之王，我是絞刑架之神。」

「你是奧丁。」影子說。

老人若有所思地點點頭，彷彿掂量著那名字的重量。「他們為我取了很多名字，但是沒錯，我是奧丁，是波爾之子。」

「我看到你死了。」影子說：「我為你的屍體守靈。你為了權力，試圖毀滅很多東西。你也為自己犧牲很多，你犧牲了生命。」

「我沒有犧牲。」

「星期三犧牲了，他就是你。」

「他是我沒錯，但我不是他。」

老人抓抓鼻子側翼，他的海鷗羽毛快速擺動。

「你會回去嗎？」絞刑架之神問：「回到美國。」

「沒什麼值得我回去。」影子說道。但他馬上知道那是謊言。

「有些事情在那裡等你。」老人說：「但那些事會等你回去。」

一隻白蝴蝶歪斜飛過他們身邊，影子一語不發。他已經受夠了眾神和祂們讓他持續活過好幾世的方式。他決定搭巴士到機場換機票，搭飛機到自己從未去過的地方。他要繼續前進。

「喂，」影子說：「我有東西要給你。」他把手沉入口袋，將某個東西藏在手裡。「把手伸出來。」他說。

奧丁莫名其妙，認真地看著他，然後聳聳肩，伸出右手，掌心朝下。影子伸手過去翻轉，將掌心朝上。

他打開自己的雙手分別展示，手中完全是空的。然後他將玻璃眼睛推進老人強韌的掌心，放在上面。

「你是怎麼做的？」

「魔術。」影子說。臉上不帶微笑。

老人咧嘴大笑，雙手一拍。他看著那顆眼睛，用拇指和指頭握住，又點點頭，彷彿很清楚那是什麼，然後塞入掛在腰間的皮袋。「Takk kærlega。我會好好照顧這個東西。」

「不客氣。」影子說完站起來，將牛仔褲上的草拍掉。

「再來一次，」北歐的眾神之王命令，霸道地轉著頭，聲音低沉強硬。「多來一點，再來一次。」

「你們這些傢伙。」影子說：「你們永遠都不滿足。好吧，這是我從一個已作古的人身上學到的。」

他把手憑空一伸，從空中拿出一枚金幣，那是一枚普通金幣，無法使死人復生，也無法醫治病人。但那是如假包換的金幣。

「只剩下這個了。」他在拇指與其他手指之間展示，「她只寫了這句話。」

他用拇指一彈，將硬幣拋向空中。

硬幣在陽光下畫弧，頂端騰旋，發出金色光澤，閃爍發亮，高掛在仲夏空中，彷彿永遠不會掉落——或許真的永遠不會掉落，影子沒有等著看結果。他走開了，而且不停地往前走。

致謝

這是一本很厚的書，也是一段很長的旅程。我有好多事要歸功於不少人。

霍莉太太（Mrs Hawley）將佛羅里達的房子借給我寫作，而我只須嚇跑兀鷹做為回報。她將愛爾蘭的房子借給我完稿，又告誡我不要把鬼嚇跑了。我向她與夫婿兩人的親切慷慨致謝。強納森（Jonathan）和珍（Jane）把他們的屋子和吊床借給我寫作，而我只要偶爾從蜥蜴池中釣出些特殊的佛羅里達動物崽子即可。我對他們都感激有加。

只要我需要醫學上的資訊，丹・強森（Dan Johnson）博士都會提供我，指出幾個零星、非刻意使用的英式用語（其他人也都這麼用），回答最怪異的問題，甚至在七月某日用小飛機載我在北威斯康辛附近飛行。我那了不起的助理洛瑞・嘉蘭（Lorraine Garland）除了在我寫本書時執行代理權，讓我的生活可以繼續，還非常一板一眼地幫我找出一些美國小鎮的人口總數。我還是不確定她怎麼找到的。（她是女子樂團「The Flash Girls」的團員，去買她們的新專輯《Play Each Morning, Wild Queen》，讓她高興。）泰瑞・普萊契（Terry Pratchett）在前往瑞典哥德堡的火車上替我解開打結的情節。艾瑞克・伊德曼（Eric Edelman）回答我圓滑的問題。安娜・陽光・愛森（Anna Sunshine Ison）為我發掘出一堆日本西海岸拘留營的東西，但那要等到下一本書再寫，因為從頭到尾都不太適合本書。我從金・沃爾夫（Gene Wolfe）那裡拿了最好的對白放在後記，我要向他致謝忱。凱西・爾茲（Kathy Ertz）警官好心回答我最怪的警察程序問題，副警長馬歇爾・慕梭夫（Marshall Multhauf）則帶我一起開車巡守。彼特・克拉克（Pete Clark）以優雅及令人莞爾的幽默屈從於荒謬的個人訊問。戴爾・羅伯遜（Dale Robertson）是本書的水文學顧問。我感謝吉姆・米勒（Jim Miller）博士對人和語言和魚的評論，也感謝瑪格瑞特・羅達斯（Margret Rodas）在語言學上的協助。傑米・伊恩・思維斯（Jamy Ian Swiss）確認硬幣戲法確為魔術。本書若有任何錯誤，都是我犯的，不是上述諸位。

許多好人看了書稿，提供寶貴建議、指正、鼓勵與資料。我特別感激柯林・葛林蘭（Collin Greenland）、蘇珊娜・克拉克（Susanna Clarke）、約翰・柯魯特（John Clute）及山謬爾・戴藍尼（Samuel R. Delany）。我也想感謝貓頭鷹・回去（Owl Goingback，他真的有全世界最酷的名字）、埃瑟林・羅斯趄・伊文森（Iselin Røsjø Evensen）、彼得・史特勞伯（Peter Straub）、強納森・卡羅爾（Jonathan Carroll）、凱利・畢克曼（Kelli Bickman）、戴安娜・葛拉芙（Diana Graf）、藍尼・亨利（Lenny Henry）、彼特・艾特金（Peter Atkins）、艾咪・侯斯汀（Amy Horsting）、克里斯・伊文（Chris Ewen）、泰勒（Teller）、凱莉・林克（Kelly Link）、芭巴・吉里（Barb Gilly）、威爾・薛特莉（Will Shetterly）、康妮・薩司托匹（Connie Zastoupil）、藍茲・侯斯利（Rantz Hoseley）、戴安娜・舒茲（Diana Schutz）、史帝夫・布魯斯特（Steve Brust）、凱莉・蘇・德康尼克（Kelly Sue DeConnick）、洛茲・開文尼（Roz Kaveney）、伊恩・麥道威（Ian McDowell）、凱倫・伯格（Karen Berger）、溫蒂・傑菲特（Wendy Japhet）、特哲・諾得保（Terje Nordberg）、關妲・龐德（Gwenda Bond）、泰瑞莎・里透頓（Therese Littleton）、盧・阿朗尼卡（Lou Aronica）、亥・本得（Hy Bender）、馬克・埃斯克維（Mark Askwith），亞倫・摩爾（Alan Moore）好心借給我《Litvinoff's Book》，及原創的喬・桑德斯（Joe Sanders）。另外要感謝蕾蓓卡・威爾森（Rebecca Wilson），也特別要感謝史黛西・威斯（Stacy Weiss）的洞察力。看完初稿後，戴安娜・韋恩・瓊斯（Diana Wynne Jones）告誡我這是什麼樣的書，寫這本書又會冒什麼危險，到目前為止，從各方面來看她都說對了。

但願法蘭克・麥康奈（Frank McConnell）教授仍與我們同在。我想他會喜歡這本書。

我一寫好初稿，便發現已有幾位人士在我之前處理過這些主題：特別是我最喜愛的作家詹姆士・

布藍奇・喀拜爾（James Branch Cabell）；已故的羅傑・哲拉茲尼（Roger Zelazny）；當然，還有獨特無比的哈冷・埃里森（Harlan Ellison）寫的《死鳥傳說》（Deathbird Stories），這本書在我仍年紀輕輕，以為一本書便能永遠改變我的時候，便烙印在我的腦海裡。

寫這本書時，我從來不太明白為後世記下自己聽的音樂有什麼意義，而我在寫這本書時，聽的音樂又多得不得了。話雖如此，沒有葛瑞格・布朗（Greg Brown）的《Dream Café》和「磁場」（Magnetic Field）的《69 Love Songs》，本書就會變得不一樣，所以要感謝葛瑞格和史蒂芬（Stephin）。而且我覺得要告訴各位可在錄音帶或ＣＤ裡體驗岩上之屋的音樂是我的職責，其中還包括天皇室的機器人和世界上最大的旋轉木馬。雖然不一定比較好，但一定不像你聽過的其他東西。寫信至：The House on the Rock, Spring Green, WI 53588 USA，或美國境內可電：608-935-3639。

我的經紀人——Writers' House的梅若麗・海非茲（Merrilee Heifetz）與ＣＡＡ的強・黎凡（Jon Levin）及愛倫・柯利・拉恰佩爾（Erin Culley La Chapelle）——在我探詢他們的意見時擔任無價的共鳴板，也是智慧的中流砥柱。

許多人耐心驚人，我一寫完這本書，他們便等著我答應他們要寫的東西。我想感謝一些善心人士，他們來自華納電影公司——特別是凱文・麥寇米克（Kevin McCormick）及勞倫佐・迪波納凡圖拉（Lorenzo di Bonaventura）——威秀電影公司、虹（Sunbow）製片公司、米拉麥斯電影公司；還有雪莉・龐德（Shelly Bond），她容忍了很多事。

我不能沒有兩個人：美國哈珀柯林斯（Harper Collins）出版公司的珍妮佛・賀施（Jennifer Hershey）與英國霍德海德蘭（Hodder Headline）出版公司的道格・楊（Doug Young）。我很幸運有好編輯，而他們是我認識的頂尖編輯中的兩位，更不消說是最無怨言、最有耐心的兩位編輯，在截稿期如枯乾的樹葉、在一陣風中從我們身邊迴旋而過時，尤其堅毅不撓。

霍德海德蘭的比爾·梅西（Bill Massey）最後加入，借予此書銳利的鷹眼。凱莉·諾塔拉（Kelly Notaras）在出版過程中以優雅及沉著的姿態護衛本書。

最後，我想感謝家人瑪莉、麥克、荷莉、瑪蒂，他們是最有耐心的人，他們愛我，而且在長期寫這本書的過程中，忍受我離開去寫作、尋找美國，結果終於在我找到之時，發現美國一直都在美國。

尼爾·蓋曼

愛爾蘭寇克郡，金賽爾附近

二〇〇一年一月十五日

繆思系列 008

美國眾神

American Gods

作者　尼爾・蓋曼（Neil Gaiman）
譯者　陳澄如、陳敬旻
社長　陳蕙慧
總編輯　戴偉傑
主編　張立雯
編輯　林立文
電腦排版　極翔企業有限公司

讀書共和國集團社長　郭重興
發行人　曾大福
出版　木馬文化事業股份有限公司
發行　遠足文化事業股份有限公司
地址　231新北市新店區民權路108之4號8樓
電話　02-2218-1417
傳真　02-8667-1891
Email　service@bookrep.com.tw
郵撥帳號　19588272 木馬文化事業股份有限公司
客服專線　0800221029
法律顧問　華洋國際專利商標事務所 蘇文生 律師
印刷　成陽印刷股份有限公司
初版　2017年5月
初版十三刷　2023年5月
定價　新台幣420元
ISBN 978-986-359-349-2
有著作權 翻印必究
特別聲明：有關本書中的言論內容，不代表本公司／集團之立場與意見，文責由作者自行承擔。
American Gods
Copyright © 2001 by Neil Gaiman
Complex Chinese translation copyright © 2017 by ECUS Cultural Enterprise Ltd.
Published by arrangement with Writers House, LLC.
through Bardon-Chinese Media Agency, Taiwan
ALL RIGHT RESERVED

國家圖書館出版品預行編目(CIP)資料

美國眾神 / 尼爾・蓋曼（Neil Gaiman）著；陳澄如, 陳敬旻譯. -- 初版. -- 新北市：木馬文化出版：遠足文化發行, 2017.05
面；　公分. --（繆思系列；8）
譯自：American gods
ISBN 978-986-359-349-2（平裝）

873.57　　105024371